BASTEI
LÜBBE
TASCHENBUCH

Weitere Titel des Autors:

Schneefall
Mordfall
Die Bruderschaft der Runen
Das Buch von Ascalon
Das verschollene Reich
Das Vermächtnis der Runen

Alle Titel in der Regel auch als E-Book erhältlich

Bei LÜBBE AUDIO erhältlich:

Team X-Treme
Der Fluch von Barataria
Die indische Verschwörung
Das Buch von Ascalon

Als E-Book erhältlich:
Bloodcast
Der Schatten von Thot
Die Flamme des Pharaos
Am Ufer des Styx
Das Licht von Shambala

Als E-Book und bei Lübbe Audio:

Die Erben der schwarzen Flagge

Über den Autor:

Michael Peinkofer, Jahrgang 1969, studierte in München Germanistik, Geschichte und Kommunikationswissenschaft. Seit 1995 arbeitet er als freier Autor, Filmjournalist und Übersetzer. Bekannt wurde er durch den Bestseller DIE BRUDERSCHAFT DER RUNEN. Michael Peinkofer lebt mit seiner Familie im Allgäu. Weitere Informationen zum Autor unter www.michael-peinkofer.de

MICHAEL
PEINKOFER

Das Vermächtnis der Runen

HISTORISCHER ROMAN

BASTEI
LÜBBE
TASCHENBUCH

BASTEI LÜBBE TASCHENBUCH
Band 17276

Dieser Titel ist auch als E-Book erschienen

Vollständige Taschenbuchausgabe
der bei Lübbe Hardcover erschienenen Hardcoverausgabe

Dieses Werk wurde vermittelt durch die Autoren- und Verlagsagentur
Peter Molden, Köln

Titelillustration: Johannes Wiebel, punchdesign, München
unter Verwendung von © Shutterstock/Wjasek; Shutterstock/Heartland
Umschlaggestaltung: Johannes Wiebel, punchdesign, München
Lektorat: Stefan Bauer
Zeichnungen: Daniel Ernle, **dec3** GmbH & Co.KG, Berkheim
Satz: Dörlemann Satz, Lemförde
Gesetzt aus der Baskerville Book BQ
Druck und Einband: GGP Media GmbH, Pößneck
Printed in Germany
ISBN 978-3-404-17276-4

5 4 3 2 1

Sie finden uns im Internet unter www.luebbe.de
Bitte beachten Sie auch: www.lesejury.de

Für meine Mädels.
Wo wäre ich ohne Euch?

HANDELNDE PERSONEN

Quentin Hay	Journalist, Neffe Walter Scotts
Mary Hay	seine Ehefrau
James Ballantyne	Verleger, Freund Sir Walters
Lady Charlotte	Sir Walters Ehefrau
Brighid	eine blinde Passagierin
Duke of Albany	ein Mann mit dunkler Vergangenheit
Charlotte, Duchess of Albany	seine Tochter
Winston McCauley	Arzt aus Boston
Milton Chamberlain	Anwalt aus London
Cranston McCabe	Kapitän der *Fairy Fay*
Jeffrey Pine	Erster Offizier der *Fairy Fay*
Sean O'Leary	Maat der *Fairy Fay*
Andrew Frowley	Offizier der Hafenkommandantur von Leith
Desmond Filby	Notar aus Edinburgh
Horatio Bloomfield	Redakteur des *Edinburgh Weekly Journal*
Mortimer Kerr	Verwalter von Abbotsford
Trevor	Kutscher
John Slocombe	Sheriff von Kelso
Malcolm Graham	junger Mann aus Kelso
Red Molly	eine Kupplerin
Natty	ein Freudenmädchen
Captain Fulton	Hauptmann der Grey Dragoons
Jacques Ferrand	Kapitän der *Espérance*
Tristan Luriel	sein Erster Offizier
Serena	eine Hausbedienstete
Ginesepina	die Köchin
Manus	ein bereitwilliger Diener
und	
Sir Walter Scott	Unternehmer, Anwalt und Romancier

PROLOG

Ostküste Schottlands
Dezember 1745

»Sacré brouillard.«

Unruhig trat Kapitän Jacques Ferrand von einem Fuß auf den anderen, während er den Mantel um seine Schultern enger zog und die Planken unter seinen Stiefeln knarrten. Er hatte das Gefühl, dass die Kälte und der Nebel nicht nur unter seine Kleider krochen, sondern auch unter seine Haut, und sich direkt auf seine schmerzenden Knochen legten.

Wie er den Norden hasste!

Seine Gedanken schweiften ab, flüchteten aus dem kalten Grau dieser Nacht in das weiche, sonnenwarme Licht des Luberon, wo er geboren war und seine Kindheit und einen Teil seiner Jugend verbracht hatte, ehe er dem Lockruf des Abenteuers gefolgt und zur königlichen Marine gegangen war. In Nächten wie diesen hätte er manches darum gegeben, wieder zu Hause zu sein, in dem kleinen Haus, das er sein Eigen nannte und wo seine Frau und seine vier Kinder auf ihn warteten; im Garten zu sitzen, den Duft der nahen Lavendelfelder zu riechen und auf die ockerfarbenen Felsen zu blicken, die im Licht der untergehenden Sonne …

»Mon capitaine!«

Lieutenant Luriel, sein Erster Offizier, war zu ihm getreten. Die Miene des jungen Mannes war angespannt, beinahe besorgt.

Ferrand nickte. Es war Zeit.

Mit einem Handzeichen gab er Luriel zu verstehen, dass die Fahne eingeholt werden sollte. Es widersprach Ferrands aufrichtigem Wesen, sein Schiff auf diese Weise unkenntlich zu machen und sich wie ein Dieb in dunkler Nacht der Küste entgegenzuschleichen, ohne Hoheitszeichen, die Lampen an Bord sämtlich gelöscht. Doch die Mission erforderte es; die Ladung, die die *Espérance* an Bord hatte, machte es unumgänglich.

Ferrand blickte am Mast empor, dessen Top sich in Dunkelheit und Nebel verlor, sah die schemenhaften Gestalten zweier Matrosen das Lilienbanner einholen und falten. Niemand sollte sehen, dass es ein französisches Schiff war, das der Küste entgegenhielt. Um das Versteckspiel zu komplettieren, waren Ferrand und seine Mannschaft auch angewiesen worden, ihre Uniformen abzulegen und sich als Handelsschiffer zu tarnen – ein weiterer Winkelzug, der dem Kapitän der *Espérance* nicht behagen wollte. In seiner langen Karriere als Offizier zur See hatte er zahllosen Stürmen getrotzt und in vielen Gefechten gekämpft, doch diese Heimlichtuerei war ihm zuwider, kaum weniger als der Nebel und die Kälte.

Wie zum Spott lösten sich unvermittelt Schneeflocken aus dem Nachthimmel und fielen lautlos auf das Deck, was Ferrand eine weitere Verwünschung entlockte. Und fast im selben Moment konnte er erkennen, wie Wolken und Nebel für einen Moment aufrissen und den Blick auf ein schwarzes, scharf gezacktes Band freigaben, das am nahen Horizont verlief.

Die schottische Küste.

Leise gab Ferrand Befehl, die Segel zu reffen. Dann ließ er sich vom Maat eine Laterne reichen. Ferrand entzündete sie und trat damit an die Reling, und indem er die Flamme in dicht aufeinander folgenden Abständen mit dem Saum des Umhangs bedeckte, schickte er ein Lichtsignal zur Küste, so, wie es ihm aufgegeben worden war.

Der Kapitän spürte, wie sich sein Pulsschlag beschleunigte, während er das Signal in die Dunkelheit sandte, nicht nur, weil er damit die Position seines Schiffes preisgab, sondern auch, weil er sich nicht sicher war, ob er die richtige Bucht angesteuert hatte. Wegen der Wolken und des Nebels hatte Ferrand den Kurs zuletzt nur schätzen können und hoffte, dass die um diese Jahreszeit besonders starken Küstenströmungen die *Espérance* nicht zu weit nach Norden abgetrieben hatten. Und selbst wenn es der vereinbarte Treffpunkt war – würden die Kontaktleute, denen er die Fracht übergeben sollte, tatsächlich auf ihn warten?

Mit zu Schlitzen verengten Augen starrte der Kapitän zum gezackten Band der Küste.

Als dort alles dunkel blieb, wiederholte er das Signal. Und im selben Augenblick, da der Kapitän der *Espérance* den Umhang einmal mehr enger ziehen und das raue Wetter mit einer Verwünschung bedenken wollte, sah er inmitten der Schwärze etwas aufblitzen.

Es war nur ein schwaches Leuchten und so kurz, dass man schon einen Lidschlag später nicht mehr hätte sagen können, ob es sich womöglich nur um eine Täuschung gehandelt hatte. Aber dann wiederholte es sich, sodass kein Zweifel mehr möglich war.

Die andere Seite antwortete.

Jacques Ferrand war nicht eitel genug, um sich zu der nautischen Meisterleistung zu gratulieren, die er vollbracht hatte. Er gönnte sich noch nicht einmal ein Aufatmen. Sein einziges Ansinnen bestand darin, die geheime Ladung loszuwerden und dann so rasch wie möglich auf die offene See zurückzukehren.

Er wies Luriel an, das Beiboot klarzumachen und die Ladung auf Deck holen zu lassen. Die Matrosen der *Espérance*, von denen einige schon seit Jahren unter Ferrands Kommando dienten, waren kräftige Burschen. Dennoch waren vier von ihnen nötig, um die mit Wachs versiegelte und mit eisernen Schlössern gesicherte Truhe aus dem Laderaum zu hieven und im Beiboot zu verstauen. Zwei Marinesoldaten, wie Ferrand und der Rest der Mannschaft in zivile Kleider gehüllt, stiegen in das Boot, um die Ladung zu bewachen. Als Ferrand ihnen folgen wollte, hielt Luriel ihn zurück.

»*Mon capitaine*, sollte nicht lieber ich gehen?«

»Nein.« Ferrand schüttelte den Kopf. »Der Befehl war in dieser Hinsicht eindeutig. Ich selbst soll dafür Sorge tragen, dass die Ladung sicher übergeben wird. Sollten sich die Dinge anders entwickeln als vorgesehen, wissen Sie, was zu tun ist.«

»Aber …« Ferrand sah, wie ein dicker Kloß Luriels blassen Hals hinauf- und wieder hinabwanderte, während der junge Offizier nach passenden Worten rang. »Ich weiß nicht, ob …«

Die vielen Jahre auf See hatten Ferrand zu einem guten Menschenkenner gemacht. Er wusste, wann seine Leute Zuspruch brauchten, wann Ermahnung und wann eine Mischung aus beidem. Kurzerhand legte er Luriel die rechte Hand auf die Schulter und sah ihm fest in die Augen. »Tristan«, sprach er ihm leise zu, »dies ist nicht der Augenblick für Selbstzweifel. Sollte ich nicht zurückkehren, werden Sie das Schiff wenden und unverzüglich nach Brest zurücksegeln, haben Sie verstanden?«

Luriel starrte ihn an.

Und nickte schließlich.

»Ich zähle auf Sie, Tristan. Haben Sie verstanden?«

Luriel nickte abermals.

»Oui, capitaine.«

Ferrand nickte, rüttelte in einer freundschaftlichen, fast väterlichen Geste an der Schulter des Offiziers. Dann wandte er sich ab und bestieg das Beiboot, das ausgebracht und abgefiert wurde. Sechs Matrosen kletterten an den Strickleitern herab und bemannten die Riemen, und schon kurz darauf schwankte das Beiboot von der Dünung getragen der Küste entgegen.

Im selben Maß, wie der Schneefall zunahm, lichtete sich der Nebel, sodass in dem spärlichen Mondlicht, das durch die Wolkendecke drang, die Küstenlinie immer deutlicher sichtbar wurde: steil aufragende, schroffe Felsen, so kalt und ungastlich wie das Land, das sich dahinter befand. Der Gedanke, dass er sich freiwillig für diese Mission gemeldet hatte, befremdete Ferrand plötzlich. Obschon er bereits in den überseeischen Kolonien gedient hatte und viele Male in Ostindien gewesen war, hatte er plötzlich das Gefühl, noch nie zuvor in seinem Leben so weit von zu Hause entfernt gewesen zu sein.

Es war eine unsinnige, überflüssige Empfindung, doch sie war so stark, dass Ferrand seine ganze Disziplin aufwenden musste, um sich ihrer zu erwehren. Er sah nach der Truhe, die im Heck des Bootes verzurrt worden war. Man hatte ihm nicht gesagt, was sich darin befand, lediglich, dass der Inhalt dieser Truhe den unseligen Krieg, der sich an der österreichischen Thronfolge entzündet hatte und seit nunmehr fünf Jahren tobte, zu beenden vermochte, zum Ruhme Frankreichs und zum Verderben Englands und Österreichs. Diese Aussicht hatte Ferrand dazu bewogen, sein Schiff in den Dienst dieser geheimen Mission zu stellen, und sie war es auch, an die er sich in diesem Augenblick klammerte, als Sturmböen eisig über die See fegten und das Boot sich bald aufrichtete, bald in tiefe Wellentäler stürzte.

Die Küste war jetzt nur noch einen Steinwurf entfernt. Ein Strand aus grobem Kies zeichnete sich ab, darüber schroffer Fels, in dem unvermittelt wieder ein Licht aufglomm.

Drei lange Signale und drei kurze.

Ferrand griff seinerseits nach der Laterne und erwiderte das Signal in umgekehrter Reihenfolge.

Das verabredete Zeichen.

»Los, Leute«, zischte er daraufhin seinen Männern zu. »Legt euch in die Riemen. Schon bei Tagesanbruch sind wir auf dem Weg nach Hause.«

Diese Aussicht schien die Männer zu beflügeln. Ohnehin hatte die Überfahrt unter keinem guten Stern gestanden. Unruhige See, ungünstige Winde, eine britische Fregatte und schließlich der dichte Nebel hatten dafür gesorgt, dass die *Espérance* Umwege hatte nehmen müssen und langsamer vorangekommen war, als die Dringlichkeit der Mission es erforderte. Dass es Ferrand gelungen war, den Treffpunkt dennoch binnen des vereinbarten Zeitraumes zu erreichen, grenzte an ein Wunder. Einmal mehr hatte das Schiff seinem Namen Ehre gemacht.

Je seichter das Wasser wurde, desto steiler türmten sich die Wellen, überschlugen sich und tosten dem Strand entgegen, wobei sie das Boot erfassten und das letzte Stück trugen. Der Kiel hatte den sandigen Grund kaum berührt, als die Matrosen bereits aus dem Boot sprangen und es vollends an Land zogen, dem eisig kalten Wasser zum Trotz. Schließlich ging auch Ferrand an Land, gefolgt von den beiden Soldaten, die ihre Musketen erhoben hielten und sich wachsam in der Dunkelheit umblickten.

Erst in diesem Moment wurde Kapitän Ferrand bewusst, dass er zum ersten Mal in seinem Leben den Fuß auf das Land des Feindes setzte. Doch wenn die Pläne aufgingen, so war dieser Feind womöglich schon bald ein Verbündeter.

Einer der Soldaten stieß einen leisen Warnruf aus und deutete in Richtung der Felsen. Fast im selben Moment erblickte auch Ferrand die Gestalten, die sich von dort näherten.

Wie viele es waren, vermochte er nicht zu sagen. Menschen, Felsen und verkrüppelte Bäume waren inmitten von Dunkelheit und wirbelnden Flocken nicht voneinander zu unterscheiden. Erst als sie sich durch den knirschenden Kies näherten, konnte Ferrand Einzelheiten ausmachen. Gesichter sah er nicht, nur Umrisse, und die sagten ihm, dass die Gestalten bewaffnet waren. Wenn auch wohl nur mit Knüppeln und Entermessern.

Einer der Schotten rief Ferrand etwas zu. Infolge des heulenden Windes und der rauschenden Brandung verstand der Kapitän nicht, was der andere sagte, aber er nahm an, dass er nach der Losung fragte.

»Fhìor rìgh«, presste Ferrand daraufhin ebenso mühsam wie unbeholfen hervor. Die gälischen Worte auszusprechen, bereitete seiner französischen Zunge Probleme. Er konnte nur hoffen, dass sie dennoch verstanden wurden.

Ein banger Augenblick verstrich, dann nahm Ferrand erleichtert zur Kenntnis, dass die Schotten ihre Waffen sinken ließen. »Kommt näher«, forderte ihr Wortführer den Kapitän in leidlichem Französisch auf, worauf sich Ferrand zu seinen Leuten umwandte und sie anwies, die Truhe abzuladen.

Die Matrosen gehorchten wortlos und luden die schwere Truhe ab. Mühsam schleppten sie sie ein Stück den Strand hinauf, ehe sie sie auf Ferrands Geheiß im Kies absetzten.

»Wir sind niemals hier gewesen«, erklärte der Kapitän dazu. »Und Sie haben diese Ladung nie erhalten.«

»Verstanden«, kam es in schlechtem Französisch zurück.

Der Schotte und einige seiner Leute waren bis auf wenige Schritte herangekommen. Ferrand glaubte, bärtige Mienen zu erkennen und Augenpaare, die in der Dunkelheit funkelten, und etwas in ihm drängte ihn, diesen Ort so rasch wie möglich zu verlassen. Er hatte seinen Auftrag ausgeführt und die Ladung übergeben, was nun geschah, lag nicht mehr in seiner …

Ein hässliches Geräusch ließ ihn herumfahren.

Es war ein helles Flirren, gefolgt von einem gurgelnden Laut, und Ferrand sah, wie einer seiner Matrosen umkippte, den Mund geöffnet und beide Hände auf seine durchschnittene Kehle pressend.

Es ging so schnell, dass Ferrand einen Augenblick brauchte, um zu begreifen. Da krachten bereits die Schüsse.

Zündfeuer leuchtete auf, riss in Mordlust verzerrte Mienen aus der Dunkelheit, und Ferrand hörte die Schreie seiner sterbenden Männer.

Die beiden Soldaten brachen in die Knie, noch ehe sie selbst auch nur einen Schuss abgegeben hatten, ein weiterer Matrose wurde von einem Enterhaken durchbohrt. Empörung, Entsetzen und wilder Zorn, all das ergriff gleichzeitig von Jacques Ferrand Besitz. Mit einem gellenden Schrei auf den Lippen griff er nach dem Säbel, den er unter seinem Mantel trug, und riss ihn aus der Scheide. Die Klinge in der Hand, stürmte der Kapitän der *Espérance* dem Feind entgegen, der ohne Vorwarnung und aus dem Hinterhalt angegriffen hatte – bis er plötzlich das Gefühl hatte, auf ein unsichtbares Hindernis zu stoßen.

Ferrand prallte zurück, so heftig, dass er Mühe hatte, sich auf den Beinen zu halten. Den Säbel noch immer in der Rechten, blickte er an sich herab – nur um das Loch zu sehen, das in seiner Brust klaffte. Erst in diesem Moment drang der hämmernde Schuss in sein Bewusstsein, der soeben gefallen war.

Jacques Ferrand wankte von einem Bein auf das andere, dann brach er in die Knie und fiel vornüber in den Kies, der sich unter ihm dunkel färbte.

Der Kapitän der *Espérance* lebte noch lange genug, um zu begreifen, dass er den Luberon, sein Haus, sein Weib und seine Kinder niemals wiedersehen würde.

Dann fiel der nächste Schuss.

Marais, Paris
August 1794

Der Lärm, den der Pöbel in den Straßen entfachte und der einfach nicht abreißen wollte, seit Robespierre die Herrschaft an sich gerissen hatte und blutige Hinrichtungen an der Tagesordnung waren, drang bis in das oberste Stockwerk des alten Mietshauses an der Rue Saint-Antoine, doch die Frau, die in der hintersten Ecke der kleinen Dachkammer kauerte, nahm ihn nicht wahr.

Am ganzen Leib zitternd, mit vor Schrecken weit aufgerissenen Augen starrte sie auf den Mann, der so groß war, dass er unter der schrägen Decke nicht aufrecht stehen konnte. Schwerfällig näherte er sich ihr, das kantige Gesicht ausdruckslos, die schwieligen Fleischerhände drohend erhoben.

»Nein«, kam es tonlos über ihre Lippen, während sie krampfhaft den Kopf schüttelte. »Tu das nicht!«

»Ich habe lange nach dir gesucht«, erwiderte der Hüne mit kehliger Stimme. »Wirklich sehr lange …«

»I-ich weiß«, versicherte sie. Eine Ewigkeit schien vergangen zu sein, seit sie die Sprache zuletzt gesprochen hatte, dennoch fand sie die Worte, selbst in diesem Augenblick. Sie zog die Beine an sich und drängte sich gegen die Mauer, als hoffte sie, dass sich darin eine Öffnung auftun und sie verschlingen würde.

»Hast du ernstlich geglaubt, dass du davonkommen würdest?«, fragte der Hüne. »Hast du gedacht, dass man dich einfach vergessen würde? Dich und dein Kind?«

»Du … weißt es?«

Draußen auf der Straße gab es Geschrei. Vermutlich hatte der Pöbel wieder jemanden entdeckt, der sich noch in den Häusern des Marais aufhielt. Die meisten wohlhabenden Bürger hatten das Viertel schon vor Jahren verlassen und waren aus der Stadt geflohen. Nur ein paar wenige waren geblieben, und es bekam ihnen schlecht, denn das Tribunal kannte keine Gnade. Ein Menschenleben galt nicht viel in diesen Tagen. Ein weiterer Toter auf dem Schafott kümmerte die Leute ebenso wenig, wie es die Leiche einer jungen Frau in einer Dachkammer tun würde …

»B-bitte nicht«, hauchte sie. Tränen lösten sich aus ihren Augenwinkeln und rannen über ihr Gesicht, das einen flehenden Ausdruck annahm. »Ich kann nichts für das, was geschehen ist.«

»Vermutlich nicht«, räumte der Hüne ein. »Aber das spielt keine Rolle mehr. Es hätte niemals sein dürfen.«

»Aber ich habe nie ein Wort darüber verloren«, versicherte sie. »Und ich schwöre dir, dass …«

»Schwüre und Versprechen.« Der Hüne schnaubte verächtlich. »Ich habe so viele davon gehört – und doch wurden sie nie gehalten.« Er trat zu ihr, die Hände noch immer erhoben. Sie schrie auf, in heller Todesangst.

»Schrei nur«, knurrte er. »Niemand wird dich hören. Die Leute dort draußen haben andere Dinge zu tun.«

»Ich will nicht sterben!«, flehte sie, wobei ihre tränengeröteten Augen ihn durchdringend anstarrten.

»Du bist bereits gestorben, Serena«, versicherte er. »Schon vor zehn Jahren.«

»Aber du … du verstehst nicht! Ich bin … Ich habe …«

»Wäre es nach mir gegangen, hättest du das Haus schon damals nicht mehr verlassen. Aber auch das spielt nun keine Rolle mehr.«

Er beugte sich langsam zu ihr hinab und streckte die Hände nach ihrem Hals aus. Dabei fiel der Ärmel seines Mantels zurück, und die hässliche Narbe wurde sichtbar, die er am linken Unterarm trug und die sich vom Handgelenk bis zum Ellbogen zog.

Sie schlug mit ihren Fäusten nach ihm, doch ihre Hiebe prallten wirkungslos von ihm ab, und im nächsten Augenblick schlossen sich seine Pranken um ihre Kehle. Anfangs versuchte sie noch sich zu wehren, zuckte und strampelte, doch seiner überlegenen Körperkraft hatte sie nichts entgegenzusetzen. Der Hüne drückte zu, und indem er seinen Griff immer weiter verstärkte, presste er das Leben aus ihr.

Ihr Widerstand erlahmte rasch, ihre Bewegungen wurden matt und fahrig. In ersterbendem Takt schlugen ihre Fäuste auf den Boden, ihre Beine wischten über die schmutzigen Dielen, während sich ihre Gesichtszüge blau verfärbten. Der Blick ihrer Augen, die in namenlosem Schrecken auf ihn gerichtet waren, wurde leer und leblos – und schließlich fiel der Mantel des Todes.

Der Hüne stöhnte leise, als er von ihr abließ und sich wieder aufrichtete: Ausdruck der Müdigkeit eines Dieners, der seinem Herrn bereits seit langer Zeit zu Gebote stand.

Noch einmal betrachtete er sie, wie sie in ihrer Ecke lag, die toten Augen auf ihn gerichtet, mit einem Blick voll stummer Anklage. Dann wandte er sich ab und sah sich in der Kammer um.

»Wo bist du?«, fragte er leise. »Bist du hier?«

Einen Augenblick lang geschah nichts.

Dann schwang die Tür eines hölzernen Schranks auf, und zwei dünne Stimmen fragten: »Mutter …?«

Soho, London
Mai 1825

Verstohlen blickte er über die Schulter. Die Adresse, die man ihm genannt hatte, lag im Herzen von Soho, einem Viertel, in dem Überfluss und Mangel, Tugend und Laster, Licht und Dunkelheit eng beisammenlagen und nicht selten nahtlos ineinander übergingen. Und in dem gewöhnlich niemand Fragen stellte, die nicht gestellt werden sollten.

Der Mann klopfte an.

Dreimal.

Dann eine kurze Pause.

Dann vier weitere Klopfzeichen.

Das vereinbarte Signal.

Hinter dem massiven, eisengebänderten Eichenholz waren dumpfe Schritte zu hören, dann wurde der Türspion geöffnet. Ein Augenpaar erschien, das den Besucher musterte. Er nannte die Losung, die man ihm übermittelt hatte, ärgerte sich darüber, dass er dabei stotterte wie ein Schuljunge, der ein Gedicht aufsagen musste. Irritiert nahm er wahr, dass ihm das Herz bis zum Hals schlug, als der Riegel zurückgezogen wurde und die Tür sich vor ihm öffnete. Tatsächlich wurde ihm erst in diesem Augenblick bewusst, wie viel auf dem Spiel stand.

Er trat ein, gab Stock und Zylinder dem graugesichtigen Diener, der ihn hinter der Tür erwartete. Dann ließ er sich durch den schmalen, von Gaslicht beleuchteten Gang geleiten. Zu seiner Überraschung führte der Diener ihn nicht hinauf in eines der höhergelegenen Stockwerke des Hauses, sondern hinab in den Keller. Über hohe Stufen ging es in ein finsteres Gewölbe, das einst als Vorratslager angelegt worden sein mochte, inzwischen jedoch anderen Zwecken zu dienen schien.

Obschon alles ihn dazu drängte, verbot es sich der Besucher, dem Diener Fragen zu stellen. Womöglich würde man ihm das als Unsicherheit auslegen, und er durfte keine Schwäche zeigen. Nicht in diesem frühen Stadium des Plans.

Der Kellergang, dessen Wände feucht waren und dessen Decke Schimmel überzog, endete vor einer weiteren Tür.

»Nun?«, fragte der Besucher. »Wollen Sie mir nicht öffnen?«

»Gewiss, Sir«, versicherte der Diener gleichmütig. »Sobald Sie dies hier angelegt haben.« Damit hielt er ihm etwas hin, das aus schwarzem Stoff bestand: eine Haube, der eines mittelalterlichen Henkers nicht unähnlich, aber ohne Öffnungen für die Augen.

Der Besucher hob befremdet die Brauen. »Ist diese Maskerade notwendig?«

»Wenn diese Tür sich öffnen soll – durchaus.«

Der Besucher biss sich auf die Lippen, nur mühsam beherrschte er seinen Zorn. Einen Augenblick lang zögerte er und überlegte, wie er auf diesen Affront reagieren sollte. In einem jähen Entschluss riss er dem Diener die Haube aus der Hand und zog sie sich über den Kopf. Die Welt um ihn herum versank in Dunkelheit, die Geräusche wurden dumpf.

»Sind Sie jetzt zufrieden?«, fragte der Besucher. Seine eigene Stimme klang nun ganz nah, und er konnte hören, wie sie bebte.

Der Diener gab keine Antwort mehr, dafür konnte man hören, wie die Tür entriegelt wurde und knarrend aufschwang. Schritte über feuchten Stein. Dann spürte der Besucher, wie man ihn ergriff und ihm die Hände auf den Rücken fesselte.

»Verdammt!«, rief er aus, sich nicht mehr länger beherrschend. Die Furcht brach sich plötzlich Bahn, der hässliche Verdacht, einen Fehler begangen zu haben! »Was soll das? Was hat das zu bedeuten?«

Erneut bekam er keine Antwort, dafür bugsierte man ihn in die Kammer, die sich jenseits der Tür erstreckte. Dem Widerhall der Schritte nach musste es sich um ein geräumiges Gewölbe handeln, sehr viel größer, als er es erwartet hatte.

»Verzeihen Sie«, sagte eine sonore Stimme, die der Besucher sogleich erkannte. Sie gehörte dem Mann, mit dem er sich vor zwei Tagen im Hyde Park getroffen hatte. Dass er den Sprecher kannte, beruhigte den Besucher ein wenig.

»Was soll das?«, begehrte er dennoch gegen die Behandlung auf. »Ist das eine Art und Weise, einen Gast zu behandeln?«

»Ich bedaure diese Maßnahmen«, versicherte der andere. »Aber wie ich Ihnen schon bei unserem Treffen sagte, legen die hier anwesenden Gentlemen großen Wert darauf, unerkannt zu bleiben.«

»Und deshalb behandeln Sie mich wie einen Verbrecher?«

»Das liegt nicht in unserer Absicht. Doch Sie sollten dem Wunsch unserer Mitglieder nach Anonymität mit Verständnis begegnen. Schließlich haben Sie bislang nichts getan, um ihr Vertrauen zu verdienen. Wir haben nicht um Ihren Besuch gebeten, Sir. Sie sind hier, weil Sie selbst den Wunsch dazu geäußert haben.«

»Und weil Sie sich gewisse Vorteile davon versprechen«, erwiderte der Besucher, wobei er in das Rund der Zuhörer sprach, ohne zu wissen, wie groß es tatsächlich war.

»Das will ich nicht leugnen«, versicherte der andere. »Wie steht es nun also? Wollen Sie den Plan, von dem Sie so überaus vielversprechende Andeutungen gemacht haben, nun etwas näher ausführen?«

Der Besucher holte tief Luft. Auf diesen Augenblick hatte er lange gewartet, doch die unvorteilhafte Verhandlungsposition gefiel ihm nicht. »Sie erwarten, dass ich meine Pläne offenlege, ohne dass ich Gesichter sehe?«

»In der Tat«, kam es zurück.

»Ist Ihnen klar, wie viel ich dabei riskiere?«

»Sie eingebildeter junger Narr!«, zischte daraufhin eine andere Stimme mit ungewöhnlicher Schärfe. »Was immer auch für Sie auf dem Spiel stehen mag – für mich geht es dabei um ungleich mehr. Also fangen Sie schon an, uns Ihren Plan auseinanderzusetzen, oder scheren Sie sich zum Teufel!«

Der Besucher widersprach nicht mehr.

Zum einen beeindruckte ihn die eiserne Entschlossenheit in der Stimme seines gesichtslosen Gegenübers. Zum anderen verunsicherte ihn die Tatsache, dass es kein Mann war, der diese

Worte gesprochen hatte, sondern eine Frau. Rache schien fürwahr eine weibliche Domäne zu sein …

»Wie ich hörte«, begann er deshalb, »verfolgen Sie gewisse … Absichten. Absichten, die zum einen wirtschaftlichen Interessen dienen, zum anderen aber auch sehr persönlichen.«

»Und?«

»Erlauben Sie mir, der Schlüssel zu Ihrer Rache zu sein«, erbot sich der Besucher. »Sie geben mir, wonach es mich verlangt, und ich verschaffe Ihnen, wonach es Sie verlangt.«

»Und das wäre?«, fragte die Frau ohne erkennbare Regung.

»Die vollständige und unwiderrufliche Vernichtung von Sir Walter Scott«, entgegnete der Besucher.

Und das Schweigen, das ihm entgegenschlug, verriet ihm, dass er gewonnen hatte.

Buch. 1
Testament

1

Edinburgh
Anfang Dezember 1825

Schnee.

Lautlos fielen die Flocken aus dem dunklen Himmel: filigrane Gebilde, die flirrend am Fenster vorbeiglitten und im Widerschein des Kaminfeuers glitzerten, ehe sie sich wieder in der Dunkelheit verloren und zu Boden sanken. Die Laternen in den Straßen und Gassen führten einen vergeblichen Kampf gegen das dichte Treiben, das schon weite Teile der Stadt mit einer weißen Schicht überzogen hatte. Bereits nach wenigen Yards verblasste ihr Schein in der Kälte und in einer Dunkelheit, die so undurchdringlich und ungewiss war wie die Zukunft …

»In Gedanken, alter Freund?«

Erst die Stimme seines langjährigen Geschäftspartners und Weggefährten James Ballantyne machte Sir Walter Scott klar, wie sehr er in seinen Grübeleien versunken gewesen war. Ein wenig beschämt wandte er sich vom Fenster ab, durch das er geistesabwesend gestarrt hatte. Das Glas Scotch, das Ballantyne ihm eingeschenkt hatte, hielt er noch immer in der Hand, ohne auch nur einen Schluck daraus getrunken zu haben.

»Verzeih, mein guter James«, bat er.

Die schmalen, spitznasigen Züge Ballantynes, der in einem der beiden Ohrensessel vor dem Kaminfeuer saß, zerknitterten sich zu einem nachsichtigen Lächeln. »Nicht doch«, wehrte er ab. »Gehört es nicht zum ABC eines Schriftstellers, das Hier und Jetzt hin und wieder zu verlassen und in Tagträumen zu versinken? Ich wäre weiß Gott ein schlechter Verleger, wenn ich dafür kein Verständnis aufbringen würde.«

Sir Walter erwiderte das Lächeln, wenn auch ein wenig gequält. Es stimmte ja, er war Schriftsteller – auch wenn er die Bezeichnung Romancier bevorzugte –, und das nicht unbeträchtliche Vermögen, das ihm und seiner Familie nicht nur ein höchst komfortables Leben, sondern auch den Kauf seines Landsitzes Abbotsford ermöglicht hatte, hatte er nicht durch seine juristische Tätigkeit erworben, sondern durch den ungeheuren Erfolg, den seine schriftstellerischen Werke zu verbuchen hatten. Allein sein vor zwei Jahren erschienener Roman »Quentin Durward«, zu dem ihn nicht zuletzt reale Ereignisse inspiriert hatten*, hatte sich tausendfach verkauft. Gleichwohl schämte Sir Walter sich ein wenig für seine schriftstellerische Tätigkeit, für die er hin und wieder verspottet wurde und die so gar nichts mit der seriösen Juristerei gemein hatte; und er misstraute dem Erfolg, den sie ihm eingetragen hatte.

Zumal in Zeiten wie diesen.

Das Scotchglas in der Hand drehend, kehrte Sir Walter zu seinem Sessel zurück. In Nächten wie diesen spürte er sein steifes Bein, das ihm von einer Krankheit aus Kindertagen geblieben war, und das Gehen fiel ihm schwerer als an anderen Tagen. Dankbar dafür, sich wieder setzen und am Feuer wärmen zu können, ließ er sich in den Ohrensessel sinken. Eine Weile lang blickten die beiden ergrauten Männer in die Flammen, deren Widerschein flackernde Schatten auf ihre Gesichter warf.

»Denkst du noch manchmal an früher zurück?«, fragte Ballantyne nach einer Weile.

»Wie weit zurück meinst du? Falls du von unserer gemeinsamen Schulzeit sprichst, an die kann ich mich kaum erinnern.«

* siehe DIE BRUDERSCHAFT DER RUNEN

»Nein«, wehrte Ballantyne mit einer wegwerfenden Handbewegung ab, »ich spreche von der Zeit, als wir den Verlag gründeten. Als mein Bruder noch lebte. Und als die Welt nicht groß genug für uns zu sein schien.« Ein wehmütiges Lächeln glitt über seine Züge. »Alles schien damals möglich.«

»Und?«, fragte Sir Walter lächelnd. »War es das etwa nicht?«

»Fürwahr, man möchte es meinen.« Ballantyne nickte. »Der ungeheure Erfolg deiner Bücher, das plötzliche Interesse an unserem schottischen Erbe, der Besuch des Königs in unserer Stadt und nicht zuletzt der Fund des Königsschwerts.«

»Erinnere mich nur nicht daran«, bat Sir Walter stöhnend und mit einem Augenzwinkern.

»Willst du leugnen, dass es eine gute Zeit war?«

»Nein«, lenkte Sir Walter ein, »das möchte ich nicht.«

Ballantyne hob sein Glas. Im Schein des Kaminfeuers nahm der bernsteinfarbene Scotch ein verheißungsvolles Leuchten an. »Auf die alten Zeiten«, sagte er. »Und auf John.«

»Auf deinen Bruder«, bestätigte Sir Walter, und beide tranken.

Der Scotch schmeckte stark und erdig, nach Tabak und Honig und nach alter Eiche. Solange er ihnen in der Kehle brannte, schwelgten die beiden Freunde in süßen Erinnerungen. Doch sobald das Brennen nachließ, rückte die Gegenwart wieder ins Bewusstsein.

»Wer hätte damals geglaubt, dass es so weit kommen könnte?«, fragte Ballantyne in die Stille.

»Sieh an.« Mit dem Finger fuhr Sir Walter über den Rand seines Glases und ließ es leise singen. »Du hast mich also nicht nur zu dir bestellt, um über alte Zeiten zu plaudern.«

»Nein«, gab Ballantyne zu. Als ob er sich Mut antrinken müsste, leerte er auch noch den Rest seines Glases und sah seinen Freund dann durchdringend an. »Die Lage ist ernst, Walter.«

»Ist sie das?«

»Selbst dir kann nicht entgangen sein, dass sich dunkle Wolken über Schottland zusammengezogen haben. Die Finanzkrise, die in London ihren Anfang nahm, hat Schottland inzwischen erreicht, und sie macht auch vor uns Büchermenschen nicht halt!«

Sir Walter lächelte, scheinbar gelassen. »Mein lieber Freund, ich mag bisweilen in Gedanken versunken sein und meinen Lebensunterhalt damit verdienen, mir Geschichten aus glorreicher Vergangenheit auszudenken, aber das bedeutet weder, dass ich von gestern noch dass ich ein Träumer bin. Ich weiß sehr gut, was in der Welt dort draußen vor sich geht.«

»Dann weißt du auch, dass wir handeln müssen.«

»Handeln?« Sir Walter hob eine buschige Braue. »Was bedeutet das? Den Verlag verkaufen? Mit allen Rechten an meinem Werk? Damit wäre alles zerstört, was wir in den vergangenen zwei Jahrzehnten aufgebaut haben.«

»Das weiß ich«, beschwichtigte Ballantyne. »Aber es gibt eine andere Lösung, die ...«

»Nein!«, wiederholte Sir Walter, noch lauter diesmal. Es war eine der seltenen Gelegenheiten, bei denen er die Stimme erhob. Seine von Falten zerfurchte Stirn hatte sich gerötet. »Ich weiß, was du sagen willst, aber das kommt nicht in Frage! Wenn wir Geld brauchen, so finden wir einen anderen Ausweg.«

»Was willst du tun? Dir noch mehr Geld leihen? Von wem? Du wirst in diesen Tagen in ganz Schottland niemanden finden, der ...«

»Was ist mit Constable?«

»Constable?« Ballantyne lachte freudlos auf. »Der alte Archibald ist in nicht weniger großen Nöten als wir. Auch er war gezwungen, sich bei privaten Finanziers in London Geld zu beschaffen, und die Zinsen sind dabei, ihn aufzufressen. Wie es heißt, ist er schon jetzt mit einer halben Million Pfund verschuldet. Ich will nicht, dass uns das auch passiert.«

»Das wird es nicht.«

»Woher willst du das wissen? Beinahe täglich erreichen mich Briefe aus London. Unsere Geldgeber werden ungeduldig. Sie drohen, die Kredite zu kündigen, wenn wir mit den Zahlungen nicht nachkommen. Wenn du hingegen bereit wärst, Abbotsford als Sicherheit einzusetzen …«

»Ich habe es dir schon einmal gesagt, und ich sage es jetzt wieder«, unterbrach ihn Sir Walter, sich zur Ruhe zwingend. »Abbotsford steht nicht zum Verkauf. Es ist die Heimat meiner Familie, mein Vermächtnis an sie. Ich werde es nicht an Leute verschachern, deren höchstes Gut eine positive Jahresbilanz und deren einziger Antrieb die nackte Gier ist!«

»Das, mein Freund, hättest du dir überlegen sollen, ehe wir uns mit diesen Leuten eingelassen haben, oder nicht?«

»Wir hatten keine andere Wahl«, stellte Sir Walter klar, »deshalb hat es auch keinen Sinn, damit zu hadern. Ich kenne die Verpflichtungen, die wir eingegangen sind, und ich werde zu meinem Wort stehen. Ich werde den vereinbarten Zahlungen nachkommen und meinen Teil dazu beitragen, die Schulden zu begleichen. Aber ich werde weder an Abbotsford noch an mein Lebenswerk rühren, ist das klar?«

»Walter, ich bitte dich …«

»Siehst du denn nicht, was hier geschieht, James?« Sir Walter sah seinen Freund beschwörend an. »Begreifst du nicht, dass es bei dieser Krise um sehr viel mehr geht als um steigende Zinsen und gekündigte Kredite? Seit achthundert Jahren lassen die Engländer nichts unversucht, um uns unserer Identität zu berauben. Zuerst haben sie es mit Waffengewalt versucht und durch Besatzung, später dann durch Handel und Gesetze, nun durch ihr Geld. Die Methoden mögen feinsinniger geworden sein, die Ziele sind es nicht. Bei allem, was geschieht, ist es wichtig, dass wir das bewahren, was uns wichtig ist – unsere Traditionen, unsere Seele. Ich habe mein Leben lang dafür gearbeitet, das schottische Erbe zu bewahren, ich werde jetzt gewiss nicht damit aufhören. Abbotsford gehört zu Schottland wie ich selbst und mein Werk – es steht nicht zum Verkauf.«

»Ist das dein letztes Wort?«

Als Sir Walter die Furcht in den Augen seines alten Freundes sah, verpuffte sein Zorn. »Ich fürchte ja, James«, sagte er leise, aber bestimmt.

»Und was willst du bezüglich der Zukunft unternehmen?«

Ein schwaches Lächeln glitt über Sir Walters vom Kaminfeuer beleuchtete Züge, während er sich langsam erhob. »Ich werde tun, was man immer tun sollte, wenn man nicht in der Lage ist, die Situation zu überschauen – ich werde abwarten.«

Der Blick, den Ballantyne ihm sandte, war schwer zu deuten. Unglaube und Fassungslosigkeit lagen darin, gepaart mit Furcht und Resignation. »Abwarten«, echote er nur. »Ich hoffe, du weißt, was du tust.«

»Ich hoffe es ebenso, alter Freund.«

Sir Walter wandte sich zum Gehen. Balantyne begleitete ihn persönlich hinab und ließ ihm von seinem Diener Stock, Hut und Mantel bringen. »Der Schneefall hat noch zugenommen«, stellte er mit einem Blick durch das Türfenster fest. »Soll mein Kutscher dich nicht doch nach Hause bringen?«

»Nein, danke«, erwiderte Sir Walter, »ein kleiner Spaziergang wird mir guttun. Gute Nacht, alter Freund.«

»Gute Nacht, Walter.«

Sir Walter nickte dem Diener zu, der die Tür öffnete. Eisig kalter Nachtwind fegte herein, Schneeflocken stoben in den Hausgang. Sir Walter schlug den Kragen seines Mantels hoch und wollte schon hinaustreten, als Ballantyne ihn am Arm fasste.

»Walter?«

»Ja?«

»Ich habe Angst«, sagte Ballantyne leise.

Sir Walter zögerte einen Augenblick. »Ich weiß«, versicherte er dann. »Aber du machst dir wie immer zu viele Sorgen. Das ist schon immer so gewesen, mein guter Aldiborontiphoscophoría.«

Die Erwähnung des zungenbrecherischen Namens nötigte Ballantyne ein Lächeln ab. »So hast du mich früher stets genannt. Nach einem Buch Henry Careys, dessen Namen ich nach wie vor unaussprechlich finde.«

»Chrononhotonthólogos.« Ein jungenhaftes Grinsen spielte um Sir Walters Züge. »Alles wird gut, James. Vertrau mir.«

»Wenn du es sagst.« Ballantyne war offenkundig nicht überzeugt, aber er schwieg. Um des Friedens und ihrer Freundschaft willen.

Damit wandte Sir Walter sich um und ging hinaus in die Nacht und in das dichte Schneetreiben. Er hörte, wie der Diener die Tür hinter ihm schloss, durchquerte den kleinen Garten und trat hinaus auf den Bürgersteig, auf dem der Schnee bereits knöchelhoch lag. Einen kurzen Augenblick lang erwog er, umzukehren und auf Ballantynes Vorschlag mit der Kutsche zurückzukommen, aber dann entschied er sich anders. Gesenkten Hauptes und auf den Stock gestützt, machte er sich zu Fuß auf den Heimweg, die von Wind und Kälte leergefegte Straße hinab und dann nach rechts in Richtung Grassmarket.

Anfangs erhellte noch Laternenschein seinen Weg, aber als er in eine Seitenstraße abbog, um zurück zur High Street zu gelangen, umfing ihn plötzlich Dunkelheit.

Eine Reihe von Laternen war erloschen und hatte die Straße in düsterer Schwärze zurückgelassen, wodurch sich Sir Walter jedoch nicht abschrecken ließ.

Mutig tauchte er in die teerige Schwärze.

In diesem Moment fiel der Schuss.

2

New York
Am darauf folgenden Tag

»Und wie geht es dir heute? Hast du gut geschlafen?«

Quentin Hay saß an dem kleinen Tisch im Speiseraum. Neben einer Schüssel mit Porridge, den Quentin nach alter schottischer Tradition zubereitet hatte und von dem er ab und zu einen Löffel aß, hatte er ein Notizheft liegen, in das er eifrig kritzelte: Ideen für einen neuen Artikel, die er seinem Redakteur anbieten wollte.

»Nicht wirklich.« Mary, seine Ehefrau, schüttelte den Kopf. »Warum hast du mich nicht geweckt?«

»Ich wollte deinen Schlaf nicht stören«, erwiderte er, ohne von seiner Arbeit aufzublicken. Geoffrey Wanamaker, leitender Redakteur der *New York Evening Post*, war äußerst kritisch, was Themenvorschläge seiner Korrespondenten betraf. Wenn Quentin ihn überzeugen wollte, musste er dabei äußerst gezielt und überlegt vorgehen.

»Lügner«, sagte sie leise. Es war kein Vorwurf, mehr eine Feststellung, und sie lachte milde dabei. Dennoch blickte Quentin auf und sah sie prüfend an.

Sie stand auf der Schwelle zur Schlafkammer und trug den Morgenmantel aus grüner Seide, den er ihr zu ihrem zweiten Hochzeitstag geschenkt hatte. Unwillkürlich fühlte sich Quentin an ihre allererste Begegnung erinnert – damals hatte er auf der Schwelle gestanden und nicht damit aufhören können, auf dieses wunderbare Wesen zu starren. Obwohl nur drei Jahre vergangen waren, kam es ihm wie eine Ewigkeit vor, denn seither war viel geschehen. Gute Dinge. Und weniger gute …

»Was willst du damit sagen?«, fragte er so sanft, wie er es vermochte.

»Nichts«, beteuerte sie weiter lächelnd. Dann gab sie ihren Platz an der Tür auf und gesellte sich zu ihm, setzte sich auf den freien Stuhl am Tisch.

»Hast du Hunger?«, fragte er, auf die Schüssel mit Porridge deutend. Es war das einzige Gericht, das er zubereiten konnte, entsprechend oft kam es auf den Tisch, zumindest in letzter Zeit.

Sie schüttelte abermals den Kopf, worauf sich ihr Haarband löste. Das blondgelockte Haar, das ihr schmales, anmutiges Gesicht umrahmte, fiel offen auf ihre schmalen Schultern. Trotz allem, was geschehen war, sagte sich Quentin, war sie noch immer eine Schönheit, und er brauchte sie nur anzusehen, um zu wissen, warum er sich einst in sie verliebt hatte. Ihr zarter Wuchs, der kleine Mund, die keck nach oben geschwungene Nase, all das war genau wie damals. Das lebendige Leuchten jedoch, das ihre wasserblauen Augen einst erfüllt hatte, war erloschen, seit …

»Ich hatte ihn wieder«, erklärte sie unvermittelt.

»Was, Liebste?«

»Den Traum«, erwiderte sie. Der Blick, mit dem sie ihn bedachte, hatte etwas Herausforderndes, aber er beschloss, diesmal Ruhe zu bewahren.

»Wollten wir das nicht vergessen?«, fragte er.

»Wie kann ich das, wenn dieser Traum jede Nacht wiederkehrt?«

»Immer derselbe Traum? Jede Nacht?« Quentin hob ungläubig die schmalen Brauen.

»Das nicht«, räumte Mary ein, »aber sie ähneln sich. Und immer handeln sie von deinem Onkel.«

»Mein Onkel also.« Quentin seufzte. »Und was will dieser Traum dir sagen?«

»Das weiß ich nicht. Aber es ist eine Tatsache, dass wir lange nichts mehr von ihm gehört haben.«

»Und? Sollten wir deshalb beunruhigt sein? Immerhin liegen ein paar Tausend Meilen Ozean zwischen uns und Schottland.«

»Das weiß ich«, versicherte Mary, »aber ...«

Er legte den Stift zur Seite und ergriff ihre Hand, sah sie durchdringend an. »Wir wollten es vergessen, weißt du noch? Wir wollten alles hinter uns lassen, aus diesem Grund haben wir Schottland den Rücken gekehrt. Um ein neues Leben zu beginnen, in dem ich nicht Quentin Hay bin, der Neffe des berühmten Sir Walter Scott, und du nicht Mary of Egton, eine Tochter aus verarmtem englischem Adel.«

»Das weiß ich«, versicherte sie und wich seinem Blick aus. »Aber was, wenn die Vergangenheit uns nicht loslässt? Wenn die Träume zurückkehren? Du weißt, mit ihnen hat alles angefangen.«

Quentin nickte. Natürlich wusste er das.

Marys mysteriöse Träume waren es gewesen, die Sir Walter und ihn auf die Spur der Runenbruderschaft geführt hatten, jener Männer, die der ruchlose Malcolm of Ruthven um sich geschart hatte, mit dem Ziel, eine blutige Verschwörung gegen die britische Krone anzuführen. Marys Hilfe war es zu verdanken gewesen, dass seine Pläne hatten vereitelt werden können. Dabei waren Quentin und Mary sich nähergekommen und hatten sich ineinander verliebt.

»Was geschehen ist, ist geschehen«, sagte er dennoch. »Du musst es endlich hinter dir lassen, darfst dich nicht an die Vergangenheit klammern!«

»Das tue ich nicht«, versicherte sie mit bebender Stimme, und ihnen beiden war klar, dass sie in Wirklichkeit nicht mehr über Sir Walter und die Ereignisse in Schottland sprachen, sondern über das, was danach geschehen war.

»Mary, ich bitte dich!« Quentins Stimme nahm einen beschwörenden, beinahe flehenden Tonfall an. »Du musst dich davon lösen! Du musst aufhören, dich an Dinge zu klammern, die nicht länger sind. Dann hat die Vergangenheit keine Macht mehr über dich, und dann werden auch diese Träume aufhören, verstehst du?«

Mary blickte ihn wortlos an.

Ihre Kieferknochen mahlten, und einen Augenblick lang schien es, als wollten ihre Augen feucht werden. Aber sie beherrschte sich, und schließlich nickte sie.

»Natürlich«, sagte sie leise. »Du hast recht.«

»So ist es schon besser.« Er lächelte und strich ihr zärtlich über die Hand, dann erhob er sich und küsste sie zum Abschied auf die Stirn. »Ich muss jetzt gehen. Mr. Wanamaker duldet keine Verspätung.«

»Ich weiß.« Sie rang sich ein Lächeln ab.

»Bis heute Abend.«

»Bis heute Abend.«

Er nickte und ging hinaus, stieg die schmale Treppe zur Garderobe des kleinen Hauses hinab, das Mary und er bewohnten. Es befand sich unweit des Broad Way, im pulsierenden Herzen der Stadt, ein gutes Stück entfernt von den weiter nördlich gelegenen Vierteln, die in Sumpf und Laster versanken. Eilig schlüpfte Quentin in seinen Mantel und warf sich den Schal über, um sich vor der winterlichen Kälte zu schützen, die die Küste derzeit in den Klauen hielt.

Er wollte das Haus gerade verlassen, als er das leise, verhaltene Schluchzen hörte, das aus dem ersten Stock drang.

Mary …

Quentin stieß eine lautlose Verwünschung aus. Es brach ihm das Herz, sie so zu erleben, von Trauer zerrissen, nur noch ein Schatten der lebensfrohen jungen Frau, die sie einst gewesen war. Einen Augenblick lang erwog er, wieder umzukehren, um sie zu trösten, aber ihm war klar, dass es zwecklos sein würde. Nichts, was er sagen oder tun konnte, würde ihren Schmerz lindern, das hatte sie ihm wiederholt klargemacht.

In einem jähen Entschluss öffnete er die Tür und ging hinaus.

3

Florenz
Mai 1784

Die große Stadt.

Serena hatte von ihr gehört. Unzählige Male war ihr geschildert worden, wie riesig die Zahl der Häuser sei, die sich zu beiden Seiten des Flusses erstreckten; wie strahlend weiß die Mauern der Palazzi und wie himmelhoch der bunt gebänderte Turm der Kathedrale; und wie sich die Menschen auf den Straßen und Plätzen drängten, ungezählt und lärmend, immerzu beschäftigt und scheinbar auf der Suche. Doch als sie tatsächlich über die große alte Brücke schritt, die sich von einem Ufer des Arno zum anderen spannte, hatte sie das Gefühl, eine unbekannte, völlig neue Welt zu betreten.

Nichts hier erinnerte an den Schmutz, aus dem sie kam, nichts an das Elend und die Armut. Im Gegenteil, Reichtum und Überfluss schienen aus allen Poren dieser Stadt zu quellen. Die Goldschmiede, die in den Hütten und Häusern zu beiden Seiten der Brücke ihre Werkstätten und Läden hatten, legten davon ein beredtes Zeugnis ab. Allenthalben sah Serena in den Schaukästen Silber und Gold um die Wette funkeln, brach sich das Sonnenlicht in bunten Gemmen. Die Damen und hohen Herren, die an den Läden vorübergingen, in die hinein wild gestikulierende Händler sie zu komplimentieren suchten, kamen ihr gar nicht wie wirkliche Menschen vor. Vielmehr erschienen sie ihr wie Wesen aus einer höheren und besseren Welt, so anmutig wirkten die Damen in ihren weiten Kleidern und mit den kleinen Schirmen, unter denen sie Zuflucht vor der toskanischen Sonne suchten, und so beeindruckend die Herren in ihren engen Beinkleidern und den langen Rockschößen. Selbst die Sprache, derer sich die Menschen hier bedienten, kam ihr anders vor, ein geradezu himmlisch anmutender Gesang im Vergleich zu dem bäuerisch plumpen Umgang, den man draußen auf den Dörfern pflegte.

Genau das hatte sie sich insgeheim stets erhofft und erträumt – den Staub des Landlebens und den Geruch des Gewöhnlichen abzuschütteln und ein anderes, besseres Leben zu beginnen. Und dieser Traum schien sich für sie erfüllt zu haben, auch wenn sie erst ganz am Anfang stand.

Über die Brücke, die sich in kühnem Bogen über den um diese Zeit wasserreichen und türkisgrün schimmernden Fluss spannte, gelangte sie nach Oltrarno, den Stadtteil der Reichen und Mächtigen. Über Jahrhunderte hinweg hatte die Familie Medici die Geschicke der Stadt und des umliegenden Landes von dort aus gelenkt. Den Herzogspalast zu ihrer Linken lassend, gelangte Serena an einen weiten, von vielstöckigen Stadthäusern umgebenen Platz, der den Namen Santo Spirito trug; der Beschreibung folgend, die Don Alfredo ihr gegeben hatte, folgte sie ein kurzes Stück der Hauptstraße, auf der sich die Menschen drängten: Fliegende Händler hatten Stände aufgebaut, Reiter und Ochsenkarren suchten sich einen Weg durch das dichte Gewimmel. Schließlich bog sie in eine Seitenstraße ab und ging diese bis zum Ende hindurch, vorbei an steinernen Gebäuden, die so hoch waren, dass kaum Sonnenlicht in die Straßen fiel, und an Läden, in denen Waren zum Kauf feilgeboten wurden, die Serena noch nie gesehen hatte – glitzernde Stoffe von einer Beschaffenheit, die ihr gänzlich unbekannt war, dazu kunstvolle Vasen und Krüge aus buntem Glas.

Das Haus, das man ihr genannt hatte, befand sich am Ende der Gasse, vom Sonnenlicht geschützt und mit zwei Eingängen versehen, der eine unter einem hohen Portal, der andere sehr viel unauffälliger in einer dunklen Nische. Vor diese Pforte trat Serena. Mit zitternder Hand schob sie die Kapuze zurück und entblößte ihr schwarzes, zu einem langen Zopf geflochtenes Haar. Dann atmete sie tief durch, nahm ihren ganzen Mut zusammen und klopfte.

Das Klopfen war kaum zu hören, das dicke Holz der Tür schien es zu schlucken. Dennoch waren nach einer Weile von drinnen Schritte zu hören. Das kleine Sichtfenster wurde geöffnet, und das schmale Gesicht eines Mannes erschien, der eine Habichtsnase hatte und dessen Augen im Halbdunkel der Gasse wie glühende Kohlen zu leuchten schienen.

»Ja?«, blaffte er.

Serenas Zögern währte nur einen Augenblick. Sie hatte die Sprache lange nicht gesprochen, dennoch fanden die Worte sofort auf ihre Lippen. »Mein … mein Name ist Serena«, stellte sie sich auf Englisch vor, was den Mann dazu nötigte, eine schmale Braue zu heben. »Ich stamme aus der Gegend von Pistoia.«

»Und?«, wollte er wissen, so barsch, dass sie unsicher wurde. Statt weiterzusprechen, griff sie unter ihren Kapuzenmantel und beförderte das Schreiben zutage, das Don Alfredo ihr mit auf den Weg gegeben hatte.

»Dieser Brief«, sagte sie dazu, »stammt von Don Alfredo. Er sagte, dass es in diesem Haus Arbeit geben könnte für jemanden, der beide Sprachen spricht.«

Der Mann bedachte zuerst sie, dann den Brief in ihren Händen mit einem misstrauischen Blick. Schließlich griff er durch die Öffnung, entriss ihr das Schreiben mit einem mürrischen Grunzen und verschwand im dunklen Inneren des Hauses.

Serena blieb zurück.

Eingeschüchtert.

Besorgt.

Wenn der Mann nicht an die Pforte zurückkehrte, war ihr Traum von einem neuen Leben in der Stadt schon zu Ende;

ohne das Empfehlungsschreiben von Don Alfredo war sie nur ein Mädchen von Hunderten, das in der Stadt Arbeit suchte, zumal nach den schlechten Ernten der vergangenen Jahre. Und was ihr blühte, wenn sie in ihr Dorf zurückkehrte, darüber wollte sie lieber gar nicht nachdenken.

Entsprechend erleichtert war sie, als erneut Schritte erklangen und die beiden Glutaugen wieder aus der Dunkelheit auftauchten. »Komm rein«, erklärte der Türwächter so mürrisch, als würde er ihr eine Absage erteilen. Erst als er den Riegel zurückzog und die Dienstbotentür öffnete, wurde Serena klar, dass sie das erste Hindernis überwunden, den nächsten Schritt zur Verwirklichung ihres Traumes getan hatte.

Mit angehaltenem Atem, so, als würde sie im Wasser untertauchen, trat sie in das Halbdunkel. Mit einem dumpfem Knall fiel die Tür hinter ihr zu, schloss die Geräusche der Straße, das Geschrei der Händler, den Hufschlag der Pferde und das Rumpeln der Karren auf dem Straßenpflaster aus. Kühle Stille umfing Serena von einem Augenblick zum anderen, die etwas Ehrfurcht gebietendes, fast Heiliges hatte. Ein Odem schlug ihr entgegen, der nicht zu vergleichen war mit den Gerüchen, die draußen auf der Straße herrschten, Blütenduft mit einer Note von Lavendel und Thymian. Und noch etwas anderes, das schwer in der Luft lag und ihr eine süßlich-bittere Note gab. Tabak, womöglich …

»Folge mir.«

Der Türwächter, der, wie Serena jetzt sehen konnte, eine blaue Livree trug, führte sie einen schmalen Gang hinab in einen kleinen, von einem Säulengang umlaufenen Innenhof, in dessen Mitte ein Brunnen plätscherte; der Boden war aus weißem Marmor, Mosaike übersäten die Wände, grüner Wein rankte an den Säulen empor. Genau so, sagte sich Serena, musste der Eingang zum Paradies aussehen.

Mit einem finsteren Blick bedeutete der Diener ihr zu warten, dann verschwand er abermals und kehrte nicht mehr zurück. Statt seiner kam eine Frau den Säulengang herab.

Sie war vielleicht nur knapp zehn Jahre älter als Serena, aber das schwere Kleid, das sie trug, und die gepuderte Perücke verliehen ihr etwas Herrschaftliches, Einschüchterndes. Bereitwillig senkte Serena den Blick, verbeugte sich, wie Don Alfredo es ihr beigebracht hatte, mit einem Knicks. Ihr war klar, dass sie dabei jeder Eleganz entbehrte und es plump und bäuerisch aussehen musste, aber wenigstens wusste sie, was sich gehörte. Ihr Pulsschlag beschleunigte sich, während die Dame des Hauses sich ihr näherte und schließlich vor ihr stehen blieb.

»Dein Name ist Serena?«

Die Frage klang scharf und forschend, fast wie bei einem Verhör.

»J-ja.« Serena nickte, wobei sie den Kopf weiter gesenkt hielt.

»Ja, Duchess«, verbesserte die Frau, deren Englisch sich in Serenas Ohren kalt und schneidend anhörte wie ein Messer. »Ich bin die Tochter des Herzogs von Albany, dessen Haus dies ist.«

»Ja, Duchess«, wiederholte sie ohne Zögern. Sie wusste nichts von Adelstiteln, geschweige denn von ausländischen, sprach einfach nur nach, was sie hörte. Don Alfredo hatte ihr eingeschärft, ihre Fragen für sich zu behalten.

»Woher kannst du unsere Sprache?«

»Von meinem Vater«, erwiderte Serena wahrheitsgemäß. »Er war Soldat in Lorenas Diensten.«

»Ein Söldner also«, stellte die Dame fest, während sie sie lauernd umkreiste. Was sie davon hielt, war nicht festzustellen, zumal Serena den Blick weiter gesenkt ließ und ihr nicht ins Gesicht zu blicken wagte.

»Ich verstehe«, sagte sie und entfaltete geräuschvoll das Empfehlungsschreiben. »Don Alfredo ist ein Freund unserer Familie. Nach allem, was er hier berichtet, scheinst du dir sein Vertrauen erworben zu haben. Die Frage ist, ob du auch mein Vertrauen verdienst.«

»Das hoffe ich sehr, Duchess«, versicherte Serena. »Jedenfalls will ich alles tun, um es zu verdienen.«

Die hohe Dame erwiderte nichts, sondern umkreiste sie weiter, bis sie endlich vor ihr stehen blieb. »Sieh mich an, Kind«, verlangte sie.

Gehorsam hob Serena den Blick, sah die Duchess erstmals aus der Nähe. Braun gelocktes Haar umrahmte ein rundes, gelbhäutiges Gesicht mit hervorspringender Nase; die grauen Augen standen weit auseinander, der Mund war dünnlippig und schmal; dennoch erschien sie Serena geradezu überirdisch schön.

»In dem Schreiben steht, dass du dich auf Küchenarbeiten und das Zubereiten von Mahlzeiten verstehst.«

Serena nickte. »Ich kann kochen und vieles Weitere, was in einem Haushalt vonnöten ist. Ich verstehe mich auch auf das Waschen und Nähen von Kleidung sowie auf das Ausbessern von …«

»Tatsächlich brauchen wir eine neue Küchenhilfe«, fiel die Dame ihr ins Wort. »Die alte war nicht mehr tragbar, nachdem sie ihre Pflichten sträflich missachtet hatte.«

»Das werde ich nicht«, versicherte Serena.

»Hast du Familie?«

Serena schüttelte den Kopf. »Mein Vater fiel vor einigen Jahren im Gefecht. Meine Mutter ist im vorletzten Winter gestorben.«

»Und sonst hast du niemanden?«

Serena schüttelte den Kopf, vielleicht ein wenig zu rasch, denn der prüfende Blick der Hausherrin blieb auf ihr haften.

»Bist du sicher?«

»Ja, Duchess«, versicherte Serena, wobei sie abermals das Haupt neigte. »Deshalb schickte Don Alfredo mich zu Ihnen.«

Die Dame schien nachzudenken.

Ihre Blicke pendelten zwischen dem Empfehlungsschreiben in ihren Händen und Serena hin und her, ohne dass zu erkennen gewesen wäre, wie sie sich entscheiden würde.

Schließlich nickte sie.

»Dies ist ein kleiner Haushalt«, gab sie bekannt. »Er umfasst lediglich meinen Vater, den Herzog, und mich, dazu einige Gäste, die uns gelegentlich besuchen.«

»Ich verstehe«, entgegnete Serena, jähe Hoffnung schöpfend. »Bedeutet dies, dass ich …?«

»Du wirst dich in den Hausstand einfügen und das tun, was man dir aufträgt.«

»Natürlich«, versicherte Serena und konnte ihre Freude nicht länger zurückhalten. »Wie soll ich Ihnen nur …?«

»Deine Anweisungen wirst du direkt von mir oder von Manus bekommen«, fuhr die Dame weiter fort.

»Wer ist Manus?«, fragte Serena vorlaut, Don Alfredos Anweisungen zum Trotz. »Ihr Vater?«

»Natürlich nicht, törichtes Ding! Was meinen Vater angeht, so wirst du keinen Kontakt zu ihm unterhalten, hast du verstanden? Er ist alt und gebrechlich und äußerst ruhebedürftig, weshalb er keinesfalls gestört werden darf. Aus diesem Grund ist es dir wie auch den anderen Dienern untersagt, die oberen Stockwerke des Hauses zu betreten. Hast du das verstanden?«

»Natürlich, Duchess.«

Erneut sah die Herrin des Hauses Serena prüfend ins Gesicht. Wankte sie etwa in ihrer Entscheidung? Bereute sie sie gar?

»Ich versichere Ihnen, dass ich alles zu Ihrer Zufriedenheit erledigen werde«, ergriff Serena ihrerseits das Wort. »Sie werden es nicht bereuen, mich in Ihre Dienste aufgenommen zu haben!«

»Das hoffe ich«, schnarrte die Duchess, und plötzlich schien sich der Blick ihrer Augen zu intensivieren. »Denn andernfalls, Kind«, fügte sie hinzu, »wirst du dir wünschen, deinen Fuß niemals über die Schwelle dieses Hauses gesetzt zu haben.«

4

New York
14. Januar 1826

Quentin Hay stand wie vom Donner gerührt.

Gedankenverloren schloss er die Haustür, während er auf den versiegelten Brief in seinen Händen starrte, den ein uniformierter Bote des United States Postal Service soeben abgegeben hatte.

Selten genug, dass er Post aus der alten Heimat erhielt. Und wenn diese zudem aus der Kanzlei eines Notars stammte, war es noch um vieles ungewöhnlicher – und kein gutes Zeichen.

»Was ist es?«, fragte Mary, die auf der Treppe stand und ihn fragend ansah.

»Nichts«, sagte Quentin, dem Offensichtlichen zum Trotz. »Nur ein Brief aus Schottland.«

»Aus Schottland? Vom wem? Von deinem Onkel?«

Quentin blieb eine Antwort schuldig, betrachtete stattdessen weiter den noch verschlossenen Brief. Er musste an seine Familie denken, die er in Europa zurückgelassen hatte, scheute sich davor, ihn zu öffnen. Aus der Kanzlei eines Notars kamen selten gute Nachrichten.

»Quentin?«

Marys Drängen machte ihm klar, dass es keinen Sinn hatte, das Öffnen des Briefes noch länger hinauszuzögern. Einmal musste er es doch tun, also nahm er seinen Mut zusammen, zerbrach das Siegel und entfaltete das Papier.

Es war in nüchterner, gleichförmiger Handschrift beschrieben, der Duktus eines Menschen, dem Korrektheit über alles ging.

»Hochgeschätzter Mister Hay«, begann Quentin laut vorzulesen, doch schon im nächsten Moment verstummte er, denn seine Blicke überflogen die Zeilen sehr viel schneller, als er die Worte hätte aussprechen können. Schon war er am Ende der Nachricht angelangt. Sein Herz pochte heftig, gleichwohl sackte ihm das Blut in die Beine. Sein Gesicht wurde heiß, er hatte das Gefühl, den Boden unter den Füßen zu verlieren.

»Quentin«, ließ sich Mary wieder vernehmen, »du wirst ganz blass. Um Himmels willen, was ist geschehen?«

Quentin konnte nicht antworten.

Wollte es nicht.

In dem Moment, in dem er es aussprach, würde es Wirklichkeit werden, unwiderruflich … Noch einmal las er die Zeilen, hoffend, dass er womöglich etwas falsch gelesen oder missverstanden hätte. Doch da war kein Zweifel möglich. Der Brief war so unmissverständlich, wie er es nur sein konnte.

»Mein Onkel«, erwiderte er tonlos.

»Was ist mit ihm?«

»Er … ist tot«, gab Quentin tonlos zur Antwort.

»Was? Aber …«

»Ein feiger Mord, offensichtlich«, fasste Quentin das Wenige zusammen, das er aus dem Schreiben erfahren hatte.

»Aber das … das kann nicht sein!« Beharrlich schüttelte Mary den Kopf, wollte sich das Unfassbare ebenso wenig eingestehen wie Quentin selbst. »Nicht er! Nicht auch noch er!«

Sie starrte Quentin fragend, fast flehend an, doch er wich ihrem Blick aus und blickte nur zu Boden, den Brief noch immer in der Hand. Er hörte ihr Schluchzen, während er selbst in seinem Inneren nur Leere fühlte. Abgrundtiefe, sinnlose Leere.

»Ich soll zur Testamentseröffnung nach Edinburgh kommen«, führte er schließlich weiter aus.

»Und?« Mary blickte ihn fragend an. Tränen rannen über ihr von Schmerz und Trauer gezeichnetes Gesicht.

»Ich denke, ich bin es meinem Onkel schuldig«, stellte Quentin sachlich fest.

»Dann werde ich dich begleiten.«

Überrascht sah Quentin zu ihr auf. Es war der erste Entschluss, den sie seit Monaten fasste, und so anerkennenswert dies einerseits war, so konfus und überstürzt war es andererseits.

»In deinem Zustand?«, fragte er dagegen. »Hast du vergessen, was für eine Strapaze die Überfahrt ist? Noch dazu um diese Jahreszeit! Wir werden stürmische See haben.«

»Wenn ich mich recht entsinne, habe ich den Seegang weit besser vertragen als du«, entgegnete Mary kühl und wischte flüchtig ihre Tränen weg. Sie gab sich Mühe, entschlossen zu wirken und sich als Herrin ihrer Entscheidungen zu zeigen. Aber er wusste es besser ...

»Das bestreite ich nicht«, versicherte er, »und ich kann wahrlich nicht behaupten, dass ich mich auf diese Reise freue. Aber es ist unstrittig, dass du der Anstrengung, die eine solche Unternehmung darstellt, im Augenblick nicht gewachsen wärst. Oder willst du das ernstlich bestreiten?«

»Im Augenblick«, wiederholte sie. Ihre Haltung versteifte sich, und ihm war klar, dass sie ihn durchschaute. Er war nie ein guter Lügner gewesen, und sie war entschieden zu klug, als dass er ausgerechnet sie hätte täuschen können. Ihr Zustand währte schon zu lange, von einer momentanen Verstimmung konnte beileibe nicht die Rede sein. Quentin mochte von einem Augenblick gesprochen haben – in Wahrheit bezweifelte er, dass Mary jemals wieder die Frau werden würde, die er kennen und lieben gelernt hatte.

»Es ist besser so, glaub mir«, verharrte er dennoch bei seiner Meinung. »Ich werde Mrs. Bentley bitten, dir regelmäßig Gesellschaft zu leisten. Und natürlich werde ich dafür sorgen, dass es dir in meiner Abwesenheit an nichts fehlt.«

»Aber ich …« Widerstand flackerte in ihren Augen auf, aber nur für einen kurzen Moment. Dann wandte sie sich auf der Treppe um und ging nach oben. Dabei weinte sie wieder, und es war unmöglich zu sagen, ob es der Verlust Sir Walters war, den sie betrauerte, oder der schreckliche Zustand, in den sie verfallen war.

»Es ist besser so, glaub mir«, gab Quentin ihr mit auf den Weg. Jetzt erst merkte er, wie sehr seine Beine zitterten. Er ließ sich auf der untersten Stufe nieder, las noch einmal den Brief des Notars, aufmerksam und Wort für Wort. Erst jetzt sank die Bedeutung des Schreibens ganz langsam in sein Bewusstsein.

Sir Walter Scott war tot – jener Mann, der nicht nur sein Onkel gewesen war, sondern auch sein väterlicher Freund und Mentor, dem er so unendlich viel zu verdanken hatte. Als unerfahrener Jungspund war Quentin einst zu Sir Walter gekommen, um ihm bei seiner Arbeit als Assistent zur Hand zu gehen. Als selbstbewusster junger Mann hatte er Abbotsford wieder verlassen. Obwohl sie einander zuletzt vor drei Jahren gesehen und seither nur einige Briefe gewechselt hatten, hatte sich Quentin seinem Onkel nach wie vor tief verbunden gefühlt – wie sehr, wurde ihm erst in diesem Augenblick klar.

Zu echter Trauer war er dennoch nicht fähig.

Nicht mehr …

Quentin atmete tief ein und aus. Dann faltete er das Schreiben in einem jähen Entschluss wieder zusammen und ging ebenfalls nach oben, um Vorbereitungen für die bevorstehende Reise zu treffen.

Die schemenhafte Gestalt, die draußen vor dem von Eis bedeckten Fenster aufgetaucht war, bemerkte er nicht.

In dieser Nacht fand Mary keine Ruhe.

Wann immer sie in den Schlaf fiel, war er nur leicht und von Albträumen durchsetzt. Wovon sie handelten, vermochte Mary nicht zu sagen; es waren nur flüchtige Eindrücke, in Bilder gekleidete Ängste, die sie weder zu kontrollieren noch zu deuten vermochte. Aber wenn sie dann die Augen aufschlug, galt ihr erster Gedanke Sir Walter.

Noch lange bevor sie ihm persönlich begegnet war, hatte sie ihn bereits gekannt – in Gestalt seiner Romane, die sie als junge Frau geradezu verschlungen hatte, und seiner Heldenfiguren, die aus jeder Pore den Edelmut und die noble Gesinnung ihres Schöpfers atmeten. Schon damals hatte sie das Gefühl gehabt, Walter Scott zu kennen, und eine tiefe Verbundenheit zu ihm gespürt, die sich bestätigt hatte, als sie dem Romancier schließlich tatsächlich begegnet war.

Nie würde sie diese erste Begegnung vergessen. Sir Walter war es gewesen, der ihre Zofe und sie aus einer Kutsche gerettet hatte, die in eine tiefe Schlucht zu stürzen drohte. Dieser Tag, an dem sie ebenso gut hätte sterben können, hatte ihr Leben verändert, in jeder Hinsicht. Denn an diesem Tag war sie auch Quentin zum ersten Mal begegnet.

Quentin ...

Sie wusste, dass er sie liebte und es gut mit ihr meinte. Doch in letzter Zeit verstand sie ihn nicht mehr. Wie konnte er nach allem, was geschehen war, einfach so weitermachen? Wie die Trauer hinter sich lassen und den Blick nach vorn wenden? Noch nicht einmal der Tod Sir Walters schien ihm besonders nahezugehen, was also war mit ihm geschehen?

Oder war in Wirklichkeit sie es, die sich verändert hatte? Hatte Quentin recht, wenn er behauptete, dass sie nicht mehr zur Normalität zurückfand? Nur, wie konnte sie das, wenn all diese Dinge geschahen? Dinge, die ganz unleugbar in einem Zusammenhang standen. Schon wiederholt hatte Mary die Erfahrung gemacht, dass Träume – und ganz besonders ihre Träume – bisweilen mehr waren als ein Blick in die Abgründe der eigenen Furcht. Sie konnten mitunter ein Spiegel dessen sein, was geschehen war, an einem anderen Ort oder gar in einer anderen Zeit. War dies der Grund, warum sie von Sir Walter geträumt hatte? Sprach er aus ihren Träumen so wie einst das Mädchen Gwynneth? Die Erinnerung an die Ereignisse von damals ließen Mary erschauern. Und jetzt war Sir Walter tot!

Einer der Gründe, warum sie mit Quentin in die Neue Welt gegangen war, war die Hoffnung gewesen, diesen Träumen zu entfliehen, und eine Zeitlang hatte es auch so ausgesehen, als wäre es gelungen. Bis vor einigen Monaten …

Vielleicht hatte Quentin ja recht, wenn er sagte, dass es an ihrem Zustand lag, an dem, was sie hatte durchleiden müssen. Aber was, wenn nicht? Wenn alles auf eine Weise zusammenhing, die sie nicht durchschauen konnte, weil sie außerhalb ihres Begreifens lag? Oder war dies alles nur ein kindlicher Wunsch, weil sie den Gedanken nicht ertragen konnte, dass es keinen höheren Sinn hinter all dem gab? Keinen tieferen Grund? Keinen Trost?

Sie hielt es im Bett nicht mehr aus.

Schneidend kalte Luft umfing sie, als sie die Decke zurückschlug, dennoch stand sie auf, trat an das von Eisblumen umrahmte Fenster und blickte hinaus in die Dunkelheit und Kälte. Es schien, als wäre selbst die Luft gefroren. Glitzerndes Eis überzog die umliegenden Dächer, die Laternen unten auf der Straße führten einen erbitterten Kampf gegen den Nebel, der von der Battery und den Südbezirken heraufzog. Eine Kutsche fuhr am Haus vorbei, ein Zweispänner, gekrönt von vier Laternen, die an den Ecken des Gehäuses angebracht waren; der Hufschlag der Pferde hallte hohl und unheimlich durch die Straße, während der Laternenschein über die Fassaden wischte – und für einen flüchtigen Moment eine Gestalt aus der Dunkelheit riss.

Mary zuckte zusammen.

Dort unten, auf der anderen Straßenseite … stand da nicht jemand? Eine schmale Gestalt, die geradewegs zu ihr heraufsah?

Instinktiv wich sie vom Fenster zurück. Müde und durcheinander, wie sie war, dauerte es einen Moment, bis ihr dämmerte, dass der Fremde sie unmöglich gesehen haben konnte, schließlich war es im Schlafzimmer völlig dunkel. Dennoch spürte sie ihr Herz pochen, als sie wieder ans Fenster trat und vorsichtig hinabspähte.

Aber sie entdeckte niemanden mehr.

Der Fremde war verschwunden, wenn er überhaupt je ...

Sie erschrak, als sich plötzlich eine Hand auf ihre Schulter legte. Ein spitzer Schrei entfuhr ihr. Sie riss sich los, fuhr entsetzt herum – nur um sich Quentin gegenüberzusehen, der sie mit großen Augen ansah.

Seine schlichten, von rotblondem Haar und einem schmalen Kinnbart umrahmten Züge verrieten ehrliche Besorgnis. Die Finger an seiner rechten Hand waren von Tinte geschwärzt, um seine Augen lagen dunkle Ränder, wie immer, wenn er bis spät in die Nacht an einem Artikel arbeitete.

»Verzeih«, bat er, »ich wollte dich nicht erschrecken. Ich hörte nur Schritte auf den Dielen und wollte nach dir sehen.«

»Es ... ist nichts«, versicherte sie. »Ich konnte nur nicht schlafen, deshalb bin ich aufgestanden.«

»Sonst geht es dir gut?« Sein Blick war unverhohlen skeptisch.

»Durchaus.« Mary nickte. Sie hütete sich davor, ihm etwas von der Gestalt unten auf der Straße zu erzählen. Zum einen war sie sich nicht sicher, ob sie überhaupt richtig gesehen hatte, zum anderen wollte sie ihrem Ehemann nicht noch mehr Anlass zur Sorge geben. »Du kannst getrost zu deiner Arbeit zurückkehren«, sagte sie und rang sich ein Lächeln ab, das er erwiderte.

Einen endlos scheinenden Augenblick standen sie voreinander, und sie konnte sehen, wie sein Blick an ihrer zarten, zerbrechlich wirkenden Gestalt hinabwanderte, bis hin zu ihren nackten Füßen. Das Nachtgewand, das sie trug, war aus gerauter Baumwolle, dennoch fröstelte sie.

»Ich werde jetzt wieder zu Bett gehen«, flüsterte sie.

»Natürlich.« Er nickte und schien sich bereits abwenden zu wollen – dann trat er jäh auf sie zu, schloss sie in die Arme und zog sie eng an sich heran.

Sie spürte seinen Atem und seine Wärme, und die Vertrautheit seiner Berührung verschaffte ihr ein wenig Trost. Aber sie war nicht in der Lage, die Zärtlichkeit zu erwidern. Wie ein Stück Holz lag sie in seinen Armen, fühlte sich schlecht und schuldig dabei und konnte dennoch nichts dagegen tun.

»Verzeih«, hauchte er, während er wieder von ihr abließ. »Ich wollte nicht …«

»Das hast du nicht«, versicherte sie. Ihr war klar, dass manch anderer Ehemann es als sein ureigenstes Recht betrachtet hätte, sich ihrer zu bemächtigen, nötigenfalls auch mit Gewalt. Quentin gehörte nicht zu dieser Sorte. Der Blick jedoch, mit dem er sie bedachte, während er langsam von ihr zurückwich, traf Mary bis ins Mark, denn er betrachtete sie wie eine Fremde.

»Verzeih«, sagte er noch einmal, dann verließ er die Schlafkammer und ging wieder nach unten in sein Arbeitszimmer.

Wortlos lauschte sie, wie seine Schritte über die Stufen verklangen, und einmal mehr füllten sich ihre Augen mit Tränen.

5

Hyde Park, London
Tags darauf

»Ich danke Ihnen, dass Sie meiner Einladung gefolgt sind, Mr. Ballantyne.«

James Ballantyne sah zu dem Mann auf, der oben auf dem Podest stand. Alles an ihm, von den aus feinstem Leder gefertigten Stiefeln über den grauen, von einem Schultercape umhüllten Mantel bis zu dem hohen Zylinderhut, war Respekt gebietend, ja einschüchternd. Milton Chamberlain war ein Gentleman, wie er im Buche stand, ein arrivierter Anwalt, der zum Inner Temple gehörte. Bei seinen Klienten genoss er einen außergewöhnlich guten Ruf, der schon bis ins Königshaus gedrungen war. Bei seinen Gegnern hingegen war sein Name berüchtigt. Und Ballantyne gab sich keinen Illusionen darüber hin, zu welcher Kategorie er selbst gehörte …

»Kommen Sie, Mr. Ballantyne«, verlangte Chamberlain, wobei sich seine asketisch wirkenden, bartlosen Züge zu einem jovialen Grinsen verzerrten. »Kommen Sie zu mir herauf, ich möchte Ihnen etwas zeigen.«

Ballantyne sah sich nicht in der Verfassung zu widersprechen. Über die schmale Treppe erklomm er das Podest, auf dem man dem eisigen Wind, der um diese frühe Stunde durch den Hyde Park wehte, schutzlos ausgesetzt war.

»Sehen Sie«, forderte Chamberlain Ballantyne auf und reichte ihm das Fernrohr, das er in der einen Hand hielt. In der anderen hatte er einen Stock, dessen silberner Knauf in Form eines Pferdekopfs gearbeitet war.

Ballantyne, der nicht wusste, worauf der Anwalt hinauswollte, nahm das Fernrohr zögernd entgegen. Chamberlain bedeutete ihm, einen Blick auf das von Hügeln und blattlosen Bäumen übersäte Gelände zu werfen, das sich westlich des Stanhope Gate erstreckte, und Ballantyne hob das Fernrohr folgsam ans Auge und spähte hindurch.

Was er sah, waren drei Reiter.

Dicht gebeugt saßen sie über großen Pferden, deren schlanke Beine förmlich über den hart gefrorenen Boden zu fliegen schienen. Die Mäntel der Reiter flatterten wie Kriegsbanner im Wind, während sie einander ein Rennen lieferten. Eines der Tiere war von dunkelbrauner, fast schwarzer Farbe mit weißen Fesseln, die beiden anderen waren graue Schecken. Ballantyne verstand nicht viel von Pferden, aber auch ihm war klar, dass dies keine gewöhnlichen Tiere waren.

»Wundervoll, nicht wahr?«

»In der Tat«, log Ballantyne. Tatsächlich hatte er nie verstanden, warum sich jemand für Pferderennen begeisterte. Was, in aller Welt, war so faszinierend daran? Ballantynes Welt war eine andere, entschieden feingeistigere.

»Das Tier, auf das Sie Ihre Aufmerksamkeit richten sollten, ist das dunkle«, kommentierte Chamberlain. »Sein Name ist Mark of Runes, und es ist ein Thoroughbred. Wissen Sie, was das bedeutet? Es bedeutet, dass sein Stammvater ein heißblütiger Araberhengst war, der dem königlichen Gestüt entstammte«, beantwortete Chamberlain die Frage selbst, noch ehe Ballantyne etwas erwidern konnte. »Dieses Pferd ist die Krone dessen, was seine Art hervorzubringen vermag, ein vollendeter Organismus, dazu geschaffen, zu laufen und zu siegen. Im Mai wird Mark of Runes beim Epsom Derby starten und über seine Gegner triumphieren – und das sollte er auch, denn seine Besitzerin hat viel Geld investiert. Haben Sie eine Vorstellung davon, was ein englisches Vollblutpferd dieser Tage kostet, mein guter Ballantyne?«

Die Frage klang herablassend, als erwarte Chamberlain wiederum nicht, dass sie beantwortet wurde. Dennoch schüttelte Ballantyne, der weiter durch das Fernrohr blickte, den Kopf. Er wusste nicht, was ein solcher Gaul kostete, und es war ihm auch gleichgültig. Ihn plagten andere Sorgen.

»Aber wenn die Dinge so laufen wie vorgesehen, wird Mark of Runes ein Vielfaches von dem einbringen, was in seine Anschaffung, seine Haltung und sein Training investiert wurde«, fuhr Chamberlain fort, während die Pferde Seite an Seite einen Hügel hinaufstürmten. Nun erwies sich die Klasse, von der der Anwalt eben noch geschwärmt hatte.

Noch ehe sie die Hügelkuppe erreichten, hatte Mark of Runes die Führung übernommen und war seinen Rivalen und deren Reitern um eine Kopflänge voraus.

Ballantyne setzte das Fernrohr ab. »Und um mir das zu zeigen, haben Sie mich eigens nach London herbestellt?«, fragte er.

»In der Tat – obwohl mir klar ist, dass Ihre Landsleute nicht allzu viel auf Pferderennen geben«, beschied Chamberlain ihm mit einer entschuldigenden Geste. »Aber gewissermaßen, mein Freund, ist unser ganzes Leben ein einziges Rennen. Deshalb können auch jene, die sich nicht der Rennleidenschaft verschrieben haben, viel daraus lernen. Sehen Sie nur genau hin.«

Widerstrebend hob Ballantyne das Fernrohr erneut an. Es missfiel ihm, von einem Mann geschulmeistert zu werden, der jünger war als er und ungleich ärmer an Erfahrung. Doch dies war Chamberlains Spiel. Der Anwalt bestimmte die Regeln – und ihm blieb nichts anderes, als sich darauf einzulassen.

Mark of Runes hatte seinen Vorsprung ausgebaut.

Eine halbe Pferdelänge lag nun zwischen den Kontrahenten, die mit atemberaubendem Tempo in eine Senke sprengten. Die grauen Umrisse laubloser Bäume wischten an ihnen vorbei, dann beschrieben alle drei eine enge Kurve. Der Wind trug den Hufschlag herüber, gefrorenes Erdreich stob unter den Hufen davon.

»Sehen Sie«, fuhr Chamberlain gedehnt und mit der Haltung

eines Raubtiers fort, das sein Opfer bereits sicher in der Falle wusste, »auch in der Welt der Finanzen geht es um Gewinner und Verlierer. Die Klienten, die zu mir kommen, wollen am Ende auf der Seite der Gewinner stehen. Sie wollen ihre Interessen gegen alle Widerstände gewahrt wissen, deshalb kommen sie zu mir und vertrauen mir ihr Wertvollstes an – nämlich ihren weltlichen Besitz.« Er lachte leise, die Formulierung schien ihm zu gefallen. »Wie zum Beispiel die Aufsicht über ein Pferd, das für viel Geld erworben wurde und nun gewinnbringend eingesetzt werden soll. Ich überwache sein Training und sorge dafür, dass alle Beteiligten, vom Reiter bis zum letzten Stalljungen, mit dem nötigen Ernst bei der Sache sind. Ist dies nicht der Fall, so obliegt es mir, für die entsprechende Motivation zu sorgen. Und glauben Sie mir, mein Freund, darin bin ich wirklich gut.«

Ballantyne widersprach nicht, zumindest das glaubte er dem Briten aufs Wort. Da er nicht wusste, was er erwidern sollte, warf er abermals einen Blick durch das Fernrohr. Einer der Schecken hatte wieder Boden gutgemacht, und die beiden Pferde lieferten sich ein dramatisches Kopf-an-Kopf-Rennen. Obschon es Ballantyne im Grunde gleich sein konnte, ertappte er sich dabei, dass er insgeheim für den Schecken Partei ergriff.

»Und was hat das alles mit mir zu tun?«, fragte er.

»Sehr viel«, versicherte Chamberlain, der dem Ausgang des Rennens gelassen entgegenzublicken schien. »Denn sehen Sie, auch wenn Mark of Runes die besten Voraussetzungen dafür hat, ein großes Rennpferd zu werden, sind seine noble Herkunft und seine herausragenden Anlagen doch keine Garanten dafür, dass er das Derby gewinnen wird. Damit will ich sagen, dass ein guter Name und eine traditionsreiche Herkunft noch nicht zwangsläufig Gewinn bedeuten – weder bei einem Pferd noch bei einem Unternehmen.«

»Ich weiß«, versicherte Ballantyne, dem jäh nur zu bewusst wurde, worauf der andere hinauswollte. »Aber ich versichere Ihnen, dass Sie Ihr Geld bekommen, Mr. Chamberlain.«

»Nun, erstens ist es nicht mein Geld, von dem wir hier sprechen, werter Ballantyne, sondern das von Menschen, die in Vertrauen auf Ihre Rechtschaffenheit in Ihr Unternehmen investiert haben«, belehrte ihn der Anwalt kühl. »Und zweitens habe ich mir gedacht, dass Sie genau das sagen würden. Deshalb habe ich Sie hierher gebeten, um Ihnen an einem einfachen Beispiel zu verdeutlichen, was ich meine.«

»›Gebeten‹ trifft es nicht ganz«, wandte Ballantyne ein. »Sie ließen mir mitteilen, dass ich mich unverzüglich in London einzufinden hätte, weil sie meiner Firma andernfalls das Wasser abgraben würden.«

»Und diese Gefahr ist noch längst nicht gebannt«, versicherte Chamberlain ungerührt. »Sehen Sie, es gibt zwei verschiedene Wege, um einen Sieg zu erringen: Entweder man legt die Hände in den Schoß und wartet einfach ab, bis er einem zuteil wird – eine wenig schweißtreibende, dafür auch nicht sehr erfolgversprechende Methode. Oder aber man greift zu und *holt* sich den Sieg. Und ich darf Ihnen versichern, dass ich zu dieser Vorgehensweise neige.«

»Das glaube ich Ihnen aufs Wort«, versicherte Ballantyne, der sich zunehmend unwohl fühlte. Den eisigen Wind spürte er kaum noch, Schweißperlen traten ihm auf die fliehende Stirn.

»Als Sie und Sir Walter zu mir kamen und mich um Geldmittel baten, habe ich versprochen zu helfen. Und tatsächlich gelang es mir, Investoren zu finden, ehrbare Geschäftsleute, die bereit waren, Geld zu geben, um ihr angeschlagenes Unternehmen zu retten. Im guten Glauben und im Vertrauen darauf, dass Ihre Zusicherungen sich bewahrheiten und die Verkäufe neuer Bücher Walter Scotts schon in Kürze neues Geld in die Kassen bringen und den Investoren eine gute Dividende eintragen würden.«

»So wäre es auch gewesen«, versicherte Ballantyne, »wenn nicht …«

Die Reiter waren jetzt so nahe herangekommen, dass man kein Fernrohr mehr brauchte, um ihnen zuzusehen. In gestrecktem Galopp jagten sie einen sanft ansteigenden Hang hinauf,

auf dessen Kuppe mehrere Birkenstämme zu einem Hindernis aufgebaut worden waren. Mit halsbrecherischer Geschwindigkeit hielten die Reiter darauf zu, im nächsten Moment nahmen Mark of Runes und der ihn bedrängende Schecke das Hindernis mit atemberaubenden Sprüngen. Der zweite Schecke jedoch, der ihnen in kurzem Abstand folgte, verweigerte den Sprung. Er scheute und bäumte sich wiehernd auf, sein Reiter flog aus dem Sattel.

»Wenn nicht was?«, fragte Chamberlain scharf und deutete auf die Hügelkuppe. »Dieser da hätte das Rennen womöglich gewinnen können, wäre er nicht soeben vom Pferd gefallen. Auf falsche Entscheidungen und vergebene Möglichkeiten werden keine Dividenden ausbezahlt, Mr. Ballantyne!«

»Das ist mir klar«, versicherte dieser, traurig und aufgebracht zugleich. »Aber mit dem Tod Sir Walters war nicht zu rechnen! Noch in der Nacht, in der er starb, versicherte er mir, dass ich mir keine Sorgen zu machen bräuchte, und dann …« Er verstummte, biss sich auf die Lippen.

»Sie haben mein Mitgefühl«, versicherte Chamberlain kaltschnäuzig, »und deshalb habe ich auch all diese Wochen verstreichen lassen, um Ihnen ausreichend Gelegenheit zu geben, Ihren Geschäftspartner zu betrauern …«

»Walter Scott war weit mehr als ein Geschäftspartner für mich«, versicherte Ballantyne. »Er war mein Freund!«

»… und die finanziellen Angelegenheiten zu ordnen«, fuhr der Anwalt ungerührt fort. »Nun allerdings werden die Geldgeber unruhig. Sie fürchten, dass die Investitionen, die sie getätigt haben, verloren sein könnten.«

»Unsinn«, widersprach Ballantyne, »das sind sie keinesfalls! Der Verlag hält die Rechte an fast allen Werken Walter Scotts, und die Lager sind voller frisch gedruckter Bücher. Wenn Sie mich jetzt allerdings dazu zwingen, meine Anteile zu verkaufen, so erreichen Sie das genaue Gegenteil, denn das würde das Ende des Verlags bedeuten und damit auch Ihrer Investitionen.«

»Niemand spricht davon, den Verlag zu verkaufen«, versicherte Chamberlain. »Schon als wir uns im vergangenen Jahr trafen … Warten Sie, wann genau ist das gewesen?«

»Im November«, erwiderte Ballantyne tonlos. »Kurz bevor Walter starb.«

»Richtig. Schon damals sagte ich Ihnen, dass es auch andere Wege gibt, Ihren Verbindlichkeiten nachzukommen.«

»Ich erinnere mich«, versicherte Ballantyne. »Und ich habe auch versucht, Walter davon zu überzeugen, dass die Liquidierung seines Grundbesitzes der einzig gangbare Weg sei, aber er wollte nichts davon hören. Er setzte den Verkauf von Abbotsford mit dem Verrat an den schottischen Traditionen gleich und versicherte, dass er einen Plan hätte, wie er das Unternehmen retten wolle.«

»Ich verstehe.« Chamberlain straffte sich unter dem Mantel, während er die Arme vor der Brust verschränkte und kritisch auf Ballantyne herabsah. »Und wo ist nun dieser Plan? Wie sieht er aus?«

»Ich … weiß es nicht.« Ballantyne schüttelte den Kopf. »Er starb, noch ehe er es mir mitteilen konnte.«

»Nun, in diesem Fall denke ich, Sie sollten sich an Scotts Nachkommen wenden. Vielleicht zeigen sich seine Witwe und sein ältester Sohn ja einsichtig.«

»Lady Charlotte kann nichts unternehmen, solange Walters Testament nicht verlesen ist. Und dies wiederum kann erst geschehen, wenn sein Neffe Quentin Hay eingetroffen ist, der vor einigen Jahren nach Übersee ausgewandert ist.«

»In die Kolonien?« Chamberlain hob missbilligend eine Braue.

»Quentin wurde über das Ableben seines Onkels in Kenntnis gesetzt, und wie ich den Jungen kenne, wird er es als seine Pflicht betrachten, Walter die letzte Ehre zu erweisen. Die beiden standen einander sehr nah.«

»Und?«, raunzte der Anwalt ungeduldig.

»Sobald Quentin eingetroffen ist, wird Walters Testament

verlesen. Dann werden sich die Besitzverhältnisse klären, und wir können über den Verkauf von Abbotsford verhandeln.«

»Da gibt es nichts zu verhandeln«, stellte Chamberlain klar, »und die Besitzverhältnisse sind ebenfalls bereits geklärt. Abbotsford mit all seinen Trakten und Türmen gehört den Leuten, bei denen Walter Scott und Sie sich verschuldet haben. Sagen Sie das dem Neffen, wenn Sie ihn sehen.«

»Das werde ich schon bald, davon bin ich überzeugt«, versicherte Ballantyne. »Aber ich kann Ihnen nicht versprechen, dass Quentin Ihrem Vorschlag folgen wird. Er neigt zu einer gewissen Starrköpfigkeit, genau wie sein Onkel.«

»So? Dann sagen Sie ihm, dass er nicht vergessen soll, dass es meine Investoren waren, die die Firma vor dem Bankrott gerettet haben.«

»Durchaus.« Ballantyne nickte. »Und Sie sollten nicht vergessen, dass ein Wesen aus Fleisch und Blut kein Gegenstand ist, den man nach Belieben verwenden und dann wieder zur Seite legen kann. Es folgt seinem eigenen Willen – das gilt für Pferde gleichermaßen wie für Menschen.«

»Glauben Sie?« Chamberlain, der sich wieder der Senke zugewandt hatte und den Endspurt der beiden verbliebenen Kontrahenten verfolgte, schüttelte den Kopf. »Täuschen Sie sich nicht, Ballantyne. Bislang habe ich noch immer bekommen, was ich wollte.«

Die Pferde hielten auf die Zielgerade zu.

Der Schecke hatte noch einmal aufgeholt, befand sich jetzt gleichauf mit dem Vollblut, dessen schlanke Fesseln den Boden kaum noch zu berühren schienen. Noch nie zuvor hatte Ballantyne ein Pferd schneller laufen sehen. Auf donnernden Hufen flog es dahin, und nur wenige Yards vor der Ziellinie machte es einen Satz nach vorn und schob sich an seinem Gegner vorbei.

Der Sieg gehörte Mark of Runes.

»Wie ich soeben sagte«, kommentierte Chamberlain mit selbstzufriedenem Lächeln. »Noch immer.«

6

Florenz
Juli 1784

Fünf Wochen waren vergangen.

Fünf Wochen, die Serena in den Diensten ihres neuen Herren, des Dukes von Albany, verbrachte hatte, ohne ihn je zu Gesicht zu bekommen.

Der warnenden Worte seiner Tochter eingedenk, die, wie Serena inzwischen wusste, den Namen Charlotte trug und nicht nur an großer Schwermut zu leiden schien, sondern auch an einer angeschlagenen Gesundheit, hatte sich Serena von den oberen Stockwerken ferngehalten; die Küche des Hauses war ihr Reich, das sie nur verließ, um auf dem nahen Markt einzukaufen oder sich in ihrer im Gesindetrakt befindlichen Kammer schlafen zu legen. Das Servieren der Speisen übernahmen die Diener, allen voran der schweigsame Manus, ein wahrer Bär von einem Mann, der der Duchess und ihrem Vater treu ergeben schien. Anders als den übrigen Bediensteten, zu denen neben Serena selbst noch die Köchin, zwei Zofen, ein Kutscher, ein Stallbursche sowie der habichtsnasige Majordomus gehörten, war es Manus gestattet, sich im ersten Stock aufzuhalten – ein Privileg, um das die anderen Diener ihn offenkundig beneideten. Nicht so Serena, die sich zum ersten Mal nach langer Zeit wieder glücklich wähnte.

Glücklich darüber, der drückenden Enge ihres Dorfes entkommen zu sein, glücklich darüber, sich der Nachstellungen ihres Onkels nicht länger erwehren zu müssen. Glücklich darüber, ein unabhängiges Leben führen zu können, auch wenn es das einer Dienstmagd war.

Ihre unmittelbare Vorgesetzte in der Küche war Signora Ginesepina, eine ebenso beleibte wie resolute Frau in den Fünfzigern, die aus Kampanien stammte und kein Wort Englisch sprach, was Serena immer wieder in die Verlegenheit brachte, zwischen ihr und der Duchess vermitteln zu müssen. Die Blicke, mit denen Ginesepina sie dabei bedachte, verrieten deutlich, dass die Köchin ihrer Übersetzung misstraute. Überhaupt schien sie ihr ablehnend gegenüberzustehen, jedenfalls hatte sie in den fünf Wochen, in denen Serena nun für sie arbeitete, noch nicht ein einziges lobendes oder auch nur freundliches Wort für sie gefunden. Dafür hielt sie um so mehr Arbeit bereit, die Serena jedoch stets fleißig und ohne Murren erledigte.

»Noch mehr davon«, knurrte die Köchin mit Blick auf den recht ansehnlichen Berg von Zwiebeln, die Serena bereits geschält und geschnitten hatte – ihre feuerroten Augen legten davon ein beredtes Zeugnis ab. »Die Herrschaften erwarten heute Abend Besuch, und ein Risotto à la Ginesepina ohne Zwiebeln ist wie eine Nacht ohne Sterne.«

»Besuch?«, fragte Serena, die vor ihr auf einem Schemel kauerte und sich mit dem Handrücken über die brennenden Augen wischte, wodurch es allerdings nur noch schlimmer wurde. »Schon wieder?«

»Dumme Gans, glaubst du, der Herzog ist uns Rechenschaft schuldig? Alles, was wir zu wissen brauchen, ist, dass es acht Personen sind. Und dass sie von weit her kommen und die Duchessa deshalb eine sättigende Mahlzeit wünscht.«

»Von weit her?«, hakte Serena nach.

»So hieß es«, erwiderte die Köchin lakonisch, während sie die Pfanne fettete. »Haben hier in der Stadt wohl Geschäfte zu tätigen.«

»Was denn für Geschäfte?«

Ginesepina ließ die Pfanne sinken. Ein tiefer Seufzer entfuhr ihr dabei. »Wenn du nicht damit aufhörst, mir andauernd Fragen zu stellen, wirst du nicht lange hier sein, Mädchen.«

»Verzeihung«, sagte Serena schnell. Die Aussicht, entlassen zu werden, erschreckte sie.

»Steck deine Nase nur in die Angelegenheiten, die dich etwas angehen, sonst kann es sein, dass sie dir irgendwann fehlt. Du wärst nicht die Erste.«

»Was?« Serena hielt in ihrer Arbeit inne und schaute auf. »Was soll das heißen?«

Die Köchin erwiderte ihren Blick. Ihre ohnehin meist puterroten Züge schienen noch ein wenig dunkler geworden zu sein. Sie wirkte erschrocken, als hätte sie etwas gesagt, das sie eigentlich nicht sagen wollte. »Nichts weiter«, blaffte sie. »Mach lieber mit deiner Arbeit weiter, statt mir dumme Fragen zu stellen. Jeder von uns Bediensteten weiß, dass das in diesem Haushalt nicht erwünscht ist. Die Duchessa mag das nicht.«

»Wegen ihres Vaters«, vermutete Serena, während sie die tränenreiche Arbeit wieder aufnahm.

»Möglich.« Ginesepina griff nach dem Huhn, das es zu rupfen galt, eine Aufgabe, die sie stets persönlich übernahm.

»Sind Sie jemals oben gewesen?«, fragte Serena, der eben ausgesprochenen Warnung zum Trotz. »Im ersten Stock, meine ich.«

Es gab ein sattes, ratschendes Geräusch, als die Köchin das erste Federbüschel ausriss, gefolgt von einem unwilligen Zischen. »Habe ich dir nicht gerade gesagt, dass du das Fragen lassen sollst?«

»Entschuldigung, ich …«

»Nein, ich bin noch niemals oben gewesen! Wieso auch? Es gibt dort nichts, das mich etwas anginge – und dich ebenfalls nicht, du mageres junges Ding!«

»Ich weiß«, versicherte Serena. »Aber seltsam ist es doch.«

»Was?«, kam die Frage zwischen zwei weiteren Federbüscheln.

»Diese Besuche – sie kommen stets erst nach Einbruch der Dunkelheit und pflegen bis spät in die Nacht zu bleiben.«

»Und?«

»Vielleicht weiß Manus ja mehr darüber«, rätselte Serena. »Er ist der Einzige von uns, der die Treppe passieren darf. Vielleicht kann er uns ja etwas sagen von dem, was dort oben …«

»Nein«, sagte Ginesepina nur.

»Wie bitte?«

»Untersteh dich!« Die Köchin drehte ihren kurzen, kaum vorhandenen Hals nach der Tür, als wollte sie sich vergewissern, dass niemand sie belauschte. »Halte dich von Manus fern, hörst du? Er ist der Duchessa treu ergeben.«

»Das bin ich auch«, versicherte Serena.

Ginesepina schüttelte den Kopf. »Nicht auf diese Weise«, entgegnete sie, und etwas an der Art, wie sie es sagte, wollte Serena nicht gefallen.

Schon zuvor war sie der Ansicht gewesen, dass der wortkarge Leibdiener etwas Bedrohliches an sich hatte, es aber auf seine hünenhafte Postur, seine stets dunkle Kleidung und das schulterlange schwarze Haar geschoben, die alle zu seiner düsteren Erscheinung beitrugen. Ginesepina jedoch schien sich tatsächlich vor ihm zu fürchten. Warum?

Serena wagte nicht, danach zu fragen, und setzte schweigend ihre Arbeit fort. Nach den Zwiebeln kamen die Rüben, dann die Kräuter, während Ginesepina den großen Kessel anheizte, in dem sie ihr Risotto zubereitete. Als die Gäste schließlich eintrafen, blieben Serena und sie in der Küche. Das Essen wurde im Speisesaal serviert, danach begaben sich die Herrschaften hinauf in den ersten Stock, wo sie bis in die frühen Morgenstunden blieben.

Und noch ehe der neue Tag anbrach, verließen die Gäste das Haus wieder, so rasch und unauffällig, wie sie gekommen waren.

7

New York
16. Januar 1826

»Und Sie glauben, davon wird es besser?«

Mit einer Mischung aus Hoffnung und Skepsis blickte Quentin auf das kleine Fläschchen aus braunem Glas, das er in der Hand hielt. Die Aufschrift war in Latein gehalten und sagte ihm nicht viel, aber er hoffte, dass die klare Flüssigkeit darin halten würde, was der Arzt versprach.

»Es kommt nicht darauf an, was ich glaube.« Dr. Dunbar, ein untersetzter, breitschultriger Mann mit ergrautem Backenbart, schüttelte den Kopf. »Diese Essenz hilft Ihrer Gattin, zur Ruhe zu kommen, doch sie kann keine Wunder bewirken. Wichtig ist, dass sie wieder zu sich selbst findet.«

Quentin nickte, noch immer auf das Fläschchen starrend. Da Dunbar aus der alten Heimat stammte, war er der Arzt seines Vertrauens. Doch angesichts dessen, was Mary widerfahren war, schienen seine Künste zu versagen.

»Es ist, als ob sie eine andere geworden wäre«, berichtete Quentin tonlos. »An manchen Tagen scheint sie wieder sie selbst zu sein, dann schöpfe ich Hoffnung, dass alles wieder so werden könnte wie früher ... Aber dann kehrt die Traurigkeit zurück, und alles beginnt von vorn.«

»Ich weiß.« Dunbar, der hinter seinem Schreibtisch aus massivem Eichenholz saß, nickte, Verständnis sprach aus seinen kleinen, tief liegenden Augen. »Gemütsschwankungen sind in solchen Fällen nicht ungewöhnlich. Mary wird noch Zeit brauchen, um all das zu verarbeiten.«

»Sie träumt viel in letzter Zeit«, fuhr Quentin fort, »und sie versucht, in ihren Träumen Zusammenhänge zu entdecken.«

»Auch das ist nicht weiter verwunderlich«, versicherte der Arzt. »Wenn wir Menschen etwas verlieren, was uns wichtig war, so pflegen wir stets nach dem Grund dafür zu fragen. Wir suchen nach Zeichen, die uns das Leben womöglich gegeben hat, nach Sinn.«

»Das ist wahr.« Quentin nickte und sah fragend von dem Fläschchen auf. »Und – wenn wir ihn nicht finden?«

Dunbar hielt seinem prüfenden Blick eine Weile stand. Dann spielte ein mildes Lächeln um seine Züge. »Ich bin kein Priester, Mr. Hay«, sagte er dann. »Es ist nicht meine Aufgabe, Ihnen Antworten zu geben, sondern dafür zu sorgen, dass sich das Befinden Ihrer Gattin bessert. Alles andere liegt bei Ihnen.«

»Bei mir?«

»Helfen Sie Mary dabei, ihren verlorenen Lebenssinn wiederzufinden. Sprechen Sie mit ihr, zeigen Sie ihr, dass Sie sie verstehen und noch immer lieben.«

»Das würde ich gerne, Doktor«, versicherte Quentin. »Aber wann immer ich …«

»Haben Sie Geduld«, redete Dunbar ihm zu. »Wenn Ihnen etwas an Ihrer Frau liegt, dann zeigen Sie Verständnis. Versichern Sie ihr, dass sie keine Schuld an dem trägt, was geschehen ist. Und vor allen Dingen, lassen Sie sie nicht lange allein. Sie bedarf Ihrer Unterstützung in diesen Tagen.«

»Da gibt es ein Problem«, wandte Quentin ein. »Ich muss nach Schottland reisen, um eine dringende familiäre Angelegenheit zu klären.«

»Dann nehmen Sie Mary mit.«

»Was?« Quentin starrte den Doktor fassungslos an. »Ist das Ihr Ernst? Ich soll meiner Frau eine solche Strapaze zumuten? In ihrem Zustand?«

»Warum nicht?« Dunbar zuckte mit den breiten Schultern.

»Die Abwechslung wird ihr guttun. Und überdies: Wer sagt Ihnen, dass die Antworten, nach denen Sie suchen, nicht in der alten Heimat zu finden sind?«

»Kaum«, wehrte Quentin kopfschüttelnd ab. »Es geht um eine Testamentseröffnung. Ein Onkel von mir ist unerwartet von uns gegangen.«

»Mein Beileid«, versicherte der Arzt. »Aber lassen Sie Mary dennoch nicht allein. Dies hier«, er deutete auf das Fläschchen in Quentins Hand, »kann helfen, ihren Schmerz ein wenig zu lindern. Überwinden kann sie ihn jedoch nur mit Ihrer Hilfe.«

Quentin hörte Dunbars Worte, bemerkte die Aufforderung in seinem Blick. Womöglich, dachte er, hatte der Arzt recht, und ein Ortswechsel war genau das, was Mary brauchte. Aber was, wenn er sich irrte? Der Tod Sir Walters hatte Mary zugesetzt und ihre Trauer noch vergrößert. Was, wenn durch die Reise nach Schottland alles noch schlimmer wurde?

Quentin ertappte sich dabei, dass er zweifelte – nicht an Mary oder Dr. Dunbar, sondern an sich selbst. Würde er die Kraft haben, Mary zu halten, wenn sie noch tiefer fiel? Würde er dazu in der Lage sein?

»Ich weiß, was Sie jetzt denken«, versicherte Dunbar, »aber Sie sollten sich nicht zu sehr sorgen. Bisweilen muss man die Dinge einfach dem Leben überlassen.«

»Dazu, Doktor, muss man dem Leben erst einmal vertrauen«, wandte Quentin ein.

»Richtig«, gab der Arzt zu, »und ich kann verstehen, dass nach allem, was geschehen ist, dieses Vertrauen ins Wanken gerät. Aber wenn Sie wirklich jemand sind, der nach dem Sinn sucht, nach einem Grund, aus dem heraus die Dinge geschehen, so ist Ihnen vielleicht auch schon der Gedanke gekommen, dass auch diese Reise in die alte Heimat nicht von ungefähr erfolgt sein, sondern einem bestimmten Zweck in Ihrem Leben dienen könnte.«

Quentin schnitt eine Grimasse. »Ich dachte, Sie wären kein Priester?«

»Das bin ich auch nicht. Aber ich glaube daran, dass eine höhere Macht unsere Schritte lenkt, und dass Gott für jede Tür, die er schließt, ein Fenster öffnet.«

Quentin nickte. Er verstand, was Dunbar ihm damit sagen wollte, aber er war längst nicht überzeugt. Hatte nicht Sir Walters gewaltsamer Tod eben erst bewiesen, dass es keinen tieferen Sinn im Leben gab? Keine Gerechtigkeit?

»Bisweilen geschehen schlimme Dinge, mein Freund«, sagte der Arzt und schlug dabei einen Tonfall an, der Quentin fast ein wenig an seinen verstorbenen Onkel erinnerte. »Aber das bedeutet nicht, dass nicht auch gute Dinge geschehen.«

»Ist das so?«

»Ich wünsche Ihnen eine gute Reise. Und wie immer Sie sich entscheiden mögen, grüßen Sie Mary ganz herzlich von mir.«

»Das werde ich. Danke, Doktor.«

»Auf Wiedersehen, Mr. Hay.«

»Auf Wiedersehen, Dr. Dunbar.«

Quentin wandte sich ab und verließ das holzgetäfelte Behandlungszimmer, durchquerte den Vorraum mit den Vitrinen, in denen sich unzählige Arzneien reihten. Das Fläschchen mit der Essenz, die Dunbar ihm gegeben hatte, steckte er in die Manteltasche, dann trat er hinaus auf die Straße.

Eisige Kälte schlug ihm entgegen, in der sich sein Atem als weißer Dampf niederschlug. Quentin zog den Mantelkragen hoch und den Schal enger, dann ging er die schneebedeckte Cortland Street hinab, zurück zur Hauptstraße.

Es war noch früh am Morgen, entsprechend ruhig war es in den Straßen. Nur vereinzelt kamen Kutschen die gefrorene Fahrbahn herab oder fliegende Händler, die mit ihren Karren zum Markt eilten. Ohne die Welt um sich herum wirklich wahrzunehmen, schloss sich Quentin ihnen an, in düstere Gedanken versunken.

Zuerst jener furchtbare Schicksalsschlag; dann Marys beklagenswerter Zustand und nun auch noch der Tod von Sir Walter ... Was auch immer Quentin als gut und wertvoll erachtete, schien verloren zu gehen. Sein Leben war im Begriff, sich aufzulösen – und er gab sich die Schuld dafür.

Was hatte er getan, welchen Fehler hatte er begangen, dass das Leben ihn so hart dafür bestrafte? War es falsch gewesen, der alten Heimat den Rücken zu kehren und in die Neue Welt zu gehen? Waren Mary und er doch nicht füreinander bestimmt gewesen, wie er stets geglaubt hatte? War es naiv und dumm gewesen, an solch romantischen Unfug zu glauben?

Zweifel nagte in ihm wie ein Geschwür, Verunsicherung quälte ihn. Er musste an die Vergangenheit denken, an Mary und an Sir Walter und an die Dinge, die sie gemeinsam erlebt hatten. Im Nachhinein schien damals alles sehr viel einfacher gewesen zu sein – und klarer. Oder hatte es nur daran gelegen, dass Quentin in Sir Walter einen zuverlässigen Freund zur Seite gehabt hatte, der auch in gefährlichen Lagen stets einen kühlen Kopf bewahrt und gewusst hatte, was zu tun war?

Wie viel hätte Quentin darum gegeben, seinen Onkel auch in diesen Tagen zur Seite zu haben und ihn um Rat fragen zu können. Doch Sir Walter weilte nicht mehr unter ihnen, und seine milde Weisheit, die Quentin so oft den rechten Weg gewiesen hatte, war zusammen mit ihm gest …

Plötzlich wandte sich Quentin um.

Was ihn dazu bewogen hatte, wusste er schon im nächsten Augenblick nicht mehr zu sagen. Es war wohl nur ein Impuls gewesen, ein unbehagliches Gefühl, der Eindruck, von fremden Augen beobachtet zu werden.

Doch alles, was Quentin im fahlen Morgenlicht erkennen konnte, waren ein paar verstreute Gestalten, die wie er zum Broad Way unterwegs waren. Um sich vor der schneidenden Kälte zu schützen, waren sie alle in Schals gehüllt und hatten die Mützen weit herabgezogen, sodass ihre Gesichter nicht zu sehen waren. Unmöglich festzustellen, ob einer von ihnen ihn beobachtet hatte, und schon im nächsten Moment kam der Gedanke Quentin lächerlich vor.

Er schüttelte ihn von sich wie ein lästiges Insekt und setzte seinen Weg fort, der Bloomingdale Road entgegen, an deren Ende sich das kleine, zwischen Backsteinbauten eingezwängte Häuschen befand, das Mary und er bewohnten. Es gehörte der Witwe eines schottischen Landsmanns, der sich durch Landspekulationen ein Vermögen erworben hatte, und die es ihnen für eine überaus günstige Miete überließ. Ansonsten hätten sich Quentin und Mary mit dem wenigen Geld, das er als Korrespondent der *Evening Post* verdiente, das Haus gar nicht leisten können. Überhaupt hatten sie das vergleichsweise angenehme Leben, das sie in New York führten, keinem anderen als Sir Walter zu verdanken, der ihren Neubeginn in den Vereinigten Staaten mit großzügigen Zuwendungen unterstützt hatte. Quentin war ihm dafür von Herzen dankbar.

Wie für so vieles andere …

»Verdammt!«

So unvermittelt, wie es verschwunden war, war das Gefühl wieder da: Eine grässliche Unruhe, die ihn abermals herumfahren ließ – und diesmal glaubte er zu beobachten, wie sich einer der nachfolgenden Passanten abrupt abwandte.

Der Mann trug einen altmodischen Dreispitz und ging leicht gebeugt. Das war auch schon alles, was Quentin erkennen konnte. Ein erster Impuls drängte ihn dazu, stehenzubleiben und den Fremden anzusprechen.

Aber was dann?

Wenn der Kerl bewaffnet war, hatte Quentin keine Chance. Immer wieder kam es vor, dass Diebesgesindel aus den Five Corners und dem sechsten Bezirk seinen Weg in die zivilisierten Teile der Stadt fand und dort nach Opfern suchte. Quentin verspürte nicht das geringste Verlangen, niedergestochen und ausgeraubt zu werden. Wenn ihm der Fremde tatsächlich folgte, musste er ihn abschütteln, so rasch wie möglich.

Mit pochendem Herzen wechselte er die Straßenseite und bog in eine Seitengasse ab. Ein Blick über die Schulter verriet ihm, dass der andere ihm auch weiter auf den Fersen blieb.

Nun gab es keinen Zweifel mehr.

Der Kerl mit dem Dreispitz war hinter ihm her!

Quentins Pulsschlag steigerte sich, und er beschleunigte seinen Schritt. Sein Atem ging jetzt stoßweise, während er aus dem Augenwinkel erneut zurückblickte.

Der Vermummte war noch immer da, und auch er ging nun schneller. Quentin war erleichtert, als zur Linken eine Haustür aufging und zwei Männer heraustraten. Auf der anderen Straßenseite öffnete ein Geschäft für Lederwaren, und ein fliegender Händler war dabei, seinen Verkaufsstand aufzubauen. Je mehr Menschen die Straßen bevölkerten, desto gründlicher würde der Verfolger es sich überlegen, ehe er ein Verbrechen beging – doch noch schien er nicht gewillt, von seinem Vorhaben abzulassen.

Er holte auf, und Quentin, von der plötzlichen Furcht getrieben, so wie sein Onkel zu enden, niedergestreckt von feiger Mörderhand, begann zu laufen …

8

Florenz
August 1784

Die Besuche waren noch häufiger geworden.

Trotz der drückenden Sommerhitze, die sich über die Stadt gesenkt und dafür gesorgt hatte, dass viele wohlhabende Bürger sie verlassen hatten, empfingen der Herzog und seine Tochter auch weiterhin nächtliche Gäste, die das Haus jeweils vor Tagesanbruch wieder verließen. Weder wurden Namen genannt noch andere Einzelheiten, doch glaubte Serena gehört zu haben, dass es Franzosen waren, die der Herzog zu nächtlicher Stunde empfing. Und das beunruhigte sie …

»Was denn?«, fuhr Ginesepina sie einmal mehr an, während sie den Teig knetete. »Geht dir schon die Kraft aus, du mageres Ding? Ist ja auch kein Wunder, so wenig, wie du auf den Rippen hast.«

»Es geht mir gut«, versicherte Serena. »Und Kraft habe ich auch genug.«

»Ja?« Im runden Gesicht der Köchin zuckte es angriffslustig. »Dann frage ich mich, warum du immer wieder mit Kneten aufhörst. Der Teig ist noch lange nicht fertig, falls du das denkst. Erst wenn er Blasen schlägt!«

»Ich weiß«, versicherte Serena und rollte mit den Augen. Ihre anfängliche Unterwürfigkeit hatte sie abgelegt. Inzwischen wusste sie, dass die einzige Quelle von Ginesepinas fortwährender Stichelei blanker Neid war: Neid auf ihre Jugend, Neid auf ihr glänzend schwarzes Haar und darauf, dass die Rundungen des Körpers bei ihr noch an den richtigen Stellen saßen statt sich in Richtung Erdboden davonzumachen. Dass sich der Stallbursche für Serena interessierte, wäre der Köchin vermutlich noch egal gewesen, aber dass sich ausgerechnet der Kutscher, auf den sie selbst ein Auge geworfen zu haben schien, den Hals nach Serena verdrehte, schien doch sehr an ihr zu nagen (ohne dass an ihrer Leibesfülle etwas davon zu bemerken gewesen wäre).

Serena hatte nicht vor, ihre Gunst einem der beiden Herren zu schenken; wäre es ihr darum gegangen, hätte sie auch zu Hause in Pistoia bleiben können. Aber sie war erleichtert darüber, dass dies die Quelle von Ginesepinas offenkundiger Abneigung war. Tatsächlich war die dicke Köchin wohl froh darüber, eine brauchbare Hilfe zur Seite zu haben, nachdem Serenas Vorgängerin offenbar ganz plötzlich ihres Amtes verwiesen worden war. Den Grund dafür kannte Serena nicht; es war eines der vielen Geheimnisse, die sich um den Palazzo des Herzogs rankten, und die ihr neuerdings einige Sorge bereiteten.

»Haben Sie es auch gehört?«, fragte sie unvermittelt, nachdem sie den Teig eine Weile lang weiter bearbeitet hatte.

»Was soll ich gehört haben?«

»Auf dem Markt machen Gerüchte die Runde.«

»Auf dem Markt machen immer Gerüchte die Runde«, verbesserte die Köchin gleichgültig, die damit beschäftigt war, dünne Filetstücke aus einem unförmigen Brocken roten Fleisches zu schneiden. »Deshalb ist es ein Markt.«

»Einer der Händler kam gerade aus Frankreich. Er sagte, dass es dort bald Krieg geben könnte.«

Über den Fleischberg hinweg sah Ginesepina sie verständnislos an. Ihre vor Anstrengung geröteten Züge unterschieden sich farblich kaum vom Fleisch des Ochsen. »Und warum interessiert dich das, du mageres Etwas?«

Serena schüttelte den Kopf, nicht der Beleidigung wegen, die sie längst nicht mehr bewusst wahrnahm, sondern weil ihr unbegreiflich war, wie sich jemand *nicht* für diese Dinge interessieren konnte. »Es heißt, dass es im Volke gärt. Einige sprechen von Revolution und davon, den König zu stürzen.«

»Ha!« Die Köchin lachte laut und spöttisch auf. »Diese Narren!«

»Warum sagen Sie das? Sind Sie nicht dafür, dass ein Volk über sich selbst bestimmen darf? Don Alfredo hat mir erzählt, dass die Menschen in Amerika in Freiheit leben, ohne einen König oder einen Fürsten.«

»Ach ja?« Ginesepina verengte kritisch die Augen. »Und wer führt sie dann an? Wer hat dort das Sagen?«

»Leute aus ihren eigenen Reihen, die sie selbst gewählt haben. Das nennt man Demokratie, hat Don Alfredo gesagt.«

»Dann hat er dir einen schönen Bären aufgebunden, dein Don Alfredo«, meinte die Köchin überzeugt, und wie um ihre Worte zu unterstreichen, ließ sie das Fleischerbeil wuchtig niedergehen. »Ein Land, wo die kleinen Leute etwas zu sagen haben? Das ist doch Unfug! Man muss das Herrschen denen überlassen, die etwas davon verstehen. Wir tun ja schließlich auch nur das, wovon wir etwas verstehen.« Sie schob sich ein kleines Stück rohes Ochsenfleisch zwischen die löchrigen Zähne und kaute es, um es zu prüfen. »Gut«, stellte sie fest. »Sehr zart.«

»Aber – wären Sie nicht lieber frei, als ein Untertan?«, fragte Serena leise.

»Ich bin frei«, versicherte die Köchin, während sie sich die blutigen Hände an der Schürze abwischte, »frei wie ein Vogel. Und jetzt hör auf, über solchen Unsinn nachzudenken. Wenn dein Hirn genauso verkümmert ist wie der Rest von dir, kann ohnehin nichts Vernünftiges dabei herauskommen.« Sie lachte, amüsiert über ihren eigenen Scherz, und Serena ertappte sich dabei, dass sie nun doch wütend wurde.

Angewidert starrte sie auf die dicke, vor Selbstgefälligkeit strotzende Frau, die vermutlich in ihrem ganzen Leben noch niemals Hunger gelitten oder echtes Leid erfahren hatte, und verspürte plötzlich den innigen Wunsch, es ihr heimzuzahlen, sie zumindest ein klein wenig aus ihrem Dünkel und ihrer Bequemlichkeit aufzuschrecken.

»Sie interessieren sich vielleicht nicht für die Revolution«, erwiderte sie genüsslich »und mögen glauben, dass sie noch sehr weit weg ist. Aber womöglich ist sie bereits angekommen, hier in diesem Haus.«

»Was willst du damit sagen?«

»Gar nichts – nur dass unter den Gästen, die uns in diesen Tagen besuchen, auch Franzosen waren«, eröffnete Serena. »Womöglich solche, die aus ihrem eigenen Land fliehen mussten.«

»Du sprichst über gefährliche Dinge«, stieß Ginesepina hervor, nun eindeutig nicht mehr in selbstgefälliger Ruhe.

»Ich sage nur, was ich gesehen und gehört habe«, verteidigte sich Serena.

»Und das kann schon zu viel sein in diesem Haus«, bestätigte die Köchin und blickte einmal mehr furchtsam nach der Tür. »Ich habe dir doch gesagt, dass du keine Fragen …«

»Aber ich …«, wollte Serena widersprechen, als die Küchentür plötzlich aufschwang und Manus auf der Schwelle stand. Ein greller Schrei entfuhr Ginesepinas kurzem Hals, Serena erstarrte.

»Alles in Ordnung?«, erkundigte sich der schwarze Hüne, als er die Blicke beider Frauen wie gebannt auf sich gerichtet sah. Es war eine der seltenen Gelegenheiten, bei denen er sein Schweigen brach, und Serena war beinahe enttäuscht über den Klang seiner Stimme, die weder besonders tief noch sonst beeindruckend war, sondern erschreckend belanglos.

»A-alles«, bestätigte die Köchin. »Warum fragst du?« Sie deutete auf das Fleisch, das vor ihr auf dem Tisch lag. »Möchtest du versuchen?«

In Manus' dunklen Augen blitzte es, und ein Grinsen huschte über seine bartlosen Züge. »Warum nicht?«

9

New York
42 Jahre später

Der gefrorene Schnee knirschte unter seinen Füßen, sein Atem ging keuchend und stoßweise, während Quentin die von Unrat übersäte Seitenstraße hinabrannte. Wann immer er über die Schulter blickte, sah er den Mann mit dem Dreispitz zwischen Mauervorsprüngen und Kistenstapeln.

Da immer mehr der kleinen Ladengeschäfte öffneten, war die Straße inzwischen einigermaßen belebt, umso mehr erschreckte Quentin die Beharrlichkeit, mit der ihm der Unbekannte auf den Fersen blieb. Um den Verfolger abzuschütteln, hatte er einen Umweg gemacht, inzwischen jedoch war er nur noch einen Häuserblock von zu Hause entfernt. Der Gedanke, endlich dort anzukommen und die Tür hinter sich zu schließen, war verlockend, andererseits wollte Quentin den Kerl nicht geradewegs zu seinem Haus führen – und damit auch zu Mary! Die Arme sollte nicht noch mehr Grund bekommen sich zu sorgen.

Anstatt den Weg nach Hause einzuschlagen, bog er abermals ab und gelangte auf die Bowery Road, die von der Südspitze der Insel heraufführte und um diese Tageszeit bereits sehr belebt war. Hier brauchte Quentin sicher nicht mehr zu fürchten, Opfer eines Überfalls zu werden, doch musste er eine Möglichkeit finden, den Kerl mit dem Dreispitz loszuwerden.

Die Gelegenheit bot sich an einer Straßenecke, wo eine Mietdroschke bereitstand. Gewöhnlich versagte sich Quentin diesen Luxus, was ihm unter seinen Kollegen bei der *Post* den Ruf eines geizigen Schotten eingetragen hatte, und er hatte nichts dagegen unternommen, um diesen Eindruck zu widerrufen. Es war ihm lieber, die Leute hielten ihn für sparsam, als wenn sie argwöhnten, dass er sich keine Droschkenfahrt leisten konnte.

In diesem Fall jedoch biss er in den sauren Apfel. Über die Fußtreppe, die der Kutscher beflissen für ihn ausklappte, bestieg er das Gefährt und ließ sich auf dem gepolsterten Sitz nieder.

»Wohin, Sir?«, fragte der Kutscher, ein gedrungener Mann mit breiter Stirn und deutschem Akzent.

»Ich weiß nicht.« Durch das glaslose Fenster spähte Quentin nach draußen, konnte den Mann mit dem Dreispitz jedoch nicht mehr entdecken. »Einmal um den Square. Dann sage ich Ihnen, wie es weitergeht.«

Der Blick des Deutschen verriet, dass er Quentins Ansinnen seltsam fand, aber er sagte nichts. »Wie Sie wünschen, Sir«, bestätigte er stattdessen nur und erklomm den Kutschbock – und die Fahrt begann.

Als das Gefährt anfuhr und Quentin an den steif gefrorenen Vorhängen vorbei nach draußen spähte, glaubte er, noch einmal einen Blick auf seinen geheimnisvollen Verfolger zu erhaschen. Im nächsten Moment jedoch war die Kutsche bereits die Straße hinab davongefahren, und schon wenige Augenblicke später wusste Quentin nicht mehr zu sagen, ob jener vermummte Mann ihn tatsächlich verfolgt hatte, oder ob er nicht eher ein Opfer seiner eigenen dunklen Gedanken geworden war.

Er atmete auf, erleichtert und beschämt zugleich, und während er hinausblickte auf die weite, weitgehend unbebaute Fläche, die sich nördlich der Hauptstraße erstreckte, und dem Hämmern seines eigenen Pulsschlags lauschte, da wurde ihm klar, dass er solche Aufregung zuletzt an der Seite Sir Walters verspürt hatte, als sie gemeinsam auf der Suche nach dem Runenschwert gewesen waren. Er nahm sich vor, seinem Onkel einen Brief zu schreiben und ihm von dem zu berichten, was ihm …

Der Gedanke riss wie ein spröder Faden.

Quentin würde seinem Onkel keinen Brief schreiben, und sie würden sich auch nicht mehr über ihr gemeinsames Abenteuer unterhalten.

Niemals wieder.

In diesem Moment wurde Quentin in vollem Umfang bewusst, was geschehen war, und tiefe Trauer überkam ihn.

Tränen schossen ihm in die Augen, ohne dass er etwas dagegen tun konnte, und er weinte hemmungslos.

10

Florenz
4. September 1784

Serena war nicht gerne hier unten.

Von allen Pflichten, die sie als Küchenhilfe zu versehen hatte, war ihr diese am meisten verhasst, denn die steile Treppe, der dunkle, nur von Kerzenschein beleuchtete Korridor, das Moos an den Wänden und der Geruch von Moder, der die klamme Luft durchsetzte – all das weckte Erinnerungen.

An ihre Heimat.

An einen dunklen Gang.

Und eine dunkle und unheimliche Gestalt.

Manchmal, wenn diese Erinnerungen sie überkamen, spürte sie das Gewicht noch einmal auf sich, die Berührung der fleischigen, vor Wollust bebenden Hände, und hörte den heiseren, stoßweisen Atem. Entsetzen packte sie dann, das sie nur wieder abschütteln konnte, wenn sie sich mit aller Macht darauf besann, dass all dies hinter ihr lag. Sie war jetzt eine andere, lebte ein anderes Leben, an einem anderen Ort.

Auch jetzt drohte die Panik sie wieder zu überkommen, kroch in ihr hoch wie eine verdorbene Speise. Serena versuchte an andere, erfreulichere Dinge zu denken, und tatsächlich gelang es ihr, die Tür zum Vorratskeller zu erreichen, ohne von den Geistern der Vergangenheit eingeholt zu werden.

Den Leuchter mit dem Talglicht in der einen, den großen Schlüssel in der anderen Hand, versuchte sie das rostige Schloss zu öffnen, das schließlich unter krächzendem Protest nachgab. Die Tür schwang auf, und im flackernden Schein der Kerze tauchten die Schätze auf, die hier unten gelagert waren: in tönernen Gefäßen aufbewahrtes Olivenöl und in hölzernen Fässern eingepökeltes Fleisch, vor allem aber Wein, von dem der Herzog viele, sehr viele Flaschen sein Eigen nannte.

Serena hatte nie verstanden, was die hohen Herren und Damen am Rebensaft fanden und weswegen sie solches Gewese darum machten; Ginesepina hatte behauptet, dass einige der verstaubten und mit dunkler Flüssigkeit gefüllten Gefäße, die hier unten im Keller lagerten, ein Vermögen wert seien, weswegen sie auch immer wieder betonte, dass Serena eigentlich gar nicht würdig sei, sie aus dem Keller zu holen. Dass sich die dicke Köchin in letzter Zeit immer häufiger dazu durchrang, Serena dennoch hierherzuschicken, war wohl weniger ein Beweis ihres Vertrauens, wie sie behauptete, sondern eher ihrer eigenen Bequemlichkeit.

Dass Serena den Keller hasste, dass er sie an Dinge erinnerte, die sie lieber vergessen hätte, behielt sie für sich. Hätte sie sich geweigert, in den Keller zu gehen, hätte Ginesepina ihr das nur als Faulheit ausgelegt und sie bei nächster Gelegenheit bei der Duchess angeschwärzt, und diese Genugtuung wollte Serena ihr nicht verschaffen. Sie biss also die Zähne zusammen, suchte die Wirrnis ihrer Gefühle zu beherrschen und holte aus den Regalen, was die Köchin ihr aufgegeben hatte: ein Gefäß mit in Öl eingelegten Artischocken sowie eine Flasche von dem Wein aus der Gegend um Bordeaux, die der Herzog offenbar sehr schätzte. Gerade hatte sie die Flasche aus dem Regal genommen, als hinter ihr ein dumpfes, unheimliches Gurgeln erklang.

Serena musste lächeln.

Das erste Mal, als sie allein hier unten gewesen war, hatte das Geräusch sie so erschreckt, dass sie beinahe eine Weinflasche hätte fallen lassen. Inzwischen wusste sie, dass es aus dem Schacht rührte, der inmitten des Gewölbes in den Boden eingelassen und mit einem Eisenrost vergittert war; darunter floss ein unterirdischer Nebenarm des Flusses.

Wozu dieser Schacht dienen mochte, ob er eine Art Kanal darstellte oder in alten Tagen womöglich als Fluchtweg gedient hatte, darüber konnte Serena nur spekulieren, und eigentlich war es ihr einerlei. Sie war nur froh, dass das unheimliche Geräusch eine solch harmlose Ursache hatte.

Mit den beiden Gefäßen auf dem Arm ging sie zurück zur Tür. Im Vorbeigehen warf sie einen missbilligenden Blick in das dunkle Loch, das sie schon einmal so erschreckt hatte, und für einen Moment fiel der Kerzenschein auf das dunkle Wasser, das nur wenige Ellen unter dem Gitter dahinfloss, …

… und riss die Gesichtszüge eines Mannes aus der Dunkelheit!

Serena erstarrte.

Die Weinflasche entwand sich ihrem Griff, schlug zu Boden und ging klirrend zu Bruch, aber Serena nahm es nicht einmal wahr.

Unfähig, einen weiteren Schritt zu tun oder auch nur zu schreien, stand sie da. Entsetzen legte sich mit klammen Händen um ihren Hals und würgte sie, sodass ihr übel wurde und sie keine Luft mehr bekam, während sie weiter auf das bleiche, reglose Gesicht starrte, das ihr von unten entgegenblickte.

Es war nicht das erste Mal, dass Serena einen Toten sah, aber dieser hier war anders. Seine Züge waren schwammig und aufgedunsen, und das Wasser, das ihn überspülte, sorgte dafür, dass er auf grausige Weise lebendig wirkte.

Und das war noch nicht alles.

Serena kannte den Mann!

Es war einer der Franzosen, die den Palazzo in letzter Zeit häufig besuchten, und sie war sicher, ihn erst vor wenigen Tagen gesehen zu haben. Seiner blauen Kleidung wegen war er ihr aufgefallen, die er auch jetzt noch trug und die ihn in der Strömung wie ein Totenschleier umwölkte.

Blau.

Die Farbe der Freiheit.

Die Farbe der Revolution.

Jäh wurde Serena bewusst, dass sie noch immer dort stand, den Kerzenleuchter in der einen und das eingelegte Gemüse in der anderen Hand, zu ihren Füßen die geborstene Flasche. Unwillkürlich wich sie vom Rand des Schachts zurück, und im nächsten Moment beherrschte sie nur noch ein Gedanke.

Flucht!

Sie fuhr herum, stürzte Hals über Kopf aus dem Gewölbe und zurück durch den Gang, hastete die ungleichen steinernen Stufen hinauf und wäre um ein Haar gestürzt – wäre sie nicht gegen eine große dunkle Gestalt gelaufen.

»He!«, rief eine Stimme, die Serena nur zu bekannt vorkam. »Hast du jetzt völlig den Verstand verloren? Was ist los mit dir, du ungeschicktes dürres Ding?«

Serena stand nur da und starrte. Wie aus Nebeln tauchte Ginesepinas ebenso rundes wie rotes Gesicht vor ihr auf.

»Wo bleibst du denn?«, herrschte die Köchin sie an. »Muss ich alles selber machen? Und wo ist der Wein, den du mitbringen solltest? Ist dein Spatzenhirn denn zu gar nichts nütze?«

Serena blickte sie weiter an. Trotz der Schimpfkanonade, die über sie hereinbrach, war sie froh, der Köchin zu begegnen. Alles in ihr drängte sie dazu, Ginesepina zu berichten, was sie unten im Keller entdeckt hatte, ihr den Leichnam zu zeigen, der dort unten im Wasser lag – aber trotz des Entsetzens, das sie noch immer in seinen Klauen hielt, tat sie es nicht.

Keine Fragen, schoss es ihr durch den Kopf.

Fragen waren im Palazzo unerwünscht.

»Bitte verzeihen Sie«, sagte Serena deshalb mit unterwürfig gesenktem Haupt. »Das Geräusch aus dem Loch hat mich erschreckt. So sehr, dass ich den Wein habe fallen lassen.«

»Und das sagst du dummes Ding mir einfach so ins Gesicht?« Unter Ginesepinas feisten Wangen mahlte es. »Du kriegst heute und morgen nichts zu essen. Und deine freie Stunde am Sonntag ist gestrichen!«

»Verstanden«, sagte Serena nur.

»Und jetzt geh und hol eine neue Flasche.«

»Nein.« Serena schüttelte den Kopf.

»Was soll das heißen?«

»Ich möchte nicht mehr dort hinunter«, bekräftigte Serena, von Grauen geschüttelt. »Niemals wieder.«

»Ist das dein letztes Wort?«

Serena nickte.

»Wie du willst.« Ginesepina riss ihr den Kerzenleuchter aus der Hand. »Du wirst schon sehen, was du von deiner Sturheit hast. Die Duchessa wird alles von mir erfahren.«

11

Atlantischer Ozean
29. Januar 1826

»Nein!«

Mit einem Aufschrei fuhr Mary aus dem Schlaf.

Ihr ganzer Körper zitterte, ihr Nachtgewand und ihr Haar klebten schweißdurchtränkt an ihr. Gehetzt sah sie sich um, brauchte einige Augenblicke, um zu erkennen, dass sie sich nicht mehr in ihrem Häuschen in New York befand.

Einzelheiten schälten sich aus dem Halbdunkel, das sie umgab: die holzverkleideten Wände einer winzigen Kammer; ein kleiner Tisch, der an Stricken befestigt von der niederen Decke hing; ein hölzerner Eimer, um die Notdurft zu verrichten. Dazu war ein beständiges Knarren zu hören, die Luft roch salzig und nach Tang, und Mary hatte das Gefühl, dass sich das kurze Bett, in dem sie lag, auf und ab bewegte.

Natürlich, schoss es ihr durch den Kopf. *Das Schiff* …

»He«, ließ sich Quentin sanft vernehmen, der in der benachbarten Koje lag. Offenbar hatte ihr Schrei ihn geweckt. »Alles in Ordnung?«

»Ja«, behauptete sie flüsternd, während sie noch immer dabei war, sich zu orientieren.

Das Schiff trug den Namen *Fairy Fay*.

Vor zehn Tagen waren sie von New York aus in See gestochen und befanden sich nun auf dem Weg nach Europa, in die alte Heimat.

Heimat.

Das Wort allein genügte, um in Mary Gefühle der Sehnsucht zu wecken. Und Ängste …

»Was ist los?« Im Mondschein, der durch das winzige Oberlicht in die Kabine fiel, war zu sehen, wie Quentin sich die Augen rieb und dann aufsetzte. Dabei musste er sich vorsehen, dass er sich den Kopf nicht an den Staufächern stieß, die oberhalb der Koje angebracht waren. »Hast du wieder schlecht geträumt?«

Mary nickte zögernd. Sie wollte Quentin nicht damit belasten, aber ihre Träume waren tatsächlich schlecht gewesen, dunkel und voller unheilvoller Ahnungen und Bilder. Sie hatte von Wasser geträumt und geglaubt zu ertrinken …

»Ist schon gut.« Schlaftrunken, wie er war, stand er auf und kam auf ihre Seite des von der Decke hängenden Tisches, setzte sich auf die Kante ihres Bettes. »Du kannst es mir erzählen«, versicherte er. »Du kannst mir alles erzählen.«

»Ich weiß.« Sie rang sich ein Lächeln ab, suchte die Wahrheit hinter seinen Worten zu ergründen. Was ihn letztlich dazu bewogen hatte, seine Meinung zu ändern und sie auf die Reise mitzunehmen, wusste Mary nicht zu sagen. Schon der Gedanke, in ihrem Haus zurückzubleiben, während er nach Europa fuhr, alleingelassen mit all den Erinnerungen, hatte sie an den Rand des Wahnsinns gebracht. Deshalb war sie froh, nun bei ihm zu sein. Doch es blieben auch Zweifel …

»Was ist los?«, fragte er noch einmal und lächelte ebenfalls.

»Nichts.« Sie zuckte verlegen mit den Schultern, kam sich albern dabei vor. »Es quälen mich nur die alten Ängste.«

»Dass deine Träume sich bewahrheiten könnten? Dass die Vergangenheit sich wiederholen könnte?«

Sie nickte abermals. »Vielleicht war es ein Fehler, dich zu begleiten«, flüsterte sie. »Vielleicht wird dadurch alles nur noch schlimmer.«

»Mary. Meine liebste Mary«, erwiderte er nur, und statt den

nutzlosen Versuch zu unternehmen, ihr zu widersprechen oder sie mit Worten trösten zu wollen, nahm er sie in die Arme und zog sie zu sich heran, unbeholfen, aber voller Liebe.

Sie wehrte sich nicht dagegen, genoss das Gefühl von Geborgenheit, das er ihr schenkte, und einen Augenblick lang schien alles ruhig zu sein, friedlich. Nur das Knarren des Schiffes war zu hören, das leise Plätschern der Wellen, die gegen den Rumpf schlugen, und Mary wünschte sich, dass es immer so bleiben und sich niemals ändern mochte.

Quentin zog sie noch enger an sich, sie spürte seinen Atem in ihrem Nacken. Und den zarten Kuss, mit dem er ihn liebkoste.

Ein Schauder durchrieselte sie. Aber es war kein wohliger Schauder, kein lustvolles Erbeben, sondern Unsicherheit, Furcht.

Da sie nichts dagegen unternahm, küsste er sie abermals.

Sie fühlte seine Lippen auf ihrer nackten Haut und schloss die Augen. Sie kämpfte gegen die Panik an, die in ihr aufstieg, sagte sich, dass es dumm war und töricht, doch die Furcht blieb. Noch einmal küsste er sie, dann fühlte sie, wie seine Hand an ihr herabglitt, ihren nackten Schenkel befühlte und dann langsam unter ihr Nachthemd glitt …

In diesem Moment verlor sie die Kontrolle.

Ihr Körper verkrampfte sich, ohne dass sie etwas dagegen tun konnte. Tränen schossen ihr in die Augen, weil ihr klar war, wie schrecklich und abweisend dies auf ihn wirken musste, aber ihre Furcht war stärker, sie kam nicht dagegen an.

»Bitte nicht«, hauchte sie. »Bitte nicht.«

Quentins Hand hielt inne, als wäre sie versteinert. Einen grässlichen Augenblick lang herrschte Schweigen, dann zog er sie zurück, gab Mary aus seiner Umarmung frei.

Sie sank auf das Kissen, blickte tränenverschwommen zu ihm auf. Sie konnte die Enttäuschung in seinen schlichten und doch so milden Zügen sehen, den Schmerz über die Zurückweisung, und sie hasste sich selbst dafür.

»Es tut mir leid«, versicherte sie flüsternd. »Es tut mir leid, mein Geliebter …«

Eine Zornesfalte bildete sich auf seiner Stirn. Er holte Luft und schien etwas erwidern zu wollen – als außerhalb der Kabine ein greller Schrei zu hören war, gefolgt von lauten Rufen und hektischem Getrampel auf Deck.

»Was ist da los?« Quentin sprang auf und lauschte.

Wieder war Getrampel zu hören, auch auf den Stiegen, die unter Deck führten. Eine heisere Stimme brüllte Befehle, die jedoch nicht zu verstehen waren.

»Ich werde gehen und nachsehen«, kündigte Quentin an, während er bereits dabei war, in seine Hosen zu schlüpfen.

»Nein«, widersprach Mary, die plötzlich an ihre Träume denken musste. »Geh nicht!«

»Ich muss«, beharrte Quentin. »Möglicherweise braucht man dort oben meine Hilfe. Und wenn nicht, möchte ich zumindest wissen, woran wir sind.«

»Geh nicht«, bat Mary ihn noch einmal. Sie hatte sich aufgesetzt und ergriff seine Hand. »Dort oben lauert etwas, ich kann es fühlen. Etwas Böses …«

»Unsinn.« Er riss sich von ihr los, schlüpfte in Stiefel und Jacke. »Das bildest du dir nur ein, Schatz. Du hast wieder einmal schlecht geträumt, das ist alles.«

»Aber …«

»Verriegle die Kabinentür hinter mir«, wies er sie an. »Ich bin gleich wieder zurück.«

Damit wandte er sich ab und öffnete die niedrige Tür.

»Quentin?«, rief Mary ihn noch einmal zurück. Sie wollte nicht, dass er sie verließ. Vor allem aber wollte sie nicht, dass er sie *so* verließ …

»Ich weiß.« Er nickte und lächelte schwach. »Schon gut.«

Damit trat er hinaus und schloss die Kabinentür hinter sich, und Mary huschte rasch aus dem Bett, um sie zu verriegeln. Da sie die einzige Frau an Bord war, waren derlei Vorsichtsmaßnahmen mehr als angebracht.

In dem Augenblick, als sie den Riegel vorschob, überkam Mary Hay neuerliche Furcht.

Die schreckliche Angst davor, ihren Mann zu verlieren.

Der Tumult auf Deck dauerte an.

Quentin hatte keine Ahnung, was dort oben vor sich ging. Was immer es jedoch war, er bezweifelte ernstlich, dass er dabei gebraucht wurde. Die traurige Wahrheit war, dass er dankbar für den Vorwand gewesen war, die Kabine zu verlassen. Von Mary zurückgewiesen zu werden, weil sie es offenbar nicht mehr ertrug, wenn er ihr körperlich nahe kam, war eine Sache; ihr danach noch in die Augen sehen zu müssen, war ungleich schlimmer. Quentin erinnerte sich an Dr. Dunbars Worte und seine Ermahnung, geduldig zu sein. Und er war gewiss nicht stolz darauf, aber er ertappte sich dabei, dass seine Geduld allmählich zu Ende ging.

Ein schmaler Gang verlief zwischen den beiden Passagierkabinen. Die *Fairy Fay* war eigentlich ein Frachtschiff, das Handelsgüter zwischen Europa und den Vereinigten Staaten transportierte. Aber je enger die Geschäftsbeziehungen zwischen der Neuen und der Alten Welt wurden, desto häufiger wurde es erforderlich, dass auch Passagiere befördert wurden, und so waren viele Reedereien dazu übergegangen, auf ihren Schiffen auch Kabinen einzurichten. Diese waren zwar dürftig ausgestattet, aber doch sehr viel komfortabler als das, was Reisende noch vor zwei Jahrzehnten hatten erdulden müssen.

Quentin folgte den Lauten, die noch immer von oben drangen. Über eine schmale Treppe enterte er zum Oberdeck auf und gelangte mitten hinein in ein Menschenknäuel, das sich auf dem Vordeck gebildet hatte, sehr zum Missfallen von Kapitän McCabe.

»Los doch, Leute!«, hörte Quentin den alten Fahrensmann rufen, der von gedrungener Postur war und in dessen Gesicht ein wilder Bart wucherte, der wenig mehr als eine Knollennase und ein blitzendes Augenpaar erkennen ließ. »Geht auseinander!«, wetterte er. »Zurück in eure Kojen! Hier gibt es nichts zu sehen, habt ihr verstanden?«

Die meisten der Matrosen, die sich auf dem Vordeck drängten, waren wohl anderer Ansicht, denn sie machten kaum Anstalten, dem Befehl ihres Kapitäns Folge zu leisten. Aufgeregt drängten sie sich um etwas, das sich in ihrer Mitte befand. Quentin schnappte Gesprächsfetzen auf. Von pechschwarzem Haar war die Rede und von einem schlechten Omen, ohne dass er sich einen Reim darauf machen konnte. Erst als McCabe erneut seine Stimme erhob, diesmal entschieden energischer, und sich die Reihen der Männer lichteten, konnte Quentin erkennen, was für solchen Aufruhr gesorgt hatte – und erlebte eine Überraschung.

Im vordersten Winkel des Bugs, wo die hohe Back und herabhängende Taue eine Art Höhle bildeten, kauerte eine Gestalt. Wenig mehr als die Beine waren zu sehen, die in weiten, verdreckten Seemannshosen steckten. Der Rest war in Dunkelheit verborgen. Jeffrey Pine, der Erste Offizier der *Fairy Fay*, kauerte vor der Höhle und sprach leise hinein.

»Meine achtundsechzigste Atlantikfahrt«, knurrte Kapitän McCabe grimmig, als er Quentins verwirrten Blick bemerkte. »Noch nie ist es jemandem gelungen, sich an Bord meines Kahns zu schleichen. Und nun das.«

»Ein … ein blinder Passagier?«, fragte Quentin.

McCabe nickte. »Einer meiner Jungs hat ihn entdeckt. Der Klabautermann weiß, wie wir das übersehen konnten.«

»Und nun? Werden Sie ihn bestrafen?«

»Wenn das doch nur möglich wäre.« McCabe verdrehte die Augen und sog an der Pfeife, die wie immer aus seinem Mundwinkel ragte.

»Was soll das heißen?«

McCabe zog es vor zu paffen, statt zu antworten, und deutete auf die Höhle im Bug, wo Pine noch immer versuchte, den blinden Passagier zum Verlassen des Verstecks zu überreden. Ohnehin wunderte es Quentin, dass die Seeleute solche Behutsamkeit an den Tag legten. Sich an Bord eines Schiffes zu schleichen, war schließlich keine Bagatelle. Warum hatten sie ihn nicht längst an seinen Beinen gepackt und herausgezogen?

Den Grund dafür sah Quentin in dem Augenblick, da er sich selbst hinabbeugte, um einen Blick in die finstere Bughöhle zu werfen: Der blinde Passagier war eine Frau!

Ihr Alter war unmöglich zu schätzen, zumal ihre Züge dreckverschmiert waren und ihr schwarzes Haar in fettigen Strähnen hing. Die vollendeten Formen waren jedoch auch durch den schäbigen Matrosenanzug zu erkennen, und ihre Augen, die zugleich verwirrt und verängstigt blickten, waren so tief und blau wie der Ozean unter dem Kiel der *Fary Fay.*

Quentin kam nicht umhin festzustellen, dass sie eine Schönheit war. Und schon im nächsten Augenblick schämte er sich für diese Erkenntnis.

12

Florenz
Nacht des 4. September 1784

Signora Ginesepina war wütend.

Wütend auf sich selbst, auf ihre Gutmütigkeit und ihr viel zu sanftmütiges Wesen. Vor allem aber auf die Küchenhilfe, die man ihr zugeteilt hatte und die eigentlich gar keine war. Nach Carlas spurlosem Verschwinden war Ginesepina eigentlich froh gewesen, wieder jemanden zu haben, der ihr bei ihren zahlreichen Pflichten zur Hand ging (auch wenn sie das im Leben niemals zugegeben hätte). Doch das junge, kümmerliche Ding, das man ihr zur Seite gestellt hatte, war ihr mehr Last als Hilfe und sorgte für mehr Verdruss als Erleichterung.

Entsprechend kam eine Verwünschung nach der anderen über Ginesepinas Lippen, während sie über die steile Treppe in den Keller stieg, einen Besen in den Händen, um die Spuren von Serenas Verbrechen zu beseitigen.

Was, in aller Welt, war nur in das Gör gefahren? Litt das dürre Ding jetzt unter Wahnvorstellungen? Ginesepina hatte sie von Anfang an nicht leiden mögen, dünn und abgemagert, wie sie war, und die Duchessa auch mehrfach darauf hingewiesen – vergeblich. Nun war es gekommen, wie es hatte kommen müssen: Serena hatte gezeigt, dass sie zu nichts nütze war, und als Beweis ihrer Unfähigkeit hatte sie eine Flasche vom besten Wein zerbrochen! Entsprechend wäre Ginesepina am liebsten zur Duchessa gegangen, um ihr voller Genugtuung von Serenas

Vergehen zu berichten. Aber es war eine jener kleinen Grausamkeiten des Lebens, dass sie das nicht konnte. Schlimmer noch, dass sie nun auch noch in den Keller gehen und die Spuren des Missgeschicks beseitigen musste. Denn als Köchin war sie für ihre Untergebene verantwortlich und also auch für deren Versäumnisse – und sie verspürte kein Verlangen danach, für etwas zurechtgewiesen zu werden, das jemand anders verbrochen hatte.

Auch wenn es bedeutete, zu nachtschlafender Zeit in den Keller hinab zu müssen.

»Pah«, schimpfte Ginesepina zwischen schweren Atemzügen, als sie endlich das Ende der Treppe erreichte, »besser keine Hilfe als so eine.«

Den Besen in der einen, den Kerzenleuchter in der anderen Hand, stampfte sie zur Vorratskammer, deren Tür sie missmutig öffnete. Schnaubend sah sie sich um, ließ den Lichtschein der Kerze über die Regale streifen, nur um missbilligend die Bescherung zu sehen, die ihre dämliche Hilfskraft angerichtet hatte: Die Scherben lagen inmitten des Gewölbes, unweit des vergitterten Gullys.

Ein breites Grinsen huschte über Ginesepinas vor Anstrengung und Ärger gerötete Züge. Immerhin brauchte sie nicht lange nach einem Versteck für die Scherben zu suchen. Ein paar gezielte Wischbewegungen mit dem Besen, und schon …

Es klirrte leise, als sie die Scherben zusammenkehrte, dann war sie bereits dabei, sie durch die Gitteröffnung in den Schacht zu kehren und so auf Nimmerwiedersehen verschwinden zu lassen. Der Herzog mochte Wert auf einen gut bestückten Weinkeller legen, aber sie bezweifelte, dass er über jede einzelne Flasche …

Der Lichtschein der Kerze brach sich in den Glassplittern, die Ginesepina über den Rand des Schachts beförderte, und sie blickte ihnen grinsend hinterher – nur um jäh zu erstarren.

Das Grinsen gefror auf ihren feisten Zügen, als sie sah, was dort unten im Wasser lag, leblos, bleich und aufgedunsen.

Ein Schrei formte sich tief in ihr, ein gellender Ausruf des Entsetzens, der ihre Kehle jedoch nie verließ – denn eine große, grobe Pranke legte sich auf ihren Mund und versiegelte ihn.

Panik überkam Ginesepina.

Instinktiv schlug sie um sich, und tatsächlich gelang es ihr, sich aus dem Griff der Pranke zu befreien. Nach Atem ringend, fuhr sie herum – nur um in die finsteren Züge von Manus zu blicken, der von oben herab auf sie starrte, ein mitleidloses Grinsen in seinen grobschlächtigen Zügen.

»Ein Fehler«, knurrte er, wobei er missbilligend den breiten Mund verzog. »Ein dummer Fehler, Gina. Du hättest dich nicht in Dinge einmischen sollen, die dich nichts angehen.«

»Aber ich … ich habe nicht …«, beeilte die Köchin sich zu versichern. Sie wollte fliehen, konnte es jedoch nicht, die große dunkle Gestalt des Hünen versperrte ihr den Weg.

»Gnade«, flehte sie und unternahm einen halbherzigen Versuch, Manus' fleischigen Pranken auszuweichen. Doch die fanden unbeirrt ihr Ziel, legten sich um Ginesepinas Hals und drückten erbarmungslos zu.

Serena war allein in ihrer Kammer.

Nur ihre Erinnerungen leisteten ihr Gesellschaft, die schrecklichen Bilder dessen, was sie gesehen hatte.

Noch immer konnte sie die blicklosen, kalten Augen des Toten vor sich sehen, selbst dann, wenn sie die Augen schloss. Das erste Grauen hatte sie inzwischen überwunden, dafür gingen ihr jetzt unzählige Fragen durch den Kopf.

Wer war der Fremde gewesen? Tatsächlich ein Besucher aus dem fernen Paris? Und warum hatte es mit ihm ein solch grässliches Ende genommen? Und weshalb ausgerechnet dort unten?

Serena wusste, dass es auf all diese Fragen Antworten gab, ebenso wie sie wusste, dass ihr diese Antworten nicht gefallen würden. Und mit diesem Wissen kam auch die Angst, unwillentlich zur Mitwisserin von Dingen geworden zu sein, von denen sie niemals hätte erfahren dürfen.

Inzwischen schalt sie sich eine Närrin dafür, dass sie sich geweigert hatte, in den Keller zurückzukehren. Sicher würde Ginesepina dies der Duchessa melden. Und war das nicht in höchstem Maße verdächtig?

Nicht, dass Serena die Tochter des Herzogs – oder gar den Herzog selbst – verdächtigt hätte, etwas mit dem Ableben des Besuchers zu tun zu haben. Aber wenn doch irgendein Zusammenhang bestand? Serena verwünschte sich für ihre Furcht und ihr kurzsichtiges Verhalten und nahm sich vor, sich gleich am Morgen bei Ginesepina zu entschuldigen.

Zweifellos würde die Köchin sich nach allen Regeln der Kunst zieren und die Gelegenheit nutzen, ihr noch einige weitere Zugeständnisse abzuringen, aber immerhin würde die Sache dann erledigt sein, ohne dass die Herrschaft etwas davon erfuhr … oder hatte die Köchin den Vorfall bereits gemeldet? War sie womöglich in diesem Moment dabei?

Der Gedanke ließ Serena keine Ruhe.

Am besten war es wohl, wenn sie auf der Stelle zu Ginesepina ging und sie um Verzeihung bat, womöglich konnte sie weiteres Unheil damit verhindern.

Kurz entschlossen erhob sie sich von ihrem Lager, auf dem sie sich ruhelos herumgewälzt hatte. Sie warf ihren Umhang über das Unterkleid, das ihr auch als Nachtgewand diente, öffnete die Tür und schlüpfte hinaus auf den Gang. Die Fenster waren geöffnet worden, um die Wärme des Tages zu vertreiben, sodass ein kühler Wind durch den Palazzo strich, und dieser Wind trug den Nachhall zweier Stimmen heran, die sich im oberen Stockwerk miteinander unterhielten. Mehr noch, der Lautstärke nach stritten die beiden miteinander, und in einer von ihnen glaubte Serena die Stimme der Duchessa zu erkennen.

Wie angewurzelt blieb sie stehen.

Das Letzte, was sie wollte, war, der Herrschaft in einer für sie beschämenden Situation zu begegnen. Verschreckt begann Serena sich wieder in ihre Kammer zurückzuziehen, als sie die andere Stimme zaudern ließ, die einem Mann zu gehören schien, jedoch leise war und säuselnd – der Herzog?

Serena hatte ihren geheimnisvollen Dienstherrn bislang weder zu sehen bekommen, noch hatte sie ihn jemals sprechen gehört. Die Vorstellung, dass er es war, der sich mit der Herzogin stritt, war seltsam befremdlich. Noch mehr entsetzte Serena jedoch die Heftigkeit der Auseinandersetzung, und obwohl ihr klar war, dass sie damit nur noch mehr riskierte, konnte sie nicht anders, als zu lauschen.

Was genau gesprochen wurde, verstand sie nicht, zumal die beiden französisch zu sprechen schienen, was an sich schon seltsam war; Lautstärke und Tonfall verrieten jedoch genug. Nie zuvor hatte Serena Leute vornehmer Herkunft sich derart anherrschen hören, und obwohl sie nicht wusste, worum es ging, verschaffte es ihr eine gewisse Genugtuung.

Irgendwann trat Stille ein.

Dann waren zornig davonstürzende Schritte zu hören, schließlich ein Schluchzen, und jemand brach in Tränen aus. Beklommen erkannte Serena, dass es niemand anders als die sonst so beherrschte, ja beinahe hartherzig wirkende Duchessa war.

Serena fühlte sich plötzlich schlecht, weil sie gelauscht hatte, und setzte rasch ihren Weg fort, den Gang hinab zu Ginesepinas Kammer.

Leise klopfte sie. Dann, als niemand öffnete, noch einmal etwas lauter.

Erneut keine Reaktion.

Serena wagte nicht, noch lauter zu klopfen. Sie wollte nicht die Aufmerksamkeit der Herrschaft wecken, andererseits war ihr Anliegen zu wichtig, als dass es Aufschub geduldet hätte.

Kurzerhand drückte Serena die eiserne Klinke.

Die Tür war unverschlossen und schwang mit leisem Knarren auf.

»Signora Ginesepina?«

Serenas Herzschlag beschleunigte sich, als sie zögernd in das

Halbdunkel trat, das jenseits der Tür herrschte. Ginesepinas Kammer war nur wenig größer als ihre eigene und ähnlich möbliert: eine Schlafstatt, ein Sitzschemel und ein kleiner Tisch mit einer Waschschüssel darauf.

Jedoch keine Spur von ihrer Bewohnerin.

Serena hatte erwartet, ihre gestrenge Vorgesetzte schlafend vorzufinden, doch das Bett war leer. Zwar schien sich Ginesepina bereits zur Ruhe begeben zu haben, doch irgendetwas – womöglich ein dringendes Bedürfnis – hatte sie wieder aufgescheucht. Vermutlich würde sie gleich zurückkehren.

Serena beschloss zu warten.

Den Umhang eng um die Schultern gezogen, setzte sie sich auf den Schemel und wartete darauf, dass die Köchin zurückkehrte.

Wartete.

Und wartete.

Als sie irgendwann ein Geräusch hörte, schreckte sie auf – nur um festzustellen, dass sie eingeschlafen sein musste. Dem Mondlicht nach zu urteilen, das nun in sehr viel schrägerem Winkel einfiel als zuvor, musste mehr als eine Stunde vergangen sein. Ginesepina jedoch war noch immer nicht zurückgekehrt.

Serena zögerte einen Moment, überlegte, was sie tun sollte.

Dann erhob sie sich ratlos und kehrte unverrichteter Dinge in ihre eigene Kammer zurück.

13

Atlantischer Ozean
30. Januar 1826

Als der neue Tag anbrach, hatte sich die Stimmung an Bord wieder ein wenig beruhigt. Die Mannschaften waren auf ihre Posten zurückgekehrt, und Kapitän McCabe hatte sich mit dem Gedanken abgefunden, einen blinden Passagier an Bord zu haben – auch wenn die Blicke, die er der Frau zuwarf, noch immer voller Groll waren.

Da Mary die einzige andere Frau an Bord war, hatte Quentin vorgeschlagen, dass sie sich um die Fremde kümmern sollte, und Mary hatte diese Aufgabe gerne übernommen. Nicht nur, dass sie die blinde Passagierin in ihr Quartier mitgenommen und ihr Gelegenheit gegeben hatte, sich zu reinigen; sie hatte ihr auch eines ihrer Kleider gegeben, sodass die Frau nicht mehr zerschlissene Männersachen zu tragen brauchte. Und so hatte die Fremde, die sich zur Mittagsstunde in der Messe einfand, wo die Passagiere zusammen mit Kapitän McCabe und seinen Offizieren zu speisen pflegten, nur noch wenig mit jener verdreckten Person gemein, die man vergangene Nacht im Bugraum aufgefunden hatte. Allen fiel nun auf, was Quentin schon im ersten Moment bemerkt hatte: dass die blinde Passagierin ein Ausbund an Schönheit war.

Ihr Alter war noch immer schwer zu schätzen. Das anmutige Gesicht mit den hohen Wangenknochen war von jugendlicher Glätte, der Blick ihrer tiefblauen Augen jedoch verriet Erfahrung und Reife. Ihr pechschwarzes Haar, das nun nicht mehr in schmutzigen, salzverkrusteten Strähnen hing, sondern seidig glänzte, hatte Mary zu einem kunstvollen Zopf geflochten und hochgesteckt. Das gelbe, an der Taille eng geschnittene und über die Hüften ausladende Kleid vervollständigte den Eindruck, dass kein ungebetener Gast am Tisch saß, sondern eine wirkliche Dame.

»So, da sind Sie nun also«, knurrte McCabe dennoch, während er lustlos in dem Bohneneintopf stocherte, den der Smutje ihnen serviert hatte. Die Schmach, dass ihn jemand überlistet und sich an Bord seines Schiffes geschlichen hatte, schien immer noch an ihm zu nagen. »Wie ist Ihr Name?«, wollte er von der Fremden wissen, die zusammen mit Mary am anderen Ende des Tisches saß. »Woher kommen Sie?«

»Ich fürchte, da gibt es ein Problem, Sir«, erwiderte Mary an ihrer Stelle. »Unser Gast spricht nur Französisch, und dazu offenbar nur einige Worte. Zudem scheint sie sich an kaum etwas erinnern zu können.«

»Was?« McCabes lückenhaftes Gebiss kaute geräuschvoll auf seinen Bohnen. »Das wird ja immer schöner! Wie ist sie an Bord gekommen? Wie konnte sie an den Wachen vorbeigelangen? Und überhaupt, was will sie hier?«

Mary, die hinreichend Französisch sprach, übersetzte die Fragen des Kapitäns, ein Kopfschütteln war jedoch die einzige Antwort, die sie erhielt.

»Wie ich schon sagte«, erläuterte Mary, »sie kann sich an nichts erinnern und weiß nicht, wie sie an Bord gelangt ist. Immerhin kennt sie ihren Namen – er lautet Brighid.«

»Brighid?« McCabe sah die Fremde fragend an, worauf diese zaghaft nickte. Die Furcht in ihren blauen Augen war unübersehbar, aber der alte Seebär schien dagegen gefeit. »Nun, das ist immerhin etwas. Dann können wir wenigstens einen Namen angeben, wenn wir sie in Neufundland den Behörden übergeben.«

»Sie wollen was tun?«, fragte Mary. Quentin konnte sehen, wie Brighid ihr einen verunsicherten Blick zuwarf.

»Erwarten Sie etwa, dass ich eine blinde Passagierin mitnehme? Die ganze Passage?«, fragte McCabe dagegen. »Sie wird das Schiff verlassen, wenn wir in Saint John's anlegen, um weitere Ladung an Bord zu nehmen. Die dortige Hafenkommandantur wird sich um alles Weitere kümmern.«

»Aber … das können Sie nicht machen!« Zornesröte schoss in Marys blasse Züge; so hatte Quentin sie lange nicht mehr erlebt. »Was soll sie denn am Ende der Welt anfangen, so ganz allein, wie sie ist?«

»Die Gesetze der Seefahrt sind hart, Mrs. Hay, und das ist gut und notwendig. Unsere blinde Passagierin hätte sich eben vorher überlegen sollen, was sie tut.«

»Ihr Name ist Brighid«, brachte Mary energisch in Erinnerung. »Und wie ich Ihnen bereits sagte, kann sie sich an nichts erinnern. Es ist also ebenso gut möglich, dass sie an Bord Ihres Schiffes verschleppt wurde.«

»Was wollen Sie damit andeuten?«

»Gar nichts«, versicherte Mary. »Aber ehe Brighids Schuld nicht zweifelsfrei bewiesen ist, können und dürfen Sie sie nicht verurteilen. Oder sehen Sie das anders?«

»Pah«, machte McCabe und stopfte sich einen weiteren Löffel Bohnen in den Mund. Da ein Teil davon an seinem grauen, verfilzten Bart hängenblieb, war es kein sehr erbaulicher Anblick.

»Ich muss meiner Gattin recht geben, Sir«, schaltete sich nun auch Quentin in das Gespräch ein. »Bei allem Verständnis für Ihren Zorn – gelten in diesem Fall nicht andere Regeln? Immerhin haben wir es mit einer Frau zu tun.«

»Na und?«, beschied McCabe ihm barsch und angelte sich eine Scheibe Schiffszwieback aus dem Brotkorb, den er zerbrach und über seinen Eintopf verteilte. Dass sich eine fette weiße Made darauf tummelte, nahm er gleichmütig zur Kenntnis. »Ob Mann oder Frau, das macht keinen Unterschied«, fügte er mürrisch hinzu. »Es sei denn, jemand wäre bereit, für die Passage der Dame aufzukommen.«

Quentin biss sich auf die Lippen. Er spürte Marys Blick und vermied es, in ihre Richtung zu sehen. Hätte er über die entsprechenden Mittel verfügt, hätte er keinen Augenblick gezögert, der Fremden zu helfen – aber er verfügte nicht über sie.

Das Geld, das er in den letzten Wochen bei der *Evening Post* verdient hatte, hatte gerade ausgereicht, um ihren Lebensunterhalt zu bestreiten. Die Passage nach Europa hatte er überhaupt nur bezahlen können, weil das Büro des Notars dafür aufgekommen war. Vor Mary hatte er diesen finanziellen Engpass geheimgehalten, weil er sie nicht noch mehr hatte beunruhigen wollen, und er hatte nicht vor, ausgerechnet jetzt sein Schweigen zu brechen.

»Vielleicht kann ich helfen«, tönte es von der anderen Seite der Tafel herüber, von jenseits der beiden Lampen, die von der niedrigen Decke baumelten.

Der Mann, der gesprochen hatte, hieß Winston McCauley. Er war der andere Passagier des Schiffes und bewohnte die Kabine auf der Steuerbordseite. Quentin wusste nicht viel über ihn, außer dass er ebenfalls gebürtiger Schotte war und Arzt. Gleich am ersten Tag, nachdem sie New York verlassen hatten, war ein junger Matrose auf Deck ausgeglitten und hatte sich den Arm gebrochen. McCauley hatte ihm geholfen und den Knochen geschient.

»Wie, Mr. McCauley?«, erkundigte sich Kapitän McCabe.

»Ganz einfach indem ich für die Passage der Dame bezahle«, eröffnete McCauley kurzerhand, wobei er genüsslich die Enden seines schwarzen Schnauzbarts zwirbelte. Quentin schätzte ihn ein wenig älter als sich selbst. Er war von stattlicher, fast athletischer Postur und hatte blasse, kantige Gesichtszüge, aus denen ein aufmerksames dunkles Augenpaar blickte. Kurz geschnittenes schwarzes Haar, das er nach New Yorker Mode gefettet hatte, lag glänzend an seinem Kopf und ließ ihn mehr wie einen Dandy denn wie einen Gentleman erscheinen. Die schneeweißen Pantalons und die tadellos sitzende, nur bis zur Hüfte reichende Jacke aus feinem Tweed verstärkten diesen Eindruck sogar noch. Doch der schien zu täuschen!

»Das würden Sie tun?«, fragte Mary in unverhohlener Bewunderung, um die Quentin ihn fast beneidete.

»Nur zu gerne – wenn es mir dafür erspart bleibt, einer solch schändlichen Barbarei beizuwohnen«, entgegnete McCauley in McCabes Richtung.

»Das ist wirklich sehr freundlich von Ihnen, Mr. McCauley.« Mary wandte sich Brighid zu und berichtete ihr von der unerwarteten Wendung. Unsagbare Erleichterung spiegelte sich daraufhin im Gesicht der Fremden, und zum zweiten Mal verspürte Quentin einen Hauch von Eifersucht.

»Erheben wir das Glas«, sagte er dennoch und griff nach seinem Becher, in dem ein trüber, streng riechender Claret schwappte, der vermutlich schon viel zu lange im Bauch der *Fairy Fay* lagerte. »Trinken wir auf den Wohltäter in unserer Mitte.«

»Danke, Mr. McCauley«, sagte Mary feierlich und schloss sich dem Toast an. »Im Namen der Menschlichkeit.«

»Und im Namen der Reederei«, fügte McCabe grinsend hinzu. »Der Zahlmeister wird Sie nachher aufsuchen und das Finanzielle mit Ihnen regeln.«

»Natürlich«, entgegnete der Arzt. »Außerdem sollten noch die Modalitäten der Übernachtung geklärt werden. Madame Brighid kann ja wohl schlecht in meiner Kabine nächtigen.«

»Das ist wahr«, stimmte Mary zu – und hatte schon im nächsten Moment eine Lösung zur Hand. »Aber sie könnte bei mir übernachten. Würde es dir etwas ausmachen, deine Koje zur Verfügung zu stellen, mein lieber Quentin?«

»Äh, nein«, versicherte Quentin. Was hätte er auch einwenden sollen? Zwar gefiel ihm der Gedanke, aus der doch vergleichsweise bequemen Kabine ausquartiert zu werden und bei den Mannschaften im Bauch des Schiffes nächtigen zu müssen, nicht besonders; jedoch hatte er bei Mary etwas verspürt, das er schon eine lange, sehr lange Zeit nicht mehr an ihr wahrgenommen hatte, nämlich Heiterkeit und Lebensfreude. Zumindest für einige Augenblicke hatte sie die Trauer und die Lethargie der vergangenen Monate von sich abgeschüttelt.

»In diesem Fall, mein lieber Landsmann, wird es mir eine Freude sein, Ihnen in meiner Kabine Asyl zu gewähren«, meinte McCauley. »Es sei denn natürlich, Sie legen Wert darauf, in einer Hängematte zu schlafen wie ein richtiger Seemann.«

»Nicht unbedingt«, gab Quentin zu – und sie lachten.

Sogar über Brighids rätselhafte Züge huschte der Anflug eines zaghaften Lächelns. Und Quentin ertappte sich dabei, dass er das Lächeln erwiderte.

14

Florenz
Anfang Oktober 1784

Bisweilen war das Leben unbegreiflich.

Signora Ginesepina war entlassen worden.

Schon das war für sich genommen eine Wendung, mit der Serena nicht gerechnet hatte. Dass die Entlassung just in der Nacht erfolgt war, in der sie ihre gestrenge Vorgesetzte um Verzeihung für ihre Pflichtvergessenheit hatte bitten wollen, und dass sie sie aus diesem Grund nicht mehr in ihrer Kammer angetroffen hatte, grenzte an ein Wunder.

Den Grund für ihre Entlassung kannte Serena nicht.

Hatte Ginesepinas überstürzter Weggang etwas mit dem Streit zu tun, dessen unfreiwillige Zeugin Serena geworden war? Hing es mit der zerbrochenen Flasche Wein zusammen? Oder gar – und dieser Gedanke erschreckte sie am meisten – mit dem, was sie im Keller aufgefunden hatte?

Anfangs stellte Serena sich diese Fragen noch, das Interesse an den Antworten jedoch ließ mit jedem Tag nach. Denn für Serena war es, als hätte ihr Leben jetzt erst begonnen.

Keine Schikanen mehr!

Keine ungerechten Rügen!

Keine niederen Arbeiten, die sie verrichten musste, weil jemand ihr das Aussehen neidete!

Stattdessen hatte sie weitgehend freie Hand, den Haushalt so zu führen, wie sie es für richtig hielt, solange sie ihren Pflichten nachkam. Anfangs hatte Duchess Charlotte wohl beabsichtigt, eine neue Köchin einzustellen, die Ginesepinas strenges Regiment in der Küche übernehmen sollte. Als sie jedoch erkannte, dass Serena auch allein dazu in der Lage war, ließ sie von diesem Vorhaben ab und beförderte sie stattdessen zur Haushälterin des Palazzo.

Von einem Tag zum anderen war Serena damit in der Hierarchie des Hausgesindes aufgestiegen. Selbst der Kutscher und der Stallbursche begegneten ihr jetzt mit Respekt, von der besseren Entlohnung ganz abgesehen. Und zum ersten Mal in ihrem Leben hatte sie das Gefühl, genau dort zu sein, wohin sie gehörte – auch wenn es bedeutete, dass sie ihre Angst überwinden und wieder in den Keller gehen musste.

Die ersten Male hatte sie es vermieden, in den Schacht zu blicken, bis die Erinnerung schließlich verblasste und sie sich fragte, ob all das überhaupt tatsächlich geschehen war. Und als sie sich endlich dazu überwand, wieder einen Blick in den Schacht zu werfen, war sie kaum überrascht, dort unten keinen Leichnam vorzufinden. Womöglich, sagte sie sich, hatte sie sich das alles nur eingebildet, eine Folge der schlimmen Erinnerungen, die sie immer dann überkommen hatten, wenn sie den Keller betrat. Doch auch diese gehörten inzwischen der Vergangenheit an; nie zuvor in ihrem Leben hatte sich Serena so geborgen gefühlt, hatte sie größere Wertschätzung erfahren, sodass sie nur zu gerne bereit war zu vergessen – und keine Fragen mehr zu stellen.

Was ging es sie an, welchen Umgang der Herr des Hauses pflegte, den sie noch nie zu Gesicht bekommen hatte? Was scherte es sie, welche politischen Ansichten er hegte? Zumindest in dieser Hinsicht hatte Ginesepina wohl recht gehabt: Man musste die Politik denen überlassen, die etwas davon verstanden, jeder musste tun, was er am besten konnte.

Mit derlei Weisheiten lenkte Serena sich ab; sie sah weg, wenn nächtliche Besucher dem Herzog und seiner Tochter die Aufwartung machten, gab sich gleichgültig, wenn nachts erneut laute Stimmen durch das Haus hallten und die Duchess anderntags traurig und niedergeschlagen wirkte; leugnete, dass es ein dunkles Geheimnis geben musste, das den Palazzo in Oltrarno umgab, und sagte sich, dass es ohnehin nicht in ihrer Macht stand, etwas dagegen zu unternehmen. Alles, was sie tun konnte, war, das bisschen Glück auszukosten, das das Schicksal ihr nun endlich zugeteilt hatte, und es so lange wie möglich festzuhalten.

Die Duchess schien ihre Loyalität zu belohnen.

Nicht nur, dass sie sich wohlwollend über Serenas Arbeitsweise und Kochkünste äußerte, sie schien ihr auch immer mehr zu vertrauen, denn sie überprüfte die Haushaltsführung kaum noch und ließ sich nur selten in der Küche sehen. Oder lag es daran, dass sich die Tochter des Herzogs in letzter Zeit immer mehr zurückzog? Es gab Tage, an denen sie in ihren Gemächern blieb, und andere, an denen sie den Palazzo in Begleitung einiger Diener verließ, sodass Serena allein im Haus war – allein mit ihrem unbekannten, geheimnisvollen Dienstherrn, dem sie noch nie begegnet war.

Und an einem dieser Tage geschah es.

Serena achtete das Gebot, nicht in den ersten Stock zu gehen, wie sie jede andere Weisung der Duchess peinlich genau befolgte. Sie hatte sich daran gewöhnt, wegzusehen und keine Fragen zu stellen, und nichts wäre ihr abwegiger erschienen, als ihr Schicksal herauszufordern und ihr persönliches, eben erst errungenes Glück wieder zu gefährden.

Bis sie die Stimme vernahm.

Es war am frühen Vormittag. Serena war damit beschäftigt, einen Kessel aufzusetzen, um für den Mittag die Gemüsesuppe zuzubereiten, die der Herzog so zu schätzen wusste, als sie etwas hörte. Es war leise und verhalten, und es dauerte einen Moment, bis ihr klar wurde, dass es eine menschliche Stimme war, die sie vernahm – und die ihren Namen rief.

»Serena …?«

Sie hielt in ihrer Arbeit inne. Die Rübe, die sie geschält hatte, entglitt ihrem Griff und fiel in den Topf.

»Serena, Kind … bist du da?«

Die Stimme schien einem alten Mann zu gehören. Sie war dünn und brüchig, aber auch irgendwie angenehm – und sie drang aus dem ersten Stock.

Serenas Herzschlag beschleunigte sich.

Was sollte sie tun?

Die Duchessa war nicht da, die sie hätte fragen können. Was also sollte sie unternehmen?

Aus Furcht davor, etwas Falsches zu tun, beschloss sie, die Stimme zu ignorieren. Mit bebenden Händen griff sie ins Wasser und nach den Rüben, schälte weiter in der Hoffnung, dass die Sache damit beendet …

»Serena! Ich weiß, dass du dort unten bist, Kind! Komm zu mir, ich bitte dich!«

Wieder ließ sie ihre Arbeit sinken und seufzte.

Mit Ignorieren würde es nicht getan sein.

Der Herzog verlangte nach ihr, das konnte sie nicht einfach leugnen. Sie musste daran denken, dass er alt war und gebrechlich. Womöglich brauchte er ihre Hilfe …

»Serena! Komm zu mir, Kind!«

Sie hielt es nicht länger aus.

Rasch legte sie das Messer beiseite, wischte sich die Hände an ihrer Schürze. Von widerwilligem Gehorsam getrieben, huschte sie hinaus auf den Gang und folgte ihm bis zur Treppe. Vorsichtig spähte sie hinauf in den ersten Stock, ließ ihren Blick über die verbotenen Stufen schweifen.

»Komm nur«, sagte die Stimme. »Es ist alles in Ordnung.«

Und obwohl alles in ihr sie davor warnte, setzte Serena ihren Fuß auf den kalten Marmor und stieg zögernd hinauf.

15

Atlantischer Ozean
7. Februar 1826

Die Tage auf See vergingen wie im Flug. Saint John's, wo die *Fairy Fay* für eine Nacht angelegt hatte, hatten sie längst hinter sich gelassen und Kurs auf den offenen Atlantik genommen. Obschon die See grau und unruhig war, waren sie von schweren Stürmen verschont geblieben, und die um diese Jahreszeit starken Winde trieben den Segler rasch durch die Wellen, Europa entgegen.

Selbst im Hinblick auf die blinde Passagierin hatten sich die Wogen geglättet, und die zum Aberglauben neigenden Seeleute hatten sich daran gewöhnt, dass nun zwei Frauen an Bord ihres Schiffes reisten, sodass die Stimmung an Bord gut war.

Wann immer das Wetter es zuließ, hielten sich die Passagiere auf Deck auf, wo sie spazieren gingen und sich unterhielten. Kapitän McCabe ließ sie unter der Voraussetzung gewähren, dass sie seinen Leuten nicht in die Quere kamen. Mary blieb bei diesen Spaziergängen meist bei Brighid, während sich Quentin an McCauley hielt; er und der Arzt hatten sich im Lauf der vergangenen Tage angefreundet, und auch zwischen Mary und ihrem Schützling schienen freundschaftliche Bande gewachsen zu sein. Quentin sah es mit Freude – nicht nur, weil seine Frau zum ersten Mal nach langer Zeit wieder an etwas Anteil nahm, sondern auch, weil er sie hin und wieder sogar lächeln sah.

Was Brighid selbst betraf, so hatte sich ihr Zustand nicht gebessert. Noch immer konnte sie sich an kaum etwas erinnern, das vor ihrer Passage mit der *Fairy Fay* geschehen war. Ihr Name und einige – wie sie sagte – dunkle Eindrücke waren alles, was ihr von ihrem früheren Leben geblieben zu sein schien. Ein dunkles Rätsel, das Mary in langen Gesprächen mit ihr zu entwirren suchte.

Bislang vergeblich.

Auch McCauley tat sein Möglichstes, um zu helfen, obschon sich die Mittel an Bord eines Frachtschiffs in engen Grenzen hielten. Immerhin verabreichte er ihr kleine Dosen einer Tinktur, von der er annahm, dass sie sich wohltuend auf ihr Befinden ausüben und ihr Erinnerungsvermögen zur Rückkehr ermutigen würden. Mehr konnte jedoch auch er nicht tun, und das frustrierte ihn sichtlich.

»Es ist eine Schande«, knurrte er, während Quentin und er an der Reling standen und über die sich beständig hebende und senkende Dünung blickten. »Da ruft man mich nach Edinburgh, um vor gelehrten Häuptern zu sprechen, aber dieser bemitleidenswerten Person kann ich nicht helfen.«

»Sie haben doch getan, was Sie konnten«, beschwichtigte Quentin. »Außerdem haben Sie die Kosten für Brighids Passage übernommen, das war mehr als großzügig von Ihnen.«

»Es war das Mindeste, das ich tun konnte«, verbesserte McCauley ihn und blickte sich nach den beiden Frauen um, die in wollene Mäntel gehüllt oben auf dem Achterdeck standen und die wenigen Sonnenstrahlen genossen, die hier und dort durch die Wolkendecke sickerten.

»Was für ein Vortrag ist das, den Sie in Edinburgh halten sollen?«, fragte Quentin.

»Ich spreche vor Angehörigen der medizinischen Fakultät der Royal Academy«, erwiderte McCauley. »Über Methoden moderner Feldmedizin.«

»Tatsächlich?« Quentin war verblüfft.

»Nun, man mag es mir nicht ansehen«, entgegnete McCauley lächelnd, »aber ich war viele Jahre als Chirurg in Militärdiensten, zuletzt während der Kämpfe gegen die Spanier. Die Erfahrungen, die ich dabei gemacht habe, möchte ich niemandem zumuten – aber sie haben mich auch zu einem anerkannten Spezialisten auf dem Gebiet partieller Amputationen gemacht. Wenn Sie möchten, kann ich Ihnen gerne …«

»Mit Verlaub, lieber nicht«, wandet Quentin ein. Er hatte genug damit zu tun, seine Seekrankheit unter Kontrolle zu behalten, auch ohne dass McCauley ihm von der blutigen Arbeit in einem Feldlazarett berichtete.

»Wie Sie möchten.« McCauleys Grinsen wurde noch ein wenig breiter. »Glauben Sie mir, mein Freund, Sie tun gut daran, sich aus Dingen wie diesen herauszuhalten. Hätte ich noch einmal die Wahl, würde ich es ebenfalls tun. Aber bisweilen«, fügte er leiser und wohl nur an sich selbst gewandt hinzu, »stellt sich uns diese Frage eben nicht.«

Vom Achterdeck konnten sie das helle Gelächter der beiden Frauen hören, das der Wind herantrug.

»Wer sie wohl sein mag?«, rätselte Quentin.

»Schwer zu sagen. Womöglich eine reiche Erbin, die man auf diese Weise loswerden wollte. Oder vielleicht war sie auch nur zur falschen Zeit am falschen Ort und wurde ausgeraubt.«

»Vielleicht«, pflichtete Quentin bei. »Aber weshalb kann sie sich nicht erinnern?«

»Im Krieg habe ich so etwas öfter erlebt. Soldaten, die im Gefecht schwer verwundet wurden, konnten sich später häufig nicht mehr daran erinnern, wie es geschehen war. Ich nehme an, dass unser Gehirn uns zu schützen versucht, indem es die Erinnerung an Erlebnisse, die besonders schrecklich oder gar lebensbedrohend waren, einfach ausblendet.«

»In dem Fall wäre es noch besser zu wissen, was mit ihr geschehen ist«, meinte Quentin. »Womöglich hat ein Verbrechen stattgefunden, und die Täter befinden sich noch auf freiem Fuß.«

»Davon ist wohl auszugehen«, stimmte der Arzt zu. »Aber wir werden es sicher erst erfahren, wenn Madame Brighids Erinnerungen zurückkehren.«

»Und wann wird das geschehen?«

»Das lässt sich unmöglich sagen. Ich habe Fälle erlebt, in denen die Erinnerung nach wenigen Tagen zurückgekehrt ist, und andere, in denen der Verlust für immer bestehen blieb.«

»Schrecklich«, flüsterte Quentin. Der Gedanke, existieren zu müssen ohne einen Hinweis darauf, wer man war, woher man kam oder wohin man gehörte, entsetzte ihn. »Und was kann man dagegen tun?«

»Wenn ich das wüsste.« McCauley zuckte mit den Schultern. »Um ehrlich zu sein, glaube ich nicht, dass es eine Maßnahme gegen diese Art von Gedächtnisverlust gibt. Es ist sicher gut für sie, wenn sie unter Menschen kommt. Davon abgesehen, ist Zeit jedoch wohl das einzige Heilmittel, das Wunden dieser Art zu schließen vermag, und dazu ist viel Geduld vonnöten. Wie immer, wenn die Seele Schaden erlitten hat.«

Quentin nickte – und sah unwillkürlich zu Mary, die dort noch immer stand und sich mit Brighid unterhielt, ungeachtet der rauen Brise, die um das Achterdeck wehte.

»Darf ich … Sie etwas fragen?«, erkundigte er sich zögernd.

»Natürlich.«

Quentin holte tief Luft, suchte nach passenden Worten. Es war schwer, sich einem Fremdem anzuvertrauen, ohne dabei das Gefühl zu haben, Mary zu verraten. »Halten Sie es für möglich«, begann er schließlich, »dass ein Erlebnis, das zwar nicht Todesgefahr bedeutete, aber dennoch schweren Verlust, eine Seele ähnlich verletzen kann wie …?«

In diesem Moment war ein lauter Schrei zu hören.

»Nanu?«, wollte McCauley wissen. »Etwa noch ein blinder Passagier?« Süffisant hob er eine Braue.

Ein weiterer Schrei erklang.

»Hilfe! Helft mir doch, verdammt!«

Die Stimme war panisch und heiser. Quentin glaubte zu erkennen, dass sie Sean O'Leary gehörte, dem Maat des Schiffes. »Das kam von unter Deck!«, stellte er fest.

Inzwischen hatten die ersten Matrosen auf den Hilferuf reagiert. Hals über Kopf rannten sie zum Niedergang und stürmten die Stufen zum Laderaum hinab.

»Womöglich wird ein Arzt benötigt«, meinte Quentin.

McCauleys Zögern währte nur einen Augenblick. »Natürlich, Sie haben recht. Würden Sie mich begleiten?«

»Natürlich«, erklärte sich Quentin sofort bereit. Er rief den beiden Frauen zu, sich in die Kabine zurückzuziehen und die Tür hinter sich zu verschließen, dann folgte er McCauley, der bereits auf dem Weg zum vorderen Niedergang war.

Zusammen mit einem Pulk grobschlächtiger Gestalten in abgetragener Matrosenkleidung ging es die knarrenden Stufen hinab in den Laderaum, der bis unter die Decke vollgestopft war mit Handelswaren. Kisten und Fässer stapelten sich zu beiden Seiten und ließen nur einen schmalen Gang frei, in dem etwas groß und unförmig von der Decke hing.

Im Seegang, in dem sich das Schiff bald nach links und dann wieder nach rechts neigte, schaukelte es hin und her, vom spärlichen Licht einer Deckslaterne beschienen – und mit Entsetzen erkannte Quentin, dass es eine menschliche Gestalt war, die dort baumelte. Noch mehr allerdings erschrak er, als er den Mann erkannte.

Es war Kapitän McCabe!

»Verdammt, helft mir doch endlich!« Die raue Stimme mit dem irischen Akzent, die tatsächlich O'Leary gehörte, riss nicht nur Quentin, sondern auch die Matrosen aus der Lethargie, in die sie bei dem grässlichen Anblick verfallen waren.

Der Maat war bei dem von der Decke baumelnden Kapitän, hatte seine Hände um dessen Beine geschlungen und versuchte ihn so gut wie möglich zu stützen, um ihm so vielleicht das Leben zu retten. Noch ehe die Matrosen reagieren konnten, eilte Quentin zu ihm und unterstützte ihn in seinen Bemühungen, so aussichtslos sie auch sein mochten. McCauley kam dazu. Nach seiner Anweisung wurde der Strick durchschnitten, an dem der Kapitän hing.

Grobschlächtige, schwielige Hände nahmen den reglosen

Körper auf und betteten ihn überraschend vorsichtig, geradezu liebevoll zu Boden. McCauley beugte sich über ihn, prüfte Atem und Herzschlag – um schließlich resigniert den Kopf zu schütteln.

»Es tut mir leid«, gab er bekannt, »der Käpt'n ist tot. Ich konnte nichts mehr für ihn tun.«

»Nein, nein, nein!« Kopfschüttelnd trat O'Leary zu seinem leblos daliegenden Kapitän. »Das ist nicht gut, wir brauchen ihn noch! Verdammt, er soll wieder aufwachen!«

Als der Maat Anstalten machte, den Leichnam zu packen, als bräuchte er ihn nur zu schütteln, um ihn wieder zum Leben zu erwecken, ging Quentin dazwischen. »Bitte, Mr. O'Leary«, sagte er. »Das hat doch keinen Sinn!«

Mit einer Mischung aus Wut und Verzweiflung starrte der Ire ihn an. »Also gut«, zischte er dann. »Finden wir uns eben damit ab, dass er tot ist. Aber eines ist ja wohl klar – dass das nicht mit rechten Dingen zugegangen ist!«

»Wovon sprechen Sie?«

»Wovon ich spreche?« O'Leary blitzte zuerst Quentin und McCauley, dann die Matrosen, die noch immer dastanden und betroffen auf ihren toten Käpt'n blickten, vielsagend an. »Was hat es wohl zu bedeuten, wenn der Kapitän eines Schiffes am Strick baumelnd aufgefunden wird?«

»Nun«, meinte Quentin bedrückt, »es bedeutet wohl, dass Mr. McCabe es vorgezogen hat, seinem Leben ein vorzeitiges Ende zu bereiten – aus welchem Grund auch immer.«

»Falsch«, widersprach O'Leary mit weit aufgerissenen Augen. »Es bedeutet, dass dieser elende Kahn verflucht ist! Ich habe es euch immer gesagt«, zischte er, an seine Kameraden gewandt. »Eine Frau an Bord eines Schiffes bedeutet Unglück, und zwei davon gleich doppeltes Unglück. An dem Tag, als wir die Frau ohne Gedächtnis an Bord fanden, war unser Schicksal besiegelt. McCabe war nur der Anfang – wir werden alle sterben!«

»Unfug«, widersprach McCauley, als zu sehen war, welche Spuren die Worte des Maats in den Gesichtern der anderen hinterließen. Selbst Quentin hatte eine Gänsehaut bekommen. Zwar wusste er, dass Seeleute – und besonders jene irischer Herkunft – zum Aberglauben neigten. Doch die Art und Weise, wie O'Leary es gesagt und sie dabei angesehen hatte, war besonders eindringlich und mehr als furchteinflößend gewesen.

»Was ist hier los?«

Eine schlanke Gestalt bahnte sich einen Weg durch den Kordon der Matrosen: Jeffrey Pine, der Erste Offizier. Als er McCabes leblosen Körper erblickte, zuckte er zusammen, war jedoch bemüht, die Fassung zu wahren.

»Er ist tot«, erklärte McCauley betont sachlich.

»Wie ist das passiert?«

»Allem Anschein nach hat er sich selbst erhängt, dort drüben.« McCauley deutete auf den Balken, um den noch immer das Ende des Stricks geschlungen war. »Mr. O'Leary hat noch versucht, ihm das Leben zu retten, aber er kam wohl zu spät.«

»O'Leary?« Pine sah sich nach dem Maat um, der noch immer mit düsterer Miene dabeistand.

»Aye, Sir«, bestätigte der.

»Was hatten Sie hier unten zu schaffen?«

»Ich war wegen der Ratten hier unten, wollte ein paar Fallen aufstellen. Aber alles, was ich fand, war der Käpt'n. Baumelte von der Decke wie ein Stück Senkblei.«

»Und dann?«

»Was wohl?« O'Leary spuckte aus. »Hab noch versucht, ihn zu retten, aber das ging nicht mehr. Hat sich 'n Strick genommen, der arme Kerl. Und wir wissen alle, wer daran Schuld ...«

»Fangen Sie nicht wieder damit an!«, wies der Erste Offizier ihn scharf zurecht. »Selbstmord?«, wandte er sich dann an McCauley.

»In der Tat.«

»Unmöglich.« Pine schüttelte den Kopf. »Wieso sollte der Käpt'n so etwas tun?«

»Das weiß ich nicht. Ich kann nur sagen, was ich vorgefunden habe, als ich unter Deck kam.«

Pine schüttelte noch einmal den Kopf, fast störrisch und sichtlich betreten. Dann ließ er sich auf die Knie nieder und schloss McCabe die Augen. »Unmöglich«, murmelte er dabei noch einmal. »Nicht Sie, Käpt'n.«

Es war offenkundig, dass die beiden ein enges Verhältnis unterhalten hatten. McCabe war Pines Lehrer und Mentor gewesen, vielleicht sogar eine Vaterfigur. Unwillkürlich musste Quentin an sich selbst und Sir Walter denken, und er hatte das Gefühl, etwas zum Trost des Offiziers sagen zu müssen, mit dem er sich plötzlich solidarisch fühlte.

»Wir können in niemanden hineinsehen, Mr. Pine«, sagte er deshalb leise. »Wir wissen nicht, welche Finsternis in den Herzen der Menschen lauert – selbst in denen, die wir gut zu kennen glauben.«

Ob Pine die Worte hörte, war nicht festzustellen. Augenblicke lang kauerte er vor der Leiche des Kapitäns, schien mit den Tränen zu kämpfen. Dann, in einem jähen Entschluss, erhob er sich, die Miene eine eiserne Maske. »Als ranghöchstem Offizier an Bord dieses Schiffes fällt damit mir das Kommando zu«, stellte er fest und wandte sich an die umherstehenden Matrosen. »Ruft die Männer auf Deck zusammen. Ich habe ihnen ein paar Dinge zu sagen.«

»Aye, Sir. Und was ist mit dem Käpt'n?«

»Er wird auf See bestattet«, erwiderte Pine ohne mit der Wimper zu zucken. »Nichts anderes hätte er gewollt.«

»Und was unternehmen wir wegen der Frau?«, fragte O'Leary.

»Welcher Frau?«, wollte Pine wissen.

»Die dieses verdammte Unglück erst über uns gebracht hat«, wurde der Maat deutlicher. »Die blinde Passagierin!«

Beifälliges Gemurmel war hier und dort unter den Matrosen zu hören, sodass O'Leary zufrieden grinste. Pine straffte sich. Ihm schien klar zu sein, dass er seine Autorität jetzt unter Beweis stellen musste – oder das Kommando würde ihm entgleiten.

»Halten Sie den Mund, O'Leary!«, fuhr er den Iren an. »Entweder, Sie behalten Ihren abergläubischen Unfug für sich, oder ich lassen Sie wegen Aufwiegelung der Mannschaft einsperren, haben Sie verstanden?«

»Aber Sir! Sie glauben doch auch nicht, dass sich der alte McCabe einfach so umgebracht hat, oder? Das ist nicht mit rechten Dingen zugegangen, das wissen Sie genauso gut wie ich!«

»Ob Sie verstanden haben, will ich wissen!«, herrschte Pine den Maat an, ohne auch nur im Geringsten auf dessen Einwand einzugehen. Die Augen des jungen Kapitäns funkelten dabei.

O'Leary zögerte. Er taxierte Pine, schien seine Chancen abzuwägen, wenn er es auf eine direkte Machtprobe ankommen ließ. Einige der Matrosen würden sich vermutlich auf seine Seite schlagen – aber würden es genug sein?

Quentins Blicke flogen zwischen den beiden Kontrahenten hin und her. Ihm war klar, dass, sollte es zu einer Meuterei an Bord kommen, niemand auf die Passagiere Rücksicht nehmen würde. Unwillkürlich ballte er die Fäuste, zog sich zu McCauley zurück, der sich ebenfalls wieder erhoben hatte.

Es war still geworden im Laderaum, nur das Knarren des Schiffskörpers war zu hören. Augenblicke lang lag eine Konfrontation greifbar in der Luft.

Dann senkte O'Leary abrupt den Blick und wandte sich ab.

»Aye«, knurrte er wie ein geprügelter Hund. »Aber eines muss ich noch loswerden, Käpt'n: Diese Überfahrt steht unter keinem guten Stern. Sie wissen das, und ich weiß das. Und McCabe«, fügte er mit einem letzten Blick auf den leblosen Körper des alten Kapitäns hinzu, »wusste es auch.«

16

Schottische Highlands
Zur selben Zeit

Diarmid of Scrymgour wartete.

Er war sich nicht sicher, ob die anderen seinem Ruf folgen würden. Viel Zeit war vergangen, seit sie zuletzt zusammengetroffen waren, und das Schicksal war inzwischen nicht freundlich zu ihm gewesen. Gut möglich, dass sie seine Aufforderung ignorierten, sei es aus Furcht oder aus Trägheit.

Scrymgour verachtete sie, heute noch mehr als früher. Aber genau wie damals waren sie ein notwendiges Übel.

Es hatte zu regnen begonnen.

Graue Schleier überzogen die mattgrünen, hier und dort noch von Schnee gekrönten Hügel, die nach Westen hin in graubraunen, moosbewachsenen Fels übergingen. Darüber wölbte sich ein Himmel, der die fleckig graue Farbe von Stahl hatte und an dem sich dichte Wolken ballten.

In jungen Jahren hatte Scrymgour die Einsamkeit und Majestät der Highlands geschätzt. Häufig hatte er sich hierher zurückgezogen, an diesen Ort, dessen Wurzeln Jahrtausende in die Vergangenheit reichten, um Kraft und Ruhe zu schöpfen. Doch beides fand er hier nicht mehr, und die Einsamkeit lastete auf ihm wie eine schwere Bürde.

Der Regen wurde stärker.

Scrymgour ließ es stoisch über sich ergehen, trat lediglich noch ein wenig näher an die beiden Felsblöcke, die senkrecht vor ihm aufragten, zwei steinerne Mahnmäler, Hinterlassenschaften aus uralter Zeit. Piktensteine nannten sie die Leute, mit Bezug auf die alten schottischen Völker. Ihre wahren Ursprünge reichten jedoch ungleich ferner in die Vergangenheit zurück. Niemand wusste, wozu sie einst errichtet worden waren oder welchen dunklen Göttern man an diesem Ort gehuldigt hatte. Aber die Steine, von denen jeder an die zwei Mannslängen hoch und deren Seiten glatt behauen waren, symbolisierten den uralten Anspruch, den die Schotten auf ihr Land hatten; einen Anspruch, der bis in graue Vorzeit reichte und den niemand, kein Fürst und kein König, ihnen jemals streitig machen konnte.

Diese Überzeugung war es, die Scrymgour noch immer antrieb, selbst nach all den Jahren und allem, was geschehen war. Die Frage war nur, ob auch die anderen noch diesen Durst nach Freiheit verspürten, oder ob sie aufgegeben, sich mit den Machthabern arrangiert hatten wie so viele andere.

Als er in der trüben Ferne einen Schatten über die Hügel wischen sah, glaubte er zunächst an eine Täuschung. Doch kurz darauf wurde klar, dass es tatsächlich ein Reiter war, der sich dort näherte. In verhaltenem Trab kämpfte er sich den vom Regen aufgeweichten Pfad herauf, den Kopf zwischen die Schultern gezogen und in einen weiten Kapuzenmantel gehüllt. Sein Ziel waren die Piktensteine.

Scrymgour atmete innerlich auf.

Er würde also nicht allein bleiben an diesem Morgen. Zumindest einer von ihnen war dem Ruf gefolgt, sein Wort schien noch Gewicht zu haben, trotz allem, was geschehen war.

Der Gedanke an die letzten Jahre, die er zurückgezogen und in Bitterkeit verbracht hatte, ließ ihn schaudern. Die Niederlage war vollkommen gewesen und beinahe endgültig. Doch wenn es noch Hoffnung gab, dann …

Ein zweiter Reiter tauchte auf dem Hügelgrat auf, von Südosten kamen noch weitere heran, und sie alle strebten dem Gipfel entgegen, wo die Piktensteine standen. Scrymgour konnte nicht anders, als leisen Stolz zu verspüren. Sein Wort galt noch etwas unter den Angehörigen der Bruderschaft, war Grund genug, um sich trotz aller Gefahr und selbst bei widrigem Wetter am geheimen Treffpunkt einzufinden. Gleichwohl war ihm klar, dass die schwierigste Aufgabe erst noch bevorstand.

Die Reiter kamen näher, und Scrymgour tat, was er schon seit langer Zeit nicht mehr getan hatte: Er holte die holzgeschnitzte, rußgeschwärzte Maske unter seinem Umhang hervor und setzte sie auf. Der bittere Geruch von verbranntem Holz, der daraufhin in seine Nase stieg, hatte etwas Vertrautes, fast Beruhigendes. Scrymgour inhalierte ihn wie einen Wohlgeruch, dann schlug er die Kapuze seines Umhangs hoch, sodass er nicht mehr zu erkennen war. So hatten sie es stets gehalten.

Durch das Rauschen des Regens war jetzt der Hufschlag der Pferde zu hören. Schon erreichte der erste Reiter die Hügelkuppe und zügelte sein Tier, auch er in einen schwarzen Umhang gehüllt und mit einer ebenso schwarzen Maske vor dem Gesicht, die seine Identität verbarg.

Scrymgour hob die Hand zum Gruß. Der andere erwiderte die Geste, dann stieg er aus dem Sattel, band sein Pferd an einem der verkrüppelten Bäume fest und trat zu den Steinen.

Scrymgour schwieg. Er sah die Augen des anderen wissbegierig durch die Sehschlitze der Maske funkeln und fragte sich unwillkürlich, wer sich wohl dahinter verbergen mochte – nur um sich sogleich selbst dafür zu schelten. Dass die Mitglieder der Bruderschaft einander nicht kannten, hatte sie nach der verheerenden Niederlage vor der völligen Zerschlagung bewahrt. Zwar waren einige Mitbrüder, die so unvorsichtig gewesen waren, sich anderen Mitgliedern zu offenbaren, verhaftet worden, vielen jedoch war es gelungen, sich der Verfolgung durch das britische Militär zu entziehen. Und so hatten sie all die Jahre ihr normales Leben weitergelebt, unbehelligt und unerkannt … bis zu diesem Tag.

Der Platz zwischen den Steinen füllte sich.

Immer mehr maskierte Reiter in schwarzen Roben trafen

ein, insgesamt sechzehn Männer, die die Überreste von dem repräsentierten, was einst eine stolze und mächtige Verbindung gewesen war. Alle anderen hatten es wohl vorgezogen, den Aufruf zu überhören und der Versammlung fernzubleiben.

Verräter, dachte Scrymgour missbilligend.

Feiglinge.

Die Blicke der vermummten, in durchnässte Roben gehüllten Gestalten richteten sich schweigend auf ihn. Einen Augenblick lang genoss er die Aufmerksamkeit, die ihm erstmals nach so langer Zeit wieder zuteil wurde, dann trat er in die Mitte des Kreises und hob in einer Demutsgeste die Arme.

»Ich danke euch, meine Brüder, dass ihr dem Aufruf gefolgt seid«, sprach er in die Runde. Die Maske veränderte seine Stimme, ließ sie dumpf und fremdartig klingen.

»Ich will hoffen, es rechtfertigt das Risiko der Entdeckung«, erwiderte einer von denen, die zuletzt eingetroffen waren. Seine Maske hatte die schmale Form eines Rabenschnabels, während die von Scrymgour einen Wolf darstellte. »Leichtfertig sollten wir uns diesem nicht aussetzen!«

»Das liegt mir fern, meine Brüder«, versicherte Scrymgour. »Jedoch ist eine Veränderung eingetroffen, über die ich euch in Kenntnis setzen muss.«

»Eine Veränderung?«, fragte ein anderer. »Davon will ich nichts hören! Ich habe genug von diesem gefährlichen Unfug!«

»Warum bist du dann gekommen, Bruder?«, fragte Scrymgour ihn direkt. »Es hat dich niemand dazu gezwungen, an diesem Treffen teilzunehmen, oder etwa doch?«

»Nun – nein«, kam der andere nicht umhin zuzugeben.

»Wir alle, die wir uns hier eingefunden haben, haben die Gefahr der Entdeckung auf uns genommen, weil wir das Gefühl haben, dass unsere Mission noch nicht beendet, dass die Geschichte uns noch etwas schuldig ist. Ist es nicht so?«

Hier und dort wurde vereinzelt genickt, die Zustimmung war jedoch verhalten, genau wie er es erwartet hatte. »Ich kenne eure Bedenken«, sagte er deshalb, »und ich weiß um eure Ängste. Jeder von euch hat eine Familie, die es zu versorgen, und Pflichten, die es zu erfüllen gibt. Einige von euch stehen einem Gemeinwesen vor oder bekleiden andere öffentliche Ämter …«

»Das alles wissen wir«, versicherte der Furchtsame, der offenbar möglichst rasch wieder verschwinden wollte. »Was willst du uns damit sagen?«

»Ich will damit sagen, dass ebenjenes Pflichtgefühl, das euch an eure Familien und Ämter bindet, euch auch an eure Treue zu dieser Bruderschaft erinnern sollte und an den Eid, den wir alle geleistet haben.«

»Seither ist viel geschehen«, erwiderte der andere. »Unsere Pläne wurden aufgedeckt, unsere Vereinigung zerschlagen. Noch heute müssen wir uns verbergen, weil wir um unsere Entdeckung fürchten müssen! Der Fluch des Runenschwertes lastet noch immer auf uns und wird uns verfolgen bis ins Grab!«

Wieder Zustimmung. Scrymgours Kiefer begannen unter der Maske zu mahlen. Er verspürte kein Verlangen danach, sich seine Pläne von ein paar Zauderern zunichtemachen zu lassen.

»Malcolm of Ruthven war ein großer Mann«, erwiderte er dann, wobei er sich zur Ruhe zwang. »Er war unser Anführer und hat diese Bruderschaft zu ungeahnten Höhen geführt. Aber er war zu ehrgeizig, wollte zu viel in zu kurzer Zeit und ist darüber hochmütig geworden. Er wollte alle Macht für sich, obwohl ihm jede Legitimation dazu fehlte. Dafür haben ihn die alten Götter bestraft – und uns mit ihm.«

Er ließ seine Worte einen Augenblick wirken, dann fuhr er fort: »Aber die Zeit der Bestrafung kann nicht ewig währen. Viele von uns wurden verhaftet, einige sind im Gefängnis umgekommen, ihr Besitz fiel der englischen Krone zu. Wir jedoch, meine Brüder, sind noch hier! Und wir sind noch jung und stark genug, um Rache zu üben für das, was geschehen ist, und die Mission unserer Vorväter zu Ende zu führen!«

»Welche Mission? Rebellion gegen die britische Krone? Den Sturz des Königs? Du bist ein Träumer!«

»Und du ein Feigling«, konterte Scrymgour. »Willst du den Rest deines Lebens damit verbringen, dich feige zu verkriechen und vor den Briten zu verstecken?«

»Nein«, gab der andere zu. »Aber haben wir denn eine andere Wahl? In den letzten Jahren ist viel geschehen. Die Krise hat viele von uns getroffen und uns geschwächt.«

»Eine Krise, die von London aus gesteuert wird«, entgegnete Scrymgour überzeugt. »Umso mehr Grund haben wir, uns das zurückzuholen, was uns genommen wurde, ehe es zu spät ist.«

»Sieh an«, rief der, der zu Beginn das Wort ergriffen hatte. »Sollte dies der Grund sein, warum wir uns hier versammeln?«

»Was soll das heißen?«, wollte Scrymgour wissen.

»Ich denke, es ist kein Zufall, dass du ausgerechnet jetzt die Bruderschaft zusammenrufst – oder vielmehr das, was noch von ihr geblieben ist. Ich kenne dich, Bruder. Ich weiß, wessen Gesicht sich hinter dieser Maske verbirgt, und deshalb weiß ich auch, dass deine Familie verarmt ist und du dein Haus und dein Vermögen verloren hast. Nicht länger bist du ein schottischer Laird, sondern ein Mann ohne Land, ein leerer Name.«

Einen Augenblick lang war Scrymgour zu entsetzt, um etwas zu erwidern. Trotz der Kutte, die er trug, und der Maske, die sein Gesicht verbarg, kam er sich nackt und durchschaut vor – und dies umso mehr, als er die Identität des anderen nicht kannte …

»Ich vermute«, fuhr der Mann mit der Rabenmaske fort, »dass dieser Plan, von dem du sprichst, vor allem dazu dienen soll, dir die Taschen zu füllen und deinen verlorenen Besitz wiederherzustellen.«

»Das ist eine böswillige Unterstellung«, war alles, was Scrymgour zur Erwiderung einfiel.

»Eine Unterstellung, ja – aber böswillig? Auch Malcolm of Ruthven hatte letztlich nur sein eigenes Wohl im Sinn, aber er hatte immerhin noch seinen guten Namen. Du hingegen hast nicht einmal mehr das zu bieten! Du bist nichts als ein Hochstapler, der vom Ruhm der Vergangenheit lebt, Diarmid of S …«

Der Schuss krachte und erstickte den Rest des Namens.

Noch einen Augenblick lang hielt sich Rabenschnabel auf den Beinen, während er an sich herabschaute und das hässliche rote Loch gewahrte, das die aus kurzer Distanz abgefeuerte Kugel in seinen Brustkorb geschlagen hatte.

Er blickte auf und starrte Scrymgour an, schien noch etwas sagen zu wollen, doch mehr als ein heiseres Rasseln kam nicht über seine Lippen.

Dann brach er zusammen.

Ungerührt stand Scrymgour da, die noch rauchende Pistole in der Rechten, die er unvermittelt unter seiner Robe hervorgezogen hatte. »Es war mein gutes Recht«, sagte er in die Runde seiner Mitverschwörer, hinter deren unbewegten Masken er blankes Entsetzen vermutete. »Er war im Begriff, meine Identität zu verraten, ich durfte und musste ihn daran hindern. Oder ist hier jemand, der die Regeln unserer Bruderschaft anzweifeln möchte? Runen und Blut!«

»Runen und Blut«, drang es vereinzelt und sehr verhalten zurück. Offenbar hatten über die vergangenen Jahren viele verlernt, was es bedeutete, ein Teil der Bruderschaft zu sein.

»Ist hier noch jemand, der mir Betrug vorwirft? Der mir unterstellt, dass ich mich an euch bereichern will?«

Obschon er selbst eine Maske trug und ausschließlich in maskierte Gesichter blickte, senkten viele den Kopf, was ihn in seiner Auffassung bestätigte, es mit Feiglingen zu tun zu haben.

»Nein«, versicherte einer von ihnen, dessen Maske Urisk darstellen sollte, einen Geist aus Schottlands grauer Vorzeit. »Aber eine Erklärung bist du uns noch immer schuldig geblieben, Bruder. Warum hast du uns an diesen Ort gerufen? Von was für einer Veränderung hast du gesprochen?«

»Ich werde es euch sagen, meine Brüder«, versicherte Scrymgour, während er die Pistole wieder unter seiner Robe verschwinden ließ. »Unser Anführer Malcolm of Ruthven wollte die Herrschaft und war bereit, dafür alles zu riskieren, doch ihm fehlte die Legitimation. Das Volk hätte einen Laird of Ruthven niemals als König anerkannt.«

»Und du hast diese Legitimation?«, fragte jemand zweifelnd.

»Nein«, gab Scrymgour unumwunden zu, »und auch sonst keiner der hier Versammelten. Aber ich habe Nachricht von Dingen erhalten, die alles ändern könnten. Bevor ich sie euch jedoch offenbare, muss ich wissen, ob ich noch immer euer Vertrauen habe. Malcolm of Ruthven ernannte mich einst zu seinem Stellvertreter, weil er an meine Fähigkeiten glaubte. Sollte euer Argwohn gegen mich jedoch überwiegen, so …«

»Was ist dein Plan?«, fragte ein anderer.

»Ihr vertraut mir also? Runen und Blut?«

»Runen und Blut«, drang es zurück, längst nicht mit derselben Überzeugung wie in den alten Tagen, nun jedoch zumindest mit etwas Wissbegier.

»So wisst, dass ich ein anonymes Schreiben erhalten habe. Darin steht, dass in wenigen Tagen ein Schiff aus der Neuen Welt in Leith eintreffen wird. An Bord wird jemand sein, der uns dabei helfen kann, dass unsere Vision von einem freien Schottland unter eigener Krone endlich wahr wird!«

Die Vermummten tauschten verblüffte Blicke.

»Wer?«, wollte einer schließlich wissen.

Als Antwort zog Scrymgour einen weiteren Gegenstand unter seiner Robe hervor. Es war ein gegerbtes Stück Leder, das er vor den Augen seiner Anhänger entfaltete.

Ein Wappen war darin eingebrannt, das einen aufrecht stehenden Löwen mit einer Krone darüber zeigte.

Ein aufgeregtes Raunen ging durch die Reihen der Vermummten, denn jedes Mitglied der Bruderschaft kannte dieses Zeichen.

Es war das Wappen des Hauses Stewart.

Der letzten Könige von Schottland.

17

Florenz
Oktober 1784

Langsam stieg Serena die Treppe hinauf.

Stufe für Stufe.

Was, so fragte sie sich bang, würde sie oben erwarten? Würde sie ihren geheimnisvollen Dienstherrn nun endlich zu sehen bekommen? Den Herzog von Albany?

»Serena? Bist du das? Bitte komm zu mir ...«

Die Stimme nahm ihr die letzten Zweifel. Natürlich war ihr verboten worden, das obere Stockwerk zu betreten, aber wenn der Herzog persönlich nach ihr verlangte, wie sollte sie sich da seinem Befehl verweigern?

Sie erreichte das Ende der Treppe – und erschrak.

Denn im selben Moment, in dem sie ihren Fuß auf den mit buntem Mosaik belegten Boden setzte, gewahrte sie die dunkle Gestalt, die dort stand und ihr den Weg verwehrte, riesenhaft und drohend: Manus.

Ein spitzer Schrei entrang sich Serenas Kehle.

Aus einem Grund, den sie selbst nicht benennen konnte, hatte sie Angst vor dem hünenhaften Leibdiener – sei es wegen seiner wortkargen, unbeholfenen Art oder der Vorsicht wegen, mit der Ginesepina ihm stets begegnet war. Jäh glaubte Serena zu begreifen, was all dies zu bedeuten hatte. Es war eine Prüfung gewesen, um ihre Verlässlichkeit zu testen – und sie hatte jämmerlich versagt.

»E-es tut mir leid«, beeilte sie sich dem riesigen, dunkel gewandeten Diener zu versichern, »ich wollte nicht …«

Doch Manus unternahm keine Anstalten, sie am Betreten des oberen Stockwerks zu hindern. Im Gegenteil, er trat zur Seite und verschränkte die Arme vor der breiten Brust, als wollte er demonstrieren, dass sie nichts vor ihm zu befürchten habe.

»Serena! Wo bleibst du, Kind …?«

Ihre Blicke glitten unsicher zwischen Manus und der halb geöffneten Tür am Ende des Ganges hin und her, aus der die Stimme drang. Als der Diener noch immer keine Anstalten unternahm, sie an irgendetwas zu hindern, setzte sie vorsichtig einen Fuß vor den anderen, schlich an ihm vorbei zur Tür und schlüpfte hindurch.

Eine andere Welt schien jenseits dieser Tür zu liegen.

Bunter Prunk übersäte den Raum: Die ansonsten schlichte Eleganz des alten Palazzo mit den Mosaikböden und den Säulen aus Marmor war hier verborgen hinter üppigen Wandbehängen und -teppichen. Fahnen und Standarten schmückten den Raum, und trotz der noch milden Jahreszeit brannte Feuer im Kamin. Der Raum, der vom Boden bis zur Decke an die zwei Mannslängen messen mochte, war nahezu leer bis auf einen Tisch, der die Mitte einnahm, und einen schweren, samtbezogenen Sessel, in dem Serena eine einsame Gestalt erblickte.

Der Mann mochte an die fünfzig Jahre alt sein; sein Haar war schütter und nahezu ergraut, reichte ihm aber bis zu den Schultern; seine Züge waren ältlich und von Furchen gezeichnet, jedoch von rosiger Farbe und einer Weichheit, wie Serena sie noch nie zuvor bei einem Mann gesehen hatte. In seinen jungen Tagen, so dachte sie unwillkürlich, musste er von erhabener Schönheit gewesen sein, nicht grob und kantig wie so viele seines Geschlechts, sondern von einer seltenen, fast weiblich zu nennenden Anmut. Noch mehr faszinierten Serena jedoch seine Augen, die so klar und blau waren wie ein Frühlingsmorgen. Nichts Verwerfliches oder Anrüchiges lag darin, sondern eine

Jugendlichkeit und Reinheit, die Serena überwältigte, gepaart mit einer Traurigkeit, die sofort an ihr Herz rührte. Dieser Mann, das konnte sie in diesem Augenblick ganz deutlich fühlen, meinte es gut mit ihr.

»Da bist du ja.« Ein Lächeln dehnte die ältlichen Züge, worauf sie noch freundlicher und nahbarer wirkten. »Danke, dass du gekommen bist.«

»Was immer Ihr befehlt, Herr«, entgegnete sie und verbeugte sich halb, halb ging sie in die Knie.

»Nenn mich nicht so«, erwiderte er. Die zugleich alten und jugendlichen Züge verzerrten sich voller Missbilligung. »Mein Name ist Charles.«

»Aber Ihr … Ihr seid mein Herr«, wandte Serena hilflos ein.

»Und wenn schon. Ich fühle mich dadurch alt, so unendlich alt. Als ob ich schon tot wäre.«

»Sagt so etwas nicht, Herr!«, erwiderte Serena in ehrlichem Entsetzen. »Noch nicht einmal im Scherz!«

Der Herzog lächelte. »Warum nicht?«, fragte er. »Hast du Angst, das Schicksal könnte mich bestrafen? Es hat mich bereits bestraft, mein Kind, und zwar mit aller Härte«, versicherte er, und wieder glaubte sie in seinem Blick jene Traurigkeit auszumachen, die ihr vorhin schon aufgefallen war.

»Was ist Euch, Herr?«, fragte sie. »Eure Tochter sagte, Ihr wärt krank …«

»Krank«, echote er, ohne dass zu erkennen gewesen wäre, was er damit sagen wollte. »Immerhin – hier ist Medizin«, meinte er daraufhin und hob den Becher, den er in seiner Rechten hielt. »Hast du schon einmal echten Rotwein gekostet, mein Kind? Château Haut-Brion vom besten Jahrgang?«

»N-nein.« Serena schüttelte den Kopf.

»Dann komm näher und trink«, forderte er sie auf und hielt ihr den Becher entgegen. An seiner Hand glänzten kunstvoll gearbeitete Ringe.

Serena stand noch immer auf der Schwelle. So freundlich ihr die Aufforderung erschien und so wohlwollend sie gemeint sein mochte – aus dem Dunkel ihrer Erinnerungen erhob sich eine Stimme, die ihr zur Vorsicht riet.

Der Herzog bemerkte ihr Zögern. »Worauf wartest du?«, fragte er. »Hab keine Angst. Es ist niemand hier. Niemand außer dir und mir.«

Serena biss sich auf die Lippen.

Sollte sie ihrem Dienstherrn, ihrem Wohltäter und Gönner sagen, dass es genau das war, was sie fürchtete?

Nein.

Zaghaft setzte sie einen Fuß vor den anderen, näherte sich dem Mann in seinem Sessel.

»Näher«, verlangte er, während er sie auffordernd ansah und ihr weiter den Becher mit dem Wein entgegenstreckte. »Noch näher …«

Buch.2
Anonymus

1

Leith, Edinburgh Harbour
24. Februar 1826

An einem Freitagmorgen lief die *Fairy Fay* im Hafen von Leith ein, nachdem sie zwei Tage zuvor Plymouth angelaufen und einen Teil der Ladung bereits gelöscht hatte.

Der Rest der Überfahrt war ohne Zwischenfälle verlaufen; ein Fluch hatte das Schiff und seine Mannschaft nicht verfolgt, gleichwohl hatte der Tod Kapitän McCabes einen Schatten auf die Passage geworfen, und Quentin und die anderen Reisenden mussten es sich gefallen lassen, dass sie von den Matrosen mit argwöhnischen Blicken beäugt wurden, allen voran von dem abergläubischen O'Leary, der bis zum Einlaufen im Hafen davon überzeugt war, dass doch noch ein Unglück das Schiff ereilen und auf den dunklen Grund der See schicken werde. Entsprechend erleichtert waren Passagiere und Matrosen, als sich die Überfahrt nach 35 Tagen auf See endlich dem Ende näherte.

Auf dem Achterdeck stehend, verfolgten Quentin, Mary, McCauley und die geheimnisvolle Brighid, wie das Schiff am Kai festmachte. Leinen wurden geworfen und verzurrt und eine Planke ausgebracht, über die ein Inspekteur der Zollbehörde an Bord kam. Pine händigte ihm die Frachtpapiere aus und klärte die Formalitäten. Dass der eigentliche Kapitän des Schiffes während der Überfahrt den Freitod gesucht hatte, ließ er dabei jedoch unerwähnt. Niemand – weder Passagiere noch Mannschaft – war erpicht darauf, dass ein Rudel Constables an

Bord kam, um festzustellen, was bereits festgestellt worden war. McCabe war auf See beigesetzt worden, wie es sein Wunsch gewesen war, und so schrecklich der Zwischenfall gewesen sein mochte, niemand wollte deshalb noch einige Tage länger an Bord bleiben.

Auch der Zollbeamte schien es an diesem Morgen eilig zu haben. Er überprüfte die Fracht nur flüchtig, dann war er bereits wieder von Bord, und schließlich durften auch die Passagiere das Schiff verlassen. Pine ließ ihr Gepäck an Land bringen und auf einen Karren verladen, dann verabschiedeten sie sich und gingen zum Gebäude der Hafenkommandantur, um die Einreiseformalitäten zu klären.

Der Weg entlang an den Kais weckte Erinnerungen.

Genau hier war es gewesen, wo Quentins und Marys großes Abenteuer seinen Anfang genommen hatte. Hier hatten sie gestanden, als sie sich von Sir Walter verabschiedet hatten, von hier aus waren sie an Bord der *Fortune* gegangen, jenes Schiffes, das sie fort von ihrer Heimat und in die Neue Welt gebracht hatte. Es war das letzte Mal gewesen, dass sie ihren Fuß auf europäisches Festland gesetzt hatten. Jung waren sie damals gewesen, voller Tatendrang und Optimismus …

Nur vier Jahre lag das zurück. Quentin jedoch kam es vor, als wäre sehr viel mehr Zeit vergangen.

Zum einen wegen der vielen Dinge, die seither geschehen waren: die Erfahrungen, die sie hatten machen, die Enttäuschungen, die sie hatten erleben müssen; zum anderen auch wegen des Todes von Sir Walter. Mit ihm zusammen schien auch ein Teil der Vergangenheit gestorben zu sein. Und schließlich, weil auf den ersten Blick ersichtlich war, dass sich in den vergangenen vier Jahren in der alten Heimat viel geändert hatte.

Als Mary und Quentin Schottland verlassen hatten, war der Hafen von Leith ein Ort geschäftigen Treibens gewesen. Unzählige Segelschiffe hatten sich an den Piers gedrängt, deren Mastbäume und Wanten einen undurchschaubaren Wald gebildet hatten, und Tausende von Arbeitern waren damit beschäftigt gewesen, Ladungen zu löschen oder Schiffe neu zu beladen. Die Buden und Tavernen, die sich entlang der Hafenzeile reihten, waren zu jeder Tageszeit überfüllt gewesen, die Werkstätten der Schiffszimmerer und Segelmacher, der Wagner und Böttcher hatten Hochkonjunktur gehabt. Kaufleute und Handwerker, Kapitäne und Matrosen, Bürger und Bettler: Sie alle hatten sich an den Piers ein Stelldichein gegeben, und inmitten all des Durcheinanders waren die Pferdefuhrwerke und Ochsenkarren verkehrt, die Hafenarbeiter und die Gepäckträger, dazu die Taschendiebe und fliegenden Händler, die – jeder auf seine Weise – versucht hatten, ihr Glück mit dem Geld argloser Reisender zu machen.

Von diesem wirren Treiben war kaum etwas geblieben.

Abgesehen von zwei weiteren Schiffen, die schon seit geraumer Zeit in Leith vor Anker zu liegen schienen, war die *Fairy Fay* der einzige Segler, der im Hafen festgemacht hatte, und anstelle reger Betriebsamkeit herrschte an den Kais trostlose Leere. Eine Kolonne grauhäutiger, gebückter Gestalten rückte an, um das Schiff zu entladen, und am Pier standen auch einige Händler und Träger, die den Reisenden ihre Waren und Dienste feilboten, doch es war noch nicht einmal ein sanfter Nachhall des pulsierenden Durcheinanders, das hier einst geherrscht hatte. Dafür lungerten abgerissene Gestalten in dunklen Nischen und beäugten die Reisenden mit gierigen Blicken.

Die meisten Tavernen und Werkstätten hatten geschlossen, hier und dort waren die Fenster und Türen mit Brettern verbarrikadiert worden, was trostlos und abweisend wirkte; nur der einsame Klang einer verstimmten Fiedel drang von irgendwo, zu der eine brüchige Stimme einen Shanty sang. Der Gestank von Fäulnis und Seetang tränkte die Luft am Hafen und brachte einmal mehr zu Bewusstsein, wie sehr sich alles geändert hatte.

»Was ist hier nur los?«, fragte Mary. »Die Piers wirken wie ausgestorben.«

»Die Krise«, meinte McCauley überzeugt. »Viele Händler in Edinburgh mussten in den vergangenen Wochen bereits Konkurs anmelden. Andere sind zumindest nicht mehr in der Lage, eintreffende Waren zu bezahlen.«

»Ich habe darüber gelesen«, stimmte Quentin zu. »Die Zahlungsunfähigkeit einiger englischer Banken im vergangenen Jahr hat nicht nur dazu geführt, dass ersparte Vermögen verloren gingen, sondern auch dazu, dass kaum noch Darlehen ausgegeben werden. Die schottischen Kaufleute trifft dies besonders hart, da sie traditionell über weniger Rücklagen verfügen als ihre englische Konkurrenz.«

»So ist es.« McCauley nickte. »Und wenn sie keine Waren mehr erwerben, kommt der Schiffsverkehr zum Erliegen. Das trifft dann auch all jene Geschäfte, die üblicherweise von ihm profitieren, von den Reedern bis hinab zum Hafenarbeiter.«

»Das ist ungerecht«, wandte Mary ein. »Nur weil einige Banken Misswirtschaft getrieben und die falschen Geschäfte getätigt haben, müssen nun alle dafür büßen?«

»So ist es, Mrs. Hay«, bekräftigte McCauley. »In der modernen Welt, in der wir leben, ist alles miteinander verbunden. Was dem einen widerfährt, widerfährt früher oder später auch dem anderen. Würden die Menschen diese simple Weisheit begreifen, würde es manchen Missstand nicht geben.«

»Da stimme ich Ihnen zu«, erwiderte Mary.

Sie hatten das Gebäude der Hafenkommandantur erreicht. An den beiden Posten vorbei betraten sie die Eingangshalle, wo sie ein uniformierter Beamter in Empfang nahm und in eine Amtsstube führte. Ein ältlich aussehender Mann mit angegrautem Haar saß dort hinter einem großen Schreibtisch. Der linke Ärmel seiner mit Knöpfen und Epauletten verzierten Marineuniform hing leer von seiner Schulter, was die Vermutung nahelegte, dass er ein Veteran der napoleonischen Kriege war. Mit der verbliebenen Hand war er dabei, sich eine Pfeife anzustecken, worin er offenbar einige Übung besaß. Erst nachdem er sein Werk vollendet und einige Züge genommen hatte, wandte er sich den Besuchern zu, die daraufhin ihre Papiere vorlegten.

Der Veteran überflog sowohl die Ausweise als auch die Begleitschreiben. McCauley fertigte er als ersten ab. Seine Einladung an die Royal Academy machte offenbar so viel Eindruck, dass auch ein königlicher Grenzwächter nicht ganz davor gefeit war. Als Nächstes nahm er Quentins und Marys Papiere in Augenschein.

»Mr. Hay?«, fragte er mit ebenso tiefer wie strenger Stimme, wobei sich die buschigen Brauen kritisch verengten.

»Ja, Sir, das bin ich«, bestätigte Quentin.

»Sie sind Schotte von Geburt?«

»Das ist richtig, Sir.«

»Und Ihre Gattin …«

»… ist Amerikanerin«, erwiderte Quentin kurzerhand. Sie waren in die USA gegangen, um dort ein neues Leben zu beginnen, was in Marys Fall auch eine neue Identität bedeutet hatte. Mary of Egton, die Tochter aus verarmtem Adel, deren Heirat mit dem Laird of Ruthven ihrer Familie wieder Wohlstand und Ansehen hatte eintragen sollen, existierte nicht mehr. Nur Mary Hay gab es noch, seine angetraute Frau …

»Gut«, meinte der Offizier und fertigte auch die Einreisedokumente der beiden ab, indem er sie mit einem Stempel und seiner Unterschrift versah. Dann nahm er sich Brighids Papiere vor, und sogleich verfinsterten sich seine Züge.

»Kein Ausweis?«, fragte er nur.

»Nein, Sir«, bestätigte Quentin. »Wir müssen davon ausgehen, dass Madame Brighid diese Überfahrt nicht aus freien Stücken angetreten hat. Ihre Anwesenheit an Bord wurde erst kurz vor Neufundland von der Mannschaft entdeckt.«

»Also reiste sie als blinder Passagier?«

»Die näheren Umstände, unter denen sie ihre Reise angetreten hat, sind nicht bekannt«, erwiderte Quentin, »denn sie ist nicht in der Lage, sich daran zu erinnern.«

»Sie erinnert sich nicht?« Eine kleine Rauchwolke entwich durch den vor Staunen offen stehenden Mund des Offiziers.

»Nein, Sir. Zudem ist sie nur der französischen Sprache mächtig.«

»Französisch. Ausgerechnet.« Der missbilligende Augenaufschlag des Mannes zeigte, dass Quentins Vermutung hinsichtlich des Verlusts seines linken Armes wohl richtig gewesen war. Nichtsdestotrotz – oder vielleicht gerade deswegen – war der Veteran schneidig bei der Sache. »Womöglich ist sie eine Spionin«, mutmaßte er.

»Eine Spionin?« Zornesröte schoss Mary ins bleiche Gesicht. »Ist das Ihre ganze Weisheit, Mister …«

»*Lieutenant* Frowley«, verbesserte der andere und straffte sich. »Und ich wüsste nicht, was Sie das angeht, Mrs. Hay.«

»Bei allem gebührenden Respekt, Sir«, entgegnete Quentin, noch ehe Mary etwas erwidern konnte, »was meine Gattin damit sagen will, ist, dass der Krieg gegen Frankreich zu Ende ist.«

»Und?«, fuhr der Offizier ihn an. »Ein Hai bleibt ein Hai, auch wenn er zur Ausnahme keine kleinen Fische frisst.«

»Vielleicht«, warf McCauley ein, »aber in diesem Fall … Ich meine, die Dame sieht nicht wie ein Haifisch aus, oder?«

»Zugegeben«, räumte Frowley ein, während er Brighid musterte, die alles wortlos über sich ergehen ließ. Ob sie etwas von dem verstand, was gesprochen wurde, war nicht festzustellen, ihr Hilfe suchender Blick jedoch glitt immer wieder zu Mary. »Aber danach habe ich nicht zu urteilen, sondern nach der jeweiligen Sachlage. Und so, wie sich mir die Dinge präsentieren, bin ich nicht gewillt, einer Person, hinter der sich alles Mögliche verbergen kann, Zutritt zu diesem Land zu gewähren. Es ist meine Pflicht, über Großbritannien zu wachen.«

»Und ich bin überzeugt, dass Sie dieser Pflicht in vollem Umfang gerecht werden, Lieutenant Frowley«, versicherte McCauley. »Jedoch werden Sie mir vielleicht zustimmen, dass keine unmittelbare Gefahr von Madame Brighid ausgeht.«

»Und?«

»Würde es denn die Sachlage ändern, wenn sich jemand fände, der bereit wäre, mit dem eigenen guten Namen für sie einzustehen und für ihre Lauterkeit zu bürgen?«

Frowley nahm einen tiefen Zug aus seiner Pfeife und überlegte. »Das würde es wohl«, gab er dann bekannt. »Aber ich fürchte, dass Ihre Namen nicht gut genug sind, um einen solchen Vertrauensvorschuss zu erwerben.«

»Nun, immerhin bin ich auf Einladung der Royal Academy hier«, gab McCauley zu bedenken.

»Was bedeutet, dass Sie dort Freunde haben, nicht mehr und nicht weniger. Aber das genügt nicht.«

Quentin fühlte Marys auffordernden Blick auf sich lasten, dennoch zögerte er, sich zu offenbaren. Dann jedoch musste er daran denken, wie gut Brighids Gesellschaft Mary getan hatte und wie sehr sie dabei aufgeblüht war. Den Gedanken, dass auch er selbst sich gern in der Nähe der geheimnisvollen Frau aufhielt, verdrängte er geflissentlich.

»Mit Verlaub, Sir«, sagte er und straffte sich, »in diesem Fall möchte ich darauf hinweisen, dass ich der leibliche Neffe von Sir Walter Scott bin, dessen Name und Bedeutung Ihnen sehr wohl ein Begriff sein dürfte.«

»Walter Scott?« Frowleys buschige Brauen hoben sich. »Etwa der Scott, der die Kronjuwelen entdeckt hat?«

Quentin seufzte. »Genau der.«

»Ist das wahr?« McCauley war plötzlich voller Ehrfurcht. »Mein lieber Freund, das haben Sie wohl vergessen, mir zu sagen! Ich bin ein begeisterter Leser von Sir Walters Werk!«

»Danke, lieber Freund«, erwiderte Quentin mit gequältem Lächeln. »Leider ist der Grund für meinen Besuch in der alten Heimat ein trauriger. Mein Onkel ist jüngst verschieden. Ich bin hier, um seinen Nachlass zu regeln.«

»Tatsächlich?« McCauleys Züge verfinsterten sich. Er trat zurück und verbeugte sich tief. »Das tut mir wirklich sehr leid. Bitte nehmen Sie meine aufrichtige Beileidsbekundung an.«

»Das ist sehr zuvorkommend von Ihnen«, erwiderte Mary an Quentins Stelle.

»Mein Onkel hat testamentarisch verfügt, dass sein Tod bis zum Vollzug seines letzten Willens geheimgehalten werden soll«, fügte Quentin hinzu. »Hier ist das Schreiben des Notars, das sowohl meine Identität als auch die Richtigkeit meiner Aussage bestätigt.«

Er griff in die Innentasche seines Mantels, zog das Schreiben hervor und legte es vor Frowley auf den Tisch. Der Veteran nahm es entgegen und las es aufmerksam, dann verglich er die Angaben mit denen in den Ausweispapieren. Als er keine Abweichungen feststellen konnte, klärte sich seine verkniffene Miene ein wenig.

»Das Dokument ist offenkundig echt«, stellte er fest und sah Quentin fragend an. »Aber warum bürgen Sie für jemanden, den Sie überhaupt nicht kennen, Mr. Hay? Die rechtlichen Folgen einer Bürgschaft sind Ihnen hoffentlich klar?«

»Durchaus«, versicherte Quentin. »Aber in der Neuen Welt, Lieutenant Frowley, pflegen wir Menschen nicht ihrem Aussehen, ihrem Geschlecht oder ihrer Abstammung nach zu verurteilen, sondern sie als unschuldig zu betrachten, solange keine Schuld erwiesen ist.«

»Nun gut«, erklärte der Veteran sich bereit. »Ich werde ihr einen zeitweiligen Passierschein ausstellen. In Ihrem eigenen Interesse würde ich Ihnen allerdings raten, die Frau unter ständiger Beobachtung zu halten.«

»Das überlassen Sie getrost uns«, erwiderte Mary, ergriff Brighids Hand und drückte sie herzlich, wofür sich die Frau mit einem Lächeln bedankte. Einem Lächeln, das, wie Quentin fand, bezaubernd und geheimnisvoll zugleich wirkte.

Es dauerte eine Weile, bis Frowley die Bürgschaftserklärung aufgesetzt und Quentin sie unterschrieben hatte, danach mussten die Reisenden noch warten, bis der Veteran den Passierschein ausgestellt und an sie ausgehändigt hatte. Erst danach konnten sie das Amtszimmer und die Hafenkommandantur wieder verlassen. Vor dem Gebäude warteten bereits die Droschken, die in der Zwischenzeit mit dem Gepäck beladen worden waren.

»Dann heißt es nun wohl Abschied nehmen«, meinte McCauley.

»Ich fürchte ja«, stimmte Quentin zu und reichte dem Arzt die Hand. »Vielen Dank für alles, was Sie für uns getan haben, mein Freund.«

»Aber nein«, widersprach McCauley und sah Quentin dabei fest ins Gesicht. »Ich danke Ihnen.«

»Müssen unsere Wege sich denn wirklich trennen?«, fragte Mary. »Wir könnten auch gemeinsam nach Edinburgh reisen.«

»Diese Aussicht ist sehr reizvoll, Mrs. Hay«, versicherte McCauley mit einem schmeichelhaften Lächeln, »doch meine Pflichten verlangen es, dass ich mich unmittelbar nach meiner Ankunft bei der Academy melde.«

»Aber Sie können uns besuchen, sobald Ihre Pflichten es erlauben. Auch Brighid würde sich bestimmt darüber freuen.«

»Wie könnte ich einer solch charmanten Einladung widerstehen?«, fragte McCauley, wobei er sich verbeugte und mit Handküssen von den beiden Damen verabschiedete.

»Wir werden im Stadthaus der Familie Scott wohnen«, erklärte Quentin, »das ist nicht weit von der Universität entfernt, George Square 25.«

»George Square 25«, wiederholte McCauley und tippte sich dabei an die Schläfe. »Ich werd's mir merken. Also dann – auf bald!« Galant hob er seinen Zylinder, wandte sich um und bestieg seine Droschke.

Quentin und Mary winkten ihm noch eine Weile nach, dann stiegen sie ebenfalls in ihre Kutsche ein, auf deren Dach das Reisegepäck verzurrt war. Wie es sich für einen Gentleman gehörte, ließ Quentin den beiden Frauen den Vortritt, wartete geduldig, bis es diesen gelungen war, sich trotz ihrer ausladenden Röcke durch die schmale Tür zu zwängen. Er wollte gerade folgen, als er plötzlich das Gefühl hatte, einen bohrenden Blick in seinem Nacken zu spüren.

Jäh wandte er sich um, sah, dass eine der Gestalten, die sich auf der anderen Straßenseite in den dunklen Mauernischen eines Lagerhauses herumdrückten, direkt zu ihm herüberblickte – und sich abrupt abwandte, als er den Blick erwiderte.

Ein Zufall? Oder hatte der Kerl ihn beobachtet?

Quentin merkte, wie ihn dasselbe hässliche Gefühl beschlich, das er auch schon in New York verspürt hatte. Oder war er wiederum nur einer Täuschung erlegen? Spielten seine Trauer und die Erinnerung an die aufregenden Zeiten, die er und sein Onkel zusammen erlebt hatten, ihm einen Streich?

»Alles in Ordnung?«, fragte Mary besorgt, die ihn durch das glaslose Fenster der Kutsche beobachtet hatte.

»Ja, meine Liebe, alles in Ordnung«, beteuerte er und zwang sich zu einem Lächeln.

Er stieg ein, entschlossen, seine Befürchtungen für sich zu behalten – schon deshalb, weil er die beiden Frauen nicht beunruhigen wollte.

Das Gefühl der Unsicherheit jedoch blieb bestehen.

2

Florenz
November 1784

»Habe ich dir je gesagt, dass du eine Schönheit bist?«

Das Kompliment kam so unvermittelt, dass Serena errötete. Sie wusste inzwischen, dass der Herzog zu Schmeicheleien neigte, aber bislang waren sie eher allgemeiner Natur gewesen, hatten ihre Kochkünste betroffen oder ihr freundliches Wesen, niemals jedoch ihr Aussehen. Aber der Herzog hatte schon manches Mal gezeigt, dass er zu unerwarteten Reaktionen neigte, und er schien es zu genießen, die Überraschung in ihren Zügen zu sehen.

Er lachte, wie es seine Art war: ein helles, jugendliches Gelächter, das beinahe unbeschwert wirkte, jedoch niemals ausreichte, um die Traurigkeit aus seinem Blick zu vertreiben. Wie immer saß er in seinem Sessel, während sie ihm zu Füßen auf einem Schemel kauerte wie ein Kind.

»Das … ist sehr großzügig von Euch, Herr«, war alles, was ihr als Erwiderung einfiel.

»Eigentlich nicht«, erwiderte er. »Meine Augen gehören dankenswerterweise zu den Dingen an meinem Körper, die noch in vollem Umfang funktionieren.«

Er lachte wieder, und obwohl sie nicht sicher war, ob er tatsächlich einen Scherz gemacht hatte, stimmte sie in das Gelächter ein, was ihm zu gefallen schien. Er reichte ihr seinen wie immer mit Bordeaux gefüllten Becher und ließ sie daran nippen, und wie meist ließ die Wirkung nicht lange auf sich warten. Anders als der Herzog, der dem Rebensaft regelmäßig zusprach, war Serena nicht daran gewohnt, entsprechend spürte sie den Alkohol sofort, und während sie anfangs noch darüber erschrocken gewesen war, genoss sie inzwischen den Zustand, in den der Wein sie versetzte.

Sie fühlte sich dann unbeschwert.

Leicht wie eine Feder.

Frei von Zwängen.

Serena vermochte nicht mehr genau zu sagen, ihr wievieltes Treffen dies war. Immer dienstags, wenn die Duchess und ihr Gesinde nicht im Palazzo weilten und alle bis auf den getreuen Manus das Haus verlassen hatten, rief der Herzog Serena zu sich. Dann nahm sie zu seinen Füßen Platz, und sie tranken gemeinsam Wein und sprachen über die verschiedensten Dinge.

Anfangs waren es nur Belanglosigkeiten, beiläufige Bemerkungen über dies und das, und Serena fragte sich, warum ein so wohlhabender und gebildeter Mann wie er Interesse am Plausch mit einer Hausbediensteten haben mochte; doch je öfter sie sich trafen, desto mehr vertieften sich ihre Gespräche, und schon bald gewann Serena den Eindruck, dass ihr geheimnisvoller Dienstherr längst nicht so unantastbar und mächtig war, wie sie es stets geglaubt hatte. Und dass die Krankheit, die ihn plagte, nicht körperlicher Natur war, sondern ihren Ursprung in seinem Herzen hatte …

»Du lachst, wenn ich scherze«, stellte er mit einer Mischung aus Heiterkeit und Wehmut fest.

»Warum auch nicht, Herr?«, fragte sie mit vom Wein beflügelter Zunge.

»Du verstehst mich, begreifst mein Wesen, obschon wir uns erst seit Kurzem kennen. Anders als dieses blutleere Geschöpf, das in diesen Hallen umgeht wie ein Gespenst.«

»Von wem sprecht Ihr, Herr?«, fragte Serena unbedarft.

»Von wem wohl?« Er zuckte mit den schmalen Schultern. »Von meiner Tochter natürlich.«

Serenas Lächeln gefror ihr auf den Lippen. Ein Teil von ihr begriff, dass das Gespräch dabei war, sich in eine für sie gefährliche Richtung zu entwickeln. Der andere, vom Alkohol beschwingte Teil ließ sie indes einfach weiterplappern. »Die Duchess? Aber sie tut alles für Euch, Herr! Ich weiß, dass Euer Wohlergehen ihr sehr am Herzen liegt.«

Er lachte bitter auf, strich sich das weiße Haar aus dem Gesicht. »Das will ich gerne glauben. Schließlich erwartet sie, etwas von mir zu erhalten, das nur ich ihr zu geben vermag.«

»Tatsächlich?« Serena hob die Brauen.

»Ich beneide dich, Kind«, sagte der Herzog und streckte eine dürre Hand aus, um ihr über das Haar zu streichen. »In deiner Welt sind die Dinge einfach. In meiner hingegen sind sie verworren und kompliziert. Oder hättest du geglaubt, dass ich in diesen Hallen ein Gefangener bin?«

»Ein Gefangener, Herr? An einem Ort wie diesem?«

»Es ist ein Käfig mit goldenen Gitterstäben«, gab der Herzog unumwunden zu. »Nichtsdestotrotz ist es ein Käfig, aus dem man mich erst entlassen wird, wenn ich das getan habe, wozu man mich nötigen will.«

»Aber Herr!«, rief Serena aus, die diese Neuigkeiten tatsächlich zutiefst erschreckten. »Das ist ja entsetzlich! Und wozu will man Euch nötigen?«

Albany seufzte. »Ich wünschte, ich könnte es dir verraten, mein Kind. Aber damit würde ich dich in Gefahr bringen, und das will ich nicht. Du bist jung und voller Zuversicht. Du sollst nicht dasselbe Schicksal erleiden wie ich.«

»Das … ist sehr rücksichtsvoll von Euch, Herr«, versicherte sie, zugleich eingeschüchtert und voller Neugier. »Aber wenn es etwas gibt, wobei ich Euch helfen kann …«

»Mach, dass sie verschwinden«, erwiderte er augenzwinkernd, aber ohne erkennbare Heiterkeit. »Charlotte ebenso wie all diese Speichellecker, die sie mir ins Haus bringt und die alle etwas von mir wollen, das ich ihnen nicht geben kann.«

»Sprecht Ihr von den Franzosen, Herr? Von der Revolution?« Serena hatte die Frage ausgesprochen, noch ehe sie recht darüber nachgedacht hatte. Sie erschrak und biss sich auf die Lippen, in banger Erwartung der Reaktion des Herzogs.

Würde er wütend werden?

Sie zurechtweisen?

Sie gar aus seiner Gegenwart verbannen?

Doch zu ihrer Erleichterung huschte ein sanftes Lächeln über die Züge ihres Dienstherrn. »Revolution?«, wiederholte er. »Was weiß ein kleines Mädchen wie du von solchen Dingen?«

»Nichts, Herr«, beeilte sie sich zu versichern.

»Hier geht es um sehr viel größere Dinge als den Traum von ein paar hergelaufenen Narren«, stellte er klar. »All diese Leute, die Charlotte zu mir bringt, begehren etwas. Etwas, das nur ich ihnen geben kann, aufgrund dessen, was ich bin. Doch ich kann und will mich ihrem Ansinnen nicht beugen, und deshalb bedrohen sie mich, trachten mir nach dem Leben.«

»Ist das wahr, Herr?«, fragte Serena bestürzt.

»Zweifelst du an meinen Worten?«

»Natürlich nicht, Herr.«

»Was du vor dir siehst, mein Kind, sind die Überreste dessen, was ich einst war. In jungen Jahren habe ich alles gewagt, um alles zu gewinnen, doch das Schicksal meinte es schlecht mit mir. Meine Pläne scheiterten, und ich kann von Glück sagen, mit dem Leben davongekommen zu sein. Das war schwierig genug – wäre es nicht um ein engelsgleiches Wesen deines Schlages gegangen, so wäre ich heute wohl nicht hier.«

»Ich verstehe, Herr«, behauptete Serena, nur um irgendetwas zu sagen. In Wahrheit hatte sie kaum etwas begriffen.

»Würdest du mich ebenfalls beschützen, Kind?«, fragte der Herzog und sah sie durchdringend an. »Wäre ich bei dir sicher? Würdest du mich ebenso furchtlos verteidigen wie meine geliebte Flora?«

»Natürlich, Herr«, entgegnete Serena. Selbst ihrem vom Alkohol getrübten Geist war klar, dass der Herzog keine andere Antwort hätte gelten lassen. Unruhe schien plötzlich von ihm

Besitz ergriffen zu haben, sein Blick war angstvoll und getrieben, während er sie durchdringend ansah.

»Ich glaube dir«, erwiderte er schließlich, und sie wusste nicht, ob sie Mitleid oder Zuneigung empfinden sollte.

»Kennst du das Gefühl, am liebsten fliehen zu wollen?«, fragte er. »An einen weit entfernten Ort?«

»Oh, ja.« Sie nickte und hatte plötzlich das Gefühl, ihm ebenfalls etwas anvertrauen zu müssen. Es schien ihr nur fair, jedenfalls im Angesicht des Weines … »Als ich noch zu Hause war, in Pistoia, woher ich stamme …«

»Ja?«, hakte er nach und sah sie forschend an. Sein Blick, so kam es ihr vor, reichte bis auf den Grund ihrer Seele.

»Nach dem Tod meiner Mutter nahm mich mein Onkel in sein Haus auf«, berichtete Serena leise. Sie fürchtete sich davor, diese Dinge auszusprechen, hatte es noch niemals getan, und doch wollte sie es, weil sie fühlte, dass sie sich diesem Mann anvertrauen, dass sie ihm alles mitteilen konnte. »Anfangs ist er sehr großzügig gewesen. Er nahm mich in seine Familie auf, gab mir zu essen und ein Dach über dem Kopf, doch schon bald wurde mir klar, dass … dass …« Sie verstummte, suchte nach Worten, die weniger schmerzhaft waren. »Mein Onkel ist kein guter Mensch«, eröffnete sie schließlich.

»Was ist geschehen?«

»Jeden zweiten Tag … musste ich in den Keller gehen. Ein dunkles, feuchtes Loch, wo er bereits auf mich wartete. Ich erinnere mich noch ganz genau an sein Gesicht«, fuhr Serena flüsternd fort, während die feisten Züge ihres Onkels tatsächlich aus dem Dunkel ihrer Erinnerung auftauchten, »an sein Grinsen, als er mich aufforderte, mich auszuziehen. Er hatte einen Stock, mit dem er mich züchtigte. Er sagte, das müsse er tun, weil er meinetwegen Gefahr laufe, sein Eheversprechen zu brechen. Und am Ende musste ich vor ihm auf die Knie gehen und ihn um Verzeihung bitten. Und dann zwang er mich, ihn … ihm …«

Die Stimme versagte ihr.

Abscheu erfüllte sie, Abscheu über das, was sie so lange getan hatte, schweigend und ohne Widerstand, weil sie geglaubt hatte, es wäre rechtens so. Erst als sie irgendwann ihr Schweigen gebrochen und Don Alfredo davon erzählt hatte, hatte ihr Leiden geendet. Serena hatte das Haus ihres Onkels verlassen und war in die große Stadt gezogen. Ihr Onkel jedoch lebte noch immer auf dem kleinen Gehöft, das er sein Eigen nannte, ein geachtetes Mitglied der Dorfgemeinschaft.

»Ich verstehe«, brach der Herzog irgendwann das Schweigen, und es kam Serena wie eine Erlösung vor. »Also sind wir wohl beide auf der Flucht, nicht wahr?«

Sie nickte und konnte nicht verhindern, dass sich ihre Augen mit Tränen füllten, und als er in einer väterlich wirkenden Geste die Arme ausbreitete, stürzte sie an seine Brust und weinte hemmungslos, dankbar dafür, eine verwandte Seele gefunden zu haben. Eine endlos scheinende Weile lagen sie einander so in den Armen, spendeten sich Trost und Nähe.

Und nur der Diener Manus, den sein Herr beauftragt hatte, vor dem Empfangszimmer zu wachen, war stummer Zeuge.

3

Unbekannter Ort
26. Februar 1826

Zum zweiten Mal innerhalb kurzer Zeit versammelte sich die Bruderschaft an den Piktensteinen – und Scrymgour hatte das untrügliche Gefühl, dass die Widerstände, gegen die er ankämpfen musste, geringer wurden.

Noch immer schlug ihm aus den verhüllten Gesichtern einiger Mitbrüder pure Furcht entgegen. Doch aus den Sehschlitzen einiger Masken begann auch schon wieder unverhohlene Gier zu blitzen. Und Gier, das hatte Malcolm of Ruthven ihn gelehrt, war ein mächtiger Verbündeter, wenn es darum ging, andere Menschen in seinem Sinne zu beeinflussen.

»Als wir uns das letzte Mal trafen, waren deine Worte voller Rätsel und Andeutungen«, sagte ein Mitbruder, dessen Figur untersetzt war und dessen Maske die Züge eines Fuchses trug. Dem Akzent seiner Stimme nach stammte er aus den Lowlands. »Du versprachst uns, mehr über jenen geheimnisvollen Passagier in Erfahrung zu bringen, der angeblich aus den Kolonien eintreffen sollte und unter dem königlichen Wappen reist.«

»So ist es«, stimmte Scrymgour zu.

»Und? Was hast du herausgefunden?«

Scrymgour ließ sich mit der Antwort Zeit. Er genoss es, die Blicke der Versammelten auf sich zu ziehen und zu wissen, dass er sie alle am Haken hatte. Schon in wenigen Augenblicken würden auch die letzten unter ihnen ihren Widerstand aufgeben und ihn zum neuen Anführer der Bruderschaft erwählen. Und dann …

»Meine Mittelsmänner in Leith haben mir von einem Schiff berichtet, das vor zwei Tagen aus Übersee eingetroffen ist, an Bord Frachtgüter sowie vier Passagiere.«

»Und?«

»Einer der Passagiere ist ein Arzt namens McCauley«, fuhr Scrymgour fort, »der einen Vortrag an der medizinischen Fakultät der Royal Academy halten soll – für uns uninteressant. Doch die Namen der beiden nächsten Passagiere auf der Liste haben meine Aufmerksamkeit geweckt, und ich bin sicher, dass es euch ähnlich ergehen wird. Denn es handelt sich bei ihnen um keine anderen als Quentin Hay und seine Frau Mary, euch allen besser bekannt als Mary of Egton.«

Hätte er sich vor den Augen der anderen erschossen, ihre Betroffenheit hätte kaum größer sein können. Die meisten der Vermummten standen wie versteinert, einige wiederholten die Namen, ungläubig und staunend.

»Ihr habt richtig gehört«, sagte Scrymgour in die Runde. »Quentin Hay, der seinem Onkel Walter Scott seinerzeit dabei half, diese unsere Bruderschaft zu verfolgen und zu zerschlagen. Und Mary of Egton, die uns ans Ziel unserer Pläne bringen sollte, jedoch um ein Haar unser aller Vernichtung heraufbeschworen hat. Sie sind beide zurückgekehrt – und ich kann nicht glauben, meine Brüder, dass dies purer Zufall ist.«

»Aber … wenn es kein Zufall ist«, wandte Fuchsgesicht ein, »was hat es dann zu bedeuten? Sind sie womöglich gekommen, um Scott dabei zu helfen, auch noch den Rest von uns zu jagen und zur Strecke zu bringen?«

»Keineswegs«, versicherte Scrymgour, ehe erneut Furcht um sich greifen konnte, »denn eine Wendung ist eingetreten, wie sie für uns nicht günstiger sein könnte: Walter Scott, unser aller Erzfeind und Nemesis, ist tot.«

»Was? Scott ist tot?«

Ein Raunen ging durch die Reihen. Scrymgour war dankbar dafür, dass die Wolfsmaske sein zufriedenes Grinsen verbarg.

»Wie kommt es, dass wir nichts davon wissen?«, fragte einer.

»Scott starb bereits vor einigen Wochen, jedoch hat seine Familie darauf bestanden, seinen Tod bis zur Testamentseröffnung zu verheimlichen«, erklärte Scrymgour weiter.

»Wie kannst du dann davon wissen, Bruder?«

»Weil ich eine gute Verbindung zur Hafenkommandantur unterhalte«, erwiderte Scrymgour nicht ohne Stolz. »Und diese Verbindung hat mich wissen lassen, dass Hay und seine Frau zurückgekehrt sind, um Scotts Nachlass zu regeln. Das allein ist jedoch noch nicht von Bedeutung. Unser Interesse hat vielmehr der Frau zu gelten, die sich in Hays Begleitung befindet.«

»Was für eine Frau?«

»Die vierte Reisende an Bord des Schiffes. Es ist so gut wie nichts über sie bekannt – außer dass sie die Überfahrt offenbar als blinder Passagier angetreten hat und sich an ihre Vergangenheit nicht erinnern kann. Zumindest ist es das, was man uns glauben machen will.«

»Du zweifelst?«

»In der Tat, meine Brüder«, bestätigte Scrymgour und bereitete sich darauf vor, die Katze aus dem Sack zu lassen, »denn ich denke, dass sehr viel mehr hinter dieser Sache steckt. Wieso sonst hätte Quentin Hay in der Hafenkommandantur eine Leumundsbürgschaft für diese Frau unterschreiben und ihr so die Einreise ermöglichen sollen?«

»Du … du denkst, es besteht ein Zusammenhang?«, fragte der Mann, der Urisks Geistermaske trug. »Ein Zusammenhang mit dem Wappen der Stewarts?«

»Ich denke«, entgegnete Scrymgour, jedes einzelne Wort sorgfältig betonend, »dass wir diese Frau näher in Augenschein nehmen sollten.«

»Und wenn es eine Falle ist?«, wandte Fuchsgesicht ein. »Wenn diese Frau ein Köder ist und Scotts Erben uns damit nur anlocken wollen, um uns endgültig zu vernichten?«

»Diese Gefahr besteht«, räumte Scrymgour ein, »deshalb werden wir sehr vorsichtig sein und zunächst nur beobachten. Wenn es eine Falle ist, so werden wir unseren Feinden nicht den Gefallen tun, blindlings hineinzutappen. Sollte sich jedoch mehr hinter dieser Sache verbergen und diese Frau tatsächlich sein, was wir vermuten, so könnten sich durch sie gleich zwei historische Chancen ergeben – nämlich zum einen, die rechtmäßige Thronfolge wiederherzustellen und die britischen Usurpatoren aus dem Land zu vertreiben …«

»Und zum anderen?«, fragte Fuchsgesicht.

»… und zum anderen die Chance, sich an Scotts Nachkommen blutig zu rächen und sie für ihre Vergehen zur Rechenschaft zu ziehen«, fuhr Scrymgour grimmig fort und blickte auffordernd in die Runde. »Wer von euch ist dafür, meine Brüder? Wer ist dafür, dass diese geheime Organisation ihre Arbeit wieder aufnimmt, mit mir als ihrem Anführer, zum Wohle unseres geliebten Schottlands und zum Verderben aller Feinde und Verräter?«

Einige hoben sofort die Arme, andere zögerten noch einen Augenblick, ehe auch sie ihre Zustimmung gaben. Als letzter erklärte sich Fuchsgesicht einverstanden – und Scrymgour wusste, dass er diesen ersten, wichtigen Kampf gewonnen hatte.

»Runen und Blut«, gab er die Losung aus. »Für ein neues Königreich Schottland!«

»Runen und Blut«, echote es dutzendfach über die Jahrtausende alten Steine und in die kalte, mondlose Nacht, die über den Hügeln der Highlands lag.

4

George Square, Edinburgh
Zur selben Zeit

»Meine lieben Kinder! Wie schön, euch zu sehen!«

Als Quentin und Mary den Salon des Hauses betraten, das der Familie Scott als Stadtwohnsitz diente, war es ein wenig, als würden sie in der Zeit zurückversetzt.

Die holzgetäfelte Decke, die Bilder an den Wänden, das Feuer im Kamin, dazu der Geruch des frisch gewachsten Parketts, all das weckte Erinnerungen an eine Zeit, die aufregend gewesen war, aber auch in vielerlei Hinsicht unbeschwert. Und aus den Nebeln dieser Vergangenheit trat ihnen Lady Charlotte entgegen.

Sir Walters Ehefrau war gealtert, unübersehbar, nicht nur an den Jahren, sondern, so kam es Quentin vor, vor allem am Kummer. Das Kleid, das sie trug, war von tiefschwarzer Farbe, und abgesehen von einer Schleife, mit der es im Rücken gebunden war, war es schlicht und schmucklos. Dunkle Ränder lagen um die sanft blickenden Augen der Frau, die für Quentin stets der Inbegriff einer schottischen Lady gewesen war, Falten hatten sich in ihr Gesicht gegraben. Die Freude über den Besuch aus Übersee war ihr aber dennoch deutlich anzumerken.

»Es ist so wunderbar, euch wiederzusehen«, sagte sie noch einmal mit ihrem unverkennbaren französischen Akzent, der ihr geblieben war, obschon sie bereits als Kind nach England gekommen war. Sie umarmte zuerst Quentin und dann Mary, küsste sie auf die Stirn. Dabei war ihr deutlich anzumerken, dass sie mit den Tränen kämpfte.

»Die Freude ist ganz auf unserer Seite, Lady Charlotte«, versicherte Quentin. Er verspürte Befangenheit, sowohl des Ortes als auch der freundlichen Begrüßung wegen, von der er das Gefühl hatte, er hätte sie nicht verdient.

»Tante Charlotte«, verbesserte sie lächelnd. »Haben die vier Jahre in den Kolonien dir die Steifheit immer noch nicht ausgetrieben?«

»Ich fürchte, nein, La- … Tante«, erwiderte Quentin. Dann konnte er nicht länger so tun, als ob nichts geschehen wäre. Tränen traten ihm in die Augen und rannen an seinen Wangen herab. »Es tut mir leid«, flüsterte er. »Es tut mir unendlich leid.«

»Mein lieber Junge.« Sie fasste sein Gesicht mit beiden Händen, blickte ihm tief und eindringlich in die Augen. »Es war Schicksal. Früher oder später musste es wohl so kommen. Mein guter Walter hatte stets einen gewissen Hang dazu, sich in Schwierigkeiten zu bringen, wie du weißt.«

»Ich weiß.« Quentin wischte sich die Tränen aus dem Gesicht, während er sich in Gedanken dafür schalt, dass er sich so gehen ließ, während seine Tante viel gefasster blieb, obschon sie den ungleich größeren Verlust zu verkraften hatte.

»Wir müssen nach vorn blicken«, erklärte Lady Charlotte mit einer Ruhe, die Bewunderung verdiente, auch wenn es ihr sichtlich schwerfiel, die Worte auszusprechen. »Gut, dass ihr hier seid«, sagte sie dann und bedachte Quentin und Mary mit einem freundlichen Lächeln, ehe ihr Blick zu Brighid wanderte. »Und wer ist diese Schönheit?«

»Eine Freundin«, erklärte Mary ohne Zögern. »Wir haben uns während der Überfahrt kennengelernt. Ihr Name ist Brighid.«

»Brighid.« Lady Charlotte nickte der fremden Frau freundlich zu, worauf diese höflich Haupt und Knie beugte. »Und wie weiter?«

»Das wissen wir nicht«, erwiderte Mary wahrheitsgemäß.

»Die Arme hat ihre Erinnerung verloren. Weder weiß sie, wer sie ist, noch, wie sie auf das Schiff gekommen ist. Auch beherrscht sie unsere Sprache nicht, sondern spricht nur Französisch.«

»Ist das wahr?«, fragte Lady Charlotte – und verfiel im nächsten Moment in ihre Muttersprache, die sie noch immer flüssig zu beherrschen schien, obwohl sie sie nur noch selten sprach. Brighid antwortete, sichtlich froh darüber, dass noch jemand ihre Sprache beherrschte, und die beiden wechselten einige Sätze.

»Tatsächlich«, resümierte Lady Charlotte schließlich. »Das arme Ding kann sich tatsächlich an nichts erinnern, was vor ihrer Abreise aus den Kolonien geschehen ist. Wie schrecklich muss das sein, nicht zu wissen, wer man ist?«

»Deshalb haben wir sie mitgebracht«, erklärte Quentin.

»Aus eigener Erfahrung weiß ich, dass das Haus der Scotts Hilfebedürftigen immer offen steht«, fügte Mary hinzu.

»Das ist wahr, Walter hätte es sicher so gewollt«, stimmte Lady Charlotte zu. »Ganz abgesehen davon, dass das Rätsel ihrer Vergangenheit ganz unzweifelhaft seine Neugier geweckt hätte.« Ihr Blick wurde leer, und es hatte den Anschein, als würden ihre Gedanken abschweifen und sich in der Vergangenheit verlieren.

»Tante Charlotte«, sagte Quentin und berührte sie sanft am Arm. »Bist du …?«

»Natürlich, es ist alles in Ordnung«, versicherte sie und zwinkerte die Tränen weg. »Es ist nur … Manchmal habe ich das Gefühl, dass er noch immer hier ist, weißt du. Das alles hier«, sie machte eine Handbewegung, die nicht nur den Salon, sondern das ganze Haus einschloss, »atmet aus jeder Pore seinen Geist. Es ist nicht leicht, seinen Tod zu akzeptieren, wenn man immerzu das Gefühl hat, dass er noch hier ist.«

»Ich weiß«, versicherte Quentin.

»So«, sagte Lady Charlotte und klatschte in die Hände, als wollte sie sich selbst aus ihrem Dämmerzustand reißen, »aber nun freuen wir uns erst einmal darüber, dass ihr beide wohlbehalten in eurer alten Heimat angekommen seid und sogar noch einen lieben Gast mitgebracht habt. Wir werden dies bei einer kleinen Feier im Familienkreis würdig begehen.«

»Aber nein, Tante Charlotte«, wandte Quentin ein, »bitte bemühe dich nicht. Wir wollen auf keinen Fall zur Last …«

»Das tut ihr nicht«, entgegnete Lady Charlotte prompt und so endgültig, dass jeder Widerspruch von vornherein aussichtslos schien. »Wir hatten in letzter Zeit nicht sehr viel Anlass zur Freude. Wenn es also einmal ein Ereignis gibt, für das wir von Herzen dankbar sein dürfen, so lass es uns auch begehen.«

»Natürlich, Tante«, sagte Quentin und errötete ein wenig. »Bitte verzeih.«

»Wir werden zusammen speisen, und ihr beide werdet erzählen, wie es euch seit eurer Abreise aus Schottland ergangen ist.«

Quentin und Mary tauschten einen Blick. Er konnte sehen, wie sie kaum merklich den Kopf schüttelte.

»Natürlich, Tante Charlotte«, erklärte er. »Wir werden gerne berichten.«

Den Nachmittag verbrachte Quentin damit, sich in die umfassenden Unterlagen einzulesen, die Mortimer Kerr, der alte Verwalter des Scottschen Anwesens auf Abbotsford, für ihn zusammengestellt hatte. Schon als Quentin die Heimat verließ, war Kerr ein Greis gewesen, und die vergangenen Jahre hatten ihn nicht jünger werden lassen; um so rührender war es zu sehen, mit welcher Hingabe der ergraute Verwalter über Sir Walters Landsitz wachte und mit welcher Akribie er jede Ausgabe und jede Einnahme in den Büchern vermerkt hatte.

Mary und Brighid unternahmen unterdessen einen Spaziergang die High Street hinauf bis zur Burg. Sir Walters ältester Sohn, der den Vornamen seines Vaters trug, hatte sich erboten, die beiden Damen zu führen, und die Art und Weise, wie er Brighid immer wieder mit verstohlenen Blicken bedachte, ließ vermuten, dass er es nicht aus reiner Selbstlosigkeit tat. Quentin vermochte nicht in Worte zu fassen, woran genau es lag, aber es war unbestritten, dass die Frau, die auf so geheimnisvolle Weise in ihr Leben getreten war, eine starke Faszination auf das männliche Geschlecht ausübte.

Als das Tageslicht verblasste und die Gasbeleuchtung im Haus angestellt wurde, beendete Quentin die Arbeit – nicht so sehr, weil er fürchtete, sich die Augen bei der spärlichen Beleuchtung zu ruinieren, sondern weil er es in dem kleinen, holzgetäfelten Arbeitszimmer nicht mehr aushielt. Zu gegenwärtig war noch die Erinnerung an seinen Onkel, zu beherrschend noch dessen Präsenz.

Vom Bedürfnis nach Gesellschaft getrieben, ging Quentin hinunter in den Speiseraum, wo sich bereits nicht nur Lady Charlotte sowie Mary, Brighid und Walter eingefunden hatten, sondern auch die übrigen Kinder der Familie, die allerdings längst keine Kinder mehr waren: Sophia, die älteste Tochter, war eigens aus Galashiels gekommen, wo sie inzwischen wohnte; und auch an ihren Geschwistern Anne und Charles war die Zeit nicht spurlos vorübergegangen. Anne war zu einer jungen Frau herangewachsen, deren anmutige Züge deutlich an die ihrer Mutter erinnerten; Charles war inzwischen ein Bursche von zwanzig Jahren, der sehr nach seinem Vater kam. Seine Augen, seine Kinnpartie, seine ganze Art zu sprechen weckten bei Quentin schmerzliche Erinnerungen, was er sich jedoch nicht anmerken ließ.

»Charlie!«, rief er aus und umarmte den Jungen herzlich. »Ist das zu fassen? Kaum lässt man dich ein paar Jahre allein, wird schon ein Mann aus dir!«

»Ach wo, das sieht nur so aus«, scherzte Walter und versetzte seinem jüngeren Bruder einen Rippenstoß. »Unter diesem wirren Haarschopf ist er noch immer derselbe Kindskopf wie damals. Nicht wahr, Bruderherz?«

»Du musst es ja wissen.«

»Wie schön es ist, euch alle wiederzusehen«, sagte Quentin. »Ich wünschte nur, der Anlass wäre weniger traurig.«

»Das wünschten wir alle«, versicherte Lady Charlotte, wobei sie nach einem Glas Sherry griff. »Doch mein verschiedener Gatte pflegte zu sagen, dass man Feste feiern muss, wie sie fallen, deshalb möchte ich mein Glas erheben und einen Toast ausbringen: Auf Quentin und Mary, die in den Kreis der Familie zurückgekehrt sind!«

»Auf Quentin und Mary!«, echote es reihum.

»Und auf Onkel Walter, wo immer er jetzt sein mag!«, fügte Quentin hinzu.

»Auf Vater!«, entgegneten die Scotts, und alle tranken, ehe sie sich an die bereits gedeckte Tafel setzten. Lady Charlotte nahm am Fußende Platz, Quentin und Mary zu ihren Seiten, dann Brighid und die Kinder. Der Stuhl am Kopfende des Tisches jedoch blieb leer, keiner der Anwesenden hätte es über sich gebracht, sich auf Sir Walters Platz zu setzen.

Die Haushälterin kam und servierte das Essen, eine einfache, aber kräftigende Mahlzeit, die im Wesentlichen aus einer mit Lammfleisch gefüllten Pastete bestand. Quentin hätte sich lieber die Zunge abgebissen, als offen danach zu fragen, aber schon bei der Durchsicht der Bücher von Abbotsford hatte er das Gefühl gehabt, dass es um die Finanzen der Familie Scott nicht zum Besten bestellt war.

Er vermied das Thema auch weiterhin, gab stattdessen bereitwillig darüber Auskunft, wie sich das Leben in der Neuen Welt gestaltete.

»Und ist es wahr, dass du auch Schriftsteller geworden bist, genau wie Vater?«, wollte Anne wissen.

»Nein, das wäre doch sehr übertrieben«, wehrte Quentin ab. »Ich arbeite lediglich als Schreiber für die Zeitung. Gleich nach unserer Ankunft bekam ich Arbeit bei der *New York Gazette*, die jedoch nach ein paar Tagen ihr Erscheinen einstellte. Also musste ich noch einmal ganz von vorn beginnen. Inzwischen arbeite ich für die *New York Evening Post*.«

»Und du, liebe Mary?«, erkundigte sich Lady Charlotte.

»Nichts weiter«, erwiderte Mary rasch. »Ich unterstütze

Quentin, so gut ich es vermag. Ansonsten führe ich ein sehr ruhiges und beschauliches Leben in New York.«

Sie sandte Quentin einen Blick zu, den dieser mit einem leichten Nicken beantwortete. Lady Charlotte schien es zu bemerken, und es war ihr anzusehen, dass sie gerne gewusst hätte, was zwischen den beiden vor sich ging, aber sie hakte nicht nach, was Quentin ihr hoch anrechnete.

»Amerika muss großartig sein«, begeisterte sich Charlie.

»Das ist es«, versicherte Quentin, dankbar für die Ablenkung. »Das Landesinnere ist so groß und weit, dass es noch längst nicht zur Gänze erforscht ist. Erst vor zwei Jahrzehnten ist eine Expedition zum ersten Mal über die Nordwestpassage bis zum Pazifik vorgestoßen. Die beiden Männer, denen es gelang – äußerst mutige Gentlemen namens Meriwether Lewis und William Clark –, wurden dadurch zu gefeierten Helden.«

»Und ist es auch wahr, dass dort im Westen Wilde leben, die weißen Siedlern Haut und Haare vom Kopf schneiden?«

»Charlie!«, empörte sich Lady Charlotte. »Nicht bei Tisch!«

»Es ist wahr«, bestätigte Quentin bereitwillig. »Allerdings muss man auch wissen, dass ihnen dieser Brauch von Weißen beigebracht wurde, die ihnen während des Krieges zwischen England und Frankreich für jeden Haarschopf ein Kopfgeld bezahlten.«

»Das ist barbarisch«, entrüstete sich Sophia. »Barbarisch und gewalttätig wie das ganze Land.«

»Die Zivilisation mag dort noch nicht weit vorgedrungen sein«, räumte Lady Charlotte ein, »aber wir wollen nicht vergessen, dass es auch hierzulande Menschen gibt, denen ein Leben nichts bedeutet.«

Eisige Stille trat am Tisch ein, denn jedem war klar, worauf sie anspielte, und jede Erwiderung schien unpassend zu sein. Schweigend aßen sie weiter, nur der leise Klang des Bestecks war zu hören, ehe sich Quentin ein Herz fasste.

»Wie ist es passiert?«, wollte er wissen.

»Wir wissen es nicht genau«, gab Walter zur Antwort.

»In jener Nacht ist Vater bei James Ballantyne gewesen«, berichtete Anne leise. »Danach wollte er zu Fuß nach Hause gehen, doch er ist nie hier angekommen. Es gibt Zeugen, die einen Schuss gehört haben, aber es gibt keine Beweise.«

»Alles, was wir wissen, ist, dass Vater danach nicht mehr gesehen wurde«, fügte Walter hinzu.

»Er wurde nicht mehr gesehen?« Quentin runzelte die Stirn. »Was soll das heißen?«

»Das soll heißen, dass diese elenden Verbrecher alles genommen haben«, entgegnete Lady Charlotte, wobei sie starr in die Flamme der Kerze blickte, die auf dem Tisch brannte. »Nicht nur seine Habe, sondern auch seine sterbliche Hülle.«

»Wie entsetzlich«, entfuhr es Mary.

»Ein Leichnam wurde nicht gefunden«, fasste Walter weiter zusammen, »jedoch Vaters Rock und Zylinder. Beides war blutbesudelt. Also taten wir, was zum Wohl des Verlags und der Familie getan werden musste …«

»Wir ließen ihn für tot erklären«, verkündete Lady Charlotte mit brüchiger Stimme.

»Aber wenn sein Leichnam nie gefunden wurde«, überlegte Quentin laut, »dann …«

»Diese Hoffnung hatten wir zunächst auch«, versicherte Walter, »also haben wir die ganze Stadt absuchen lassen, zehn Tage lang – ohne jeden Erfolg.«

»Ich verstehe.« Quentin konnte nicht anders, als enttäuscht das Haupt zu senken. »Wenn ich daran denke, was ihr alle durchgemacht habt …«

Er stutzte, denn plötzlich glaubte er, einen Schatten vor dem Fenster des Erkers zu erkennen, den das Speisezimmer nach außen formte. Jäh sprang er auf, eilte zum Fenster und spähte durch das gewellte Fensterglas nach draußen in die dunkle Nacht.

Nichts.

Niemand.

»Hast du etwas gesehen?«

Lady Charlotte stand plötzlich neben ihm.

»Ich dachte, da wäre etwas«, erwiderte Quentin, »direkt vor dem Fenster. Aber es war wohl nur ein Schatten …«

»Ich weiß«, erwiderte sie tonlos. »Es ist immer nur ein Schatten. Auch ich habe das Gefühl, dass er noch immer dort draußen sein könnte, dass er jeden Moment an die Tür klopfen und eintreten müsste, um seine Post zu sortieren und sich dann an den Schreibtisch zu setzen wie in all den Jahren.« Sie verstummte, als der Schmerz sie zu übermannen drohte.

»Nein, das ist es nicht«, widersprach Quentin so leise, dass nur sie ihn hören konnte. »Ich dachte, dort draußen wäre jemand, der uns beobachtet.«

Seine Tante sah zu ihm auf, und ein wehmütiges Lächeln spielte um ihren schmalen Mund. »Ich sehe viel von ihm in dir, mein Junge. Das war schon immer so. Aber lass es gut sein, hörst du? Die Zeiten, in denen er und du alten Geheimnissen nachspürten, sind unwiderruflich vorbei.«

Quentin zögerte nur einen Augenblick.

»Ja, Tante Charlotte«, sagte er dann und kehrte mit ihr an die Tafel zurück.

5

Canongate, Edinburgh
Zur selben Zeit

»Sie?«

Als Milton Chamberlain das Kaminzimmer seines Hauses betrat, konnte er seine Überraschung nicht verbergen. Der Besuch, der dort vor dem flackernden Feuer wartete, war alles andere als erbeten. »Hatte ich Ihnen nicht gesagt, dass Sie mich keinesfalls hier aufsuchen sollen? Dass ich zu Ihnen komme, wenn es nötig sein sollte?«

»Das hatten Sie«, räumte der andere ein, der vor dem Kamin stand, seinen Zylinderhut in der einen, den Stock in der anderen Hand. »Aber Sie hatten auch gesagt, dass Sie sich um mein Anliegen kümmern wollten, Mr. Chamberlain. Und das ist bislang nicht geschehen.«

»Und deswegen kommen Sie hierher und riskieren die Entdeckung?« Chamberlains Augen verengten sich zu Schlitzen. »Ich habe kein Verständnis für diese Art von Mutprobe, Mr. McCauley!«

»Nun«, erwiderte der andere und strich sich über den schwarzen Schnurrbart, »wir haben eben alle unsere Prioritäten, nicht wahr?«

»Sie treiben ein gefährliches Spiel, Sir!«

»Das finde ich nicht«, widersprach McCauley, »denn ich habe meinen Teil der Abmachung voll und ganz erfüllt. Ich habe die Frau nach Schottland gebracht und dafür gesorgt, dass

Hay und seine Frau mit ihr bekannt wurden. Mehr noch, Hay hat bei ihrer Einreise sogar eine Bürgschaft für sie übernommen!«

»Sie haben gute Arbeit geleistet, in der Tat.«

»Und jetzt will ich, dass auch Sie Ihren Teil erfüllen, Chamberlain.«

»Das werde ich«, versicherte der Anwalt und trat an den kleinen Mahagonitisch, der in der gegenüberliegenden Ecke des Raumes stand und mit aufwendig geformten Flaschen bestückt war. »Scotch?«

»Nein, danke«, wehrte McCauley ab. »Ich will nur, was mir unserem Abkommen gemäß zusteht. Nicht mehr und nicht weniger.«

»Und das werden Sie bekommen«, versicherte Chamberlain, während er sich selbst einschenkte. Die erste Überraschung hatte er überwunden und war nun wieder ganz der souveräne Verhändler, als der er am Temple Bar bekannt war. »Nicht von ungefähr habe ich in Edinburgh eine Niederlassung eröffnet. Ich pflege mich an Abmachungen zu halten, Mr. McCauley. Ebenso wie meine Auftraggeber.«

Die glatten Züge des anderen zeigten keine Regung. Wenn er misstrauisch war, so ließ er es nicht erkennen. »Dann ist es ja gut«, meinte er nur.

»Allerdings«, fuhr Chamberlain fort, nachdem er einen Schluck Scotch genommen hatte, »hat sich herausgestellt, dass wir wohl mit mehr Widerständen zu kämpfen haben, als wir zunächst vermuteten. Scott wurde zwar inzwischen für tot erklärt, doch ehe das Testament vollstreckt ist, dürfen keinerlei Verfügungen sein Vermögen betreffend gemacht werden.«

»Und daran haben Sie sich gehalten? Haben Sie keinen Druck ausgeübt?«

»O doch«, versicherte Chamberlain, »und Sie dürfen mir glauben, dass ich darin sehr gut bin. Wäre da nur dieser Weichling Ballantyne, so hätte ich bereits bekommen, was ich will. Aber Lady Scott und ihr ältester Sohn …«

»Walter«, ergänzte McCauley.

»… sind unbeirrt bei ihrem Standpunkt geblieben, der Notwendigkeit zum Trotz. Sie sagten, dass man auf das Eintreffen Quentin Hays warten müsse, der von Scott zum Nachlassverwalter bestimmt wurde.«

»Nun, Hay ist jetzt hier – und mit ihm alles, was Sie brauchen, um die Scotts zu vernichten«, entgegnete McCauley gelassen.

»Ich?« Chamberlain lachte gedehnt und nahm einen weiteren Schluck Scotch. »Sie überschätzen meine Ambitionen, Mr. McCauley, wenn Sie denken, dass ich persönliche Motive hätte. Mir geht es lediglich darum, den Willen meiner Mandanten durchzusetzen. Mein Vater war ebenfalls Anwalt des Inner Temple, und er hat mich eines gelehrt: Die Kunst, ein guter Anwalt zu sein, besteht nicht darin, Fragen zu stellen, sondern zur richtigen Zeit *keine* zu stellen.«

»Ich verstehe.« McCauley nickte.

»Ich weiß auch nicht, warum Sie Scotts Landsitz Abbotsford unbedingt in Ihren Besitz bringen wollen, und es interessiert mich auch nicht. Aber Sie haben Ihren Teil der Abmachung erfüllt und diese Frau nach Schottland gebracht. Also werde ich nun meinerseits alles daransetzen, dass Sie Ihren Willen bekommen.«

»Tun Sie das, Mr. Chamberlain«, erwiderte McCauley, und für einen Augenblick huschte ein Schatten über seine sonst so makellosen Züge, »und tun Sie es rasch. Ich warte schon sehr lange auf diese Gelegenheit, und ich verliere allmählich die Geduld.«

6

Florenz
Dezember 1784

»Ihr habt mich rufen lassen, Herr?«

Der Herzog lachte auf. Verhalten. Traurig. »Du wirst dir niemals angewöhnen können, mich bei meinem Namen zu nennen, oder?«, fragte er von seinem Sessel aus, in dem er saß wie an all den anderen Tagen, an denen sie ihn besucht hatte. Und doch war an diesem Dienstagmorgen etwas anders.

Der Herzog sah müde aus, beinahe gebrechlich. Die Jugendlichkeit war aus seinen Zügen gewichen, eine Decke lag über seiner hageren Gestalt, trotz des Feuers, das im Kamin brannte.

»Ist schon gut«, beschwichtigte er, als sie nicht wusste, was sie erwidern sollte. »Du brauchst dich nicht dafür zu entschuldigen. Du bist, was du bist, so wie ich bin, was ich nun einmal bin. Wir müssen mit dem vorliebnehmen, was das Schicksal uns gegeben hat, nicht wahr?«

Serena spürte jähe Unruhe. Die Art und Weise, wie er heute zu ihr sprach, gefiel ihr nicht. Wo blieben seine väterliche Art, sein einfühlsames Wesen? »Was ist mit Euch, Herr?«, fragte sie deshalb in ehrlicher Sorge. »Ihr wirkt heute so …«

»Was?«, wollte er wissen und sah sie herausfordernd an.

Sie biss sich auf die Lippen und schüttelte den Kopf, blieb eine Antwort schuldig – was ihm ein Lächeln entlockte.

»Ich weiß, was du sagen willst«, versicherte er. »Ich sehe alt aus an diesem Morgen. Vom nahen Tod gezeichnet.«

»Nein«, beeilte sie sich zu versichern, obwohl es genau das war, was ihr auf der Zunge gelegen hatte.

»O doch«, widersprach er und lächelte dabei weiter, als wollte er ihr zu verstehen geben, dass er es ihr nicht verübelte. »Und du hast recht, mein Kind. In der Tat weiß ich nicht, wie oft es uns beiden noch vergönnt sein wird, uns zu sehen.«

»Nein!«, rief Serena aus. Die dumpfe Sorge, die sie bislang gespürt hatte, steigerte sich in Furcht. Angst davor, den einzigen Menschen zu verlieren, der ihr etwas bedeutete – und dem sie etwas bedeutete.

Der Herzog lachte leise. »Wie immer sind es deine Gefühle, die zuerst für dich sprechen«, stellte er fest. »Und wie immer zeigen sie, welch edlen Gemüts du bist.«

»Aber nein, Herr, ich … Ihr seid derjenige, dessen Edelmut bewundert werden muss. Ihr seid in Eurem eigenen Haus von Feinden umgeben, und dennoch haltet Ihr tapfer aus und ertragt Euer Schicksal …«

»… wie ein erbärmlicher Feigling«, gab er dem Satz eine völlig andere Richtung und lächelte wehmütig.

»Aber nein, Herr, Ihr …«

»Ich habe oft über das nachgedacht, was du mir anvertraut hast. Über deine Jugend in Pistoia, über deinen Onkel und über deine Flucht. Du hast getan, was ich niemals über mich gebracht habe, mein Kind: Du hast deinem alten Leben den Rücken gekehrt und ein neues begonnen. Mir hat dazu stets der Mut gefehlt.«

»Aber sagtet Ihr nicht, dass auch Ihr einst geflohen seid?«

Der Herzog nickte. »Vor langer Zeit und unter Bedingungen, die ich dir kaum zu offenbaren wage. Eine junge Frau, dir in vieler Hinsicht ähnlich, rettete mir damals das Leben. Und statt ihr für den Rest meines Lebens auf den Knien dafür zu danken, habe ich mich von ihr abgewandt.«

Seine Stirn hatte sich in Falten gelegt, er starrte düster vor sich hin, eine Nüchternheit im Blick, die sie zuvor nicht bei ihm gesehen hatte. Plötzlich wurde Serena klar, was an diesem Morgen anders war als sonst. Da war kein mit Wein gefüllter Becher, den der Herzog in der Hand hielt und aus dem er immerzu trank. Zum ersten Mal erlebte sie sein wahres Wesen …

»Was quält Euch, Herr?«, fragte sie leise. Sie ließ sich bei ihm nieder und ergriff seine Hand.

»Manches«, gestand er und lächelte schwach. »Vergebene Chancen, missachtete Gelegenheiten, vertanes Glück. Am meisten jedoch quält mich, dass ich dir nicht die Wahrheit über mich gesagt habe. Ich bin nicht der, für den du mich hältst.«

»Warum sagt Ihr so etwas?« Serena blickte verständnislos in das ältliche Gesicht. »Sind wir nicht Freunde geworden? Haben wir einander nicht ins Vertrauen gezogen?«

»Ja«, gab er zu, »und nein. Denn ich kann dir nicht alles offenbaren, um deinetwillen nicht. Aber ich kann dich warnen, dir sagen, dass Veränderungen kommen werden.«

»Veränderungen? Was für Veränderungen, Herr? Ich fürchte, ich verstehe nicht. Hat es mit den Besuchern zu tun, die …?«

»Mehr kann ich dir nicht sagen, weil ich weder dein Leben noch das meine um einer Sache willen gefährden möchte, an die wir beide nicht glauben. Aber ich möchte dich entlohnen, mein Kind. Für die vielen Stunden, die du meinen Worten gelauscht hast und in denen du mir in Freundschaft zugetan warst.«

»Das müsst Ihr nicht, Herr.«

»Ich weiß«, versicherte er, »doch ich möchte es. Denn zumindest diesmal will ich dem Wesen, das mich engelsgleich gerettet hat, nichts schuldig bleiben.«

Damit zog er seine Hand unter der ihren hervor und betrachtete die Ringe daran. Kurz entschlossen zog er einen davon vom Finger und hielt ihn ihr hin.

»Nein, Herr«, sagte sie und schüttelte den Kopf.

»Es ist weitaus weniger, als ich dir schulde, mein Kind«, beharrte er. »Nimm ihn dennoch an, als demütiges Geschenk eines alten Narren.«

»Aber das … das kann ich nicht! Womit hätte ich so viel Großzügigkeit verdient?«

»Durch dein großzügiges Wesen. Dein offenes Ohr. Deine aufrichtige Art.«

Einen Augenblick lang war Serena unfähig zu einer Erwiderung. Dann glitt sie vom Schemel, auf dem sie wie immer gekauert hatte, auf die Knie, überwältigt von Rührung und Dankbarkeit. Noch nie zuvor in ihrem Leben war sie solcher Großzügigkeit begegnet, noch nie zuvor solchem Edelmut. Der Herzog mochte von sich behaupten, was er wollte, für sie würde er stets der Inbegriff des Guten bleiben, ein strahlender Held.

Tränen der Rührung traten in ihre Augen, eine Woge der Zuneigung durchströmte sie und ließ sie erschaudern. Erst dann bemerkte sie die Berührung seiner Hand.

Unbemerkt, fast beiläufig war sie in den Ausschnitt ihres einfachen Arbeitskleides geglitten und lag nun auf ihrer Brust. Verwirrt blickte sie auf, sah die vertrauten Züge ihres Gönners, die Einsamkeit darin, die Selbstzweifel und die überstandenen Qualen – und alles, was sie empfand, war Mitgefühl.

Langsam richtete sie sich auf und begann wortlos die Verschnürung ihres Kleides zu lösen. Sie dachte nicht über das nach, was sie tat, oder darüber, ob es richtig war oder falsch – sie tat, was sie früher so oft getan hatte. Mit dem Unterschied, dass sie es zum ersten Mal in ihrem Leben freiwillig tat.

Die Schürze fiel, ebenso wie das Unterkleid, das wie ein Vorhang an ihr herabglitt, sodass sie völlig nackt vor ihm stand. Die Augen des Herzogs weiteten sich, während er sich an ihrer unverhüllten Schönheit weidete. Er hob die Hände und zeichnete die Konturen ihres jungen Körpers nach, ohne sie zu berühren, so als fürchtete er, sie könnte sich in Luft auflösen, sobald er ihr zu nahe kam. »Du bist schön«, murmelte er dabei immerzu. »So wunderschön …«

Erneut ließ sie sich nieder, diesmal nicht auf dem Schemel zu seinen Füßen, sondern auf seinem Schoß, und stellte fest, dass die Augen des Herzogs offenbar nicht das Einzige waren, das an seinem gealterten Körper noch funktionierte. Mit leichtem

Druck begann sie ihren Unterleib an seinem zu reiben, worauf ihm ein leises Stöhnen entfuhr.

»Was tust du, Kind?«, flüsterte er.

»Wollt Ihr es, Herr?«, fragte sie.

»Ja, bei Aphrodite und allen Göttinnen der Liebe«, versicherte er. »Aber du musst mich bei meinem Namen nennen.«

»Charles«, hauchte sie.

Dann gab sie sich ihm hin.

Während er in sie eindrang, konnte sie den Schatten und das dunkle Augenpaar sehen, das durch den Türspalt in das Empfangszimmer blickte.

Manus, der seinen Herrn wie immer beobachtete.

7

Edinburgh
27. Februar 1826

Es war ein regnerischer, nasskalter Morgen, und eigentlich hätte sich Quentin kein anderes Wetter vorstellen können angesichts des traurigen Anlasses, zu dem sie alle zusammengekommen waren.

Die Eröffnung von Sir Walters Testament.

Ein seltsamer Zwiespalt hatte von Quentin Besitz ergriffen. Einerseits wusste er, dass er genau zu diesem Zweck nach Schottland gereist war, dass er damit dem letzten Wunsch des Mannes nachkam, der in vieler Hinsicht wie ein Vater für ihn gewesen war; andererseits sträubte sich alles in ihm dagegen, dass das versiegelte Kuvert, das auf dem Schreibtisch des Notars lag, geöffnet wurde. Denn damit wurde Sir Walters Tod rechtskräftig, und Quentin kam es vor, als ob er seinen Onkel dadurch noch nachträglich verriet. Zumal er die Befürchtung hegte, dass die Vollstreckung des Testaments für die Familie wenig Gutes bringen würde …

»Sind damit alle im Testament bedachten Personen versammelt?« Der Notar, Desmond Filby, ein hagerer, grauhäutiger Mann mit kleinen Augen, der so aussah, als würde er ein Leben zwischen Akten und Büchern führen und nur selten Tageslicht sehen, musterte die Anwesenden mit fragendem Blick.

Neben Quentin und Lady Charlotte, die es sich nicht hatte nehmen lassen, persönlich zur Testamentsverlesung zu erscheinen, waren auch alle vier Kinder gekommen, außerdem James Ballantyne als Sir Walters Geschäftspartner und ältester Freund. Quentin kannte Ballantyne von früher, ein kleiner, zerbrechlich wirkender Mann, dem der Verlust seines Freundes erkennbar zugesetzt hatte. Oder vielleicht, dachte Quentin bei sich, waren es auch noch andere Sorgen, die derart tiefe Falten in Ballantynes hohe Stirn gegraben hatten …

»Wir sind vollzählig, Mr. Filby«, entgegnete Lady Charlotte. »Mit meinem Neffen Mr. Hay sind nun alle im Testament bedachten Personen vollzählig anwesend.«

»Gut.« Filby räusperte sich, nahm hinter seinem Schreibtisch Platz und setzte mit ungelenken Handgriffen eine Brille auf. Dann erbrach er ohne Zögern das Siegel des Testaments, entfaltete es und begann es laut zu verlesen.

Im Grunde enthielt Sir Walters letzter Wille keine große Überraschung, dennoch traf die Verlesung des Textes Quentin wie ein Schlag in die Magengrube. Denn es war, als würde sein Onkel ein letztes Mal zu ihm sprechen.

Sir Walters Ausdrucksweise, seine Art, Sätze zu bilden und Dinge in Worte zu kleiden, sowie sein feinsinniger Humor, für den Quentin ihn stets so bewundert hatte, waren sogar in seinem Testament noch deutlich zu erkennen, sodass es wie ein letzter Gruß wirkte, eine letzte Empfehlung an die, die zurückblieben. Nicht nur Quentin schien das so zu empfinden, auch Lady Charlotte, Anne, Sophia und Charlie waren sichtlich bewegt und rangen mit den Tränen, während Walter nur dasaß und mit versteinerter Miene den Worten seines Vaters lauschte, die der Notar mit trockener Stimme vortrug.

Abgesehen von dem Zusatz, den Sir Walter offenbar nur wenige Wochen vor seinem Tod verfasst hatte und der Quentin zum Verwalter des Nachlasses bestimmte, war alles so, wie die Familie es erwartet hatte: Die Vermögenswerte wurden aufgeteilt, Lady Charlotte und die beiden Töchter erhielten das Stadthaus, während Walter und Charles Abbotsford bekamen. James Ballantyne sollte nach Sir Walters Willen großzügig an dessen Buchrechten beteiligt und der Rest des Vermögens dazu aufgewendet werden, noch offene Verbindlichkeiten zu begleichen. Walter Scott, der im Leben stets so klug und vorausschauend gehandelt hatte, schien auch im Tode noch an alles gedacht zu haben. Nur mit einem hatte er wohl nicht gerechnet – mit der tiefreichenden Krise, die sein geliebtes Schottland befallen hatte.

»Dies«, schloss Filby den Vortrag des Testaments, nachdem er es ganz verlesen hatte, »ist Sir Walters letzter Wille. Ich nehme nicht an, dass Sie die Erbschaft ausschlagen oder das Testament anfechten wollen?«

»Natürlich nicht«, erwiderte Walter, der bislang stoisch geschwiegen hatte. »Wo denken Sie hin?«

»Ich hatte das auch nicht angenommen, junger Master«, versicherte Filby kopfschüttelnd. »Als Notar ist es allerdings meine Pflicht, Sie darauf hinzuweisen, dass die Verbindlichkeiten, von denen Ihr Vater in seinem Testament spricht … nun, dass sie sehr viel höher sind, als ihm zu diesem Zeitpunkt wohl klar gewesen ist.«

»Was?«, fragte Walter.

»Es ist wahr«, bestätigte Ballantyne niedergeschlagen. »Ihr Vater hatte mir verboten, darüber zu sprechen, aber ich denke nicht, dass dieses Verbot über seinen Tod hinaus gilt. Dem Verlag geht es schlecht, schon seit geraumer Zeit. Viele Menschen bangen in diesen Tagen um ihre Existenz, da wird der Kauf eines Buchs zur unwichtigen Nebensache.«

»Sie müssen sich nicht rechtfertigen, James«, versicherte Lady Charlotte. »Wir sind sicher, Sie und Walter haben alles getan, um das Schiff sicher durch den Sturm zu steuern.«

»Das haben wir«, versicherte Ballantyne, »aber es ist uns leider nicht gelungen. Als Folge der Bankenkrise mussten wir private Kredite aufnehmen, schon vor geraumer Zeit. Ein Londoner Investor hat uns Geld gegeben, damit wir den Verlagsbetrieb aufrechterhalten konnten. Im Gegenzug sind wir hohe Verbindlichkeiten eingegangen, Walter vor allem …«

Lady Charlotte wirkte angespannt, behielt jedoch die Fassung. »Was genau bedeutet das?«, wollte sie wissen.

»An jenem Abend im Dezember«, berichtete Ballantyne stockend, »als Walter mich besuchte, kurz bevor er …« Der Verleger unterbrach sich. »Es ging um die finanziellen Schwierigkeiten, in die unsere Firma geraten war«, fuhr er schließlich fort. »Ich bin nicht stolz darauf, aber die Zinsen drohten uns aufzufressen, also wollte ich Walter dazu überreden, einen Teil seines Privatbesitzes zu veräußern … Aber er lehnte das ab und meinte, dass ich Vertrauen in die Zukunft haben sollte und dass im neuen Jahr alles besser werden würde.«

»Das klingt sehr nach ihm«, bestätigte Lady Charlotte mit mildem Lächeln.

»Und kurz darauf war er tot«, sagte Walter bitter.

Quentin biss sich auf die Lippen. Nach allem, was er in den Büchern Abbotsfords vorgefunden hatte, hatte er kaum etwas anderes erwartet. Auch dort hatten sich Schulden angesammelt, die kaum noch zu überschauen waren, Zins häufte sich auf Zins.

»Sir Walter war sich dieser prekären Lage wohlbewusst«, nahm Notar Filby an. »Aus diesem Grund hat er Sie, werter Mr. Hay, mit der verantwortungsvollen Aufgabe betraut, die auf der Familie lastenden Schulden durch Verkäufe aus der Welt zu schaffen.«

»Nein, werter Mr. Filby, das ist nicht ganz korrekt«, widersprach Quentin, teils, weil er die Verantwortung scheute, teils aus purer Frustration. »Mein Onkel hat mich zum Verwalter seines Nachlasses bestimmt …«

»… was nicht mehr und nicht weniger bedeutet, als dass Sie auch seine Verbindlichkeiten verwalten«, beschied Filby ihm spitz und sandte ihm einen stechenden Blick durch die Brille. »Aber haben Sie keine Sorge, Sie werden nicht lange nach Interessenten suchen müssen. Für Abbotsford liegt meines Wissens bereits ein Kaufangebot des Londoner Anwalts Milton Chamberlain vor, der eine Gruppe von Gläubigern vertritt. Wenn Sie geschickt verhandeln, können Sie womöglich …«

»Niemals!«, fiel Walter ihm ins Wort. »Abbotsford ist kein alter Klepper, der auf dem Viehmarkt verscherbelt wird!«

»Das habe ich auch nicht andeuten wollen, werter Master. Die Sache ist nur, dass …«

»Mein Vater hat Abbotsford geliebt! Es war sein Lebenstraum! Er wollte dort begraben werden …«

»Mein lieber Junge, wir haben nichts, das wir dort begraben könnten«, brachte Lady Charlotte leise in Erinnerung. »Es ist wahr, dass sich Walter mit Abbotsford einen Traum erfüllt hat. Es ist, als wären all die abenteuerlichen Romanzen, die er sich ausgedacht hat und für die die Menschen ihn so sehr schätzten, dort zu Stein geworden. Aber er hätte sicher nicht gewollt, dass jene, die er liebt, daran zugrundegehen.«

Walter holte Luft, um zu widersprechen, hielt sich dann jedoch zurück. Tief in seinem Inneren war ihm wohl klar, dass seine Mutter recht hatte. Er schwieg und senkte betreten den Blick.

»Mein lieber Quentin«, wandte sich Lady Charlotte darauf ihrem Neffen zu, »Walter hat immer genau gewusst, was er tat, und nie tat er etwas ohne guten Grund. So sehr ich es bedaure, dass er dir diese Bürde aufgeladen hat, so erleichtert bin ich darüber. Mein geliebter Mann hat dir sein Vertrauen geschenkt, also hast du auch das meine. Veranlasse, was immer nötig sein wird, so schmerzlich es auch sein mag.«

»Nein!«, begehrte Walter auf. »Das werde ich nicht zulassen!«

»Ich fürchte, Ihnen bleibt keine andere Wahl«, warf Filby ein. »Die Bestimmungen Ihres Vaters sind in dieser Hinsicht eindeutig: Mr. Hay bleibt Verwalter des Nachlasses, bis alle Verbindlichkeiten getilgt sind. Erst danach tritt die im Testament verlesene Erbfolge in Kraft.«

»Dann werde ich das Testament eben doch anfechten!«

»Tun Sie das nicht, junger Master. Ihr Vater war ein Ehrenmann. Zerstören Sie sein Andenken nicht durch eine unbedachte Handlung, das hätte er sicher nicht gewollt.«

Es war Walter anzusehen, dass er die Ansicht des Notars nicht teilte. Aber da ihm niemand zustimmte und seine Geschwister seinen auffordernden Blicken auswichen, sah er wohl ein, dass seine Sache verloren war. Wütend sprang er auf und stürzte hinaus.

»Walter!«, rief Lady Charlotte ihm hinterher, aber er kam nicht mehr zurück.

»Lass gut sein, Tante«, sprach Quentin beruhigend auf sie ein, »ich werde mit ihm reden. Ich bin sicher, mit der Zeit wird er verstehen.«

Sie nickte, sichtlich nicht überzeugt. Tränen rannen über ihre blassen Wangen. »All das ist schon schlimm genug«, flüsterte sie. »Wenn nun auch noch die Familie daran zerbricht ...«

»Das wird sie nicht«, versprach Quentin mit einer Überzeugung, von der er selbst nicht wusste, woher er sie nahm. »Ich versichere dir, dass ich alles unternehmen werde, um dir und der Familie ein Leben zu ermöglichen, das frei ist von Furcht und Sorge. Du hast mein Wort darauf.« Er versuchte ein Lächeln, das sie gequält erwiderte.

»Nun«, meinte Filby, »soll ich in diesem Fall Milton Chamberlain verständigen, dass Sie mit einem Verkauf einverstanden sind?«

»Keineswegs«, widersprach Quentin. »Zunächst möchte ich in die Bücher des Verlags Einsicht nehmen und mir ein Bild von der Lage machen, wenn das möglich ist.«

»Natürlich«, versicherte Ballantyne. »Ich werde Ihnen zur Hand gehen, wo ich kann.«

»Wie Sie meinen«, knurrte Filby. »Aber warten Sie nicht zu lange. Die Geduld der Gläubiger ist ohnehin schon auf eine harte Probe gestellt worden. Wenn Sie die Entscheidung noch lange hinauszögern, werden die Kreditverträge womöglich gekündigt. Dann, werter Mr. Hay, wird der Besitz Ihres Onkels zwangsversteigert. Und ich denke nicht, dass Sie das wollen.«

»Sie sind sehr freundlich, Mrs. Hay.«

Die Worte aus Brighids Mund klangen noch sehr ungelenk, so, als würde ein kleines Kind sie sprechen, und mit deutlichem französischem Akzent. Aber Mary freute sich trotzdem über den Fortschritt.

»Sehr gut«, lobte sie, »Ihr Englisch wird von Tag zu Tag besser.«

»Danke«, entgegnete Brighid und errötete, was ihren blassen Zügen etwas Mädchenhaftes verlieh, gleichwohl hier und dort eine weiße Strähne ihr langes ansonsten rabenschwarzes Haar durchzog. Dass sich ihr Alter ebenso wenig bestimmen ließ wie ihre Herkunft, unterstrich die geheimnisvolle Aura, die sie umgab und die eine eigentümliche Faszination auf Mary ausübte.

Vom ersten Augenblick an hatte sie sich Brighid verbunden gefühlt. Vielleicht, weil ihr einsamer und entwurzelter Zustand sie an sich selbst erinnerte; vielleicht auch, weil sie anders war als alle, die Mary kannte. Quentin war ein liebevoller Ehemann, der beste, den sie sich wünschen konnte; dass er nicht von Adel war und sie ihrem eigenen Titel entsagt hatte, um ihn zu heiraten, hatte sie noch keinen Augenblick ihres Lebens bereut. Aber aus dem tiefen Abgrund, in den sie nach den Ereignissen des vergangenen Jahres gefallen war, hatte auch er sie nicht befreien können – anders als Brighid.

Vielleicht, weil sie eine Frau war und sich Mary von ihr verstanden fühlte, auch wenn sie über diese Dinge nie gesprochen hatten. Vielleicht aber auch, weil die geheimnisvolle Fremde etwas ansprach, das tief in ihrem Inneren wohnte, an dem selben Ort, von dem auch ihre Träume stammten.

Denn von dem Tag an, da sie Brighid begegnet war, hatte Mary nicht mehr geträumt!

»Vielleicht«, sagte sie, während sie sich zu ihr auf das Sofa setzte, das die Mitte des Salons des Stadthauses einnahm, »sollten wir allmählich auf die förmliche Anrede verzichten. Mein Name ist Mary.«

»Ich weiß«, erwiderte Brighid lächelnd. »Ein schöner Name.«

»Danke.« Mary erwiderte das Lächeln, und es fiel ihr noch nicht einmal schwer. »Glaubst du an Schicksal, Brighid?«

»Was meinst du?«

»Nun, je länger ich darüber nachdenke, desto mehr habe ich das Gefühl, dass es kein Zufall war, dass wir uns auf dem Schiff begegnet sind. Ich glaube daran, dass Gott uns immer dann, wenn wir nicht weiter wissen, einen Engel schickt.«

»Einen Engel?«

»Un ange.« Mary wechselte in Brighids Muttersprache über: »Mir ist so etwas schon einmal passiert. Auch damals begegnete ich solch einem Engel, der mich rettete – in Gestalt einer jungen Frau aus der Vergangenheit.«

»Aus der Vergangenheit?« Verwirrung sprach aus Brighids ozeanblauen Augen. »Das verstehe ich nicht.«

»Das kannst du auch nicht verstehen. Selbst für mich ist es schwer, obwohl ich es selbst erlebt habe.« Mary lächelte. »Aber diese junge Frau – Gwynneth – ist da gewesen. Sie hat mich gerettet, so wie du mich gerettet hast.«

»Nein, das ist nicht wahr«, widersprach Brighid entschieden. »Wenn jemand gerettet wurde, dann bin ich das. Sieh mich doch nur einmal an! Selbst das Kleid, das ich am Körper trage, gehört dir. Ganz abgesehen davon, dass ich nicht hier wäre, wenn sich dein Ehemann nicht für mich verbürgt hätte. Ich weiß ohnehin nicht, wie ich das jemals gutmachen soll.«

»Das musst du nicht«, versicherte Mary. »Es mag dir seltsam erscheinen, aber du hast auch mich gerettet. Bevor ich dich traf, war ich von tiefer Trauer erfüllt. Einer Trauer, die so dunkel war und schwer, dass sie mich in den Abgrund zu reißen drohte.«

»Ich verstehe – wegen Sir Walters Tod.«

»Nein, nicht deshalb.« Sie schüttelte den Kopf. »Wegen einer anderen Sache, die ich nicht …«

Sie unterbrach sich.

Sie hatte sich so sehr daran gewöhnt, die Sache für sich zu behalten, dass es ihr wie Verrat vorgekommen wäre, hätte sie ihr Schweigen jetzt gebrochen. Trauer, Furcht, Scham – all das hatte sie bislang davon abgehalten, jemand anderem als ihrem Ehemann zu berichten, wie es in ihrem Inneren aussah. Ganz abgesehen davon, dass sie sich nicht sicher war, wie Quentin darauf reagieren würde. Er war ein guter Zuhörer und gab sich redlich Mühe, alles Verständnis der Welt für sie aufzubringen, aber er war auch der Ansicht, dass Dinge wie diese innerhalb der Familie bleiben und nicht mit Außenstehenden besprochen werden sollten. Vielleicht, weil er glaubte, dass dann irgendwann alles gut werden würde.

Aber das tat es nicht! Und das Schweigen machte alles nur noch schlimmer. Es drückte sie nieder, ließ sie kaum noch atmen. Mary wollte ihr Schweigen endlich brechen, wollte über die Gefühle sprechen, die sie seither erfüllten und die so widersprüchlich waren, dass es ihr Angst machte, wollte sich jemandem anvertrauen. Und je mehr Zeit sie mit Brighid verbrachte, desto deutlicher wurde ihr, dass sie diejenige war, die unbekannte und doch so vertraute Freundin, die unerwartet in ihr Leben getreten war.

Mit einem sorgfältigen Blick vergewisserte sich Mary, dass die Tür des Salons geschlossen war. Quentin und die Familie Scott waren beim Notar, die Haushälterin in der Küche. Eine Gelegenheit wie diese würde womöglich so rasch nicht wiederkommen.

»Ich möchte dir etwas anvertrauen«, sagte Mary deshalb und fasste Brighids Hände. »Etwas, das ich zuvor noch keinem anderen Menschen erzählt habe.«

»Mary.« Brighid erwiderte ihren offenen, fast herausfordernden Blick. »Du machst mir Angst …«

»Dazu besteht kein Grund«, versicherte Mary. »Es ist nur … ich schleppe dieses Geheimnis wie eine Last mit mir herum, und ich habe das Gefühl, dass ich unter dieser Last zusammenbreche, wenn ich nicht jemandem davon erzähle. Und da ich glaube, dass du der rettende Engel bist, der mir geschickt wurde …«

»Was ist los?«, fragte Brighid so leise und einfühlsam, dass Mary unwillkürlich Tränen in den Augen hatte. Sie merkte, wie sich etwas in ihrem Hals zusammenzog, würgte an den Worten wie an einer verdorbenen Speise. Niemals hätte sie geglaubt, dass es so schwer sein, dass es solch große Überwindung kosten würde. »Im vergangenen Jahr«, begann sie zögernd und voller Furcht davor, die Wunden wieder aufzureißen, »da …«

»Mary!«

Mit einem Schrei auf den Lippen riss sich Brighid von ihr los und sprang auf, die Augen schreckgeweitet.

»Was ist?«

Von Entsetzen gepackt, fuhr auch Mary herum. Halb erwartete sie, sich einem Einbrecher gegenüberzusehen – aber da war niemand. Nur ein Bild an der Wand, auf das Brighid starrte, als hätte sie ein leibhaftiges Gespenst erblickt.

»Was … was hast du?«, fragte Mary vorsichtig und griff erneut nach ihrer Hand. »Du zitterst ja!«

»Ich sollte es dir sagen, wenn ich mich an etwas erinnere«, erwiderte Brighid flüsternd. »An etwas aus meiner Vergangenheit.«

»Ja«, bestätigte Mary, jähe Hoffnung schöpfend. »Was ist? Kannst du dich etwa …?«

»Ich erinnere mich«, bestätigte sie und deutete mit der freien Hand auf das Bild, das einen Jüngling mit zarten, fast weiblich zu nennenden Gesichtszügen zeigte, der eine weiß gepuderte Perücke trug. »An diesen Mann.«

»Was?« Mary runzelte die Stirn. »Bist du dir sicher?«

»Absolut.« Brighid nickte. Dann erst schien sie Marys zögernde Reaktion zu bemerken. »Warum?«, fragte sie leise. »Wer ist der Mann auf dem Bild?«

Mary ließ sich einen Moment mit der Antwort Zeit.

»Das«, erwiderte sie dann, »ist Charles Edward Stewart, im Volksmund bekannt als Bonnie Prince Charlie. Er war der letzte Stewart, der Anspruch auf den schottischen Thron erhob – und er ist seit fast vierzig Jahren tot.«

8

Florenz
Dezember 1784

»Nun? Ich warte noch immer! Was hast du zu all dem zu sagen?«

Die schmalen Brauen der Duchess hatten sich drohend zusammengezogen, ihre ohnehin herben und nicht eben freundlichen Züge waren abweisend und feindselig.

»Nichts, Herrin«, entgegnete Serena, die vor ihr stand, barfüßig und mit rußgeschwärzten Wangen, weil sie dabei gewesen war, den Herd anzuschüren. Unvermittelt war die Duchess bei ihr in der Küche erschienen, in der Begleitung von Manus, der ihr wie ein riesenhafter Schatten folgte.

»Du hast mir nichts zu sagen?« Noch einen Augenblick lang konnte sich die Tochter des Herzogs beherrschen. Dann klatschte ihre Rechte in Serenas Gesicht, geradewegs auf ihre rußige Wange. Der Schmerz brannte heiß, dennoch verzog Serena keine Miene.

»Ich möchte den Herzog sprechen«, sagte sie nur.

»Oh, ja.« Der Mund der anderen verzog sich zu einem grausamen Lächeln. »Ich kann mir denken, dass du das möchtest. Aber der Herzog ist für dich nicht mehr zu sprechen – heute nicht und auch an keinem anderen Tag.«

»Aber ich …«

»Glaubst du, mir würde verborgen bleiben, was du getan hast?«, herrschte die Duchess sie an. »Oder was du im Schilde führst? Wie du dich an meinen Vater herangeschlichen hast wie eine Schlange und dich an ihm labst wie ein Egel, der auch noch das letzte Quäntchen Leben aus ihm heraussaugen will?«

»Was?« Serena zog verständnislos die Stirn kraus. »Ich verstehe nicht …«

»Ich denke doch«, widersprach die Duchess. »Ich denke, dass du mich durchaus verstehst. Und dass du bei Weitem nicht so unschuldig bist, wie du behauptest. Manus hat dich beobachtet, und er hat mir alles berichtet, in jeder Einzelheit.«

»Aber dann … dann wisst Ihr auch, dass Euer Vater der Herzog und ich uns in Freundschaft zugetan sind«, erwiderte Serena hilflos.

»Hat er dir das gesagt?« Die Duchess lachte auf.

»Warum lacht Ihr?«

»Was soll ich denn deiner Ansicht nach sonst tun? Glaubst du, ich würde meinen Vater nicht kennen? Dass ich nicht wüsste, wie er sein kann? Einfühlsam und charmant, voller Liebe und Verständnis?«

»Das ist wahr«, pflichtete Serena ihr lächelnd bei.

»Schade nur, dass er sich seinem Eheweib gegenüber niemals so gezeigt hat. Und auch nicht gegenüber seiner Tochter.«

»Das … tut mir leid«, versicherte Serena. Der Schmerz, den die Duchess darüber empfinden musste, war deutlich zu spüren.

»Ich brauche dein falsches Mitleid nicht«, wies die sie zurecht. »Denn anders als du gehöre ich zu seiner Familie. Daran wird sich nichts ändern, weder durch dich noch durch irgendjemanden sonst, hast du verstanden? Ich lasse nicht zu, dass eine hergelaufene Küchenmagd mir meine Position streitig macht. Mir nicht und auch meinen Kindern nicht!«

»Euren Kindern?« Serena sah sie verwundert an. Jäh dämmerte ihr, dass sie zwischen die Fronten eines Konflikts geraten war, der offenbar schon seit Langem schwelte. Nur so war zu erklären, dass eine Frau von vornehmer Abstammung eifersüchtig auf eine Hausbedienstete war. Und es erklärte womöglich auch, warum Carla, die vorherige Küchenhilfe, so plötzlich verschwunden war.

»Verzeiht, Herrin«, stieß Serena erschrocken hervor, »das wusste ich nicht. Ich wollte nicht …«

»Hast du ihn so betört?«, fiel die Duchess ihr ins Wort. »Mit diesem Blick, der so voller Unschuld und offenkundiger Verwirrung ist? Mein Vater hat eine Schwäche dafür!«

»Ich habe ihn nicht betört«, beeilte sich Serena zu versichern. »Es ist … passiert.«

»Keine Sorge«, versicherte die Duchess mit zornbebender Stimme, »du bist nicht die Erste, die seine niederen Triebe befriedigt hat. Aber ich werde dafür sorgen, dass du die Letzte bist. Ich habe endgültig genug davon, von Dienstmädchen und Küchenmägden vorgeführt und gedemütigt zu werden!«

Serena fühlte, wie ihr Gesicht heiß wurde, teils aus Furcht, teils aus Scham. Sollte es also wahr sein, dass der Herzog auch ihrer Vorgängerin seine Gunst geschenkt hatte?

»Was … was bedeutet das?«, fragte sie vorsichtig.

»Du wirst uns verlassen, noch heute Nacht«, eröffnete die Duchess ihr ebenso knapp wie endgültig.

»Was? Aber …«

»Hast du nicht gehört, was ich gesagt habe?«

»Aber das ist ungerecht!«, begehrte Serena auf. »Wenn der Herzog will, dass ich gehe, dann werde ich gehen, aber ich will es aus seinem Mund hören!«

»Du wagst es, auch noch Ansprüche zu stellen?« Der Blick der Duchess wurde stechend. Einen Moment lang schien sie um ihre Fassung zu ringen – und zu verlieren. Denn im nächsten klatschte ihr Handrücken abermals mit Wucht in Serenas Gesicht.

»Mein Vater ist unpässlich«, beschied sie ihr dazu, »und daran hast du nicht unerheblichen Anteil, also hüte lieber deine vorlaute Zunge!«

Eine Hand auf ihre schmerzende Wange pressend, kämpfte Serena mit den Tränen. »Ich werde in meine Kammer gehen und packen«, erklärte sie so würdevoll, wie sie es nur irgend vermochte.

»Als du in dieses Haus gekommen bist«, beschied ihr die Duchess mit zornbebender Stimme, »hast du nichts besessen als das, was du am Leibe trugst. Wie ich meinen Vater kenne, hat er dich großzügig für deine Dienste entlohnt, also bescheide dich damit und geh, ehe ich es mir anders überlege.«

Serena starrte sie an.

So erschrocken und eingeschüchtert sie war, so sehr regte sich doch ihr Widerstand. Die Duchess hatte kein Recht, sie wie eine billige Hure zu behandeln! Was wusste sie von dem, was ihren Vater und Serena verband, was von der Freundschaft, in der sie einander zugetan waren?

»Charles!«, rief Serena deshalb laut den Namen des Mannes, von dem sie wusste, dass er sie kannte wie kein anderer und ihre Nöte verstand. »Charles, bitte hilf mir!«

Sie wartete, lauschte, ob aus dem ersten Stock eine Antwort drang.

Aber es blieb still.

»Bist du jetzt fertig?«, fragte die Duchess, jedes einzelne Wort betonend. »Dann solltest du gehen.«

Serena zögerte noch immer, fassungslos über das Unrecht, das ihr widerfuhr. Was ging hier vor sich? Obwohl sie überzeugt gewesen war, diesmal aus freien Stücken zu handeln, fühlte es sich nun genauso an wie bei ihrem Onkel, wenn er von ihr abließ, nachdem er sie wie ein Stück rohes Fleisch behandelt hatte.

Gedemütigt.

Erniedrigt.

»Manus«, knurrte die Duchess nur, und der Hüne setzte sich in Bewegung, kam bedrohlich auf Serena zu.

Wissend, dass niemand ihr zu Hilfe kommen und für sie Partei ergreifen würde, wich Serena vor ihm zurück. Wie in Trance verließ sie die Küche, schlich den Gang hinab und passierte den Innenhof. Und durch die Dienstbotenpforte, durch die sie erst vor wenigen Monaten gekommen war, naiv und voller Hoffnung, trat sie hinaus auf die Straße.

Es war eine kalte Dezembernacht.

Regen fiel in dünnen, nicht enden wollenden Strängen und sorgte dafür, dass sich in den Gassen schillernde Pfützen bildeten, in denen Schmutz und Unrat schwammen.

Serena fröstelte, als sie ihre nackten Füße hineinsetzte. Noch einmal schaute sie sich um, aber alles, was sie sah, war die massige, drohende Silhouette von Manus, der in der Tür stand und nicht nur den Zugang zum Haus, sondern auch zu ihrer Vergangenheit blockierte. Unwillkürlich dachte Serena an ihr Erlebnis im Keller, an die grässliche Entdeckung, die ihr nun plötzlich wieder glaubhaft vor Augen stand, und ein Gefühl sagte ihr, dass es besser war, nicht zurückzublicken.

Von plötzlicher Furcht getrieben, wandte sie sich ab und stürzte hinaus in die dunkle und regnerische Nacht, verwirrt, gekränkt – und allein.

9

Edinburgh
28. Februar 1826

»Guten Morgen.«

Als Quentin den kleinen Frühstücksraum betrat, der an die Küche grenzte, war er sich einen Augenblick lang nicht sicher, ob er noch schlief und träumte. Am Tisch saß Mary, und sie lächelte ihn an wie schon lange nicht mehr. Dazu lag wieder jenes Strahlen in ihren Augen, das ihm als Erstes an ihr aufgefallen war, damals, als sie aus ihrer Ohnmacht erwacht war und er auf der Schwelle ihrer Kammer gestanden hatte, mit hochrotem Kopf und vor Staunen offenem Mund, ein Bauerntölpel, wie er im Buche stand. Jenes Strahlen, von dem er schon geglaubt hatte, es wäre für immer verloschen.

»Guten Morgen«, erwiderte er den Gruß und ging zu dem kleinen Beistelltisch, um sich etwas von dem Porridge zu nehmen, den die Haushälterin gemacht hatte. »Hast du gut geschlafen?«

»Ja«, bestätigte Mary, die bereits gefrühstückt zu haben schien. Sie trug ein roséfarbenes Kleid mit ballonförmigen Ärmeln und einem weiten Kragen, das er schon lange nicht mehr an ihr gesehen hatte. Das Lächeln, das sie ihm schenkte, war zauberhaft. »Ich bin froh, dass ich dich auf dieser Reise begleite«, fügte sie hinzu. »Ich bin gerne hier. Und in Brighid habe ich eine gute Freundin gefunden.«

»Das freut mich«, versicherte Quentin, erleichtert darüber,

dass es ihr so offenkundig besser ging. Zumindest etwas, worüber er sich im Augenblick nicht den Kopf zu zerbrechen brauchte.

Er nahm ebenfalls Platz und aß einige Löffel. Der Porridge schmeckte unendlich besser als der, den er selbst zubereitete, nicht nur nach Hafer und Salz, sondern auch nach Tradition. Nach Heimat.

»Du siehst müde aus«, stellte Mary fest. »Wann bist du gestern zu Bett gegangen? Ich habe dich nicht gehört.«

»Sehr spät.« Quentin lächelte schwach. »Oder sollte ich besser sagen früh? Ich habe bis in die Morgenstunden über den Büchern gesessen, die Ballantyne geschickt hat.«

»Und?«, fragte sie nur.

Quentins einzige Antwort war ein Kopfschütteln.

»Ist es so schlimm?«

Quentin nickte nur. Wo hätte er anfangen sollen zu berichten? Er konnte wahrlich nicht von sich behaupten, ein Fachmann in Finanzdingen zu sein, aber selbst für ihn war klar ersichtlich, dass der Verlag alles andere als florierte.

Schon vor einigen Jahren waren sein Onkel und seine Geschäftspartner gezwungen gewesen, sich mit fremdem Geld zu versorgen, und die Zinsen und die wirtschaftliche Krise der letzten Jahre hatten dafür gesorgt, dass sich die Zahlungsprobleme immer weiter verschärften. Zwar liefen die Bücherverkäufe gut, da Sir Walter bis zuletzt von sich hatte behaupten können, der beliebteste schottische Romancier zu sein, dessen Werke nicht nur auf den Inseln, sondern auch auf dem Festland, zumal von den Deutschen und den Franzosen, begeistert gelesen wurden. Doch all das hatte nicht mehr ausgereicht, um die Verluste zu decken.

»Es tut mir leid«, sagte Mary.

»Was meinst du?«

»Dass Onkel Walter dich mit dieser Aufgabe betraut hat«, erwiderte sie. »Ich kann sehen, wie du darunter leidest.«

»Ach, das ist nichts«, behauptete er zwischen zwei Löffeln Porridge und machte eine wegwerfende Handbewegung. Er hatte Angst, dass sie sich wieder sorgen könnte, nachdem er sie eben erst wieder hatte lächeln sehen.

»Und es tut mir leid, dass ich dich noch zusätzlich belaste«, fügte sie hinzu.

»Das tust du nicht«, versicherte er. Er nahm ihre Hand und hauchte einen Kuss darauf. »Es freut mich zu sehen, dass es dir besser geht, von Tag zu Tag.«

»Das tut es«, versicherte sie, »und Brighid hat daran großen Anteil. Deshalb möchte ich im Gegenzug auch etwas für sie tun.«

Er hob die Brauen. »Glaubst du nicht, wir hätten schon genug für sie getan? Immerhin habe ich eine Leumundsbürgschaft übernommen, die ...«

»... und dafür ist sie uns von Herzen dankbar«, versicherte Mary. »Aber sie weiß noch immer nicht, wer sie ist, und ich denke, dass wir ihr auch dabei helfen könnten.«

»Inwiefern?«

»Gestern«, berichtete Mary, »hat sie sich für einen Augenblick erinnert.«

»Tatsächlich?« Quentins Erstaunen war echt, obwohl er müde war und sein Kopf voll anderer Gedanken. »Und woran?«

»Nun, es ... es war keine wirkliche Erinnerung«, entgegnete Mary ausweichend. »Vielmehr eine Ahnung oder ...«

»Wovon genau sprichst du?«, hakte er nach. »Ich fürchte, ich verstehe nicht, was du meinst.«

»Kennst du das Bild im Salon? Das neben der Tür?«

»Du meinst das von Bonnie Prince Charlie?« Er nickte. »Onkel Walter hat es von einem schottischen Patrioten gekauft, dessen Vater bei Culloden gefallen war. Er sagte immer, es würde uns daran erinnern, dass die Dinge oft nicht so sind, wie sie auf den ersten Blick erscheinen – was immer er damit gemeint haben mag.«

Mary nickte. »Brighid behauptet, den Mann auf dem Bild zu kennen.«

»Warum auch nicht? Jedes Kind in Schottland kennt ihn und weiß, was damals geschehen ist.«

»Das ist wahr«, räumte Mary ein. »Aber trotz ihres keltischen Namens ist Brighid keine Schottin, sondern Französin, soweit wir das sagen können. Und sie behauptet nicht nur, den Prinzen Charlie zu kennen, sondern sich an ihn zu *erinnern.*«

»Wie soll das denn gehen?« Ein wenig unwillig schüttelte Quentin den Kopf. »Soweit ich weiß, ist Charles Edward Stewart vor fast vier Jahrzehnten gestorben. Und ohne den genauen Zeitpunkt ihrer Geburt zu kennen – so alt, dass sie ihm noch zu Lebzeiten die Hände hätte schütteln können, dürfte unsere werte Brighid wohl kaum sein.«

Die Enttäuschung über seine Reaktion war Mary anzusehen. »Du bist albern«, sagte sie.

»Verzeih. Aber ich habe leider nicht die Zeit, mich um derlei Hirngespinste zu kümmern.«

»Hirngespinste? Du meinst, wie ich sie damals hatte?«

»Das lässt sich nicht vergleichen«, wehrte Quentin ab.

»Warum nicht? Als wir uns zum ersten Mal trafen, war ich nicht sehr viel anders als Brighid. Eine junge Frau, allein und entwurzelt und von Visionen geplagt. Es wäre einfach gewesen, mich als Verrückte abzutun, wie andere es taten. Aber Onkel Walter und du, ihr habt zu mir gehalten und mich damit gerettet. Nichts anderes will ich für Brighid tun.«

»Aber Brighid hat keine Visionen«, wandte Quentin ein.

»Das nicht. Aber wenn sie glaubt, Charles Stewart persönlich zu kennen, dies jedoch offenkundig unmöglich ist, so kann das nur eines bedeuten: nämlich dass sie von ihm geträumt hat. Woran sie sich erinnert, sind ganz offenbar Bilder aus einem Traum.«

»Und? Ich träume auch öfter seltsame Dinge. Das muss nichts bedeuten.«

»Das ist wahr. In meinem Fall jedoch hat es etwas bedeutet«, wandte Mary ein, »und ich denke, dass das auch bei Brighid der Fall ist.«

»Weil du es denken willst«, erwiderte Quentin überzeugt.

»Nein«, widersprach sie, »sondern weil Brighid auf eine eigenartige, fast geheimnisvolle Weise mit diesem Mann verbunden ist. Sie spricht von ihm wie von einem guten Freund, und das mit einer Überzeugung, der ich mich nicht entziehen kann – zumal ich selbst erlebt habe, wie gewaltig die Macht der Träume sein und wie viel Wahrheit sich darin verbergen kann.«

»Bitte nicht«, erwiderte Quentin und schüttelte stöhnend den Kopf. »Bitte keine Träume mehr.«

»Aber du musst zugeben, dass diese Möglichkeit besteht. Es könnte sein, dass Brighid in ihren Träumen tatsächlich Dinge sieht, die in der Vergangenheit geschehen sind.«

»Und wenn?«, fuhr er sie an, sehr viel schärfer, als er es beabsichtigt hatte. »Was dann, Mary? Wie können wir ihr dadurch helfen?«

»Nun«, erwiderte sie leise, erschrocken über seine brüske Reaktion. »Ich hatte gedacht, dass …«

»Dass was? Dass ich mich auf eine kopflose Jagd einlassen würde, so wie damals?«

»Damals hast du mir geglaubt«, erwiderte sie.

»Wir wissen nicht, was damals genau geschehen ist«, wandte Quentin ein, »keiner von uns. Mein Onkel jedenfalls hat nie an irgendwelchen Hokuspokus geglaubt. Er war immer überzeugt davon, dass die Dinge, die sich im Zuge der Suche nach dem Runenschwert ereigneten, eine völlig natürliche Erklärung und Ursache haben.«

»Aber du hast nicht so gedacht.«

»Damals vielleicht nicht«, gab er zu. »Aber heute denke ich, dass er recht hatte.«

»Weil es deine Überzeugung ist? Oder weil er tot ist und du das Gefühl hast, ihm etwas schuldig geblieben zu sein?«

»Das eine hat nichts mit dem anderen zu tun«, behauptete er kategorisch. »Und ich verbiete dir, jemals wieder von diesen Dingen zu sprechen!«

»Du *verbietest* es mir?« Die Spuren, die seine Worte in ihrem

Gesicht hinterließen, verrieten deutlich, dass er zu weit gegangen war. Zornesfalten bildeten sich auf ihrer Stirn, das Strahlen in ihren Augen, über dessen Rückkehr er sich eben noch gefreut hatte, verschwand. »Früher hast du mir niemals etwas verboten. Du hast dich verändert«, stellte sie fest.

»In der Tat«, stimmte er schnaubend zu. »Alles hat sich verändert. Mein Onkel ist tot, und dieses ganze Land ist nicht mehr das, was es noch vor ein paar Jahren gewesen ist.«

»Der Quentin, den ich einst kannte ...«

»Was ist mit ihm?«

»Er hätte mir geglaubt«, behauptete Mary mit Nachdruck.

»Der Quentin von einst war auch nicht dafür verantwortlich, das Vermögen seines Onkels zu verwalten. Oder sollten wir ehrlicherweise von einem Schuldenberg sprechen? Jede Akte, jedes Buch, in das ich Einsicht nehme, offenbart mir neue Löcher, die es zu stopfen gilt! Du sprichst von Träumen? Dies hier ist einer, nämlich ein elender Albtraum, und ich habe nicht die geringste Ahnung, wohin uns das alles führt. Meiner Tante habe ich versprochen, dass ich mich um alles kümmern werde und sie sich nicht zu sorgen bräuchte, doch bei Licht betrachtet war das eine dreiste Lüge. Das alles hier«, er machte eine Handbewegung, die nicht nur das Edinburgher Stadthaus, sondern auch den Verlag und den fernen Landsitz Abbotsford einschloss, »steht auf dem Spiel, Mary. Die Aasfresser kreisen bereits, um sich auf alles zu stürzen, was Onkel Walter Zeit seines Lebens aufgebaut hat, und es gibt womöglich nichts, was ich dagegen tun kann!«

Es wurde still, nachdem er geendet hatte.

Quälend still.

»Bitte verzeih, Quentin«, flüsterte Mary nach einer endlos scheinenden Weile. »Hätte ich gewusst, dass es so schlimm steht, hätte ich dich nicht mit derlei Grillen behelligt.«

Quentin sah die Bestürzung und die Enttäuschung in ihrem Gesicht und hätte sich am liebsten selbst geohrfeigt. Es mochte sich manches geändert haben in den letzten Jahren, bisweilen jedoch, schalt er sich selbst, war er noch immer derselbe unbeholfene Bauerntölpel.

»Du kannst nichts dafür«, versicherte er. »Ich wollte dich nicht schelten. Es ist nur ... die Zeit der Träume ist zu Ende, Mary. Ich jedenfalls bin aufgewacht, und das würde ich auch dir empfehlen. Denn ich fürchte, dass sonst nur noch mehr Enttäuschungen warten.«

Eine Weile lang saß sie nur da und starrte ihn an, ohne dass er zu sagen vermocht hätte, was hinter ihren so anmutigen wie traurigen Zügen vor sich ging.

»Das muss ich wohl«, sagte sie dann, stand auf und verließ das Frühstückszimmer.

10

Florenz
Januar 1785

Wie grausam das Leben sein konnte.

Noch vor wenigen Monaten hatte Serena die Brücke über den Arno überquert, um in der großen Stadt ein neues Leben zu beginnen – nun diente dieselbe Brücke, auf der tagsüber solch reges Treiben herrschte und die unter Prunk und Reichtum zu ächzen schien, ihr des Nachts als Quartier.

Seit mehr als einem Monat war sie nun ohne Heim und Obdach, und wie sie festgestellt hatte, war sie keineswegs die Einzige, die ein grimmiges Schicksal dazu zwang, auf der Straße zu leben. Florenz hatte zwei Seiten: eine lichte und helle, die sich bei Tage in ihrer ganzen Pracht und Schönheit zeigte, und eine sehr viel hässlichere, die dann zum Vorschein kam, wenn die Lichter verloschen und die Schwärze der Nacht sich über die Stadt am Arno senkte. Armut und Mangel herrschten dann, wo sonst Überfluss regierte, und das Elend kroch aus den Löchern, in denen es sich tagsüber verbarg. Als Serena zum ersten Mal nach Florenz gelangt war, hatte sie das Gefühl gehabt, eine andere Welt zu betreten. Die Welt, in der sie nun lebte, war noch einmal von gänzlich anderer Natur, eine Welt der Obdachlosen, der Bettler und Tagelöhner, der Waisen und Verstoßenen.

Und sie gehörte dazu.

Anfangs hatte sie überlegt, ob sie nach Pistoia zurückkehren sollte, den Gedanken aber rasch wieder verworfen. Sie wäre lieber elend verhungert, als zu ihrem Onkel zurückzukehren. Und was Don Alfredo betraf, so hätte er ihr zweifellos geholfen, aber dann hätte sie ihm erzählen müssen, wie es dazu gekommen war, dass sie Florenz verlassen musste, und das wollte sie auf keinen Fall, hauptsächlich aus Scham.

Das Gefühl, schwere Fehler begangen zu haben, quälte sie. Hatte sie sich dem Herzog aus freien Stücken hingegeben? Hatte sie es aus Mitleid getan oder weil sie sich etwas davon versprochen hatte? Oder hatte ihr ach so väterlicher Freund sie in Wahrheit verführt, ohne dass sie es bemerkt hatte?

All das war möglich, eine eindeutige Antwort schien es nicht zu geben. Dennoch kam Serena sich dumm vor, naiv und ausgenutzt. Natürlich schwelte Zorn in ihrem Herzen, und eine Zeitlang hatte sie erwogen, sich zu rächen, indem sie die städtischen Behörden über den grausigen Kellerfund in Kenntnis setzte; aber sie hatte keinen Beweis für ihre Behauptung, und Serena gab sich keinen Illusionen darüber hin, wem die Stadtbeamten glauben würden, einem Dienstmädchen von außerhalb oder einer Familie von hohem englischem Adel.

Ob es ihr gefiel oder nicht: Alles, was ihr blieb, wenn in kalten Nächten rauer Ostwind um die Häuser strich und sie zusammen mit den vielen anderen unter Brücken oder in engen Nischen Zuflucht suchte, war die Erinnerung an Oltrarno und den Traum von einem anderen, besseren Leben.

Und der kleine Gegenstand, den sie in den Saum ihres Kleides eingenäht hatte, damit er nicht gestohlen wurde oder verloren ging. Es war der Ring, den der Herzog ihr geschenkt hatte.

Serena wusste nicht, wie wertvoll er tatsächlich war, aber sie nahm an, dass sie dafür viele sättigende Mahlzeiten bekommen würde. Bislang hatte sie es nicht über sich gebracht, das Kleinod zu verkaufen, weil es ihre einzige Verbindung zu jenem anderen, besseren Leben war, das sie für kurze Zeit hatte genießen dürfen; wenn die Not jedoch unerträglich wurde, würde sie damit zu einem der Händler auf der Brücke gehen und es gegen bares Geld eintauschen. Manchmal fragte sie sich, warum sie es nicht längst getan hatte – so auch an diesem Morgen, als sie aus unruhigem Schlaf erwachte.

Erbärmlich frierend, drängten sich die Armen zu Dutzenden unter der Brücke. Es war kalt und stank nach Fäulnis und Exkrementen. Allenthalben wurde gehustet, da viele der Obdachlosen rachitisch waren und an Schwindsucht litten, hier und dort gab es Streit um ein paar Krumen Brot, die jemand tagsüber erbeutet hatte.

Serena richtete sich auf. Die Decke, in die sie sich nachts zu hüllen pflegte und die ihr tagsüber als Umhang diente, starrte vor Schmutz und roch entsetzlich, aber sie hielt sie wenigstens warm, und das war mehr, als die meisten anderen von sich behaupten konnten. Ihre Knochen schmerzten von den Ufersteinen, auf denen sie gelegen hatte, also streckte sie sich, um die Kälte der Nacht aus ihren Gliedern zu vertreiben. Eine Ratte, die vor ihr auf einem Haufen Unrat kauerte, sah ihr dabei zu und unternahm keine Anstalten zur Flucht. Vermutlich, weil sie keinen Unterschied sah zwischen sich und all den anderen grauen und stinkenden Gestalten, die die Uferbank bevölkerten.

Die Übelkeit kam schlagartig.

So rasch, dass Serena nichts dagegen tun konnte. Ihr Magen krampfte sich zusammen und sorgte dafür, dass sie sich vornüberbeugte. Im nächsten Moment lief die karge Mahlzeit, die sie am Abend zu sich genommen hatte und die aus etwas Brot und Fisch aus der Armenspeisung der Kathedrale bestanden hatte, aus ihr heraus. Der Geruch des Erbrochenen sorgte dafür, dass weitere Krämpfe sie schüttelten, doch ihr Magen war leer.

Erschöpft sank Serena nieder, noch immer von Krämpfen gepeinigt. Was hatte dies zu bedeuten? Warum wurde sie stets am frühen Morgen von solcher Übelkeit befallen? Hatte sie sich bei den anderen angesteckt? Würde sie daran zugrunde gehen?

»Uuuh, Mädchen«, krächzte plötzlich eine Stimme neben ihr. Sie gehörte einem zahnlosen alten Weib, das ihr schon öfter aufgefallen war. Vermutlich war ihr Mann gestorben und ihre

Ehe kinderlos geblieben, sodass niemand mehr für ihren Unterhalt sorgte und sie nun auf der Straße leben musste. »Das scheint mir recht eindeutig zu sein.«

»Was meinst du?« Serena sah sie verständnislos an.

»Du kotzt jeden Morgen, und das schon seit Tagen«, feixte die Alte. »Ich habe es beobachtet.«

»Und?«, fragte Serena gereizt.

»Ist das nicht offensichtlich?« Ein hexenhaftes Kichern drang aus dem zahnlosen Mund.

»Was?«, verlangte Serena fast flehend zu wissen. »Was stimmt nicht mit mir?«

»Das solltest du den Kerl fragen, der dir das Balg gemacht hat«, gab die Alte kichernd zur Antwort.

»Den … den Kerl?«

»Du bist schwanger, Mädchen. Das sehen sogar die Blinden da drüben.«

Serena wollte widersprechen, stattdessen hielt sie einen Augenblick inne und dachte nach. In all den Tagen, seit sie aus dem Palazzo gejagt worden war, war sie so damit beschäftigt gewesen, am Leben zu bleiben, dass andere Dinge völlig unwichtig geworden waren. Deshalb hatte sie übersehen, dass ihre Regel ausgeblieben war. Und das konnte nur eines bedeuten …

»Siehst du?« Der zahnlose Mund dehnte sich zu einem breiten Grinsen. »Ich habe recht, oder?«

Serena nickte wie vom Donner gerührt.

Sie erwartete ein Kind.

Von ihm …

11

Edinburgh
Nachmittag des 28. Februar 1826

»Was hast du?«

Brighids Frage riss Mary aus den Gedanken, denen sie nachgehangen hatte, während sie im Salon beim Tee saßen. Das Feuer, das im Kamin brannte, um die klamme Kälte fernzuhalten, warf unstete Schatten an die Wand.

»Verzeih«, erwiderte sie, »ich wollte nicht abwesend erscheinen. Ich musste nur an das Gespräch denken, das ich mit Quentin hatte. Ich habe versucht, ihm von deiner Entdeckung zu erzählen, von deiner Erinnerung an den Prinzen. Aber er …«

Brighid stellte die Tasse aus feinem China-Porzellan, an der sie vorsichtig genippt hatte, auf den kleinen Tisch zurück und ergriff stattdessen Marys Hand. »Du darfst ihm deshalb nicht zürnen«, bat sie. »Dein Ehemann ist in diesen Tagen mit vielen anderen Dingen befasst.«

»Das weiß ich«, versicherte Mary. »Ich wollte auch nicht, dass er mir hilft, sondern einfach nur zuhört. Ich wollte seine Meinung in dieser Sache hören. Aber die Art und Weise, wie er mein Ansinnen zurückgewiesen hat …«

»Du bist verletzt«, stellte Brighid fest.

»Ein wenig«, gab Mary zu. »Ich meine, ich weiß, dass er sich um vieles kümmern muss, und ich möchte ihn auch nicht mit zusätzlichen Problemen belasten. Aber früher hatte er stets ein offenes Ohr für mich. Wir haben Stunden damit zugebracht, einfach nur zu reden und einander zuzuhören.«

»Das klingt schön.« Brighid lächelte. »Es muss wundervoll sein, einen solchen Menschen zu haben.«

»Das ist es«, stimmte Mary zu. »Aber er hat sich verändert, genau wie ich. Alles scheint sich zu ändern in diesen Zeiten. Bisweilen weiß ich nicht mehr, wer ich bin.«

»Dann haben wir etwas gemeinsam«, erwiderte Brighid und machte Mary damit klar, wie unbedacht ihre Worte gewesen waren.

»Verzeih«, bat sie. »Wie unsensibel von mir, mich mit dir zu vergleichen, wo du doch unendlich mehr verloren hast.«

»Habe ich das?« In den Augen der Freundin funkelte es. »Vielleicht habe ich ja auch etwas gewonnen.«

»Und das wäre?«

»Meine Freiheit«, entgegnete sie. »Seit meiner Entdeckung hatte ich viel Zeit zum Nachdenken. Wer auch immer dafür verantwortlich ist, dass ich mich auf diesem Schiff wiederfand, dürfte es wohl kaum besonders gut mit mir gemeint haben. Was auch immer ich in meinem früheren Leben getan habe, ich scheine der Willkür anderer ausgeliefert gewesen zu sein, und ich möchte nicht, dass dies jemals wieder geschieht. Ich mag nicht wissen, wer ich bin, aber ich weiß, wer ich niemals sein möchte. Ich möchte mich nicht unterordnen müssen, möchte die Herrin meiner eigenen Entscheidungen sein.«

»Das klingt sehr gut.« Mary lächelte. »Ein schöner Traum.«

»Die Wirklichkeit«, widersprach Brighid, die tatsächlich Geschmack an ihrem ungewissen Zustand zu finden schien – oder täuschte sie dies nur vor, weil sie niemanden belasten wollte?

»Du erinnerst dich also noch immer nicht?«, hakte Mary nach.

»Nein.« Brighid schüttelte den Kopf. »Der Mann auf dem Bild ist alles, was mich mit meiner Vergangenheit verbindet, und auch ihm bin ich wohl nicht im wirklichen Leben begegnet, sondern nur in meinen Träumen.«

»Träume können sehr stark sein, besonders wenn sie von ganz innen kommen«, versicherte Mary und deutete dabei auf ihre Brust. »Ich weiß, wovon ich spreche.«

»Tatsächlich?« Brighid legte den Kopf schief und blickte sie wissbegierig an. »Was genau ist damals geschehen? Willst du es mir erzählen?«

Mary griff nach ihrer eigenen Tasse und nahm einen Schluck, während sie über die Frage nachdachte. Sie hatte nie zu einem Außenstehenden über die Geschehnisse von damals gesprochen, über die dramatischen Ereignisse, in deren Zuge sie Walter Scott und seinen Neffen Quentin kennengelernt hatte und sie gemeinsam in das Komplott der verbrecherischen Runenbruderschaft geraten waren. Und sie hatte auch nie das Bedürfnis gehabt, sich an all diese Dinge zu erinnern. Bis zum heutigen Tag.

»Du musst wissen, dass ich nicht immer die Ehefrau eines einfachen Schreibers gewesen bin«, erklärte sie dann, und noch während sie die Worte aussprach, tat ihr die Formulierung leid. Es war, als wollte sie sich an Quentin rächen, dabei hatte sie dazu weder Grund noch Anlass. »Tatsächlich bin ich von Adel und sollte nach dem Willen meiner Familie den Laird Malcolm of Ruthven heiraten.«

»Aber dazu ist es nicht gekommen«, mutmaßte Brighid.

»Nein.« Mary lächelte. »Ich war noch sehr jung damals und voller Ideale. Und ich hatte meine Nase ständig in Büchern – vor allem in denen Sir Walter Scotts.«

»Und dann hast du Sir Walter persönlich getroffen?«

»In der Tat. Es war während der Reise zu Ruthvens Schloss, wo ich meinen zukünftigen Ehemann treffen sollte.« Marys Lächeln verschwand schlagartig. Es war, als würde sich ein dunkler Schatten über ihre Erinnerungen breiten. »Auch seine Mutter war dort. Ihr Name war Eleonore, und sie war wohl das, was man böse nennt. Sie wollte etwas aus mir machen, das ich nicht war, und dazu war ihr jedes Mittel recht. Sie schreckte auch nicht davor zurück, mich meiner Freiheit zu berauben und unter Arrest zu stellen. Und dort fand ich sie.«

»Was hast du gefunden?«

»Die Aufzeichnungen einer jungen Frau, die vor sechshundert Jahren gelebt hat. Ich begann sie zu lesen und verstand, dass ich dieser Frau auf eine gewisse Weise verbunden bin … jedenfalls glaubte ich damals, dies zu verstehen. Heute bin ich mir nicht mehr ganz so sicher. Denn es würde bedeuten, dass es einen Plan gibt, dass nichts aus Zufall und alle Dinge aus einem bestimmten Grund geschehen. Und daran zweifle ich inzwischen.« Sie zwinkerte die Tränen fort, die ihr in die Augen getreten waren.

»Diese junge Frau … was ist mit ihr geschehen?«, wollte Brighid wissen.

»Sie erlitt ein düsteres Schicksal, das mir erspart blieb – ganz einfach deshalb, weil sie mich gewarnt hatte, und das so viele Jahrhunderte zuvor.«

»Wie ist das möglich?«

»Meine Lage ähnelte der ihren, und auch unsere Feinde ähnelten einander. Wenn du mich fragst, ob es Zufall war oder Bestimmung, so vermag ich es nicht zu sagen. Aber sie hat mir das Leben gerettet.«

»So wie du mir das meine«, erwiderte Brighid ohne Zögern. »Du hattest völlig recht, als du sagtest, wir hätten viel gemeinsam. Wir sind beide entwurzelt und wissen nicht wohin. Wir sind beide an Dinge gebunden, deren Wesen wir nicht durchschauen. Und beide fühlen wir uns unverstanden und sind im Grunde ganz allein.«

»So weit möchte ich nicht gehen«, wandte Mary ein. »Quentin mag einfacher Herkunft sein und sich bisweilen wie ein Tölpel benehmen, aber er würde mich niemals im Stich lassen.«

»Bist du dir da ganz sicher?« Brighid rückte ein wenig näher an sie heran. »Vielleicht brauchst du die Unterstützung von jemandem, der dich wirklich versteht. Von jemandem, der dir ebenso helfen kann wie damals jenes Mädchen aus der Vergangenheit.«

»Das wäre wunderbar«, erwiderte Mary und fühlte sich ihr

in diesem Augenblick so freundschaftlich verbunden wie nie zuvor. Sie fassten einander bei den Händen, und ihre Blicke trafen sich. Und so langsam, dass es kaum wirklich zu bemerken war, bewegten sich ihre Münder aufeinander zu.

Es kam Mary nicht falsch vor. Es schien das Richtige zu sein, so, wie es richtig war zu atmen, zu essen und zu trinken.

Brighid beugte sich ein Stück vor. Mary konnte ihre Haut riechen und den Duft ihres Haars. Sie schloss die Augen, nahm die Gerüche in sich auf ... dann kam die Berührung.

Zaghaft begegneten ihre Lippen einander, und noch immer hatte Mary nicht das Gefühl, etwas Falsches zu tun. Sie verspürte ein Verlangen, das sie, so schien es, seit einer Ewigkeit nicht mehr überkommen hatte, wusste nicht, ob sie darüber Glück oder Entsetzen empfinden sollte, war wie verzaubert von der Wucht des Augenblicks. Ihr Pulsschlag beschleunigte sich, ihr Atem wurde heftiger. Die Berührung ihrer Lippen intensivierte sich, und ihre Zungen berührten einander, zaghaft und zärtlich und voller Unschuld. Sie spürte, wie Brighids Hand an ihrer Hüfte heraufwanderte, das Korsett befühlte und schließlich ihre Brüste. Dann löste sie den Pelerinenkragen des Kleides und zog den Ärmel von Marys Bluse herab. Nackte weiße Haut kam darunter zum Vorschein, zunächst ihre Schulter, dann die Ansätze ihrer Brüste, die bebend danach verlangten, aus der Enge des Korsetts befreit zu werden ...

Und Mary erschrak.

Sie fuhr zusammen wie jemand, der bei einem Verbrechen ertappt worden war, entsetzt über ihre eigene Begehrlichkeit, über das, was zu tun sie im Begriff war – und über das, was sie bereits getan hatte.

»Nein, bitte«, entfuhr es ihr, während sie zurückwich und den zärtlichen Händen der Freundin zu entgehen suchte.

»Was hast du?« Unverständnis sprach aus Brighids blauen Augen. »Habe ich dir wehgetan?«

»N-nein«, stammelte Mary, gleichermaßen erregt wie beschämt über das Chaos an Gefühlen, das in ihr tobte, während sie mit bebenden Händen Ärmel und Kragen wieder heraufzog und ihr derangiertes Äußeres wiederherzustellen suchte. »Verzeih, ich …«

»Nein, ich muss mich entschuldigen«, versicherte Brighid. Beschwichtigend hob sie die Hände, die eben noch den Busen ihrer Freundin liebkost hatten. »Ich dachte, du wolltest es auch.«

»Das ist das Problem«, versicherte Mary, noch immer keuchend. Der Versuch, ihr Haar zu ordnen, scheiterte, also zog sie kurzerhand die Nadel heraus und steckte die Frisur von Neuem hoch. »Ich wollte es tatsächlich. Aber es darf nicht sein. Niemals, hörst du?«

»I-ich wollte dich nicht verärgern«, versicherte Brighid. »Ich dachte nur, dass …«

Ein tiefes Seufzen entrang sich Marys Kehle. Sie schloss die Augen, wartete, bis Pulsschlag und Atmung sich wieder ein wenig beruhigt hatten, wobei sie sich unablässig eine Närrin schalt.

»Das hast du nicht«, versicherte sie dann und sah ihre Freundin offen an. »Ich bin eine erwachsene Frau, ich muss wissen, was gut für mich ist und was nicht. Und das hier ist es nicht.«

»Bist du sicher?«, hakte Brighid nach. »Wir wollten frei sein, weißt du noch?«

»Aber nicht auf diese Weise, und nicht auf Kosten der Menschen, die wir lieben. Ich habe einen Ehemann …«

»… der auch eine Ehefrau hat«, konterte Brighid. »Und dennoch sucht er sein Vergnügen lieber an anderen Orten.«

»Niemals«, wehrte Mary ab. »Nicht Quentin.«

»Und das weißt du bestimmt? Wann hat er dir das letzte Mal beigewohnt? Wann zuletzt das Lager mit dir geteilt?«

»Das ist eine Weile her«, gab Mary zu, sich selbst darüber wundernd, wie offen sie über derlei Dinge sprach. »Aber das hat Gründe.«

»Davon bin ich überzeugt.«

»Was willst du damit sagen?«

»Dass die Frau, die ich eben erlebt habe, voll von ungestilltem Verlangen war«, erwiderte Brighid, »mit jeder Faser ihrer eingeengten Existenz dürstend nach Zärtlichkeit und Liebe. Oder willst du behaupten, es hätte dir nicht gefallen?«

»Es … hat mir gefallen«, gab Mary zögernd zu. »Aber das bedeutet nicht, dass …«

»Dass du deinem Verlangen nachgibst?« Brighid lachte freudlos auf. »Ich fürchte, du bist noch viel verlorener als ich. Denn lieber habe ich keine Vergangenheit als eine, die aus Täuschung und Lüge besteht.«

»Wie kannst du so etwas sagen?«, ereiferte sich Mary.

»Weil es die Wahrheit ist. In dir steckt so viel mehr, wenn du das doch nur einsehen würdest! Wir könnten ein Leben in Freiheit führen, ohne Zwänge und Notwendigkeiten!«

»Aber das … will ich nicht«, wandte Mary ein.

»Was willst du dann? Mir erzählen, dass du glücklich damit wärst, die Frau eines Schafskopfs zu sein?«

»Du hast kein Recht, so über ihn zu sprechen«, stellte Mary klar. »Dieser Schafskopf, wie du ihn nennst, hat mir das Leben gerettet, in mehr als nur einer Hinsicht. Ich liebe ihn aufrichtig und von ganzem Herzen.«

»Tatsächlich?« Brighids blaue Augen sahen sie herausfordernd an. »Und was ist das eben gewesen?«

»Das … weiß ich nicht«, erwiderte Mary hilflos und merkte, wie sie vor Scham errötete. »Aber es wird sich keinesfalls wiederholen, dafür werde ich sorgen.«

»Was meinst du damit?«

»Dass sich unsere Wege trennen müssen. Du kannst nicht weiter in meiner Nähe bleiben.«

»Was soll das heißen? Wohin soll ich denn gehen?«

»Das weiß ich noch nicht«, entgegnete Mary, »aber wir können auch nicht weiter zusammen sein.«

»Nein, bitte nicht!« Brighid sprang auf, nur um vor Mary auf die Knie niederzufallen. Sie nahm ihre Hände und vergrub ihr Gesicht darin. »Das wollte ich nicht!«, versicherte sie. »Du darfst mich nicht fortschicken, hörst du? Ich habe sonst niemanden!«

»Es tut mir leid«, flüsterte Mary, die merkte, wie ihre Hände nass von Tränen wurden. Ihre Freundin so zu sehen, zerriss ihr fast das Herz, aber ihr Entsetzen über das, was geschehen war, wog noch schwerer. Nie zuvor hatte sie für eine Frau so empfunden, es verwirrte sie so sehr, dass es ihr Angst machte. Fühlte sie sich tatsächlich zu Brighid hingezogen, auf eine Weise, die über das Maß gewöhnlicher Freundschaft weit hinausging? Oder war es nur ihre Enttäuschung, die sie so empfinden ließ, ihr Trotz über Quentins brüskes Verhalten? Wie auch immer, sie konnte diesen Empfindungen nicht nachgeben.

Durfte es nicht.

»Es kann nicht sein«, versicherte sie entschlossen. »Es wäre zu gefährlich.«

»Gefährlich?« Brighid sah zu ihr auf, die Augen jetzt von Tränen gerötet. »Für wen?«

»Für uns alle«, erwiderte Mary mit einem Blick in Richtung der nur halb geschlossenen Tür. »Für uns alle.«

12

Edinburgh
1. März 1826

»Du willst, dass sie uns verlässt?«

Quentin glaubte, nicht recht zu hören.

Über seine halb erhobene Tasse sah er Mary an, die ihm an dem kleinen Frühstückstisch gegenübersaß. Was in ihrem Gesicht vor sich ging, vermochte er einmal mehr nicht zu deuten. Trauer, Verwirrung, Bitterkeit, von allem schien etwas dabei zu sein – und der Grund dafür lag auf der Hand.

Er seufzte, stellte die Tasse auf den Unterteller zurück und rieb sich die Nasenwurzel. »Es tut mir leid«, gestand er.

»Was meinst du?«

»Ich hätte gestern nicht so gereizt reagieren dürfen. Du bist mit etwas zu mir gekommen, das dich offenbar belastet, und ich habe dich schroff zurückgewiesen. Das tut mir wirklich leid, und ich hoffe, ich kann es wiedergutmachen.«

»Bestimmt kannst du das«, erwiderte sie. »Aber ich möchte dennoch, dass Brighid uns verlässt.«

»Du willst es dennoch? Es ist also nicht meinetwegen? Weil du mir böse bist?«

»Nein«, versicherte sie schnell – etwas zu schnell, wie Quentin fand.

»Was ist los?«, wollte er wissen. »Warst du nicht froh, ihr begegnet zu sein? Eine Freundin gefunden zu haben?«

»Das war ich«, stimmte Mary zu, die ihm an diesem Morgen

noch unruhiger vorkam als sonst. Ränder lagen um ihre Augen, vermutlich hatte sie in der vergangenen Nacht kaum Schlaf gefunden. »Aber jetzt bin ich der Ansicht, dass sie uns verlassen sollte, und das möglichst rasch.«

»Aber warum? Ist etwas vorgefallen?«

»Sei nicht albern. Natürlich nicht«, versicherte sie mit einem unsicheren Lächeln. »Aber hast du nicht gesagt, dass wir in den nächsten Tagen nach Abbotsford gehen werden?«

»So ist es.« Quentin nickte. »Aber das ist kein Problem, es gibt dort viele leerstehende Zimmer. Brighid kann uns begleiten.«

»Aber sie soll sich doch erinnern«, wandte Mary ein. »Sagte Mr. McCauley nicht, sie solle möglichst viel unter Leute kommen? Wie kann sie das, wenn sie auf einem abgeschiedenen Landsitz wohnt?«

»Nun, ich dachte, du würdest dich weiter mit ihr beschäftigen«, wandte Quentin ein. Der Gedanke, Mary könnte ohne Brighid wieder in jenen Zustand tiefer Schwermut verfallen, in dem sie sich so lange befunden hatte, ängstigte ihn. »Sagtest du nicht, dass du mit ihr manches gemeinsam hättest?«

»Das sagte ich«, räumte Mary ein. »Aber es war wohl ein Irrtum.«

»Und deshalb soll ich sie einfach fortschicken? Wie stellst du dir das vor? Wir haben Verantwortung für sie übernommen, und ich bürge für sie mit meinem Namen.«

»Natürlich werden wir sie nicht allein lassen«, beteuerte Mary. »Ich habe einige Nachforschungen angestellt. In der Nähe von Paisley sind einige Nonnen des Benediktinerordens dabei, eine aufgelassene Abtei mit neuem Leben zu erfüllen. Dort könnte Brighid sicher bleiben.«

»Und wie lange?«

»Wie lange wäre sie bei uns geblieben?«, fragte Mary dagegen.

Quentin starrte sie an, unsicher, verwirrt. »Das ist doch verrückt«, meinte er kopfschüttelnd. »Ich verstehe dich nicht! Warum plötzlich dieser Sinneswandel? Was ist passiert?«

»Nichts ist passiert«, beteuerte sie. Der Ausdruck in ihrem

Gesicht wurde flehend, ihre Stimme senkte sich zu einem Flüstern. »Nichts ist passiert, Geliebter. Tu nur, worum ich dich bitte, dann wird alles gut. Bring Brighid nach Paisley und übergib sie der Obhut des Klosters. Dort wird ihr geholfen.«

»Und wer hilft dir?«, wollte Quentin wissen. »Ich meine, ich war so froh, dass du jemanden gefunden hattest, der …«

»… der mich meine Trauer vergessen und wieder der Mensch werden ließ, der ich einmal war«, brachte Mary den Satz zu Ende, sehr viel direkter, als er es formuliert hätte.

»Nun – ja«, stimmte er zögernd zu.

»Das war ich auch«, versicherte sie. »Aber jetzt nicht mehr. Ich merke, wie Brighids Gegenwart mir mehr und mehr zusetzt, mich geradezu erdrückt. Das ist nicht gut.«

»Dann … geht es dabei also gar nicht um Brighid, sondern um dich?«, fragte Quentin vorsichtig.

Sie wich seinem Blick aus und starrte zu Boden. Schließlich nickte sie.

»Warum hast du das nicht gleich gesagt?«, fragte Quentin. »Du weißt, dass ich niemals etwas tun könnte, das dir schadet. Wenn ich vor die Wahl gestellt werde, zwischen deinem und ihrem Wohl zu entscheiden, so …«

»Das weiß ich«, unterbrach sie ihn leise. »Ich wollte nicht zugeben, dass ich der wahre Grund dafür bin, weil ich mich dafür schäme. Aber genauso ist es. Brighid muss gehen, weil ich ihre Anwesenheit nicht länger ertrage.«

»Aber ich dachte, ihr würdet euch so gut verstehen …«

Mary bedachte ihn mit einem vielsagenden Blick. »Das tun wir auch – und genau das setzt mir zu. Denn bei allen Gemeinsamkeiten, die zwischen uns bestehen, ist Brighid wie ein verzerrtes Spiegelbild von mir. Beständig hält sie mir vor Augen, was ich sein könnte, wenn ich nur ein wenig stärker wäre und unnachgiebiger gegenüber meinen Ängsten. Sie hat offensichtlich ein solch hartes Los zu ertragen – und dennoch ist von ihr kein Laut der Klage oder des Selbstmitleids zu hören. Ich hingegen …«

»Auch dir hat das Schicksal übel mitgespielt«, widersprach Quentin, »und du hattest jeden Grund zu trauern. Ich liebe dich nicht für das, was du vielleicht sein könntest, sondern für das, was du bist, Mary Hay. Und ich hoffe, dass du noch immer den Bauerntölpel liebst, der ich bisweilen bin.«

»Das ist wahr«, stimmte sie mit bebender Stimme zu, »aber zugleich auch der liebevollste Ehemann, der sich denken lässt. Wirst du tun, worum ich dich bitte?«

Quentin hielt ihrem fragenden Blick stand.

Er konnte noch immer nicht behaupten, zur Gänze zu verstehen, was sie zu diesem Schritt bewogen hatte. Aber die Sache schien sie innerlich aufzuwühlen. Sie war den Tränen nahe, und das Letzte, was Quentin wollte, war, dass sie in ihren alten Zustand zurückfiel.

»Also gut«, erklärte er sich einverstanden. »Wenn dir so viel daran liegt, werde ich dafür sorgen, dass sie uns verlässt.«

»Ich danke dir.« Mary nickte. Ein dünnes Lächeln huschte über ihre Züge, sie schien erleichtert.

»Wenn wir Edinburgh noch heute verlassen, kann ich in vier Tagen in Abbotsford sein. Dann treffen wir dort wieder zusammen.«

»Einverstanden«, erwiderte sie. »Und ich hoffe«, fügte sie leiser hinzu, »dass du mich deshalb nicht verachtest.«

»Unsinn«, widersprach er. »Weshalb sollte ich dich …?«

In diesem Moment wurde die Tür zum Frühstücksraum aufgerissen. Walter stand auf der Schwelle. Er schien draußen gewesen zu sein, denn er trug noch seinen Gehrock. Die Haare standen ihm zu Berge wegen des Zylinderhuts, den er sich hastig vom Kopf gerissen hatte, sein Gesicht war feuerrot.

»Um Himmels willen!«, rief Quentin aus. »Was ist geschehen?«

»Auf den Straßen gibt es Aufruhr!«, berichtete Walter atemlos. »Es heißt, um die Krise einzudämmen, wolle die Regierung in London das schottische Pfund abschaffen!«

»Was?« Quentin hob die Brauen.

»Die Banken in Schottland sollen keine kleinen Geldnoten mehr ausgeben dürfen«, erklärte Walter atemlos. »Damit kommt der Zahlungsverkehr zum Erliegen. Kredite können nicht mehr bezahlt und folglich auch nicht mehr gewährt werden, und wenn das geschieht, wird alles hier zusammenbrechen!«

»Aber wieso tut die Regierung das?«, wollte Mary wissen.

»Vordergründig geht es darum, den Bankrott der Banken zu verhindern«, erklärte Walter weiter. »Unterm Strich jedoch tun die Engländer damit genau das, was sie schon immer wollten – sie unterwerfen sich Schottland ein weiteres Mal und nehmen uns unsere Eigenständigkeit. Was ihre Armeen nie geschafft haben, wollen sie jetzt mit Geld bewirken.«

Quentin und Mary tauschten einen Blick.

Walter war ein braver schottischer Patriot, von seinem Vater dazu erzogen, stolz auf sein keltisches Erbe und die Vergangenheit seines Landes zu sein. Zwangsläufig sah er die Ereignisse aus seiner ganz eigenen Perspektive.

Eines jedoch war auch Quentin sofort klar: Wenn die Regierung in London ihre Pläne Wirklichkeit werden ließ, würde dies das Ende Schottlands bedeuten, wie sie es kannten.

Und wie sein Onkel, der große Walter Scott, es geliebt hatte.

13

High Street, Edinburgh
Zur selben Zeit

Die High Street, die ehrwürdige Hauptstraße Edinburghs, die vom Canongate im Osten an den City Chambers und dem alten Richtplatz vorbei zur stolzen Burg hoch oben auf dem Felsen über der Stadt hinaufführte, war in Aufruhr.

Allenthalben waren Menschen auf der Straße. Statt ihren Tagesgeschäften nachzugehen, unterhielten sie sich aufgeregt miteinander, und überall an den Straßenecken standen Jungen, die Flugblätter verteilten, deren Inhalt sie lautstark anpriesen.

»Ein offener Brief! Lesen Sie, Gentlemen, und ergreifen Sie Partei! Ein offener Brief an das *Edinburgh Weekly Journal*!«

»Was geht da vor?« Aus dem Inneren der Droschke, die die High Street hinab zum Canongate fuhr, spähte Winston McCauley nach draußen.

»Vermutlich die Krise«, erwiderte Milton Chamberlain, der im dunklen Fond der Kutsche saß, den Kragen seines Rocks hochgeschlagen, um unerkannt zu bleiben. Seine Hände ruhten auf dem Pferdeknauf seines Stocks. »Die Straßen sind dieser Tage voller aufgebrachter Menschen, die sich beklagen, dass sie keine Arbeit, aber jede Menge hungrige Mäuler zu stopfen hätten. Als ob sie jemand geheißen hätte, so viele Bälger in die Welt zu setzen!«

»Sie verteilen Flugblätter«, stellte McCauley fest, und im

nächsten Moment winkte er auch schon einen der Jungen heran. »Heda, Bursche! Ein Blatt für mich!«

Der Junge rannte neben der Kutsche her, das Blatt Papier hochhaltend. McCauleys behandschuhte Rechte schnappte danach und holte es in die Kutsche. Flüchtig überflog er die Zeilen.

»Nun? Was habe ich Ihnen gesagt?«, fragte Chamberlain sichtlich gelangweilt. »Immer dasselbe ermüdende Lamento.«

»Nein«, widersprach McCauley, »das hier ist anders. Es ist ein offener Brief an den Herausgeber des *Edinburgh Weekly Journal*, den ein gewisser Malachi Malagrowther verfasst hat.«

»Nie gehört«, meinte Chamberlain.

»Ich auch nicht. Aber er analysiert sehr scharfsinnig die Bankensituation des Empire und sagt, dass die schottischen Banken für die Misserfolge ihrer englischen Schwesterunternehmen bezahlen sollen – und kommt zu dem Schluss, dass die geplanten Währungsänderungen Schottland nicht nur großen Schaden zufügen, sondern auch dem Unionsvertrag von 1707 widersprechen.«

»Lächerlich!«, schnaubte Chamberlain.

»Finden Sie? Der Brief eines hungernden Arbeiters ist das jedenfalls nicht.«

»Dennoch – alles, was diese vermaledeiten Schotten können, ist sich beklagen. Ihre ganze Geschichte hindurch haben sie nichts anderes getan.«

»Und England damit manches Kopfzerbrechen bereitet«, konterte McCauley grinsend.

»Was denn?« Chamberlain hob spöttisch die Brauen. »Höre ich da etwa einen Hauch von Patriotismus?«

»Patriotismus, Mr. Chamberlain, ist etwas für Leute mit Idealen«, konterte McCauley gelassen, während er das Papier in seinen Händen kurzerhand zerknüllte. »Ich bin lediglich daran interessiert, Geschäfte zu machen. Und zwar mit denjenigen, die mir den größtmöglichen Gewinn versprechen. Und was das betrifft, so frage ich mich allmählich, ob Sie unsere Abmachung noch richtig in Erinnerung haben, Mr. Chamberlain.«

»Durchaus«, versicherte der Anwalt. »Die Tatsache, dass ich einen Boten nach Dirleton geschickt habe, um mich erneut mit Ihnen zu treffen, sollte Ihnen Beweis genug dafür sein.«

»Sie gehen kein Risiko ein«, meinte McCauley. »Die Leute da draußen sind mit anderen Dingen beschäftigt als damit, Ihnen nachzuspionieren.«

»Man kann nie wissen«, verteidigte sich der andere pikiert.

»Also? Wann werde ich Abbotsford nun bekommen? Die Testamentseröffnung müsste inzwischen doch stattgefunden haben?«

»Das hat sie. Aber Scotts Neffe will zuerst Einsicht in die Bücher nehmen, ehe er Verkaufsentscheidungen trifft. Daran kann ich ihn nicht hindern.«

»Sie können ihn nicht daran hindern?«, platzte McCauley heraus. »Verdammt, Chamberlain, ich dachte, Sie wären ein harter Hund! Kündigen Sie die Kredite Ihrer Mandanten! Verlangen Sie das Geld zurück, dann bleibt diesem Dickschädel von Hay nichts anderes übrig, als zu verkaufen.«

»Wenn wir das tun«, konterte Chamberlain, »wird die Sache vor Gericht enden. Und dann, mein Freund, mahlen erst einmal die Mühlen des Gesetzes, ehe Sie Abbotsford bekommen. Wollen Sie es wirklich darauf ankommen lassen?«

McCauley atmete stoßweise. Er fühlte die Wut in sich emporsteigen und hätte seinem säumigen Geschäftspartner am liebsten gegeben, was er verdiente … aber er beherrschte sich. Sie hatten so lange gewartet, so viele Jahre. Auf ein paar zusätzliche Wochen kam es nicht an.

Nicht mehr …

»Nein«, gestand er, »das will ich nicht. Aber ich brauche Abbotsford, verstehen Sie? Das Haus, den Landsitz, alles, was dazugehört.«

»Und Sie werden es bekommen«, versicherte Chamberlain einmal mehr. »Hay ist kein Dummkopf. Wenn Sie die Dinge überstürzen, laufen Sie nur Gefahr, dass er von der Verbindung zwischen uns erfährt, und dann …«

»Ich weiß sehr wohl, was dann geschieht, Mr. Chamberlain«, versicherte McCauley, »und ich bin weit davon entfernt, die Dinge zu überstürzen. Aber ich will Abbotsford, haben Sie verstanden?«

»Durchaus.« Chamberlain nickte, seinem bohrenden Blick hielt er stand. »Sie sind der Jäger, der sein Opfer bereits sicher in der Falle weiß. Alles, was Sie zu tun brauchen, ist, den geeigneten Zeitpunkt abzuwarten. Der Verkauf von Abbotsford ist unerlässlich, früher oder später wird Hay das einsehen. Und das«, fügte er hinzu und deutete auf das lärmende Chaos, das außerhalb der Kutsche herrschte, »wird diese Entwicklung nur beschleunigen. Denn je mehr diese Schotten lamentieren und je lauter sie sich beschweren, desto härter wird Englands Zugriff sein.«

»Wer sagt das?«, fragte McCauley.

»Die Geschichte, mein Freund«, entgegnete der Anwalt lächelnd. »Die Geschichte.«

14

Südlich von Airdrie
Abend des 1. März 1826

Quentin hatte das Gefühl, ein sinkendes Schiff zu verlassen.

Nicht nur Marys wegen, deren plötzlichen Gesinnungswandel Brighid betreffend er nach wie vor nicht ganz verstand, was ihn zutiefst beunruhigte; sondern auch wegen der Unruhen, die es in Edinburgh aufgrund der fragwürdigen Pläne der Regierung gegeben hatte. Ganz zu schweigen von den zahlreichen Unterlagen, in die er noch Einsicht zu nehmen hatte, um sich ein vollständiges Bild von der finanziellen Lage der Familie Scott zu machen.

Immerhin hatte er sich einige der in Leder geschlagenen und mit zahllosen eng beschriebenen Seiten gefüllten Bücher mitgenommen, um sie während der Fahrt nach Paisley zu sichten. Er versuchte auch redlich, sich immer wieder in die Materie einzufinden, doch die Tatsache, dass Brighid ihm in der Kutsche gegenübersaß und ihn unablässig musterte, wirkte sich auf seine Konzentrationsfähigkeit nicht eben förderlich aus.

Er wusste nicht, was in ihr vor sich ging, und obwohl es ihm wohl gleichgültig hätte sein müssen, fragte er sich, ob sie wütend auf ihn war. Immerhin war er es gewesen, der für ihre Einreise ins Königreich gebürgt hatte. Und nun war er dabei, sie in ein Frauenkloster abzuschieben, ein ungebetener Gast, den man auf die Schnelle loswerden wollte.

Abgesehen vom Nötigsten hatten sie kaum ein Wort gewechselt. Mary hatte es persönlich übernommen, Brighid über ihre bevorstehende Abreise nach Paisley zu informieren, und da es kaum Habe gab, die sie einzupacken hatte, waren sie schon kurz darauf aufgebrochen. Natürlich hätte Quentin die Aufgabe, die geheimnisvolle Frau nach Paisley zu bringen, auch delegieren, sie einem Bediensteten übertragen können. Aber zum einen hatte er es Mary versprochen, und zum anderen hatte er das Gefühl, Brighid zumindest das schuldig zu sein. Inzwischen hatte er diese Entscheidung schon dutzendfach bereut. Denn unter ihrem prüfenden Blick in der Kutsche zu sitzen, setzte ihm zu, und irgendwann hielt er es einfach nicht mehr aus.

Mit einem resignierenden Seufzen ließ er den Bericht sinken, den zu verstehen er inzwischen zum vierten Mal erfolglos versucht hatte, und erwiderte Brighids fragenden Blick. »Was denken Sie?«, wollte er wissen. Da er anders als Mary die französische Sprache nicht beherrschte, sprach er Englisch, bemühte sich jedoch, den schottischen Akzent so gut wie möglich zu unterdrücken.

»Was Sie meinen?«, erwiderte sie in ihrem eigentümlichen Englisch, das bisweilen mehr wie Französisch klang. Dennoch hatte sie in der kurzen Zeit erstaunliche Fortschritte gemacht.

»Nun, ich vermute, dass Sie sich abgeschoben vorkommen, ungerecht behandelt«, wurde Quentin deutlicher.

»Non.« Sie schüttelte den Kopf. »Dazu habe ich – wie sagt man? – keine Rechte?«

»Kein Recht«, verbesserte Quentin.

»*Oui*, das meine ich ... Man ist immer gut zu mir gewesen, Sie ganz besonders, Mr. Hay.«

»Sie dürfen auch Mary nicht böse sein«, bat Quentin sich aus. »Sie hat viele Sorgen und ...«

»Je sais bien«, sagte Brighid. »Ich weiß.«

»Nein«, wehrte Quentin kopfschüttelnd ab, »das können Sie nicht wissen. Es geht dabei um Dinge, die im vergangenen Jahr geschehen sind, und die ...«

»Ich weiß«, wiederholte sie.

»Sie … hat Ihnen davon erzählt?«

»Certainement.« Brighid lächelte rätselhaft. »Ihre Gattin und ich haben manches Geheimnis miteinander geteilt.«

»Natürlich.« Quentin nickte. Er kam sich plötzlich dumm vor, ausgeschlossen, und das ärgerte ihn, obwohl er es sich eigentlich hätte denken können, dass Mary ihr davon erzählt hatte. War dies womöglich der Grund dafür, dass sie Brighid nicht länger bei sich haben wollte? Schämte sie sich, weil sie ihr Schweigen gebrochen hatte?

»Wollen Sie auch, dass ich gehe?«, fragte Brighid unvermittelt.

»Wie bitte?«

Sie sah ihn unverwandt an, der Blick ihrer ozeanblauen Augen machte ihn unruhig. »Wollen Sie auch, dass ich gehe?«, wiederholte sie.

»Nein, ich …« Quentin mied ihren Blick, sah hinauf zur samtbeschlagenen Decke der Kutsche. Warum, in aller Welt, fühlte er sich so elend? »Nein«, antwortete er schließlich wahrheitsgemäß, »ich wollte nicht, dass Sie gehen.«

»Warum haben Sie es dann nicht verhindert?«

Quentin schürzte die Lippen. Das war in der Tat eine gute Frage, und sie trug nicht dazu bei, dass er sich besser fühlte. »Weil ich denke, dass es so besser ist«, entgegnete er einigermaßen hilflos.

»Besser für wen?«

»Für Mary … und für die Familie.«

»Pourquoi?« Ihr Blick fokussierte sich, wurde herausfordernd, ihre Mundwinkel fielen spöttisch herab. »Fürchten Sie, dass ich Ihnen Ärger bereite?«

»Nein«, versicherte Quentin, »sondern weil sich die Familie um andere Dinge kümmern muss. Es sind unruhige Zeiten, Madame, und was das Erbe meines Onkels betrifft, so fürchte ich, dass dunkle Zeiten bevorstehen. Es wäre Ihnen gegenüber nicht gerecht, Sie weiter an uns zu binden.«

»Also schicken Sie mich fort meinetwegen?«

Er sah sie an, wie sie ihm gegenübersaß, in einem dunkelroten Redingote und einem Kleid aus grüner Seide, das Mary ihr gekauft hatte, weil es nach der neuesten Pariser Mode geschnitten war, mit keulenförmigen Ärmeln, hochgeschlossenem Kragen und einem samtenen Überwurf, der an ein klösterliches Habit erinnerte. Um sich vor der Kälte zu schützen, die durch jede Ritze des unentwegt schwankenden und schaukelnden Gefährts drang, hatte sie zudem eine wollene Decke über ihre Beine gebreitet. Die unter dem Kinn gebundene Schute, die sie trug, war von hellgrüner Farbe und mutete dem noch winterlichen Grau zum Trotz wie ein Vorbote des nahenden Frühlings an. Quentin kam nicht umhin, einmal mehr zu erkennen, von welcher Ebenmäßigkeit und Schönheit das Gesicht war, das die Haube umrahmte. Die tiefblauen Augen, das pechschwarze Haar, die hohen Wangen und der sinnliche Mund …

Ihm war klar, dass ihm derlei Beobachtungen nicht zustanden, deshalb wandte er beschämt den Blick. Sie zu belügen, brachte er aber dennoch nicht fertig. »Nein, es ist wegen Mary. Für ihr Wohl würde ich alles tun.«

Sie lächelte, freundlich aber undurchschaubar. »Nun sind Sie ehrlich, wenigstens.«

»Können Sie sich inzwischen an etwas erinnern?«, wechselte Quentin absichtlich und wenig taktvoll das Thema.

»Non.« Sie schüttelte den Kopf.

»Auch nicht an Einzelheiten?«, hakte er nach. »Mary erwähnte etwas von einem Bild, das Sie …«

»Das erwähnte sie?« Brighids schmale Brauen hoben sich. »Erstaunt Sie das?«

»Un peu«, gab sie zu. »Dann müssen Mary und Sie sich sehr nahestehen, denn ich hatte sie gebeten, niemandem etwas davon zu erzählen.«

»Natürlich stehen wir uns nahe«, bestätigte Quentin mit ehrlicher Entrüstung. »Mary ist meine Ehefrau.«

»*Oui*. Dennoch haben Sie lange nicht mehr – wie sagt man? – das Lager geteilt?«

Der Mund blieb Quentin vor Staunen offen, er konnte direkt spüren, wie ihm die Schamröte ins Gesicht schoss.

»Wie«, stieß er hervor, nachdem er einen Augenblick lang nur nach Luft geschnappt hatte, »können Sie so etwas fragen? Ich wüsste wirklich nicht, was Sie das angeht!«

»*Excusez*. Ich wollte Sie nicht in Verlegenheit bringen«, erwiderte sie mit einem Lächeln, das ihre Worte Lügen strafte.

»Hat Mary mit Ihnen ... auch darüber gesprochen?«, erkundigte sich Quentin vorsichtig.

»Darüber und über manches andere«, entgegnete sie und lächelte dabei weiter rätselhaft.

Quentin wusste nicht, ob er bestürzt oder wütend sein sollte. Wütend auf Mary, wütend auf Brighid, wütend auf sich selbst, weil er nachgegeben hatte. Sie spielte mit ihm, und er war machtlos dagegen, schlimmer noch, er ertappte sich dabei, dass es ihm auf eine schräge, verbotene Art und Weise gefiel.

»Was nun jenes Bild betrifft ...«, versuchte er auf das eigentliche Thema zurückzukommen.

»*Pourquoi* ... Warum interessieren Sie sich so sehr dafür?«

»Nun – hat Mary Ihnen denn nicht gesagt, wer auf diesem Bild zu sehen ist?«

»*Oui*, das hat sie. Edward Charles Stewart war der letzte Spross des Hauses Stewart, der letzte Anwärter auf den Thron, der in der Schlacht von Culloden im Jahr 1746 von den Engländern vernichtend geschlagen wurde«, antwortete Brighid, und es hörte sich an wie bei einem Schulkind, das wiedergab, was es gelernt hatte. »Eine tragische Geschichte, aber auch ... *très romantique*, weil ein einfaches Bauernmädchen den Prinzen Charlie auf seiner Flucht vor den Engländern versteckt und so sein Leben gerettet hat.«

»Das ist wahr.« Quentin musste lächeln. Jedermann in Schottland und auf den Inseln kannte die Mär von der tapferen Flora McDonald, die dem schönen Prinzen Charlie zur Flucht vor seinen Häschern verhalf. Besonders Mary hatte stets eine Schwäche für Geschichten wie diese gehabt, was auch ihre Vorliebe für die Romane Walter Scotts erklärte. Wenigstens war das früher so gewesen – in jüngster Zeit hatte sie sich auch dafür nicht mehr begeistert.

»Aber folglich kann es sich doch nicht um eine tatsächliche Erinnerung Ihrerseits handeln«, kam Quentin auf den eigentlichen Punkt zurück. »Allenfalls um einen Traum oder …«

»*Eh bien*, es gibt auf Erden manches, das sich nicht einfach erklären lässt«, fiel Brighid ihm ins Wort. »Gerade Sie sollten das wissen.«

Quentin schürzte die Lippen. Mary hatte also auch hier ihr Schweigen gebrochen, und das, obwohl er sie gebeten hatte, es nicht zu tun. Zum einen, weil es Sir Walters ausdrücklicher Wunsch gewesen war; zum anderen, weil er selbst nicht für verrückt gehalten werden wollte. Er wusste ja selbst nicht, was damals tatsächlich geschehen war. Hatte wirklich eine höhere Macht in den Kampf gegen die Runenbruderschaft eingegriffen? Oder war alles rational zu erklären?

»Sind Sie wütend?«, erkundigte sich Brighid besorgt.

Erst jetzt spürte Quentin den Schmerz, den seine eingekrallten Fingernägel in seinen Handballen hervorriefen. »Nein, natürlich nicht«, versicherte er, während er seine Fäuste langsam wieder entkrampfte.

»Dann es ist ja gut«, erwiderte sie, und Quentin wusste nicht, was er darauf noch erwidern sollte.

Obwohl sie seine Sprache nicht fließend sprach, obschon sie ihre Erinnerung verloren hatte und in ein Kloster abgeschoben werden sollte, schien Brighid die Überlegene zu sein – ganz einfach deshalb, weil sie alles über ihn zu wissen schien, er aber nicht das Geringste über sie wusste. Er fühlte sich in ihrer Gegenwart noch unwohler als zuvor, und mit einem sehnsuchtsvollen Blick aus dem Fenster sehnte er den Augenblick herbei, da die Fahrt endlich enden würde.

Dieser Augenblick kam früher als erwartet.

Die Wolken, die sich den Tag über am westlichen Himmel zusammengebraut hatten, zogen in den Abendstunden ostwärts, und als sie sich schließlich entluden, taten sie es so heftig und ausgiebig, dass sich die Straße binnen Augenblicken in eine Wanne aus Schlamm verwandelte, in der die Räder der Kutsche blockierten und die Hufe der Pferde kaum noch Tritt fanden. Eine Scheune, die unvermittelt im Halbdunkel auftauchte, versprach eine sichere Zuflucht für die Nacht, und da es fraglich war, wann sie bei diesem Unwetter die nächste Herberge erreichen würden, wies Quentin den Kutscher an, zu der Scheune zu fahren.

Die Pferde wurden abgeschirrt und in das aus Holz und Stein errichtete, leicht baufällig wirkende Gebäude geführt, das zu einem nahen Gehöft gehören mochte. Die Kutsche selbst fand unter dem breiten Vordach Platz. Als Gentleman, der er war, wies Quentin Brighid an, für die Dauer der Nacht in der Scheune Zuflucht zu suchen, wo sie es zwar nicht sehr komfortabel, dafür aber trocken und einigermaßen warm haben würde, während er selbst und der Kutscher draußen nächtigen wollten.

»Sicher, dass Sie nicht ebenfalls hierbleiben wollen?«, fragte Brighid, nachdem er ihr auf einigen aneinandergereihten Strohballen ein einigermaßen bequemes Lager bereitet hatte. »Ich würde mich nicht daran stören.«

»Das« – Quentin räusperte sich – »ist sehr freundlich von Ihnen, Madame. Aber natürlich kann ich Ihr Angebot nicht annehmen.«

»Und wenn ich nicht allein bleiben will, weil ich mich fürchte?« Den samtenen Überwurf hatte sie abgelegt und war bereits dabei, die Verschnürung ihres Kleides zu lösen.

»Dann«, erwiderte Quentin, »würde ich sagen, dass ich das schwerlich glauben kann, denn ich habe selten eine unerschrockenere Frau als Sie gesehen.«

»*C'est vrai?* Das denken Sie von mir?« Sie hielt in ihren Bemühungen inne und sah ihn fragend an. Die Schute hatte sie abgenommen, den Zopf gelöst, sodass das schwarze Haar ihr keck über die Schulter hing. Unwillkürlich musste Quentin sich eingestehen, wie schön sie war.

Verführerisch …

Er nickte nur, dann wandte er sich abrupt ab und wollte die Scheune verlassen, der inneren Stimme zum Trotz, die ihn zum Bleiben drängte.

»Würden Sie mir noch behilflich sein, *s'il vous plaît?*«

»Wobei?«

Er hörte den Stoff ihres Kleides rauschen, und als er sich umdrehte, tat er es keineswegs widerwillig, sondern von Neugier getrieben. Der Anblick, der sich ihm bot, traf ihn dennoch unerwartet.

Brighid stand in ihrem Unterkleid vor ihm.

Das Lächeln war aus ihrem Gesicht verschwunden, ebenso wie die Milde aus ihrem Blick, der jetzt unverhohlen fordernd war, verlangend. Quentin biss sich auf die Lippen. Es war lange her, dass Mary ihn auf diese Weise angesehen hatte, und selbst dann war es nicht dasselbe gewesen. Brighid hatte etwas an sich, das ihn von Anfang an fasziniert hatte. Vielleicht war es die Tatsache, dass er nicht wusste, wer sie war, die ihre Gegenwart zu einem Abenteuer machte, zu einem Mysterium, das es zu ergründen galt; vielleicht war es aber auch nur die Art und Weise, wie sie mit ihrem Körper umzugehen pflegte, selbstbewusst, beinahe aggressiv. Als könnte sie seine Gedanken lesen, beugte sie sich nach vorn, fasste den Saum der Unterröcke und zog sie mit aufreizender Langsamkeit nach oben.

Quentin wusste, dass er spätestens jetzt hätte gehen müssen, aber er war dazu nicht in der Lage. Der Gedanke an Mary tat weh, er wusste, dass er im Begriff war, etwas Verbotenes zu tun und ihr damit nur weiteren Schmerz zuzufügen, aber er konnte nicht anders.

»Ich … sollte gehen«, hörte er sich selbst in die Stille sagen, in der sonst nur das Prasseln des Regens zu hören war, aber es war nur eine Phrase, halbherzig und hohl.

»Dann geh«, forderte sie ihn auf, während sie ihre Röcke

weiter raffte. Quentin konnte nicht anders, als auf ihre Beine zu starren und den blütenweißen, spitzenbesetzten Caleçon. Mit einer beiläufigen Handbewegung zog sie das Untergewand auseinander, sodass der geschlitzte Stoff sich teilte – und den Blick auf das freigab, was Quentin niemals hätte sehen dürfen.

»Brighid, ich …«

Er wollte etwas sagen, aber der Kloß in seinem Hals war so dick, dass er kein weiteres Wort hervorbrachte. Helle Bestürzung und brennendes Verlangen brachen gleichzeitig über ihn herein und sorgten dafür, dass er mit offenem Mund dastand, das Gesicht rot vor Scham, die Lenden pochend vor Begierde.

»Worauf wartest du?«, flüsterte sie mit heiserer Stimme.

Quentin schluckte hart. Einerseits kam er sich ertappt und durchschaut vor, andererseits wie ein Verdürstender in der Wüste, dem eine barmherzige Hand Wasser reichte. Hatte er überhaupt noch eine Wahl? Wie in Trance ging er zu ihr zurück, alle Bedenken über Bord werfend und bereit, sich die verbotenen Früchte zu nehmen, die sie ihm so bereitwillig darbot – als hinter ihm plötzlich die Tür der Scheune aufflog.

»Was …?«

Quentin fuhr herum, sah jedoch nichts außer einer Meute dunkler Schatten, die auf ihn zu hetzte. Abwehrend riss er die Arme hoch, aber es war zu spät. Ein Knüppel ging nieder und traf ihn mit Wucht am Kopf.

Quentin hatte das Gefühl, sein Schädel würde platzen. Grell wie ein Lichtblitz flackerte der Schmerz in der Dunkelheit auf – dann brach er zusammen.

Das Letzte, was er hörte, war Brighids heiserer Schrei.

Dann wurde es schwarz um ihn herum.

15

Abbotsford
Tags darauf

Erst am frühen Vormittag war die Familie Scott auf dem Landsitz eingetroffen, den Sir Walter zu seinen Lebzeiten hatte errichten lassen und der sein ganzer Stolz gewesen war. Eine »Romanze in Stein und Mörtel« hatte er Abbotsford einst genannt – und genau das war der aus einem Herrenhaus und mehreren Nebengebäuden bestehende Landsitz auch, der rund dreißig Meilen von Edinburgh entfernt lag, am Ufer des Flusses Tweed und eingebettet in die lieblichen Hügel, die sich zwischen Galashiels und Selkirk erstreckten.

Unzählige Türme und Zinnen säumten die Fassade und die umgebenden Mauern, und so wie die Romane, die Walter Scott geschrieben hatte, stets auf reale historische Ereignisse verwiesen hatten, war auch sein Landsitz von den architektonischen Hinterlassenschaften der schottischen Geschichte inspiriert: Der Eingang war dem des Palastes von Linlithgow nachempfunden, die Ummauerung des Innenhofs erinnerte an den Kreuzgang der nahen Abtei von Melrose; die Torflügel gar waren Originale, die aus dem alten Tolbooth von Edinburgh stammten. Scott hatte sie gekauft und hierherbringen lassen, vermutlich, um ein wenig von dem Geist einzufangen, der das alte Eichenholz umfing, vom Odem der Vergangenheit.

Nicht nur die Fassaden, auch das Innere von Abbotsford war derart geprägt, von der holzgetäfelten Decke der Bibliothek, die ein Abbild derer der Kapelle von Roslin war, über unzählige Gemälde bis hin zu altertümlichen Waffen und Rüstungen.

Mehr noch als all diese historischen Reminiszenzen schätzte Mary jedoch die persönlichen Erinnerungen, die sie mit dem Landsitz verband. Hier war sie Walter Scott, dem Urheber ihrer Lieblingsromane, einst begegnet; hier hatte sie Quentin kennengelernt, und das Abenteuer ihres Lebens hatte hier seinen Lauf genommen. Wie einfach damals alles gewesen war, wie unbeschwert und leicht ... und wie sehr wünschte sie sich, dass Sir Walter sie am Eingang empfangen und willkommen geheißen hätte.

Ohne ihn war Abbotsford noch immer ein eindrucksvolles Bauwerk, das aus jeder steinernen Pore den kreativen Schöpfergeist seines Erbauers atmete; das Herz von Abbotsford jedoch hatte in dem Augenblick zu schlagen aufgehört, als Walter Scott verschieden war. Nirgendwo wurde Mary der schreckliche Verlust, den sie alle erlitten hatten, so deutlich wie hier, an der Stätte seines Wirkens. Sie merkte, wie ein Teil von ihr dabei war, in die alte Trauer zurückzufallen, wohl auch des Aufruhrs an Gefühlen wegen, der noch immer in ihrem Inneren herrschte. Was hatte sich Brighid nur dabei gedacht, sich ihr auf diese Weise zu nähern? Hatte sie nicht damit rechnen müssen, zurückgewiesen und verstoßen zu werden?

Mary fühlte sich unwohl, auch der Fragen wegen, die Quentin gestellt hatte. Hatte er womöglich etwas geahnt? Hätte sie ihm den wahren Grund dafür nennen sollen, dass sie Brighids Abreise wünschte? Aber wie hätte er wohl darauf reagiert? Hätte er ihr geglaubt, dass sie nur ein Opfer gewesen war? Und war sie tatsächlich nur ein Opfer gewesen?

Um ihren Kopf von diesen nagenden Fragen zu befreien, war sie in die Bibliothek gegangen, hatte sich ein Buch geholt und sich anschließend in den Salon zurückgezogen. Doch noch nicht einmal die Lektüre von »Quentin Durward«, einem ihrer liebsten Bücher aus der Feder des Meisters, dessen Held nach ihrem Ehemann benannt worden war, ließ sie zur inneren Ruhe kommen. Wieder und wieder musste Mary die Abschnitte lesen, um sie zu verstehen. Als deshalb kurz nach Mittag ein Diener meldete, dass Besuch für sie eingetroffen sei, legte sie das Buch leichten Herzens beiseite und wartete gespannt, wer eintreten würde.

»Winston! Was für eine schöne Überraschung!«

Marys Freude, als Winston McCauley den Salon von Abbotsford betrat, war ehrlich. Sie blieb auf dem Sofa sitzen und wartete, bis der Chirurg ihr seine Aufwartung gemacht hatte. Dann forderte sie ihn auf, ihr gegenüber an dem kleinen Tisch Platz zu nehmen.

»Danke, das ist sehr freundlich«, entgegnete McCauley und setzte sich. Er sah einmal mehr blendend aus in seinen eng anliegenden Reithosen und der tadellos sitzenden Jacke aus Tweed. Um seine Züge spielte ein charmantes Lächeln.

»Was führt Sie hierher?«, fragte Mary, die ihre Überraschung noch immer nicht ganz überwunden hatte.

»Nun, eigentlich wollte ich Sie im Haus der Scotts in Edinburgh besuchen«, erklärte McCauley, »aber dort sagte man mir, dass Sie bereits abgereist seien. Und da mir die Academy für einige Tage frei gegeben hat …«

»… dachten Sie, es wäre an der Zeit, alte Freunde zu besuchen«, vervollständigte Mary.

»In der Tat«, stimmte McCauley zu, »und ich bereue meinen Entschluss keineswegs. Schon die Landschaft hier im Süden lohnt einen Ausflug, selbst bei diesem schrecklichen Wetter.«

»Nicht wahr?« Mary blickte in Richtung der Fenster, hinter deren gewelltem Glas der zum Flussufer hin sanft abfallende Garten zu sehen war. Jenseits davon erstreckten sich die Hügel des Grenzlandes, in Wolken und Nebel nur schemenhaft zu erkennen. »Sir Walter hat dieses Land geliebt. Er hat stets den Wunsch geäußert, hier seine letzten Atemzüge zu tun, den Blick auf den Fluss Tweed gerichtet. Leider«, fügte sie traurig hinzu, »war ihm das nicht vergönnt.«

»Das tut mir wirklich sehr leid«, versicherte McCauley. »Ich kann mir denken, dass diese Tage nicht einfach für Sie sind. Glücklicherweise haben Sie Gesellschaft. Die Familie Scott und Madame Brighid werden sicher dafür sorgen, dass …«

»Brighid ist nicht mehr hier«, erklärte Mary und hoffte, dass er ihr das schlechte Gewissen nicht anmerkte.

»Wie darf ich das verstehen?«

»Nun«, bemühte sich Mary um eine Ausrede, die möglichst plausibel klang, »Sie sagten ja selbst, dass sie unter Menschen müsse, um sich wieder zu erinnern, also kamen wir überein, dass Abbotsford nicht der richtige Ort für sie ist. Überdies …«

»Ja?«, hakte McCauley nach.

»Nichts«, versicherte Mary. Was hätte sie auch noch weiter sagen sollen? Die Wahrheit konnte sie ihm ebenso wenig anvertrauen wie Quentin. »Jedenfalls konnte sie nicht bei uns bleiben.«

»Nun«, meinte McCauley achselzuckend, »vielleicht ist es besser so. Sie hatte ohnehin etwas an sich, das ich …«

»Ja?« Diesmal war es Mary, die nach einer Antwort verlangte.

»Drücken wir es so aus: Ich denke, dass sie sehr wohl um die Wirkung weiß, die ihre geheimnisvolle Aura auf Männer hat.«

»Glauben Sie?« Mary deutete ein Achselzucken an. »Diesen Eindruck hatte ich gar nicht von ihr. Viel eher wirkte sie auf mich wie eine Frau, die sich nicht nur ihrer Herkunft, sondern auch ihrer Rolle in der Gesellschaft alles andere als sicher ist.«

»Wenn Sie meinen.« McCauley zwirbelte seinen Bart. »Wenn sie nicht hier ist, spielt es keine Rolle mehr. Und der gute Quentin ist Ihnen ohnehin treu ergeben, nicht wahr?«

»Natürlich«, sagte Mary und zwang sich zu einem Lächeln – während ein Teil von ihr sich gleichzeitig bange fragte, ob McCauley womöglich recht haben mochte. Was Brighids Verführungskünste betraf, so hatte sie sie am eigenen Leib zu spüren bekommen. War es ein Fehler gewesen, sie von Quentin nach Paisley bringen zu lassen?

»Wie auch immer«, meinte McCauley, »ich bin sicher, Sie haben klug und richtig entschieden. Sie haben sich sicher nichts vorzuwerfen.«

»Das hoffe ich«, erwiderte Mary leise, während der Zweifel weiter an ihr nagte. »Jedenfalls bin ich froh, dass Sie hier sind«, versicherte sie dann, um das Thema zu wechseln. »Die letzten Tage waren in der Tat nicht einfach.«

»Das kann ich mir vorstellen«, gestand McCauley ein wenig verlegen ein. »Sie müssen wissen, dass es in der Stadt Gerede gibt. Die Leute erzählen sich, dass der Verlag Ballantyne und Partner, bei dem Sir Walters Werke meines Wissens erscheinen, kurz vor dem Bankrott stünde.«

»Das erzählen sich die Leute?« Mary war entsetzt. »So weit ist es also schon gekommen?«

»Ist es denn wirklich so schlimm?«, wollte McCauley wissen.

»Ich weiß es nicht. Quentin hüllt sich diesbezüglich in Schweigen, wohl weil er mich nicht beunruhigen will. Dabei finde ich sein Schweigen beunruhigender als alles andere.«

»Das kann ich gut verstehen«, versicherte der Arzt. »Dennoch glaube ich, dass Sie sich nicht zu sorgen brauchen. Der Sir Walter Scott, den man mir beschrieb, war in jeder Hinsicht ein Gentleman und Mann von Welt. Er hätte niemals zugelassen, dass seine Familie in finanzielle Not gerät, weder zu seinen Lebzeiten noch darüber hinaus.«

»Damit haben Sie sicher recht«, gestand Mary zu. »Allerdings ist es in diesen unsicheren Zeiten alles andere als einfach, für die Seinen zu sorgen, und diese Krise hat selbst Sir Walter nicht kommen sehen.«

»Dennoch«, beharrte McCauley, »Stein überdauert nicht nur die Zeit, sondern auch alle Krisen. Sagten Sie nicht, dass sich Abbotsford im Familienbesitz befindet? Was hindert Sie daran, das Anwesen zu verkaufen? Dann könnten alle Schulden bequem beglichen werden und Sie alle wieder ein freies Leben führen, ohne jede Verpflichtung.«

»Auch das ist wahr, einerseits«, gab Mary zu. »Andererseits, wenn Sie wüssten, wie sehr Onkel Walter an diesem Haus und diesem Grund und Boden gehangen hat, dann …«

»Er ist aber nicht mehr am Leben«, fuhr McCauley ihr barsch und wenig taktvoll ins Wort, »und wenn er es zu seinen Lebzeiten nicht geschafft hat, für die Seinen zu sorgen, so …«

»Wie können Sie so etwas sagen?«, fiel Mary ihm fassungslos ins Wort. »Sie kannten Sir Walter nicht, folglich steht es Ihnen auch nicht zu, ein Urteil über ihn zu fällen!«

»Das … ist wahr«, gab McCauley zu und senkte schuldbewusst das Haupt. »Bitte verzeihen Sie mir, ich bin zu weit gegangen. Es ist nur … ich will einfach nicht hilflos zusehen müssen, wie meine Freunde unverschuldet in Not geraten.«

»Ihr Mitgefühl ehrt Sie, Winston«, versicherte Mary und brachte ein dünnes Lächeln zustande. »Aber sorgen Sie sich nicht. Quentin wird sicher eine Lösung finden, damit Lady Scott und die Kinder auch weiterhin ein Leben frei von finanziellen Sorgen führen können.«

»Dann bin ich ja beruhigt.« McCauley lächelte ebenfalls. »Wo ist Quentin übrigens?«

»Er ist noch unterwegs«, entgegnete Mary ausweichend, »und wird erst in einigen Tagen in Abbotsford eintreffen.«

»Weilt er noch in Edinburgh?«

»Nein.«

»Dann ist es gut«, meinte McCauley erleichtert, »denn dort drohen Unruhen. Überall versammeln sich die Menschen, in den Straßen finden Kundgebungen statt, auf denen gegen die Regierung in London gewettert wird.«

»Ich habe davon gehört«, versicherte Mary.

»Wenn Menschen auf der Straße stehen und frieren und Hunger leiden, weil sie keine Arbeit haben, dann ist dies ein guter Nährboden für eine Revolte. Und wenn sich dann noch Männer wie dieser Malachi Malagrowther zu Sprechern des Volkes machen …«

»Wie bitte?«, fiel Mary ihm ins Wort. Sie war sicher, sich

nur verhört zu haben, aber … »Dieser Name, den sie gerade erwähnten …«

»Malachi Malagrowther«, wiederholte McCauley. »Er ist der Urheber eines offenen Briefes an den Herausgeber des *Edinburgh Weekly Journal*, der als Flugblatt vervielfältigt und in den Straßen verteilt wurde.«

»Sind Sie sicher?«, hakte Mary nach. Sie erinnerte sich, dass Walter von dem Flugblatt berichtet hatte, allerdings hatte er den Namen des Verfassers nicht erwähnt.

»Allerdings«, bekräftigte McCauley, offenkundig erstaunt über ihre Reaktion. »Wieso fragen Sie?«

Mary dachte einen Augenblick lang nach.

Dann erhob sie sich, worauf auch McCauley wie von einer giftigen Schlange gebissen in die Höhe schoss.

»Bitte entschuldigen Sie mich, lieber Freund«, murmelte Mary, während sie bereits zur Tür huschte, »ich muss dringend mit Lady Scott sprechen.«

16

Südlich von Airdrie
Nachmittag des 2. März 1826

Es war ein böses Erwachen.

Als sich die Lebensgeister in ihm wieder regten, fühlte Quentin zunächst nur Schmerz. Sein ganzer Körper schien daraus zu bestehen, jede einzelne Faser. Erst ganz allmählich wurde ihm klar, dass es nur sein Kopf war, der ihm wehtat – aber das war schlimm genug.

Stöhnend wälzte er sich herum, stellte fest, dass er auf hartem Boden lag. Stroh knisterte unter seinem Körper, und der Geruch von altem Holz stieg ihm in die Nase und erinnerte ihn daran, dass er sich in einer Scheune befand. Und im nächsten Moment kehrte die Erinnerung schlagartig zurück.

»Brighid!«

Er riss die Augen auf und rief ihren Namen, erschrak darüber, wie brüchig seine Stimme klang. Den hämmernden Schmerz in seinem Schädel ignorierend, stieß er sich am Boden ab und versuchte sich aufzusetzen, was ihm schließlich auch gelang. Es dauerte einen Moment, bis sein Blick sich fokussiert und an das helle Licht gewöhnt hatte, das durch das schmutzige Fensterglas einfiel.

Es war heller Tag. Offenbar war er die ganze Nacht über bewusstlos gewesen!

Unwillkürlich befühlte er seine Schläfe, dort, wo der Knüppel ihn getroffen hatte. Er konnte die Beule fühlen, die Berührung schmerzte höllisch. Und da war getrocknetes Blut, das in seinem Haar klebte.

»Brighid!«, rief er noch einmal, aber wie zuvor erhielt er keine Antwort. Gehetzt blickte er sich in der Scheune um, sah ihren Mantel am Boden liegen und die Laterne, die inzwischen ausgebrannt war. Aber keine Spur von der Frau, die …

Die Erinnerung an ihre letzte Begegnung kehrte in sein Bewusstsein zurück, aber er verdrängte sie sofort wieder. Er musste nach Brighid suchen, musste herausfinden, was mit ihr geschehen war!

Mit zusammengebissenen Zähnen raffte er sich auf die Beine und kam wankend hoch. Benommen trat er zum Scheunentor, das einen Spalt offenstand, und ging hinaus. Feuchte Luft und fahles Licht drangen ihm entgegen, sodass er für einen Moment die Augen schirmen musste. Offenbar war es bereits nach Mittag. Der Regen schien erst vor Kurzem ausgesetzt zu haben, rings um die Scheune stand das Wasser in großen Pfützen.

Die Kutsche war noch immer dort, wo sie sie abgestellt hatten, von den Pferden und dem Kutscher jedoch fehlte jede Spur. Und auch von Brighid.

»Brighid?«, rief er noch einmal, während er die Kutsche umrundete, in gebückter Haltung und halb erwartend, auf einen der dunklen Schatten zu treffen, die sie überfallen hatten. Wer, in aller Welt, waren die Kerle gewesen?

Vermutlich Räuber, gab Quentin sich selbst die Antwort, irgendwelches Diebsgesindel, von dem sich im Königreich immer mehr herumzutreiben schien. Womöglich hatten sie die Kutsche beobachtet und waren ihr bis zu der Scheune gefolgt, wo sie …

Quentin hielt inne.

Die Tür der Kutsche stand offen, im Inneren glaubte er, eine menschliche Gestalt zu erkennen, keine Frau, sondern …

»Trevor? Sind Sie das?«

Den Namen des Kutschers auf den Lippen, ging Quentin noch ein Stück näher heran – und erstarrte, als er das Blut sah, das in einem dünnen, zähflüssigen Rinnsal über Schwelle und Trittstufen troff.

»Trevor!«

Er riss die Tür auf – und prallte entsetzt zurück, als ihm ein lebloser Körper entgegensackte.

Trevor.

Man brauchte kein Arzt zu sein, um zu wissen, dass für den Kutscher jede Hilfe zu spät kam. Auch er war wohl von einem Keulenhieb getroffen worden, allerdings sehr viel heftiger und unglücklicher als Quentin. Sein Schädel war aufgeplatzt wie eine überreife Frucht, Blut bedeckte den größten Teil des totenbleichen Gesichts, aus dem ein lebloses Augenpaar starrte.

Quentins Herz raste in seiner Brust. Der einzige Impuls, den er verspürte, war Flucht, und so begann er zu laufen, rannte von der Scheune weg, den Feldweg hinab bis zur vom Regen durchweichten Straße. Er hörte das Schmatzen seiner Stiefel im weichen Morast, das ferne Kreischen einer Krähe und seinen eigenen stoßweisen Atem.

Irgendwann blieb er stehen, schwer atmend und am ganzen Körper zitternd.

Was sollte er tun?

Trevor war tot, Brighid ganz offenbar verschleppt worden, und er hatte noch nicht einmal ein Pferd, um ins nächste Dorf zu reiten. Er brauchte Hilfe, musste den zuständigen Sheriff verständigen, ihm sagen, was geschehen war.

Da er wusste, dass es auf dem Herweg weit und breit keine Siedlung oder auch nur ein Gehöft gegeben hatte, wandte er sich in die andere Richtung. Er hatte noch keine Meile hinter sich gebracht, als der Regen wieder einsetzte, und so kämpfte sich Quentin durch knöcheltiefen Morast, frierend und bis auf die Haut durchnässt – und zweifelte nicht daran, dass dies seine Strafe war.

»Bist du dir sicher, mein Kind?« Lady Charlottes sanftmütige Züge hatten einen forschenden, fast besorgten Ausdruck angenommen, während sie Mary fragend ansah.

»Was den Namen betrifft, in jedem Fall«, versicherte Mary, die das Beben in ihrer Stimme kaum verbergen konnte. Im ganzen Haus hatte sie nach Lady Charlotte gesucht, bis sie sie endlich in der Küche gefunden hatte, wo sie dabei gewesen war, zusammen mit der Haushälterin den Stand der Vorräte zu überprüfen. »Allerdings weiß ich nicht, was sich dahinter verbirgt.«

Lady Charlotte wog nachdenklich das Haupt. Wie immer trug sie ein schwarzes Kleid im Gedenken an ihren verschiedenen Gatten.

»Was gibt es?«, fragte Walter, der ebenfalls in die Küche kam und die beiden Frauen fragend ansah.

»Erinnerst du dich an das Flugblatt, das in Edinburgh verteilt wurde?«, fragte ihn seine Mutter.

»Natürlich.«

»Der Verfasser ist ein gewisser Malachi Malagrowther«, eröffnete Mary.

»Und?«, hakte Walter nach. »Sollte ich den Gentleman kennen?«

»Eigentlich ja«, erwiderte Mary mit nachsichtigem Lächeln. »Er ist eine Erfindung deines Vaters.«

»Eine seiner Figuren?«, fragte Walter verblüfft und errötete ein wenig.

»Tröste dich, Junge, ich wusste es ebenfalls nicht«, suchte Lady Charlotte ihn zu beschwichtigen. »Dein Vater war mit einer so reichen Fantasie gesegnet, dass ich bisweilen Schwierigkeiten hatte, ihm zu folgen, geschweige denn alle seine Schöpfungen im Kopf zu behalten. Anders als unsere gute Mary, die eine profunde Kennerin seines Werkes ist.«

»Aus reiner Bewunderung«, versicherte Mary. »In einer Zeit, in der ich glaubte, an der Enge meines eigenen Lebens zu ersticken, gaben Sir Walters Bücher mir etwas, woran ich mich festhalten konnte, eine Hoffnung.«

»Und dieser Malachi Malagrowther ist eine Romanfigur?«, wollte Walter wissen.

»Fast«, schränkte Mary ein. »Im Roman *Fortunes of Nigel* gibt es einen gewissen Mungo Malagrowther. Unser Malachi ist wohl ein enger Verwandter von ihm.«

Walter runzelte die Stirn. »Könnte das nicht auch purer Zufall sein? Vielleicht gibt es ja tatsächlich jemanden, der so heißt?«

»Und der sich öffentlich für die Belange Schottlands einsetzt, wie dein Vater es getan hat?«, fragte Lady Charlotte nach. »Wohl eher nicht.«

»Zudem erinnere ich mich, dass Sir Walter mir einmal sagte, der Name sei eine reine Erfindung von ihm. Er hat ihn sich ausgedacht, weil er ihm als der unwahrscheinlichste aller möglichen Namen erschien.«

»Und damit hat er vermutlich recht«, pflichtete Walter bei.

»Die Frage, die sich uns stellt, ist also, wer der Verfasser dieses Flugblatts tatsächlich ist«, fasste Mary zusammen. »Und warum wählt er ausgerechnet einen Namen aus einem Roman Sir Walter Scotts, um sich zu tarnen?«

»Vielleicht, weil er zeigen will, dass er belesen ist«, überlegte Walter laut. »Oder weil er will, dass etwas von Vaters Ruhm auf ihn fällt. Aufmerksamkeit genug hat er für sein Flugblatt ja bekommen.«

»Oder«, führte Lady Charlotte noch eine weitere Möglichkeit an, »weil er eine falsche Fährte legen möchte. Dein armer Vater ist sein Leben lang von Eiferern belagert worden, die für ein unabhängiges Schottland waren und seine Popularität für ihre Zwecke ausnutzen wollten. Dabei ist er zwar stets ein Patriot gewesen, hat jedoch nie an der Union mit England gezweifelt. Zu seinen Lebzeiten hat er es immer verstanden, sich ihrem Einfluss zu entziehen, aber nun kann er sich nicht mehr dagegen wehren.«

»Dann werden wir das für ihn tun«, verkündete Mary überzeugt.

»Richtig«, stimmte Walter entschlossen zu.

»An wen war dieses Flugblatt doch gleich gerichtet?«

»An den Herausgeber des *Edinburgh Weekly Journal*, wenn ich mich recht entsinne«, sagte jemand aus Richtung der Tür.

Mary und die anderen fuhren herum. Winston McCauley war unerwartet hinzugetreten und stand auf der Schwelle.

»Hier also finde ich Sie, Gnädigste«, meinte er mit charmantem Lächeln. »Beim Plausch in der Küche.«

»Winston«, rief Mary erschrocken aus. Den Besuch hatte sie in der Aufregung völlig vergessen. »Bitte verzeihen Sie mir.«

»Nur zu gerne.« Das Lächeln des ehemaligen Militärarztes wurde noch ein wenig breiter, dann machte er der Dame des Hauses seine Aufwartung und stellte sich namentlich vor.

»Es freut mich, dass sie uns in Abbotsford besuchen kommen, Mr. McCauley«, begrüßte Lady Charlotte ihn freundlich. »Freunde der Familie sind stets willkommen.«

»Ich danke Ihnen«, erwiderte er und verbeugte sich so überschwänglich, dass Walter darob die Augen verdrehte. Offenbar, dachte Mary, wusste er McCauleys Galanterie ebenso wenig zu schätzen wie Quentin.

»Also«, kehrte Sir Walters ältester Sohn ungeduldig zum Thema zurück, »wenn dieser Brief an den Herausgeber des *Edinburgh Weekly Journal* gerichtet war, dann sollten wir dorthin gehen und ein paar Nachforschungen anstellen. Vielleicht können uns die Zeitungsleute mehr über den geheimnisvollen Verfasser des Flugblatts sagen.«

»Eine gute Idee«, stimmte Mary zu, »genau das werde ich tun.«

»Ich komme mit«, versicherte Walter.

»Und ich stelle gerne meine Mietdroschke zur Verfügung«, fügte McCauley hinzu.

»Bist du sicher, dass du das tun willst, Kind?«, fragte Lady Charlotte, an Mary gewandt. »Quentin meinte, du solltest jede Art von Aufregung oder übermäßiger Anstrengung meiden.«

»Keine Sorge«, beschwichtigte Mary, »ich überanstrenge

mich nicht. Aber ich will wissen, was es mit dem Verfasser dieses Briefes auf sich hat. Das bin ich Onkel Walter schuldig«, fügte sie entschlossen hinzu und fühlte in diesem Moment, wie gut es tat, wieder einmal eine Entscheidung allein getroffen zu haben.

Ohne Quentin.

Ohne Brighid.

Und ohne Schmerz.

17

Loch Leven
Zur selben Zeit

Die alte, aus Stein gemauerte Hütte stand am Südufer der Insel, die sich inmitten der dunklen Spiegelfläche des Loch Leven erhob, eingebettet zwischen grauen Felsen und so unscheinbar, dass sie nicht weiter auffiel.

Aus diesem Grund hatte Scrymgour sie ausgewählt.

Dass unweit davon, auf der anderen Insel des Sees, einst ein Spross des Hauses Stewart gefangen gewesen und schließlich getürmt war, war nur ein Zufall, gleichwohl ein bedeutsamer; dass ausgerechnet der verhasste Walter Scott vor einigen Jahren daraus eine seiner romantisch verbrämten Geschichten gemacht hatte, war eine hässliche Ironie.

Scrymgour hatte gewartet, die ganze Zeit über. Warten machte ihm nichts aus, im Gegenteil, über die Jahre war es ihm zur zweiten Natur geworden. Wie der Wolf, dessen Maske er trug, zog er es vor, sein Opfer zunächst aus der Ferne zu beobachten und genau zu studieren, ehe er zum Angriff überging. Diese Taktik hatte ihn bislang stets vor Schaden bewahrt, und er war sicher gewesen, dass sie auch bei der Gefangenen aufgehen würde, die sich seit gestern in der Gewalt der Bruderschaft befand.

Natürlich hatte Scrymgour nicht selbst an dem Überfall teilgenommen. Er war lediglich derjenige, der im Hintergrund die Fäden zog; der angeordnet hatte, die geheimnisvolle Frau, die sich in Gesellschaft von Quentin Hay befand, genau zu überwachen; der jeden ihrer Schritte verfolgt hatte, seit sie in Leith das Schiff verlassen hatte; und der schließlich befohlen hatte, sie zu entführen, ehe Hay sie an einen Ort bringen würde, wo die Bruderschaft ihrer womöglich nicht mehr habhaft werden konnte.

Dass die Reisenden sich entschlossen hatten, wegen des strömenden Regens in einer Scheune Zuflucht zu suchen, hatte die Sache erheblich vereinfacht; nun befand sich die geheimnisvolle Frau mit dem pechschwarzen Haar und den tiefblauen Augen in ihrer Gewalt, und Scrymgour hatte die letzten Stunden damit zugebracht, das zu tun, was er am besten konnte.

Er hatte beobachtet.

Doch diesmal hatte es sich nicht bezahlt gemacht.

Durch ein winziges Loch in der Wand hatte er zugesehen, wie sie die Gefangene in die kleine Kammer gesteckt hatten, die sich an der rückwärtigen Wand der Hütte befand und die einst Ziegen und Schafen als Behausung gedient hatte. Stroh bedeckte den Boden, der Geruch von Fäulnis tränkte die Luft, dennoch hatte sich die Frau nicht beschwert. Reglos kauerte sie auf dem Boden und starrte blicklos vor sich hin, und das schon seit Stunden. Wenn Scrymgour also Erkenntnisse wollte, so würde Beobachtung allein diesmal nicht genügen.

Als er ihre Kammer betrat, tat er es in vollem Ornat, mit der geschwärzten Wolfsmaske vor dem Gesicht und dem dunklen Umhang, der Haupt und Körper wallend bedeckte. Wenn sie beeindruckt war, ließ sie es sich jedoch nicht anmerken. Noch nicht einmal ein Hauch von Furcht war in ihren Zügen zu erkennen, wie er enttäuscht feststellte.

»Sieh an«, sagte sie mit einer Stimme, die tiefer und fester war, als er vermutet hatte. »Haben Sie endlich den Mut gefunden, mir persönlich gegenüberzutreten?«

Trotz der Maske, die er trug, und obwohl er den Schauplatz gewählt hatte und sie sich in seiner Gewalt befand und ihm nicht entkommen konnte, verspürte Scrymgour Verunsicherung. Wieso war sie nicht eingeschüchtert? Woher nahm sie den Mut, ihn derart geringschätzig zu mustern? Und vor allem: Wo war der französische Akzent geblieben?

»Was soll das heißen?«, fragte er.

»Das soll heißen, dass ich auf Sie gewartet habe«, beschied sie ihm in flüssigem Englisch und ohne erkennbare Regung. »Auf jemanden, der etwas zu sagen hat, anders als die Schergen, die mich entführt und hierher verschleppt haben. Sie sind doch der Anführer dieser beklagenswerten Gestalten, oder? Wenn nicht, so verlange ich, jemanden zu sprechen, der über Entscheidungsgewalt verfügt.«

Scrymgour schnaubte unter der Maske. Er mochte es nicht, wenn jemand seine Führerschaft in Frage stellte. Und wenn dieser Jemand eine Frau war, gefiel es ihm noch sehr viel weniger:

»Ich verfüge durchaus über Entscheidungsgewalt«, versicherte er. »Aber ich verstehe nicht ...«

»... warum ich Ihre Sprache akzentfrei beherrsche?«, fiel sie ihm ins Wort. »Warum ich nicht die bin, die Sie erwartet haben?« Sie lachte verächtlich. »Hätte ich immer das getan, was man von mir erwartet, so wäre ich längst nicht mehr am Leben, Scrymgour.«

Er stand wie vom Donner gerührt.

Hatte sie gerade tatsächlich seinen Namen genannt?

Wie, in aller Welt ...?

»Ich bin nicht ...«, wollte er erwidern, doch ihr Lachen, das herausfordernd und geradezu unverschämt war, ließ ihn sogleich wieder verstummen.

»Versuchen Sie gar nicht erst, es zu leugnen«, beschied sie ihm. »Da sind so viele Dinge, die Sie verraten: Zunächst natürlich die Maske des Wolfs, die darauf hinweist, dass Ihr verstorbener Urgroßvater, der vierte Earl of Scrymgour, einen Wolf als Haustier gehalten haben soll. Außerdem die Tatsache, dass sie Ihren linken Fuß ein wenig nachziehen. Ist es nicht eine seltsame Ironie des Schicksals, dass Sie in Ihrer Jugend vom selben Leiden befallen worden sind wie Walter Scott? Somit gibt es trotz aller Feindschaft etwas, das Sie gemeinsam haben.«

Was Scrymgour verspürte, war eine Mischung aus Verblüffung und maßlosem Entsetzen. Trotz der Verkleidung, die er trug, kam er sich von dieser Frau durchschaut vor und fühlte sich ihr in gewissem Maße ausgeliefert, und das, obwohl sie es war, die dort vor ihm im Stroh kauerte, das Haar wirr und das Kleid zerschlissen.

Wie, so fragte er sich, konnte sie von diesen Dingen wissen? Jemand musste geplaudert, ihn verraten haben …

»Sie fragen sich nun sicher, woher ich das alles weiß«, sagte sie in ihrem tiefen Alt, der zugleich betörend und unverhohlen gefährlich klang. Sie erinnerte ihn an eine Schlange, wie sie so vor ihm hockte und ihn mit Blicken taxierte, die die Maske und den Umhang mühelos zu durchdringen schienen. »Dabei sollten Sie bedenken, Scrymgour, dass Informationen eine Ware wie jede andere sind, was bedeutet, dass sie käuflich erworben werden können. Es ist nur eine Frage des Preises.«

Also doch!, schoss es ihm durch den Kopf.

Er war also verraten worden.

»Wie viel?«, ächzte er.

Die Frau lachte leise. »Vermutlich wären Sie enttäuscht. Ich fürchte, dass die Preise nach dem Debakel mit dem Runenschwert stark gefallen sind. Für die Aussicht, ein paar Jahre Zuchthaus erspart zu bekommen, war manch einer Ihrer ehemaligen Mitstreiter bereit, alle Eide zu brechen, die er geschworen hatte.«

»Verräter«, knurrte Scrymgour.

»Verübeln Sie es ihnen nicht. In dieser Welt muss jeder selbst sehen, wie er zurechtkommt, nicht wahr? Auch Sie haben sich zunächst zurückgezogen, haben darauf gewartet, dass Gras über die Sache wächst und darauf gehofft, dass kein Constable an die Tür Ihres Hauses klopfen würde. Dennoch haben Sie die Hoffnung in all den Jahren nicht aufgegeben. Immer wieder haben Sie daran gedacht, die Bruderschaft wieder aufleben zu lassen und ihr Erbe fortzuführen. Und deshalb sind Sie heute hier und tragen diese eigentümliche Maskerade, die jeden Sinn verloren hat.«

Scrymgour wusste nicht, was er erwidern sollte.

Vorhin noch hatte er geglaubt, Herr der Lage zu sein und die Fäden des Handelns in den Händen zu halten – nun war er sich nicht mehr so sicher. »Vergessen Sie nicht, dass Sie meine Gefangene sind, Teuerste«, sagte er, aber es hörte sich längst nicht so überlegen an, wie er es beabsichtigt hatte.

Vielmehr klang es hilflos.

Fast wie ein Schuldeingeständnis.

»Was ich bin und was ich nicht bin, dürfte im Auge des Betrachters liegen«, entgegnete sie kühl. »Legen Sie die Maske ab, vielleicht sehen Sie mich dann anders!« Dann erhob sie sich, und ihre Körperhaltung hatte nichts mehr von einer Frau, die als blinder Passagier an Bord eines Schiffes reiste und ihr Erinnerungsvermögen verloren hatte. Scrymgour kannte diese Haltung nur zu gut, weil er sein halbes Leben damit verbracht hatte, zu solchen Menschen aufzublicken. Ein Teil von ihm wollte fast reflexhaft wieder in das alte Muster verfallen und die Rolle des Gefolgsmanns annehmen, die er auch bei Malcolm of Ruthven gespielt hatte; ein anderer Teil jedoch bestand darauf, die eben erst gewonnene Machtposition nicht wieder aufzugeben.

Die Gefangene mochte nicht sein, was er angenommen hatte, und ganz offenbar war sie um vieles besser informiert als er selbst. Dennoch hatte er nicht vor, sich kampflos zu ergeben.

»Meine Maske«, erklärte er deshalb, »werde ich dann abnehmen, wenn ich es für richtig halte.«

»Sie bestehen also weiterhin auf diesem lächerlichen Mummenschanz?«

»In der Tat«, bestätigte er zähneknirschend. »Jedenfalls bis ich weiß, wer Sie sind und was Sie von mir wollen.«

»Ich? Von Ihnen?« Ihr Lachen war voller Geringschätzung. »Ohne Ihnen zu nahe treten zu wollen, Scrymgour – es gibt nichts, was Sie mir geben könnten. Ich hingegen bin alles, was Sie und Ihre Bruderschaft jemals wollten.«

»Wie darf ich das verstehen?«

»Ich kenne Sie, Scrymgour, Sie und Ihre geheime Bruderschaft. Und ich weiß auch, wofür Sie stehen und was Sie erreichen wollen: ein freies Schottland unter schottischer Krone, frei von den englischen Usurpatoren.«

»Gefährliche Worte«, sagte Scrymgour.

»In der Tat«, stimmte sie zu, wobei ihre blauen Augen ihn verächtlich taxierten, »dennoch spreche *ich* sie offen aus – Ihnen fehlt offenkundig der Mut dazu. Oder warum sollten Sie sonst diese Masken tragen und sich an einem Ort wie diesem verkriechen?«

»Wir müssen vorsichtig sein.«

»Natürlich«, gestand sie zu. »Deshalb haben Sie mich auch bei Nacht und Nebel entführen lassen, nicht wahr? Und dabei glauben Sie wahrscheinlich noch, dass es Ihr Plan und Ihre Absicht gewesen sei.«

»Was soll das nun wieder heißen?«, fragte Scrymgour, ebenso verblüfft wie verärgert.

»Dass Sie in Wirklichkeit nur das getan haben, was von Ihnen erwartet wurde«, erklärte die Gefangene schlicht. »Auch wenn Sie sich dafür erstaunlich viel Zeit gelassen haben.«

»Unfug!«, blaffte er.

»Glauben Sie?« Sie machte einen Schritt auf ihn zu, scheinbar ohne jede Furcht. »Und was ist mit dem Brief, den Sie vor geraumer Zeit erhalten haben und in dem Ihnen die Ankunft einer wichtigen Persönlichkeit angekündigt wurde?«

Scrymgour war froh, sich ihrem Ansinnen widersetzt und die Maske nicht abgenommen zu haben, sonst hätte sie jetzt sehen können, wie er errötete. Sie wusste von dem Brief!

»Außerdem«, fuhr sie ohne Zögern fort, »enthielt das Schreiben ein in Leder punziertes Wappen, das einen aufrecht stehenden Löwen zeigt: das Symbol des Hauses Stewart. War es nicht so?«

»Woher wissen Sie das alles?«

»Sehr einfach – weil ich es gewesen bin, die Ihnen diesen

Brief geschickt hat, Scrymgour. Es war die einzige Möglichkeit, mit Ihnen und Ihren Leuten in Kontakt zu treten, ohne mich dabei selbst verdächtig zu machen.«

»Das ist lächerlich«, behauptete er.

»Wirklich? Sie unterschätzen offenbar die Intelligenz der königlichen Ermittler. Sie sind noch immer auf der Suche nach Ihresgleichen, Scrymgour, deshalb tun Sie vermutlich gut daran, sich auf entlegenen Inseln zu verstecken. Hätte ich versucht, Ihnen auf offiziellem Wege zu begegnen, hätte ich riskiert, dabei entdeckt zu werden. Und an einer Begegnung mit den englischen Behörden ist mir ebenso wenig gelegen wie Ihnen. Also habe ich darauf gewartet, dass Sie meine Nähe suchen.«

»Sie … Sie behaupten also wirklich, damit gerechnet zu haben, entführt zu werden?«

»Ich habe nicht damit gerechnet, ein ganze Nacht mit einem schmutzigen Fetzen Stoff über dem Kopf zu verbringen«, schränkte sie ein. »Und was die Natur Ihres Verstecks angeht, hätte ich Ihnen ein wenig mehr Geschmack zugetraut. Aber die Antwort auf Ihre Frage lautet: Ja.«

»Sie bluffen.«

»Keineswegs.«

»Und wenn ich Ihnen sagte, dass ich Sie die ganze Zeit über habe beobachten lassen?«, fragte Scrymgour, sich jetzt endlich wieder überlegen fühlend. »Dass ich jeden einzelnen Ihrer Schritte überwachen ließ, seit sie Ihren Fuß an Land gesetzt haben? Was dann?«

»Dann würde ich Ihnen entgegnen, dass Sie bei der Auswahl Ihrer Spione größere Sorgfalt walten lassen sollten«, erwiderte sie, ohne mit der Wimper zu zucken. »Die Spione, die Sie uns auf den Hals gehetzt haben, waren Stümper ihres Fachs. Ich hätte sie jederzeit enttarnen können, wenn ich es gewollt hätte. Selbst Quentin Hay war bereits mehrfach aufmerksam geworden, und er verfügt bei Weitem nicht über den Scharfsinn, der seinen Onkel auszeichnete. Sie sehen also, dass Sie mir bereits Einiges zu verdanken haben. Und vorausgesetzt, dass Sie es ernst meinen mit Ihren Plänen, die schottische Unabhängigkeit betreffend, wird dies wohl auch so bleiben.«

Scrymgour schwieg. Was hätte er erwidern sollen? Es sprach so viel Selbstsicherheit aus ihren Worten, dass kaum daran zu zweifeln war. Was auch immer er gedacht, wie auch immer er geplant haben mochte – diese Frau schien ihm einen Schritt voraus gewesen zu sein. Zahllose Fragen gingen ihm im Kopf herum, auf die er gerne eine Antwort gehabt hätte. Im Grunde jedoch lief alles auf eine einzige Frage hinaus.

»Wer sind Sie?«, wollte er wissen.

»Das wissen Sie doch längst«, erwiderte sie. Dem Blick, mit dem er sie durch die Sehschlitze seiner Maske taxierte, hielt sie stand. »Mein Kommen wurde Ihnen angekündigt, indem ich Ihnen das Wappen meiner Familie schickte.«

Scrymgour sog scharf die Luft ein.

»Sie sind …«

»Mein Name ist Brighid Stewart«, erwiderte sie. »Ich bin der letzte Spross des Hauses Stewart.«

18

Redaktion des Edinburgh Weekly Journal, *Edinburgh*
3. März 1826

»Das ist nicht akzeptabel!«

Walters Stimme überschlug sich, die Frustration war ihm deutlich anzumerken. Doch der Mann, der Mary und ihm gegenüberstand und damit beschäftigt war, an einem hohen Tisch Berichte zu sortieren, blieb äußerlich völlig ungerührt.

»Ich kann verstehen, dass Sie meine Antwort nicht zufriedenstellt, junger Mann«, versicherte er, wobei er den Blick von den Stapeln hob und durch das wahre Ungetüm von Brille, das auf seiner spitzen Nase saß, auf seine beiden Besucher starrte. »Aber auch wenn Sie Ihre Stimme gegen mich erheben, sehe ich mich dennoch nicht in der Lage, Ihrem Wunsch zu entsprechen.«

»Verzeihen Sie, Mr. Bloomfield, mein Cousin wollte Sie keinesfalls kränken«, versicherte Mary rasch. »Aber Sie müssen doch in der Lage sein, uns irgendeine Auskunft über den Verfasser des Flugblatts zu geben, das derzeit in Edinburgh für solches Aufsehen sorgt. Immerhin ist es an den Herausgeber Ihres Blattes gerichtet.«

»Aye, genau wie Hunderte von Dankesschreiben, Drohbriefen und Bittschriften, die jede Woche eingehen«, knurrte Bloomfield misslaunig, während er weitere Blätter beschriebenen Papiers von der hohen Tischplatte des Sekretärs auflas und zu verschiedenen Stapeln sortierte. »Und auch hier sind wir nicht in der Lage, die Verfasser namentlich zu benennen.«

»Das ist doch etwas anderes«, wandte Mary ein. »Diese Streitschrift wurde ganz offenbar von jemandem verfasst, der sich sehr gut in Staatsdingen sowie in kaufmännischen Belangen auskennt.«

»In der Tat«, räumte Bloomfield ein. »Deshalb hat das Flugblatt auch eine solch außerordentliche Wirkung. Es trifft den Kern der Sache und spricht vielen braven schottischen Bürgern aus der Seele.«

»Und da interessiert es Sie nicht, wer es verfasst hat?«

Bloomfield sandte sowohl Mary als auch Walter einen langen Blick zu. Dann ließ er seufzend die Blätter sinken. »Hören Sie«, sagte er, mit einer resignierenden Geste den Saal hinab deutend, wo Dutzende von Korrespondenten dabei waren, Berichte zu verfassen, die an die Setzerei geschickt werden mussten. »Es wird Sie vielleicht wundern, Miss …«

»Mrs. Hay«, verbesserte Mary.

»… aber ich habe noch andere Dinge zu tun, als wissbegierigen Mitmenschen ihre Fragen zu beantworten. Ich bin der leitende Redakteur dieses Journals und dafür verantwortlich, dass es pünktlich und zuverlässig erscheint.«

»Dann stehen Sie uns Rede und Antwort«, konterte Mary gewandt, »und ich verspreche Ihnen, dass wir Ihre ehrwürdigen Hallen schon in wenigen Minuten wieder verlassen werden.«

Bloomfield seufzte abermals.

»Ich habe es Ihnen doch schon gesagt«, meinte er dann, sich hörbar zur Ruhe zwingend. Seine sich zunehmend rötende Gesichtsfarbe legte nahe, dass der kleinwüchsige, spitznasige Mann zu außerordentlichen Wutausbrüchen fähig war. »Der Herausgeber dieses Journals erhielt jenen Brief, und da er offen formuliert und sein Inhalt von großem öffentlichem Interesse war, ging er davon aus, dass er das Recht hätte, ihn einem breiten Publikum zugänglich zu machen.«

»Und weiter?«, fragte Mary, die Ironie seiner Worte einfach überhörend.

»Der Verlag Blackwood hat den Brief vervielfältigt und ihn

sowohl in gedruckter Form als auch als Flugblatt in Umlauf gebracht, das sich seither reger Nachfrage erfreut«, fuhr Bloomfield fort. »Das ist alles.«

»Und der Verfasser?«

»Ist zumindest dem Namen nach bekannt – ein gewisser …«

»Malachi Malagrowther«, vervollständigte Mary, »ich weiß. Tatsache ist aber, dass der Name Malagrowther frei erfunden ist, und zwar vom Vater dieses jungen Mannes, dem bekannten Schriftsteller Sir Walter Scott.«

»Nie gehört«, behauptete Bloomfield, was Walter merklich zusammenzucken ließ.

»Ach, wirklich«, erwiderte Mary. Woran es lag, vermochte sie nicht zu sagen, aber sie fühlte sich in diesem Augenblick wacher und lebendiger als seit undenklich langer Zeit. Vielleicht, weil es endlich wieder etwas gab, das nicht nur ihr Interesse weckte, sondern auch ihre Leidenschaft. »Sind Sie immer so ignorant?«, entfuhr es ihr.

»Werte Dame, ich muss doch sehr bitten! Wie können …«

»Verstehen Sie denn nicht?«, erstickte Walter den Protest des Redakteurs im Keim. »Mrs. Hay will damit sagen, dass der Name des Verfassers in Wirklichkeit nicht existiert. Jemand hat sich ein Pseudonym gewählt, um dieses Flugblatt in Umlauf zu bringen, und wir möchten den Grund dafür wissen. Ganz offenbar nutzt jemand den guten Ruf und die Bekanntheit meines Vaters für seine Zwecke.«

»Davon weiß ich nichts«, versicherte Bloomfield, »und ich kann Ihnen auch nicht sagen, ob Malagrowther nun der tatsächliche Name des Verfassers ist oder nur ein Pseudonym.«

»Können Sie es nicht?«, hakte Mary nach. »Oder wollen Sie es nicht?«

Bloomfield stöhnte. »Sie überschätzen meine Möglichkeiten bei Weitem, wenn Sie denken, dass ich Ihnen etwas verheimliche.«

»Sie sind zu bescheiden«, widersprach Mary. »Immerhin stehen Sie einem der größten Journale des Landes vor. Nicht von ungefähr hat unser Mr. Malagrowther – wer immer er auch sein mag – den Brief an Ihren Herausgeber geschickt. Aber Sie sollten nicht alles ungefragt hinnehmen«, fügte sie voller Überzeugung hinzu. »Die Aufgabe einer Zeitung ist es, dafür zu sorgen, dass sich der lesende Bürger eine Meinung bilden kann. Und das geht nur, wenn er *umfassend* informiert wird.«

»Ach ja?« Für einen Moment wirkte Bloomfield fast belustigt. »Wer hat Ihnen das denn erzählt?«

»Ein Korrespondent der *New York Evening Post*, auf den ich große Stücke halte«, erwiderte Mary ohne Zögern.

»Nun«, räumte Bloomfield schnaubend ein, »in den Kolonien mag es üblich sein, alles zu hinterfragen und jedermann zu misstrauen. Hier in der Alten Welt wird der Wert eines Gentleman noch nach dem bemessen, was er zu sagen hat. Und jetzt entschuldigen Sie mich bitte, ich habe zu tun.«

»Das ist doch …«, wollte Walter sich erneut echauffieren, aber Mary beschwichtigte ihn, indem sie ihn sanft am Arm berührte. Ihr war klar, dass sie vom Redakteur des *Weekly Journal* keine weiteren Antworten mehr erhalten würden, und sie hatte noch nicht einmal das Gefühl, dass er ihnen etwas verheimlichte. Wahrscheinlich wusste er wirklich nicht mehr – und es schien ihm zu genügen. Anders als Mary.

Durch die Gläser seiner Brille, die dick wie Flaschenböden waren, starrte Bloomfield den beiden Besuchern hinterher, die ihn so unvermittelt bei seiner Arbeit überfallen hatten.

Was, in aller Welt, dachten sich diese Leute?

Wie kamen sie dazu, einen ehrbaren Zeitungsmann, dessen Tag mit Arbeit angefüllt war, von seinen Pflichten abzuhalten, noch dazu mit derart belanglosen Fragen?

Wer ist Malachi Malagrowther?

Bloomfield schüttelte unwirsch den Kopf.

»Dummes Zeug«, knurrte er und ging wieder daran, die bereits eingegangenen Berichte für die nächste Ausgabe des *Journal* zu sortieren – doch die Zweifel blieben.

Wer ist Malachi Malagrowther?

Wieso stürmten eine schöne Frau und ein grüner Jüngling in seine Redaktion und stellten ihm diese Frage? Hätte er sie sich nicht längst selbst stellen müssen? Und war er womöglich genau deshalb so wütend geworden?

Wieder schüttelte er den Kopf, wollte den Gedanken loswerden wie einen Kater nach einer durchzechten Nacht. Für einen Moment kam ihm noch der Gedanke, dass womöglich der Name der Druckerei, die das Flugblatt für Blackwood aufgelegt hatte, für die Besucher von Interesse hätte sein können, aber er verwarf ihn rasch wieder. Schließlich hatte er Wichtigeres zu tun.

Und ob das Ding von Ballantyne und Partner oder einer anderen Kompanie gedruckt worden war, spielte schließlich keine Rolle.

19

Abbotsford
Tags darauf

Es war eine unruhige Fahrt gewesen.

Nicht nur, weil Quentin die ganze Zeit darüber nachgedacht hatte, was er falsch gemacht hatte und wie er Brighids Entführung hätte verhindern können. Sondern auch, weil die Dörfer, die er auf seinem Weg nach Abbotsford passierte, in wildem Aufruhr waren. Sowohl in Motherwell und Galashiels als auch in den kleineren Siedlungen wie Peebles oder Innerleithen, die sich entlang des Weges durch die Lowlands reihten, hatte er Menschen gesehen, die auf den Straßen waren und lautstark ihrem Unmut über die Regierung Luft machten. Wie schon in Edinburgh ging es dabei um die Pläne, die Ausgabe von Geldnoten durch die schottischen Banken zu untersagen, worin viele nicht nur einen Angriff auf die ohnehin bereits geschwächte Wirtschaft, sondern auch auf die Souveränität Schottlands sahen. Ein zweites Flugblatt war inzwischen erschienen, das noch klarere Worte fand als das erste und die Regierungspläne scharf verurteilte. Und wie es schien, sprach es den Menschen einmal mehr aus der Seele.

Entsprechend mühsam war das Vorankommen gewesen, entsprechend lange hatte die Fahrt gedauert, und entsprechend müde war Quentin, als er am Abend des vierten März endlich Abbotsford erreichte. So sehr er sich darauf gefreut hatte, an jenen Ort zurückzukehren, an dem er an der Seite Walter Scotts so aufregende Tage und Wochen erlebt hatte und in gewisser Weise zum Mann gereift war, so wenig galt es ihm nun. Zu dunkel war der Schatten, den Trevors Tod und Brighids Entführung warfen.

Die Abendmahlzeit, die Lady Charlotte eigens für ihn zubereiten ließ, rührte er kaum an; dafür berichtete er in aller Einzelheit, was sich seit seiner Abreise aus Edinburgh zugetragen hatte; nur das, was unmittelbar vor dem Überfall geschehen war, sparte er sorgsam aus. Teils aus Rücksichtnahme auf Mary, teils aus tiefer Scham, denn es gab noch eine Frage, die er sich unterwegs immer wieder gestellt hatte – nämlich die, was geschehen wäre, wenn die Räuber nicht aufgetaucht wären …

»Du armer Junge«, sagte Lady Charlotte und berührte ihn mitfühlend an der Schulter, wodurch er sich nur noch elender fühlte. »Was hast du dann getan?«

»Irgendwann stieß ich auf ein Gehöft«, erstattete Quentin weiter Bericht. »Ich erzählte den Leuten, was geschehen war, und sie schickten nach dem Sheriff. Ich berichtete ihm, und er versprach, sich um alles zu kümmern. Ich blieb, solange es notwendig war, und ließ Trevors Leichnam nach Edinburgh bringen.«

»Der gute Trevor.« Mary bekreuzigte sich. »Er war immer so freundlich zu uns allen.«

»Seine Mörder werden gefunden«, meinte Walter überzeugt. »Und sie werden für ihre Untat bezahlen.«

»Das hoffe ich«, versicherte Lady Charlotte. »Und was ist mit Brighid? Gibt es einen Hinweis auf ihren Verbleib?«

»Nein.« Quentin schüttelte den Kopf. »Der Sheriff hat versprochen, dass er uns über den Fortgang seiner Untersuchungen unterrichtet halten will.«

»Warum sind Sie nicht selbst geblieben, werter Freund?«, fragte McCauley.

Quentin sandte ihm einen müden Blick zu. Infolge seiner Erschöpfung hatte er nur am Rande wahrgenommen, dass McCauley nach Abbotsford gekommen war, um sie zu besuchen, sich jedoch darüber gefreut; umso mehr verwirrte ihn nun der forsche Unterton in der Stimme des Freundes.

»Ich bin geblieben, solange ich nützlich sein konnte«, versicherte Quentin. »Ich habe alle Fragen beantwortet, die der Sheriff an mich hatte, und ich habe dafür gesorgt, dass die Dinge ihren korrekten Lauf nehmen.«

»Korrekt«, echote McCauley unverhohlen spöttisch. »Dabei sollte Ihnen doch klar sein, dass die Untersuchungen des Sheriffs keine Ergebnisse zeitigen werden, wenn niemand mehr da ist, der darauf drängt.«

»Dergleichen«, beschied Lady Charlotte ihm, »mag in den Kolonien der Fall sein, Mr. McCauley. Hier in der Alten Welt pflegen wir die Dinge anders zu handhaben.«

»Dessen bin ich mir bewusst, und es liegt mir auch fern, Sie oder Ihren Neffen dafür kritisieren zu wollen«, versicherte der Arzt. »Dennoch, denken Sie nicht, dass es Quentins Schuldigkeit gewesen wäre, noch weiter in Airdrie zu bleiben? Zumal er als Miss Brighids Leumund eine Verpflichtung eingegangen ist?«

»Wieso echauffieren Sie sich so gegen Quentin, Winston?«, warf Mary ein. »Man könnte fast glauben, Sie geben ihm die Schuld an dem, was geschehen ist!«

»Nein, natürlich nicht«, wiegelte McCauley ab und hob beschwichtigend die Hände. »Es ist nur ... der Gedanke, sie allein unter Dieben und Mördern zu wissen ...«

»Sie dürfen mir glauben, dass dieser Gedanke auch mir nicht gefällt, lieber Freund«, versicherte Quentin. »Aber es gab nichts mehr, was ich dort noch hätte tun können. Und hier in Abbotsford gibt es wichtige Dinge für mich zu erledigen.«

»Natürlich.« McCauley nickte. »Bisweilen muss man im Leben eben Prioritäten setzen, nicht wahr?«

»Was wollen Sie damit nun wieder sagen?«, fragte Walter.

»Nichts weiter – schließlich bin ich Gast in diesem Haus, und es steht mir nicht zu, die Handlungen meiner Gastgeber in Frage zu stellen. Aber als wir uns an jenem Tag auf dem Schiff zum ersten Mal trafen, da habe ich Sie für einen Ehrenmann gehalten, Quentin. Für jemanden, der ehrenvoll denkt und ebenso ehrenvoll handelt, wenn es darauf ankommt.«

»Und jetzt?«, fragte Quentin.

»Denke ich, dass Sie die *ratio* über die *honestas* stellen, wenn die Situation es erfordert. Tief in Ihrem Herzen wissen Sie vermutlich, dass es richtig gewesen wäre, in Airdrie zu bleiben und den Sheriff nach Kräften bei seiner Arbeit zu unterstützen. Aber Sie haben sich dagegen entschieden, und ich bin sicher, dass es dafür gute Gründe gibt. Und nun entschuldigen Sie mich bitte, ich werde mich jetzt zur Ruhe begeben. Wahrscheinlich habe ich ohnehin schon zu viel gesagt. Das passiert mir bisweilen, wenn ich unter Freunden bin.«

Damit erhob er sich, verabschiedete sich von den Anwesenden und verbeugte sich vor Lady Charlotte. Dann verließ er das Speisezimmer. Niemand verlor ein Wort über das, was McCauley gesagt hatte, doch der Blick, den Mary Quentin zuwarf, war unverhohlen dankbar.

Quentin fand kaum Schlaf in dieser Nacht.

Sobald er die Augen schloss, sah er sie: Brighid, wie sie vor ihm stand, den Saum ihres Kleides gerafft, ihre Weiblichkeit unverhüllt, der Blick ihrer Augen herausfordernd. Warum nur ging ihm dieses Bild nicht aus dem Kopf? Weshalb hatte es sich so tief in sein Gedächtnis eingebrannt, tiefer selbst als der Anblick des ermordeten Kutschers in seinem Blut?

Vermutlich war es sein Gewissen, das ihn folterte. Nicht nur, weil McCauley vermutlich recht mit seinen Vorwürfen gehabt hatte, sondern auch, weil Quentin sich inzwischen eine Antwort auf die Frage gegeben hatte, die ihn seit seinem Erwachen quälte: Wenn er ehrlich zu sich selbst war, dann musste er sich eingestehen, dass er in jenem Moment, da Brighid vor ihm stand, bereit gewesen war, der Versuchung nachzugeben, auch wenn es bedeutete, das Gesetz der Ehe zu brechen und Mary zu verletzen. Und dieses Wissen setzte ihm mehr zu als alles andere.

Immer wieder holte die Erinnerung ihn ein, durchlebte er die letzten Augenblicke vor Brighids Entführung. Ihr Schrei hallte noch immer in Quentins Bewusstsein nach. Sie hatte ihm vertraut, hatte sich auf ihn verlassen, und seine Aufgabe wäre es gewesen, sie unter Einsatz seines Lebens zu beschützen … doch er hatte versagt.

Und weil das noch nicht genügte, hatte er sich feige davongemacht, hatte die Kutsche nach Abbotsford bestiegen und sich gesagt, dass er anderswo dringend gebraucht werde. Dabei war er im Grunde geflüchtet, nicht vor der Pflicht oder vor dem, was der Sheriff ihm möglicherweise abverlangt hätte, sondern vor dem, was wohl geschehen würde, wenn man Brighid fand.

Er richtete sich halb im Bett auf.

Mary lag neben ihm, schlafend.

Am liebsten hätte er sie geweckt, hätte ihr gesagt, was geschehen war und womöglich noch geschehen wäre. Aber er wollte sie nicht verletzen, wollte ihr das nicht zumuten, nach allem, was gewesen war, zumal sie sich doch auf dem Weg der Besserung befand. Er würde damit leben müssen – mit dem, was er getan hatte ebenso wie mit dem, was er unterlassen hatte.

Irgendwann hielt er es nicht mehr aus.

Einem jähen Impuls gehorchend, richtete er sich ganz auf und schwang die Beine aus dem Bett. Auf der Bettkante hockend, frierend und schwitzend zugleich, dachte er noch einmal an all die Fehler, die er gemacht hatte, und bereute sie zutiefst – und hörte plötzlich das Geräusch.

Es war ein leises Knarren, das sich in raschem Rhythmus wiederholte … Schritte! Und sie kamen von irgendwo unter ihm.

Quentin vermochte nicht zu sagen, was es war, das ihn alarmierte. Ob es sein eigener innerer Aufruhr war, die noch immer lebhafte Erinnerung an den Überfall oder seine angeborene Vorsicht – irgendetwas nötigte ihn dazu, aufzustehen und nachzusehen. Rasch warf er sich den karierten Morgenmantel über, der ein Geschenk seines Onkels gewesen war, dann schlich er zur Tür der Schlafkammer, öffnete sie einen Spalt und spähte hinaus. Mondlicht, das durch die hohen Fenster fiel, tauchte den Gang in fahles Licht und ließ die Ritterrüstungen, die sich dort aneinanderreihten, lange Schatten werfen.

Wieder war das Knarren zu hören, und jetzt war er sicher, dass es aus dem unteren Stockwerk kam. Mehr noch, Licht drang von unten herauf, und zwar von jenseits der Waffensammlung, von dort, wo sich Walter Scotts Arbeitsräume befanden!

Quentins Herzschlag beschleunigte sich. Seit sein Onkel verschwunden war, hatte niemand diese Räume betreten, weder das Empfangszimmer noch die Bibliothek oder das angrenzende Studierzimmer. Wer, in aller Welt, suchte sie nun ausgerechnet zu nächtlicher Stunde auf? Man brauchte kein Genie zu sein, um sich auszurechnen, dass etwas nicht mit rechten Dingen zuging.

Quentin schluckte den Kloß hinunter, der sich in seinem Hals gebildet hatte, dann stieg er vorsichtig die steinerne Treppe hinab. Darauf bedacht, kein unnötiges Geräusch zu verursachen, schlich er durch den schmalen Gang in die Waffenkammer. Noch mehr Rüstungen standen hier, dazu Schwerter und Wappenschilde an den Wänden. In Ermangelung einer Waffe griff Quentin kurzerhand nach einer Streitaxt, die einer der eisernen Junker in der behandschuhten Rechten hielt. Einen Augenblick lang war er überrascht von dem beträchtlichen Gewicht, das die mittelalterliche Waffe hatte, dann fasste er sie beherzt unterhalb des Blatts und schlich damit weiter, der Quelle des Lichtscheins entgegen, der von weißgelber Farbe war und kaum flackerte: Gaslicht.

Fortschrittlich, wie er gewesen war, der Zukunft ebenso zugetan wie der Vergangenheit und neuen Erfindungen gegenüber stets aufgeschlossen, hatte Walter Scott als einer der ersten sein Privathaus mit einer Gasbeleuchtung versehen lassen – um erleuchtet zu werden, wie er stets scherzhaft behauptet hatte. In Wirklichkeit war es ihm wohl eher darum gegangen, vom Tageslicht unabhängig zu sein und bis spät in die Nacht an seinen Werken arbeiten zu können, getrieben von Schaffenskraft einerseits, andererseits aber auch, wie Quentin inzwischen vermutete, von wirtschaftlicher Notwendigkeit.

Lautlos schlich er mit seinen nackten Füßen über den eiskalten, gekachelten Boden der Eingangshalle. Das Licht kam, wie Quentin jetzt feststellte, aus der Bibliothek. Im Türspalt glaubte er, eine Bewegung wahrzunehmen, einen Schatten, der vorüberging. Instinktiv fasste er die Streitaxt fester. Dass er einen ziemlich lächerlichen Anblick bieten musste, wie er so durch die Halle schlich, barfuß im Morgenmantel, die Nachtmütze auf dem Kopf und ein mittelalterliches Kriegsbeil in der Hand, war ihm klar, aber er scherte sich nicht darum. Sein einziges Ansinnen war es, herauszufinden, wer sich zu so später Stunde in Sir Walters Bibliothek zu schaffen machte.

Er erreichte die Tür.

Einen Augenblick lang zögerte er, dann fasste er sich ein Herz und atmete tief ein. Er drückte die Klinke und gab der Tür einen Stoß.

Knarrend schwang sie auf und gab den Blick auf die Bibliothek frei, jenen ehrwürdigen, von Tausenden von Büchern gefüllten Raum, in dem Sir Walter nicht nur einen Großteil seiner Zeit verbracht, sondern auch zahlreiche seiner Werke geschrieben hatte.

In jungen Jahren war dieser Ort Quentin geradezu magisch erschienen, als wäre er der Ursprung besonderer Geistes- und Schaffenskraft, und selbst jetzt, nach all den Jahren und obwohl Sir Walter fort war, hatte er noch immer etwas Ehrfurchtgebietendes. Die Streitaxt halb erhoben, ließ Quentin den Blick über die hohen, teils vergitterten oder mit Glas versehenen Regale schweifen – aber da war niemand. Das Licht, das aus den Leuchtern drang, beleuchtete einen leeren Raum. Doch irgendjemand musste es angefacht haben. Und was war mit den Schritten, die Quentin ganz deutlich gehört hatte?

Sich vorsichtig umblickend, durchmaß er die Bibliothek mit

leisen Schritten, passierte den Lesetisch und das Bücherpult und betrat das angrenzende Studierzimmer. Auch dort brannte Licht, und fast erwartete Quentin, seinen Onkel hinter dem Schreibtisch zu erblicken, der sich vor dem großen Fenster erhob – aber auch dort war niemand.

Plötzlich zuckte Quentin zusammen.

War dort draußen nicht gerade eine Gestalt zu sehen gewesen? Instinktiv hob er die Axt und trat näher an das Fenster, um einen Blick nach draußen in den Garten zu werfen.

Nichts.

Niemand.

Nur die knorrigen Silhouetten einiger Bäume, die sich im Licht des Mondes abzeichneten, und weiter entfernt die Mauer, die den Blumengarten umlief. Vermutlich, sagte sich Quentin, war es nur die Spiegelung seiner eigenen lächerlichen Gestalt gewesen, die ihn so erschreckt hatte.

Noch einmal drehte er eine Runde, spähte in jeden Winkel der mit zahlreichen Rüstungen und Erinnerungsstücken ausgestatteten Bibliothek, fand jedoch nichts Verdächtiges. Schließlich machte er kehrt, löschte das Licht und begab sich wieder zu Bett, nicht ohne die Streitaxt zuvor ihrem rechtmäßigen Besitzer zurückzugeben.

Und irgendwann fiel er in unruhigen Schlaf.

20

Abbotsford
Am nächsten Morgen

»Und Sie sind ganz sicher, dass all das wirklich geschehen ist, werter Freund?«, fragte Winston McCauley mit nachsichtigem Lächeln. »Immerhin haben Sie einige bewegte Tage hinter sich, und bisweilen pflegen unsere Träume uns Dinge vorzugaukeln, die nur schwer von der Wirklichkeit zu unterscheiden sind.«

»Es ist wirklich geschehen«, versicherte Quentin, »so wahr ich hier sitze. Ich habe diese Schritte gehört. Und es brannte Licht in der Bibliothek.«

»Seltsam«, meinte Mary, die zusammen mit ihnen am Tisch saß. Infolge der unruhigen Nacht hatte Quentin länger geschlafen, als er beabsichtigt hatte, und so waren nur noch Mary, McCauley und er im Frühstücksraum, der sich im Erdgeschoss des Anwesens befand, gleich neben dem Speisesaal. Der Rest der Familie hatte sein Morgenmahl bereits eingenommen und war bei der Arbeit: Während sich Lady Charlotte der Organisation des Hausstandes widmete, war Charles nach Kelso gefahren, um dort Besorgungen zu machen. Walter und Anne waren am frühen Morgen nach Edinburgh zurückgekehrt, Sophia bereits am Vortag zu ihrem Mann nach Galashiels abgereist.

»Was ist daran so seltsam?«, fragte McCauley. »Jemand wird eben am Abend noch in der Bibliothek gewesen sein und vergessen haben, das Licht zu löschen.«

»Vielleicht«, räumte Quentin ein. »Aber das erklärt noch nicht die Schritte, die ich gehört habe.«

»Und Sie können mit Bestimmtheit sagen, dass diese Schritte aus der Bibliothek gekommen sind?«, hakte der Chirurg nach.

»Nun«, Quentin räusperte sich, »ich …«

»Ich weiß nicht, lieber Freund. Ich werde das Gefühl nicht los, dass Sie sich überanstrengt haben und dringend Erholung brauchen. Die aufregenden Ereignisse der letzten Tage waren wohl etwas zu viel für Sie, wer möchte Ihnen das verdenken?«

»Dennoch weiß ich, was ich gehört habe«, beharrte Quentin. Er steckte den Löffel zurück in den Porridge, in dem er ohnehin nur lustlos herumgestochert hatte. Er hatte keinen Hunger an diesem Morgen.

»Das bezweifle ich auch nicht, mein Freund«, versicherte McCauley. »Doch als Mediziner und Mann der Wissenschaft pflege ich mich an das objektiv Verifizierbare zu halten. Und das scheint mir vor allem eine noch spät nachts brennende Gasbeleuchtung zu sein, für die es Dutzende von Erklärungen geben mag. Was zum Beispiel, wenn die Leitungen fehlerhaft installiert sind? Jeder weiß, wie unsicher und gefährlich die Nutzung von Brenngas ist, ich kann kaum glauben, dass jemand so leichtfertig sein und sie in seinem Wohnhaus installieren konnte.«

»Onkel Walter ist stets ein Mann des Fortschritts gewesen, Winston«, erklärte Mary. »In die Vergangenheit gerichtet war sein Blick nur in seinen Romanen.«

»Das will ich gerne glauben. Dennoch, wer einmal gesehen hat, welch schreckliche Zerstörung eine Gasexplosion anzurichten vermag, der vergisst es niemals wieder. In anderen Fällen sind Menschen durch ausströmendes Gas erstickt oder erblindet. Wieder andere haben dabei den Verstand verloren oder sind …«

»Das genügt«, fiel Quentin ihm brüsk ins Wort. »Sie verängstigen Mary.«

»Verzeihen Sie, das lag nicht in meiner Absicht. Aber ich sehe es als meine Pflicht an, Sie als meine Freunde über bestehende Gefahren aufzuklären.«

»Das ist sehr freundlich von Ihnen«, versicherte Mary, um Ausgleich bemüht.

»Sie sollten die Leitungen untersuchen lassen, um sicherzugehen, dass keine Störung vorliegt«, meinte McCauley. »Aber vielleicht ist das ja auch schon bald nicht mehr von Belang, nicht wahr?«

»Wovon sprechen Sie?«, fragte Quentin.

»Nun …« Der Arzt schürzte die Lippen, das Thema schien ihm unangenehm zu sein. »Mary hat mir gegenüber angedeutet, dass die wirtschaftliche Lage der Familie – wie soll ich es ausdrücken? – angespannt ist. Womöglich sollten Sie das Anwesen verkaufen, dann wären Sie nicht nur diese, sondern auch viele andere Sorgen los.«

»Das mag richtig sein«, räumte Quentin ein. »Aber Sie würden das nicht sagen, wenn Sie wüssten, wie sehr mein Onkel an Abbotsford gehangen hat. Abgesehen von den Büchern, die er geschrieben hat, ist es seine Hinterlassenschaft, sein Lebenswerk. Jeder einzelne Stein hier erinnert an ihn.«

»Geschätzter Quentin, werte Mary – ich will mir nicht anmaßen zu behaupten, dass ich Ihren Schmerz nachfühlen könnte. Bedauerlicherweise war es mir nicht vergönnt, Sir Walter zu seinen Lebzeiten kennenzulernen. Aber ich bin überzeugt davon, dass ich tief beeindruckt gewesen wäre von seinem aufrechten und ehrbaren Wesen …«

»In der Tat«, pflichtete Quentin bei.

»… und dass er nie und nimmer gewollt hätte, dass seine Liebsten seinetwegen zu Schaden kommen,« fuhr er fort.

»Ganz sicher nicht«, stimmte Quentin zu. »Aber diese Gefahr bestand sicher nicht. Eine Flamme kann sich schließlich nicht von selbst entzünden, oder?«

»Und wenn … jemand in das Haus eingedrungen ist?«, mutmaßte Mary und blickte von einem zum anderen.

»Jemand?«, fragte McCauley ungläubig. »Sie meinen einen Dieb? Wurde denn etwas entwendet?«

»Nein.« Quentin schüttelte den Kopf.

»Und das, obwohl die Bibliothek reich bestückt ist mit alten Folianten und anderen Schätzen?« McCauley zog die Stirn kraus. »Das müsste ein sehr bescheidener Dieb gewesen sein.«

»Vielleicht hatte der Eindringling es nicht auf Beute abgesehen.« Mary blieb, zu Quentins Unbehagen, weiter bei ihrer Version. Um die Familie nicht noch mehr zu beunruhigen, hatte er weder Mary noch sonst jemandem von dem Schatten erzählt, den er zu sehen geglaubt hatte. Was, wenn es doch keine Täuschung gewesen war?

»Gut«, räumte McCauley ein, »aber worauf hatte er es dann abgesehen? Kam er nur auf die Schnelle vorbei, um ein paar Bücher zu lesen, und hat dann vergessen, das Licht abzudrehen?«

Mary errötete. Ihr war anzusehen, dass sie sich plötzlich töricht vorkam. »Nein, bestimmt nicht«, gab sie zu. »Das wäre zu abwegig.«

»Es sei denn«, wandte Quentin ein, »der Einbrecher hätte etwas Bestimmtes gesucht und wäre von mir überrascht worden. Das würde erklären, warum er unverrichteter Dinge geflüchtet ist.«

»Und auf welchem Wege?«, fragte McCauley.

»Durch die Küche beispielsweise«, entgegnete Quentin. »Oder über den Eingang bei der Kapelle. Für jemanden, der sich auf dem Anwesen auskennt, wäre das problemlos möglich.«

»Dafür gibt es keinen Beweis«, sagte der Chirurg.

»Aber auch keinen Gegenbeweis«, hielt Mary dagegen.

Alle drei tauschten Blicke – und Quentin wurde klar, dass er seine Pläne ändern musste.

Eigentlich hatte er vorgehabt, beim Frühstück seinen Entschluss mitzuteilen, zurück nach Airdrie zu reiten, um den Sheriff dort bei den Ermittlungen, Brighids Entführung betreffend, zu unterstützen. Doch ihm war klar geworden, dass er das nicht konnte. Nicht, solange die Möglichkeit bestand, dass sich ein Fremder Zugang zum Anwesen verschafft und hier herumgeschnüffelt hatte. »Also gut«, sagte er. »Nehmen wir an, ich hätte den Eindringling tatsächlich überrascht, ehe er den gesuchten

Gegenstand finden konnte. Dann wäre anzunehmen, dass er zurückkehren wird.«

»Und?«, fragte McCauley.

»Kommende Nacht werde ich mich auf die Lauer legen und auf den Kerl warten«, kündigte Quentin an. »Dann werden wir ja sehen, ob es sich nur um ein Hirngespinst gehandelt hat.«

»Und wenn er gefährlich ist?«, fragte Mary.

»Ich werde vorbereitet sein«, versicherte Quentin.

»Dennoch, falls es zu einem Handgemenge kommen sollte …«

»… wird Ihr Gatte in jedem Fall nicht allein sein, werte Mary«, versicherte McCauley. »Wenn Sie es erlauben, so werde ich meinen Aufenthalt in Abbotsford noch um einen Tag ausdehnen und gemeinsam mit Ihnen Wache halten.«

»Haben Sie in Edinburgh denn keine Verpflichtungen?«, fragte Quentin, der nicht sicher war, ob er ihn an seiner Seite haben wollte. Die Art und Weise, wie sich McCauley engagierte und in Dinge einmischte, die ihn eigentlich nichts angingen, ärgerte ihn mindestens ebenso, wie sie ihn anrührte.

»Doch«, versicherte McCauley, »aber ich werde einen Boten an die Academy schicken und die Situation erklären. Ich bin sicher, dass man Verständnis zeigen wird, wenn ich einem Freund in einer Notlage beistehe.«

»Aber ich …«

»Bitte, Quentin«, sagte Mary. »Es wäre mir bedeutend wohler, wenn ich wüsste, dass du dem Phantom – wenn es denn existiert – nicht allein gegenübertreten musst.«

»Also schön«, erklärte sich Quentin seufzend bereit und hob resignierend die Hände. »Ich gebe mich geschlagen.«

»Eine gute Entscheidung.« McCauley nickte ihm lächelnd zu. »Sie werden es nicht bereuen, mein Freund.«

21

Abbotsford
Abend des 5. März 1826

Als die Dämmerung hereinbrach, postierten sie sich im Empfangszimmer, hinter der Tür, die sie einen Spalt offen ließen. Auf diese Weise konnten Quentin und McCauley nicht nur die Eingangshalle, sondern auch den Durchgang zur Bibliothek im Auge behalten.

Um Lady Charlotte nicht zu beunruhigen, hatte Quentin ihr gegenüber nichts von dem nächtlichen Besucher erwähnt. Mit der Begründung, dass die Gasleitungen im Haus dringend überholt werden müssten, hatte er sie und ihren Sohn Charles in Begleitung von Mortimer Kerr und den anderen Dienern nach Galashiels geschickt, wo sie für zwei Nächte bei Sophia bleiben würden. Mary allerdings wollte Abbotsford nicht verlassen, und nach allem, was geschehen war, hatte sich Quentin außerstande gesehen, ihr diese Bitte abzuschlagen.

Die ganze Zeit über, während McCauley und er dort warteten, im Dunkeln kauernd wie zwei halbwüchsige Jungen, die einen Streich ausgeheckt hatten, konnte er nicht anders, als sich zu fragen, was er hier eigentlich tat.

Glaubte er wirklich daran, dass jener dunkle Schemen, den er vergangene Nacht für einen kurzen Moment gesehen zu haben glaubte, ein Einbrecher gewesen war? Hatte er ernsthaft vor, diesen zu fassen? Oder hatte er in Wahrheit nur nach einem Vorwand gesucht, um nicht nach Airdrie fahren zu müssen?

Die Beine angewinkelt und erbärmlich frierend, weil die Kamine sowohl im Empfangsraum als auch in der Eingangshalle nicht angeschürt worden waren, hatte er mehr als genug Zeit, über diese Dinge nachzudenken – zu einem Ergebnis kam er dennoch nicht. Sein Onkel, so sagte er sich, hätte fraglos gewusst, was zu tun war; eine Situation genau zu analysieren und dann die richtige Entscheidung zu treffen, war eine von Sir Walters Stärken gewesen und vielleicht sogar die Eigenschaft, die Quentin am meisten an ihm bewundert hatte. Oder war auch das nur eine Täuschung gewesen, ein persönlicher Eindruck, den Quentin von seinem Onkel gehabt und der ihn getrogen hatte, wie so vieles andere.

Seit sein Onkel tot war, schien alles in Auflösung begriffen. Nicht nur, dass der Verlag Verluste machte, dass die Bücher jeden Tag neue Schuldenberge offenbarten und der Verkauf von Abbotsford eine Möglichkeit war, mit der Quentin ernstlich kalkulieren musste; die wirtschaftliche Krise, die das Land niederdrückte, hatte sich in den letzten Wochen noch verschärft, und infolge der Unruhe, die auf den Straßen herrschte, sprachen einige gar schon davon, Schottland müsse die Union verlassen. Dass die Regierung in London dies nicht tolerieren und jeden Versuch einer Loslösung blutig niederschlagen würde, schien in diesen Tagen niemanden zu kümmern. Chaos griff um sich, im Großen wie im Kleinen. Selbst Quentins Liebe zu Mary, die er stets als über allem anderen stehend betrachtet hatte, schien plötzlich gefährdet. Wirrnis herrschte in seinem Inneren, er wusste nicht mehr, was er fühlen und denken sollte.

Wiederholt hatte er in den letzten Tagen das Gefühl gehabt, verfolgt und beobachtet zu werden, aber er erinnerte sich auch, dass Lady Charlotte ihm gesagt hatte, dass er es gut sein lassen solle, dass die Zeiten, in denen Sir Walter und er alten Geheimnissen nachspürten, unwiderruflich vorbei seien. Womit sie fraglos recht hatte. Er aber saß zu nachtschlafender Zeit in einer dunklen Kammer und spürte einem Phantom nach, das es vermutlich gar nicht gab.

McCauley hatte ihm sicher nur deshalb seine Hilfe zugesagt, um dabei zu sein, wenn Quentin seinen Irrtum eingestehen musste. Zwar rechnete er es dem Chirurgen hoch an, dass er seine wertvolle Zeit opferte und sich zusammen mit ihm die Nacht um die Ohren schlug. Viel lieber wäre er jedoch allein gewesen. Alleine mit den Gedanken, die ihm im Kopf herumschwirrten und dafür sorgten, dass ihm der Schädel brummte wie nach zu viel Scotch.

Immerhin schien McCauley, der sonst nie um Worte verlegen war, ebenfalls nicht in Gesprächslaune zu sein; an der Wand des Empfangszimmers hockend, wartete er ab, hatte sich so postiert, dass er durch den Türspalt in die Eingangshalle spähen konnte, während Quentin hinter der Tür kauerte und angestrengt lauschte. Wie lange sie so verharrten, beinahe reglos und ohne ein Wort zu wechseln, hätte Quentin später nicht mehr zu sagen vermocht – bis er plötzlich ein Geräusch hörte.

Was genau es war, konnte er nicht feststellen, aber ein Blick zu McCauley verriet ihm, dass dieser es ebenfalls gehört hatte. Der Mediziner nickte und hob langsam die Pistole auf, die er neben sich auf dem Boden liegen hatte – für alle Fälle, wie er versichert hatte. Quentin hatte sich mit einem einfachen Knüppel aus Holz begnügt, der ungleich leichter und handlicher war als die Streitaxt, zu der er vergangene Nacht in seiner Not gegriffen hatte.

Das Geräusch wiederholte sich, dann waren Schritte zu hören, nur ganz leise und flüchtig, doch das hohe Gewölbe der Eingangshalle verstärkte sie – und plötzlich war ein Schatten wahrzunehmen, der im Halbdunkel vorüberhuschte und offenbar zur Bibliothek wollte.

Quentin merkte, wie ihm das Blut ins Gesicht schoss, sein Pulsschlag steigerte sich spürbar. *Also doch*, war alles, was er in diesem Augenblick denken konnte. McCauley und er verständigten sich mit einem weiteren Blick – und handelten.

Während Quentin die Tür aufriss, stürmte McCauley bereits hinaus, die geladene Pistole schussbereit im Anschlag.

»Halt!«, drang sein Ruf durch die Eingangshalle. »Keine Bewegung!«

Mit einer Verwünschung auf den Lippen fuhr der Kerl herum, der derbe Bauernkleidung und als Maske ein Tuch vor dem Gesicht trug wie ein hergelaufener Bandit. Sein Brustkorb hob und senkte sich unter heftigen Atemzügen, das Tuch blähte sich, Schweiß stand ihm auf der Stirn und tränkte sein dunkles Haar.

»Schön ruhig, dann geschieht Ihnen nichts«, versicherte Quentin mit vor Aufregung bebender Stimme.

Die gehetzten Blicke des Vermummten pendelten zwischen ihm und McCauley hin und her, offenbar suchte er nach einer Möglichkeit zur Flucht.

»Wer sind Sie, und was wollen Sie hier?«, fragte Quentin. »Nehmen Sie die Maske ab, aber ganz langsam, verstanden?«

Die Augen des Fremden blitzten feindselig im Halbdunkel – oder war da auch eine Spur Verwirrung? Quentin vermochte es nicht festzustellen, denn in diesem Moment überstürzten sich die Ereignisse.

»Vorsicht«, schrie McCauley, »er ...«

Weiter kam er nicht, denn noch ehe er eine weitere Warnung aussprechen oder auch nur den Abzug drücken konnte, brach der Vermummte zur Seite aus und kam direkt auf Quentin zu. In einem Reflex hob dieser den Knüppel, doch die Wucht, mit der der Vermummte auf ihn prallte, war so groß, dass an Abwehr nicht zu denken war. Quentin wurde von den Beinen gerissen und stürzte. Der Knüppel entrang sich seinem Griff, dafür bekam er noch im Fallen seinen vermummten Gegner zu fassen und riss ihn mit zu Boden. Hart schlugen beide auf den Steinfliesen auf, und ein wüstes Gerangel setzte ein. Quentin konnte kaum etwas sehen, trat und schlug mehr oder minder planlos um sich, in der Hoffnung, seinen Gegner an der Flucht zu hindern – vergeblich.

Der Vermummte schlug seinerseits zu, und zwar mit ungleich größerem Erfolg. Seine geballte Rechte explodierte an

Quentins Schläfe, genau dort, wo ihn bereits der Knüppel der Räuber getroffen hatte, und ließ ihn trotz des herrschenden Halbdunkels helle Flecke vor Augen sehen. Halb benommen, wie er war, versuchte Quentin, seinen Gegner festzuhalten, den Schmerz so gut wie möglich ignorierend. Doch die Faust des Mannes ging ein zweites Mal nieder, und diesmal traf sie Quentin mitten ins Gesicht.

Der Schmerz war so heftig, dass ihm Tränen in die Augen schossen und er alles nur noch verschwommen wahrnahm, zudem hatte er plötzlich Blut in der Nase und bekam keine Luft mehr. In seiner Not tat er das Einzige, wozu er noch imstande war, und packte blindlings zu. Dabei bekam er die Maske des Mannes zu fassen, der sich soeben von ihm lösen und seine Flucht fortsetzen wollte. Der Stoff riss, und die Züge des Mannes kamen zum Vorschein, allerdings nur für einen Augenblick, und durch die Schleier seiner Tränen vermochte Quentin wenig mehr zu erheischen als den flüchtigen Eindruck von einem jungen, vor Anstrengung geröteten Gesicht. Dann hatte sich der Kerl auch schon von ihm losgerissen. Quentin hörte seine Schritte über den Boden davonstampfen und versuchte, sich ebenfalls aufzurichten, aber es gelang ihm nicht. Stöhnend sank er auf den Boden zurück. Sein Atem ging keuchend wie bei einem alten Gaul, in seinem Kopf dröhnte der Schmerz.

»Alles in Ordnung?«, hörte er McCauleys besorgte Stimme über sich.

»Warum … haben Sie nicht geschossen?«, näselte Quentin, an seinem eigenen Blut würgend.

»Ich konnte nicht, ohne Sie zu gefährden«, entgegnete der Arzt, »aber keine Sorge, ich werde mir den Kerl schnappen.«

Damit rannte auch er davon. Quentin sah ihn in Dunkelheit und Tränenschleiern verschwinden, jetzt unendlich froh darüber, sich nicht allein auf die Lauer gelegt zu haben. Wie ein auf den Rücken gewälzter Käfer lag er am Boden, brauchte mehrere Versuche, um sich aufzurichten, und als es ihm endlich gelang, hätte er sich am liebsten wieder niedergelegt. Er wischte sich das Blut aus dem Gesicht, verdrängte tapfer den Schmerz. Sich an der Wand abstützend, gelang es ihm, sich vollends auf die Beine zu raffen. Wankend wollte er McCauley und dem flüchtigen Einbrecher hinterher, stürzte in die angrenzende Waffenkammer, wo sich Rüstungen und Wappenschilde reihten – als er hinter sich ein weiteres Geräusch wahrnahm, das eindeutig aus der Bibliothek kam.

Wie angewurzelt blieb Quentin stehen.

Was, wenn es nicht einer, sondern zwei Eindringlinge waren?

Die Vorstellung entsetzte ihn, ein Schauder rann über seinen Rücken – umso mehr, als in diesem Moment in der Bibliothek das Licht anging.

Fieberhaft überlegte Quentin, was er tun sollte. Warten, bis McCauley zurückgekehrt war? Laut um Hilfe rufen?

In beiden Fällen würde ihm der Eindringling wohl entwischen. Also blieb ihm nur, den Einbrecher selbst und auf frischer Tat zu ertappen.

Schwerfällig wankte er zu dem herrenlos am Boden liegenden Knüppel und hob ihn auf. Dann schlich er auf den Türspalt zu. Tatsächlich schien sich jemand in der Bibliothek aufzuhalten, huschte hin und her …

Quentin packte den Knüppel fester, mit dem Handrücken wischte er sich das Blut aus dem Gesicht. Er erreichte die Tür, konnte hören, wie sich drinnen jemand zu schaffen machte.

Quentin atmete tief ein.

Ihm war klar, dass dies der Moment war, in dem er vieles wiedergutmachen konnte. Er wollte endlich wissen, wer die geheimnisvollen Beobachter waren, wollte Klarheit darüber, wer es ganz offenbar auf Sir Walters Vermächtnis abgesehen hatte. Beherzt drückte er die Klinke nieder und stieß die Tür auf, platzte mit erhobenem Knüppel in den ehrwürdigen, von Gaslicht hell erleuchteten Saal – um einen überraschten Schrei auszustoßen.

Denn vor ihm stand kein anderer als Sir Walter Scott.

Buch 3
Vermächtnis

1

Quentin wusste nicht zu sagen, ob er noch auf den Beinen stand oder wieder am Boden lag, ob es Tag war oder Nacht, ob die Welt sich aufgehört hatte zu drehen oder ob sie dort draußen außerhalb der Mauern von Abbotsford noch immer existierte.

»O-Onkel«, war alles, was er hervorbrachte. Seine Verwirrung war vollständig, sein Verstand hatte ausgesetzt. Er konnte sich keinen Reim auf das machen, was er doch mit eigenen Augen sah. »Bist du es wirklich?«

Sir Walter lächelte – mit jenem milden und zugleich tadelnden Lächeln, mit dem er ihn auch früher oft bedacht hatte. »Dünke ich dir wie ein Geist, mein guter Junge?«

Er war es.

Es war seine Stimme, ruhig und Respekt gebietend.

Seine Gestalt, gebeugt von den Jahren, dennoch stattlich.

Seine Gesichtszüge, gealtert, aber unverkennbar.

Vor allem aber seine Präsenz, die diesen Raum sehr viel heller erstrahlen ließ als der Schein des Gaslichts.

»N-nein«, gab Quentin zu, obwohl es genau das war, was er im ersten Moment vermutet hatte: dass die unsterbliche Seele seines Onkels sich nicht von Abbotsford hatte lösen können und nun an den Ort ihres weltlichen Wirkens zurückgekehrt war. Denn selbst das wäre ihm noch wahrscheinlicher vorgekommen, als dass er seinem Onkel jemals wieder leibhaftig und tatsächlich begegnen könnte …

»Mach den Mund wieder zu, Junge. Ich bin es wirklich.«

»Bist es wirklich«, echote Quentin.

Und im nächsten Moment konnte er nicht anders, als auf seinen Onkel zuzustürzen und ihn zu umarmen, so, wie er es zuletzt vor vier Jahren getan hatte, bei ihrer Verabschiedung im Hafen von Leith. Und genau wie damals erwiderte Sir Walter die Umarmung nach kurzem Zögern, auch wenn es sich für Gentlemen nach wie vor nicht ziemte.

»Onkel«, hauchte Quentin, während er Sir Walter an sich drückte, schon um zu verhindern, dass sich dieser in Luft auflöste oder wieder verschwand. Noch immer konnte er kaum glauben, dass dies wirklich geschah, aber da er den Verlorengeglaubten nun fassen und auf das Herzlichste umarmen konnte, musste auch sein Verstand es allmählich begreifen, aller Vernunft zum Trotz.

»Es ist ein Wunder«, schluchzte Quentin, während die Tränen hemmungslos an seinen Wangen herabliefen, sich mit Blut vermischten und den Rock seines Onkels besudelten. »Ein gesegnetes Wunder, jawohl!«

»Du hast dich nicht verändert, Junge«, sagte Sir Walter. Seine angenehm dunkle und wie immer ruhige Stimme zu hören, jene Stimme, von der Quentin geglaubt hatte, dass er sie niemals wieder in seinem Leben vernehmen würde, ließ ihn vor Ehrfurcht beinahe erstarren. »Offenbar steckst du deine Nase noch immer in Angelegenheiten, die dich nichts angehen.«

Langsam, fast widerwillig entließ Quentin seinen Onkel aus der Umarmung. »Wie ist das möglich?«, flüsterte er, noch immer fassungslos den Kopf schüttelnd. »Ich verstehe nicht …«

»Wer will dir das verdenken, Junge?« Sir Walter schüttelte das runde, schlohweiße Haupt. Die Falten darin mochten noch ein wenig tiefer geworden sein, ansonsten hatte er sich kaum verändert.

»Habe ich alles nur geträumt?«, fragte Quentin. Ihm war

klar, wie naiv sich das anhören musste, aber in diesem Augenblick schien es ihm die plausibelste Erklärung zu sein.

Sir Walter lachte freudlos auf. »Ich wünschte, es wäre so, mein Junge. Aber ich fürchte, so einfach ist es nicht. All das ist wirklich geschehen – jedenfalls das meiste davon.«

»Aber du lebst!«

»In der Tat – aber nur, weil die Kugel, die in jener Nacht auf mich abgegeben wurde, mein Herz verfehlt und stattdessen meinen Arm durchlöchert hat«, gab Sir Walter zur Antwort. »Wenn man von einem Wunder sprechen will, dann ist es dieses, denn in dieser Nacht, mein guter Quentin, habe ich den Atem des Schöpfers mehr als deutlich gespürt.«

»Was genau ist damals geschehen? Ballantyne berichtete, dass du bei ihm gewesen bist ...«

Sir Walter nickte. »Danach wollte ich zu Fuß nach Hause. Ein schwerer Fehler, wie sich herausstellen sollte. Denn es war eine neblige Nacht, in der niemand sonst auf den Straßen war. Und plötzlich fiel der Schuss. Ich merkte, wie mich etwas traf, einem Stockhieb gleich, dennoch ging ich noch einige Schritte weiter. Erst als sich der Ärmel meines Mantels mit Blut färbte, wurde mir klar, dass ich von einer Kugel getroffen worden war. Diese Erkenntnis, so muss ich zu meiner Schande bekennen, sorgte dafür, dass meine Beine ihren Dienst versagten und ich zu Boden ging. Doch ich schätze, dass diese Schwäche mir das Leben rettete, denn sie signalisierte meinem vermeintlichen Mörder wohl, dass jede weitere Kugel Verschwendung wäre.«

»Deinem vermeintlichen Mörder? Aber ich dachte, dass es ein Straßenräuber gewesen sei, der ...«

»Das dachte ich zunächst auch, und vermutlich sollten das auch alle denken«, räumte Sir Walter grimmig ein. »Aber da sind Widersprüche. Zu viele, dass alles zusammenpasst.«

»Ich verstehe noch immer nicht.« Quentin schüttelte den Kopf, während wirre Gedanken wie ein Schwarm aufgescheuchter Fledermäuse in seinem Kopf umherschwirrten. »Dann hast du den Anschlag also in Wirklichkeit überlebt?«

»So ist es«, bestätigte Sir Walter. »Leicht angeschlagen, ansonsten aber wohlbehalten.«

»Aber warum hast du das niemandem gesagt? Warum hast du es geheimgehalten? Oder …« Quentin kam plötzlich ein ganz anderer Gedanke. »Wurde nur ich getäuscht? Wussten womöglich alle anderen, dass du in Wahrheit noch am Leben bist?«

»Was denn?« Sir Walter zog die hohe Stirn kraus. »Ist deine Meinung von dir selbst noch immer so gering, dass dir das wahrscheinlich vorkommt?« Traurig schüttelte er den Kopf. »Nicht doch, Junge. Bis heute Nacht wusste niemand, dass ich noch am Leben bin – niemand außer mir und den Mönchen von Kelso, bei denen ich Zuflucht gesucht habe und die zum Schweigen verpflichtet sind.«

Quentin nickte. Er kannte den Prämonstratenser-Orden und wusste um die Verbundenheit, die sein Onkel zu den Mönchen pflegte, seit sie ihm damals bei der Zerschlagung der Runenbruderschaft behilflich gewesen waren.

»Verwundet, wie ich war, habe ich die Obhut der Mönche aufgesucht, und sie haben mich gesund gepflegt«, berichtete Sir Walter weiter.

»Und warum bist du danach nicht zurückgekehrt?«, wollte Quentin weiter wissen.

»Weil mir inzwischen klar geworden war, dass es kein gewöhnlicher Räuber gewesen war, der mir in jener Nacht aufgelauert hatte – und dass die Augen eines Toten manches beobachten können, was dem Lebenden verborgen bleibt.«

»Die Augen eines Toten?« Quentins Verwirrung erreichte ihren Höhepunkt. Die unverhoffte Rückkehr seines Onkels, die überraschenden Enthüllungen, all die Rätsel, mit denen Sir Walter ihn überschüttete, als wäre Quentin noch immer der ahnungslose Schüler und sein Onkel der Lehrmeister – all das war zu viel für ihn. Er merkte, wie seine Knie weich wurden, und begann bedenklich zu wanken.

»Vielleicht«, sagte Sir Walter und zog einen Stuhl von einem der Lesetische heran, »solltest du dich lieber setzen, Junge. Auch freudige Ereignisse können mitunter anstrengend sein.«

»In der Tat«, war alles, was Quentin hervorbrachte, während er niedersackte, froh darüber, dass das stabile Sitzmöbel ihn auffing.

»Wo war ich stehen geblieben?« Sir Walter überlegte kurz. »Ach ja, bei meinen Beobachtungen. Nun, selbst dir wird nicht entgangen sein, dass gewaltige Veränderungen unser geliebtes Land erschüttern. Veränderungen, von denen wenn nicht alle, so doch viele ihren Ursprung in London haben.«

»Du meinst, in der Regierung?«

»Nicht unbedingt.« Sir Walter lächelte. »Wir leben nicht mehr in den Zeiten, in denen eine Königskrone Macht und eine Schwertspitze Gesetz bedeutet. Das hat fraglos Vorteile, doch sind im Schatten der neuen Zeit auch andere, niedere Elemente emporgekrochen, die die Möglichkeiten dieser neuen Zeit zu ihrem Vorteil nutzen. Geld, mein Junge, ist das Szepter dieses neuen Zeitalters. In London gibt es Kräfte, die außerhalb der Regierung stehen, jedoch mit Hilfe ihrer reichlich vorhandenen finanziellen Mittel politischen Einfluss nehmen und die bestehenden Machtverhältnisse verändern wollen.«

»I-ist so etwas denn möglich?«, fragte Quentin.

»Es hat längst begonnen«, versicherte Sir Walter. »Die Wirtschaftskrise, die Schottland gegenwärtig peinigt, ist eine direkte Folge dieser ruchlosen Politik. Nicht wenige behaupten, sie sei willentlich heraufbeschworen worden, durch gezielte Einflussnahme auf Aktien und andere Wertpapiere.«

»Warum sollte jemand so etwas tun?«

»Kannst du dir das wirklich nicht denken?« Sir Walter schürzte die Lippen. »Wann in der Menschheitsgeschichte wäre es je um etwas anderes gegangen als um Reichtum und Macht? Die Gier, mein Junge, ist eine so bedauerliche wie verlässliche Konstante der Geschichte. Sie hat Weltreiche begründet und wieder zu Fall gebracht, seit Anbeginn der Menschheit.«

»Das mag ja alles sein«, versicherte Quentin, der unruhig auf dem Samtpolster des Stuhls umherrutschte. »Aber ich verstehe noch immer nicht, was das alles mit dir zu tun hat! Warum wurde ein Anschlag auf dein Leben verübt? Und wieso hast du dich die ganze Zeit über tot gestellt?«

»Weil mir offenbar wurde«, erwiderte Sir Walter leise, »dass jene Kräfte, die unser geliebtes Schottland zu zerstören suchen, und jene, die mir nach dem Leben trachten, im selben Lager zu finden sind. Schon seit einiger Zeit hatte ich den Eindruck, dass etwas nicht stimmte. Ich fühlte mich auf Schritt und Tritt beobachtet, hatte das Gefühl, dass mir jemand folgte …«

»Du auch?«, platzte Quentin heraus. »Dann habe ich mir das nicht nur eingebildet?«

»Nein, mein Junge.« Sir Walter schüttelte den Kopf. »Ganz sicher nicht. Ich musste feststellen, dass jemand es darauf anlegte, den Verlag in den Bankrott zu drängen und mich zu ruinieren, mit dem offenkundigen Ziel, mich als einen der bekanntesten und einflussreichsten Fürsprecher Schottlands zum Verstummen zu bringen.«

Quentin nickte. Zumindest das ergab Sinn. Schon durch seine Tätigkeit als Anwalt und Sheriff hatte sich Sir Walter einen tadellosen Ruf erworben. Der Fund der schottischen Kronjuwelen jedoch und der anschließende Besuch König Georges in Edinburgh hatte ihn weit über die Landesgrenzen hinaus bekannt und populär gemacht und mit ihm auch ein neues, anderes Schottland, das sich zwar selbstbewusst und stolz seiner keltischen Wurzeln entsann, jedoch auch als einen festen Bestandteil des vereinten Königreichs betrachtete. Dieses neue schottische Selbstverständnis, für das Sir Walter wie kein anderer stand, hatte bewirkt, dass der schottische Tartan, der nach der Schlacht von Culloden und dem blutigen Ende des Aufstands sogar verboten worden war, wieder getragen wurde; sogar der König hatte sich in traditionelles Karo gehüllt, als er Edinburgh besuchte. Doch es gab auch Kreise in England, denen diese Entwicklung verhasst war und die den Norden nicht als gleichberechtigten Partner, sondern als niederen Vasallen sahen, der ruchlos ausgebeutet werden konnte, zur Mehrung des eigenen Vermögens.

»Ich vermutete eine Verschwörung unter meinen Financiers«, fuhr Sir Walter fort, »möglicherweise in meinem unmittelbaren Umfeld. Zu meiner größten Schande muss ich gestehen, dass ich in jener Nacht, da ich Ballantyne aufsuchte, selbst meinem alten Freund aus Kindheitstagen nicht mehr ganz vertraute, zumal mich die Kugel unmittelbar nach dem Besuch seines Hauses ereilte.«

»Du … du meinst, er hat …?«

»Nein.« Sir Walter schüttelte den Kopf. »Inzwischen weiß ich, dass der arme James unschuldig ist. Ist es nicht erstaunlich, was man alles vom Grabe aus herausfinden kann?« Ein jungenhaftes Lächeln spielte um seine Züge, genau wie früher.

»Du hast dich wirklich nicht verändert, Onkel«, stellte Quentin fest. »Du bist noch immer derselbe schlaue Fuchs wie …«

Plötzlich verstummte er.

Und in diesem Moment wurde ihm erst klar, was Sir Walters Täuschungsmanöver jenseits aller Vorteile, die es gebracht haben mochte, angerichtet hatte. Die Freude und die Erleichterung über Walter Scotts unverhoffte Rückkehr fiel wie ein Schleier. Stattdessen schoss Quentin blanke Wut in die Adern, Fassungslosigkeit ergriff von ihm Besitz.

»Ist dir eigentlich klar, was du uns angetan hast?«, fragte er leise und mit fast versagender Stimme. »Lady Charlotte, deine Kinder, Mary, und auch ich selbst … wir alle haben um dich getrauert, haben deinen Tod beweint!«

Sir Walter nickte bedächtig.

Sein Blick war ernst, und der Schmerz, der sich in seinen schlichten und doch so wachen Zügen abzeichnete, besänftigte Quentin ein wenig. »Mein lieber Junge«, sagte Sir Walter, und seine kleinen Augen röteten sich dabei, »ich wünschte so sehr, dass es eine andere Möglichkeit gegeben hätte als diese. Vielleicht gab es sie auch, aber ich sah sie nicht. Hätte ich nicht getan, was ich tat, und der Welt meinen Tod vorgespielt, so wäre fraglos ein neuerlicher Anschlag auf mich verübt worden, und dieser hätte womöglich nicht nur Erfolg gehabt, sondern auch das Leben geliebter Menschen gefährdet. Dies konnte und wollte ich nicht verantworten.«

»Aber hättest du nicht etwas sagen können? Vielleicht eine Nachricht hinterlassen oder …«

»Du selbst hast doch gesagt, dass du beobachtet wurdest. Wie hätte ich euch von meinem Überleben in Kenntnis setzen sollen, ohne Gefahr zu laufen, mich dabei zu verraten?«

Quentin nickte nachdenklich.

So sehr es ihm widerstrebte, es sich einzugestehen, Sir Walters Argumentation leuchtete ihm ein. Auch wenn sich alles in ihm dagegen wehrte, merkte er, wie seine Wut verpuffte.

»Was ich tat, tat ich zum Schutz meiner Familie«, wiederholte Sir Walter. »Als ich in jener Nacht zusammenbrach, von der Kugel des Angreifers getroffen, wurde mir jäh bewusst, dass ich viel zu lange untätig gewesen war. Ich hatte meinen Gegnern Zeit gelassen, das Spielfeld vorzubereiten und ihre Figuren in Stellung zu bringen. Und das war ein Fehler gewesen. Ich nahm mir vor, im Falle meines Überlebens alles daranzusetzen, herauszufinden, was hinter all dem steckt und wer mich, meine Familie und mein Lebenswerk bedroht. Also inszenierte ich mein eigenes Ableben, um die Gegenseite aus der Reserve zu locken.«

»Und?«, fragte Quentin.

»Nun, zumindest lässt sich sagen, dass seither allerhand geschehen ist«, stellte Sir Walter fest.

»Das kann man wohl behaupten«, versicherte Quentin. »Immerhin genug, um uns alle aus unserem gewohnten Leben zu reißen.«

»Auch das bedaure ich sehr. Aber um meine List glaubwürdig erscheinen zu lassen, war es notwendig, dass alles genau so ablaufen musste, als wäre ich tatsächlich aus dem Leben geschieden. Und da ich dich zum Verwalter meines Nachlasses bestellt hatte …«

»Dann bin ich also nur hier, um deine Täuschung plausibler erscheinen zu lassen?«

»Glaubst du das denn?«

»Was soll ich denn sonst glauben?«, fragte Quentin hilflos dagegen. »Die ganze Zeit über, seit ich hier bin, frage ich mich immerzu, wie Onkel Walter es wohl gemacht hätte. Wie hätte er die Dinge gesehen? Wie hätte er entschieden? Und nun stellt sich heraus, dass ich dich ebenso gut hätte fragen können!«

»Ich weiß, Quentin, und das tut mir wirklich leid. Ich hoffe, du kannst mir irgendwann verzeihen.«

»Darum geht es nicht, ich habe dir doch längst verziehen. Es ist nur …« Quentin verstummte, erneut standen ihm Tränen in den Augen.

»Ich weiß, Junge. Ich weiß«, versicherte sein Onkel leise, und für einen Augenblick schien selbst Sir Walter Scott, der geniale Schöpfer wortgewaltiger Werke, zu keiner Erwiderung fähig.

»Wenigstens«, flüsterte Quentin in die Stille, »ist das Versteckspiel nun vorbei.«

»Was meinst du?«

»Nun, da ich dein Geheimnis entdeckt habe …«

»Mein guter, lieber Junge.« Sir Walters Lächeln war milde, vielleicht sogar ein wenig mitleidig. »Glaubst du denn wirklich, du hättest mich gegen meinen Willen hier gefunden?«

»Soll das heißen …?«

»Dass ich gefunden werden wollte, genau das.«

»Und warum nun plötzlich?«

»Weil sich die Dinge in einem Maß entwickelt haben, das die Möglichkeiten eines einzelnen Mannes übersteigt, noch dazu, wenn er wie ich im Verborgenen bleiben muss.«

»Heißt das, dass du meine Hilfe brauchst?« Quentin glaubte, nicht recht zu hören.

Ein verschmitztes Lächeln spielte um Sir Walters rundliche Züge. »Es heißt, dass du dich gerne nützlich machen darfst, wenn du schon einmal hier bist«, entgegnete er. »Dieser Vermummte, der hier eingedrungen ist, ist schon früher hier gewesen. Er scheint etwas in der Bibliothek zu suchen.«

»Und was?«, fragte Quentin.

»Eben das möchte ich mit deiner Hilfe herausfinden«, bestätigte Sir Walter. »Doch solange wir nicht wissen, womit genau wir es zu tun haben und wer der geheimnisvolle Gegenspieler ist, der meinen Untergang will, kann und werde ich nicht unter die Lebenden zurückkehren. Niemand darf davon erfahren.«

»Auch nicht Lady Charlotte?«

»Sie vor allen Dingen nicht.« Sir Walter schüttelte den Kopf. »So sehr ich den Schmerz bedaure, den ich ihr zufügen musste – würde ich mich ihr jetzt zu erkennen geben, wäre alles vergeblich gewesen, denn aus Furcht, mich ein zweites Mal zu verlieren, würde sie darauf bestehen, bei mir zu bleiben, und nichts wäre gewonnen.«

»Ich verstehe.« Quentin nickte. »Also dürfen auch Walter und Charles nichts erfahren …«

»… ebenso wenig wie die Mädchen.«

»Und – Mary?«

»In diesem Fall muss ich dich bitten, auch vor deiner Ehefrau Stillschweigen zu bewahren, mein Junge«, entgegnete Sir Walter. »Denke daran, dass auch sie nur unnötig in Gefahr gebracht würde.«

»Und diese Entscheidung wollt ihr mir nicht selbst überlassen?«

Die Stimme bebte vor Aufregung, und sie kam aus Richtung der Tür. Quentin fuhr herum, ächzte, als er Mary auf der Schwelle erblickte, im Nachtmantel, den sie sich flüchtig übergeworfen hatte. Wie lange sie dort gestanden hatte, vermochte Quentin nicht zu sagen – aber offenbar lange genug, um den ersten Schock über das unverhoffte Wiedersehen bereits verwunden zu haben.

»Mein Kind«, sagte Sir Walter.

»Ich habe es geahnt«, entgegnete sie nur. »Die ganze Zeit über.«

2

»Ja«, stimmte Sir Walter zu, nachdem er auch Mary in die Arme geschlossen und sie herzlich begrüßt hatte, »auf deine Träume ist stets Verlass gewesen.«

»Es waren nicht meine Träume, die mich ahnen ließen, dass du noch am Leben bist«, widersprach sie, während sie die Tränen zu trocknen versuchte, die ihr über die Wangen rannen. Zu freudig war das Ereignis, zu unbegreiflich das Wiedersehen. »Ich spreche von den Briefen Malachi Malagrowthers, die im ganzen Land solches Aufsehen erregen.«

»Malachi *wer?*«, fragte Quentin.

»Malagrowther«, vervollständigte Mary und wischte energisch den letzten Rest der Tränen weg, »benannt nach einer Figur aus dem Roman ›*Fortunes of Nigel*‹.«

»Meine Anerkennung«, lobte Sir Walter lächelnd und deutete eine Verbeugung an. »Ich glaube nicht, dass es jemanden gibt, der meine Werke besser kennt als du.«

»Danke sehr«, erwiderte Mary. »Walter und ich sind beim *Edinburgh Weekly Journal* gewesen, um herauszufinden, wer der Verfasser der anonymen Briefe und Flugblätter ist. Und obwohl mir klar war, wie töricht und unvernünftig es war, habe ich insgeheim eine winzige Hoffnung gehegt – denn eigentlich gibt es in ganz Schottland nur einen, der seinen Gedanken so geschliffenen Ausdruck zu verleihen versteht, dass das ganzes Land davon Kenntnis nimmt.«

»Nun bin ich es, der zu danken hat«, erwiderte Sir Walter, wobei er ein wenig errötete. »Allerdings scheint mir dein Lob, meine Fähigkeiten betreffend, doch ein wenig hoch gegriffen …«

»W-was soll das heißen?«, fiel Quentin ihm ins Wort, dessen Blicke zweifelnd zwischen seinem Onkel und Mary hin und her pendelten.

»Sehr einfach«, erklärte Mary, die die Überraschung über Sir Walters wundersame Rückkehr sehr viel rascher verwunden zu haben schien als er selbst, »es heißt, dass kein anderer als er der Verfasser der anonymen Flugblätter ist.«

»Ist das wahr?«

»Schuldig«, bekannte Sir Walter mit mattem Lächeln. »Ich bin froh, dass es nicht viele Menschen gibt, die über deinen Scharfsinn und Sprachverstand verfügen, meine liebe Mary.«

»Aber … wozu das?«, wollte Quentin verwundert wissen.

»Nun, wozu wählt ein Autor ein Pseudonym?«, fragte Sir Walter dagegen. »Natürlich, um unerkannt zu bleiben.«

»Das ist mir klar«, versicherte Quentin. »Aber wenn du schon diesen ganzen Aufwand betrieben hast, um uns alle glauben zu machen, dass du nicht mehr am Leben bist, warum dann diese Flugblätter?«

»Weil ich nicht länger schweigen konnte. Als die Regierung ihre Pläne bekannt gab, wusste ich, dass ich handeln musste. Und da Walter Scott nicht mehr unter den Lebenden weilte, musste ich eben einen anderen Weg finden, um zu den Leuten zu sprechen. Nachts suchte ich die Bibliothek auf, um dort zu arbeiten und zu recherchieren – und stellte dabei fest, dass ich nicht der einzige nächtliche Besucher in Abbotsford war. Jemand ist wiederholt eingedrungen und hat ganz offenbar nach etwas gesucht, und ich nehme nicht an, dass …«

In diesem Moment war von draußen das Krachen einer Pistole zu hören, zweimal hintereinander.

»McCauley!«, entfuhr es Quentin, dann war er auch schon auf dem Weg zur Tür. Als Mary ihm folgen wollte, hielt Sir Walter sie mit einem beherzten Griff zurück.

»Nein, mein Kind.«

»Aber ich …«

»Bitte«, sagte Sir Walter nur, und er tat es auf eine Weise, der sie sich nicht entziehen konnte, so viel Edelmut, so viel Ritterlichkeit und altmodische Galanterie schwangen darin mit.

Mary nickte und blieb zurück, während Sir Walter rasch seinem Neffen folgte, seines hinkenden Beins ungeachtet. Durch die Halle und das Portal gelangten sie nach draußen. Dort blieben sie stehen, sahen sich im Mondschein um, der den Vorhof und die Bäume in unheimliches Licht tauchte.

Niemand war zu sehen.

Der Schusslärm war verstummt, beklommene Stille herrschte jetzt rings um das Anwesen.

»Sollten wir uns geirrt haben?«, fragte Quentin verunsichert.

»Ganz sicher nicht, mein Junge«, meinte Sir Walter überzeugt. »Das waren Schüsse, so wahr ich hier neben dir stehe. Glaub mir«, fügte er mit flüchtigem Lächeln hinzu, »ich kenne dieses Geräusch. Ich hatte Gelegenheit, es aus nächster Nähe zu studieren.«

»Aber aus welcher Richtung sind die Schüsse gekommen?«, fragte Quentin.

»Aus dieser«, antwortete jemand – und es war nicht Sir Walter. Stattdessen trat McCauley aus dem Dunkel hervor, das zwischen den Bäumen herrschte.

»Winston!«, entfuhr es Quentin. »Was …?«

McCauley trug etwas über der Schulter, das groß war und von beträchtlichem Gewicht zu sein schien. Zuerst konnte Quentin nicht erkennen, was es war. Als McCauley jedoch ins fahle Mondlicht trat und seine Last abwarf, sodass sie vor ihm im Gras zu liegen kam, da wurde es nur zu offensichtlich.

Es war der Leichnam eines Mannes.

Quentin erkannte ihn sofort an der Kleidung.

Es handelte sich um den Einbrecher.

In seiner Brust klafften zwei hässliche Löcher.

»Ist er …?«

»Tot«, bestätigte McCauley mit fachmännischer Überzeugung. »Ich hatte keine andere Wahl, als zu schießen.«

»Gleich zweimal?«, fragte Quentin.

»Was hätte ich denn sonst tun sollen?« Der Arzt fuchtelte mit der Pistole, die er noch in den Händen hielt und aus deren Doppellauf sich weißer Rauch wand. »Ich verfolgte ihn und forderte ihn mehrmals auf, sich zu ergeben. Plötzlich blieb er stehen und griff nach seinem Messer.«

Quentin sah die leere Messerscheide am Gürtel des Toten, wusste nicht, was er erwidern sollte.

»Nun«, knurrte Sir Walter, der nun ebenfalls hinzutrat – sich weiter Zurückhaltung aufzuerlegen, ergab keinen Sinn mehr, nun, da McCauley ihn bereits gesehen hatte, »verraten wird er uns jedenfalls nichts mehr, das steht fest.«

Überrascht wandte sich McCauley nach ihm um – und hätte beinahe laut aufgeschrien. »Sie ... Sie sind ...!«

»Darf ich vorstellen, Winston?«, fragte Quentin mit einer gewissen Genugtuung. Meist hatte er das Gefühl, dem schneidigen Feldarzt unterlegen zu sein, nun war es endlich einmal umgekehrt. »Sir Walter Scott – mein Onkel und der Herr von Abbotsford.«

»Aber ich dachte ... Sie wären tot!«, rief McCauley aus, dessen Augen sich tatsächlich weiteten, als würde er ein Gespenst erblicken.

»Das denken manche in diesen Tagen, und das soll auch so bleiben«, erwiderte Sir Walter. »Habe ich Ihr Wort darauf, Sir?«

»Na-natürlich«, versicherte McCauley.

»Gut. Sie sind ein Freund meines Neffen, und er hat Sie mir als Gentleman beschrieben. Das genügt mir.« Sir Walter nickte, damit schien die Angelegenheit für ihn erledigt – seine Aufmerksamkeit gehörte dem Toten, den er nun genauer in Augenschein nahm.

Der Tote mochte an die zwanzig Jahre alt sein. Seine Augen schienen sie in stillem Vorwurf anzustarren. Quentin spürte Übelkeit in sich aufsteigen, zumal eine der beiden Kugeln, die McCauley abgegeben hatte, den halben Brustkorb zerfetzt hatte. Überall war Blut, das in der feuchtkalten Luft wabernd verdampfte.

»Ich fürchte, ich kenne diesen Burschen«, meinte Sir Walter.

»Du kennst ihn?«

»Nicht dem Namen nach, aber ich glaube, ihn schon des Öfteren in Kelso gesehen zu haben.«

»Was mag er hier gewollt haben?«, fragte Quentin.

»Womöglich war er doch nichts weiter als ein gewöhnlicher Einbrecher«, überlegte McCauley. »Vielleicht dachte er, das Haus wäre noch unbewohnt und …«

»Nun, befragen können wir ihn dank Ihres beherzten Eingreifens wohl nicht mehr«, fiel Sir Walter ihm ins Wort, wobei er sich abermals bückte und dem Toten die Augen schloss.

»Wozu auch?«, wollte McCauley wissen. »Der Einbrecher ist gefasst, oder nicht? Und der Fall damit geklärt!«

»Glauben Sie, ein Rätsel ließe sich dadurch lösen, dass man alle Hinweise beseitigt?« Sir Walter deutete auf die noch immer rauchende Pistole in McCauleys Hand. »Sie irren sich, wenn Sie denken, dass dieser fehlgeleitete junge Mann aus eigenem Antrieb gehandelt hat. Ich bin überzeugt davon, dass er in jemandes Auftrag hier gewesen ist, und ich muss herausfinden, wer das ist.«

»Ich verstehe, Sir.« Ein dicker Kloß wanderte McCauleys Hals hinauf und wieder hinab. »Es tut mir leid.«

»Wir alle machen Fehler«, räumte Sir Walter ein. »Ich danke Ihnen dennoch, dass Sie meinem Neffen beigestanden haben.«

»Es war mir eine Ehre, Sir. Nur verstehe ich nicht, was das alles zu bedeuten hat. Warum sind Sie …?«

»Sie meinen, warum ich anders als dieser arme junge Bursche noch unter den Lebenden weile?«

McCauley nickte.

»Eine Kriegslist, Mr. McCauley, nicht mehr und nicht weniger. Als einstiger Feldscher sollten Sie das verstehen.«

Quentin konnte nicht anders, als beeindruckt zu sein. Sein

Onkel hatte die Zeit im Verborgenen in der Tat gut genutzt, um sich allseitig zu informieren. Auch der sonst so selbstbewusste McCauley war dadurch offenbar nur noch stärker eingeschüchtert, denn er sagte kein Wort mehr.

»Wie auch immer, jemand muss nach Kelso und dem Sheriff berichten«, regte Sir Walter an.

»Das werde ich übernehmen«, erklärte Quentin.

»Gut«, stimmte Sir Walter zu. »Außerdem brauchen wir hier in Abbotsford freies Feld. Am besten, du schickst eine Nachricht zu Sophia nach Galashiels, in der du meine liebe Charlotte bittest, noch ein wenig länger dort zu verweilen.«

»Du … du weißt auch von diesen Dingen?«, fragte Quentin verblüfft.

Sir Walter lächelte. »Abbotsford ist mein Haus, Junge«, erwiderte er. »Da sollte es dich nicht verwundern, wenn die Wände auch meine Ohren haben.«

»Also schön«, meinte Quentin. »Und was genau soll ich Tante Charlotte sagen?«

»Dass es in Abbotsford nicht sicher ist, und dafür brauchst du sie noch nicht einmal zu belügen. Etwas geht hier vor sich, mein Junge. Etwas Dunkles, Bedrohliches, das ich noch nicht zu durchschauen vermag. Aber mein Gefühl sagt mir, dass dies hier« – damit deutete er auf den leblosen Körper des jungen Mannes – »nur die Spitze des Eisbergs ist.«

3

Loch Leven
Zur selben Zeit

»Wo, zum Henker, sind Sie gewesen?«

Diarmid of Scrymgour stand auf der Schwelle des alten Steinhauses, das sich am südlichen Ufer des Loch Leven erhob. Das Feuer, das im offenen Kamin brannte, verbreitete wohlige Wärme und beleuchtete das Innere der Hütte mit flackerndem Schein. Davor stand die geheimnisvolle Frau, die so überaus unerwartet in sein Leben getreten war und die, wie er inzwischen wusste, eine Betrügerin war.

»In Edinburgh«, gab er bekannt.

»Drei Tage lang?« Sie schnaubte.

»Ich habe dort Erkundigungen eingeholt«, entgegnete er ruhig.

»Und? Sind Sie jetzt klüger?«

Er nickte. »Jedenfalls klug genug, um zu wissen, dass Sie, Ihre Herkunft betreffend, gelogen haben.«

»Tatsächlich?« Wenn seine Worte sie trafen, so ließ sie es sich nicht anmerken.

»Charles Edward Stewart, von dem Sie behaupten, dass er Ihr Vater war, starb im Jahr 1788. Es gibt also noch genügend Zeitzeugen, die sich seiner erinnern. Und nicht einer von ihnen kann sich entsinnen, dass unser guter Prinz Charlie eine Tochter gehabt hätte.«

»Nun«, erwiderte sie, »vielleicht liegt das ja daran, dass das

Erinnerungsvermögen Ihrer Freunde gelitten hat. Oder daran, dass sie ihren Prinzen nicht annähernd so gut kannten, wie sie sagen.«

»Sie bleiben also bei Ihrer Behauptung?«

»Es ist die Wahrheit.«

Scrymgour lachte auf. »Wahrheit ist etwas, mit dem sich Philosophen beschäftigen. Ich für meinen Teil pflege mich an die Wirklichkeit zu halten, an unwiderlegbare Fakten.«

»Dann schaffen Sie Fakten!«, forderte sie ihn auf. »Rufen Sie Ihre Männer zusammen und lassen Sie mich vor ihnen sprechen!«

»Und Sie denken, man würde Ihnen Glauben schenken? Haben Sie eine Ahnung, wie viele Betrüger schon behauptet haben, von Bonnie Prince Charlie abzustammen?« Scrymgour schüttelte den Kopf. »Meine Mitbrüder haben sich schon einmal von großen Worten verführen lassen, und es hätte beinahe zu ihrem Untergang geführt. Das hat sie misstrauisch werden lassen.«

Sie musterte ihn, und einen Augenblick lang war nicht zu erkennen, ob sie wütend oder mit Gleichmut reagieren würde. »Das ist ihr gutes Recht, Scrymgour«, sagte sie dann. »Aber ich versichere Ihnen, dass diese Männer mir bald schon treu ergeben sein werden. Und spätestens dann ist es an der Zeit, auf diese Maskerade zu verzichten.«

»Wir werden sehen«, sagte Scrymgour nur.

»Kommen Sie sich damit nicht allmählich lächerlich vor? Ich bin nur eine Frau und trage meine Züge unverhüllt, während Sie sich feige verstecken.«

»Überlassen Sie das mir«, entgegnete Scrymgour barsch. Er mochte es nicht, wenn er die Kontrolle verlor. Unter Malcolm of Ruthven war genau das geschehen, und er war wie alle anderen von der Lawine der Ereignisse erfasst und hinfortgerissen worden. Das wollte er diesmal vermeiden, und das bedeutete, dass er vorsichtig sein musste. Dass sie seinen Namen kannte, war eine Sache – es bedeutete jedoch nicht zwangsweise, dass sie auch das Gesicht dazu kannte.

»Malcolm of Ruthven wollte die Macht, das ist wahr, aber er hatte nichts, um diesen Anspruch zu untermauern«, erklärte sie und ballte die Faust. »Ich jedoch bin eine echte Stewart und damit legitime Erbin des Throns.«

»Dann beweisen Sie es«, entgegnete Scrymgour schlicht.

Im flackernden Schein des Feuers sah sie ihn an, ohne dass zu erkennen gewesen wäre, was sie dachte. Dann wandte sie sich abrupt von ihm ab. Als sie sich ihm wieder zuwandte, blitzte ein kleiner Gegenstand in ihrer Hand.

Es war ein Ring.

»Dieses Schmuckstück«, verkündete sie dazu mit bebender Stimme, »beweist meine Herkunft. Einst gehörte es Edward Charles Stewart, meinem Vater. Als Unterpfand für seine Liebe schenkte er es meiner Mutter, die es an mich weitergab.«

»Zeigen Sie her.« Scrymgour streckte verlangend die Hand nach dem Kleinod aus, doch sie gab es ihm nicht. Stattdessen trat sie selbst vor und zeigte es ihm aus der Nähe.

»Der Ring ist ein Geschenk des König von Frankreichs an meinen Vater gewesen«, erklärte sie dazu, »deshalb ist die französische Lilie darauf eingraviert. Die Schrift jedoch, die den Ring umläuft, ist in keltischer Sprache gehalten. Sie lautet *fhìor rìgh*. Sind Ihnen diese Worte bekannt?«

»Natürlich.« Scrymgour blickte auf. »Sie bedeuten der wahre König. In der Zeit vor Culloden war es die Losung der königstreuen Patrioten.«

»Glauben Sie mir nun?«

»Ein interessantes Detail, zweifellos«, entgegnete Scrymgour und verschränkte ablehnend die Arme vor der Brust. »Aber noch längst kein Beweis dafür, dass Sie diejenige sind, die Sie zu sein behaupten.«

»Dann passen Sie gut auf: *Fhìor rìgh* war auch das Losungswort, als in einer kalten Dezembernacht des Jahres 1745 ein französisches Kriegsschiff an der Küste Schottlands anlandete, um meinem Vater die vom französischen König versprochene Hilfe zu bringen.«

»Die nächste Lüge«, konterte Scrymgour. »Der König von Frankreich hatte Hilfe zugesagt, aber wie jedermann weiß, hat er sein Wort gebrochen. Die zugesicherten Truppen haben Charles Edward nie erreicht. Es war einer der Gründe für die vernichtende Niederlage, die er bei Culloden erlitten hat.«

»Nein«, widersprach Brighid mit lauter, kristallklarer Stimme. »Der König von Frankreich hatte Hilfe geschickt. Zwar nicht in Gestalt von Soldaten, sondern in Form eines Schatzes von einhundert Goldbarren, die jenes französische Schiff nach Schottland brachte. Mein Vater hätte es verwenden sollen, um damit irische und holländische Söldner anzuwerben.«

»Von einer solchen Lieferung ist mir nichts bekannt.«

»Natürlich nicht, denn das Unternehmen misslang. Verräter aus den eigenen Reihen fingen den Transport ab, metzelten die französischen Seeleute nieder und brachten das Gold an einen sicheren Ort. Doch in den Jahren, die folgten, fanden alle diese Männer ihren gerechten Lohn und starben eines gewaltsamen Todes. Und so liegt die Beute bis zum heutigen Tag an jenem Ort versteckt.«

»Unsinn.«

»Das ist kein Unsinn, Scrymgour«, beharrte sie, und ein triumphierendes Lächeln schlich sich in ihre Züge. »Dieses Gold ist noch immer da und wartet darauf, gefunden zu werden – und ich kenne den Weg.«

4

Kelso
6. März 1826

»Lieber Master Quentin, so sehr ich mich auch über das Wiedersehen freue, unter anderen Voraussetzungen wäre es mir noch weitaus angenehmer.«

John Slocombe hatte sich kaum verändert.

Das Haar des Sheriffs war ein wenig schütterer geworden und seine knollenförmige Nase noch ein wenig röter; davon abgesehen, schien er in den vergangenen vier Jahren jedoch ganz derselbe geblieben zu sein. Noch immer schien seine Liebe dem Scotch zu gehören, und noch immer bekleidete er das Amt des obersten Ordnungshüters von Kelso.

»Das geht mir nicht anders«, versicherte Quentin, der Slocombes Amtsstube aufgesucht hatte, die sich in der Mitte des Dorfes am Marktplatz befand. Im Zuge der wundersamen und oftmals grausigen Ereignisse, die seinen Onkel und ihn auf die Spur der Runenbruderschaft geführt hatten, waren sie beide öfter hier gewesen, und es war fast bestürzend zu sehen, wie wenig sich seither verändert hatte. Noch immer stand das Ungetüm von Eichenholztisch in der Mitte des Raumes, noch immer waren die Regale vollgestopft mit allerlei Unrat, und noch immer suchte Slocombe seine Trunksucht zu verbergen, indem er Gläser und Flaschen an allen möglichen Orten versteckte.

»Vier Jahre!«, rief der Sheriff aus, während er sich erhob und seinen Schreibtisch umrundete. »Vier Jahre und nicht ein einziger Zwischenfall! Und kaum bist du hier, bringst du mir schon wieder eine Leiche!«

»Das bedaure ich wirklich sehr«, beteuerte Quentin, dem die Angelegenheit tatsächlich peinlich war. »Aber ich habe diesen Gentleman gewiss nicht gebeten, des Nachts in das Anwesen meines Onkels einzudringen.«

»Ein Einbruch also.«

»Wie ich schon sagte«, fasste Quentin noch einmal zusammen. »Der Vermummte verschaffte sich widerrechtlich Zutritt zu Abbotsford, wobei wir ihn überraschten und zu stellen versuchten. Daraufhin ergriff er die Flucht, und wir verfolgten ihn. Als er ein Messer zog und uns angreifen wollte, wurde er erschossen.«

»Abbotsford«, echote Slocombe, jähe Hoffnung schöpfend. »Dann bist du bei mir falsch, mein Junge. Der Sheriff von Galashiels ist dafür zuständig. Wäre dein Onkel noch am Leben, hätte er dir das gesagt.«

»Nun, Sir«, meinte Quentin und biss sich auf die Lippen – er konnte ja unmöglich sagen, dass es genau dieser vermeintlich verstorbene Onkel gewesen war, der ihn geradewegs zu Slocombe geschickt hatte. »Tatsächlich verhält es sich so, dass einer der«, – er nahm die Hand vor den Mund und räusperte sich – »Hausbediensteten davon überzeugt ist, den Eindringling aus Kelso zu kennen und ihn hier schon öfter gesehen zu haben. Aus diesem Grund hat mich mein Weg als Erstes zu Ihnen geführt.«

»So, so.« Die Hoffnung schwand so schnell aus Slocombes Augen, wie sie dort aufgetaucht war. Er stieß eine halblaute Verwünschung aus. Auch an seiner Einstellung zur Pflicht schien sich in den vergangenen vier Jahren nichts geändert zu haben. Jedenfalls nichts zum Besseren.

»Wo ist er?«, fragte er nur.

»Draußen auf dem Wagen«, erwiderte Quentin und deutete Richtung Tür. »Wenn Sie …«

»Das muss ich wohl«, kam es mürrisch zurück.

Slocombe bedeutete Quentin, ihm vorauszugehen, und sie verließen das Büro und traten hinaus auf den Marktplatz, über dem an diesem Morgen dichte graue Wolken hingen. Der Pritschenwagen, mit dem Quentin gekommen war, stand am Straßenrand. Als Slocombe die verräterischen Formen erkannte, die sich unter der Plane auf der Ladefläche abzeichneten, stieß er abermals eine Verwünschung aus. Seine vom Scotch geröteten Züge verzerrten sich vor Abscheu, während er ans Kopfende trat und die Plane anhob.

»Verdammt«, sagte er nur.

»Sie kennen den Mann?«

»Natürlich kenne ich ihn. Er stammt tatsächlich hier aus dem Dorf. Sein Name ist Malcolm Graham, aber alle nennen ihn nur Mackie. Er ist einer dieser jungen Kerle, die zu viel trinken und zu wenig arbeiten. Ich habe ihm gesagt, dass es irgendwann ein übles Ende mit ihm nehmen wird. Und ich habe recht behalten.«

»Heißt das, dass er schon öfter in Schwierigkeiten war?«, hakte Quentin nach.

Slocombe nickte. »Er hat schon mal in Galashiels eingesessen, einen ganzen Monat lang. Aber es hat wohl nichts genutzt.« Der Sheriff schlug mit der geballten Faust auf die Ladefläche. »Verdammt, Junge! Was hast du dir nur dabei gedacht?«

Quentin blickte betreten zu Boden. Man konnte sehen, dass der Tod des jungen Burschen Slocombe naheging. Vielleicht, sagte sich Quentin, war es gar nicht Faulheit, die den Sheriff von seinen Pflichten fernhielt. Vielleicht war er ja nur nicht der richtige Mann für diese Art von Arbeit.

»Er war einer von den Kerlen, die immer Ärger machen«, berichtete Slocombe weiter. »Seine Mutter ist im Kindbett gestorben, sein Vater kam nie darüber hinweg. Als er vor ein paar Jahren ebenfalls starb, hinterließ er Mackie einen kleinen Hof, den der Junge jedoch verkommen ließ. Wenn er mal Geld hatte, dann hat er es gleich in die nächste Taverne getragen. Oder zu Natty.«

Quentin hob die Brauen. »Wer ist Natty?«

»Kennst du noch das alte Haus an der Biegung kurz vor Roxburgh?«

»Das Grey's Inn«, bestätigte Quentin.

»Das Grey's Inn gibt's nicht mehr«, klärte ihn Slocombe auf. »Es heißt jetzt Molly's Inn, und es ist nicht das, was es auf den ersten Blick zu sein scheint, verstehst du?«

»Nein«, gestand Quentin.

»Einige Damen haben sich dort niedergelassen, die … du weißt schon … sich einsamer Männer annehmen.«

»Allerdings nicht aus reiner Nächstenliebe, sondern gegen ein gewisses Entgelt«, vermutete Quentin. »Und das lassen Sie zu?«

»Nun«, verteidigte sich Slocombe, wobei er noch ein wenig mehr errötete, »solange sich die Mädchen nicht auf der Straße aufhalten, verstoßen sie nicht gegen das Gesetz. Und davon abgesehen, gibt es in der Gegend nicht wenige Gentlemen, die die Dienste Red Mollys und ihrer Mädchen gerne in Anspruch nehmen. Selbst ich bin bereits …«

»Ich will das gar nicht wissen, Sheriff«, stellte Quentin klar. »Und diese Natty, von der Sie sprachen, ist …«

»… eines der Freudenmädchen«, gestand Slocombe ein. »Soviel ich weiß, hatte sie Mackie gehörig den Kopf verdreht, denn er besuchte sie, so oft er nur konnte.«

»Dann weiß sie womöglich mehr«, mutmaßte Quentin. »Womöglich gab es Komplizen. Oder einen Auftraggeber.«

»Ich denke nicht«, meinte Slocombe, wobei er die roten Wangen plusterte und sich am spärlich behaarten Hinterkopf kratzte. »Der Junge war so allein, wie man nur sein kann, ein Einzelgänger. Ich werde mich erst mal um seinen Leichnam kümmern und dafür sorgen, dass er ein anständiges Begräbnis bekommt.«

»Und Natty?«

»Was soll mit ihr sein?«

»Wollen Sie sie nicht befragen?«

»Später vielleicht«, kam es zurück. Quentin kannte den Sheriff gut genug, um zu wissen, dass dies seine Art war zu sagen, dass er für einen Tag genug Arbeit gehabt hatte. Vermutlich würde er den Nachmittag damit verbringen, eine Flasche Scotch zu Mackies Ehren zu leeren. Der Vorteil war, dass Quentin und sein Onkel dadurch freies Feld hatten.

Quentin wartete noch, bis Slocombe ein paar Burschen herbeigerufen hatte, die den Leichnam vom Wagen luden und ihn hinüber zur Kirche trugen. Dann verabschiedete er sich, bestieg den Kutschbock und fuhr zurück nach Abbotsford.

Ein seltsames Hochgefühl erfüllte ihn dabei.

Sein Onkel würde sehr zufrieden mit ihm sein.

Sie hatten eine Spur.

5

»Es ist ein Anhaltspunkt«, stellte Sir Walter fest. »Nicht mehr und nicht weniger. Eine Spur haben wir erst dann, wenn sich aus diesem Hinweis ein weiterer ergibt, der uns womöglich zum Drahtzieher dieser höchst unerfreulichen Ereignisse führt.«

»Ja, Onkel«, erwiderte Quentin nur und lachte leise in sich hinein. Wieder gemeinsam mit Walter Scott in einer Kutsche zu sitzen und über mysteriöse Geheimnisse zu rätseln, mutete unwirklich, ja geradezu wunderbar an. Noch vor wenigen Tagen war Quentin davon überzeugt gewesen, dass er genau das niemals wieder erleben würde.

»Ist es dir eigentlich gut ergangen in den Kolonien?«, erkundigte sich Sir Walter mit forschendem Blick.

»Ja, Onkel.« Quentin nickte. Was hätte er auch sonst erwidern sollen? Dies war weder die rechte Zeit noch der rechte Ort für Dinge wie diese.

»Und Mary ebenso?«

»Warum fragst du?«

»Nun«, entgegnete sein Onkel und bewies damit einmal mehr, was für ein vortrefflicher Beobachter er war, »ich hatte den Eindruck, dass sie …«

Er verstummte, als von außerhalb der Kutsche der Hufschlag von Pferden zu hören war. Ein heiserer Ruf erklang, woraufhin der Kutscher das Gefährt am Straßenrand zum Stehen brachte. Im nächsten Moment passierte eine Patrouille rot uniformierter Dragoner die Kutsche. Die Mienen unter den schwarzen Bärenfellmützen wirkten grimmig und entschlossen.

So dankbar Quentin für die Ablenkung war, so sehr verwunderte ihn der Anblick. »Grey Dragoons«, stellte er fest, nachdem er den Kopf aus dem Seitenfenster der Kutsche gereckt und den Reitern hinterhergesehen hatte. »Offenbar auf dem Weg nach Galashiels. Was sie dort wohl wollen?«

»Präsenz zeigen«, nahm Sir Walter an. »Die Dragoner sollen den Menschen wohl klarmachen, dass man in London keine gewaltsame Erhebung dulden wird.«

»So weit ist es schon gekommen?«

»Wir leben in unruhigen Zeiten«, bestätigte Sir Walter.

»Und du hast durch deine Flugblätter nicht gerade dazu beigetragen, sie zu beruhigen«, gab Quentin zu bedenken.

»Ich habe lediglich gesagt, was wahr ist – und das, mein Junge, muss auch in diesen Tagen noch erlaubt sein. Die Mächtigen in London müssen wissen, dass die Menschen hier ihre Pläne durchschauen. Nur so werden sie vielleicht davon ablassen.«

»Was für Pläne?« Quentin hob eine Braue.

»Ist das nicht offensichtlich? Was Cumberland nicht gelungen ist, soll nun mit anderen Mitteln erreicht werden. Die Engländer konnten Schottland nicht unterwerfen, nun wollen sie es kaufen. Alles, wofür ich mein Leben lang gearbeitet habe, wäre damit auf einen Schlag zunichtegemacht, und jene würden triumphieren, die in unserer geliebten Heimat nie etwas anderes gesehen haben als eine Kuh, die es zu melken gilt. Darum, mein Junge, geht es in Wirklichkeit: um nicht mehr und nicht weniger als die Seele unseres Landes.«

Quentin nickte. Bislang hatte er vor allem die finanziellen Aspekte der wirtschaftlichen Krise gesehen. Die tatsächlichen Folgen jedoch gingen noch sehr viel weiter, und es bedurfte eines Mannes vom Schlage Sir Walter Scotts, um dies zu erkennen. Wie in alten Zeiten kam es Quentin wieder einmal vor, als wäre er der Schüler und sein Onkel der Lehrer.

»Vergangenheit und Tradition«, bekräftigte Sir Walter, »sind Dinge, die sich nicht veräußern lassen. Das werden auch die Gentlemen in London früher oder später lernen müssen.«

»Nun«, meinte Quentin grinsend, »ich schätze, einer von ihnen hat es bereits gelernt.«

»Wovon sprichst du?«

»Sagt dir der Name Milton Chamberlain etwas?«

»Allerdings.« Sir Walter nickte. »Ein Anwalt aus London, der unsere Gläubiger vertritt. Allerdings hatte ich noch nicht das Vergnügen, diesen Gentleman persönlich kennenzulernen.«

»Ob es ein Vergnügen geworden wäre, ist höchst zweifelhaft«, meinte Quentin. »Seit Bekanntwerden deines ... deines ...«

»Ablebens«, half Sir Walter lächelnd aus.

»... hat er mehrfach darauf gedrängt, dass dein Privatbesitz liquidiert und Abbotsford verkauft werden soll.«

»Sieh an«, sagte Sir Walter nur.

»Ist das alles, was du dazu zu sagen hast?«

»Daran siehst du, dass es eine gute Idee war zu sterben«, entgegnete sein Onkel mit jenem ihm eigenen, bisweilen schwer nachvollziehbaren Humor, »denn seit ich nicht mehr unter den Lebenden weile, kriechen die Ratten aus den Löchern.«

Die Kutsche folgte der alten Landstraße, die von Galashiels nach Roxburgh führte und sich wegen der Schnee- und Regenfälle der vergangenen Wochen in einem beklagenswerten Zustand befand. Entsprechend langsam kam das Gefährt voran, und Quentin war erleichtert, als sie endlich die Kreuzung erreichten und die Straße nach Roxburgh nahmen.

»Und du hast wirklich vor, dieses ... Etablissement zu betreten, Onkel?«, fragte Quentin.

»Keineswegs, Junge«, widersprach Sir Walter, »schließlich darf ich mich noch immer nicht in der Öffentlichkeit zeigen. Stattdessen wirst du hineingehen und die betreffende Dame zu unserer Kutsche bitten.«

»Ich?« Quentin errötete schlagartig. »Aber wie sieht das denn aus? Was wird Mary dazu sagen?«

»Sie wird es verstehen«, meinte Sir Walter überzeugt. »In diesem Fall dürfte der Zweck die Mittel heiligen.«

»Aber … aber …« Quentin suchte nach Ausflüchten – und fand keine. Schließlich begnügte er sich damit, schicksalsergeben zu seufzen und sich dem Willen seines Onkels zu fügen. Manche Dinge änderten sich wohl nie.

Als die Kutsche das Gebäude erreichte, das Quentin noch als das Grey's Inn kannte – ein langgestrecktes, zweistöckiges Steinhaus, das an einer Wegbiegung lag –, ließ Sir Walter anhalten. Es war die Mietdroschke, mit der McCauley aus Edinburgh gekommen war und die er ihnen samt Kutscher überlassen hatte. Quentin bezweifelte, dass der kleinwüchsige Mann mit den verhärmten Zügen wusste, dass er einen lebenden Toten durch die Gegend fuhr, zumal sich Sir Walter einen Schal vors Gesicht geschlagen hatte und seinen Zylinder tief ins Gesicht gezogen trug.

»Los doch«, forderte Sir Walter seinen Neffen auf. »Ich bin sicher, die Damen beißen nicht.«

Quentin stieg aus der Kutsche. Ein wenig unbehaglich war ihm dabei schon zumute. Mit argwöhnischen Blicken vergewisserte er sich, dass niemand ihn beobachtete, dann klopfte er zaghaft an die Pforte. Er erschrak, als ein grobschlächtiger Kerl die Tür aufriss und ihn aus blutunterlaufenen Augen anstarrte.

»Ja?«

»Ich … äh …« Noch ehe sich Quentin erklären konnte, gab der Mann bereits den Weg frei. Vermutlich war er der Aufpasser, dessen rohe Körperkraft immer dann gefragt war, wenn einer der Freier säumig war oder etwas verlangte, das ihm nicht zustand.

Durch eine Wolke von bitterem Biergeruch, die den Türsteher umgab und den Eingang zu verbarrikadieren schien, trat Quentin ein. Es war sein erster Besuch an einem Ort wie diesem, entsprechend unvorbereitet war er. Schummriges Halbdunkel empfing ihn in der Eingangshalle, deren Fenster mit Vorhängen verhüllt waren, und aus diesem Halbdunkel trat ihm im nächsten Moment die schrillste Person entgegen, der er je begegnet war.

Das Gesicht der Frau war blass gepudert und ließ ihre Lippen umso greller leuchten. Auf ihrem Kopf saß ein wahres Ungeheuer von Perücke, deren dicke fuchsrote Locken an Tentakel erinnerten. Das Kleid, das sie trug, war aus dunkler spitzenbesetzter Seide und betonte ihr üppiges Dekolleté – allerdings konnte es nicht darüber hinwegtäuschen, dass ihre Reize bereits ein wenig in die Jahre gekommen waren.

»Herzlich willkommen, junger Master«, empfing sie ihn mit tiefer Stimme und zuckersüßem Lächeln. »Ich bin Molly, die Betreiberin dieses wunderbaren Ortes. Womit kann ich dienen?«

»Ich … Ist Natty hier?«, erkundigte sich Quentin direkt.

»Ah.« Madame Molly lächelte verheißungsvoll. »Da weiß jemand schon ganz genau, was er will, nicht wahr?«

»Nun«, erwiderte Quentin, der zunehmend errötete, »Miss Natty wurde mir empfohlen, sozusagen.«

»Wie schade«, beschied sie ihm und rümpfte die Nase, wobei sie ihn vom Scheitel bis zur Sohle musterte. »Einen knackigen jungen Burschen deines Schlages hätte auch die gute Molly nicht von der Bettkante gestoßen.«

»Das – äh – ist sehr schmeichelhaft«, behauptete Quentin in seiner Not, worauf sie in helles Gekicher verfiel und sich entfernte. Als sie kurz darauf wiederkam, befand sich eine junge Frau in ihrer Gesellschaft.

Auch ihre Züge waren gepudert, ihr schwarzes Haar jedoch, das in der Mitte gescheitelt war und an den Seiten in tuffigen Locken herabfiel, war fraglos echt. Ihr Alter schätzte Quentin auf höchstens zwanzig Jahre. Sie hatte ein hübsches Gesicht, aus dem rätselhafte grüne Augen blickten; ihr Kleid war so geschnitten, dass es die nackten Schultern sehen ließ, auch die Ansätze ihrer Brüste waren zu erkennen. Quentin ertappte sich dabei, dass sein Blick etwas länger dort verweilte, als es für einen Gentleman schicklich gewesen wäre.

»Miss Natty?«, fragte er.

»*Miss* Natty?« Sie lachte. »Du bist wohl ein ganz feiner Pinkel, was?«

»Nein, eigentlich nicht«, beeilte sich Quentin zu erklären, »ich möchte nur …«

»… keine Zeit verlieren«, vervollständigte Madame Molly, wobei sie Quentin beherzt am Arm packte und ihn in Richtung der Treppe bugsierte. »Nimm den feinen Gentleman mit nach oben, Natty. Ich bin sicher, dir wird etwas einfallen, wie du ihm den Tag versüßen kannst.«

»Äh, nein, bitte!«, rief Quentin, während er sich des Griffs der Puffmutter erwehrte. »Ich wollte Miss Natty bitten, mich nach draußen zu begleiten.«

»Sonderwünsche?« Molly musterte ihn abermals, diesmal sehr viel kritischer als zuvor. »Das geht aber extra!«

»D-dessen bin ich mir bewusst«, beeilte sich Quentin zu versichern. »Draußen vor der Tür steht eine Kutsche, in der ein Gentleman sitzt, der Miss Natty zu sprechen wü…«

»Zwei Kerle gleichzeitig?« Ein breites Grinsen erschien auf ihren bleichen Zügen. »Wer hätte das gedacht? Du bist ja ein ganz Schlimmer! Aber das kostet dann auch doppelt, nur damit wir uns verstehen.«

»Das – äh – sollte kein Problem sein«, versicherte Quentin, während er bereits in Richtung Tür zurückwich. Madame Molly zu erklären, dass dies ein Missverständnis und er eigentlich aus ganz anderen Gründen hier war, hätte zu weit geführt.

»Also, Natty, du hast es gehört«, wies Molly das Mädchen an. »Dort draußen wartet noch ein Gentleman darauf, von dir beglückt zu werden.«

»Jawohl, Madame.«

Die Bereitwilligkeit, mit der sich Natty dem Willen der Puffmutter fügte und Quentin nach draußen folgte, hatte etwas Beschämendes. Seit dem Ende der Napoleonischen Kriege war Prostitution auf den Inseln weit verbreitet. Nicht nur in den großen Städten wie London und Edinburgh, sondern auch auf dem Land gab es Frauen, die ihren Körper zu Markte tragen mussten, um sich und ihre Familien zu versorgen, und die wirtschaftliche Krise hatte nicht dazu beigetragen, die Situation zu verbessern. Unwillkürlich fragte sich Quentin, was für ein trauriges Schicksal sich hinter Nattys hübscher und scheinbar so unbekümmerter Fassade verbergen mochte.

»Ist das die Kutsche?«, erkundigte sie sich, als sie nach draußen traten.

»Allerdings.«

»Und da drin wartet noch ein Kunde?«

»Also, eigentlich«, fühlte sich Quentin bemüßigt zu erklären, »ist es kein …«

Sie hatte die Einstiegstür bereits erreicht, öffnete sie – und stutzte, als eine behandschuhte Rechte erschien, die ihr den Zutritt verweigerte.

»Nanu?«, fragte sie und sah Quentin verunsichert an. »Was ist denn jetzt?«

»Keine Sorge, Miss Natty«, drang es aus dem Inneren der Kutsche, wo Sir Walter sich sorgsam verborgen hielt. »Wir wollen nur mit Ihnen sprechen.«

»Nur sprechen, was?« Nattys grüne Augen suchten das Halbdunkel, das im Inneren der Kutsche herrschte, mit Blicken zu durchdringen. »Ihr Jungs seid ziemlich seltsam, wisst ihr das? Die meisten Kerle, die zu mir kommen, wollen alles, bloß nicht reden.«

»Sagt Ihnen der Name Mackie Graham etwas?«

Sie erstarrte, ihre Heiterkeit verflog. »Mackie? Was ist mit ihm? Steckt er wieder in Schwierigkeiten?«

»Wie man es nimmt, meine Teure«, entgegnete Sir Walter leise. »Er ist tot.«

»Was?« Sie schluckte sichtbar. »Wie ist das passiert?«

»Er wurde erschossen, als er beim Einbruch in einen benachbarten Landsitz gestellt wurde«, erwiderte Quentin, der ebenfalls hinzugetreten war.

»Oh, nein.« Sie schüttelte den Kopf. »Ich hatte ihm gesagt, dass er die Finger davon lassen soll.«

»Wovon?«, hakte Sir Walter nach.

Sie holte tief Luft, um zu antworten, doch plötzlich stockte sie. »Wer sind Sie?«, wollte sie wissen, wobei sich ihre Augen argwöhnisch verengten.

»Jemand, der allen Grund zu der Annahme hat, dass Mr. Graham diesen Einbruch nicht aus eigenem Antrieb begangen hat, sondern dazu angestiftet wurde.«

»Sie meinen den Vornehmen?«

»Den Vornehmen?«, hakte Sir Walter nach. »Wie darf ich das verstehen?«

Natty biss sich auf die Lippen, zögerte.

»Miss Natty, wenn es jemanden gibt, der hinter dieser Sache steckt, dann nennen Sie uns seinen Namen. Wer immer der Kerl ist, er hat Mackies Tod zu verantworten, und wir wollen ihn dafür zur Rechenschaft ziehen.«

»Also schön«, knurrte sie. »Seinen Namen kenne ich nicht. Macky hat ihn immer nur den Vornehmen genannt, weil er so gut gekleidet war und so feine Manieren hatte. Kam wohl aus der Stadt.«

»Haben Sie diesen Mann je gesehen?«

»Nein, ich kenne ihn nur aus Mackies Erzählungen. Aber er hat ihn wohl öfter getroffen, zuletzt vor ein paar Tagen. Danach war er bei mir und warf mit Geld nur so um sich. Das hier hat er mir geschenkt.« Sie griff in den Ausschnitt ihres Kleides und zog einen aus Bernstein gearbeiteten Anhänger hervor. »Er hat gesagt, dass er neue Arbeit hätte. Der Vornehme hatte ihm wohl Geld gegeben, damit er irgendetwas für ihn tut.«

»Wie zum Beispiel einen Einbruch verüben?«, fragte Quentin.

»Nein.« Natty schüttelte entschieden den Kopf. »Mackie hätte niemals etwas gestohlen, dafür war er viel zu rechtschaffen.«

»Sheriff Slocombe sagt etwas anderes.«

»Weil er ihn nicht so gut kannte.« Tränen lösten sich aus den Augenwinkeln der jungen Frau und rannen in gezackten Rinnsalen über ihre Wangen. »Er hat nur das Äußere gesehen. Aber tief in seinem Herzen war Mackie anders ... freundlich und empfindsam und ...« Sie schluckte, schüttelte den Kopf. »Er hat immer davon gesprochen, dass er mich eines Tages rausholen würde, fort von hier, weit weg ... Aber nun«, fügte sie leise hinzu, »wird daraus wohl nichts mehr werden.«

»Das tut mir wirklich leid«, versicherte Sir Walter.

»Er hat gesagt, dass diese Arbeit ihm genug Geld einbringen würde, um mich bei Molly auszulösen und zwei Plätze auf einem Schiff nach Amerika zu kaufen.«

»Sie wollten in die Neue Welt?«, fragte Quentin.

»Ja.« Natty sah ihn traurig an. »Es soll dort sehr schön sein. Ein Land, in dem noch Platz für Träume ist.«

»In der Tat.« Quentin zwang sich zu einem Lächeln.

»Darf ich Ihnen noch eine Frage stellen, Miss Natty?«, erkundigte sich Sir Walter sanft.

Sie nickte nur.

»Wissen Sie, ob Mr. Graham des Lesens mächtig war?«

»Warum interessiert Sie das?«

»Konnte er lesen oder nicht?«, beharrte Sir Walter.

»Nein.« Sie schüttelte den Kopf. »Aber er wollte es lernen. Er hat immer davon geträumt, mehr aus sich zu machen.«

»Nun, Miss Natty«, entgegnete Sir Walter, »bedauerlicherweise steht es nicht in meiner Macht zu ändern, was geschehen ist. Aber ich kann dies hier tun.« Erneut erschien seine Hand. Darin lag – Quentin traute seinen Augen nicht – eine 50-Pfund-Note.

»Aber das ... ist zu viel!«, erklärte Natty bestürzt.

»Im Gegenteil, Sie haben uns sehr geholfen«, versicherte Sir Walter. »Natürlich weiß ich, dass Geld Ihren Verlust nicht aufwiegen kann. Aber wenn Sie ein neues Leben beginnen wollten, so können Sie dies nun tun.«

Natty zögerte noch immer, als könnte sie ihr Glück nicht fassen. Dann griff sie zaghaft zu. Mit gemischten Gefühlen sah Quentin, wie der Geldschein seinen Besitzer wechselte. So sehr er bedauerte, was geschehen war, und so sehr er Natty ein neues Leben wünschte, so genau wusste er auch um die angespannte Finanzlage seines Onkels. Wenn eines in diesen Tagen sicher war, dann dass Walter Scott keine fünfzig Pfund besaß, die er einfach so aus den Händen geben konnte. Quentin erwog einen Augenblick lang, ob er Einspruch erheben sollte, brachte es jedoch nicht über sich.

»Wie soll ich Ihnen nur danken?«, schluchzte Natty, und noch ehe Sir Walter reagieren konnte, fasste sie seine behandschuhte Rechte und küsste sie.

»Wir sind es, die zu danken haben«, versicherte er mit jener Mischung aus Ritterlichkeit und Edelmut, die aus einer anderen Zeit zu stammen schien.

Natty bedankte sich noch einmal, dann wandte sie sich ab und huschte davon, als fürchtete sie, ihr anonymer Gönner könnte es sich noch einmal anders überlegen. Oder sie zweifelte so langsam an ihrer beider Verstand und wollte nicht länger die Gesellschaft zweier Verrückter teilen.

Seufzend wies er den Kutscher an, nach Abbotsford zurückzukehren, dann stieg er selbst ein und ließ sich Sir Walter gegenüber nieder. »War das wirklich nötig?«, wollte er wissen.

»Wovon sprichst du?«

»Die Zuwendung«, erklärte Quentin. »Hätten zwanzig Pfund nicht auch genügt?

»Träume sind eben kostspielig«, entgegnete Sir Walter mit mildem Lächeln, während die Kutsche wieder anfuhr. »Außerdem hat uns die junge Dame einen wertvollen Dienst erwiesen.«

»Tatsächlich?« Quentin runzelte die Stirn.

»Zum Beispiel wissen wir jetzt, dass es diesen geheimnisvollen Auftraggeber tatsächlich gibt.«

»Zugegeben. Aber wir wissen weder, wie er aussieht, noch kennen wir seinen Namen. Ich kann also nicht von mir behaupten, sehr viel schlauer zu sein als zuvor.«

»Dann lass mich es dir erklären, mein Junge«, erwiderte Sir Walter bereitwillig. »Wir wissen, dass der Eindringling es auf die Bibliothek abgesehen hatte, denn auf dem Weg dorthin habt ihr ihn gestellt. Aber was, so frage ich dich, hat jemand, der überhaupt nicht lesen kann, dort verloren?«

»Wer weiß?« Quentin schürzte die Lippen. »Vielleicht wusste Mackies Auftraggeber nichts davon, und Mackie hat es ihm verheimlicht, weil er das Geld wollte.«

»Möglich«, räumte Sir Walter ein. »Oder aber, es war dem Auftraggeber einerlei, weil es ihm nicht darauf ankam.«

»Was soll das nun wieder heißen?«

»Damit will ich sagen, mein Junge, dass unser bemitleidenswerter Mr. Graham womöglich gar nichts in der Bibliothek finden sollte. Miss Natty hat uns ja auch versichert, dass er zu einem Diebstahl gar nicht fähig gewesen wäre.«

»Und das glaubst du?«

»Allerdings.« Sir Walter nickte. »Ich denke, dass sein Auftrag nicht darin bestand, etwas zu entwenden, sondern lediglich darin, sich zu einem bestimmten Zeitpunkt in Abbotsford aufzuhalten. Entsprechend freute er sich über den Auftrag und das leicht verdiente Geld.«

»Sich zu einem bestimmten Zeitpunkt in Abbotsford aufzuhalten?« Quentin runzelte die Stirn. »Aber das ergibt doch keinen Sinn!«

»Auf den ersten Blick nicht«, gab Sir Walter zu. »Aber was, wenn seine Entdeckung von Mr. Graham einkalkuliert war?«

»Du meinst eine Art Ablenkungsmanöver?«

»Ich sehe mit Freuden, dass dein Scharfsinn nicht nachgelassen hat.«

Quentin war nicht sicher, ob die Bemerkung ernst oder ironisch gemeint war und überhörte sie deshalb geflissentlich. »Aber wovon sollte er uns ablenken?«

»Von dem tatsächlichen Eindringling, der sich in der Bibliothek zu schaffen gemacht hatte. Ich habe dir doch erzählt, dass ich schon wiederholt den Verdacht hegte, dass außer mir noch ein zweiter Geist in Abbotsford sein Unwesen treibt. Was, wenn Graham nur als Sündenbock dienen sollte, damit der tatsächliche Täter weiter unerkannt wirken konnte?«

»Das … das wäre unerhört«, entfuhr es Quentin. Er merkte, wie sich sein Pulsschlag beschleunigte, über seinen Rücken rann ein kalter Schauder. »Aber wenn es tatsächlich so gewesen ist, musste der wahre Täter dann nicht damit rechnen, dass Mackie ihn verrät?«

»In der Tat. Und das wiederum wirft ein etwas zwielichtiges Licht auf unseren ehrenwerten Mr. McCauley, der Graham auf so endgültige Weise verstummen ließ.«

»Was?« Quentin glaubte nicht recht zu hören. »Du verdächtigst Winston?«

»Ich gehorche nur der Logik.«

»Aber … McCauley ist ein Mann von Ehre! Er ist Kriegsveteran, ein Feldarzt, der auf Einladung der Royal Academy nach Edinburgh gekommen ist. Er hat uns mehrfach geholfen!«

»Das bestreite ich nicht«, versicherte Sir Walter. »Die Frage ist nur, ob er es aus Hilfsbereitschaft oder aus Eigennutz getan hat. Was genau weißt du über Mr. McCauley? Woher kommt er?«

»Nun«, versuchte Quentin sich zu erinnern, »er sagte, dass er Amerikaner sei, von Geburt allerdings Schotte. Nach allem, was ich weiß, hat er in den Vereinigten Staaten als Feldarzt gedient und dabei so umfassende Kenntnisse erworben, dass die Royal Academy ihn nach Edinburgh gebeten hat.«

»Die Royal Academy.« Sir Walter schürzte anerkennend die Lippen. »Hat er dafür jemals Beweise vorgelegt?«

»Er hatte eine Einladung, die er bei seiner Einreise dem zuständigen Offizier präsentierte«, erinnerte sich Quentin.

»Ich verstehe.«

»Onkel«, sagte Quentin, der zunehmendes Unbehagen verspürte, »McCauley ist noch immer in Abbotsford, zusammen mit Mary!«

»Ich weiß«, versicherte Sir Walter gelassen, »aber deshalb brauchst du dich nicht zu sorgen. Selbst wenn er etwas mit dieser Sache zu tun haben sollte, was noch längst nicht bewiesen ist, ist mir eines nur zu klar.«

»Und das wäre?«

»Dass Winston McCauley es, wenn überhaupt, nicht auf Mary abgesehen hat, sondern auf Abbotsford.«

»Und das bedeutet?«

Wie in den alten Tagen glitt ein spitzbübisches Grinsen auf die Züge des großen Romanciers. »Dass ich ihn auf die Probe stellen werde, mein Junge.«

6

»Sie sollten sich nicht grämen, werte Mary. Diese Sorgenfalten stehen Ihnen schlecht zu Gesicht.«

»Finden Sie?« Obwohl sie sich tatsächlich sorgte, rang sich Mary ein höfliches Lächeln ab. Sie rechnete es Winston McCauley hoch an, dass er sich bereit erklärt hatte, in Abbotsford zu bleiben und sie zu beschützen, während Quentin und Sir Walter unterwegs waren, um Erkundigungen einzuholen.

»Unbedingt.« Der weltgewandte Gast, der am Kamin des Salons stand und mit dem Gluteisen in der Hand gedankenverloren in den Flammen stocherte, erwiderte das Lächeln. Sein pomadisiertes Haar glänzte im Widerschein des Feuers. »Schließlich sind Sie von Gentlemen umgeben, die jederzeit ihr Leben riskieren würden, um das Ihre zu schützen.«

»Das ist lieb von Ihnen.« Mary legte das Buch beiseite, in dem sie erfolglos zu lesen versucht hatte: ein Gedichtband von Robert Fergusson, in dessen schönen Worten sie ein wenig Ablenkung zu finden hoffte. »Und Sie haben recht, ich sorge mich tatsächlich. Allerdings nicht um mich. Die jüngsten Ereignisse sind es, die mich bedrücken.«

»Das kann ich gut verstehen. Es kommt schließlich nicht alle Tage vor, dass ein Toter unter die Lebenden zurückkehrt.«

»Nein«, gab Mary zu. Aber das allein war es nicht. Was ihr vor allem zusetzte, war die Tatsache, dass ihr unbekannter Gegner weder ein Gesicht noch einen Namen hatte.

Wer waren jene geheimnisvollen Gegenspieler, die Sir Walter hinter all dem vermutete? Die Schottland in die Abhängigkeit treiben und sich widerrechtlich bereichern wollten und die dafür auch nicht vor Mord zurückschreckten?

Die Ungewissheit, das Gefühl, einer fremden, unheimlichen Kraft schutzlos ausgeliefert zu sein, war beinahe unerträglich – umso erleichterter war sie, sich in Winstons Gesellschaft zu befinden, den sie längst nicht mehr als Fremden oder auch nur als Gast, sondern als Vertrauten, als Freund wahrnahm.

»Und Sie haben wirklich nichts gewusst?«, hakte McCauley nach, der Sir Walters unvermittelte Rückkehr offenbar noch immer nicht verwunden hatte. »Keiner von Ihnen?«

»Keiner«, bestätigte Mary. »Er hat uns alle getäuscht, auch seine Kinder und seine Ehefrau.«

»Das ist unglaublich.« McCauley warf das Eisen in die Glut. »Wer, so frage ich Sie, tut so etwas? Was für ein Mensch ist bereit, seinen Liebsten so etwas zuzumuten?«

Mary lächelte. »Ein außergewöhnlicher Mensch, Winston. Jemand, der zum Äußersten entschlossen ist und alles tun würde, um seine Familie, sein Erbe und sein Land zu beschützen. Wer Sir Walters Romane liest, könnte leicht auf den Gedanken verfallen, dass er ein weltfremder Träumer ist, der nur in der Vergangenheit lebt, aber das ist nicht der Fall. Sir Walter ist durch und durch ein Mann der Vernunft, der mit beiden Beinen fest auf dem Boden steht und zu jeder Zeit bereit ist, mit allem, was er hat, für seine Überzeugung einzutreten.«

»Das ist nicht zu leugnen«, stellte McCauley trocken fest. »Und war sein Vorgehen wenigstens von Erfolg gekrönt? Hat er einen Verdacht, wer hinter dem Komplott stecken könnte?«

»Wer weiß?« Mary zuckte mit den Schultern. »Sir Walter hat viele Feinde: Gegner, die er vor Gericht in die Schranken wies, missgünstige Zeitgenossen, die ihm den Erfolg als Schriftsteller neiden, schottische Patrioten …«

»Patrioten?«, hakte McCauley nach. »Ich dachte immer, Sir Walter Scott wäre selbst ein glühender Patriot?«

»Das ist er«, stimmte Mary zu, »und er hat es jüngst bewiesen, indem er jene Flugblätter verfasste. Aber Sir Walter gehört nicht zu denen, die für ein freies Schottland kämpfen. Er hat nie an der Union mit England gezweifelt und stets betont, dass die Zukunft Schottlands nur in einem vereinten Königreich liegen kann. Nicht von ungefähr hat er den Auftrag erhalten, den Besuch von King George in Edinburgh zu organisieren. Er hat dadurch viel für Schottland erreicht, aber es gibt auch Menschen, die ihm dies verübeln und ihm vorwerfen, dass er sich bei den Engländern angebiedert hätte.«

»Also könnte der Feind auch hier zu suchen sein?«

»Oder in den Reihen seiner Gläubiger, von denen es nicht wenige gibt«, mutmaßte Mary. »Bedauerlicherweise lässt uns Sir Walter nicht an all seinen Gedanken teilhaben. Aber ich denke nicht, dass er den entscheidenden Hinweis bereits gefunden hat.«

»Also lauert dieser Feind, wer immer es sein mag, noch immer dort draußen und wartet auf eine neue Gelegenheit, um zuzuschlagen«, folgerte McCauley. »Bei allem Respekt gegenüber Sir Walter und allem, was er geleistet hat – das kann ich nicht gutheißen.«

»Wovon sprechen Sie?«

»Ich spreche davon, dass er Sie hier alleine zurücklässt, Mary, obwohl Sie jederzeit wieder Zielscheibe eines Angriffs werden könnten.«

»Ihre Besorgnis ist rührend, Winston. Aber zum einen hat keiner der bisherigen Angriffe mir gegolten, und zum anderen bin ich ja nicht allein, sondern in den besten Händen.«

»Das ist sehr schmeichelhaft. Dennoch kann ich nicht verstehen, warum Quentin Sie dieser Gefahr aussetzt. Wäre ich an seiner Stelle, hätte ich Abbotsford zusammen mit Ihnen verlassen. Mehr noch, ich hätte mich längst von diesem alten Gemäuer getrennt, das Ihrer Familie doch nichts als Scherereien einzubringen scheint.«

»Wer weiß«, stimmte Mary zu, »vielleicht hätte ich das ebenfalls getan – aber nicht Sir Walter. Und Quentin ebenfalls nicht. Die Männer der Familie Scott, zu denen ich auch meinen Mann zähle, sind – wie soll ich es ausdrücken? – aus einem etwas anderen Holz geschnitzt. Ein gewisser Starrsinn ist ihnen zu Eigen, ihr Stolz und ihre Ehre gehen ihnen über alles.«

»Schön und gut«, räumte McCauley ein, »auch ich kann und darf von mir behaupten, ein Mann von Ehre zu sein. Eines jedoch würde ich niemals tun: meine Prinzipien vor die Frau stellen, die ich liebe. Vielleicht sollten Sie das Quentin sagen.«

Einen Moment lang hielt Mary dem prüfenden Blick stand, mit dem er sie bedachte, dann sah sie zu Boden.

»Ja«, erwiderte sie leise, »vielleicht sollte ich das.«

7

Loch Leven
Zur selben Zeit

Als Diarmid of Scrymgour das alte Steinhaus am Ufer des Loch Leven das nächste Mal betrat, hatten sich die Dinge grundlegend geändert. Bei seinem letzten Besuch auf der Insel war er davon überzeugt gewesen, einen Betrug entlarvt zu haben und das Heft des Handelns wieder in den Händen zu halten – nun hatte er das Gefühl, den Entwicklungen hinterherzulaufen, und kam sich fast wie ein Bittsteller vor.

»Nun? Haben Sie Ihre Überraschung verwunden?« Die Art und Weise, wie die Frau ihn fragte, die Stimme herausfordernd erhoben und den Blick herablassend gesenkt, zeigte deutlich, dass sie jeden Respekt vor ihm verloren hatte. Ein Teil von ihm hätte sie dafür am liebsten zur Rechenschaft gezogen, ein anderer Teil riet zur Besonnenheit.

»Wer sagt, dass ich überrascht war?«, fragte er dagegen, einmal mehr froh darüber, die Maske anbehalten zu haben, auch wenn sie womöglich jeden Sinn verloren hatte.

Brighid lachte nur. »Ich an Ihrer Stelle wäre durchaus überrascht, wenn ich erfahren würde, dass alles, wonach es mich je verlangt hat, endlich wahr werden kann.«

Scrymgour schnaubte verächtlich. »Was wissen Sie schon von den Dingen, nach denen es mich verlangt!«

»Oh, ich weiß manches über Sie, Scrymgour. Ich weiß, dass Sie bei Ihrer Familie in Ungnade gefallen und darüber verarmt sind; dass Sie der Runenbruderschaft beigetreten sind, weil Sie sich dadurch eine Rückkehr zu alter Macht und Größe erhofften; und ich weiß auch, dass Sie nach deren Zerschlagung ihr Heil in der Flucht gesucht und all die Jahre in banger Furcht vor Entdeckung verbracht haben. Nur aus einem einzigen Grund haben Sie sich entschieden, das Versteckspielen aufzugeben und die Bruderschaft neu zu formieren: Weil der Brief, den ich Ihnen geschickt habe, Ihre Neugier geweckt hat.«

»Und wenn es so wäre?«

»Es *ist* so«, beharrte sie. »Genau wie alle anderen Mitglieder der Bruderschaft wollen auch Sie, dass die englischen Grundbesitzer aus Schottland vertrieben werden und das Land Ihrer Ahnen endlich wieder an die schottischen Lairds fällt – und mit ihm auch alles, was es an Gewinn abwirft.«

Er stimmte ihr weder zu, noch widersprach er, doch insgeheim war er bestürzt darüber, wie genau sie seine Pläne und Motivationen durchschaute.

»Und ich, ich verkörpere diese Hoffnung, Scrymgour«, fuhr sie fort, »und weit mehr als das. Sagten Sie nicht, dass Sie ein Mann der Wirklichkeit wären? Dann hören Sie auf, Luftschlösser zu bauen und von alten Zeiten zu träumen. Ich habe nicht nur die Legitimation, sondern auch die Mittel, um Ihre Visionen Wirklichkeit werden zu lassen. Jener Goldschatz existiert tatsächlich, und er wartet nur darauf, gefunden und seiner ursprünglichen Verwendung zugeführt zu werden: nämlich eine echte Stewart auf den Thron von Schottland zu bringen und, wenn es das Schicksal will, auf den des gesamten Empire!«

Stille trat ein, nur das Rauschen des Regens war zu hören, der sich in dichten Schleiern über die Insel gebreitet hatte und auf das Dach der Hütte prasselte.

Was die Frau sagte, war so unerhört, dass es selbst Scrymgour die Sprache verschlug. Sollte es das Schicksal nach so vielen Rückschlägen tatsächlich gut mit ihm meinen? Sollte diese Frau wirklich sein, was sie vorgab?

»Dieser Goldschatz, von dem Sie immerzu sprechen – wo ist er zu finden?«, wollte er wissen.

»Erwarten Sie ernstlich, dass ich Ihnen das sage?«

»Es wäre ein Vertrauensbeweis.«

»Ich habe mich Ihnen offenbart, Scrymgour, das sollte Ihnen Beweis genug sein«, konterte sie. »Alles andere wird sich ergeben, wenn wir das Gold gefunden haben. Und wir stehen kurz davor.«

»Wir?«, hakte er nach. »Sie sind nicht allein?«

»Das habe ich nie behauptet«, entgegnete sie. »Wir haben die Spur des Goldes lange Zeit verfolgt. Der letzte, entscheidende Hinweis auf seinen Verbleib ist in einer mittelalterlichen Genealogie der schottischen Könige hinterlegt.«

»Ist das alles, was Sie darüber wissen?« Scrymgour schnaubte. »Davon dürfte es Dutzende geben, über das ganze Land verstreut!«

»Durchaus nicht. Wir wissen inzwischen, dass es sich um einen von Benediktinermönchen abgefassten Kodex handelt, der in der Bibliothek des Klosters von Dunfermline verwahrt wird, der letzten Ruhestätte von zweiundzwanzig schottischen Königen …«

»… unter Ihnen Robert the Bruce«, vervollständigte Scrymgour. »Glauben Sie, das wüsste ich nicht? Doch wie es scheint, sind Sie nicht umfassend informiert, denn die Bibliothek der Benediktiner existiert längst nicht mehr! Sie wurde in den Wirren der Reformationszeit aufgelöst.«

»Das ist richtig.« Brighid nahm den Einwand gelassen hin. »Jedoch blieben ihre Bestände erhalten und haben die Jahrhunderte überdauert. Ein guter Teil davon befindet sich heute im Besitz eines Sammlers, dessen Name Ihnen vielleicht bekannt sein dürfte: Walter Scott.«

»Scott?«, echote Scrymgour ungläubig. Schon die Nennung des Namens war wie ein Schlag ins Gesicht. »Scott!«

»Ich kann mir denken, dass das bei Ihnen Erinnerungen weckt«, sagte sie mit kaltem Lächeln, »schließlich hat Scott Ihnen und Ihren Leuten übel mitgespielt. Aber Sie haben sich ja dafür gerächt, nicht wahr?«

»Wovon sprechen Sie?«

Sie sah ihn forschend an, wobei ihre Mundwinkel verächtlich herabfielen. »Kommen Sie, Scrymgour! Wollen Sie mir ernstlich erzählen, Sie hätten nichts mit dem Ableben Walter Scotts zu tun? Soweit ich weiß, wurde er aus dem Hinterhalt erschossen.«

»Das entspricht auch meiner Kenntnis«, versicherte Scrymgour, »aber die Bruderschaft hatte nichts damit zu tun.«

Sie taxierte ihn weiter, und es war nicht ersichtlich, ob sie seinen Worten Glauben schenkte. »In jedem Fall«, sagte sie schließlich, »ist es eine merkwürdige Ironie des Schicksals, dass ausgerechnet der Mann, der die Bruderschaft und ihr Ansinnen mit aller Kraft bekämpft hat, ihr nun zum endgültigen Sieg verhilft. Denn das Buch, nach dem wir suchen, jene Genealogie der Könige, befindet sich in der Bibliothek von Abbotsford.«

»Abbotsford«, echote Diarmid of Scrymgour.

Zu mehr war er nicht fähig, denn in diesem Augenblick streifte ihn der Odem der Vorsehung. Ein wohliger Schauer durchrieselte ihn, und all die Vorbehalte und Zweifel, die er bislang gehegt hatte, traten in den Hintergrund. Jäh begriff er, dass dies eine historische Chance war, eine Gelegenheit, die er ergreifen musste, wenn er seinen Namen in den Marmor der Geschichte gemeißelt sehen wollte.

»Dann werden wir nach Abbotsford gehen und dieses Buch beschaffen«, erklärte er kategorisch.

»Das ist nicht nötig.« Sie schüttelte den Kopf. »Während wir uns hier unterhalten, wird bereits danach gesucht.«

»Von wem?«

»Das werde ich Ihnen zu gegebener Zeit enthüllen«, erwiderte sie schlicht. »Wie ich schon sagte, Scrymgour, bin ich nicht allein. Aber ich mache auch kein Hehl daraus, dass ich nicht über die Verbindungen verfüge, die nötig sind, um meine alten Rechte einzufordern. Verbindungen, von denen ich weiß, dass die Bruderschaft sie besitzt.«

»Das ist wahr«, räumte Scrymgour ein. »Der Arm der Bruderschaft ist lang.«

»Dessen bin ich mir bewusst«, bestätigte sie. »Es ist der Grund, warum ich hier bin. Wir brauchen einander, Scrymgour – die letzte legitime Erbin der Stewarts und die Bruderschaft der Runen. Nur gemeinsam werden wir zum Ziel gelangen.«

Scrymgour stand vor ihr und wog ihre Worte ab, konnte jedoch nichts daran finden, das ihm zum Nachteil gereicht hätte. Im Gegenteil, sie konnten beide nur gewinnen.

Einen Augenblick lang schwieg er, lauschte dem Prasseln des Regens. »Was können wir tun?«, fragte er dann.

»Rufen Sie die Mitglieder Ihrer Bruderschaft zusammen – und ich meine nicht nur die wenigen, die Ihnen bislang gefolgt sind. Ich spreche von *allen.*«

Er schüttelte den Kopf. »Sie werden nicht kommen. Ihre Furcht vor Entdeckung ist zu groß.«

»Keine Sorge«, erwiderte sie, und als sie sich vor ihm straffte und der Blick ihrer tiefblauen Augen einen kühlen, herrischen Ausdruck annahm, hatte er zum ersten Mal das Gefühl, eine Königin vor sich zu sehen. »Wenn ihre zukünftige Herrscherin sie ruft, dann werden sie kommen.«

8

Abbotsford
Nachmittag des 6. März 1826

»Ein Schlüssel?«

Verblüfft blickte Mary auf den kleinen Gegenstand, den Sir Walter aus der Tasche seiner Weste gezogen hatte. Das Gesicht, das der Herr von Abbotsford dazu machte, war selbst für jene, die ihn gut kannten, unmöglich zu deuten.

»Weißt du, meine Liebe«, eröffnete er nicht nur ihr, sondern auch Quentin und McCauley, die sich auf seine Bitte hin in der Bibliothek des Landsitzes eingefunden hatten, »bei aller Bescheidenheit nehme ich an, dass es das ist, wonach der nächtliche Eindringling gesucht hat – auch wenn er das selbst vermutlich gar nicht wusste.«

»Sie sprechen in Rätseln, Sir«, entgegnete McCauley. »Was genau bedeutet das?«

»Es bedeutet nicht mehr und nicht weniger, als dass wir der Lösung des Rätsels auf der Spur sind«, gab Sir Walter zur Antwort. »Ganz offenbar hatte Malcolm Graham den Auftrag, etwas aus meiner Bibliothek zu entwenden. Da jedoch nichts fehlt, scheint er nicht gefunden zu haben, was er suchte. Und das wiederum bringt diesen Schlüssel ins Spiel.«

»Welchen Schlüssel?«, wollte Quentin wissen. Sie waren erst gegen Mittag aus Roxburgh zurückgekehrt; beim Lunch hatten sie in groben Zügen geschildert, was dort geschehen war; nach dem Essen hatte Sir Walter sie in die Bibliothek gebeten.

»Wie ihr vielleicht wisst, bergen die meisten Bibliotheken ganz spezielle Geheimnisse. Dies ist das meine.«

»Ich fürchte, ich verstehe noch immer nicht«, gestand McCauley mit einem Lächeln, das um Verzeihung bat.

»Jede Bibliothek, Mr. McCauley, verfügt über einen Bereich, der nicht allgemein zugänglich ist, ganz einfach, weil die Bücher, die dort gelagert werden, zu selten oder zu wertvoll sind, als dass sie für den Alltag taugen würden. Oder weil ihr Inhalt zu brisant ist, um vor jedermann offenbart zu werden.«

»Und solche Bücher befinden sich in deinem Besitz, Onkel?«, staunte Quentin.

»Das will ich hoffen.« Sir Walter lächelte. »Der Buchdruck hat dem geschriebenen Wort fraglos die Welt eröffnet. Er hat Zivilisation und Fortschritt gedeihen und Berufsstände wie den meinen entstehen lassen. Aber er hat auch dafür gesorgt, dass Wissen, das in alter Zeit nur wenigen zugänglich war, plötzlich einer großen Anzahl von Menschen offenstand, und wie immer, wenn etwas im Überfluss zur Verfügung steht, neigen wir Menschen dazu, die Wertschätzung für das Einzelne zu verlieren. In alter Zeit jedoch, da die Niederschrift von Hand die einzige Möglichkeit darstellte, Wissen dauerhaft zu bewahren, kam jedem einzelnen Buch besondere Gewichtung zu. Das ist der Grund, weshalb Schriftrollen und Folianten oftmals Geheimnisse bergen, die in späterer Zeit verloren gingen.«

»Und du denkst, auf ein solches Geheimnis hatte der Einbrecher es abgesehen?«, fragte Mary.

»Da er hier nicht fündig wurde – allerdings«, bestätigte Sir Walter mit einer Geste, die die unzähligen Bücher in den Regalen und Vitrinen einschloss. »Glücklicherweise wusste er nicht, dass die Bibliothek noch über einen weiteren Bereich verfügt. Dort aber werden wir uns nun auf die Suche machen.«

Damit wandte er sich um, trat auf einen der glanzpolierten und mit Intarsien versehenen Bücherschränke zu und schloss ihn auf. Fächer mit Büchern kamen darin zum Vorschein, die allerdings ziemlich gewöhnlich anmuteten.

»Und das sollen jene besonderen Bände sein?«, fragte McCauley nicht ohne Spott.

»Geduld«, bat ihn Sir Walter und griff in den Schrank, wo er einen verborgenen Hebel zu betätigen schien, denn ein metallisches Knarren war zu hören, als griffen Zahnräder ineinander – und plötzlich teilten sich die mit Büchern gefüllten Fächer des Schranks, rückten beiseite und gaben den Zugang zu einer dahinterliegenden Kammer frei. Eine Treppe wand sich von dort aus steil in dunkle Tiefen.

»Erstaunlich!«, rief Mary verwundert aus.

»Ein geheimer Gang zu einem verborgenen Bereich der Bibliothek«, stellte McCauley staunend fest.

»So ist es«, stimmte Sir Walter zu, »und da Sie das Geheimnis nun kennen, werter Freund, möchte ich Sie bitten, auch darüber absolutes Stillschweigen zu bewahren.«

»Natürlich, Sir Walter«, entgegnete McCauley und verbeugte sich. »Ich weiß Ihr Vertrauen wirklich sehr zu schätzen, glauben Sie mir.«

»Und nun«, meinte Sir Walter und griff nach einer Gaslaterne, die er entzündete und Quentin in die Hand drückte, »ist der Zeitpunkt gekommen, nach den Geheimnissen der Vergangenheit zu forschen. Geht hinunter und durchsucht die Bestände. Wenn ihr etwas findet, das euren Verdacht erregt, bringt es nach oben, wo Mary und ich es vom Staub befreien und sichten werden.«

»Verstanden«, erklärte Quentin und nahm die Laterne entgegen. »Und wonach genau sollen wir Ausschau halten?«

»Wenn ich das wüsste, wäre die Aufgabe um vieles leichter«, gab Sir Walter seufzend zu. »Nehmt euch alles vor, was euch in irgendeiner Weise auffällig erscheint. Das ist alles, was ich euch raten kann.«

»Und du willst wirklich nicht mitkommen, Onkel?«, fragte Quentin, während er sich bereits anschickte, den Geheimgang zu betreten.

»Nein, danke.« Sir Walter winkte ab. »Die Zeiten, da ich

selbst in finstere Grüfte gestiegen bin, um ihnen ihre Geheimnisse zu entreißen, sind vorüber. Zudem bin ich zuversichtlich, dass ihr beide meine Hilfe nicht benötigen werdet.«

Quentins Gesichtsausdruck verriet, dass er die Überzeugung seines Onkels keineswegs teilte, aber er nickte bereitwillig und stieg die Stufen hinab. McCauley folgte ihm. Schon im nächsten Moment waren beide im Treppenschacht verschwunden und mit ihnen auch der Lichtschein, der sie begleitete.

Sir Walter sah sich nach dem nächstbesten Lesesessel um und ließ sich ächzend darauf nieder.

»Ich verstehe dich nicht, Onkel«, gestand Mary, deren Blick zwischen der offenen Geheimtür und Sir Walter hin und her pendelte. »Wie kannst du nur so ruhig sein? Wenn sich dort unten tatsächlich verbirgt, wonach der Einbrecher gesucht hat …«

»Vielleicht ist es die Gelassenheit des Alters, mein Kind«, entgegnete Sir Walter. »Oder vielleicht bin ich in meinem Leben auch schon zu vielen Geheimnissen nachgespürt. Stattdessen würde ich mich lieber ein wenig mit dir unterhalten. Wie ist es dir in den Kolonien ergangen?«

Mary zögerte mit der Antwort. »Hast du Quentin nicht gefragt?«, erkundigte sie sich dann.

»Doch, aber er hat nur einsilbig geantwortet. Mein Neffe ist kein Freund großer Reden, wie du fraglos weißt.«

»Das ist wahr.« Sie nickte.

»Nun also? Willst du mir ein wenig darüber erzählen, wie es euch seit unserem letzten Zusammentreffen ergangen ist?«

»Gerne.« Sie zwang sich zu einem Lächeln, aber es wirkte unnatürlich, fast gequält. »Es ist schön in der Neuen Welt, wenn auch anders als erwartet.«

»Ein Neuanfang ist niemals einfach«, entgegnete Sir Walter.

»Ich weiß.«

»Aber die Hauptsache ist doch, dass ihr beide, Quentin und du, miteinander glücklich seid, nicht wahr?«

»Das stimmt.« Sie nickte und wechselte abrupt das Thema. »Darf ich dich etwas fragen, Onkel?«

»Natürlich, Kind. Was möchtest du wissen?«

»Ist es das wirklich wert?«

»Was meinst du?«

»Abbotsford«, erwiderte Mary. »Wer immer der geheimnisvolle Auftraggeber ist, der hinter Graham stand, er hat es auf etwas abgesehen, das sich hier befindet. Wäre es nicht besser, es ihm einfach zu überlassen?«

Sir Walter hob die Brauen. »Ist das dein Ernst?«

»Ich fürchte, ja.« Sie nickte. »Du hättest um ein Haar dein Leben verloren, es gab einen nächtlichen Überfall, ein Mensch wurde getötet. Ist es das alles wirklich wert?«

»Was schlägst du stattdessen vor, mein Kind? Jenen Kräften, von denen wir noch nicht einmal wissen, welche Absichten sie verfolgen, das Feld zu überlassen?«

»Starrsinn hat noch niemanden ans Ziel gebracht«, beschied Mary ihm bestimmt.

»Du nennst es Starrsinn, ich nenne es Beharrlichkeit«, konterte Sir Walter ruhig.

»Manchmal muss man Dinge loslassen.«

»Und manchmal muss man daran festhalten.«

»Und wenn man nicht mehr weiß, warum man daran festhalten soll?«, hakte Mary nach. »Wenn man den Grund dafür vergessen hat?« Sie war lauter geworden, als sie es beabsichtigt hatte. Tränen standen ihr in den Augen, und sie war sich keineswegs sicher, ob sie überhaupt noch über Abbotsford sprach.

»Du hast dich verändert«, stellte Sir Walter nüchtern und ohne erkennbare Überraschung fest. »Die Mary, die ich einst kannte, hätte diese Fragen nie gestellt.«

»Ich bin reifer geworden«, entgegnete Mary mit bebender Stimme. »Die Zeiten haben sich geändert.«

»Das ist allerdings wahr«, bestätigte Sir Walter nickend und dachte einen Augenblick lang nach, wobei unmöglich zu erkennen war, was er dachte. »Du hast recht, mein Kind«, erwiderte er dann zu ihrer Überraschung. »Bisweilen kommen wir im Leben in Situationen, in denen wir Entscheidungen treffen müssen. Bisweilen ist es besser, Dinge loszulassen, als an ihnen festzuhalten und daran zu zerbrechen – vorausgesetzt, die Gründe sind die richtigen. Eines nämlich solltest du auf gar keinen Fall tun.«

»Was?«, fragte Mary.

»Aufgeben«, erwiderte Sir Walter und sah sie dabei herausfordernd an. »Du solltest niemals aufgeben, mein Kind. Das habt ihr beide nicht verdient.«

»Elender Staub.«

Als Quentin einen der in dickes Leder geschlagenen Folianten aus dem Regal zog, war die graue Wolke, die er dabei aufwirbelte, so dicht, dass es ihm für einen Moment nicht nur die Sicht, sondern auch den Atem raubte. Hustend schleppte er den Band zu dem schmalen Tisch, der in der Mitte des Gewölbes stand und auf dem er seine Laterne abgestellt hatte. Im Schein des Gaslichts betrachtete er, was er zutage befördert hatte.

Knorriges altes Leder umfasste einen Kodex, der viele Pergamentseiten umfasste: in lateinischer Sprache abgefasste und in Minuskelschrift gehaltene Texte, die an den Rändern mit kunstvollen Ornamenten versehen waren. Vermutlich stammte der Kodex, der Jahrhunderte alt zu sein schien, aus dem Skriptorium eines Klosters und hatte seinen Weg irgendwie nach Abbotsford gefunden. Dass sein Onkel eine große Leidenschaft hegte, was das Sammeln von Büchern betraf, war Quentin klar gewesen. Dass Sir Walter jedoch auch derartige Kunstwerke sein Eigen nannte, war ihm bislang entgangen.

Auch McCauley war offenbar tief beeindruckt. Er sagte kaum ein Wort, während er die Regale abschritt und im spärlichen Licht die Beschriftungen studierte. »Hier sind Handschriften aus Klöstern in Wales und Irland«, vermeldete er. Seine Stimme klang seltsam dumpf und trocken unter der niederen, holzgetäfelten Decke und den mit Büchern gefüllten Regalen. »Bangor, Kells, Tintern und noch andere.«

Quentin nickte. »Dies hier scheint ebenfalls aus Klosterbeständen zu stammen. Laut Etikettierung kommt es aus dem Benediktinerkloster Durham.«

»Benediktiner?«, hakte McCauley nach.

»Ja, warum fragen Sie?«

»Nur so … soweit ich weiß, hat es auch hier in Schottland bedeutende Benediktinerklöster gegeben.«

»Das ist richtig«, stimmte Quentin zu. »Dunfermline nördlich von Edinburgh war das mit Abstand größte und einflussreichste Kloster der gesamten Gegend. Diese Regale hier scheinen mit Exemplaren aus den Beständen der Klosterbibliothek bestückt zu sein.«

»Tatsächlich?« McCauley kam zu ihm herüber.

»Wenn ich nur wüsste, wonach genau wir suchen«, murmelte Quentin. »Mein Onkel meinte, wir sollen nach allem Ausschau halten, das uns verdächtig erscheint, aber irgendwie erscheint mir hier alles verdächtig – und nichts.«

»Ich weiß, was Sie meinen, werter Freund«, versicherte McCauley, der nach der Laterne gegriffen hatte und ihren Lichtschein über die ledernen Buchrücken wandern ließ, die Sir Walter in mühevoller Arbeit beschriftet hatte. »Abhandlungen über Kirchengeschichte«, las er vor. »Ein zweibändiges Werk über die Äbte des Klosters Melrose … eine Übersetzung der Platonischen Erkenntnistheorie … die gesammelten Schriften Senecas … eine Bibel aus der Zeit der Wikingerraubzüge … eine Ge…«

Er verstummte plötzlich, dafür griff er in das Regal, packte einen der Bände und riss ihn förmlich heraus. Quentin war einigermaßen froh, dass sein Onkel nicht anwesend war. Sir Walter mochte es ganz und gar nicht, wenn man alten Werken nicht die Sorgfalt und Vorsicht zukommen ließ, die ihrem zerbrechlichen Wesen entsprach.

»Was haben Sie da?«, fragte er McCauley, der einen großen, etwa vier Fingerbreit starken Folianten in der Hand hielt, den er staunend betrachtete.

»Eine Genealogie«, gab der Chirurg zur Antwort, den der

Anblick so zu fesseln schien, dass er seinen Blick nicht davon wenden konnte. »Eine Genealogie der schottischen Könige, verfasst im Kloster zu Dunfermline.«

»Tatsächlich?« Quentin nickte anerkennend, konnte McCauleys Begeisterung aber nicht ganz nachvollziehen. »Offen gestanden wusste ich nicht, dass Sie sich für derlei Dinge interessieren.«

»Nur am Rande«, versicherte McCauley und wuchtete den Folianten auf den Tisch. »Geschichte hat mich von jeher fasziniert, schon seit ich ein kleiner Junge war.«

Im Schein der Laterne schlug er den Deckel auf. Eine mit reichen Ornamenten verzierte Schmuckseite kam zum Vorschein, erst dann begann der eigentliche Inhalt, der wie bei dem Band, den sich Quentin angesehen hatte, in lateinischer Sprache abgefasst war. Dazu waren Stammbäume eingezeichnet, die die Vergangenheit der Herrscherhäuser zu rekonstruieren versuchten und nicht selten ihre Wurzeln bei römischen Cäsaren oder den Priesterkönigen des Alten Testaments hatten.

»Wer hätte gedacht, dass die familiären Wurzeln von Kenneth I. bis auf König David zurückgehen?«, fragte Quentin leichthin und handelte sich dafür einen strafenden Blick McCauleys ein.

»Daran ist nichts Lächerliches«, stellte dieser klar. »In den alten Tagen war alles, was einen gewöhnlichen Menschen von einem gekrönten Haupt unterschied, dessen Legitimation. Je stärker diese war und je tiefer sie in der Vergangenheit fußte, desto glaubwürdiger war sie und desto überzeugender für die Zeitgenossen.«

»Das wusste ich nicht«, erwiderte Quentin, ein wenig eingeschüchtert von McCauleys massiver Reaktion.

»Schon gut. Verzeihen Sie, mein Freund, es lag mir fern, Sie belehren zu wollen. Aber es sind Dinge wie diese, die Geschichte geschrieben und über Sieg oder Niederlage entschieden haben. Aus diesem Grund kam der Ahnenforschung im Mittelalter eine zentrale Bedeutung zu, und im Grunde hat sich daran bis heute nichts geändert. Ohne Legitimation ist Macht nichts als Willkür. Erst durch Legitimation wird sie zur Herrschaft.«

»Ich verstehe.« Quentin nickte. Offenbar hatte sich McCauley tatsächlich eingehend mit diesen Dingen befasst. »Und davon handelt dieses Buch?«

»Es handelt von den Königen Schottlands, wer sie waren und, beinahe noch wichtiger, woher sie kamen. Und ich denke, dass ...« Er hatte umblättern wollen, um die nächste der kunstvoll bemalten Seiten zu betrachten, hielt jedoch plötzlich inne.

»Was haben Sie?«

»Da ... ist etwas«, stellte McCauley fest und befühlte den ledernen Einband.

»Sind Sie sicher?«

»Durchaus. Ein kleiner Gegenstand, unter dem Leder ... könnte ein Schlüssel sein oder ...«

Er verstummte jäh.

Im fahlen Schein der Gaslampe sahen die beiden Männer einander an und dachten offenbar dasselbe. Im nächsten Moment war Quentin auch schon dabei, sich am Einband des Folianten zu schaffen zu machen. Zwar stand das, was er zu tun im Begriff war, in krassem Widerspruch zu der fast liebevollen Fürsorge, die Sir Walter seinen Büchern angedeihen ließ, jedoch würde in diesem Fall der Zweck die Mittel heiligen.

Es gab ein hässliches Geräusch, als das an den Kanten bereits brüchig gewordene Leder brach. Quentins Finger wühlten sich durch die entstandene Öffnung, griffen in den Zwischenraum – und bekamen tatsächlich etwas zu fassen, das glatt und kühl war und einen gezackten Bart hatte.

»Ein Schlüssel! Sie hatten recht!«, rief er, als er den Gegenstand herauszog.

»Zeigen Sie!«, verlangte McCauley, und Quentin hielt das Fundstück so ins Licht, dass sie es betrachten konnten.

Es war kein gewöhnlicher Schlüssel.

Nicht nur, dass er fein gearbeitet war und fast wie ein Schmuckstück anmutete; das weißlich glitzernde Metall hatte auch keinerlei Rost angesetzt, was vermuten ließ, dass es sich um Silber handelte. In die Räute des Schlüssels, die in Form eines Wappenschildes gehalten war, war etwas eingraviert. Quentin musste den Schlüssel im Licht drehen, um genau erkennen zu können, was es war. Als er es erkannte, sog er scharf die Luft ein.

»Der gekrönte Löwe«, entfuhr es ihm. »Das ist das Wappen des Hauses Stewart!«

»Und die andere Seite?«, wollte McCauley wissen.

Quentin drehte den Schlüssel herum. Tatsächlich war auch auf der Rückseite der Räute etwas zu erkennen, das allerdings nicht kunstvoll graviert, sondern mit einem spitzen Gegenstand eingeritzt worden war. Buchstaben, von ungelenker Hand geschrieben und entsprechend schwer zu entziffern.

»N… I… G… H…«, begann McCauley zu buchstabieren.

»Nightfall«, vervollständigte Quentin und sah den anderen fragend an. »Was mag das bedeuten?«

»Ich weiß es nicht«, gab McCauley zu. »Aber in der Lösung dieses Rätsels dürfte die Antwort auf Sir Walters Fragen liegen.«

9

Abbotsford
7. März 1826

»Nightfall.«

Zum ungezählten Mal murmelte Quentin das Wort vor sich hin, während er unruhig auf und ab ging. Seine Freude darüber, dass sie in Sir Walters verborgenen Archiven tatsächlich etwas gefunden hatten, das nähere Aufmerksamkeit verdiente, war einer gewissen Ernüchterung gewichen.

Niemand wusste etwas mit dem Schlüssel anzufangen, zu viele Fragen gab es und keine Antworten: Woher stammte er? War er tatsächlich das, wonach der nächtliche Eindringling gesucht hatte? Kam den Gravuren darauf eine tiefere Bedeutung zu? Und wenn ja, welche?

»Möglicherweise«, überlegte McCauley, der sich zusammen mit Quentin, Mary und Sir Walter im Salon des Herrenhauses aufhielt, »handelt es sich um eine Art Losung. Vergessen wir nicht, dass das Wort erst nachträglich eingeritzt wurde, und der Schrift nach zu urteilen in großer Eile.«

»Finden Sie?« Mary, die in einem der Sessel saß und den Schlüssel in den Händen hielt, betrachtete ihn einmal mehr. »Für mich hat es mehr den Anschein, als wäre der Urheber dieser Zeichen kaum des Schreibens mächtig gewesen. Sie wirken sehr ungelenk, fast wie von Kinderhand gezeichnet.«

»Oder von jemandem mit niederem Bildungsstand«, gab Quentin zu bedenken.

»Vielleicht«, räumte McCauley ein. »Aber auch das erklärt nicht, warum das Wort in den Schlüssel geritzt wurde. Es muss ein Hinweis sein.«

»Fragt sich nur, worauf.« Nachdenklich drehte Mary den Schlüssel herum und betrachtete die Rückseite. »Das Wappen der Familie Stewart«, resümierte sie. »Der letzte schottische Thronprätendent war Charles Edward Stewart.«

»Besser bekannt als Bonnie Prince Charlie, wie ihn der Volksmund nennt«, ergänzte Quentin. »Mit Hilfe Frankreichs versuchte er, seine Ansprüche auf den Thron durchzusetzen. Er vereinte die Clans der Highlands unter sich, wurde jedoch in der Schlacht von Culloden im Jahr 1746 vernichtend geschlagen und musste fliehen. Eine junge Frau namens Flora MacDonald soll ihm dabei geholfen haben.«

»Eine romantische Geschichte«, gestand McCauley zu. »Aber was hat sie mit diesem Schlüssel zu tun?«

»Wohl nichts«, meinte Mary. »Charles Edward Stewart starb 1788 – und mit ihm sein Anspruch auf sein königliches Erbe.«

»Schön und gut«, meinte Quentin, »aber irgendeine Verbindung muss es geben. Schließlich haben wir den Schlüssel in einer Genealogie der schottischen Könige gefunden. Vermutlich hat er sich einst in königlichem Besitz befunden und …«

Er stutzte, als er sah, dass sein Onkel, der an dem kleinen Sekretär Platz genommen hatte, ihnen überhaupt nicht zuhörte. Stattdessen war er über ein Stück Papier gebeugt, das er mit flinker Feder beschrieb.

»Möchtest du nicht auch einmal etwas sagen, Onkel?«

»Was, Neffe?« Über die Gläser der Brille hinweg, die er beim Schreiben zu tragen pflegte, blickte Sir Walter ihn an. Der Verwirrung in seinen Augen nach hatte er den Wortwechsel tatsächlich nicht verfolgt.

»Ich fragte, ob du dich nicht ebenfalls an unseren Spekulationen beteiligen willst«, wiederholte Quentin und konnte nicht verhindern, dass er dabei ein wenig energischer wurde.

»Verzeih, mein guter Quentin«, entgegnete Sir Walter, »aber

ein anderer Gentleman nimmt meine Aufmerksamkeit gerade in Anspruch.«

»Wer?«, fragte Quentin verblüfft.

»Ein gewisser Malachi Malagrowther. Ihr kennt ihn bereits.«

»Malachi …?«

»Ich bin dabei, einen dritten Brief an das *Edinburgh Journal* zu verfassen, der wiederum als Flugblatt aufgelegt wird. Londons Reaktionen und nicht zuletzt die Entsendung des Militärs lassen offenkundig zutage treten, dass die Machthaber dort nicht nur ratlos sind, sondern auch völlig ahnungslos im Hinblick auf die Folgen ihrer Politik. Und daran muss ich etwas ändern.«

»Du … du schreibst einen weiteren Brief«, stellte Quentin wenig geistreich fest.

»In der Tat«, bekräftigte Sir Walter, »denn ich bin nicht gewillt, unser schönes Schottland gewissenlosen Geschäftemachern preiszugeben.«

»Trotz allem, was in den Straßen bereits los ist, willst du noch mehr Öl ins Feuer gießen?«

»Im Gegenteil, Junge. Ich bin dabei, den Brand zu löschen. Dieser Brief wird mit etwas Glück auch dem letzten Holzkopf verdeutlichen, dass die Verwirklichung der Regierungspläne den Niedergang Schottlands zur Folge haben würde und damit des ganzen Königreichs. Die Reihen der Befürworter beginnen sich ohnehin bereits zu lichten. Nach diesem Brief werden sie ihre irrige Position aufgeben und das tun, was Politiker gerne tun, wenn Gegenwind aufkommt: sich drehen und mit dem Wetter segeln.«

»Wie schön«, knurrte Quentin. »Vielleicht hast du dann ja auch wieder Zeit, dich um deine Familie zu kümmern.« Es klang unverhohlen vorwurfsvoll. Marys tadelnder Blick traf ihn.

Sir Walter dachte einen Augenblick lang nach, dann legte er die Feder beiseite, nahm die Brille ab und sah Quentin fragend an. »Sollte ich etwas übersehen haben, Neffe?«

»Falls du es nicht bemerkt haben solltest, Onkel – wir versuchen, das Rätsel zu lösen, das wir aus den Katakomben deiner Bibliothek zutage befördert haben!«

»Und dafür bin ich euch dankbar«, versicherte Sir Walter, »auch wenn eure Bemühungen bislang noch keine greifbaren Ergebnisse gezeitigt haben.«

»Vielleicht würden sie das ja, wenn du uns helfen würdest, statt deine Nase ein ums andere Mal in fremde Angelegenheiten zu stecken! Statt dich um das Wohl Schottlands zu sorgen, solltest du dich lieber um deine eigenen Angelegenheiten kümmern!«

»Aber nichts anderes tue ich, mein lieber Quentin!«

»Tatsächlich? Warum hilfst du uns dann nicht, dieses Rätsel zu lösen? Oder siehst dir wenigstens einmal die Bücher von Abbotsford an, dann wüsstest du wenigstens, wie schlecht es ...«

»Quentin!«, wies Mary ihn so scharf zurecht, dass er verstummte. Wütend biss er sich auf die Lippen, hinderte sich selbst daran, Dinge zu sagen, die er womöglich später bereute.

»Nein, er hat ein Recht darauf, wütend zu sein«, versicherte Sir Walter. »Ich habe euch alle getäuscht, und das bedaure ich sehr, und mir ist klar, dass die Wunden, die ich damit geschlagen habe, zu tief sind, als dass sie innerhalb weniger Tage heilen könnten. Aber ich hatte keine Wahl, als so zu handeln. Vielleicht, mein Junge, wirst du das irgendwann verstehen, wenn es um dein Vermächtnis geht.«

»Vielleicht«, räumte Quentin ein, jetzt wieder ruhiger. »Vielleicht werde ich aber auch zu dem Schluss kommen, dass es das alles nicht wert ist.«

»Und das sagst ausgerechnet du?« Der Blick, den Sir Walter ihm zusandte, hätte dem sterbenden Julius Cäsar zur Ehre gereicht. »Willst du mir ernstlich vorschlagen, vor meinen Feinden zu kapitulieren? Dieses Rätsel ungelöst zu lassen?«

»Dieses Rätsel, wie du es nennst, hätte dich um ein Haar das Leben gekostet«, brachte Quentin in Erinnerung. »Vielleicht wäre es am Ende besser, davon abzulassen, ehe jemand von uns ernstlich zu Schaden kommt.«

»Und einem Feind das Feld überlassen, der noch nicht einmal den Mut besitzt, sein Gesicht zu zeigen?«

»Wenn es ihn überhaupt gibt«, gab Quentin zu bedenken. »Vielleicht jagen wir ja auch nur Hirngespinsten hinterher.«

»Mit Verlaub, das denke ich nicht«, wandte McCauley ein, der bislang höfliche Zurückhaltung geübt hatte. »Ich glaube, dass der Schlüssel, den wir gefunden haben, durchaus ein Geheimnis birgt und dass wir diesem Geheimnis auf den Grund gehen müssen.«

»Wenn wir wenigstens einen Hinweis hätten«, wandte Mary ein.

»Aber den haben wir!«, beteuerte Sir Walter.

»Nightfall«, bestätigte Quentin spöttisch. »Das kann alles Mögliche bedeuten.«

»Richtig – wenn da nicht der Hinweis auf die Familie Stewart wäre«, erwiderte Sir Walter.

»Was soll das heißen?«

»Dass ich am frühen Morgen unseren guten Freund Mortimer Kerr losgeschickt habe, damit er in Dunbar etwas für mich überprüft.«

»Wieso in Dunbar?«, fragte McCauley.

»Weil dieser Ort in direkter Verbindung mit den Hinweisen auf dem Schlüssel steht«, erklärte Sir Walter zu aller Verblüffung. »Königin Mary floh einst nach Dunbar Castle, nachdem ihr Ehemann, der Earl of Darnley, wohl aus Eifersucht ihren Vertrauten Rizzio vor ihren Augen hatte ermorden lassen.«

»Und was hat das mit dem Schlüssel zu tun?«

»In einem der zahlreichen Briefe, den sie viele Jahre später während ihrer langen Gefangenschaft verfasste, schrieb Königin Mary einmal, es wäre dieser Tag gewesen, an dem die Nacht über ihr Leben hereingebrochen sei.«

»Nightfall«, flüsterte Mary atemlos.

»Hier schließt sich der Kreis«, stimmte Sir Walter zu.

»W-woher weißt du das alles?«, fragte Quentin verblüfft.

»In der Geschichte seines Landes beschlagen zu sein, ist noch nie ein Fehler gewesen«, entgegnete sein Onkel mit einem spitzbübischen Lächeln. »Außerdem hatte ich die Ehre, die Königin der Schotten schon einmal zur Heldin eines Romans zu machen.«

»Das stimmt«, pflichtete Mary bei. »In *Der Abt* beschreibst du, wie die Königin unter höchster Lebensgefahr aus ihrer Gefangenschaft in Loch Leven Castle entkam.«

»Wie du vielleicht weißt, mein Kind, pflege ich für die Geschichten meiner Romane ausführlich zu recherchieren. Und da ich mich eines noch tadellos funktionierenden Gedächtnisses erfreue, waren mir die Zusammenhänge auf dem Schlüssel sofort ersichtlich, auch wenn sich die Lösung des Rätsels wohl nur Vertrauten des Hauses Stewart erschließen sollte.«

»Aber … warum hast du uns das nicht gleich gesagt?«, ächzte Quentin, der sich plötzlich ziemlich töricht vorkam.

»Weil acht Augen mehr zu sehen vermögen als zwei, und weil das Erkennen eines Zusammenhangs allein noch keine konkrete Lösung ist«, erwiderte Sir Walter schlicht. »Ich war mir keineswegs sicher, ob …«

In diesem Moment waren von außerhalb des Salons plötzlich Schritte zu hören; dann klopfte jemand an die Tür.

»Ja?«, fragte Sir Walter laut.

Die Tür wurde geöffnet, und die filigranen Gesichtszüge Mortimer Kerrs erschienen, des getreuen Verwalters von Abbotsford, der schon seit so vielen Jahren in den Diensten der Familie Scott stand, dass er, wie er selbst oft scherzhaft behauptete, zum Inventar des Anwesens gehörte. Er trug noch Umhang und Stiefel, was vermuten ließ, dass er soeben erst zurückgekehrt war.

»Komm herein, mein guter Mortimer«, forderte Sir Walter ihn auf und winkte. »Du bist schon zurück?«

»Ja, Sire«, bestätigte der ältlich aussehende Mann, der sich vom Stallburschen zum Verwalter des Anwesens hochgearbeitet hatte und Sir Walters ganzes Vertrauen genoss. »Ich bin beim Sheriff von Dunbar gewesen, so, wie Sie es mir aufgegeben haben.«

»Und? Was haben deine Nachforschungen ergeben?«

»Dass Sie recht hatten, Sire. Ich brauchte den Namen ›Nightfall‹ nur zu erwähnen, um eine Auskunft zu erhalten.«

Sir Walter sprang von seinem Platz am Sekretär auf. Kindliche Neugier schien ihn plötzlich gepackt zu haben. »Nämlich?«, wollte er wissen.

»Ganz in der Nähe der Ruinen von Dunbar Castle gibt es ein Haus, das den Namen Nightfall trägt. Es ist ein alter Wildhütersitz aus den Tagen Königin Marys.«

»Sieh an«, erwiderte Sir Walter, und es war eine der seltenen Gelegenheiten, in denen Quentin seinen sonst so bescheidenen Onkel triumphieren sah. »Da haben wir unseren Hinweis.«

»Unglaublich«, erkannte McCauley an. »Nun weiß ich, warum viele in Ihnen ein Genie sehen!«

»In der Tat«, stimmte Mary zu.

»Aber nein«, wehrte Sir Walter ab. »Das war Zufall, nichts weiter. Hätte ich nicht diesen Roman geschrieben …«

»Du *hast* ihn aber geschrieben«, bestätigte Mary. »Vielleicht gibt es ja doch etwas wie Vorsehung.«

»Wie auch immer«, meinte Quentin niedergeschlagen, »du hast das Rätsel gelöst – und ich muss mich entschuldigen.«

»Nein, mein Junge«, widersprach Sir Walter. »Wenn jemand um Verzeihung bitten muss, dann bin ich das. Ich habe euch allen viel zugemutet, vielleicht zu viel. Aber nun wird das Rätsel sich ja hoffentlich bald lösen.«

10

Culloden
16. April 1746

Taramm. Taramm. Taramm.

Die Trommel schlug im Rhythmus seines Herzens, wild und schnell, während sie immer weiter vorrückten, müde vom Gewaltmarsch der vergangenen Nacht und doch voller Tatendrang.

Der Boden unter ihren Füßen war weich und schmatzte bei jedem Schritt, kalter Wind peitschte über die flache Moorlandschaft, aus der nur hier und dort ein paar einsame Erlen ragten. Die Luft war durchsetzt von Torfgeruch, und sie erbebte unter den hellen, durchdringenden Tönen, die die Windsackspieler der Clans dem Feind entgegenschickten.

»Nun, Kleiner? Hast du Angst?«, fragte plötzlich jemand neben ihm. Der Junge sah auf und blickte in die wettergegerbten, von wildem schwarzem Haar umrahmten Züge seines Onkels Fearchar.

»Nein«, behauptete er kopfschüttelnd, während er weiter die Trommel schlug, die er an einem ledernen Riemen um Hals und Schulter hängen hatte.

»Gut so«, bekräftigte Fearchar und ballte die linke Hand zur Faust. Die andere hielt das wuchtige Claymore-Schwert, das er über der tartangeschmückten Schulter trug. »Ein Cameron fürchtet sich vor nichts und niemandem. Schon gar nicht vor diesen Engländern in ihren roten Weiberröcken!«

Der Junge lachte, aber es klang heiser und unecht angesichts der Angst, die sich in seinem Magen ballte.

»Nur Mut«, redete sein Onkel ihm zu und setzte ein breites Grinsen auf. »Aye, Kleiner, heute wirst du ein Mann werden. Du wirst den Gestank des Blutes riechen, aber auch den süßen Geschmack des Sieges kosten.«

Der Junge nickte und schlug weiter die Trommel, schneller und schneller. Die Männer verfielen in Laufschritt. Als der Gesang der Dudelsäcke zu einem gellenden Heulen anschwoll, stimmten die Kämpfer der Clans Cameron und McLaren heiseres Kampfgeschrei an. Sie hoben ihre Schwerter, Piken und Äxte und stürmten weiter, während jenseits der Senke dumpfer Donner erklang, mehrmals hintereinander.

Der Junge zuckte zusammen. Er hatte Mühe, mit den Kriegern Schritt zu halten, vergaß darüber gar, seine Trommel zu schlagen. Sein Onkel hatte ihm eingeschärft, dass er an seiner Seite bleiben sollte – zum einen, damit er auf ihn aufpassen konnte, zum anderen, damit er mit eigenen Augen sehen sollte, was eine Claymore-Klinge unter Engländern anrichten konnte.

Plötzlich lag ein helles Pfeifen in der Luft.

»Aye«, hörte er seinen Onkel noch rufen, »jetzt beginnt der Tanz!« Dann überstürzten sich die Ereignisse.

Das Pfeifen wurde laut, und etwas verfinsterte den Himmel über ihnen. Im nächsten Augenblick gab es ein hässliches Geräusch, dann klatschte etwas auf ihn herab, warm und rot und so glitschig, dass der Junge darin ausglitt.

Er schrie entsetzt auf, als er zu Boden schlug, wischte sich panisch Gesicht und Augen. Als er endlich wieder etwas erkennen konnte, sah er den zerfetzten Leichnam seines Onkels vor sich liegen. Dort, wo eben noch das bärtige, schwarzhaarige Haupt gesessen hatte, klaffte eine grässliche Wunde.

Der Junge schrie wie von Sinnen, während sich gleichzeitig alles um ihn aufzulösen schien. Wo immer er auch hinsah, tränkte schreiend rotes Blut den Boden, erblickte er leblose Körper, abgerissene Arme und Beine. Wer von den Kämpfern der

Camerons noch nicht getroffen war, der stürmte weiter dem Feind entgegen, doch der empfing ihn mit krachenden Musketen, gegen die Schwerter nichts auszurichten vermochten und Schilde keinen Schutz boten. Die Männer vollführten bizarre Tänze im Kugelhagel des Feindes, den sie noch nicht einmal zu sehen bekommen hatten, brachen blutüberströmt zusammen.

Der Junge schrie noch immer. Das Herz schlug ihm bis zum Hals, Tränen standen ihm in den Augen, Übelkeit bemächtigte sich seiner. Ein Instinkt drängte ihn zur Flucht, aber weder wusste er wohin, noch würden ihn seine Beine tragen können. Auf allen vieren, die nutzlos gewordene Trommel hinter sich her schleppend, kroch er über den morastigen Boden, in dessen Kuhlen sich das Blut sammelte, vorbei an Verwundeten, die im Dreck lagen und wie von Sinnen brüllten.

»Hilf mir!«, rief einer von ihnen und packte den Jungen am Kragen seines Hemdes. »Du musst mir helfen, hörst du? Du musst meine Beine finden!«

Entsetzt riss sich der Junge los und kroch weiter, auf die niedere Torfmauer zu, die das Gelände durchzog.

Plötzlich ein singendes Geräusch. Der Junge zuckte zusammen, hatte das Gefühl, dass etwas ihn nur um Haaresbreite verfehlte – und fühlte plötzlich stechenden Schmerz an seinem linken Arm.

Entsetzt blickte er an sich herab, sah das Blut und verfiel erneut in entsetztes Geschrei. Bäuchlings robbte er weiter, kauerte sich in den Schutz der Mauer, während das Sterben ringsum weiterging. Um nicht noch mehr mitzubekommen, schloss er die Augen und presste die blutigen Hände auf die Ohren. Doch weder die Schreie der Sterbenden noch der Donner der Kanonen ließen sich dadurch aussperren. Alles drang weiter an sein Ohr, während er dort kauerte und weinte und den Herrn um Hilfe anflehte.

»Rette mich, Herr, ich bitte dich! Rette mich, Herr, ich bitte dich!«

Er wiederholte die Worte wieder und wieder, bis sie zu einer

Art Gesang wurden, in den er sich hüllte wie in eine schützende Decke. Dann jedoch wurde ihm klar, dass tatsächlich ein wärmendes Fell um seine Schultern lag und dass er im Schlaf gesprochen hatte – und dass der vermeintliche Kanonendonner in Wahrheit von der Tür rührte, gegen die jemand schlug. Ächzend fuhr er in die Höhe, wurde sich, als seine Gelenke knackten und der Schmerz in seine Knochen fuhr, jäh der Tatsache bewusst, dass er nicht mehr im Körper eines Zehnjährigen steckte.

Mit einer Verwünschung auf den Lippen wälzte er sich vom Lager und raffte sich auf die Beine. Er wankte zur Tür, um zu öffnen, noch immer trunken vom Schlaf und dem grässlichen Albtraum, den er gehabt hatte. Derselbe Traum, der ihn seit so vielen Jahren verfolgte.

Eine weitere Verwünschung kam ihm über die Lippen, dann fasste er den Riegel und zog ihn zurück.

»Ja?«, fragte er mit tonloser Stimme, als er öffnete.

11

Nightfall House
8. März 1826

Mit manchem hatten sie gerechnet – aber ganz sicher nicht damit, einem Riesen gegenüberzustehen. Quentin konnte sich nicht entsinnen, jemals einem so großen Menschen begegnet zu sein.

Der Mann war alt, sehr alt. Früher musste er ein wahrer Hüne gewesen sein. Jetzt hatte die Last der Jahre seinen Rücken gebeugt, und die Langsamkeit seiner Bewegungen verriet, dass seine Kräfte ihn verlassen hatten. Trotzdem bot er noch immer eine eindrucksvolle Erscheinung, daran konnte selbst seine abgetragene, an vielen Stellen ausgebesserte Kleidung nichts ändern. Das kantige Haupt mit dem schulterlangen, schlohweißen Haar vorgereckt, taxierte er zuerst Quentin, dann Sir Walter, schließlich Mary und zuletzt McCauley mit argwöhnischen Blicken. Seine Augen waren blutunterlaufen und verrieten mangelhafte Ernährung.

»Bitte verzeihen Sie unser unangekündigtes Erscheinen«, sagte Quentin höflich. »Da sind nur einige Fragen, die wir Ihnen gerne stellen würden. Fragen, die dieses Haus betreffen.«

»Dieses Haus?«, fragte der Alte mit kehliger, kraftloser Stimme. Er wandte das Haupt mit dem langen Haar, blickte schief an der aus Natursteinen gemauerten und von Moos überwucherten Fassade empor. »Wüsste nicht, was es darüber zu sagen gäbe.«

»Wir interessieren uns vor allem für die Vergangenheit des Hauses«, sprang Sir Walter seinem Neffen bei. »Für Dinge, die im Zusammenhang mit dem Namen Stewart stehen.«

»Mit dem Namen Stewart?« Die geröteten Augen weiteten sich plötzlich. Dann reckte der Alte neugierig das Haupt aus der Tür und spähte in alle Richtungen. »Wer sind Sie?«, wollte er wissen. »Haben sie Sie geschickt?«

»Von wem sprechen Sie?«, wollte Quentin wissen.

Der greise Hüne spähte noch immer suchend umher, wobei er am ganzen Körper zitterte – und es wurde klar, dass nicht nur das Alter diesen Mann gebeugt hatte.

Sondern auch nackte Furcht …

»Was immer Sie vermuten, ich möchte Ihnen versichern, dass nichts davon zutrifft«, versuchte Sir Walter ihn zu beruhigen. »Wir sind lediglich hier, weil wir ein Rätsel ergründen wollen, und dieses Rätsel scheint mit diesem Haus in Verbindung zu stehen.«

»Ein Rätsel?«, fragte der Alte.

Quentin sah fragend zu Sir Walter, der ihm mit einem Nicken zu verstehen gab, dass der Zeitpunkt gekommen sei. Beherzt griff Quentin daraufhin in die Tasche seines Mantels und holte den Schlüssel hervor. »Allem Anschein nach«, sagte er dazu, »besteht ein Zusammenhang zwischen diesem Haus und …«

Er unterbrach sich, als der Greis ächzend nach Luft schnappte. Die Augen des Mannes weiteten sich noch mehr, dann verneigte er sich, so tief er es in Anbetracht seines fortgeschrittenen Alters vermochte.

»Sie sind gekommen, endlich«, murmelte er dazu und machte den Zutritt zum Inneren des Hauses frei. »Bitte, kommen Sie herein.«

Die Besucher tauschten überraschte Blicke, dann folgten sie der Einladung und traten über die Schwelle.

Der muffige Geruch von feuchtem Gestein und fauligem Holz empfing sie, uralte Dielen knarrten unter ihren Sohlen.

Der einstige Sitz des königlichen Wildhüters bestand nur aus einem einzigen Raum. Im offenen Kamin flackerte ein unstetes Feuer. Uralte, aus Nadelholz grob gezimmerte Möbel bildeten die Einrichtung. Der Boden war allenthalben von Schmutz und Unrat übersät, was das alte Gemäuer mehr zur Behausung denn zu einem Zuhause machte, aber der Alte schien sich nicht daran zu stören.

Mit einem erleichterten Seufzen ließ er sich in einen Lehnstuhl sinken. Sehr viel länger hätte er sich offenbar nicht auf den Beinen halten können.

»Sie sagten soeben, dass wir endlich gekommen seien«, wandte sich Sir Walter an ihn. »Haben Sie denn auf uns gewartet?«

Der Greis lachte freudlos. »Allerdings habe ich das. Aber ich hätte nicht gedacht, dass ich es noch erlebe. Seien Sie unbesorgt, ich habe es gut gehütet. All die Jahre lang.«

»Was?«, fragte Sir Walter und legte wissbegierig den Kopf schief. »Was haben Sie gehütet?«

»Wollen Sie mich immer noch auf die Probe stellen?« Er lachte heiser und freudlos. »Nachdem ich so viel für Sie getan habe? Nachdem ich es all die Jahre bewacht habe? Habe ich noch immer nicht genug getan, um Ihr Vertrauen zu rechtfertigen?«

»Ich fürchte, ich verstehe Sie nicht, mein Freund«, gestand Sir Walter, worauf der Greis sowohl ihn als auch seine Begleiter noch einmal argwöhnisch beäugte.

»Wer sind Sie?«, wollte er wissen.

»Mein Name ist Quentin Hay«, stellte sich Quentin rasch vor, um seinen Onkel nicht in die Verlegenheit zu bringen, den alten Mann belügen zu müssen. »Dies sind meine Frau Mary und mein Onkel. Dieser Gentleman dort ist Mr. Winston McCauley, ein Gast der Royal Academy von Edinburgh.«

Hätte er Chinesisch gesprochen, die Verwirrung des Greises hätte kaum größer sein können.

»Ihr … Ihr Name ist nicht Stewart?«, fragte er.

»Ich fürchte, nicht.«

»Aber ... wie kommen Sie dann zu dem Schlüssel?«, wollte er wissen. »Und wie konnten Sie das Rätsel lösen?«

»Dabei ist uns wohl der Zufall zu Hilfe gekommen«, antwortete Sir Walter bescheiden. »Aber wir haben allen Grund zu der Annahme, dass auch noch jemand anders danach trachtet, das Geheimnis zu enthüllen – jemand, der vor Mord nicht zurückschreckt.«

»Das sind *sie*«, entgegnete der Alte tonlos. Seine faltigen Züge verzerrten sich vor Entsetzen. »Ich wusste es ... wusste, dass sie niemals aufgegeben haben!«

»Wer?«, fragte Quentin stirnrunzelnd.

»Die Verräter!«, gab der Alte zur Antwort, als würde das alles erklären, um dann erschrocken hinzuzufügen: »Gehören Sie auch zu ihnen?«

»Nein«, versicherte Sir Walter und hob beschwichtigend die Hände. »Wir sind nur an Aufklärung interessiert. Wir wissen nichts von diesen Dingen.«

»Es ist viel Zeit vergangen«, bestätigte der Alte nickend. »Viel Zeit ...« Er starrte düster vor sich hin, während er einen Augenblick nachzudenken schien. Dann erhob er sich schwerfällig und trat an eine grob gezimmerte Truhe. Statt sie zu öffnen, schickte er sich an, sie beiseitezuschieben, was ihm aufgrund seines Alters und seiner nachlassenden Kräfte jedoch nicht gelang. Quentin und McCauley gingen ihm rasch zur Hand. Kaum stand die Truhe nicht mehr an ihrem Platz, ließ sich der Greis stöhnend auf die Knie nieder – und öffnete, sehr zum Erstaunen der Besucher, ein zwischen den schäbigen Dielen verborgenes Fach.

Sir Walter, Quentin und Mary tauschten Blicke. Würden sie nun endlich den Grund für all die Geheimnisse erfahren?

Der Alte streckte die rechte Hand aus, und Quentin half ihm dabei, sich wieder zu voller Größe aufzurichten. In seiner Linken hielt der Mann einen kleinen Köcher aus Leder, der mit Wachs versiegelt war.

»Was ist das?«, erkundigte sich Sir Walter vorsichtig.

»Nehmen Sie es«, entgegnete der Greis, »ich habe es lange genug gehütet.« Noch einen Augenblick wog er es in seiner schwieligen Pranke. Dann streckte er es Sir Walter hin. Dabei glitt der Ärmel seiner schäbigen Jacke zurück und entblößte eine alte Narbe, die sich vom Handgelenk bis zum Ellbogen über den Unterarm zog.

In diesem Moment überstürzten sich die Ereignisse.

McCauley, der bislang kein Wort gesagt hatte, holte scharf Luft, dann sprang er auch schon vor.

»Mörder!«, brüllte er aus Leibeskräften, und noch ehe die anderen begriffen, hatte er seine Waffe gezückt und feuerte.

Der Schuss krachte.

Die aus nächster Nähe abgefeuerte Kugel traf den greisen Hünen in den Bauch, dennoch blieb er weiter stehen, unverrückbar wie ein Fels, während der Blick seiner Augen starr wurde und sein schäbiges Hemd sich blutrot färbte. Ein gellender Schrei entfuhr Mary, während McCauley vorstürmte und dem Getroffenen Schlüssel und Köcher entriss. Und indem er das Entsetzen und die Verwirrung nutzte, war er im nächsten Moment auch schon zur Tür hinaus.

»Worauf wartest du? Ihm nach!«

Erst Sir Walters Ruf riss Quentin aus der Schockstarre, in die er verfallen war. Rasch fuhr er herum und rannte McCauley hinterher, während der getroffene Hüne niederging. Mit dumpfem Schlag brach er in die Knie, und hätten Sir Walter und Mary ihn nicht aufgefangen, wäre er mit dem Gesicht voraus auf die Dielen geschlagen. Vorsichtig betteten sie ihn zu Boden, dann versuchte Mary das Blut zu stillen, das in raschen Stößen aus der Wunde pulste – aber es war ein aussichtsloses Unterfangen. Das Leben entwich aus dem alten Mann, ohne dass sie etwas dagegen tun konnten, und er schien dabei entsetzliche Schmerzen zu leiden.

Stöhnend bäumte er sich auf und warf den Kopf hin und her, die zahnlosen Kiefer fest aufeinandergepresst. Tränen rannen aus seinen blutunterlaufenen Augen.

»Es tut mir leid«, beteuerte Sir Walter, dessen Züge von Entsetzen gezeichnet waren. »Es tut mir leid …«

»Nein«, stieß der andere stöhnend hervor, »braucht nicht … habe gerechte Strafe …« Er verstummte, heftiger Schmerz ließ ihn zusammenfahren. Blut rann aus seinem Mundwinkel und sammelte sich in den tiefen Falten, die seinen Hals überzogen. »Mein Name … Manus«, flüsterte er.

»Manus«, wiederholte Sir Walter.

»Viele Sünden begangen … wird der Herr … mir vergeben?«

»Ich bin kein Priester, Manus«, entgegnete der Herr von Abbotsford ausweichend.

»Wollte nur dienen … nie etwas anderes … immer nur dienen … schon als Junge … war dabei, als Schlacht verloren ging …«

»In Culloden?« Sir Walter hob die Brauen. »Sie waren dabei?«

Der Alte nickte krampfhaft, was ihm weiteren Schmerz zu bereiten schien. »All die Jahre treu gedient«, versicherte er.

»Wem, Manus?«

»Dem Prinzen.«

»Charles Edward? Bonnie Prince Charlie?«

»Bonnie Prince Charlie«, echote Manus, und die Erinnerung ließ ein Lächeln über seine blutbesudelten Züge huschen. »Habe ihn begleitet … nach Frankreich … Italien … war sein Schatten … alles für ihn getan …«

Er unterbrach sich, als er von einem Hustenkrampf geschüttelt wurde. Noch mehr Blut kam über seine Lippen.

»Nach seinem Tod … Duchess und ich Spur der Verräter verfolgt … alle, die ihn hintergangen … Schuld an der Niederlage … sie alle gefunden und bestraft … und Gold verborgen«, versicherte er, wobei er Sir Walter eindringlich ansah. »Es gehörte doch ihm … dem Prinzen … für ihn bewahren …«

Sir Walter und Mary wechselten ratlose Blicke. War den Worten des alten Mannes noch zu trauen? Oder trübten der Schmerz und das nahe Ende seinen Geist?

»Habe Menschen getötet … viele«, fuhr Manus fort, der im

Angesicht des Todes das Bedürfnis zu verspüren schien, sich von irdischer Schuld zu befreien. »Wann immer es mir befohlen wurde … nur einmal, in Paris … Name war Serena … wusste nichts von den Kindern … schwöre es … Duchess mir nicht gesagt …«

»Ich verstehe«, versicherte Sir Walter, obschon weder Mary noch er sich einen Reim auf all das machen konnte.

»Sind Sünden … mir vergeben …?«, fragte der Alte. »Habe ich … recht getan?« Trotz der Schmerzen, die ihn quälten, richtete er sich halb auf, und der Blick seiner Augen war so flehend, dass Sir Walter nicht anders konnte.

»Sicher«, sagte er, worauf sich die Züge des Alten sichtlich entspannten. Er sank zurück auf sein Lager, dann bäumte er sich noch einmal auf, und ein grässlicher Schrei entfuhr seiner Kehle, mit dem auch sein Geist den Körper zu verlassen schien. Sein Kopf fiel zur Seite, seine Glieder entkrampften sich. Reglos lag er inmitten des roten Sees, der sich über die Dielen ausgebreitet hatte.

Erst jetzt realisierte Mary, was geschehen war. Sie stand auf und wich vor dem Leichnam zurück. »Was … was hat das alles zu bedeuten?«, fragte sie.

»Ich weiß es nicht«, gestand Sir Walter, der sich ebenfalls erhob. »Aber ich vermute, dass wir unwissentlich zwischen die Fronten eines Konflikts geraten sind, der seit fast einhundert Jahren tobt. Wenn ich nur …«

In diesem Moment kehrte Quentin zurück, atemlos und durchnässt vom Regen, der draußen eingesetzt hatte. Der frustrierte Ausdruck in seinen geröteten Zügen zeigte deutlich, dass McCauley ihm entkommen war.

»Quentin!«

Mary eilte zu ihm, und er schloss sie in die Arme. Es war das erste Mal nach langer Zeit, dass sie sich auf diese Weise an ihn schmiegte. Und obwohl seine Kleider nass waren und er völlig erschöpft vom schnellen Laufen, drückte er sie an sich, und für einen kurzen Augenblick war alles wie früher.

»Geht es dir gut?«, fragte er.

Sie nickte, und er küsste sie sanft auf die Stirn. »Tut mir leid, dass du das mitansehen musstest.«

»Das macht nichts«, erwiderte sie tapfer. Sie löste sich aus seiner Umarmung und schenkte ihm ein Lächeln. »Hauptsache, dir ist nichts passiert.«

»Mir geht es gut«, beteuerte er. »Aber McCauley ist mir entwischt. Hat er den Verstand verloren? Was, in aller Welt, ist nur in ihn gefahren?«

»Das ist nicht die Frage«, stellte Sir Walter klar. »Vielmehr sollten wir darüber nachdenken, was er schon die ganze Zeit über im Schilde geführt hat!«

»Du meinst, er kannte diesen Mann?«, fragte Mary, auf den Leichnam deutend.

»Nicht unbedingt. Als die Tür aufging, habe ich McCauley beobachtet. Zunächst zeigte er keine Reaktion, erst als Manus uns die Karte geben wollte. Womöglich hat er ihn an irgendetwas erkannt …«

»… oder er hatte es einfach auf diesen Köcher abgesehen, was immer er enthalten mag«, wandte Quentin ein.

»Nun«, entgegnete Sir Walter, »wenn es wahr ist, was der alte Mann behauptet hat – und wir haben keinen Grund, an seinen Worten zu zweifeln –, dann enthält dieser Köcher die Beschreibung des Ortes, an dem ein Goldschatz verborgen ist. Wohl von beträchtlichem Wert, sonst hätte er sich kaum solche Mühe gegeben, ihn derart zu verbergen. Ein Goldschatz, der aus dem Besitz Charles Edward Stewarts stammt, wenn ich die Hinweise richtig deute.«

»Und dahinter ist McCauley her?«, fragte Mary.

»Es wäre weiß Gott nicht das erste Mal, dass Menschen aus Profitgier töten«, bekräftigte Quentin.

»Auch das ist wahr. Aber es könnte noch mehr dahinterstecken. Wisst ihr noch, was McCauley rief, ehe er schoss?«

»Ja«, erinnerte sich Mary. »Er nannte Manus einen Mörder.«

»Ganz recht«, Sir Walter nickte. »Ich frage mich, ob dies mit den vielen Verfehlungen in Zusammenhang steht, von denen Manus uns berichtete. Er sagte, dass er ein treuer Diener des Prinzen Charlie und der Familie Stewart gewesen und dass er in Culloden dabei gewesen sei.«

»In Culloden?« Quentin hob die Brauen. »Aber das ist ja eine Ewigkeit her. Demnach müsste er …«

»… weit über achtzig Jahre alt sein«, vervollständigte Sir Walter, der die Rechnung bereits gemacht zu haben schien. »Das wäre nicht ausgeschlossen. Und offenbar hat er in diesem langen Leben einige Dinge getan, die er später bereut hat.«

»Womöglich hatte Winston McCauley allen Grund, ihn zu hassen«, mutmaßte Mary.

»Darauf will ich hinaus.« Sir Walter nickte. »Und er hatte es von Beginn an auf den Schlüssel abgesehen, davon bin ich überzeugt. Nur deshalb hat McCauley eure Nähe gesucht, nur deshalb kam er nach Abbotsford. Und kein anderer als er war der nächtliche Eindringling, der sich in der Bibliothek zu schaffen gemacht hat.«

»Und Mackie Graham?«, fragte Quentin.

»War nur ein Sündenbock, dafür bezahlt, zur falschen Zeit am falschen Ort zu sein. Erinnern wir uns, dass Miss Natty den Auftraggeber Mackies den ›Vornehmen‹ nannte – eine Bezeichnung, die auf McCauleys gelecktes Erscheinungsbild durchaus zutrifft.«

»Du meinst, McCauley hat ihn nach Abbotsford bestellt, nur um ihn dann kaltblütig zu erschießen?«, fragte Mary.

Sir Walter nickte. »Wir haben vorhin gesehen, dass er ohne Zögern tötet.«

»Du hattest also recht mit deiner Vermutung«, meinte Quentin. »Es war tatsächlich McCauley. Jetzt verstehe ich auch, warum du ihn in das geheime Archiv deiner Bibliothek geschickt hast!«

»Mir war klar, dass sich nur dort befinden konnte, wonach er suchte, andernfalls hätte er es längst entdeckt.«

»Das also war die Probe, auf die du ihn stellen wolltest.«

Endlich begriff Quentin. »Und deshalb hast du mir auch nichts über den Stand deiner Untersuchungen mitgeteilt.«

»Ganz recht.«

»Und ich Narr fange deshalb noch Streit mit dir an«, murmelte Quentin beschämt.

»Auch ich war ein Narr, mein Junge«, versicherte Sir Walter, »denn obwohl ich gewarnt war, war ich auf dies hier nicht vorbereitet. Ich wollte McCauley dabeihaben, weil ich hoffte, dass er uns noch weitere Hinweise liefern würde – ein verhängnisvoller Irrtum. Jetzt ist ein Mensch eines gewaltsamen Todes gestorben, und McCauley hat alles, was er wollte.«

»Den Schlüssel und die Wegbeschreibung«, bestätigte Mary. »Damit haben wir die Spur wohl verloren.«

»Nicht ganz«, wandte Sir Walter ein.

»Nein?« Quentin sah ihn überrascht an.

»Eine kleine, wenn auch geringe Chance bleibt uns noch: Abbotsford.«

»Was meinst du?«

»Ist euch aufgefallen, dass sich Manus zu fürchten schien? Er sagte, dass jemand hinter dem Gold her sei, und das schon seit sehr langer Zeit.«

»Damit meinte er wohl McCauley«, vermutete Quentin.

»Oder noch eine weitere Partei«, gab Sir Walter zu bedenken. »Denn wie wir wissen, war McCauley nicht der Einzige, der brennendes Interesse an Abbotsford zeigte …«

12

Loch Leven
Abend des 9. März 1826

Der Ruf war an alle ergangen, auch an jene, die bislang noch gezögert hatten und den vorausgegangenen Treffen der Runenbruderschaft ferngeblieben waren.

Wäre es nach Scrymgour gegangen, hätte er leichten Herzens auf diese Leute verzichtet. Was war die Loyalität von Männern wert, die letztlich nur auf ihr Wohl bedacht waren? Würden sie nicht beim ersten Anzeichen von Gefahr die Flucht ergreifen? Keiner dieser Feiglinge war seinem Aufruf zum Treffen an den Piktensteinen gefolgt, wie Ratten hatten sie das Tageslicht gemieden. Wozu sie also noch einmal rufen, wozu Zauderern das Gefühl geben, dass sie unbedingt gebraucht wurden? Doch Brighid Stewart hatte darauf bestanden, und so, wie sich die Dinge entwickelt hatten, war er nicht in der Position, ihr etwas abzuschlagen. Diese Frau kannte nicht nur die Antwort auf all die Fragen, die ihn die letzten vier Jahre bei Tag und Nacht gequält hatten. Sie *war* die Antwort.

An allen Orten, die schon zur Zeit der alten Bruderschaft genutzt worden waren, um zu den Mitgliedern Verbindung aufzunehmen, waren Nachrichten hinterlassen worden. Geheime Botschaften, in denen all jene, die einst den Runeneid geleistet hatten, dazu aufgefordert wurden, sich am Ufer des Loch Leven einzufinden.

Scrymgour hatte diesen zweiten Aufruf als Zeitverschwendung erachtet, als aussichtsloses Unterfangen – bis die ersten verlorenen Söhne am Seeufer eingetroffen waren. Und mit jedem Tag, der verstrich, waren es mehr geworden.

Die Aussicht auf Erfolg und hohen Gewinn ließ ihre Bedenken und Ängste nun offenbar doch in den Hintergrund treten, sodass schließlich fast fünfzig Runenbrüder am Loch Leven versammelt waren, so viele, wie seit Malcolm of Ruthvens Zeiten nicht mehr. Wäre Diarmid of Scrymgour der unumstrittene Anführer dieser Männer gewesen, so wäre es ein Triumph ohnegleichen gewesen. So jedoch war er sich nicht sicher, was er davon halten sollte. War er überhaupt noch das Oberhaupt der Bruderschaft? Hatte er noch die Befehlsgewalt?

Scrymgour gab sich keinen Illusionen hin. Keiner dieser Feiglinge dort draußen hatte sich seinetwegen am Treffpunkt eingefunden, sondern einzig und allein wegen der Frau, die so unvermittelt in ihrer aller Leben getreten war und die einen großen Namen trug.

»Nun, Scrymgour?«

In einen weiten Umhang mit Kapuze gehüllt, verließ sie die Hütte, in die er sie noch vor wenigen Tagen als Gefangene hatte sperren lassen, und trat neben ihn. Die Nacht hatte sich herabgesenkt, das Mondlicht brach sich glitzernd im schwarzen Wasser des Sees. Jenseits davon, am Ufer, waren Dutzende orangerot flackernde Punkte zu erkennen.

Fackeln.

»Es sind viele gekommen«, stellte sie mit unüberhörbarer Genugtuung fest.

»Ja, Hoheit«, kam Scrymgour nicht umhin zu bestätigen. Sie stutzte einen Moment, wie immer, wenn er sie so nannte, ließ ihn aber gewähren. »Sie hatten recht. Die Anhänger der Bruderschaft sind erschienen, um der rechtmäßigen Thronerbin zu huldigen.«

Sie lachte auf. »Erwarten Sie, dass ich das glaube? Halten Sie mich wirklich für so naiv, Scrymgour? Glauben Sie, ich wüsste nicht, dass Sie und Ihre Anhänger es vor allem darauf abgesehen haben, sich zu bereichern? Dass es Ihnen in erster Linie um Reichtum und Macht geht??«

Einmal mehr fühlte Scrymgour sich überrumpelt und vor den Kopf gestoßen. Jedesmal, wenn er glaubte, einen Weg gefunden zu haben, wie er mit ihr umgehen konnte, entzog sie sich jeder Kontrolle.

»Ich bin keine eitle Närrin, Scrymgour«, stellte sie klar. »Ich erwarte nicht, dass Sie und Ihre Leute mich wie einen Götzen verehren. Wir brauchen einander, das ist alles. Ohne meinen Namen und meine Kenntnisse haben Sie keine Aussicht, Ihre Pläne jemals zu verwirklichen. Und ohne die Hilfe der Bruderschaft komme ich nicht an den Schatz. Das mag uns beiden nicht gefallen, aber so ist es nun einmal.«

»In der Tat«, bestätigte Scrymgour nur.

»Also lassen Sie uns gehen«, verkündete sie entschlossen und ging voraus zum Ufer, wo der Kahn bereits wartete. Wortlos stiegen sie ein, und die beiden Runenbrüder, die dort gewartet hatten, zur Unkenntlichkeit vermummt wie Scrymgour selbst, stießen den Nachen vom Ufer ab und brachten ihn mit raschen Ruderschlägen über den See.

Während der Überfahrt sprach Brighid Stewart kein Wort. Scrymgour fragte sich, ob sie sich der historischen Bedeutung dieses Augenblicks bewusst war. Oder dachte sie gar nicht in solchen Kategorien? Was auch immer sie sagte, was auch immer sie tat, sie blieb dabei schwer zu durchschauen, was sie in Scrymgours Augen gefährlich machte.

Verstohlen beobachtete er, wie sie auf der Heckducht des alten Fischerkahns saß, der weder ihrem Stand noch dem Anlass angemessen war. Dennoch saß sie aufrecht und hielt das Haupt hoch erhoben. Schon als sie seine Gefangene gewesen war, hatte ihr Stolz, den sie wie einen Schild vor sich hertrug, ihn beeindruckt; nun jedoch schien er erst recht entfesselt, und Scrymgour ertappte sich dabei, dass er in ihr tatsächlich eine Königin sah – oder waren es nur seine eigenen Wünsche und Sehnsüchte, die sich in ihrer Gestalt manifestierten?

Je näher sie dem Ufer kamen, desto heller wurde der Fackelschein und desto deutlicher waren in seinem Licht die maskierten Gestalten zu erkennen, die sich auf der von Bäumen geschützten Uferbank eingefunden hatten. Scrymgour fragte sich gespannt, wie sie auf das reagieren würden, was Brighid Stewart ihnen zu sagen hatte.

Das wenige, von dem in der geheimen Mitteilung die Rede gewesen war, hatte gerade ausgereicht, um ihre Neugier zu wecken und sie dazu zu bewegen, sich aus der Deckung zu wagen; entsprechend wild waren die Gerüchte, die während der letzten Tage die Runde gemacht hatten, doch Scrymgour hatte nichts dagegen unternommen. Die Wahrheit, sagte er sich, war ohnehin um vieles spektakulärer, als selbst das abenteuerlichste Gerücht es jemals sein konnte, und so hatte er sich damit begnügt, sich in dunkle Andeutungen zu hüllen. Erst in dieser Nacht würden die Mitglieder der Runenbruderschaft erfahren, was tatsächlich geschehen war und dass sie dabei waren, ein neues Kapitel in der Geschichte Schottlands aufzuschlagen.

Endlich erreichten sie das Ufer.

Mit leisem Knirschen lief der Kahn auf Grund, und einige Maskierte eilten heran, um ihn aufs Trockene zu ziehen. Scrymgour war der Erste, der an Land ging, dann half er Brighid, die den Nachen erhobenen Hauptes verließ. Sie schlug die Kapuze zurück, sodass ihr schwarzes, kunstvoll geflochtenes Haar zum Vorschein kam, und schlug den Umhang zurück, um ihr königsblaues Kleid zur Schau zu stellen, das sie darunter trug und das an diesen Ort passte wie eine Rose auf einen Haufen Dung. Eskortiert von Scrymgour und seinen Leuten, die nun ihrerseits Fackeln entzündeten, schritt sie die Uferbank hinauf, an deren Ende die Runenbrüder sie gespannt erwarteten.

Die Gespräche der Männer, die sich in einem weiten Halbkreis versammelt hatten, verstummten. Die Augen, die im Fackelschein durch die Sehschlitze der Masken blickten, richteten sich auf die Frau, die inmitten der zur Unkenntlichkeit vermummten Gestalten wie eine lichte Erscheinung wirkte, unnahbar und geheimnisvoll.

Noch ehe sie das Wort ergriff, trat Scrymgour vor, hob in einer Aufmerksamkeit heischenden Geste die Arme und sagte: »Ich danke euch, Brüder, dass ihr dem Ruf gefolgt seid. Die meisten von euch haben sich seit den Tagen der Schmach, die uns von unseren Feinden zugefügt wurde, nicht mehr unter dem Runenzeichen versammelt. Doch womöglich, meine Brüder, ist der Tag, an dem wir uns für all das rächen werden, nicht mehr fern.«

Gemurmel setzte ein. Scrymgour war klar, dass er die Ungeduld der Männer nur noch mehr befeuerte, aber genau das war seine Absicht. »Los schon«, verlangte einer von ihnen, ohne dass zu erkennen gewesen wäre, unter welcher der geschwärzten Masken die Worte hervordrangen, »sagt uns endlich, was hier gespielt wird! Sind die Gerüchte wahr?«

»Sie sind wahr!«

Nicht Scrymgour hatte geantwortet, sondern die Frau. Beleuchtet vom Schein der Fackeln, das Haupt hoch erhoben, trat sie vor die Männer. »Mein Name«, verkündete sie in ihrem klaren, festen Alt, »ist Brighid Stewart. Ich bin die Tochter von Charles Edward Stewart, eurem rechtmäßigen und um sein Erbe betrogenen König – und ich bin gekommen, um mir zu nehmen, was meinem Vater vorenthalten wurde.«

Die Worte verklangen in der Nacht und wichen drückender Stille, nur das Knacken der Fackeln war noch zu hören.

Ob Brighid überrascht über die Reaktion der Männer war, ob sie statt des Schweigens lauten Jubel erwartet hatte, war nicht zu erkennen. Ungerührt fuhr sie in ihrer Rede fort und enthüllte den Männern, was sie auch Scrymgour schon offenbart hatte: Sie zeigte ihnen den Ring, der aus dem Besitz ihres Vaters stammte, nannte ihnen das alte Losungswort und berichtete von jener schicksalhaften Nacht, in der das Gold des Franzosenkönigs gestohlen worden war und die Hoffnungen des jungen Prinzen Charlie ein jähes Ende gefunden hatten. Und sie sagte auch, dass sie das Versteck des Goldes kenne – und damit der Schlüssel zu allem wäre, wonach sich die Mitglieder der Runenbruderschaft seit deren Gründung sehnten.

Freiheit von englischer Willkür.

Wiederherstellung der alten Adelsmacht.

Besitz von Land und Gütern.

Überzeugt jedoch schienen sie noch immer nicht zu sein. »Und dieser riesige Goldschatz«, verlangte einer der Zauderer zu wissen, »wo genau befindet er sich?«

»Schon in Kürze«, gab Brighid zur Antwort, »werde ich es erfahren. Denn zur Monatsmitte habe ich mich an einem geheimem Treffpunkt einzufinden, wo man mir die genaue Lage des Schatzes mitteilen wird. Und dann«, versprach sie, wobei sie in einer ebenso schlichten wie eindrucksvollen Geste die Faust ballte, »wird eine Revolution beginnen, deren Auswirkungen man bis ins ferne London spüren wird!«

Einen Moment lang blieb es still. Dann jedoch erhob sich ein einzelner Ruf:

»Runen und Blut!«, schrie einer von ihnen und stieß die geballte Rechte in den nachtschwarzen Himmel, und die übrigen Mitglieder der Bruderschaft taten es ihm gleich.

Zunächst noch verhalten, dann in immer größerer Anzahl, taten sie ihre Zustimmung kund, erneuerten ihren Eid und bezeugten ihre Gefolgschaft zu jener Frau, die vor ihnen stand und nach Monaten und Jahren der Furcht, des Niedergangs und der Verzweiflung neue Hoffnung versprach. Wieder und wieder erklang der Wahlspruch der Bruderschaft, scholl durch die Nacht und über den See, wo er sich in funkelnder Schwärze verlor.

Diarmid of Scrymgour konnte nicht anders, als unter seiner Maske triumphierend zu grinsen.

Es war das gleiche begehrliche Grinsen, das er auch in Brighid Stewarts Zügen sah.

13

Canongate, Edinburgh
Zur selben Zeit

»Sie sind also endlich zur Vernunft gekommen?«

Milton Chamberlain ließ keinen Zweifel daran aufkommen, dass er sich in der überlegenen Position wähnte. Seit dem Augenblick, da Quentin den Fuß über die Schwelle seines Büros in Edinburgh gesetzt hatte, gab er ihm das Gefühl, ein Bittsteller und mehr geduldet als willkommen zu sein.

Fraglos gehörte dies zu seiner Taktik.

Und es war wirkungsvoll.

»Ich bin die ganze Zeit über vernünftig gewesen, Sir«, widersprach Quentin und gab sich Mühe, dabei möglichst überzeugt zu klingen.

»Das ist Ansichtssache.« Chamberlain saß hinter einem fein gearbeiteten Schreibtisch aus Mahagoni, die Arme vor der Brust verschränkt und an einer Zigarre saugend, die er sich demonstrativ angesteckt hatte. »Haben Sie die Bücher nun also sämtlich durchgesehen?«

»Ja, Sir, das habe ich.«

»Und endlich eingesehen, wie aussichtslos die finanzielle Situation der Familie Scott ist«, folgerte Chamberlain weiter, dabei genüsslich paffend. »Und jetzt wollen Sie mich bitten, Ihnen das alte Gemäuer abzukaufen.«

»Nun, äh … nein, Sir«, widersprach Quentin kopfschüttelnd.

»Was soll das heißen?« Der Anwalt beugte sich zu ihm vor, die Zigarre blieb achtlos in seinem Mundwinkel zurück.

»Das soll heißen«, erklärte Quentin, »dass gewisse … Veränderungen eingetreten sind, die mich zu der Hoffnung berechtigen, dass wir den Schritt der Liquidierung nicht gehen müssen. Möglicherweise gibt es einen Weg, das Privatvermögen meines Onkels zu erhalten und die von Ihnen vertretenen Gläubiger dennoch auszubezahlen.«

»Unsinn!«, rief Chamberlain, aber es klang mehr nach einer Frage denn nach einer Feststellung. Wenn es Quentin darauf angelegt hatte, die uneingeschränkte Aufmerksamkeit des Anwalts zu bekommen – nun hatte er sie.

»Alles, was ich dazu brauche«, beeilte er sich zu erklären, »ist noch ein wenig Zeit.«

»Sie hatten Zeit, Mr. Hay. Mehr als genug.«

»Dessen bin ich mir bewusst«, versicherte Quentin, wobei er abwehrend die Hände hob, »und ich weiß auch, dass ich sowohl Ihre Geduld als auch die der von Ihnen vertretenen Gentlemen bereits auf ein Höchstmaß strapaziert habe.«

»Dem ist nichts hinzuzufügen.«

»Dennoch glaube ich, dass wir dieses Geschäft noch immer zu beiderseitigem Vorteil gestalten können, wenn wir die Modalitäten ein wenig verändern.«

»Was denn?« Chamberlain hob eine Braue. »Wollen Sie jetzt den harten Verhandler spielen, Mr. Hay? Das steht Ihnen nicht. Zumal Sie nicht in der Position dazu sind.«

»Keine Sorge, Sir«, beteuerte Quentin, »das liegt mir fern. Aber ich möchte auch nicht, dass Ihre Auftraggeber, die meinem Onkel zu Hilfe gekommen sind, als er ihrer Unterstützung so dringend bedurfte, bei diesem Geschäft übervorteilt werden.«

»Von wem? Von Ihnen?« Chamberlains Blick enthielt unverhohlene Geringschätzung.

»Bei allem gebührenden Respekt, Sir, Sie sollten mich nicht unterschätzen. Mir ist sehr daran gelegen, mit offenen Karten zu spielen. Auch mein Onkel hätte das so gewollt.«

»Ach ja?« Chamberlain nahm die Zigarre aus dem Mund. »Dann bin ich gespannt.«

»Nun«, begann Quentin, »wenn wir von Abbotsford sprechen, so muss ich Ihnen wohl enthüllen, dass es dort einige … Vorkommnisse gegeben hat.«

»Was für Vorkommnisse?«

»Einbrüche«, gestand Quentin mit entwaffnender Offenheit. »Ein vermummter Eindringling hat sich des Nachts Zugang zur Bibliothek verschafft und dort offenkundig nach etwas gesucht. Als es uns schließlich gelang, ihn zu stellen, wollte er sich zur Wehr setzen, worauf Mr. Winston McCauley, ein guter Freund der Familie, ihn erschoss.«

»McCauley«, echote Chamberlain.

»Ist er Ihnen bekannt?«

»Nein«, versicherte der Anwalt und winkte mit der glühenden Zigarre ab. »Berichten Sie weiter! Was ist dann geschehen?«

»Unsere Nachforschungen haben ergeben, dass der nächtliche Dieb, übrigens ein junger Mann aus Kelso, auf der Suche nach etwas gewesen ist, das – wie soll ich es ausdrücken …?«

»Ich bin Anwalt, Mr. Hay«, brachte Chamberlain in Erinnerung. »Es gehört zu meinem Beruf, mir die verrückten Geschichten der Leute anzuhören. Also nur zu!«

»Ich hoffe, Sie erklären mich nicht für verrückt, Sir«, meinte Quentin dennoch, »aber es deutet alles darauf hin, dass dieser junge Mann auf der Suche nach einem Schatz gewesen ist, einem Goldschatz von beträchtlichem Wert, um genau zu sein. Und wir haben allen Grund zu der Annahme, dass der entscheidende Hinweis auf den Verbleib dieses Schatzes in Abbotsford verborgen war, in einer alten Genealogie der schottischen Könige.«

»Wieso *war*?«, wollte Chamberlain wissen.

»Weil er inzwischen nicht mehr dort ist«, gestand Quentin offen. »Unser Freund McCauley hat das Rätsel gelöst und sich auf die Suche nach dem Schatz gemacht. Und ich muss Ihnen wohl nicht sagen, was es für uns bedeuten würde, wenn er ihn fände?«

»Nein.« Chamberlain hatte sichtlich Mühe damit, sich ein Lächeln abzuringen. »Tatsächlich nicht.«

»Sollte es uns gelingen, dieses Schatzes habhaft zu werden, so werden wir ihn einsetzen, um die Gläubiger auszubezahlen«, erklärte Quentin dennoch, »und unter einer ganz bestimmten Voraussetzung wäre ich sogar bereit, ihnen einen zusätzlichen Bonus zukommen zu lassen.«

»Was für eine Voraussetzung?«

Nun war es Quentin, der sich vorbeugte und sein Gegenüber durchdringend taxierte. »Dass Sie sich verpflichten, ein für alle Mal Ihre schmutzigen Hände sowohl von Abbotsford als auch vom Verlag meines Onkels zu lassen!«

»Junger Freund«, konterte Chamberlain scharf, »Sie begehen einen schweren Fehler! Sie zerteilen das Fell des Bären, noch ehe er erlegt ist. Noch halten Sie den Schatz – so er überhaupt existiert – nicht in Ihren Händen!«

»Sie zweifeln?«

»Ich weiß, dass Ihr Onkel eine gewisse Schwäche für derlei romantische Geschichten pflegte, und womöglich hat er diese Eigenschaft ja an Sie vererbt, zusammen mit den drückenden Schulden, die er Ihnen hinterlassen hat. Als Anwalt pflege ich mich jedoch an die Fakten zu halten, und solange ich diesen Goldschatz nicht mit eigenen Augen sehe, ist er für mich nicht existent.«

»Es gibt diesen Schatz«, meinte Quentin überzeugt. »Und schon sehr bald werden die Schulden der Familie Scott der Vergangenheit angehören, das versichere ich Ihnen.«

»Nun gut.« Chamberlain schob die Zigarre zurück in den Mund und sog daran. »Dann erwarte ich Ihre Nachricht, Mr. Hay. Und wenn Sie mich jetzt bitte entschuldigen möchten – das Vermögen Ihrer Familie ist nicht das einzige, das zur Liquidierung ansteht. Für Angehörige meiner Zunft gibt es viel zu tun in diesen Tagen.«

»Davon bin ich überzeugt«, erwiderte Quentin.

Abrupt erhob er sich und verabschiedete sich mit einem

knappen Nicken von Chamberlain, der es noch nicht einmal für nötig befand, sich aus seinem Sessel zu erheben.

Quentin wandte sich ab und verließ das Büro.

Das gierige Funkeln in den Augen des Anwalts war ihm jedoch nicht entgangen.

14

Abbotsford
Vormittag des 10. März 1826

»Seltsam. Wirklich sehr seltsam.«

Sie saßen im Arbeitszimmer von Abbotsford: Sir Walter an seinem Schreibtisch, über die Genealogie und einige andere Bücher gebeugt, die er zu Recherchezwecken aus der Bibliothek geholt hatte; Mary in dem Sessel, der in der Ecke stand, auch sie in ein Buch vertieft, das sie sich herausgesucht hatte und das sich mit der Geschichte des Hauses Stewart befasste.

»Was ist so seltsam, Onkel?« Mary blickte von ihrer Lektüre auf und sah Sir Walter fragend an. Er hatte ihr erlaubt, sie so zu nennen, aber sie tat es nur selten. Teils aus alter Gewohnheit, teils, weil ihr Respekt und ihre Bewunderung für ihn es nicht zuließen.

»Bevor er starb, murmelte Manus etwas von einem Goldschatz«, fasste Sir Walter zusammen. »Von einem Goldschatz aus dem Besitz der Familie Stewart, der offenbar von Verrätern gestohlen wurde.«

»In der Tat«, stimmte Mary zu.

»Ich frage mich die ganze Zeit, wen er damit gemeint haben mag. Immerhin hat er diesen Leuten auch die Schuld an der Niederlage von Culloden gegeben. Und er schien sich noch immer vor ihnen zu fürchten. Wer also waren diese Verräter? Und in welcher Verbindung steht McCauley mit ihnen?«

»Womöglich in gar keiner«, gab Mary zu bedenken, »denn

seine Motive, den Alten zu ermorden, waren offenbar sehr persönlicher Natur ...«

»... was ihn nicht davon abgehalten hat, alle Hinweise auf den Verbleib des Schatzes mitzunehmen«, ergänzte Sir Walter und gab sich einem ausgiebigen Seufzen hin. »Ich denke«, sagte er dann, »dass die ganze Sache noch sehr viel verworrener ist, als ich es zunächst angenommen habe.«

»Hat nicht ein sehr kluger Mann einmal gesagt, dass alle Antworten auf die Fragen der Gegenwart in der Vergangenheit zu suchen sind?«, fragte Mary lächelnd.

»Das ist wahr«, gestand Sir Walter ein, »aber noch weiß ich nicht, welches die richtigen Fragen sind. Alle schottischen Patrioten sind überzeugt davon, dass Charles Edwards Niederlage bei Culloden nur auf Verrat zurückzuführen sein kann.«

»Das stimmt«, pflichtete Mary bei und hob das Buch hoch, in dem sie gerade las. »Diese Abhandlung hier erzählt die Geschichte der Revolte nach, bis zu ihrem blutigen Ende. Und ihr Verfasser besteht darauf, dass nur Verrat in den eigenen Reihen die schmachvolle Niederlage herbeigeführt haben kann.«

Sir Walter nickte. »Schon viele Niederlagen wurden auf diese Weise gerechtfertigt, dabei bedarf es keiner Verräter, um Charles Edwards Niederlage zu erklären. Der feine Prince Charlie mag ein mutiger junger Mann und von ungestümem Temperament beseelt gewesen sein – ein großer Stratege war er nicht. Bemüht, seinen Gegner, den Herzog von Cumberland, zu überraschen, ließ er seine Männer die ganze Nacht hindurch marschieren. Völlig übermüdet traten sie dann in der Ebene von Culloden zum Kampf an, ohne Schutz und ohne Deckung, fünftausend Hochländer gegen fast doppelt so viele Rotröcke. Die Folge war ein Massaker, an dessen Ende Cumberland nicht von ungefähr den unschmeichelhaften Beinamen *der Schlächter* erhielt.«

»Schrecklich«, flüsterte Mary.

»Um Culloden zu erklären, bedarf es keines Verrats, auch wenn das viele glauben wollen. Aber was hat es mit diesem Goldschatz auf sich, der Charles Edward angeblich gestohlen wurde?« Sir Walter schüttelte den Kopf. »Fragen über Fragen, und noch immer keine Antworten. Hat Manus noch etwas erwähnt, das für uns von Interesse sein könnte?«

»Er erwähnte eine Duchess«, brachte Mary in Erinnerung.

»Richtig.« Sir Walter nickte. »Im Gegensatz zu seinem äußerst wechselhaften Schlachtenglück war Bonnie Prince Charlie im Umgang mit dem weiblichen Geschlecht eine äußerst glückliche Hand beschieden. Entsprechend groß ist die Zahl der gebrochenen Herzen, die er am Wegesrand zurückließ. Aus all den Beziehungen, die er pflegte, ging meines Wissens jedoch nur ein einziges Kind hervor, eine Tochter mit Namen Charlotte, die bis zu seinem Tod bei ihm lebte. Da sie jedoch aus keiner legitimen Beziehung stammte, weigerte er sich lange Zeit, sie als Tochter anzuerkennen. Erst einige Jahre vor seinem Tod konnte er sich dazu durchringen, wodurch sie in den Stand einer Duchess erhoben wurde. Womöglich ist sie es, die der alte Manus gemeint hat.«

»Er sagte auch etwas von Kindern und einer Frau namens Serena … und von rasender Eifersucht.«

»Hm«, brummte Sir Walter und rieb sich nachdenklich das Kinn. »Soweit ich weiß, ist Charlotte ihr Leben lang kinderlos geblieben. Vielleicht war dies der Grund ihrer Eifersucht.«

»Das wäre möglich«, räumte Mary ein. »Zusehen zu müssen, wie andere Frauen Kinder bekommen und sie großziehen, ihnen all ihre Liebe schenken dürfen, ist …«

Die Stimme versagte ihr plötzlich, und Tränen traten ihr in die Augen. Rasch wischte sie sie beiseite, aber Sir Walter hatte sie bereits bemerkt.

»Willst du darüber sprechen?«, fragte er nur.

Sie sah ihn erschrocken an. »Wie hast du …?«

»Schon als ich noch als Anwalt arbeitete, war ich recht gut darin, die Mienen der Menschen zu deuten«, erklärte Sir Walter, »und meine Tätigkeit als Romancier hat diese Gabe noch zusätzlich geschärft. Und in deinen Zügen, meine liebe Mary, habe ich Trauer gesehen, vom Tag unseres Wiedersehens an.«

»Aber ich habe nicht ... Ich wollte nicht ...«

»Ich weiß, dass du niemals über dich sprechen würdest. Und dass der gute Quentin dich vermutlich gebeten hat, nicht vor Fremden darüber zu reden. Die Sache ist nur – ich bin kein Fremder, mein Kind. Oder doch?«

»Nein«, gab sie zu und schüttelte den Kopf. So viel Zutrauen, so viel Väterliches schwang in seinen Worten mit, dass sie nicht anders konnte, als ihr Schweigen zu brechen, zumal alles in ihr danach verlangte. Einmal hatte sie der Versuchung widerstanden und ihren Schmerz für sich behalten, jetzt konnte sie das nicht mehr. *Wollte* es nicht mehr.

»Es war im letzten Frühjahr«, begann sie leise, wobei sie blicklos vor sich hinstarrte. Das Buch hatte sie beiseitegelegt und die Hände derart geballt, dass die Knöchel weiß hervortraten. »Quentin und ich hatten in Amerika ein neues Leben begonnen, und obwohl nicht alles so lief, wie wir es uns erträumt hatten, waren wir dennoch zufrieden und führten ein Leben in Freiheit. Und als ich schwanger wurde, dachten wir, unser Glück wäre vollkommen.« Ein Lächeln huschte über ihr Gesicht angesichts der Erinnerung, die selbst nach all der Zeit in ihrem Herzen noch einen warmen Widerhall fand.

»Unser Kind«, fuhr sie fort, »würde in Amerika zur Welt kommen, nicht als Engländer und nicht als Schotte, sondern als ein Spross der Neuen Welt. Ohne die gesellschaftlichen Zwänge, die mich eingeengt hatten, frei, das zu werden, was immer es wollte. Entsprechend groß war unsere Freude, und so vergingen die Wochen und Monate, und das Kind wuchs in mir heran.« In einer instinktiven Geste strich sie über ihren Unterbauch, als wähnte zumindest ein Teil von ihr das Kind noch immer dort.

»Ich konnte fühlen, wie es größer und kräftiger wurde. Quentin war überzeugt davon, dass es ein Junge werden würde, während ich fest daran glaubte, dass es ein Mädchen war. Und dann kam schließlich der Tag ...« Sie schluckte hörbar, von nun an kostete jedes weitere Wort Überwindung.

»Als die Wehen einsetzten, war es noch früher Morgen. Quentin eilte, um die Hebamme zu holen, die auch sofort kam. Die Wehen wurden stärker, und noch vor Mittag brachte ich unser Kind zur Welt. Den Augenblick, als es geboren wurde, werde ich niemals vergessen. Zuerst der Schmerz, dieser unsägliche Schmerz … und dann dieses Glück, dieses unendliche Glück.

Und dann«, fügte sie flüsternd und mit fast versagender Stimme hinzu, »diese Stille. Diese entsetzliche, trostlose Stille. Kein Schrei. Kein Atmen. Nichts.«

Sie blickte auf, ihre Augen hatten sich erneut mit Tränen gefüllt. Aber diesmal unternahm sie nichts dagegen. »Es war tot«, hauchte sie. »Unser Kind war tot.«

»Mary, das … das …«

Obschon Sprache Sir Walters Profession war und obgleich er seinen Lebensunterhalt damit verdiente, stets die richtigen Worte zu finden – in diesem Augenblick suchte er sie vergebens. Schweigend saß er ihr gegenüber, während sie leise fortfuhr.

»All die Monate habe ich es in mir getragen, habe sein Leben gefühlt und das kleine Herz, das unter meinem Herzen schlug, und dann, als es zur Welt kommen sollte …« Sie unterbrach sich, schüttelte den Kopf, vergrub ihr Gesicht in den Händen. »All das Glück, das ich eben noch verspürt hatte«, fuhr sie mit gedämpfter Stimme fort, »lief ins Leere. Ich hatte das Gefühl, in einen Abgrund zu stürzen, tiefer und tiefer. Und es gibt Tage, an denen ich fürchte, dass ich diesem Abgrund niemals wieder entkommen werde.«

»Ich weiß«, drang es mit brüchiger Stimme zurück.

Sie blickte auf, nur um festzustellen, dass auch Sir Walter Tränen in den Augen hatte, die ihm im nächsten Moment ungehemmt über die Wangen rannen, und der sonst so gefasste Herr von Abbotsford schien sich ihrer nicht zu schämen.

»Meine armen Kinder«, sagte er leise. »Ich weiß, was ihr erlebt, welche Qualen ihr durchlitten habt.«

»Du … weißt es?«

Sir Walter nickte. »Es ist fast dreißig Jahre her, und doch habe ich diesen Tag in Erinnerung, als wäre es gestern gewesen.«

»Du?«, fragte Mary ungläubig. »Aber ich dachte …«

»Es wäre unser erstes Kind gewesen«, erwiderte Sir Walter leise. »Es kam zur Welt, doch schon nach einem einzigen Tag war sein kleines Leben zu Ende.«

»Das … das wusste ich nicht.«

»Lady Charlotte spricht nicht gerne darüber.«

»Das kann ich gut verstehen«, versicherte Mary.

»Auch ich habe diese Dinge tief in meinem Herzen verschlossen«, gestand Sir Walter. »Aber an manchen Tagen kann ich nicht anders, als mich zu fragen, was aus unserem Kind geworden wäre.«

»Ich weiß.« Mary nickte traurig. »Und wie habt ihr …? Ich meine …«

Sir Walter lächelte schwach. »Ein Jahr später kam Sophia zur Welt«, erwiderte er und breitete in einer Geste der Hilflosigkeit die Arme aus. »Frage mich nicht nach den Gründen dafür, mein Kind, aber das Leben ist sehr viel stärker, als …«

Er unterbrach sich, als zaghaft an die Tür geklopft wurde. Rasch blinzelte der Herr von Abbotsford die Tränen weg und straffte sich hinter seinem Schreibtisch.

»Ja?«, fragte er dann.

Die Tür wurde geöffnet, Mortimer erschien.

»Verzeihen Sie die Störung, Sire«, sagte der Verwalter, »aber soeben ist ein Bote aus Edinburgh eingetroffen, der eine Nachricht für Sie abgegeben hat.«

»Bitte«, sagte Sir Walter nur und streckte die Hand nach dem Brief aus, den Mortimer ihm pflichtschuldig überreichte. Rasch entfaltete Sir Walter das Papier und überflog die Zeilen.

»Eine Nachricht von Quentin«, erstattete er Mary dann Bericht. »Chamberlain hat die Stadt verlassen, genau wie wir es erwartet haben. Quentin ist ihm auf den Fersen.«

»Dann wollen wir ebenfalls aufbrechen«, verkündete Mary entschlossen, aber mit noch immer bebender Stimme.

»Bist du sicher?«, fragte Sir Walter besorgt.

Sie blickte ihm fest in die Augen, und zum ersten Mal nach sehr langer Zeit hatte sie das Gefühl, wieder einen freien Atemzug tun zu können.

»Ja, Onkel«, antwortete sie.

15

Geheimer Treffpunkt
11. März 1826

»Und Sie sind sicher, dass dies der richtige Ort ist?«

Diarmid of Scrymgour bemühte sich erst gar nicht, seine Zweifel zu verbergen. Aus seinen Blicken, die er über Boden und Wände der kleinen, sich in den Überhang eines mächtigen Felsens duckenden Hütte schweifen ließ, sprach unverhohlene Missbilligung.

»Durchaus«, beteuerte Brighid. »Und ich wäre Ihnen dankbar, wenn Sie aus Ihren Worten etwas mehr Zuversicht sprechen ließen, Scrymgour.«

»Schon gut.« Der Anführer der Runenbruderschaft war noch immer nicht überzeugt. Einerseits schalt er sich einen Narren dafür, dass er sich von ihr an diesen entlegenen Ort hatte führen lassen, der ebenso gut auch eine Falle sein konnte; andererseits hätte er es nicht über sich gebracht, sie alleine zu dem vereinbarten Treffpunkt gehen zu lassen. Schließlich ergab sich nun endlich die Gelegenheit herauszufinden, wer der geheimnisvolle Informant war, von dem sie immer wieder sprach.

»Sie wirken angespannt«, stellte sie fest.

»Durchaus nicht, Hoheit«, widersprach er. »Mir ist nur nicht wohl dabei, Außenstehenden zu vertrauen.«

»Tragen Sie deshalb noch immer Ihre Maske?«

»Mit Verlaub, Hoheit, noch haben Sie nichts unternommen, um das Vertrauen, das meine Mitbrüder und ich in Sie setzen, zu rechtfertigen. Bislang haben wir nur viele Worte gehört. Schöne Worte, das gestehe ich gerne zu, aber eben nur Worte.«

»Seien Sie ganz beruhigt«, beschied sie ihm mit jener Überlegenheit, die sie schon zur Schau getragen hatte, als sie noch seine Gefangene gewesen war. »Schon bald werden Sie den Beweis in Ihren Händen halten.«

»Das hoffe ich sehr. Meine Mitbrüder werden allmählich unruhig.«

»Tatsächlich? Oder sind vielmehr Sie es, der allmählich unruhig wird?« Ihre blauen Augen taxierten ihn prüfend. »Sie trauen mir wirklich nicht, oder?«

Seine anerzogene Höflichkeit drängte ihn zum Widerspruch, aber er entschied sich dagegen. »Nein, Hoheit«, gab er stattdessen unumwunden zu.

»Das ist gut, Scrymgour, denn ich traue Ihnen ebenfalls nicht. Aber wir brauchen einander, um unser gemeinsames Ziel zu erreichen, ebenso, wie wir meinen heimlichen Verbündeten brauchen. Während Sie und Ihre Mitbrüder nur geredet haben, hat er die Information beschafft, die wir so dringend benötigen.«

»Wer ist er?«

»Erwarten Sie, dass ich das jemandem sage, der sein Gesicht hinter einer Maske verbirgt?«

Scrymgour wollte etwas erwidern, als von draußen Hufschlag zu hören war. »Licht!«, zischte er, worauf sie sofort den Scheffel über die Flamme stellte, die das Innere der Hütte in flackerndes Zwielicht getaucht hatte.

Dunkelheit fiel wie ein schwarzer Vorhang, und durch die Ritzen der geschlossenen Fensterläden spähten sie nach draußen. Unter seinem Umhang griff Scrymgour nach der Pistole.

Eine Vorsichtsmaßnahme.

Der Reiter schien allein zu sein. An dem laublosen Baum, der sich vor der Hütte erhob und seine knorrigen Äste in den dunklen Himmel reckte, zügelte er sein Pferd, stieg ab und band es fest. Dann näherte er sich der Hütte.

Scrymgour konnte nur Umrisse erkennen: ein Mann von aufrechtem Wuchs, der Umhang und Zylinder trug. Man konnte seine Schritte draußen knirschen hören.

Dann klopfte er an die Tür.

Es war eine Abfolge von lauten und leisen Klopftönen, ganz offenbar ein verabredetes Zeichen.

Da Scrymgour nichts von einem solchen Zeichen wusste – vermutlich hatte sie es ihm bewusst verschwiegen –, warf er der Frau einen fragenden Blick zu. Erst als sie nickte, zog er den Riegel zurück und öffnete die Tür.

Eine dunkle Gestalt huschte an ihm vorbei, worauf er die Tür sogleich wieder schloss. Die rechte Hand ließ er am Griff der Waffe. Der Lichtschein der Kerze kehrte zurück, und nun endlich konnte Scrymgour den nächtlichen Besucher sehen.

Er sah anders aus, als er ihn sich vorgestellt hatte, kein grobschlächtiger Scherge, sondern ein Mann, für den die Bezeichnung Gentleman durchaus zutreffend war.

Er war von schlanker Postur und trug einen weiten Mantel, der bis zu den Knien reichte und dessen seidengefütterten Kragen er hochgeschlagen hatte, um sich vor Wind und Kälte zu schützen. Seine Beine steckten in kniehohen Stiefeln aus schwarzem, fein gearbeitetem Leder. Unter seinem Zylinder kamen filigran geschnittene, dennoch energische Gesichtszüge zum Vorschein, die von glattem schwarzem Haar und einem ebenso schwarzen Schnauzbart umrahmt wurden. Der Mann, der fraglos jünger war als Scrymgour, bedachte ihn mit einem abschätzigen Blick, ohne dass zu erkennen gewesen wäre, was er dabei dachte. Dann wandte er sich Brighid zu und verneigte sich tief vor ihr.

»Hoheit«, murmelte er dabei.

»Sie sind hier, dem Himmel sei Dank«, erwiderte sie. »Was haben Sie zu berichten?«

»Unserer Mission war Erfolg beschieden«, erwiderte der Besucher. »Die Karte befindet sich in unserem Besitz – und der Schlüssel ebenfalls!«

»Wo?«, verlangte Scrymgour sofort zu wissen. »Sagt es uns!«

Erneut traf ihn der Blick des Besuchers, von dem er noch nicht einmal den Namen wusste. Dann wandte sich der Mann demonstrativ wieder seiner Auftraggeberin zu. »Was ich zu sagen habe, ist nur für Ihre Ohren bestimmt, Hoheit.«

»Das kommt nicht in Frage!«, begehrte Scrymgour auf. »Ich habe ein Recht darauf, alles zu erfahren!«

»Das werden Sie«, versicherte Brighid. »Alles zu seiner Zeit. Zunächst jedoch werde ich mich unter vier Augen mit meinem Informanten unterhalten.«

Scrymgours Augen verengten sich hinter der Maske. »Ich warne Sie«, schnaubte er. »Wenn Sie versuchen, mich und meine Mitbrüder zu hintergehen …«

»Ich weiß, dass Sie mir nicht trauen«, versicherte sie gelassen. »Aber Ihre Sorge ist unbegründet.«

Scrymgour knurrte wie das Tier, dessen Maske er trug. Alles in ihm sträubte sich dagegen, das Feld zu räumen und die Frau, der er ohnehin nicht über den Weg traute, mit diesem mysteriösen Fremden allein zu lassen. Andererseits, sagte er sich, konnten sie ohne ihn nichts unternehmen.

»Ich warte draußen«, erklärte er schließlich. »Meine Leute sorgen dafür, dass niemand diese Hütte ungesehen verlässt.«

Kaum hatte Diarmid of Scrymgour die Hütte verlassen, fielen die Beschränkungen, die sie sich eben noch auferlegt hatten. Sie stürzte in seine Arme, und sie küssten sich, fielen übereinander her, wild und voller Leidenschaft, zwei Liebende, die einander lange entbehrt hatten.

»Geliebter«, hauchte Brighid. »Endlich sehen wir uns wieder!«

»Endlich«, bestätigte er, während seine Hand bereits an dem blauen Kleid mit dem hochgeschlossenen, rüschenbesetzten Kragen hinabwanderte. Kurzerhand wühlte er sich unter die Rockschöße, so ungestüm und voller Begehrlichkeit, dass ihr ein spitzer Schrei entfuhr. Er hob sie hoch und trug sie zu dem grob gezimmerten Tisch, auf den sie sich rücklings niederließ, dabei stieß sie die Kerze um, sodass sie herabfiel und über den gestampften Boden rollte, noch immer brennend und dabei unstete Schatten an die umliegenden Wände werfend, so, als wären es nicht zwei Liebende, die einander begegneten, sondern Verschworene, die ein geheimes, verbotenes Ritual vollführten.

Kein Wort fiel, während er in sie eindrang, nur ihr Keuchen war zu hören, voller Zorn, Leidenschaft und Furcht.

Der Liebesakt war so kurz wie heftig. Als er endete, blieb sie reglos auf dem Tisch liegen, sah ihrem Geliebten, dessen Gesicht dicht über ihrem schwebte, tief in die Augen.

»Du hast die Karte?«, flüsterte sie.

Er nickte. »Manus hatte sie.«

»Manus?« Brighid zuckte spürbar zusammen. »Ist er …?«

»Tot«, erwiderte er nur.

»Endlich.« Sie schloss die Augen, genoss die Nachricht wie süßen Wein. »Nach all der Zeit.«

»Jedoch …«

»Was?«, wollte sie wissen.

»Ein anderer ist aus dem Totenreich zurückgekehrt.«

»Wer?«

»Scott«, sagte er nur – und das genügte, um sie gegen ihn aufzubringen. In einer Mischung aus Wut und Enttäuschung stieß sie ihn von sich und setzte sich auf. Die Zuneigung war aus ihren Zügen gewichen, nur noch Zorn stand darin zu lesen.

»Wie ist das möglich?«, wollte sie wissen. »Ich dachte, er wäre erschossen worden?«

»Offenbar war das nur eine Finte«, erklärte er einigermaßen hilflos. »Scott wollte alle Welt glauben machen, dass er nicht mehr am Leben sei.«

»Aber warum?«

»Weil er wohl eine Verschwörung vermutet, einen Angriff auf seine Person und seine Familie.«

Sie glitt vom Tisch und strich ihr Kleid glatt, so gut sie es vermochte. »Glaubst du, er ahnt etwas?«

»Er weiß von dem Schatz. Und er weiß, dass ich die Karte habe. Vielleicht sollten wir besser …«

»Was tun?«, zischte sie. »Unseren Plan aufgeben?«

»Wir haben, was wir wollten«, wandte er ein. »Wir könnten uns das Gold holen und damit verschwinden, zurück nach Amerika. Niemand würde uns dort verfolgen, und wir wären frei.«

»Und unsere Feinde?«, fragte sie spitz, wobei ihre Züge sich hasserfüllt verzerrten. »Sollen sie davonkommen?«

»Manus ist tot. Ich selbst habe ihn gerichtet.«

»Und? Erwartest du einen Orden dafür, dass du einen alten Greis getötet hast?« Sie schüttelte den Kopf. »Nein, das ist nicht der Plan.«

»Aber wenn Scott uns doch auf den Fersen ist?«

»Winston, Winston!« Sie schnalzte mitleidig mit der Zunge. »Mein guter Winston. So bist du schon immer gewesen, selbst damals, als wir noch klein waren. Stets musste ich dir zeigen, wohin uns der Weg führt.«

»Und dafür bin ich dir dankbar«, versicherte er. »Aber die Dinge haben sich geändert. Scott und sein Neffe wissen jetzt, dass ich nicht auf ihrer Seite stehe.«

»Und sonst wissen sie nichts?« Brighid lachte heiser auf. »Dann ist noch nichts verloren. Wir müssen nur rasch und entschlossen handeln. Wir machen weiter wie geplant.«

»Wie geplant?« Winston schüttelte den Kopf. »Aber wenn ich nach Dirleton zurückkehre …«

»… wird Chamberlain dort auftauchen, ganz zweifellos«, meinte sie überzeugt.

»Und wenn er von der Sache erfahren hat?«

»Was macht es für einen Unterschied?« Sie zuckte mit den schmalen Schultern. »Du wirst weiter deine Rolle spielen und das tun, was wir vereinbart haben. Wenn unser Plan gelingen soll, brauchen wir Chamberlain.«

»Und die Runenbrüder?«

Sie nickte. »Ihr Anführer, Scrymgour, ist ebenso gierig wie

misstrauisch. Aber solange ich ihn davon überzeugen kann, dass ich die Erfüllung seiner Träume von Macht und Reichtum bin, wird er tun, was ich ihm sage.«

»Ein gefährliches Spiel.«

»Das haben wir von vornherein gewusst, oder?«

»Noch können wir zurück«, gab Winston zu bedenken.

»Und alles ungesühnt lassen? Auf keinen Fall. Die Mörder müssen bestraft werden, einer wie der andere. Oder zweifelst du etwa daran? Willst du mich ausgerechnet jetzt im Stich lassen? Nachdem ich all die Jahre für dich da war?«

Winston McCauley dachte einen Augenblick lang nach.

Dann schüttelte er den Kopf.

»Nein«, sagte er.

16

Dirleton
14. März 1826

»Es wird bereits dunkel.«

Mary hatte am Fenster Posten bezogen. Vorsichtig, sodass sie von draußen nicht gesehen werden konnte, spähte sie durch das fleckige Glas hinab auf die Hauptstraße, die um diese Zeit wie ausgestorben wirkte; nur hin und wieder kam ein Fuhrwerk oder ein Fischer auf dem Weg zur Taverne vorbei.

»Noch immer keine Spur von ihm«, stellte Mary fest. »Womöglich hat er das Dorf längst wieder verlassen.«

»Nein«, widersprach Quentin, der ruhelos in der Dachkammer auf und ab ging, die ihnen als Bleibe diente. Das alte Mütterchen, das sie ihnen vermietet hatte, hatte sich argwöhnisch erkundigt, ob sie denn auch ordentlich verheiratet wären. »Er ist noch immer da.«

»Aber was macht er den ganzen Tag auf seinem Zimmer?«

Quentin schüttelte den Kopf. »Ich weiß es nicht. Womöglich wartet er auf irgendetwas.«

»Oder auf jemanden«, erwiderte sie.

Das Old Harbor Inn war der einzige Gasthof der Ortschaft, der Unterkünfte für die Nacht anbot: ein breites, aus Fachwerk errichtetes Gebäude, dessen oberes Stockwerk die Fremdenzimmer beherbergte. Bis hierher war Quentin Milton Chamberlain gefolgt, und hierher waren auch Sir Walter und Mary gekommen. Während Sir Walter ein Stück außerhalb der Ortschaft in einer Kutschenstation untergekommen war, hatte sich Quentin dem Inn gegenüber bei einer alten Witwe eingemietet. Das Zimmer war nur spärlich möbliert und bot keinerlei Annehmlichkeit, aber seine Lage war geradezu ideal für Quentins Zwecke.

»Hättest du das gedacht?«, fragte Mary.

Er blieb stehen. »Was meinst du?«

»Das alles hier«, erwiderte sie, während sie weiter hinaus auf die Straße starrte. »Dass dein Onkel noch lebt ... dass wir hier sein würden ... dass wir tun würden, was wir gerade tun.«

»Nein«, musste Quentin lächelnd zugeben. »Das hätte ich nicht gedacht. Das Leben steckt voller Überraschungen, nicht wahr?«

Sie nickte und schürzte die Lippen. »Ich habe nachgedacht«, verriet sie dann.

»Worüber?«

»Über mich. Über uns beide. Über das, was geschehen ist.«

Quentin verkrampfte sich sichtlich. »Und?«, fragte er.

»Ich muss dich um Verzeihung bitten.«

»Wofür?«

»Für manches, das ich gesagt habe ... für die Zurückweisung und die Ablehnung, die ich dir angedeihen ließ ...«

»Aber nein!«, widersprach er. »Du warst verletzt und hast getrauert, das kann ich gut verstehen.«

»Dennoch.« Sie schüttelte den Kopf. »Anstatt nach vorn zu blicken, habe ich mich im Selbstmitleid gesuhlt. Und ich habe Dinge getan, auf die ich nicht stolz bin.«

»Das geht mir ebenso«, versicherte er, ohne zu fragen, was für Dinge das waren oder was genau sie damit meinte. »Ich dachte, ich könnte alles regeln und kontrollieren, aber das war ein Irrtum. Bisweilen ist man machtlos, man muss die Dinge einfach geschehen lassen.«

»Das ist wahr.«

Sie nickte und spähte noch einmal hinab auf die Straße, die inzwischen in Dunkelheit versunken war. Regen hatte eingesetzt, und nur ein einsamer Betrunkener torkelte zwischen den Häusern hin und her. Von Chamberlain war nach wie vor nichts zu sehen. Hinter dem Fenster des Zimmers, das sich der Anwalt genommen hatte, war inzwischen allerdings flackernder Lichtschein zu erkennen.

»Du hattest recht«, stellte Mary erleichtert fest. »Er ist noch da. Ich denke nicht, dass er das Inn heute Abend noch verlässt.«

»Das denke ich auch nicht.« Sie wandte sich vom Fenster ab und sandte Quentin ein Lächeln zu, wie er es lange nicht mehr bei ihr gesehen hatte, nicht gezwungen oder halbherzig, sondern gelöst und voller Zuneigung. »Halt mich«, bat sie leise.

Zögernd trat er auf sie zu, als wäre sie ein scheues Tier, das die Flucht ergriff, sobald er sich regte. Aber sie machte keine Anstalten, sich ihm zu entziehen, und als er seine Arme um sie legte, widersetzte sie sich nicht, sondern schmiegte sich an ihn, weich und warm und voller Leben.

»Mary, was ...?«, setzte er an, wollte erfahren, was diesen Wandel bewirkt hatte, doch statt zu antworten, stellte sie sich auf die Zehenspitzen und küsste ihn sanft aber bestimmt auf den Mund. Nicht, um sich zu entschuldigen oder ihm ihre Zuneigung zu versichern.

Sondern weil sie es *wollte.*

Quentin erwiderte den Kuss, und diesmal wehrte sie sich nicht dagegen, auch dann nicht, als er sie noch enger an sich zog und ihren Hals liebkoste. Ihre Hände zerwühlten sein Haar, wie sie es früher oft getan hatte, und erstmals seit langer Zeit wich sie nicht vor ihm zurück, sondern drängte sich an ihn, begierig und verlangend. Kurzerhand hob er sie hoch und trug sie zum Bett, und von dem Moment an, da er sie sanft niederlegte und sie einander tief in die Augen blickten, schien die Zeit für beide stillzustehen.

Vergessen waren Abbotsford und die Verschwörung gegen Sir Walter, vergessen Chamberlain und der ominöse Schatz aus Gold, vergessen die dunklen Wolken, die sich über Schottland zusammengezogen hatten, vergessen selbst, was ihnen widerfahren war. In diesem Augenblick gab es nur sie beide, zählte nur die Gegenwart.

17

Es war derselbe Traum, den sie schon so viele Male gehabt hatte. Sie wusste es, noch während sie träumte, dennoch konnte sie ihm nicht entrinnen.

Sie standen am Abgrund, sie selbst, zusammen mit mehreren verschwommenen Gestalten, die alle wild durcheinanderredeten. Mary konnte nicht verstehen, was sie sagten, aber aus den wenigen Fetzen, die sie aufschnappte, folgerte sie, dass ein Streit im Gang war. In den sie umgebenden Schemen glaubte sie Quentin und Sir Walter zu erkennen sowie eine weitere Gestalt, die sie jedoch nicht zu benennen vermochte. Was genau vor sich ging, entzog sich ihrem Verständnis, sie war nur ein Zuschauer, der atemlos verfolgte, was vor sich ging. Doch auch sie spürte den eisigen Hauch, der ihr aus der Tiefe entgegendrang, den kalten Odem des Todes. Panik erfasste sie, und sie versuchte zu schreien, doch nicht ein einziger Laut drang aus ihrer Kehle – und im nächsten Augenblick stürzte eine der Gestalten kopfüber in den gähnenden Abgrund …

»Nein!«

Mit einem scharfen Atmen fuhr Mary in die Höhe.

Ihr Herz pochte wild, kalter Schweiß stand ihr auf der Stirn. Sie brauchte einen Moment, um sich zurechtzufinden, atmete erleichtert auf, als sie feststellte, dass sie sich noch immer in der kleinen Dachkammer befand, die ihnen als Unterschlupf diente. Quentin lag neben ihr und schlief, sie hatte ihn nicht geweckt.

Sanft strich sie ihm eine Strähne seines rötlichen Haars aus dem Gesicht, lächelte beim Gedanken an das, was sie zusammen getan hatten, an seine Zärtlichkeit und Liebe. Dann musste Mary wieder an den Traum denken, den sie gehabt hatte, und eine unbestimmte Furcht ergriff von ihr Besitz.

In diesem Moment war von draußen gedämpfter Hufschlag zu hören. Mary reckte sich, vermochte vom Bett aus jedoch nicht aus dem Fenster zu spähen, also schwang sie sich auf die Beine, huschte halbnackt und barfüßig zum Fenster.

Dem Mond nach zu urteilen, der hoch am Himmel stand und als verschwommene Scheibe jenseits der Wolken auszumachen war, war es weit nach Mitternacht; die Lichter im Old Harbor Inn waren längst erloschen, dennoch hatte ein einzelner Reiter sein Pferd vor dem Gasthaus gezügelt und stieg ab. Er trug Umhang und Zylinderhut, sodass weder seine Gestalt noch seine Gesichtszüge zu erkennen waren; dennoch kam etwas an der Art und Weise, wie er sich bewegte, Mary bekannt vor, und noch ehe der Neuankömmling die Pforte der Herberge erreicht hatte und an die Tür klopfte, war sie sich sicher, keinen anderen als Winston McCauley vor sich zu haben.

Die Erkenntnis traf sie wie ein Hammerschlag.

Wenn McCauley zu nachtschlafender Zeit hier eintraf, so konnte dies kein Zufall sein. Er war hier, um sich mit Chamberlain zu treffen!

Was dies genau bedeutete, vermochte Mary im Augenblick noch nicht abzuschätzen, aber der eisige Schauer, der sie durchrieselte, machte ihr klar, dass Sir Walter einmal mehr nur zu recht gehabt hatte: Das Rätsel war um vieles verworrener, als es zunächst den Anschein gehabt hatte.

Plötzlich verharrte McCauley.

Abrupt drehte er sich um, spähte rings in die Dunkelheit, als wähnte er sich beobachtet. Erschrocken fuhr Mary vom Fenster zurück in die dunkle Tiefe der Kammer.

Hatte er sie gesehen?

Wohl nicht.

Sie ging zum Bett, um Quentin zu wecken.

Ihre Jagd hatte eine unerwartete Wendung genommen.

»Sie sehen überrascht aus.«

»Das bin ich auch«, gestand Milton Chamberlain, der im Hausmantel vor dem offenen Kamin seiner Kammer saß und eine Zigarre rauchte. »Offen gestanden habe ich nicht gedacht, Sie hier noch anzutreffen.«

»Warum nicht?« Winston McCauley, der auf der Schwelle stand, den schweren Reitermantel noch um die Schultern, knetete den Zylinder in seinen Händen. Der Pförtner hatte ihm gesagt, dass ein englischer Gentleman ihn zu sprechen wünsche. Gleich nach seiner Rückkehr solle er auf dessen Zimmer kommen, und McCauley hatte keinen Augenblick gezweifelt, wer dieser Gentleman war. »Ich habe Ihnen doch gesagt, dass ich unter dieser Adresse zu finden bin.«

»Das haben Sie.«

»Und dennoch haben Sie mir misstraut? Wieso?«

»Nun, vielleicht deshalb, weil Sie jüngst in den Besitz einer Schatzkarte gelangt sind«, entgegnete Chamberlain zwischen zwei tiefen Zügen, und es war schwer zu sagen, was er mehr genoss, die Zigarre oder die Wirkung seiner Worte.

Das Lächeln, das er eben noch zur Schau getragen hatte, verschwand aus McCauleys Zügen. Rasch trat er ein und schloss die Tür hinter sich, damit niemand sie belauschte.

»Sieh an«, meinte er dann. »Neuigkeiten wie diese scheinen sich rasch zu verbreiten.«

»In der Tat«, stimmte Chamberlain zu. »Allerdings habe ich keinen Moment lang geglaubt, was dieser Trottel von Hay mir erzählt hat: dass Sie ein Freund der Familie Scott seien und sich auf die Suche begeben hätten, um das Gold für sie zu finden. Stattdessen wurde mir plötzlich klar, weshalb Sie die ganze Zeit über ein so lebhaftes Interesse an Abbotsford hatten, nämlich um sich den Schatz unter den Nagel zu reißen.«

»Schuldig, Herr Anwalt«, bekannte McCauley. »Ich wusste,

dass der entscheidende Hinweis auf das Gold in Abbotsford verborgen war. Aber kann Ihnen das letztlich nicht gleichgültig sein? Mein Teil der Abmachung war es, Scotts Neffen dazu zu bringen, dass er die Stewart-Erbin ins Land schmuggelt, und das habe ich getan.«

»Das haben Sie«, räumte Chamberlain ein. »Aber wenn Sie glauben, dass ich Sie damit so einfach aus unserem Handel entlasse, haben Sie sich geirrt. Andernfalls könnte ich unseren Auftraggebern berichten, dass Sie ein doppeltes Spiel treiben, und das würde diesen sicher missfallen. Die Dame, die kennenzulernen Sie an jenem Abend in Soho das Vergnügen hatten, ist für ihre Rachsucht berüchtigt.«

»Was wollen Sie?«, fragte McCauley nur.

»Um wie viel geht es?«, fragte Chamberlain dagegen.

»Einhundert Goldbarren.«

»Eine hübsche Summe.« Chamberlain legte den Kopf in den Nacken und paffte kleine Wolken zur Zimmerdecke. »In diesem Fall möchte ich die Hälfte.«

»Das ist ein großer Brocken, den Sie da abbeißen wollen«, stellte McCauley fest. »Sind Sie sicher, dass sie ihn auch schlucken können?«

»Das überlassen Sie getrost mir, mein Freund. Wenn Sie Milton Chamberlain einschüchtern wollen, sollten Sie sich ein wenig mehr Mühe geben. Unterschätzen Sie mich nicht.«

»Wer sagt, dass ich Sie einschüchtern will? Wer sagt, dass ich Sie hintergehen wollte?«

»Nun unterschätzen Sie mich wirklich! Halten Sie mich tatsächlich für so naiv, McCauley? Es steht doch außer Frage, dass Sie es von Anfang an auf dieses Gold abgesehen hatten, schon als Sie im vergangenen Jahr bei mir vorsprachen und um ein Treffen mit meinen Auftraggebern baten. Wie haben Sie überhaupt von deren Plänen erfahren?«

»Dazu gehörte nicht viel. Da ich wusste, dass sich der entscheidende Hinweis auf den Verbleib des Schatzes in Abbotsford verbirgt, begann ich Nachforschungen bezüglich Walter

Scotts anzustellen. Dabei erfuhr ich, dass eine Gruppe einflussreicher Finanziers offenbar großes Interesse daran hegt, ihn zu ruinieren – und das brachte mich auf den Gedanken, ihnen einen Handel anzubieten.«

»Clever, in der Tat«, musste Chamberlain zugeben. »Nur hätten Sie nicht versuchen sollen, mich zu hintergehen.«

»Das habe ich nicht, ganz im Gegenteil«, widersprach McCauley. »Warum, denken Sie, bin ich hierhergekommen, obwohl ich doch wusste, dass Sie diese Adresse kannten und mich hier womöglich suchen würden?«

»Wir alle machen Fehler«, erwiderte Chamberlain grinsend.

»So, denken Sie? Dann lassen Sie mich Ihnen eine Geschichte erzählen, Chamberlain. Danach können Sie sich immer noch überlegen, ob Sie sich ein Stück vom Kuchen abschneiden wollen. Ich bin nämlich keineswegs der Einzige, der von diesem Goldschatz Kenntnis hat und ihn in seinen Besitz bringen will.«

»Ach nein?«

»Haben Sie jemals von der ›Bruderschaft der Runen‹ gehört?«

Chamberlain hob eine Braue. »Sollte ich?«

»Es ist eine Vereinigung radikaler Sektierer, die schon in den Tagen Bravehearts und König Roberts existierte. Durch die Jahrhunderte hat sie versucht, die Unabhängigkeit Schottlands von der britischen Krone zu erzwingen, zuletzt vor vier Jahren mit Hilfe eines Komplotts um das schottische Königsschwert.«

»Davon weiß ich nichts.«

»Natürlich nicht, die Aufzeichnungen darüber wurden allesamt vernichtet. Als der Geheimbund damals zerschlagen wurde und viele Sektierer im Gefängnis landeten, glaubte man die Gefahr gebannt, doch ein Teil der Bruderschaft existiert noch immer. Diese Leute wissen ebenfalls von dem Gold und wollen es mindestens ebenso sehr wie wir.«

»Und Sie glauben, ein paar Fanatiker jagen mir Angst ein?«

»Das sollten sie«, bekräftigte McCauley, »denn sie gehen über Leichen, das haben sie mehrfach bewiesen. Ich habe vielleicht vergessen zu erwähnen, dass der Kapitän unseres Schiffes während der Überfahrt von New York auf mysteriöse Weise zu Tode kam, ein Schicksal, das später auch ein junger Mann aus Kelso erlitt, der das Pech hatte, zur falschen Zeit am falschen Ort zu sein. Nicht zu vergessen ein alter Wildhüter, der in seinem Haus in der Nähe von Dunbar Castle kaltblütig niedergeschossen wurde.«

»Und wenn schon.« Chamberlain schnaubte verächtlich, wobei er Rauch aus den Nasenlöchern blies. »Ich brauche nur mit der Wimper zu zucken, und eine Schwadron Royal Scots Dragoons ist zur Stelle, um mit diesen Sektierern kurzen Prozess zu machen.«

»Das ist mir klar, Mr. Chamberlain«, versicherte McCauley, »und es ist der Grund, weshalb ich hierhergekommen bin. Ich brauche Ihre Hilfe im Kampf gegen die Runenbruderschaft.«

»Sieh an.« Der Anwalt setzte ein Siegerlächeln auf. »Wer hätte das gedacht?«

»So, wie ich das sehe, können wir uns gegenseitig von großem Nutzen sein.«

»Daran habe ich nie gezweifelt. Also die Hälfte?«

»Schön, die Hälfte«, bestätigte McCauley. Da Chamberlain keine Anstalten machte aufzustehen, trat er auf ihn zu, und sie besiegelten den Handel per Handschlag.

»Abgemacht«, sagte Chamberlain grinsend.

»Nur noch eine Sache«, fügte McCauley hinzu. »Ich denke nicht, dass es für das Gelingen unseres Plans von Bedeutung ist, aber ich möchte es Ihnen dennoch nicht vorenthalten.«

»Was denn noch?«, fragte der Anwalt gereizt.

»Walter Scott«, sagte McCauley nur. »Er lebt.«

18

Nördlich von Dundee
16. März 1826

Wie ein endlos scheinendes, aschgraues Band zog sich die Straße nach Norden, verlief durch Hügel und dunkle Wälder, passierte schäbige Gehöfte und schmutzige kleine Dörfer, von denen eines wie das andere aussah. Und der Regen, der immer wieder aus dem fahlen Himmel stürzte, ließ die Landschaft noch grauer und trostloser erscheinen, als sie es ohnehin schon war.

Brighid saß allein in der Kutsche, die sich allen Widrigkeiten zum Trotz gen Norden kämpfte. Dennoch war sie keineswegs ohne Gesellschaft. Scrymgour und seine Meute folgten ihr mit etwas Abstand, nutzten Wälder und Felsen, um sich zu verbergen; der dichte Nebel, der über der Landschaft hing und sich den ganzen Tag über nicht verflüchtigte, tat ein Übriges, sie neugierigen Blicken zu entziehen. Nur ab und zu, wenn sie aus dem Fenster sah, konnte Brighid einen Blick auf sie erhaschen: dunkle, geisterhafte Gestalten, die für einen Moment aus den Nebelschleiern auftauchten und dann sogleich wieder verschwanden.

Sie hatte sich oft vorzustellen versucht, wie es sein würde, wenn sie diese Reise antrat, diese letzte Fahrt, die sie ans Ziel bringen würde. Seltsamerweise empfand sie nun, da es so weit war, keine Freude darüber; lediglich bittere Genugtuung. Nun endlich, nach all den Jahren, würde der Kreis sich schließen.

Wie viele Rückschläge hatten sie zu verkraften gehabt, wie oft geglaubt, kurz vor dem Ziel zu sein, nur um dann jedesmal wieder enttäuscht zu werden! Bis sie schließlich erfahren hatten, was damals tatsächlich geschehen war, in jener kalten Dezembernacht des Jahres 1745, als ruchlose Räuber das für die schottische Revolte bestimmte Gold abgefangen und damit Charles Edward Stewart um sein rechtmäßiges Erbe betrogen hatten.

Der Prinz hatte nie erfahren, wer es gewesen war, der ihn um den Thron brachte. Seine Tochter Charlotte hingegen ließ nichts unversucht, um es herauszufinden, und als ihr klar wurde, dass es Verräter aus den eigenen Reihen gewesen waren, begann sie einen gnadenlosen Rachefeldzug mit dem erklärten Ziel, das Gold in ihren Besitz zu bringen. Unter dem Vorwand, dass ihr Vater die Sache der Revolution unterstützen wolle, lockte sie die Franzosen nach Florenz, wohin Charles Edward sich zurückgezogen hatte, und es oblag ihrem treuen Diener Manus, die Wahrheit ans Licht zu bringen.

Es entzog sich Brighids Kenntnis, wie viele Menschen diese Suche nach der Wahrheit mit dem Leben bezahlten; unerbittlich folgte Manus der Spur der Verräter, dabei tötete er auf Charlottes Anweisung hin jeden, der von dem Schatz erfahren haben mochte. Doch auch Charles Edwards Tochter war es nicht vergönnt, das Gold in Händen zu halten – sie starb wenige Wochen, ehe Manus den entscheidenden Hinweis fand.

Nach erfolgreich beendeter Mission, jedoch ohne Auftraggeber, zog sich der Diener zurück. Das Gold versteckte er so, dass es nur ein Mitglied der Familie Stewart finden könnte, den Rest seines Lebens verbrachte er in selbstgewählter Einsamkeit. Ob er seine blutigen Taten je bereut hatte, entzog sich Brighids Kenntnis, aber sie wusste jetzt, dass er am Ende seines Lebens bitter dafür bezahlt hatte, und dieses Wissen gab ihr Trost.

Dass er allerdings ausgerechnet diesen Ort ausgewählt hatte, um das Gold zu verbergen, entbehrte nicht einer gewissen Ironie. Zwar stand auch er in Zusammenhang mit der Geschichte der Familie Stewart, war einst in dunkler Stunde der Aufbewahrungsort der königlichen Herrscherinsignien gewesen; doch befand er sich auch in unmittelbarer Nähe genau jener Bucht, in der vor mehr als achtzig Jahren die *Espérance* geankert hatte, um das Gold nach Schottland zu bringen.

Zum ungezählten Mal öffnete Brighid den ledernen Köcher, den Winston ihr übergeben hatte, und entrollte das Stück Papier, das sich darin verbarg. Es war eine Karte, mit ungelenker Hand gezeichnet, jedoch gut lesbar, und sie bezeichnete die genaue Stelle, an der das Gold versteckt war.

Tief unter der Erde.

Im dunklen Fels.

»Da kommt er!«

Mary hatte sich nach vorn gebeugt, um aus dem Fenster der Droschke spähen zu können, in der Sir Walter und sie Platz genommen hatten, während Quentin zu Pferd ritt und dafür sorgte, dass sie nicht den Anschluss verloren.

Beherzt sprengte er auf seinem Rappen heran und zügelte ihn, lenkte ihn dann so neben die Kutsche, dass er durch die Fenster sehen konnte. Rasch zerrte er den Schal herab, den er sich vor Mund und Nase geschlagen hatte, um sich vor der rauen Luft zu schützen. »Ich habe sie gesehen«, berichtete er aufgeregt, »McCauley und Chamberlain.«

»Bist du sicher?«

Quentin nickte. »Sie haben die Nacht in einer Herberge in der Nähe von Kirkcaldy verbracht und reiten jetzt weiter nach Nordwesten, Richtung Küste.«

»Was wohl ihr Ziel sein mag?«, rätselte Mary.

»Wer weiß?« Sir Walter zuckte mit den Schultern. »Aber ich bin sicher, dass sich das Geheimnis bald lüften wird.«

»Wer hätte gedacht, dass die beiden zusammenarbeiten?«, fragte Quentin, der sein Pferd nun in leichtem Trab neben der Kutsche her lenkte.

»In der Tat«, stimmte Sir Walter zu. »Bei dem großen Interesse, das Chamberlain an Abbotsford bekundet hat, bin ich davon ausgegangen, dass er es ebenfalls auf den Schatz abgesehen hat, deshalb habe ich Quentin den Auftrag erteilt, ihm zu folgen. Über den Schatz wollte ich wieder an unseren alten Freund McCauley herankommen. Doch wie sich nun zeigt, stecken Chamberlain und er unter einer Decke.«

»Dann haben die beiden von Anfang an zusammengearbeitet?«, fragte Mary. »Als Komplizen?«

»Ich weiß nicht recht«, entgegnete Sir Walter. »Wenn es so gewesen sein sollte, warum hat McCauley dann schon an Bord des Schiffes eure Nähe gesucht? Warum hat er versucht, in die Bibliothek einzudringen, wenn er doch hoffen konnte, dass Abbotsford schon bald zur Gänze verkauft würde? All das könnte auch darauf hindeuten, dass die beiden zunächst unabhängig voneinander agierten. Bis sie irgendwann entdeckten, dass sie dasselbe Ziel verfolgen, und sich daraufhin verbündet haben.«

»Und das bedeutet?«, fragte Mary.

»Dass die Allianz der beiden möglicherweise nicht mehr als ein Zweckbündnis ist«, folgerte Sir Walter, »und vielleicht wird uns dieses Wissen noch nützlich sein.«

19

Dunnottar Castle
Nachmittag des 17. März 1826

»Wir sind da.«

Winston McCauley brachte sein Pferd zum Stehen.

Sie waren den ganzen Tag über geritten, und Milton Chamberlain hatte sich abwechselnd darüber beschwert, dass es einerseits nicht seinem Verständnis eines Gentleman entsprach, stundenlang im Sattel zu sitzen, und dass er andererseits noch nicht einmal das Ziel ihrer Reise kenne. Nun jedoch hatte der lange Ritt endlich sein Ende gefunden, und die beiden standen vor dem Ort, an dem angeblich das Gold der Stewarts verborgen war.

Oder besser vor dem, was der raue Zahn der Zeit noch davon übrig gelassen hatte.

»Und das soll es sein?«, fragte Chamberlain mit einer Mischung aus Enttäuschung und Spott. »Das Versteck des Goldes?«

»Warum nicht?« McCauley zuckte mit den Schultern. »Wissen Sie nicht, was für ein Ort das ist?«

»Einer, wo kaum noch ein Stein auf dem anderen steht«, stellte Chamberlain geringschätzig fest, während er seinen Blick über den gewaltigen Felsen schweifen ließ, der sich über der See erhob und auf dem die Überreste einer einstmals trutzigen Festung thronten.

»Heute«, räumte McCauley ein. »Dafür haben Cromwells

Kanonen gesorgt. Aber einst war dies die mächtigste Festung im ganzen Land, die über Jahrhunderte hinweg als uneinnehmbar galt. Nicht von ungefähr wurden hier einst die Kronjuwelen Schottlands aufbewahrt. Und es gab Verliese, so tief und dunkel, dass sie weithin gefürchtet waren.«

»Verliese«, echote Chamberlain und sah McCauley fragend an.

»Ganz recht. Genau der rechte Ort, um einen Schatz zu verstecken, glauben Sie mir.«

»Ich warne Sie, McCauley! Wenn Sie mich vergeblich hierhergeschleppt haben, an dieses trostlose Ende der Welt, dann werden Sie das bitter bereuen! Vergessen Sie nicht, dass uns eine Schwadron königlicher Dragoner folgt!«

»Keine Sorge«, versicherte McCauley, »das Gold ist hier.«

»Worauf warten wir dann noch?«

McCauley grinste. Er hatte den Anwalt nie zuvor so aufgekratzt erlebt. Bislang war Chamberlain stets ein Ausbund an Beherrschtheit gewesen, der Inbegriff eines steifen Engländers. Je näher sie dem Gold jedoch kamen, desto mehr veränderte er sich. Vielleicht, dachte McCauley, war es die Gier, die Chamberlain unruhig werden ließ; vielleicht begann er aber auch allmählich die Wahrheit zu ahnen.

McCauley trieb sein Pferd an, zwang es, den schmalen Pfad zu nehmen, der sich an den schroffen, zur See hin steil abfallenden Fels schmiegte. An den Resten einer alten, von Moos überwucherten Mauer vorbei, die ihre einstige Majestät nurmehr erahnen ließ, gelangten sie zum alten Tor der Festung, einem trutzigen Bau, der den Jahrhunderten erfolgreich getrotzt hatte und von dem aus ein schmaler Pfad aus brüchigen, verschobenen Steinstufen steil nach oben führte.

»Und jetzt?«, fragte Chamberlain ungeduldig.

Statt zu antworten, stieg McCauley aus dem Sattel, nahm sein Pferd am Zügel und führte es den Pfad hinauf. Er brauchte sich nicht umzusehen, um sich zu vergewissern, dass Chamberlain ihm folgte. Das Lamento, mit dem sich der Anwalt über die schlechte Beschaffenheit des Weges, über die Einsamkeit des Ortes und über manches andere beschwerte, war nicht zu überhören.

»Verdammt«, wetterte Chamberlain, als er im feuchten Moos ausglitt, das den brüchigen Stein überwucherte, und gestürzt wäre, hätte er sich nicht im letzten Moment mit dem Stock abgefangen. Zu Hause in London war das teure Stück mit dem silbernen Pferdeknauf ein Symbol seiner hohen gesellschaftlichen Stellung, hier brauchte er es, um sich vor dem Hinfallen zu schützen. »Ich warne Sie, McCauley! Wenn sich herausstellen sollte, dass diese ganze Strapaze vergeblich gewesen ist …«

»Keine Sorge«, fiel McCauley ihm ins Wort, der grinsend vorausging. »Ich bin sicher, dass wir schon bald am Ziel sein werden. Vertrauen Sie mir.«

Chamberlain erwiderte etwas Unverständliches. Am Londoner Temple, hinter seinem Schreibtisch oder vor den Schranken eines Gerichts mochte er sich sicher fühlen, war er der Überlegene, als der er sich so gerne sah. Hier jedoch bewegte er sich auf ungewohntem Terrain, und mit jeder Verwünschung, die er ausstieß, trat seine Unsicherheit noch offensichtlicher zutage.

Sie erreichten den ersten Innenhof, der von grauschwarzen Mauerresten und halb eingestürzten Gebäuden umgeben war, die einst die Schmiede und die Stallungen beherbergt haben mochten. Da die Sonne bereits tief stand, warf sie lange dunkle Schatten, und die Eingänge und Fenster sahen aus wie die leeren Augenhöhlen riesiger steinerner Schädel. Zur Rechten ragte der ehemaliger Burgfried wie ein verkohlter Stumpf in die Höhe, auf der linken Seite erhoben sich die Überreste des Palasts.

»Ein wirklich großartiger Ort, an den Sie mich da geführt haben«, tönte Chamberlain. »Und wo ist nun Ihr Schatz? Wie geht es weiter?«

McCauley holte tief Luft. Er hatte es satt, sich unablässig die Beschwerden des Anwalts anzuhören. »Ich fürchte, überhaupt nicht«, sagte er, während er sich langsam umdrehte.

»Was soll das heißen?«

»Dass wir nicht mehr allein sind, Mr. Chamberlain.«

Der Anwalt zuckte zusammen. »Wieso?«, fragte er und blickte sich furchtsam inmitten der Trümmer um. »Wer außer uns ist noch hier?«

In diesem Augenblick erwachten die Schatten zum Leben, und aus Nischen und Eingängen, aus Löchern und Höhlen traten schwarz vermummte Gestalten hervor, die mit Pistolen und Säbeln bewaffnet waren. Wortlos nahmen sie Aufstellung und kreisten die beiden Männer ein.

»Was … was hat das zu bedeuten?«, rief Chamberlain so laut, dass es von den alten Mauern widerhallte, aber keiner der Vermummten, die weite Kapuzenmäntel trugen und ihre Gesichter hinter geschwärzten Tiermasken verbargen, antwortete. Stattdessen lösten sich zwei weitere Gestalten aus den Schatten und traten näher.

»Was hat das zu bedeuten?«, fragte Chamberlain noch einmal. Doch seine bebende Stimme ließ erkennen, dass nicht Entrüstung, sondern Furcht aus seinen Worten sprach.

Die beiden Gestalten verharrten, und eine von ihnen schlug die Kapuze zurück. Darunter kam ein unmaskiertes Gesicht zum Vorschein – und Chamberlain gab einen überraschten Laut von sich, als er erkannte, dass es eine Frau war.

»Wer sind Sie?«, schrie er sie an. »Was wollen Sie von mir?«

Die Frau würdigte ihn nur eines kurzen, höchst abschätzigen Blickes. Dann wandte sie sich an McCauley.

»Sie haben sich verspätet«, stellte sie fest.

»Ich weiß.« McCauley nickte.

»Was soll dass nun wieder bedeuten?«, empörte sich Chamberlain, dessen Gesichtszüge puterrot wurden. »Kennen Sie beide sich etwa?«

»Das ist das Tragische daran«, erwiderte McCauley und setzte ein herablassendes Grinsen auf, dem nicht unähnlich, mit dem Chamberlain unterlegene Gegner vor Gericht abzufertigen pflegte. »Sie hatten die Wahrheit die ganze Zeit vor Augen und hätten sie längst erkennen können, wären Sie nicht so damit beschäftigt gewesen, von sich eingenommen zu sein. Ich weiß, dass es Ihre Art ist, die Augen vor allem zu verschließen, was Sie nicht sehen wollen, Mr. Chamberlain, doch in diesem Fall hätten Sie sie zur Ausnahme einmal aufmachen sollen.«

»Was?« Der Anwalt starrte zuerst McCauley, dann die Frau voller Unverständnis an. »Wer sind Sie, verdammt noch mal?«, schrie er dann. »Was hat das alles zu bedeuten?«

»Mein Name ist Brighid Stewart, Mr. Chamberlain«, gab sie zur Antwort.

»Stewart?« Er sah sie fassungslos an. »Ich fürchte, ich verstehe nicht.«

»Ich weiß, Mr. Chamberlain«, beschied sie ihn. »Deshalb ist Ihre Reise hier zu Ende.«

»Zu Ende?« Er schnappte nach Luft, schien nicht fassen zu können, dass jemand auf diese Weise mit ihm sprach. Die Empörung darüber ließ sogar seine Furcht verblassen. »Was fällt Ihnen ein? Wissen Sie nicht, wer ich bin? Wagen Sie es nicht, mich zu hintergehen! Sie haben keine Ahnung, worauf Sie sich einlassen, oder haben Sie vergessen, dass ich …?«

Weiter kam er nicht.

Jäh verstummte seine Rede. Seine Augen, die eben noch zornige Blicke verschleudert hatten, wurden schlagartig glasig – und im nächsten Moment brach die Spitze eines Säbels aus seiner Brust, den ihm jemand mit derartiger Wucht in den Rücken gestoßen hatte, dass er vorn wieder austrat.

Chamberlains Wutausbruch verendete in einem leisen Wimmern, während er ungläubig auf die blutige Klinge starrte, die zwei Handbreit aus seiner Brust ragte. Hinter ihm stand McCauley, der die Waffe eines der Vermummten genommen und ruchlos damit zugestoßen hatte.

»Nein, ich habe es keineswegs vergessen«, flüsterte er ihm über die Schulter ins Ohr.

Chamberlain unternahm einen halbherzigen Versuch, sich zu seinem Henker umzudrehen, doch der Stahl hinderte ihn daran. Er holte rasselnd Luft, schien etwas erwidern zu wollen – und brach im nächsten Moment leblos zusammen.

»Was soll das?«, rief Scrymgour aus, der geräuschvoll unter seiner Maske atmete. »Wer ist das?«

»Milton Chamberlain. Ein Anwalt aus London«, erklärte McCauley, während er die Klinge aus dem Leichnam zog und sie dann am Mantel des Toten säuberte.

»Ein Anwalt? Aus London?«, ächzte der Anführer der Bruderschaft. »Und Sie haben ihn getötet?«

»Wäre es Ihnen lieber gewesen, mit ihm zu teilen?«, fragte Brighid und sah ihn forschend an.

Scrymgour blieb eine Antwort schuldig. Dann wies er seine Leute an, den Leichnam fortzutragen. »Ich hoffe nur«, sagte er schließlich, »das alles ist es auch wert.«

»Diese Frage sollten Sie Ihrem Gewissen stellen, nicht mir«, konterte Brighid und griff nach dem ledernen Köcher, den sie unter ihrem Umhang trug. »Wir werden uns jetzt auf die Suche nach dem Gold begeben.«

»Ich komme mit«, tönte der Anführer der Runenbruderschaft unter seiner Maske.

»Wozu?«, fragte McCauley.

»Weil ich Sie nicht kenne, und weil ich kein Verlangen danach verspüre, so wie er dort mit einem Säbel im Rücken zu enden.« Er deutete auf die ehemaligen Stallungen, wo seine Leute dabei waren, Chamberlains Leichnam unter einigen Farnbüschen verschwinden zu lassen.

»Das ist sein gutes Recht«, meinte Brighid. »Wenn er mitkommen will, soll er uns begleiten. Schließlich sind wir fast am Ziel unserer Suche angelangt.«

Scrymgour nickte. Er winkte Fuchsgesicht zu sich heran, den er zu seinem Unterführer ernannt hatte, und wies ihn an, den Innenhof besetzt zu halten und auf seine Rückkehr zu warten. Dann schloss er sich Brighid und McCauley an, die den Weg zum ehemaligen Palast eingeschlagen hatten.

Vorbei an einstmals trutzigen Bauwerken, von denen nur

noch bizarre Steinformationen geblieben waren, gelangten sie in den zweiten Innenhof. Von den Gebäuden, die ihn einst umlagert hatten, waren nur noch die Grundmauern erhalten, einzig der Palast selbst erhob sich noch zwei Stockwerke hoch, und seine Pforte, bar jeder Tür oder Angel, starrte ihnen wie ein hungriger Schlund entgegen.

»Dort hinein«, sagte Brighid nur.

»Und dort ist das Gold?«, fragte Scrymgour skeptisch. »Warum hat es dann noch niemand gefunden?«

»Weil es sich tief unten im Fels befindet«, beschied sie ihn, »in einem geheimen Labyrinth jenseits des Verlieses. Sie sehen, meine Ahnen haben an alles gedacht.«

»Ein Labyrinth?«, echote Scrymgour. »Wie sollen wir dann jemals wieder herausfinden?«

Brighid lächelte nur. Dann griff sie abermals unter ihren Umhang und beförderte ein Knäuel rot gefärbter Wolle zutage. »Kennen Sie die Sage von Theseus?«, fragte sie dazu.

»Natürlich«, knurrte er.

»Dann lassen Sie uns gehen«, erwiderte sie mit undeutbarem Lächeln, während McCauley bereits dabei war, eine Fackel zu entzünden. »Unser Lohn erwartet uns.«

20

»Dunnottar Castle.«

Die Kutsche hatte angehalten, auch Quentin hatte sein Pferd zum Stehen gebracht. Die ganze Zeit über hatten sie sich gefragt, wohin McCauleys und Chamberlains Reise wohl führte. Doch sie hatten nicht damit gerechnet, dass die Antwort auf diese Frage so spektakulär ausfallen würde.

Majestätisch ragte der gewaltige Fels über der windumtosten Küste auf, und obwohl von der einstmals stolzen Feste nur noch Ruinen übrig waren, ließen sie dennoch erahnen, welch trutzige Erscheinung die Burg einst geboten haben musste: zur See hin von senkrecht abfallenden Klippen umgeben, gegen die tosend die Brandung schlug, zur Landseite hin durch eine tiefe Kluft geschützt, sodass sie nur über einen schmalen Pfad erreicht werden konnte; jenseits davon graue, aus Natursteinen gefügte Mauern, die einen verfallenen Burgfried und einen noch zur Hälfte erhaltenen Palast umgaben; und über allem der Odem einer glorreichen Vergangenheit.

»Eine gute Wahl«, erkannte Sir Walter an. »Wer immer sich dafür entschieden hat, war in der Geschichte wohl bewandert. Nicht nur, dass Königin Mary hier einst Hof gehalten hat, auch die schottischen Kronjuwelen waren hier für einige Zeit untergebracht, ehe Cromwell die Burg belagern ließ und sie heimlich fortgeschafft werden mussten – ein ergiebiger Stoff für einen Roman, wenn ich es recht bedenke.«

»Vielleicht«, räumte Quentin ein. »Aber wir sind eigentlich nicht hier, um Ideen für Geschichten zu sammeln, oder?«

»Nein, mein Junge«, gab Sir Walter zu. »Obschon ich mir wünschte, dass es so wäre.«

»Was wollen wir tun?«, fragte Mary. »McCauley und Chamberlain in die Burg folgen?«

»Das werde ich übernehmen«, erbot sich Quentin ritterlich. »Ihr beide bleibt solange hier.«

»Und wenn du ihnen in die Hände fällst?«

»Ich bin vorbereitet«, versicherte Quentin, auf den Packsack deutend, den er über der Schulter hängen hatte und der neben einer Laterne und anderen Utensilien auch eine Pistole sowie Kugeln und Pulver enthielt.

»McCauley ist ebenfalls bewaffnet«, brachte Mary in Erinnerung. »Wir sollten alle gehen.«

»Kommt nicht in Frage, das ist zu gefährlich.«

»Quentin, ich bin kein Kind!«, entrüstete sich Mary. »Ich bin durchaus in der Lage, selbst für mich zu entscheiden. Und ich habe keine Lust mehr, mich ständig vor allem zu verstecken!«

Ihr Blick glitt Hilfe suchend zu Sir Walter, der einen Augenblick lang abzuwägen schien. »Also gut«, entschied er dann, während er sich bereits erhob. »Wir werden alle drei gehen.«

»Aber …«, wollte Quentin noch einmal einwenden, beließ es jedoch dabei, denn plötzlich wurde ihm klar, dass genau dies die Mary war, die er geheiratet hatte. Nicht jenes vom Leben verängstigte Wesen, zu dem sie nach dem Verlust ihres Kindes geworden war. Sie zu beschützen und alles mögliche Unheil von ihr fernzuhalten, war ihm in den vergangenen Monaten zur zweiten Natur geworden, aber wie es aussah, bedurfte sie dieses Schutzes nicht länger. Sie war nicht mehr die Frau, die in New York das Schiff bestiegen hatte, unsicher und von Ängsten geplagt. Eine Veränderung war mit ihr vorgegangen, und ein gewisser Sir Walter Scott hatte daran nicht unwesentlichen Anteil.

Sie wiesen den Kutscher an, sie an der nächsten Wegbiegung

abzusetzen und zu warten; auch Quentins Pferd ließen sie dort zurück. Sich im Schutz der Hügel haltend, gelangten sie zu dem Pfad, der zum Burgtor führte. Dort verharrten sie und blickten sich wachsam um. Hatten McCauley und Chamberlain sie bereits entdeckt? Lagen sie auf der Lauer, um ihnen einen Hinterhalt zu bereiten?

Quentin übernahm die Vorhut, die geladene Pistole in der Hand. Er verspürte kein Verlangen danach, ebenfalls von McCauley überrascht zu werden, und war bitter entschlossen, den Abzug zu drücken, wenn es sich als notwendig erweisen sollte.

Der Aufgang zur Burg bestand aus windschiefen, gegeneinander verschobenen und von Moos überwucherten Stufen, die sich für Sir Walter als echtes Hindernis erwiesen. Mary musste ihn stützen, und auch dann kamen sie nur langsam voran. Entsprechend erleichtert waren sie, als sie endlich den Innenhof erreichten.

Die Dämmerung hatte inzwischen eingesetzt, sodass die Ruinen der Burg noch eindrucksvoller und bedrohlicher wirkten als sonst. Von McCauley und Chamberlain jedoch war nichts zu sehen.

»Wo sie nur stecken mögen?«, fragte Quentin halblaut. Der Widerhall der Mauern verstärkte jedes Wort.

»Ich weiß es nicht«, erwiderte Sir Walter, »aber wir müssen vorsichtig sein. Die Sache gefällt mir nicht.«

»Was ist das?«, fragte Mary, die sich gebückt hatte und den felsigen Boden untersuchte. Vorsichtig berührte sie ihn mit den Fingerspitzen und betrachtete sie dann.

Sie waren dunkelrot.

Blut.

Mary fuhr in die Höhe, Quentin fasste instinktiv die Pistole fester und sah sich um, aber noch immer regte sich nichts.

»Hier ist eine Spur«, stellte Sir Walter fest und folgte der dünnen, dunklen Fährte, die das Blut über den Fels markierte und die zu den brüchigen Mauern führte, Überreste der einstigen Stallungen. Üppiger Farn wucherte dort im Schutz der Ruinen, und er barg einen grausigen Fund.

»O nein!«, rief Mary und schlug die Hände vors Gesicht, als unter dem Grün eine menschliche Gestalt zum Vorschein kam. Beherzt trat Quentin vor und schlug den Farn beiseite – und blickte in Gesichtszüge, die leblos und in namenlosem Entsetzen verzerrt waren, die er jedoch sofort erkannte.

»Chamberlain.«

Der Anwalt, den er zuletzt in Edinburgh in seinem Büro gesehen hatte, war tot. Etwas hatte seinen Brustkorb und sein Herz durchbohrt, sodass er elend verblutet war. Quentin konnte nicht behaupten, dass ihm die selbstherrliche Art des Anwalts gefallen hatte, aber ein Ende wie dieses hatte auch er nicht verdient.

»Entsetzlich«, murmelte Mary leise.

»In der Tat«, pflichtete Sir Walter bei, der sich gebückt hatte, um den Toten zu durchsuchen. »Die Allianz mit McCauley war wohl tatsächlich sehr brüchiger Natur. Offenbar hat er sich diesmal mit dem Falschen eingelassen.«

Im Halbdunkel glaubte Quentin zu sehen, wie sein Onkel etwas aus der Tasche von Chamberlains Mantel zog, aber schon einen Lidschlag später spielte es keine Rolle mehr. Urplötzlich hörte er Geräusche hinter sich, Schritte und ein leises Klirren. Alarmiert fuhr er herum – um sich einer ganzen Meute maskierter und in schwarze Kapuzenumhänge gekleideter Gestalten gegenüberzusehen.

Ein gellender Schrei entfuhr Mary, und auch Quentin stieß eine laute Verwünschung aus, denn diese Gestalten und ihr Erscheinen stammten aus dunkler Vergangenheit.

Einer Vergangenheit, die sie nun eingeholt hatte.

Der Gang führte steil in die Tiefe.

Vom Palast aus waren sie in dessen Keller gelangt und in die dunklen Verliese. Ohne die Karte wäre ihre Suche dort bereits zu Ende gewesen. So jedoch wussten sie, dass eine der Bodenplatten lose war und sich anheben ließ. Durch sie waren

McCauley, Brighid und Scrymgour in das verborgene Labyrinth gelangt.

Teils von Hand in den Fels getrieben, größtenteils aber aus natürlichen Höhlen bestehend, reihten sich unzählige Gänge und Gewölbe aneinander, verzweigten sich und führten bald hierhin, bald dorthin, sodass sich die drei Eindringlinge wohl unrettbar verirrt hätten, hätten sie nicht den Wollfaden gehabt, der ihnen unmissverständlich anzeigte, welchen Gang sie bereits genommen hatten und welchen nicht. Vom Fackelschein begleitet, drangen sie immer weiter in das Höhlenlabyrinth vor, das sich tief unter der Burg befand – bis sie endlich ein leises Rauschen vernahmen.

»Hört ihr das auch?« McCauley, der vorausging, war stehen geblieben.

»Wasser«, bestätigte Brighid.

»Vermutlich die Brandung«, nahm Scrymgour an. »Wir müssen inzwischen schon sehr tief sein.«

»Nein, das ist etwas anderes.« Erneut nahm sie die Karte zur Hand und entrollte sie, warf einen prüfenden Blick darauf. »Laut dieser Aufzeichnung muss es hier unten eine Art Fluss oder Wasserfall geben. Dort ist der Schatz versteckt.«

»Dann sind wir wohl auf dem richtigen Weg«, folgerte McCauley und ging weiter.

Die Höhle, in der sie sich befanden, wurde zunehmend flacher, sodass sie sich schließlich bücken mussten; die Fackeln hinterließen dunkle Rußspuren am Fels. Zudem war es merklich kühler geworden, Wasser sammelte sich in kleinen Pfützen am Boden, und das Rauschen nahm zu.

Durch einen niederen Durchgang, den sie nur auf allen vieren passieren konnten, gelangten sie in eine weitere Höhle, in der es von Tropfsteinen wimmelte; ein ganzer Wald der eigentümlichen Gebilde, von denen viele zum Boden reichten und wie bizarre Säulen aussahen, breitete sich vor den drei Schatzsuchern aus; jenseits davon, geheimnisvoll im fackelbeschienenen Halbdunkel glitzernd, rauschte der Wasserfall.

»Wir sind da!«, rief McCauley aus.

Alle drei beschleunigten ihre Schritte, hasteten durch den steinernen Wald – und plötzlich war der Weg zu Ende. Wie eine Wand schoss das Wasser, das eine Quelle im Fels zu speisen schien, vor ihnen herab, um sich in dunkler Tiefe zu verlieren. Was sich jenseits davon befand, ließ sich unmöglich feststellen, Gischt und weißer Nebel versperrten die Sicht.

»Was jetzt?«, schrie Scrymgour gegen das Tosen an. »Wo ist das Gold?«

»Auf der anderen Seite«, mutmaßte McCauley.

»Und wenn nicht? Was, wenn da nur ein tiefer Abgrund ist?«

»Einer von uns wird es als Erster wissen.«

»Einer von uns?« Scrymgour schüttelte den Kopf. »Ich werde es ganz sicher nicht sein, der sich …«

Weiter kam er nicht.

In einem jähen Entschluss packte McCauley ihn an den Schultern und stieß ihn mit aller Kraft von der Felskante, an der sie standen, geradewegs in den tosenden Wasserfall.

Diarmid of Scrymgour kam noch dazu, einen heiseren Schrei auszustoßen, dann war er in Nebel und Gischt verschwunden.

21

»Runenbrüder!«, rief Sir Walter, entsetzt und entrüstet zugleich. »Sie also stecken dahinter?«

»Wer hätte das gedacht?«, fragte einer aus der schwarz gewandeten Meute, offenbar der Anführer, dessen Maske einem Fuchs nachempfunden war. »Der berühmte Walter Scott!«

»Sparen Sie sich Ihren Sarkasmus!«, wies Sir Walter ihn zurecht, der sich weder vom überraschenden Auftauchen der Vermummten noch von ihrer unheimlichen Erscheinung einschüchtern ließ. »Was haben Sie hier zu suchen? Ich dachte, die Geschichte hätte Sie längst vergessen?«

»Dasselbe dachte ich auch von Ihnen«, gab der Maskierte zu. »Für einen Toten scheinen Sie sich erstaunlicher Gesundheit zu erfreuen.«

»Sie sind es gewesen, nicht wahr?«, schnaubte Sir Walter. »Sie und Ihre elende Sektiererbrut haben versucht, mich umzubringen!«

»Ich bedaure«, entgegnete der Wortführer, »damit hatten wir nichts zu tun. Im Gegenteil, wir waren fast enttäuscht, als wir von Ihrem Ableben erfuhren, denn damit war uns jede Chance genommen, uns an dem Mann zu rächen, der unsere Organisation um ein Haar vernichtet hätte.«

»Das war nicht Sir Walter«, widersprach Mary, die sich nun ebenfalls wieder gefasst hatte, »das haben Sie selbst getan, indem Sie auf einen größenwahnsinnigen Mörder wie Malcolm of Ruthven hörten!«

»Die Überraschungen wollen heute offenbar kein Ende nehmen«, stellte der Vermummte sarkastisch fest. »Nicht nur unser Erzfeind ist zu uns zurückgekehrt, sondern auch die liebreizende Lady Mary of Egton.«

»Mary Hay«, verbesserte Quentin energisch.

»Natürlich.« Ein leises Lachen drang unter der Fuchsmaske hervor. »Das Schicksal scheint es in diesen Tagen wirklich gut mit uns zu meinen. Nicht genug damit, dass unsere Pläne endlich aufgehen, gibt es uns auch noch Gelegenheit, uns an all jenen zu rächen, die für unseren Niedergang verantwortlich waren, uns zu revanchieren für all die Jahre der Verfolgung und der Furcht!«

Seine Stimme war unverhohlen bedrohlich geworden. Die Runenbrüder, die sie umzingelt hatten, traten mit gezückten Waffen näher. Namenloser Hass schlug Sir Walter, Quentin und Mary aus den Sehschlitzen der Masken entgegen.

»Ergreift sie«, befahl der Anführer. »Fesselt sie!«

Schon wollten einige der Sektierer sie packen, als Quentin die Pistole in den Anschlag riss, die er bislang geschickt verborgen hatte. »Halt!«, rief er dazu. »Keinen Schritt weiter!«

»Ist das Ihr Ernst?«, fragte der Vermummte. »Glauben Sie wirklich, dass Sie sich damit gegen uns behaupten können?«

»Nein«, gab Quentin zu, während er abwechselnd auf die Sektierer zielte. Unablässig zuckte der Doppellauf der Pistole hin und her. »Aber einen oder zwei von Ihnen wird es erwischen.«

»Wenn Sie in der Aufregung überhaupt treffen«, gab der andere zu bedenken. »Und was geschieht dann? Womit wollen Sie sich unserem Zugriff weiter entziehen? Mit bloßen Fäusten?«

»Er hat recht«, pflichtete Sir Walter ihm bei, und noch ehe Quentin widersprechen konnte, fügte er hinzu: »Ich ergebe mich! Nehmen Sie mein Leben, wenn Sie müssen, aber lassen Sie meinen Neffen und seine Frau gehen!«

»Nein!«, schrie Quentin entsetzt. Aber der Anführer der Sektierer dachte gar nicht daran, sich auf einen Handel einzulassen.

»Sie bieten mir etwas an, Scott, das mir längst gehört«, knurrte er spöttisch. »Ergreift sie und fesselt sie, Männer. Und was die Frau betrifft …«

»Alarm!«, scholl es in diesem Moment von den Überresten des Burgfrieds herab, wo die Runenbrüder ebenfalls einen der Ihren postiert hatten. Vermutlich hatte er schon die ganze Zeit über dort oben gehockt und Sir Walter und die Seinen beim Eindringen in die Burg beobachtet.

»Was gibt es?«, wollte der Wortführer wissen.

»Rotröcke!«, meldete der Posten. »Königliche Dragoner! Sie sind auf dem Weg hierher!«

»Verdammt, wie kann das sein?«

Unruhe brach aus, nicht nur beim Anführer, sondern auch bei seinen Leuten. Auch wenn sie nach außen hin so düster und bedrohlich wirkten wie eh und je – die Erfahrungen, die sie vor vier Jahren gemacht hatten, schienen den Sektierern noch tief in den Knochen zu stecken.

»Da fragst du noch?«, rief ein anderer und richtete seine Pistole auf Sir Walter. »Er ist es gewesen! Er hat uns die Engländer auf den Hals gehetzt, und er wird dafür bezahlen!«

Sein Finger krümmte sich am Abzug, doch noch ehe er ihn betätigen konnte, krachte ein Schuss.

Quentin hatte gefeuert, um seinem Onkel das Leben zu retten, und nun überschlugen sich die Ereignisse.

Der Vermummte wurde zurückgeworfen, als das aus nächster Nähe abgefeuerte Blei seine Schulter durchschlug. Gleichzeitig war von außerhalb der Mauern ein gellendes Trompetensignal zu vernehmen. Der Schuss hatte die Dragoner alarmiert, die nun gewarnt waren und zum Angriff übergingen.

Panik brach unter den Sektierern aus.

Viele, darunter der Kerl mit der Fuchsmaske, ergriffen die Flucht, einige stürmten auf die Überreste der Wehrgänge, um die Burg zu verteidigen. Niemand kümmerte sich um den Verwundeten, der am Boden lag und wie von Sinnen schrie – und auch die Gefangenen waren plötzlich nicht mehr von Interesse.

Nur einen Augenblick lang standen Sir Walter und die Seinen unentschlossen, dann liefen sie los. Statt sich jedoch in Richtung Burgtor zu wenden, wohin die meisten der Runenbrüder flohen, zogen sie sich ins Innere der Festung zurück, in den zweiten Hof mit den Überresten des Palasts, des einzigen noch halbwegs intakten Gebäudes der Anlage.

»Dort hinein! Los!«, drängte Sir Walter, der sich beim Laufen auf Quentin stützte. Hals über Kopf setzten sie auf das Gebäude zu und flüchteten sich in seinen dunklen Eingang, wo sie atemlos verharrten. So froh sie darüber waren, den Sektierern fürs Erste entkommen zu sein, so klar war ihnen doch, dass die Gefahr längst nicht gebannt war.

»Die Runenbruderschaft«, stieß Mary entsetzt hervor. »Ich wusste nicht, dass sie noch existiert!«

»Ich auch nicht«, gab Sir Walter zu. »Nach den Ereignissen von damals glaubte ich sie zerschlagen. Das war wohl ein Irrtum.«

»Denkst du, dass sie hinter allem steckt?«, fragte Quentin.

»Ich weiß es nicht, Junge.« Sir Walter schüttelte den Kopf. »Aber nach allem, was geschehen ist …«

Er verstummte plötzlich.

»Was hast du?«, wollte Quentin wissen.

Sein Onkel antwortete nicht. Sir Walters Blick war auf den Boden geheftet, wo er im Halbdunkel etwas entdeckt hatte. Er bückte sich und hob es vom Boden auf.

Es war ein Wollfaden.

»Was soll das?« Mary runzelte die Stirn.

»Nun«, entgegnete Sir Walter, und plötzlich lag wieder das alte spitzbübische Lächeln auf seinen Zügen, »ich würde sagen, dass wir den Faden wieder aufgenommen haben.«

Einen Augenblick lang war Diarmid of Scrymgour überzeugt davon, in einen bodenlosen Abgrund gestürzt zu sein und ein grausames Ende gefunden zu haben.

Noch immer wie von Sinnen schreiend, lag er auf dem Rücken wie ein Käfer und wand sich, suchte sich aus der Umklammerung des Todes zu befreien – bis ihm klar wurde, dass es sein eigener durchnässter Umhang war, der kalt und träge an ihm klebte und jede Bewegung zur Qual machte.

Panisch wühlte er sich daraus hervor. Dabei stellte er zu seiner Überraschung fest, dass er festen steinernen Boden unter sich hatte. Er war noch am Leben!

Der Abgrund, in den der Wasserfall stürzte, maß in Wahrheit nur wenige Handbreit!

Scrymgours Geschrei verstummte.

Er warf die nasse Robe ab, dann richtete er sich auf und sah sich um – und erblickte die Truhe.

Nur wenige Armlängen von ihm entfernt stand sie unter einem Felsvorsprung. Das Zwielicht, das durch den Wasservorhang fiel, tauchte sie in geheimnisvollen Schein.

Sie existierte tatsächlich!

Die Frau hatte die Wahrheit gesagt. Es gab diesen Schatz, und kein anderer als er hatte ihn gefunden! Ein Triumphschrei entrang sich seiner Kehle, und er wollte zu der Truhe eilen, um sie zu öffnen und sich an ihrem Inhalt zu ergötzen – als eine Stimme ihn scharf zurechtwies.

»Nicht so eilig, Scrymgour!«

Er fuhr herum. Brighid Stewart und ihr Handlanger waren ebenfalls durch den Wasserfall getreten und standen vor ihm. Und plötzlich fiel Scrymgour wieder ein, auf welch unfreiwillige Weise er seine Reise durch den Wasserfall angetreten hatte.

»Sie!«, schrie er und deutete dabei auf McCauley. »Haben Sie den Verstand verloren? Ich hätte dabei draufgehen können!«

»Ihnen ist nichts geschehen, oder?«, konterte der andere, der nur Augen für die Truhe hatte. »Und Sie haben offenbar gefunden, wonach wir suchen!«

»In der Tat«, stimmte Scrymgour zu und wandte sich ebenfalls wieder seinem Fund zu. »Sie haben tatsächlich die Wahrheit gesagt!«

»Haben Sie etwa daran gezweifelt?«

Brighid drängte sich an ihm vorbei, dabei zog sie einen silbern glitzernden Schlüssel unter ihrem durchnässten Umhang hervor. Ein Augenblick atemloser Spannung, als sie sich bückte und am Schloss der Truhe zu schaffen machte.

Dann das erlösende Klicken.

Das Schloss war aufgesprungen.

Scrymgour und McCauley eilten hinzu, um ihr beim Aufstemmen des schweren Deckels zu helfen. Stück für Stück wuchteten sie ihn nach oben, bis die Truhe endlich ganz offen stand. Voller Staunen blickten sie auf das, was sich in ihrem Inneren befand und seit acht Jahrzehnten darauf wartete, in Besitz genommen zu werden.

Gold.

Echtes, pures Gold.

In Barren gegossen, die sich säuberlich aneinanderreihten und mit dem Siegel Frankreichs versehen waren.

Während Brighid und McCauley kein Wort sprachen, konnte Scrymgour nicht anders, als seiner Begeisterung lautstark Ausdruck zu verleihen. »Heureka!«, rief er aus, während er mit bebenden Händen die glatte, glänzende Oberfläche des Goldes befühlte. »Endlich werden unsere Pläne wahr! Endlich, nach so vielen Jahren! Wir werden Waffen kaufen und Söldner, und wir werden dafür sorgen, dass wieder ein Stewart auf den Thron …«

In diesem Moment war von fern dumpfer Donner zu hören, der durch das Höhlenlabyrinth hallte.

Wieder und wieder.

»Schüsse!«, erkannte Scrymgour voller Entsetzen.

22

Sie waren dem roten Faden gefolgt. Einerseits, weil sie dadurch noch mehr Distanz zwischen sich und die Runenbrüder brachten; andererseits, weil es an seinem Ende womöglich Antworten gab.

Durch dunkle Gänge und über baufällige Stufen waren sie in das Verlies der Festung gelangt, einen unheimlichen Ort, der die Schrecken der Vergangenheit atmete und wo eine einsame Fackel blakenden Schein verbreitete; dort entdeckten sie zu ihrer Überraschung, dass die in den Boden versenkten Steinplatten einen geheimen Einstieg bargen: den Zugang zu einem Stollen, der hinabführte, geradewegs in den gewaltigen Felsen, auf dem Dunnottar Castle stand.

»Donnerwetter«, meinte Quentin anerkennend. »Das ist ja fast wie bei dir in Abbotsford!«

»Die meisten Burgen verfügten in den alten Tagen über geheime Ausgänge«, erklärte Sir Walter. »In Zeiten der Belagerung ermöglichten sie es, hochrangige Personen hinauszuschmuggeln oder Verbündete um Beistand zu ersuchen.«

»Sollen wir hinuntersteigen?«, fragte Mary, in das dunkle Loch blickend. Gleichzeitig waren von draußen wieder Schüsse zu vernehmen, dazu das heisere Geschrei der Kämpfenden.

»Ich denke nicht, dass wir eine Wahl haben«, erwiderte Sir Walter. »Außerdem wissen wir nicht, was aus McCauley geworden ist. Vielleicht finden wir es da unten raus.« Kurzerhand nahm er die Fackel aus der Halterung und schickte sich an, über die schmalen Stufen in die Tiefe zu steigen. Quentin stützte ihn dabei, und so gelangten sie in die Höhlen, die das steinerne Fundament der Burg durchzogen.

Vorsichtig drangen sie in das Halbdunkel vor, dabei immer dem roten Faden folgend, während der Schusslärm hinter ihnen zurückfiel und bald nur noch als fernes Grollen auszumachen war.

Es war ein wahres Labyrinth, das sich tief unter den Mauern der Burg erstreckte und in dem sie ohne den Faden schnell die Orientierung verloren hätten. Eine Höhle reihte sich an die nächste, und Sir Walter begann zu dämmern, was für ein Pfad es war, den sie hier beschritten.

»Unglaublich!«, entfuhr es ihm. »Wisst Ihr noch, als ich sagte, dass diese Burg einst von Cromwells Truppen belagert wurde?«

»Und?«, fragte Quentin.

»Als klar wurde, dass die bis dahin als uneinnehmbar geltende Festung dem Bombardement der englischen Kanonen nicht länger standhalten würde, beschloss man, die schottischen Herrscherinsignien in Sicherheit zu bringen. Die Frau eines Dorfpfarrers wurde damit beauftragt, und tatsächlich gelang es ihr, aus der Festung zu entkommen und die Kronjuwelen in Sicherheit zu bringen. Wie und auf welchem Wege ihr das gelang, gab jedoch bis heute Rätsel auf.«

»Du meinst, es war dieser Geheimgang?«, fragte Mary.

»Ich bin überzeugt davon«, bekräftigte Sir Walter und sandte ihr ein jungenhaftes Lächeln über die Schulter. »Ein Geheimnis hat dieser Ort also bereits preisge…«

»Schhh«, machte Quentin, der ein kurzes Stück vorausgegangen war und plötzlich stehen blieb.

Sir Walter und Mary verharrten.

Stille trat ein, die jedoch nicht so vollkommen war, wie sie erwartet hätten. Abgesehen vom fernen Grollen der Schüsse war auch noch ein Rauschen und Plätschern zu vernehmen, das sehr viel näher klang.

»Wasser«, erkannte Mary.

»Wohl eine unterirdische Quelle, die ins Meer mündet«, nahm Sir Walter an.

Sie setzten ihren Weg fort, und schon kurz darauf wurde offensichtlich, dass Sir Walters Vermutung nicht nur richtig war, sondern dass sie sich geradewegs auf die Quelle zubewegten. Je weiter sie dem Faden folgten, desto lauter wurde das Plätschern, bis aus der Tiefe eines von Tropfsteinen durchzogenen Gewölbes eine Wand aus Wasser auftauchte, die den Schein der Fackel glitzernd reflektierte.

»Wundervoll«, bemerkte Mary, und in der Tat hatte es den Anschein, als wären sie in eine andere, entrückte Welt vorgedrungen. Bizarre Formationen von Sintergestein hingen von der Decke und waren an vielen Stellen mit ihren Brüdern verwachsen, die sich ihnen vom Boden aus entgegenreckten: ein dichter Wald aus weißlichen, von bunten Adern durchzogenen Säulen, jenseits derer der Pfad vor dem Wasserfall endete. Jäh brach der Boden ab und schien zusammen mit dem tosenden Nass in unergründliche Tiefe zu stürzen, die der Lichtschein von Sir Walters Fackel nicht zu ergründen vermochte.

Und, was die Sache noch verkomplizierte: Der Faden endete hier.

»Was ist passiert? Wohin sind sie verschwunden?«, fragte Quentin und sah sich suchend um, die Waffe erhoben, als fürchtete er, McCauley könnte jeden Augenblick hinter einer der Säulen hervorspringen.

»Vielleicht ist der Faden hier einfach zu Ende gewesen«, meinte Mary.

»Vielleicht – oder er wurde abgetrennt, weil er nicht länger benötigt wurde«, gab Sir Walter zu bedenken.

»Oder weil jemand nicht wollte, dass man ihm folgt«, fügte Quentin hinzu. »McCauley vielleicht.«

»Aber wo ist er hin?«, fragte Mary.

Alle drei sahen sich in dem Gewölbe um, zuletzt fiel ihr Blick auf die weißlich glitzernde, von Nebel umwaberte Wasserwand. Was jenseits davon lag, war nicht zu erkennen.

»Ich habe einen Verdacht«, gab Quentin bekannt.

»Ich auch«, versicherte Sir Walter. »Wenn er zutrifft, wäre es ein geradezu geniales Versteck.«

»Oder eine geniale Falle«, konterte Mary.

»Nun«, meinte Quentin und trat beherzt vor, »es gibt wohl nur einen Weg, dies zu ergründen« – und noch ehe jemand etwas dagegen unternehmen konnte, trat er durch den Wasserfall.

»Nein!«, hörte er Mary hinter sich noch rufen, dann stürzte das eisig kalte Nass auf ihn herab, und er war von Rauschen und Gurgeln umgeben. Einen Augenblick lang fürchtete er, ein ebenso feuchtes wie dunkles Ende zu finden. Dann berührte sein Fuß festen Boden, und im nächsten Moment war er hindurch, nass bis auf die Knochen, aber ansonsten wohlbehalten.

Quentins Herz schlug ihm vor Aufregung bis zum Hals. Seine Vermutung hatte sich als wahr erwiesen: Der Wasserfall war nur eine dünne Wand, auf deren anderer Seite sich die Höhle fortsetzte.

Und plötzlich gewahrte er die Truhe!

Nur wenige Armlängen von ihm entfernt stand sie unter einem Felsvorsprung, der Deckel war offen. Zwei hastige Schritte, ein prüfender Blick – und Quentin wusste, dass ihre Suche sie ans Ziel geführt hatte.

Rasch kehrte er zum Wasserfall zurück, beugte sich vor und streckte die Hände hindurch, die im nächsten Moment die von Mary fassten. Beherzt zog er sie zu sich herüber, und schon einen Herzschlag später stand sie vor ihm. Ihr Kleid und ihr Umhang klebten durchnässt an ihr, die Schute war herabgerutscht, sodass auch ihr Haar in feuchten Strähnen hing. In ihrem Gesicht jedoch lag ein erleichtertes Lächeln.

»Du bist wohlauf«, rief sie gegen das Tosen des Wassers an. »Gott sei Dank!«

»Und nicht nur das«, meinte Quentin und deutete über die Schulter auf die Truhe. »Wir haben es geschafft, Mary!«

Das Lächeln in ihrem Gesicht wurde strahlend, und er konnte nicht anders, als sie an sich heranzuziehen und sie im Überschwang des Augenblicks zu küssen.

»Ohne stören zu wollen«, meinte Sir Walter, der auf eigene Faust ebenfalls durch den Wasserfall getreten und nun dabei war, seinen Zylinderhut auszuleeren, den er vorsorglich abgenommen hatte, »denke ich doch, dass wir eine bedeutende Entdeckung gemacht haben.«

»Das Gold«, bestätigte Quentin, während er Mary an der Hand nahm und zur Truhe zog. »Wir haben es gefunden!«

Sir Walter gesellte sich zu ihnen, und gemeinsam nahmen sie die Schatzkiste in Augenschein, in deren Bauch Dutzende säuberlich aufgereihter Goldbarren lagen. Einige waren entwendet worden, der größte Teil davon jedoch war noch da.

»Seltsam«, bemerkte Sir Walter, der eines der handflächengroßen Stücke herausgenommen hatte, um es näher zu betrachten. »Diese Barren tragen das Siegel der königlichen Schatzkammer Frankreichs.«

»Was bedeutet das?«, fragte Mary.

»Dass die Worte des alten Manus nun endlich Sinn ergeben«, folgerte Sir Walter. »Wisst ihr noch, als er sagte, dass die Verräter, die das Gold gestohlen hätten, die Schuld an der Niederlage von Culloden trugen? Was er damit meinte, war, dass das Gold aus französischem Besitz stammte. Dass es die Hilfe war, die der König von Frankreich Charles Edward Stewart zugesagt hatte. Hätte er es rechtzeitig erhalten, hätte er damit Kriegsgerät kaufen und Söldner anwerben können, und sein Kampf gegen England hätte womöglich einen anderen Ausgang genommen. So jedoch erlitt er auf dem Schlachtfeld von Culloden eine vernichtende Niederlage und musste fliehen …«

»… und das Gold landete im Besitz ruchloser Diebe aus den eigenen Reihen«, vervollständigte Mary.

»Genau das.« Sir Walter nickte. »Aber es ist ihnen nicht gut bekommen. In späteren Jahren hat Manus die Verräter verfolgt und einen nach dem anderen bestraft. Den Schatz jedoch hat er hier verborgen, und da sowohl Charles Edward als auch seine Tochter Charlotte inzwischen verstorben waren …«

»… hat das Gold bis heute auf seine Entdeckung gewartet«, brachte Quentin den Satz zu Ende.

»In der Tat. Bedauerlicherweise waren wir nicht die Ersten, die es gefunden haben.«

»McCauley«, ächzte Quentin, der den Schurken tatsächlich für einen Moment vergessen hatte. »Wohin ist er verschwunden?«

»Ist euch etwas aufgefallen?« Sir Walter hielt den verkohlten Stumpf der Fackel hoch. Sie war in dem Moment erloschen, als er den Wasserfall passiert hatte, dennoch war es in dem Gewölbe nicht vollständig dunkel. Gedämpfter, rötlicher Schein beleuchtete es, wie von einem Feuer ohne Flammen.

»Das ist das Licht der Dämmerung«, stellte Mary fest und deutete zur anderen Seite der Höhle. »Es kommt aus diesem Felsspalt!«

Sir Walter nickte. »Dann ist das wohl der Weg, den McCauley genommen hat.«

Erneut endete der Weg, diesmal jedoch nicht vor einem Wasserfall, sondern buchstäblich im Nichts.

Sie waren dem Höhlengang gefolgt, der sich an das Schatzversteck anschloss, dem Licht entgegen, das vom Ende hereindrang, und dem Geruch von Salz und Tang – und standen nun vor dem Ende des Stollens, der sich zur Seeseite hin öffnete, in schwindelerregender Höhe. Vor ihnen lag die schimmernde See, über die der raue Ostwind peitschte, darüber türmten sich Wolkenberge, die vom letzten Licht des Tages blutrot gefärbt wurden. Ein Bild des Friedens – wäre da nicht der Kampflärm gewesen, der von der Burg herabdrang, das Krachen von Schüssen und das Geklirr von Säbeln, und immer wieder die Schreie der Verwundeten und Sterbenden.

»Was geht dort oben vor sich?«, fragte Scrymgour, der sich keinen Reim auf all das machen konnte. Hätte er zu entscheiden gehabt, wären sie zurückgegangen, um seinen Leuten zu Hilfe zu kommen. McCauley und Brighid jedoch hatten darauf bestanden, den anderen Gang zu nehmen und das Gold, das sie an sich gerafft hatten, in Sicherheit zu bringen. Und da er ihnen nicht traute, war er ihnen gefolgt.

An die Mündung des Ganges, die von der Seeseite aus betrachtet wie eine zufällige Höhlung im Fels wirken mochte, schloss sich ein schmaler Pfad an, der an der fast senkrecht abfallenden Felswand entlang nach oben führte, wiederum so unscheinbar, dass er dem unbedarften Betrachter nicht auffiel.

»Dieser Pfad führt um den Burgfelsen herum«, stellte McCauley fest. »Auf diese Weise werden wir ihnen entkommen.«

»Wem?« Scrymgour starrte die beiden verständnislos an.

»Den königlichen Dragonern«, eröffnete McCauley ungerührt, während erneut Schüsse fielen. »Ihre Leute haben bereits ihre Bekanntschaft gemacht.«

»Königliche Dragoner?«, echote Scrymgour.

»Chamberlain hat sie alarmiert. Ihre Kundschafter sind uns gefolgt, die ganze Zeit über.«

»Sie … Sie wussten davon?« Scrymgour sah Brighid an, erwartete, dass auch sie sich entrüsten würde – aber zu seiner Bestürzung blieb die Miene der letzten Stewart völlig unbewegt. »Was hat das zu bedeuten, Hoheit?« Eine böse Ahnung kroch aus seinen Eingeweiden empor. Die Goldbarren, die er sich auf die Arme geladen hatte, schienen plötzlich doppelt schwer zu wiegen.

»Dass Sie und Ihre Leute nur ein Werkzeug gewesen sind«, beschied sie ihn und bestätigte damit seine Befürchtungen. »Ein Mittel zum Zweck.«

»Zu welchem Zweck?«, ächzte er. »Sagten Sie nicht, dass Sie die Bruderschaft brauchen, um Ihre Ziele zu erreichen?«

»So ist es auch. Nur sind Sie bezüglich dieser Ziele einem folgenschweren Urteil erlegen. Ginge es mir tatsächlich darum, einen blutigen Aufstand vom Zaun zu brechen und den Thron zu besteigen, wäre Ihre beklagenswerte Ansammlung von Sektierern und Verschwörern vermutlich die richtige Wahl. Aber das will ich nicht.«

»Nein?« Scrymgour hatte das Gefühl, einen Albtraum zu durchleben. Seine Arme sanken herab, einige Goldbarren lösten sich und fielen mit profanem Klicken zu Boden. »Dann sind Sie also eine Betrügerin«, stellte er fest. »Sie haben uns alle getäuscht. Sie sind keine Stewart!«

»Das, Scrymgour, ist das Tragische daran«, beschied sie ihn, und es klang, als würde sie ein gewisses Bedauern verspüren. »Ich bin eine Stewart, das schwöre ich beim Blut meiner Mutter. Aber ich habe nicht vor, das Schicksal meines Vaters zu erleiden. Sein Leben lang war er von Intriganten und Speichelleckern Ihres Schlages umgeben, Scrymgour, die letztlich nur ihren eigenen Vorteil im Sinn hatten. Daran liegt mir nichts. Alles, was ich will und jemals wollte, ist das Gold.«

»Sie … Sie scherzen!«, rief der Anführer der Runenbruderschaft aus.

»Keineswegs.«

»Warum dann das alles? Warum haben Sie die Nähe der Bruderschaft gesucht?«

Statt ihm zu antworten, wandte sie sich McCauley zu. »Ich habe es dir gesagt, Winston. Er hat es noch immer nicht begriffen. Er wird es bis zu seinem Ende nicht verstehen.«

»Was soll ich nicht verstehen? Verdammt, was führen Sie im Schilde? Was wollen Sie?«

»Ihren Tod, Scrymgour. Nicht mehr und nicht weniger.«

Scrymgours Arme fielen herab, das Gold schlug zu Boden, wo es unbeachtet liegen blieb.

»Warum?«, fragte er fassungslos. »Ich bin stets loyal gewesen, ein schottischer Patriot!«

»Ein loyaler Patriot, in der Tat – so wie jene, die meine Mutter ermorden ließen.«

»Das … das tut mir außerordentlich leid«, beteuerte Scrymgour, der vorsichtig zurückwich, »aber dafür kann ich nichts.«

»Nein?« Sie hob die Brauen. »Es ist nicht nur die Hand, die tötet, sondern auch die Gesinnung. Sie alle wären bereit, Unschuldige zu töten, nur um Ihre Interessen durchzusetzen, Sie und jeder einzelne Ihrer Mitverschwörer. Wäre es nicht so, bräuchten Sie Ihre Gesichter nicht hinter Masken zu verbergen. Deshalb wollte ich, dass Sie hierherkommen, Scrymgour, mit allem, was von Ihrer verkommenen Brut noch übrig ist. Sie nennen sich Patrioten und haben doch nur den eigenen Vorteil im Sinn. Aber damit ist es nun vorbei. Niemals wieder werden Unschuldige Ihrer Gier zum Opfer fallen!«

»Ich … ich verstehe«, versicherte der Anführer der Runenbruderschaft und schien plötzlich zu taumeln, verwirrt und überrumpelt – nur um in einer plötzlichen Bewegung zu explodieren.

Schlagartig griff er an seinen Gürtel und zückte den Säbel, dessen geschmeidige Klinge vorzuckte. Womöglich hätte sie im nächsten Moment Brigid Stewarts Herz durchbohrt, wäre McCauley nicht zur Stelle gewesen. In einer blitzschnellen Bewegung hatte er seine eigene Klinge gezückt und Scrymgours Angriff pariert.

»Touché«, erkannte Scrymgour grinsend an. »Ich fürchte nur, wenn das Ihre ganze Fechtkunst ist, wird sie nicht genügen.«

Statt zu antworten, setzte McCauley zu einer Attacke an. Geschickt führte er die Klinge, täuschte eine Finte an, um dann einen überraschenden Ausfall zu unternehmen, dem Scrymgour auswich. Vom Schwung getragen, den er in den Angriff gelegt hatte, taumelte McCauley an seinem Gegner vorbei, wobei dieser ihm einen Hieb versetzte. Die Folge war ein Schnitt an der linken Schulter, der McCauley laut aufschreien ließ.

Wütend fuhr er herum, stieß sich von der Felswand ab und griff erneut an. In rascher Folge trafen die Klingen aufeinander, während sich die beiden Kontrahenten ein Duell auf Leben und

Tod lieferten. Messerscharf zeichneten sich ihre Silhouetten vor dem blutroten Abendhimmel ab, der wie ein düsteres Omen wirkte.

Anfangs fühlte sich Scrymgour noch überlegen, doch je länger der Kampf dauerte, desto mehr ließen seine Kraft und seine Konzentration nach – und desto erbitterter wurden die Attacken seines jüngeren und an Ausdauer überlegenen Gegners. Mit einem wütenden Aufschrei setzte McCauley erneut heran, und diesmal war er es, der seinem Widersacher eine Wunde beibrachte. Scrymgour brüllte wütend, als die Klingenspitze in seinen rechten Oberarm schnitt. Der Schmerz zwang ihn, die Waffe in die linke Hand zu wechseln, wodurch er nun endgültig unterlegen war.

McCauleys Angriffe jetzt nur noch notdürftig abwehrend, wich er zurück, sah sich im nächsten Moment mit dem Rücken zur Wand und musste damit rechnen, jeden Augenblick durchbohrt zu werden. Wieder traf Stahl auf Stahl, starrten die beiden Kontrahenten sich über die gekreuzten Klingen hinweg an. Einen Augenblick schien die Zeit stillzustehen. Dann zuckte McCauleys Kopf vor und brachte Scrymgour einen harten Stoß bei. Nicht nur, dass die Wolfsmaske bei dem Aufprall zerbrach und Scrymgour sich plötzlich nackt und durchschaut fühlte – der Schmerz war auch so heftig, dass er benommen niederging. Gleichzeitig schossen ihm Tränen in die Augen, sodass er von einem Augenblick zum anderen nichts mehr erkennen konnte.

Auf dem Boden kauernd, fand er sich wieder, umgeben von den Goldbarren, die er eigenhändig aus den Tiefen der Katakomben heraufgetragen hatte, ein bitterer Hohn!

Er hörte das Knirschen von Stiefeln auf feuchtem Gestein, sah durch die Tränenschleier McCauleys Klinge heranfliegen. In einem Reflex riss er seine eigene Waffe empor und parierte den Hieb blindlings, während seine Rechte planlos umhergriff und plötzlich einen der Goldbarren zu fassen bekam.

Scrymgour handelte ohne nachzudenken. In seiner Not schleuderte er das Gold auf seinen Gegner. McCauley gab einen verblüfften Ausruf von sich und riss instinktiv die Arme empor, um das Geschoss abzuwehren – und Diarmid of Scrymgour schlug erbarmungslos zu.

Halb stehend, noch halb auf dem Boden kauernd warf er sich nach vorn, die Klinge zum Stoß erhoben, und rammte sie tief in den Leib seines überraschten Gegners.

23

»Neeein!«

Brighid Stewarts Stimme überschlug sich, als der scharfe Stahl ihren Geliebten durchbohrte.

Wie vom Donner gerührt stand McCauley da, auch dann noch, als sein siegreicher Gegner die Klinge längst wieder aus seinem Leib herausgezogen hatte. Mit zitternden Händen befühlte er die Wunde, aus der das Blut hervorquoll und seine Kleidung tränkte. Der aufwärts geführte Stoß hatte die Schlagader durchbohrt. McCauleys Blick, flehend und bedauernd zugleich, galt Brighid, dann gaben seine Knie nach, und er ging nieder.

»Winston!« Sie eilte zu ihm, fing ihn auf, ungeachtet des schreiend roten Lebenssafts, mit dem sie sich besudelte. »Nein«, flüsterte sie immer wieder, während sie die Blutung erfolglos zu stillen suchte. »Nein, nein, nein ...«

»Dazu hätte es nicht kommen müssen«, beschied Scrymgour sie, der sich auf die Beine gerafft hatte und schwer atmend an der Felswand lehnte. Seine bartlosen, unscheinbaren Gesichtszüge waren von der Anstrengung gerötet. »Sie hätten mich nicht hintergehen sollen, Hoheit. Das war ein Fehler.«

Brighid blickte auf, ihre blauen Augen loderten in namenlosem Hass. »Elender Bastard!«, schrie sie den Anführer der Runenbruderschaft an. Und noch ehe dieser etwas erwidern konnte, hatte sie den herrenlos am Boden liegenden Säbel ihres Geliebten aufgenommen und ging damit auf Scrymgour los. »Dafür wirst du bezahlen!«, schrie sie. »Ihr alle werdet dafür bezahlen!«

Für den Anführer der Runenbruderschaft war es ein Leichtes, ihre wütend vorgetragene Attacke abzuwehren. Mit einer routinierten Parade sorgte er dafür, dass sich die Waffe ihrem ungeübten Griff entwand. Brighid, die dadurch das Gleichgewicht verlor und ins Straucheln geriet, schlug zu Boden. Als sie sich wieder aufrichten wollte, hatte sie bereits die Spitze seiner Klinge an der Kehle.

Scrymgours Brust hob und senkte sich heftig unter seiner Robe, in seinen schmalen Augen loderte blinde Wut. Schon wollte er zustoßen, wollte sie bezahlen lassen für das, was sie ihm und seinen Mitbrüdern angetan hatte …

»Halt!«, rief in diesem Moment jemand mit lauter Stimme.

Sie hatten die Schreie gehört und ihre Schritte beschleunigt. Auf das, was sie am Ende des Felsengangs erwartete, waren Sir Walter, Quentin und Mary jedoch nicht vorbereitet.

McCauley lag blutüberströmt am Boden, noch atmend, aber offenbar tödlich verwundet; vor dem dunkelroten Himmel, der sich über dem fernen Horizont spannte, stand ein Mitglied der Runenbruderschaft, bedrohlich anzusehen in seiner weiten Robe, die der eindringende Wind bauschte. Mit blanker Klinge bedrohte er eine Frau, die vor ihm auf dem Boden kauerte – und sie trauten ihren Augen nicht, als sie erkannten, wer diese Frau war.

»Brighid!«, entfuhr es Mary.

Die blauen Augen der Freundin richteten sich auf sie, nicht etwa erleichtert über das unverhoffte Wiedersehen, sondern abweisend und voller Spott.

»Halt!«, wiederholte Quentin dennoch erneut. Er hatte seine Pistole in den Anschlag genommen und auf den Fremden gerichtet, der zwar noch die Robe der Sektierer trug, sein Gesicht jedoch demaskiert hatte. Seine vor Anstrengung geröteten Züge deuteten darauf hin, dass er zum Äußersten entschlossen war.

»Um Himmels willen!«, rief Sir Walter. »Hören Sie auf mit diesem Wahnsinn! Ihr Spiel ist vorbei!«

Der Runenbruder schien ihn erst jetzt zu bemerken. Seine Augen weiteten sich, sein Gesicht verzerrte sich vor Entsetzen, als würde er einen Geist erblicken.

»Scott!«, entfuhr es ihm. »Sie … sind am Leben!«

»Wie Sie sehen«, erwiderte Sir Walter nur.

Das genügte, um den Sektierer vollends die Fassung verlieren zu lassen. Sein Interesse an Brighid schien erloschen, seine Aufmerksamkeit galt nun Sir Walter – und dem einzigen Wunsch, Rache an ihm zu üben. Rache für all das, was er der Bruderschaft angetan hatte! Den Säbel zum tödlichen Streich erhoben und einen wilden Kampfschrei auf den Lippen, setzte er heran.

Quentin feuerte.

Doch statt eines lauten Knalls war nur ein leeres Klicken zu vernehmen, als der Hahn auf die Zündpfanne traf – das Pulver war beim Durchschreiten des Wasserfalls nass geworden!

Im nächsten Moment war der Angreifer bereits heran, und Quentin tat das Einzige, was ihm in seiner Not einfiel. Er nahm die Pistole kurzerhand bei ihrem Doppellauf und schleuderte sie dem Sektierer entgegen. Der wuchtige, metallverstärkte Holzgriff traf den Mann an der Schläfe und brachte seinen Angriff zu einem jähen Halt. Beherzt sprang Quentin auf ihn zu und entrang ihm den Säbel, dann setzte ein erbittertes Handgemenge ein, bei dem der Runenbruder die Oberhand zu gewinnen drohte.

Schon hatte er seine Hände an Quentins Hals und drückte erbarmungslos zu, während sie beide einen bizarren Tanz vollführten und dabei dem Abgrund gefährlich nahe kamen. Eisig kalter Wind fegte herauf und erfasste die Kämpfenden, drohte sie in die Tiefe zu reißen. Verzweifelt rang Quentin nach Atem, aber sein Gegner gab nicht nach. Mit aller Kraft drückte er zu, wollte alles Leben aus ihm herauspressen …

»Quentin!«

Er hörte Marys Ruf, hörte die Angst in ihrer Stimme und die Furcht, ihn zu verlieren. Und das Wissen, dass sie ihn noch immer liebte, dass sie nach allem, was gewesen war, noch immer mit ihm zusammen sein wollte, verlieh ihm zusätzliche Kraft. Wie Schraubstöcke schlossen sich seine Fäuste um die Handgelenke seines Gegners, und tatsächlich gelang es ihm, sich aus dessen Würgegriff zu befreien. Sofort schickte er einen Fausthieb hinterher, der den Sektierer am Kinn traf und ihn einen Schritt zurücktaumeln ließ – geradewegs ins Leere.

Einen Augenblick lang ruderte er mit den Armen, was ob der schwarzen, durchnässten Robe, die er trug, einen geradezu grotesken Anblick bot, versuchte verzweifelt, das Gleichgewicht zurückzugewinnen.

Vergeblich.

Seine feuerroten Züge verzerrten sich vor Entsetzen, und ein heiserer Schrei drang aus seiner Kehle, als er rücklings in die bodenlose Tiefe kippte. Wider alle Vernunft sprang Quentin vor, die Hände helfend ausgestreckt, um den Mann vor dem Sturz in den Abgrund zu bewahren, doch es war zu spät.

Der Runenbruder verschwand kopfüber in der Tiefe. Quentin eilte an die Abbruchkante, sah ihn zerschmettert auf einem der Klippenfelsen liegen, über dem im nächsten Moment die Brandung zusammenschlug. Weiße Gischt spritzte im letzten Licht des Tages am grauen Felsen empor. Als sich das Wasser gleich darauf wieder zurückzog, war der Leichnam verschwunden.

Schaudernd trat Quentin vom Abgrund zurück. Mary eilte zu ihm und umarmte ihn. Dann wandten sie sich Brighid zu, der zu begegnen sie beide nicht erwartet hatten. Zusammengesunken kauerte sie auf dem Boden. Für die Goldbarren, die überall verstreut lagen, hatte sie keine Augen, ihre ganze Aufmerksamkeit galt McCauley, dessen Haupt sie in ihren Schoß gebettet hatte und auf den sie flehend einsprach.

»Geh nicht, Geliebter, ich bitte dich … Verlasse mich nicht, hörst du?«

Quentin und Mary wechselten Blicke. McCauley ihr Geliebter? Und wieso war ihr Englisch plötzlich flüssig und ohne jeden Akzent? Ganz offenbar hatte die Frau, die stets beteuert hatte, ihre Erinnerung verloren zu haben und nur Französisch zu sprechen, sie arglistig getäuscht. Aber aus welchem Grund? Wo war der Zusammenhang?

Die Fragen brannten Quentin auf der Zunge, aber er stellte sie nicht. Man konnte sehen, wie das Leben aus McCauley wich, ihm blieben nur noch Augenblicke.

»Geh nicht«, hauchte Brighid noch einmal.

»Tut … mir leid«, erwiderte er kaum vernehmlich. Der Blick seiner Augen war fliehend, Blut trat über seine Lippen. »Habe dich geliebt … alles für dich getan … für uns …«

»Ich weiß«, beteuerte sie.

Er nickte und versuchte etwas, das wohl ein Lächeln sein sollte, angesichts des Blutes in seinem Gesicht jedoch nur bizarr wirkte. Dann verkrampfte sich seine ganze gepeinigte Gestalt, und sein Kopf fiel zur Seite.

Brighid brach in Tränen aus.

Tief gebeugt kauerte sie am Boden, den leblosen Körper des Mannes an sich pressend, den sie offenbar sehr viel besser gekannt hatte, als sie vorgegeben hatte. Quentin und Sir Walter zögerten, wussten nicht, wie sie reagieren sollten. Mary war es schließlich, die sich ein Herz fasste und sich der Trauernden näherte. Vorsichtig ließ sie sich neben ihr nieder.

»Brighid?«

Sie reagierte nicht, und Mary berührte sie sanft an der Schulter – worauf sie wie von einer Natter gebissen zusammenfuhr.

»Was willst du?«, fuhr sie sie an, das einst so anmutige Gesicht vom Weinen aufgedunsen, die Wangen wie Glas, das von Sprüngen durchzogen war. »Rühr mich nicht an! Was weißt du schon?«

»Nichts«, gab Mary zu. »Aber ich würde gerne verstehen.«

Ein spöttisches Grinsen verzerrte Brighids Züge, das nicht zu ihrer Trauer passen wollte. »Ja«, höhnte sie, »ich kann mir vorstellen, dass du das gerne würdest. Schließlich haben wir euch alle getäuscht, jeden Einzelnen.«

»Das haben Sie ganz offensichtlich«, stimmte Sir Walter zu.

»Aber wozu?«, fragte Mary verständnislos. »Zu welchem Zweck? Nur um des Goldes willen?«

»Nein.« Brighid wischte sich die Tränen aus dem Gesicht. »Um Rache zu nehmen. Rache für den Tod meiner Mutter.«

»Deiner Mutter?« Mary runzelte die Stirn. All das war neu und fremd für sie. »Warum? Wer war sie?«

»Ihr Name war Serena«, eröffnete Brighid, worauf sich Mary zu Sir Walter umwandte. Beide erinnerten sich, dass der alte Manus den Namen erwähnt hatte.

»Als sie eine junge Frau war, arbeitete sie als Hausbedienstete in Florenz im Palazzo eines Mannes, der sich als Herzog von Albany ausgab. In Wirklichkeit jedoch war er kein anderer als …«

»… Charles Edward Stewart, der letzte schottische Thronprätendent«, ergänzte Sir Walter.

»Sie wissen davon?«

»Ich beginne, manches zu erahnen.«

Brighid nickte. »Mit Wein hat Stewart sich meine Mutter gefügig gemacht und sie verführt, und schließlich empfing sie ein Kind von ihm …«

»… nämlich Sie«, folgerte Sir Walter wiederum.

»Du … bist eine Stewart?«, dämmerte es Mary, als Brighid nicht widersprach.

Sie nickte.

»Warum hast du das nicht gesagt?«

»Ich habe es versucht. Ich habe dir gesagt, dass ich Charles Edward gut kenne, aber du wolltest mir nicht glauben. Stattdessen hast du mich in ein Kloster abschieben wollen.«

»So ist es nicht gewesen«, widersprach Mary leise, »und das weißt du genau.«

»Warum das ganze Theater?« Quentin verlor die Geduld. »Warum haben Sie sich als blinder Passagier ausgegeben? Warum so getan, als könnten Sie sich an nichts erinnern?«

»Weil es eine willkommene Möglichkeit war, an die ebenso erhabene wie edelmütige Familie Scott heranzukommen«, eröffnete Brighid voller Spott, »und ihr Vertrauen zu gewinnen.«

»Ich verstehe.« Sir Walter nickte. »Um an die Karte aus der Genealogie zu gelangen.«

»Unser ursprünglicher Plan war anders.« Sie wandte sich wieder McCauley zu, strich über seine erkaltende Stirn. »Winston sollte sich Zugang zur Bibliothek von Abbotsford verschaffen und dort nach der Karte suchen, aber das erwies sich als unmöglich, denn der Herr des Hauses war stets auf der Hut.«

»Also wollten Sie mich beseitigen«, folgerte Sir Walter.

Sie lächelte freudlos. »Glauben Sie, was sie wollen. Tatsache ist, dass wir den Anschlag nicht verübt haben. Aber dadurch ergab sich für uns die Gelegenheit, an Abbotsford heranzukommen. Wir nahmen Kontakt mit einer Gruppe einflussreicher Finanziers auf, die in London großen Einfluss besitzen und ihre eigenen Interessen verfolgten.

Ihr Vertreter war ein Anwalt namens Milton Chamberlain.«

»Das sind die Leute, denen ich Geld schulde«, bestätigte Sir Walter. »Und es würde mich nicht wundern, wenn es auch jene Kräfte sind, die hinter der Krise und den Angriffen auf die schottische Unabhängigkeit stecken.«

»Natürlich«, meinte Mary voller Bitterkeit. »Deshalb habt ihr unsere Nähe gesucht. Die ganze Zeit über habt ihr uns zu überreden versucht, Abbotsford zu verkaufen. Und ich dachte, wir wären Freundinnen«, fügte sie bitter hinzu.

»Was ist mit Kapitän McCabe?«, wollte Quentin wissen.

»Er hat Winston und mich zusammen gesehen, also musste er sterben«, gab Brighid mit bestürzender Gleichgültigkeit zu. Nachdem ihr Geliebter tot war, schien ihr an nichts mehr gelegen zu sein. »Wir haben es wie Selbstmord aussehen lassen, und niemand hat mehr irgendwelche Fragen gestellt. Im Gegenteil«, fügte sie mit kaltem Lächeln hinzu, »haben Sie sogar noch für meine Rechtschaffenheit gebürgt, mein lieber Quentin.«

»Jeder macht Fehler«, knurrte Quentin nur, der sich jetzt

fragte, wie diese Frau ihn jemals hatte faszinieren können. Nun, da sich das ganze Ausmaß ihrer Verschlagenheit offenbarte, hatte er nur noch Verachtung für sie übrig.

»Und die Runenbruderschaft?«, fragte Sir Walter. »Was haben Sie mit ihr zu schaffen?«

»Wer sagt Ihnen, dass ich etwas mit diesen Leuten zu schaffen habe? Immerhin haben sie mich entführt, Ihr Neffe kann es bezeugen.«

»Es ... es waren Runenbrüder, die uns in jener Scheune überfallen haben?« Quentin schauderte bei dem Gedanken.

»So ist es. Ich hatte mir erlaubt, die Neugier ihres Anführers zu wecken, denn mir war klar, dass sie sich die Gelegenheit, der letzten Stewart habhaft zu werden, nicht entgehen lassen würden. Und ich habe recht behalten.«

»Aber warum?«, fragte Sir Walter. »Warum haben Sie die Nähe dieser Sektierer gesucht? Um das Gold zu finden, brauchten Sie sie nicht, folglich ging es Ihnen um Ihre Rache.«

Brighids Mundwinkel fielen herab, sie wirkte fast enttäuscht. »Ich erwarte nicht, dass Sie meine Beweggründe verstehen. Sie haben meine Mutter nicht gekannt. Sie war das liebenswürdigste Geschöpf auf Erden, warmherzig und hilfsbereit. Zum Dank dafür wurde sie von meinem Vater ausgenutzt und hintergangen. Als seine Tochter Charlotte von der Beziehung erfuhr, hat sie meine Mutter wie einen Hund aus dem Haus gejagt und verstoßen. Kurz darauf entdeckte sie, dass sie schwanger war. Aus Furcht vor Charlotte floh sie aus Italien und ging nach Frankreich, wo sie mich zur Welt brachte. Sie tat, was immer nötig war, um mich zu versorgen, trug zuletzt gar ihren Körper zu Markte – doch die Rachsucht der Stewarts und ihrer Schergen hat sie in all den Jahren weiter verfolgt.«

»Manus«, riet Sir Walter.

»Ganz recht. Er war den Stewarts treu ergeben und tötete ohne Zögern, wenn sie es befahlen. Unter dem Vorwand, sich für ihre Sache zu begeistern, luden Charlotte und er französische Revolutionäre ins Haus ein. In Wahrheit ging es ihnen nur darum, die Diebe ausfindig zu machen, die das Gold damals entwendet hatten, denn es waren Franzosen gewesen, Feinde des Königshauses, die den Transport verraten hatten. Und als sie endlich die Namen kannten, töteten sie einen nach dem anderen. Und irgendwann fanden sie auch meine Mutter.«

Brighids Blick wurde glasig, schreckliche Dinge schienen vor ihrem geistigen Auge zu geschehen. »Als Manus uns fand, war ich keine zehn Jahre alt. Aus nächster Nähe habe ich zugesehen, wie er das Leben aus ihr herauspresste, Stück für Stück, und ich konnte nichts dagegen tun.«

»Wie schrecklich«, flüsterte Mary betroffen.

»Das tut mir leid«, versicherte auch Sir Walter. »Aber vielleicht ist es Ihnen ein Trost, wenn ich Ihnen sage, dass Manus diese Tat sein Leben lang bereut hat.«

»Davon wird meine Mutter nicht wieder lebendig.«

»Nein, aber …«

»Es spielt ohnehin keine Rolle mehr«, beharrte sie, während sie sanft über das glatte Haar ihres leblos daliegenden Geliebten strich. »Er ist tot. Unsere Rache hat ihn getroffen, genau wie alle anderen, die sich Patrioten nennen und in Wahrheit nichts als Blutsauger sind, Parasiten, die nur ihren eigenen Vorteil suchen.«

»Aber wenn Sie die Königstreuen so hassen, warum dann die Bruderschaft? Warum das Bündnis mit den Sektierern?«

»Weil sie die letzten Anhänger der Stewarts sind, die Erben jener, die meine Mutter verfolgt und getötet haben. Ich habe den Köder ausgeworfen, und sie haben ihn geschluckt. Die Aussicht auf Macht und Gold hat sie aus ihren Verstecken gelockt und sie unvorsichtig werden lassen.«

»Jetzt verstehe ich.« Sir Walter starrte sie an, ehrliches Entsetzen stand in seinen Zügen zu lesen. »Die Runenbrüder sind nicht wirklich Ihre Verbündeten … und die Dragoner sind auch nicht aus Zufall hier.«

»Nein«, gab sie zu. »Chamberlain hat sie alarmiert.«

»Und Sie haben ihn gewähren lassen.«

»Natürlich. Es war meine Rache an den Stewarts und ihren Anhängern. Eine späte Rache, das gebe ich zu, aber sehr wirkungsvoll.«

Wie um ihre Worte zu unterstreichen, drang das Krachen vereinzelter Schüsse von der Burg herab. Der Kampf schien zu Ende zu gehen, und man brauchte kein Hellseher zu sein, um zu ahnen, wer ihn gewonnen hatte.

»Kaum zu glauben«, stellte Sir Walter fest. Abscheu und Bewunderung schwangen gleichermaßen in seinen Worten mit. »Sie haben mit allen Parteien gespielt, mit den Königstreuen ebenso wie mit Chamberlain und seinen anonymen Auftraggebern.«

»Und nicht zuletzt mit uns«, fügte Quentin bitter hinzu.

Sie nickte. »Wir haben mit allem gerechnet – nur nicht damit, dass der große Walter Scott wieder ins Leben zurückkehren würde. Dies war ein Fehler … der einzige.«

Erneut brach sie in Tränen aus, beugte sich zu ihrem toten Geliebten hinab und vergrub ihr Gesicht an seiner Brust. Quentin und die anderen tauschten betroffene Blicke, wussten nicht, was sie tun sollten. Zu überraschend war das, was sie erfahren, zu tief die Abgründe, in die sie geblickt hatten.

Schließlich erhob sich Brighid. Der Fluss ihrer Tränen war versiegt, sie wirkte plötzlich ruhig und gefasst.

»Ihr Spiel ist aus, das wissen Sie«, sagte Sir Walter leise. »Wir werden Sie nun nach oben bringen und …«

In diesem Moment wurde Mary klar, dass sie diese Situation schon mehrfach durchlebt hatte – in jenem dunklen Albtraum, der sie seit geraumer Zeit verfolgte!

»Nein!«, schrie sie entsetzt.

Doch es war bereits zu spät.

Brighid Stewart hatte sich abgewendet, hastete auf das offene Ende des Stollens zu – und stürzte sich im nächsten Moment in die bodenlose Tiefe.

Mary wollte zur Abbruchkante, aber Quentin hielt sie zurück, wollte ihr den Anblick des zerschmetterten Körpers ersparen. Einen Augenblick lang wehrte sie sich gegen seinen Griff, dann gab sie auf, und er schloss sie in seine Arme, wo sich ihre Trauer und ihr Entsetzen ungehemmt Bahn brachen. Auch Quentin war tief erschüttert, Sir Walters faltige Züge waren zur Maske gefroren.

Noch eine Weile standen sie da, entsetzt und ratlos. Dann hatten sie das Gefühl, diesen schrecklichen Ort verlassen zu müssen. Dem schmalen Felsenpfad folgend, der an der windumtosten Klippe entlang nach oben führte, gelangten sie wieder hinauf zur Ruine, wo der Kampf tatsächlich längst entschieden war.

Die Grey Dragoons in ihren roten Uniformröcken hatten einen klaren Sieg davongetragen, allenthalben lagen Tote und Verwundete, die die schwarze Robe der Runenbruderschaft trugen. Auf dem Innenhof waren Fackeln errichtet worden, in deren Schein die Gefangenen zusammengetrieben wurden, die nun, da sie ihrer Masken beraubt waren, so gar nichts Bedrohliches mehr an sich hatten. Die Verluste der Dragoner hingegen schienen sich in engen Grenzen zu halten. Sie waren soeben dabei, wieder Aufstellung zu nehmen und sich vor einer kleinen Kutsche zu formieren, die in den Innenhof eingefahren war.

»Captain!«, rief Sir Walter dem Anführer der Schwadron zu und winkte, um auf sich und seine Gefährten aufmerksam zu machen. Der Hauptmann, ein baumlanger Kerl mit eisenharten Gesichtszügen, dessen schwarze Bärenfellmütze ihn geradezu riesenhaft erscheinen ließ, wandte sich ihnen zu.

»Walter Scott?«, erkundigte er sich zu aller Verblüffung.

»Ja«, bestätigte Sir Walter. »Darf ich fragen, woher …?«

»Walter Scott!«, wiederholte der Offizier, wobei er die geladene Pistole hob und auf Sir Walter und die Seinen zielte. »Ich verhafte Sie hiermit wegen verschwörerischer Umtriebe und Aufrufs zur Revolte sowie wegen des Verdachts auf Hochverrat!«

24

Fort George
21. März 1826

Es war bittere Ironie.

Um in der Zeit nach der Schlacht von Culloden das schottische Hochland besser kontrollieren zu können und dafür Sorge zu tragen, dass sich ein Aufstand wie der unter Charles Edward Stewart nicht wiederholte, hatte man an den Gestaden des Moray Firth eine Festung errichtet, ein gewaltiges, zu drei Seiten von stürmischer See umgebenes Bollwerk, dessen schwere Geschütze die gesamte Bucht überblickten. Ausgerechnet an diesen Ort brachte man Walter Scott und die Seinen.

Ohne ein Wort der Erklärung.

Ohne Rücksicht.

In einem Planwagen, wie er gewöhnlich für den Transport von Munition verwendet wurde und dessen Inneres nicht die geringste Annehmlichkeit bot, mussten die Gefangenen vier Tage lang ausharren, bis sie endlich Fort George erreichten und in eine Zelle des Gefangenentrakts überstellt wurden. Die beherzten Proteste, die Sir Walter bei den Dragonern einlegte, halfen nichts. Weder äußerten sie sich zu den Vorwürfen, derentwegen Quentin, Mary und er festgenommen worden waren, noch verrieten sie, was weiter geschehen würde.

Für weitere Stunden blieben Sir Walter, Quentin und Mary in banger Ungewissheit, bis am Abend der Hauptmann der Dragoner vor ihrer Zellentür auftauchte, eskortiert von einem halben Dutzend rot uniformierter Soldaten. Der Offizier schloss die Zellentür auf und nickte den Gefangenen zu.

»Kommen Sie mit.«

»Wohin?«, wollte Sir Walter wissen und rutschte von der Pritsche, auf der er mit Mary gekauert hatte, während es Quentin vorgezogen hatte, wie ein Tiger in seinem Käfig auf und ab zu streifen. »Was hat das alles zu bedeuten? Wir sind müde und haben die vergangenen Tage über kaum etwas zu essen bekommen. Ich verlange, dass wir …«

»Da ist jemand, der Sie zu sprechen wünscht«, sagte der Offizier, die Einwürfe schlicht übergehend. Und etwas an seiner Stimme ließ erahnen, dass es besser war, sich zu fügen.

Von den Soldaten eskortiert, folgten Sir Walter, Quentin und Mary dem Offizier hinaus auf den Gang, durch die Pforte und quer über den Exerzierplatz. Auf der anderen Seite gab es ein schmales Gebäude, das aus Natursteinen gemauert war und weiße Fenster besaß. Dort hinein führte der Captain die Gefangenen und schloss die Tür hinter ihnen.

Sir Walter und die Seinen fanden sich in einer großzügigen, jedoch mit militärischer Genügsamkeit eingerichteten Halle wieder, die sonst wohl offiziellen Anlässen diente. Vor dem in die Stirnseite der Halle eingelassenen Kamin stand eine einsame Gestalt.

Es war eine Frau.

Sie war von Kopf bis Fuß schwarz gekleidet, was sie wie einen Geist wirken ließ. Die Haube, die sie trug, hatte einen Schleier, den sie mit bebenden, knochigen Fingern lüftete.

Als Mary das Gesicht darunter erkannte, erschrak sie.

Es war Eleonore of Ruthven.

Die Frau, die sie erniedrigt und gedemütigt hatte, die ihre Bücher verbrannt und alles darangesetzt hatte, sie zu brechen; die Mutter des Mannes, den sie einst hatte heiraten sollen.

»Sie?«, entfuhr es Mary entsetzt.

Seit ihrem letzten Zusammentreffen war Eleonore sichtlich gealtert. Zwar versuchte sie noch immer, die Falten in ihrem Gesicht zu verbergen, indem sie es nach alter Art pudern und glätten ließ, was ihm eine maskenhafte Anmutung verlieh. Jedoch konnte dies nicht darüber hinwegtäuschen, dass die Jahre ihr zugesetzt hatten. Die Gesichtshaut schien sich direkt über dem Schädelknochen zu spannen, ihre eng stehenden Augen starrten aus tiefen Höhlen. Zudem war sie noch hagerer geworden, doch ihre Stimme war noch immer so kalt und schneidend, wie Mary es in Erinnerung hatte.

»Bist du überrascht, mich wiederzusehen, Kind?«, erkundigte sie sich, und ein Lächeln dehnte ihre schmalen Lippen. »Du hast in all den Jahren wohl nicht mehr an mich gedacht?«

»Allerdings nicht«, konterte Quentin, der seinen Arm schützend um Mary gelegt hatte und fühlen konnte, wie sie zitterte. Allein die Begegnung mit dieser Frau genügte, um sie wieder die alte Angst empfinden zu lassen. »Und das ist in der Tat auch gut so.«

»Mr. Hay«, sagte Ruthven mit derselben Missbilligung, mit der man einen Schmutzfleck gewahrt. »Ich hätte mir denken können, dass Sie ebenfalls mit von der Partie sind. Die gute Mary hat stets nach einem Mann gesucht, der von einer gewissen Schlichtheit ist. Mein Malcolm konnte ihr damit nicht dienen, bei Ihnen jedoch scheint sie gefunden zu haben, wonach sie suchte.«

»Was Sie nicht sagen«, knurrte Quentin verärgert. »Immerhin habe ich nicht versucht, meine Frau umzubringen!«

»Was wollen Sie von uns?«, erkundigte sich Sir Walter, der von allen am wenigsten überrascht schien. »Haben Sie uns hierherbringen lassen? Was soll das alles?«

»Wollen Sie mir diese Frage ernstlich stellen, Scott?« Ihr Blick fokussierte sich auf ihn, als wollte sie ihn damit durchbohren. »Nachdem Sie für den Tod meines über alles geliebten Sohnes verantwortlich sind?«

Sir Walter stand wie vom Donner gerührt.

Die ganze Zeit über hatte er das Gefühl gehabt, dass etwas nicht stimmte. Er hatte Anhaltspunkte gefunden, Hinweise darauf, dass etwas gegen ihn im Gang war, eine Verschwörung, ein geheimer Plan zu seiner Vernichtung. Das wahre Ausmaß der Intrige wurde ihm jedoch erst jetzt bewusst.

»Sie waren es«, stöhnte er.

»Wovon sprechen Sie?«

»Sie stecken hinter allem! Hinter dem Attentat auf meine Person ebenso wie hinter den Angriffen auf Schottlands Unabhängigkeit! Sie wollen sich an mir rächen, aber es genügt Ihnen nicht, mich nur zu töten. Sie wollen auch alles vernichten, wofür ich stehe und mein Leben lang gearbeitet habe! Mein Lebenswerk und mein geliebtes Schottland …«

»Ich weiß nicht, wovon Sie sprechen«, beteuerte sie mit kaltem Lächeln. »So, wie ich es sehe, haben Sie sich der Konspiration mit den Feinden Englands schuldig gemacht und im Geheimen eine Revolution gegen die Regierung geplant.«

»Was?«, fragte Quentin aufgebracht.

»Das ist lächerlich«, stellte Sir Walter fest.

»Sie wollen es leugnen?«

»Allerdings.«

»Sie leugnen, Ihr eigenes Ableben vorgetäuscht und damit selbst die Behörden hinters Licht geführt zu haben?«, hakte Ruthven mit bohrendem Blick nach. »Dass Sie aus dem Verborgenen heraus agiert und Briefe und Flugblätter gegen die Regierung verfasst haben?«

»Nicht gegen die Regierung, sondern gegen ihre Pläne die schottische Finanzwirtschaft betreffend«, verbesserte Sir Walter. »Daran ist nichts Verwerfliches.«

»Und wollen Sie weiter leugnen, dass durch das Zutun Ihrer Familie die letzte Nachkommin der Stewarts unbemerkt ins Land gebracht wurde? Dass sie als blinde Passagierin reiste und Ihr Neffe für sie als Leumundszeuge gebürgt hat? Wollen Sie all das leugnen, obschon es in den Akten der Hafenkommandantur von Leith schwarz auf weiß verzeichnet ist?«

»Aber«, wandte Quentin fassungslos ein, »ich wusste doch nicht, dass …«

»Wo ist sie überhaupt?«, bohrte Ruthven nach.

»Tot«, gab Mary bedrückt zur Antwort. »Als sie ihre Pläne vernichtet sah, hat sie sich in die Tiefe gestürzt.«

»Vielleicht«, kam es mit erschreckender Gleichgültigkeit zurück. »Vielleicht wurde sie aber auch zum Schweigen gebracht, damit sie nichts verraten kann. Denn Sie, Scott, haben sich mit ihr verbündet, zum Zweck einer gemeinsamen Verschwörung gegen England!«

»Sie sind ja völlig wahnsinnig!«, ereiferte sich Quentin. »So ist es nicht gewesen!«

»Ach nein?« Sie lächelte kalt, worauf Quentin zwar vor Wut schnaubte, ihr eine Antwort jedoch schuldig blieb. Es stimmte ja, er und Mary hatten einer erklärten Staatsfeindin Zutritt zum Land verschafft und ihr sogar für eine Weile Unterschlupf gewährt; und es konnte auch kein Zweifel daran bestehen, dass Sir Walter nach dem misslungenen Attentat im Untergrund geblieben war und von dort aus Flugblätter verfasst hatte, die im Volk für Unruhe sorgten.

Es war unfassbar, geradezu schwindelerregend: Brighid Stewart und Winston McCauley hatten geglaubt, alle zu hintergehen – dabei waren sie selbst Figuren in einem noch sehr viel größeren und infameren Spiel gewesen, bei dem keine andere als Eleonore of Ruthven die Fäden in der Hand hielt.

»Meine Hochachtung, Gnädigste«, erkannte Sir Walter mit vor Verachtung und Sarkasmus triefender Stimme an. »Selbst ich hätte mir etwas Derartiges nicht ausdenken können. Seit dem Tag, da Malcolm of Ruthven tot war und seine irrwitzigen Pläne vereitelt, haben Sie nur das eine Ziel, seinen Tod an mir zu rächen. Und Sie wollen sich nicht damit begnügen, lediglich mein Leben auszulöschen«, wiederholte er, nun ganz sicher. »Sie wollen mich auch in Verruf bringen, mich aus der Geschichte tilgen, wollen alles zerstören, was ich mir zeitlebens aufgebaut habe: meine Familie, meinen Besitz, mein literarisches Werk, meine geliebte Heimat. Aber das wird Ihnen nicht gelingen.«

»Es ist mir bereits gelungen, Scott«, widersprach sie. »Der Haftbefehl gegen Sie wurde bereits erlassen. Ich bin lediglich hier, um …«

»… um sich an der Frucht der Lügen zu erfreuen, die Sie gesät haben«, vervollständigte Mary. Energisch befreite sie sich aus Quentins Umarmung, nicht länger bebend vor Furcht, sondern vor Zorn. »Und, sind Sie nun zufrieden?«

»Beinahe«, gab Ruthven zu.

»Sie sollten nicht zu früh triumphieren«, erwiderte Sir Walter, der sich mühsam zur Ruhe zwingen musste. »Vielleicht ist Ihnen ja entfallen, dass meine eigentliche Profession die des Anwalts ist.«

Ihr Blick war gelassen, fast gelangweilt. »Tatsächlich?«

»Ich durchschaue Sie«, versicherte Sir Walter, »und ich weiß, was Sie getan haben. Nach dem Tod Ihres Sohnes sind Sie nach London gegangen, wo Sie einflussreiche Freunde fanden. Zusammen mit ihnen haben Sie begonnen, in den Verlag zu investieren, der James Ballantyne und mir gehört – natürlich nicht unter Ihrem eigenen Namen, nicht wahr? Ein Anwalt namens Milton Chamberlain hat dies für Sie erledigt.«

»Und wenn es so gewesen wäre? Es ist nicht verboten, über einen Treuhänder in fremde Obligationen zu investieren.«

»Aber es ist verboten, unbescholtene Bürger zu verleumden«, konterte Sir Walter mit der Routine eines altgedienten Veteranen, der oft vor den Schranken des Gerichts gefochten hatte. »Ihr Racheplan nahm Gestalt an, als Sie erfuhren, dass noch eine Erbin der Stewarts existiert, eine letzte, vergessene Tochter von Charles Edward. Denn wenn es Ihnen gelingen würde, diese verlorene Erbin mit dem Namen Scott in Verbindung zu bringen, würden sowohl ich als auch meine Familie beim britischen Königshaus für immer in Ungnade fallen. Gleichzeitig haben Sie Ihre reichen Londoner Freunde dazu bewogen, ihre Gelder aus Schottland abzuziehen und so für die Krise zu sorgen, die unser Land in den Klauen hält, und Chamberlain war Ihnen dabei behilflich.«

»Lächerlich«, beschied Ruthven ihm.

»Um sicherzugehen, dass ich Ihre Pläne nicht mehr durchkreuzen konnte, wollten Sie mich beseitigen lassen«, fuhr Sir Walter unbeirrt fort. »Alles schien nach Plan zu verlaufen, doch dann begannen sich die Dinge zu verkomplizieren. Winston McCauley und Brighid Stewart verfolgten nämlich ihre eigenen Pläne, ganz abgesehen davon, dass das Attentat auf meine Person misslungen war. Aber das haben Sie erst vor Kurzem erfahren, nicht wahr? Wenn nicht gar erst mit unserem Eintreffen hier in Fort George.«

»Und wenn? Was tut es zur Sache?«

»Manches«, beharrte Sir Walter. »Denn eine solch dreiste Lüge kann vor keinem ordentlichen Gericht bestehen.«

»Damit haben Sie vielleicht recht«, räumte Ruthven gehässig ein. »Aber wie auch immer Sie argumentieren – Ihr guter Ruf, auf den Sie stets so große Stücke hielten, wird für immer beschädigt sein, ihr Name mit einem Skandal verbunden. Niemand wird mehr dem Wort eines Mannes vertrauen, der unter dem Verdacht stand, gegen seinen König intrigiert zu haben. Und niemand wird mehr die Bücher eines entehrten Mannes lesen, der seine Familie in den Ruin geführt hat.«

Sir Walters Lippen bebten, aber er erwiderte nichts. Es war eines der wenigen Male, da Quentin seinen Onkel sprachlos erlebte, und er konnte nicht anders, als für ihn Partei zu ergreifen.

»Von Ruin kann keine Rede sein!«, platzte er wütend heraus. »In den Katakomben von Burg Dunnottar lagert ein Schatz, den mein Onkel gefunden hat und der jetzt ihm gehört – und mit dem er für all seine Schulden aufkommen wird!«

»Ein Schatz?«, fragte Eleonore of Ruthven herablassend. »Was ist das wieder für ein Unfug?«

»Es ist kein Unfug«, versicherte Mary und griff unter die Falten ihres von den Strapazen der Gefangenschaft zerschlissenen Kleides. »Sehen Sie her!«

Zu aller Überraschung hielt sie einen der Goldbarren hoch.

»Mary«, fragte Sir Walter staunend, »woher …?«

»Verzeih mir, Onkel, aber ich konnte nicht widerstehen«, gab sie mit einem verwegenen, beinahe spitzbübischen Grinsen zurück. »Und da die Soldaten mich nicht durchsucht haben …«

»Lass sehen!«, verlangte Ruthven, und Mary warf ihr den Goldbarren hin wie einem Kettenhund ein Stück rohes Fleisch. Ruthven las ihn vom Boden auf und betrachtete ihn ungläubig.

»Da staunen Sie, was?«, meinte Quentin. »Hat Ihr getreuer Chamberlain Ihnen denn nichts von dem Schatz berichtet? Vielleicht hat er es ja vergessen – oder womöglich hat er auch die Seiten gewechselt, als er von seiner Existenz erfuhr.«

»Unsinn!«, schnaubte sie.

»So?«, hakte Sir Walter nach. »Wie erklären Sie sich dann, dass Chamberlain Sie nicht von meinem Überleben in Kenntnis gesetzt hat? Ich will es Ihnen sagen: Weil er den Brief an Sie niemals abgeschickt hat. Weil die Aussicht auf das Gold ihn noch die Seiten wechseln ließ, ehe er selbst zum Opfer in diesem an Wahnsinn grenzenden Spiel um Gier und Rachsucht wurde!«

»Sie bluffen«, meinte Ruthven überzeugt.

»Glauben Sie?« Sir Walter lächelte schwach. Dann winkte er Quentin zu sich heran und bat ihn, ihn zu stützen, während er sich den rechten Stiefel auszog. Kurzerhand griff er hinein und beförderte ein Stück Papier zutage, das er entfaltete.

»Was soll das sein?«

»Dies hier, Gnädigste, fand ich bei Chamberlains Leichnam«, eröffnete Sir Walter. »Es ist ein Brief, der an Sie adressiert ist und in dem Chamberlain berichtet, dass ich am Leben bin und Sie alle durch diese unerwartete Wendung erforderlichen Maßnahmen treffen sollen.«

»Du … du hast gewusst, dass sie hinter allem steckt?«, fragte Quentin verblüfft.

»Erst seit Kurzem«, versicherte Sir Walter. »Nach allem, was geschehen war, hatte ich den Brief beinahe vergessen. Nun allerdings frage ich mich, was ein Richter sagen wird, wenn er von seinem Inhalt erfährt.«

Ruthven stutzte, war offenbar nachdenklich geworden. Mit

einem Wink bedeutete sie, den Brief lesen zu wollen, worauf Sir Walter vortrat und ihn ihr hinhielt. Quentin gesellte sich dazu, um das Schriftstück zu bewachen.

»Gar nichts wird er sagen«, knurrte Ruthven trotzig, nachdem sie den Brief überflogen hatte. »Denn dieses Schreiben enthält keinen stichhaltigen Beweis gegen mich.«

»Damit haben Sie vielleicht recht«, gab Sir Walter zu, während er das Papier wieder zusammenfaltete. »Aber wie auch immer Sie argumentieren – auch Ihr guter Ruf wird für immer beschädigt sein, Ihr Name mit einem Skandal verbunden. Was werden Ihre reichen englischen Freunde sagen, wenn das Gerücht aufkommt, dass Sie einen Mord in Auftrag gegeben haben?«

Eleonore of Ruthven starrte ihn an.

Ihre Kieferknochen mahlten, ihr Blick flackerte unstet, als sie ihre eigenen Worte plötzlich gegen sich gewendet sah. Wortlos blickte sie auf den Goldbarren, den sie in ihren Händen drehte, wobei sie angestrengt nachzudenken schien. Ihre Körperhaltung, die leicht geduckt war, hatte etwas von einer Schlange kurz vor dem tödlichen Biss.

»Ich werde«, brach sie endlich ihr Schweigen, »jetzt nach Captain Fulton und seinen Soldaten rufen. Dann werden Sie abgeführt und nach Edinburgh gebracht, Scott, wo man Ihnen als Verräter den Prozess machen wird …«

»Tun Sie, was Sie nicht lassen können, Gnädigste«, knurrte Sir Walter. »Aber ich garantiere Ihnen, dass wir beide bei dieser Schlacht verlieren werden.«

»… oder aber«, fuhr sie fort, »Sie erhalten hier und jetzt Gelegenheit, sich von jedem Verdacht reinzuwaschen.«

»Wie bitte?« Das Erstaunen war Sir Walter deutlich anzusehen. Er wechselte Blicke mit Quentin und Mary. »Ist das eine Falle?«

»Natürlich«, gab Ruthven unumwunden zu. »Denn Sie werden eine Entscheidung treffen müssen, hier und jetzt.«

»Was für eine Entscheidung?«

»Über das Abkommen, das wir schließen«, beschied sie ihn. »Ich bin bereit, ein umfassendes Geständnis abzulegen, wenn Sie mir im Gegenzug den Goldfund überschreiben.«

»Sie wollen das Gold?«, fragte Quentin ungläubig und fast ein wenig enttäuscht. »Darum geht es Ihnen?«

Sie lachte leise und überlegen. »Halten Sie mich in der Tat für so schlicht? Natürlich nicht, Mr. Hay! Geld und Besitz habe ich mehr als genug. Mir geht es um andere Dinge.«

Sir Walter sah sie prüfend an. Im ersten Moment war er noch verwirrt ob dieses plötzlichen Gesinnungswandels. Dann jedoch begriff er die boshafte Genialität hinter diesem Schritt.

»Brillant, Lady Ruthven«, sagte er nur. »Überaus brillant.«

»Nicht wahr?« Ihr Lächeln war falsch und hatte etwas vom Grinsen eines Totenschädels. »Ich kann vielleicht nicht mehr auf ganzer Linie gewinnen, aber es reicht noch immer, um Sie zumindest in einer Hinsicht zu vernichten. Wenn Sie auf den Schatz verzichten, ist Ihr Name reingewaschen, Ihr Ruin jedoch besiegelt – wenn Sie das Gold hingegen annehmen, ist Ihr Besitz zwar gerettet, jedoch Ihr guter Ruf zunichte, und Sie werden für den Rest Ihrer Tage versuchen, ihn wiederherzustellen. Und wer vermag zu sagen, wie viel Zeit Ihnen dafür noch bleiben wird?«

Sir Walter nickte. »Ihr Hass auf mich muss wirklich abgrundtief sein«, stellte er fest.

»Das ist wahr. Nach dem Tod meines Sohnes war er der einzige Grund, warum ich mir nicht das Leben genommen habe. Er hat mich davor bewahrt, der Verzweiflung zu verfallen.«

»Mit Verlaub, Mylady«, konterte Sir Walter, »da bin ich anderer Ansicht. Ich denke, dass mir nie zuvor jemand begegnet ist, der verzweifelter war als Sie. Und ich habe viele verzweifelte Menschen gesehen.«

»Was geht Sie das an?«, blaffte sie, die Züge verzerrt und mit fiebrigem Blick. »Nun treffen Sie schon Ihre Entscheidung! Ziehen Sie es vor, moralisch oder materiell vernichtet zu werden? Die Wahl liegt bei Ihnen!«

Sir Walter brauchte keinen Augenblick nachzudenken.

»Nun gut«, verkündete er kurzerhand. »Das Gold gehört Ihnen.«

»Sind Sie sicher?«

»Absolut.«

Sie ging zu einem der einfach gezimmerten Tische, die die Wände säumten, und griff nach dem Schreibzeug, das darauf stand. Mit hastiger Hand setzte sie ein Geständnis auf, während Sir Walter seinerseits eine Verzichtserklärung für das gefundene Gold ausfertigte und unterschrieb.

»Damit ist mein Teil der Abmachung erfüllt«, erklärte er.

»Und hiermit der meine«, erwiderte sie, während sie ihr Zeichen unter das Geständnis setzte.

Dann tauschten sie.

»Dieses Schriftstück wird Sie ins Gefängnis bringen, Gnädigste«, prophezeite Sir Walter.

»Und dieses hier«, entgegnete sie gelassen, auf die Verzichtserklärung in ihrer Hand deutend, »wird Sie um Ihr Lebenswerk bringen, um die Früchte Ihrer Arbeit. Selbst Ihr geliebtes Abbotsford wird Ihnen schon bald nicht mehr gehören. Damit werde ich mich trösten.«

»Mit Verlaub, das wird nicht geschehen«, versicherte Sir Walter, während er das Geständnis faltete und unter seinem Mantel verschwinden ließ.

»Was?«

»Dass mir meine Integrität wichtiger ist als mein Besitz, bedeutet nicht, dass ich nicht um ihn kämpfen werde.«

»Dann kämpfen Sie auf verlorenem Posten«, keifte Ruthven, wütend über Sir Walters offenkundige Gelassenheit. »Ihr Ruin ist echt, ebenso wie Ihre Schulden! Und meine Freunde werden dafür sorgen, dass Sie sie bezahlen, Pfund für Pfund!«

»Das werde ich«, versicherte Sir Walter ungerührt und konnte sich eines Lächelns nicht enthalten. »Ich hätte den Schatz ohnehin nicht behalten. Oder haben Sie ernstlich geglaubt, dass ich mit gefundenem Gold, an dem noch dazu das Blut unzähliger

Menschen klebt, meine Verbindlichkeiten begleichen würde? Dann, Teuerste, haben Sie nicht verstanden, wie viel mir meine Ehre bedeutet. Und ganz egal, ob ich dabei gewinne oder verliere – ich werde als ein Mann in Erinnerung bleiben, der bis zuletzt zu seinem Wort gestanden hat, während Sie nur eine erfolglose Intrigantin sind, genau wie Ihr Sohn. Man kann einen Menschen wider seinen Willen wohl materiell vernichten, jedoch nicht moralisch. Das hätten Sie bedenken sollen, bevor Sie diesen Handel geschlossen haben – nun haben Sie verloren.«

Er empfahl sich mit einem Nicken, dann wandte er sich ab und ließ sie einfach stehen, verließ den Saal, gefolgt von Quentin und Mary, die sich ihm anschlossen.

Vor der Tür standen Fulton und seine Soldaten, die sie mit vorgehaltenen Waffen empfingen, worauf Sir Walter ihnen Lady Ruthvens Geständnis übergab. Der Hauptmann überflog die Zeilen, wobei sich seine Züge ungläubig in die Länge zogen. Doch so sehr ihn auch überraschen mochte, was er las – das Schriftstück trug die Unterschrift von Lady Ruthven, und sie hatte es offenkundig aus freien Stücken unterzeichnet.

Fulton zögerte noch einen Moment, dann wies er seine Leute an, die Gefangenen gehen zu lassen und statt ihrer Eleonore of Ruthven zu verhaften, die in dem Augenblick, als die Soldaten in den Saal eindrangen und sie ergriffen, in heftiges Gezeter verfiel und behauptete, Walter Scott hätte sie betrogen.

»Man hat mich hintergangen, Captain!«, herrschte sie Fulton mit keifender Stimme an. »Geht das nicht in Ihren Schädel?«

»Nein«, gab der Hauptmann zurück, das Blatt mit ihrem Geständnis hochhaltend. »Ist dies Ihre Handschrift?«

»Das ist sie, aber …«

»Und ist dies Ihre Signatur?«

»In der Tat, aber …«

»Dann gibt es für mich nichts mehr zu bereden«, erklärte der Offizier mit militärischer Endgültigkeit. Und dann wiederholte er die Worte, die er schon zuvor gesprochen hatte, nur dass sie jetzt jemand anderem galten: »Eleonore of Ruthven, ich verhafte Sie hiermit wegen verschwörerischer Umtriebe und Aufrufs zur Revolte sowie wegen des Verdachts auf Hochverrat!«

»Nein!«, kreischte sie, nun endgültig nicht mehr die überlegene Rächerin, als der sie Sir Walter und die Seinen empfangen hatte, sondern nur noch eine alte Frau, deren an Wahnsinn grenzende Hysterie nun offen zu Tage trat. »Das können Sie nicht tun! Ich habe einflussreiche Freunde in London! Das wird Ihnen noch leid tun, Captain! Hören Sie …?«

Wenn Fulton beeindruckt war, so war davon nichts zu merken. Ohne mit der Wimper zu zucken, wies er seine Leute an, Ruthven abzuführen. Sir Walter, Quentin und Mary blickten ihr nach, wie sie quer über den Exerzierplatz geführt wurde und im Arrestgebäude verschwand. Erst dann wurde ihnen allmählich klar, dass die Gefahr gebannt war.

»Du hast es geschafft, Onkel«, stellte Quentin anerkennend fest. »Du hast es mal wieder geschafft.«

»Nein, meine Kinder«, widersprach Sir Walter und schloss seine Arme um die beiden. »*Wir* haben es geschafft.«

EPILOG

Leith, Edinburgh Harbour
Acht Wochen später

»Und ihr seid sicher, dass ihr nicht noch länger bleiben wollt? Abbotsford steht euch immer offen!«

Sie standen am Hafen von Leith.

An dem selben Kai, an dem sie vor, so schien es, einer halben Ewigkeit in die Neue Welt abgereist waren. Jetzt waren sie wieder hier, aber die Reise, die ihnen bevorstand, war kein Aufbruch ins Unbekannte mehr.

»Das wissen wir, Onkel Walter«, versicherte Quentin. »Aber nun ist es an der Zeit, nach Hause zurückzukehren.«

»Das kann ich gut verstehen«, versicherte Sir Walter mit wissendem Lächeln. »Zu Hause ist eben doch da, wo das Herz ist, nicht wahr?«

»Nein«, widersprach Mary. »Ein Teil meines Herzens wird immer in Schottland bleiben.« Damit beugte sie sich vor und küsste Sir Walter sanft auf die Wange. »Danke für alles.«

»Wofür?« Sir Walters Lächeln wurde schmerzvoll. »Dafür, dass ich euch um den halben Globus getrieben habe? Dass ich euch meinen Tod vorgegaukelt und euch mehrfach in Lebensgefahr gebracht habe?«

»Du weißt, wofür«, sagte sie nur.

Sie gingen ein Stück an der Kaimauer entlang, wo die Hafenarbeiter damit beschäftigt waren, Gepäck und Frachtgut an Bord zu bringen. Anders als bei ihrer Ankunft lagen wieder zahlreiche Schiffe an den Kais, und es herrschte reges Leben – ein Zeichen dafür, dass die Krise überstanden war.

»Nun«, resümierte Sir Walter, der sich beim Gehen auf seinen Stock stützte, »somit geht unser zweites gemeinsames Abenteuer also zu Ende.«

»Wer hätte das gedacht, als wir angereist sind?«, fragte Quentin lachend.

»Ich muss zugeben, mit vielem hätte ich auf meine alten Tage nicht mehr gerechnet«, musste auch Sir Walter zugeben.

»Ich muss oft noch an Brighid denken«, sagte Mary mit einem Anflug von Trauer. »Bei allem, was sie getan hat, vermisse ich sie. Sie war mir eine gute Freundin.«

»Auch ich habe in der Tat noch über sie nachgedacht«, gestand Sir Walter. »Sie sagte, dass sie den Mord an ihrer Mutter als Kind mit eigenen Augen beobachtet hätte ...«

»Ja, schrecklich«, pflichtete Mary bei.

»... während der alte Manus behauptete, dass es mehrere Kinder gewesen wären, die alles mitangesehen hätten. Anfangs dachte ich, dass es sich um einen Irrtum seinerseits handelte, aber ein Mann, der ein Leben lang an seinem schlechten Gewissen trägt, irrt sich in dieser Hinsicht sicher nicht. Also bin ich zu einem anderen Schluss gelangt.«

»Nämlich?«, fragte Quentin.

»Brighid Stewart war damals nicht allein. Sie hatte noch einen jüngeren Bruder bei sich. Einen Halbbruder, um ganz genau zu sein.«

»Einen Halbbruder?« Mary blickte ihn mit großen Augen an. »Du meinst doch nicht ...?«

»In der Tat«, bestätigte Sir Walter. »Ich denke, dass Brighid Stewart und Winston McCauley Geschwister waren. Wenngleich die Beziehung, die sie zueinander pflegten – wie soll ich es ausdrücken –, wohl auch andere Aspekte besaß.«

»Das ist widernatürlich«, verlieh Quentin seiner Abscheu Ausdruck. »Die beiden waren verdorben bis ins Mark.«

»Nein«, widersprach Mary. »Die beiden waren Opfer der Bedingungen, unter denen sie geboren wurden.«

»McCauley entstammte vermutlich einer späteren Beziehung von Brighids Mutter«, führte Sir Walter weiter aus, »allerdings bezweifle ich, dass er tatsächlich McCauley hieß und eine Einladung an die Royal Academy hatte. Der echte McCauley lebte vermutlich in New York und endete mit einem Messer im Rücken.«

»Also hat er lediglich eine Rolle gespielt«, folgerte Mary.

»Wie so viele in diesem Spiel.« Sir Walter nickte.

»Und hast du noch etwas von Lady Ruthven gehört?«

»Soviel ich weiß, sitzt sie in London in Haft«, gab Sir Walter bereitwillig Auskunft. »Um ihre eigene Strafe zu mildern, hat sie die Namen ihrer Mitverschwörer preisgegeben, allesamt reiche britische Finanziers. Ihr Plan war es, durch Druck auf die schottische Wirtschaft und das Einschleusen von Brighid Stewart einen gewaltsamen Aufstand zu provozieren und auf diese Weise die militärische Annexion Schottlands zu erreichen, wodurch sie sich hohe Gewinne versprachen. Ruthvens persönliche Rachepläne waren ihnen vermutlich gleichgültig. Nun allerdings wurden sie ihnen zum Verhängnis.«

»Das ist alles ziemlich verwirrend«, meinte Quentin, dem schon der Kopf schwirrte. »So viele Parteien, so viele Intrigen und geheime Pläne …«

»Eine wahre Schlangengrube«, stimmte Sir Walter zu und blieb stehen. »Ich habe die letzten beiden Monate damit zugebracht, all diese Dinge zu verstehen. McCauley und Brighid wollten Rache für den Tod ihrer Mutter; und sie wollten das Gold, von dessen Existenz sie vermutlich von ihrer Mutter erfahren hatten. Eleonore of Ruthven hingegen war nur darauf aus, den Tod ihres Sohnes zu rächen. In ihrem Hass waren sie einander durchaus nicht unähnlich, doch indem sie glaubten, sich gegenseitig zu benutzen, wurden sie einander zum Verhängnis.«

»Und die Runenbruderschaft?«, fragte Quentin.

»Hoffte, durch die Rückkehr einer Stewart ihre alte Macht zurückzuerlangen«, erklärte Sir Walter, »freilich ohne zu ahnen, dass dies eine tödliche Falle war, ausgelegt nur zu dem einen Zweck, sie zu vernichten.« Er schüttelte den Kopf, auch nach all den Wochen noch fassungslos. »Die ganze Zeit über habe ich geahnt, dass im Verborgenen etwas vor sich geht, aber ohne eure Hilfe wäre es mir niemals gelungen, es aufzudecken. Gemeinsam jedoch«, meinte er, auf die rege Betriebsamkeit deutend, die wieder im Hafen herrschte, »haben wir die Bedrohung abgewandt.«

»Dann hat die Regierung ihre Pläne also endgültig aufgegeben?«, fragte Quentin. »Die schottischen Banken bleiben weiter unabhängig? Und auch die Währung bleibt bestehen?«

»So ist es.« Sir Walter nickte, und ein verschmitztes Lächeln glitt über seine in diesem Augenblick wieder so jungenhaften Züge. »Wie aus gut unterrichteten Kreisen zu hören ist, hat die Bank of Scotland zusätzliche Sicherheiten bekommen, und zwar in Form eines unverhofft erfolgten Goldzuwachses.«

»Das Gold der Stewarts?«, fragte Mary verblüfft.

»Welches Gold?«, feixte Sir Walter. »Offiziell existiert kein Schatz, es hat ihn nie gegeben.«

»Und weniger offiziell?«

»Mir war immer klar, dass, wenn Eleonore of Ruthven verurteilt würde, dies die Beschlagnahmung des Goldes zur Folge haben würde«, erklärte Sir Walter. »Es wurde der Bank of Scotland überstellt, wo es zur Garantie ihrer Kreditwürdigkeit eingesetzt wurde. Eine Verwendung übrigens, der auch ich es zugeführt hätte.«

»Du hättest es also wirklich nicht behalten?«, fragte Quentin.

»Natürlich nicht, Junge, wo denkst du hin? Es gibt Dinge im Leben, für die wir nichts können. Aber unsere Entscheidungen können wir selbst beeinflussen und sind für sie verantwortlich. Für meine Verbindlichkeiten wird niemand anders aufkommen als ich selbst, mit meiner Hände und meines Verstandes Arbeit.« Er tippte an seine ergraute Stirn.

»Dann wurde das Gold der Stewarts am Ende doch noch

seiner Bestimmung zugeführt, Schottland zu retten«, resümierte Mary. »Wenn auch ganz anders, als es zunächst geplant war.«

»Und Lady Ruthven hat gleich doppelt verloren«, fügte Quentin hinzu, »denn sie dachte, dass dein wirtschaftlicher Ruin dein Ende sein würde.«

»Noch ist es nicht so weit. Die Bank of Scotland hat mir – wohl aus einer gewissen Dankbarkeit – neue Kredite gewährt, mit denen ich die alten ausgelöst habe und die ich bis auf den letzten Penny abzutragen gedenke.«

»Und das wird dir gelingen?«

»Davon gehe ich aus.« Sir Walter nickte zuversichtlich. »Der gute Ballantyne hat zwar seine Zweifel, aber die hat der gute Aldiborontiphoscophoría ja immer. Am Ende wird er sich in Einsicht üben, genau wie Lady Charlotte.«

Quentin musste grinsen. Nachdem Sir Walter zu seiner Gattin zurückgekehrt war und ihr erklärt hatte, weshalb er sie auf so schreckliche Weise hatte täuschen müssen, hatte sie fast zehn Tage lang kein Wort mit ihm gesprochen. Dann jedoch war sie zu ihm zurückgekehrt, erleichtert darüber, dass er noch am Leben war, und in der Kapelle von Abbotsford hatten sie im Beisein der ganzen Familie ihr Eheversprechen erneuert.

»Du hast nie daran gezweifelt, dass sie dir verzeihen würde, oder?«, fragte Quentin.

»Nein«, gab Sir Walter zu. »Denn wahre Liebe vermag alles zu überdauern – das kannst du in jedem meiner Romane nachlesen.«

»Das stimmt«, pflichtete Mary bei.

Sie sandte Quentin einen fragenden Blick, worauf er zustimmend nickte. Dann beugte sie sich vor und flüsterte Sir Walter einige Worte ins Ohr, die diesen zunächst aufhorchen ließen, ihm dann ein glückliches Lächeln abrangen und schließlich dazu brachten, sich die Augen zu wischen.

»Das freut mich für euch«, versicherte er dazu. »Das freut mich wirklich sehr. Und ich bin mir ganz sicher, dass diesmal alles gutgehen wird.«

Mary und Quentin sahen einander an, und beide lächelten, erleichtert und ermutigt.

»Oh, meine Kinder«, sagte Sir Walter feierlich. »Ihr steht am Anfang eines neuen großen Abenteuers – und diesmal, so fürchte ich, müsst ihr es ganz allein bestehen. Aber ich bin sicher, dass ihr das meistern werdet.«

»Meinst du, Onkel?«

»Allerdings.« Sir Walter lächelte weise. »Der Mensch ist ein *homo quaerens*, ein immerzu fragendes Wesen, das stets auf der Suche ist nach neuen Erfahrungen und Horizonten. Das ist sein Schicksal und zugleich auch sein Lebenselixier, das ihm die Kraft verleiht, Vergangenes zu überwinden und über sich selbst hinauszuwachsen.«

Quentin nickte, auch wenn er einmal mehr nicht behaupten konnte, tatsächlich verstanden zu haben, was sein Onkel meinte. Einen Moment lang fragte er sich, ob Sir Walter Scott, der listenreiche alte Fuchs, dessen Herz so romantisch und dessen Verstand so messerscharf war, all dies womöglich nur angezettelt hatte, damit Mary und er einen neuen Anfang und ein neues Glück fanden.

Zuzutrauen war es ihm.

NACHWORT

Sir Walter Scott blieb seinem Versprechen treu.

Unter Aufbietung aller Kraft und indem er häufig noch spät nachts und bis zur völligen Erschöpfung an immer neuen Romanen arbeitete, gelang es ihm, den Bankrott seiner Familie abzuwenden. Bis zu seinem Lebensende beglich er sämtliche angehäuften Schulden und bewahrte so nicht nur seinen guten Namen vor Schaden, sondern auch seinen Besitz und sein geistiges Werk.

Seine politische Arbeit im Untergrund und die drei Briefe, die er unter dem Pseudonym Malachi Malagrowther im Frühjahr des Jahres 1826 veröffentlicht hatte, sorgten dafür, dass die Regierung tatsächlich von ihren Plänen abließ, die die schottische Integrität bedroht und das Ende der Selbständigkeit bedeutet hätte, für die Scott sein Leben lang gekämpft hatte. Durch sein beherztes Eingreifen blieb das schottische Pfund als Währung erhalten, weshalb bis auf den heutigen Tag das Abbild Sir Walter Scotts die schottische Pfundnote ziert.

Charlotte Stewart, die illegitime und erst spät als Erbin anerkannte Tochter Charles Edward Stewarts, starb im Jahr 1789. Offiziell blieb sie ihr Leben lang unverheiratet und kinderlos, erst sehr viel später wurde bekannt, dass sie in Wahrheit zwei Töchter und einen Sohn geboren hatte, deren Existenz jedoch geheimgehalten wurde. Sie verbrachten ihr Leben fern vom Hof und meldeten niemals Ansprüche auf den britischen Thron an, sodass die Linie der Stewarts schließlich verblasste und sich im Dunkel der Geschichte verlor.

DANKSAGUNG

Jede Geschichte, die man niederschreibt, ist etwas Besonderes, ein Unikat, das es so nie wieder geben wird. Denn im Grunde hat man als Autor gar nicht so großen Einfluss auf das, was im Lauf einer solchen Geschichte passiert. Natürlich entwirft man die Handlung, lässt seiner Kreativität freien Lauf, lässt seine Vorlieben und Abneigungen einfließen. Doch ab einem bestimmten Punkt bekommt die Sache ihre eigene Dynamik, handeln die Figuren in ihrer eigenen Logik, sodass es auch für den Verfasser selbst spannend ist zu erfahren, was am Ende dabei herauskommt. Ganz besonders dann, wenn die Figuren alte Bekannte sind.

Als ich vor ziemlich genau zehn Jahren mit DIE BRUDERSCHAFT DER RUNEN meinen ersten historischen Roman verfasste, hätte ich mir nicht träumen lassen, dass dieses Buch irgendwann eine Fortsetzung finden würde. Basierend auf einer Idee, die mich während einer Schottlandreise beim Besuch von Sir Walter Scotts Landsitz Abbotsford überkommen hatte, just in dem Augenblick, da ich in Sir Walters alter Bibliothek weilte, erzählte ich eine Geschichte, in deren Mittelpunkt kein anderer als Sir Walter selbst stand; die Handlung war natürlich erfunden, jedoch steckte genug historische Wahrheit darin, um die Zeit und ihre Geister vor dem Auge des Lesers wieder lebendig werden zu lassen. Dass DIE BRUDERSCHAFT DER RUNEN ein solch bahnbrechender Erfolg werden würde, hätte ich mir dennoch nicht träumen lassen – der Roman verkaufte sich allein in Deutschland an die 250.000 mal und wurde erfolgreich in elf Sprachen übersetzt, darunter Spanisch, Italienisch, Russisch und Türkisch.

Wie das beim Schreiben eigentlich immer der Fall ist, hatte ich mehr Notizen und Ideen, als sich in der Geschichte letztlich unterbringen ließen. Stoff für ein weiteres Buch war also vorhanden, dennoch wollte ich zunächst andere Projekte verwirklichen – darunter auch eines, das ich seinerzeit parallel zu den Abenteuern Sir Walters entwickelte, dann aber auf einen späteren Zeitpunkt verschob: der Kreuzfahrer-Roman DAS BUCH VON ASCALON. Der Entschluss, den abenteuerlichen Memoiren von Sir Walter und seinen Anverwandten ein neues Kapitel hinzuzufügen, kam schließlich im Zuge der europäischen Finanzkrise auf, denn ich erinnerte mich, dass ich vieles von dem, was in jenen Tagen durch die Presse ging, schon einmal gehört hatte, und zwar im Zuge der Recherche zur BRUDERSCHAFT DER RUNEN. War Europa nicht auch zu Walter Scotts von einer tiefgreifenden Krise erschüttert worden? Und hatte Sir Walter durch sein beherztes Eingreifen nicht Geschichte geschrieben?

Ich setzte die Recherchen fort, und zusammen mit den Aufzeichnungen, die ich bereits hatte, verbanden sie sich schon bald zu einer neuen Geschichte, die die Abenteuer der Scotts nicht nur fortführt, sondern auch von bemerkenswerter Aktualität ist – wie wenig sich die Menschheit doch im Lauf der letzten knapp 200 Jahre gerändert hat!

Für die Unterstützung bei der Arbeit an diesem Roman danke ich Stefan Bauer, den ich heute, zehn Jahre nach unserer ersten Zusammenarbeit, nicht nur meinen Lektor, sondern auch meinen Freund nennen darf; meinen unermüdlichen Mitstreitern Peter Molden von der gleichnamigen Agentur und Daniel Ernle von dec3. Ich danke meiner Familie für die immer liebevolle Unterstützung. Und ich danke Ihnen, meinen Lesern, die Sie durch Ihre Begeisterung und Ihren Enthusiasmus nicht nur dieses Buch, sondern die letzten zehn Jahre möglich gemacht haben.

Und natürlich möchte ich diese Danksagung nicht beenden, ohne Sir Walter Scott erwähnt zu haben, den großen schottischen Romancier, der nicht nur dem historischen Roman den Weg bereitet hat, sondern auch mir ganz persönlich.

Michael Peinkofer,
Winter 2013

»Lerne ... finde die Wahrheit ... deine eigene Wahrheit ... «

Jeremiah Pearson
DIE TÄUFERIN
Der Bund der Freiheit
Historischer Roman
Aus dem amerikanischen
Englisch von
Axel Merz
608 Seiten
ISBN 978-3-7857-2537-5

Böhmen, 1517. Kristina ist noch ein Kind, als ihre Eltern auf dem Scheiterhaufen verbrannt werden. Sie seien Ketzer, so das Urteil, Feinde der katholischen Kirche. Weil sie daran glaubten, dass jeder Mensch das Recht hat, Lesen zu lernen. Jahre später will Kristina ihr Werk fortführen. Mit einer kleinen Gruppe Gleichgesinnter macht sie sich auf die gefährliche Reise nach Deutschland, um Verbündete in Mainz zu unterstützen. Doch unterwegs lauern nicht nur Ketzerjäger, sondern auch der Krieg. Bald liegt Kristinas Schicksal in der Hand eines einzigen Mannes: des hitzköpfigen Bauernkriegers Lud. Auftakt einer fulminanten historischen Saga in der Tradition von Ken Follett und Noah Gordon

Bastei Lübbe